Noël sous la neige

Une proposition si troublante

Les secrets d'une fiancée

1

Pourvu que ce soit le dernier ! pria Faye une fois noué le morceau de tissu écossais. Elle recula d'un pas et observa la balustrade qui menait à la galerie courant à l'étage du chalet. Tout l'escalier était à présent orné d'une guirlande de Noël en rubans, ponctuée de gros nœuds de tartan.

Une nouvelle fois, Faye pesta contre la malchance qui avait conduit la décoratrice attitrée de son patron à chuter d'une échelle et à se démettre l'épaule quelques jours seulement avant l'arrivée de Piers dans sa résidence de vacances. C'est là, au cœur du Wyoming, qu'il se retirait chaque année à Noël pour organiser une semaine de festivités.

Faye lui avait suggéré, pour cette année, d'opter pour une décoration minimaliste, mais son patron s'était montré inflexible. Pour lui il s'agissait d'une question de tradition. Mais pour elle cela ne représentait qu'une pénible corvée. Quoi qu'il en soit, elle s'était vue contrainte de quitter la chaleur de Santa Monica, où elle résidait, et de sauter dans un avion, pour découvrir en arrivant à Jackson Hole une météo glaciale. Et elle s'était retrouvée, à six jours de Noël, à décorer une maison pour un groupe de personnes qui ne prêteraient probablement nulle attention à ses efforts. Ce dernier point ne s'appliquait toutefois pas à son patron qui vouait à cette période de l'année une passion enfantine et se réjouissait même de la neige.

Faye, elle, détestait la neige, mais pas autant qu'elle détestait Noël.

Elle pivota doucement sur elle-même et examina la pièce principale du chalet. Même sa regrettée mère aurait été fière d'elle, songea-t-elle, avant de repousser cette pensée en sentant un nœud si douloureux se serrer dans sa poitrine qu'elle préféra se raccrocher à sa détestation de la période des fêtes. Comme toute cette ambiance lui semblait écœurante ! Quelle personne sensée n'aurait pas envie de vomir devant une telle abondance de décorations ? Quant à penser qu'il était triste d'être seule pour les fêtes, cela n'avait aucun sens lorsqu'on haïssait cette période, n'est-ce pas ?

Faye pouvait au moins se satisfaire d'une chose : elle avait mené à bien la tâche qui lui avait été confiée et allait pouvoir repartir vers le soleil. Une fois de retour chez elle, elle se terrerait dans son appartement parfaitement climatisé et se livrerait à son traditionnel visionnage intensif annuel de films d'horreur et de science-fiction qui l'emportaient loin de Noël et de la réalité.

Elle se dirigea vers la porte d'entrée où l'attendait son bagage à main, déjà prêt pour son retour vers la normalité, vers un monde dépourvu de toute décoration, de tout chant de Noël ou…

La porte s'ouvrit brusquement, et un tourbillon d'air glacial précéda l'arrivée de son patron, Piers Luckman. Ce dernier était en effet habituellement considéré comme un homme très chanceux[1]. Mais elle seule savait que son physique avantageux et son allure de séducteur cachaient un travailleur acharné. Il était son employeur depuis trois années, et elle éprouvait le plus grand respect pour lui en tant que businessman. Et en tant qu'homme ? Un petit frisson s'éveilla au fond d'elle. Quelque chose d'interdit. Quelque chose qui chez toute autre aurait pu s'apparenter à une pointe de désir. Une sensation qu'elle réprima aussitôt. Non, elle refusait de s'aventurer sur ce chemin-là.

Piers pénétra dans le vestibule et fit glisser de son épaule sa sacoche de cuir usée abritant son ordinateur portable.

— Vous avez fait bon voyage ? demanda Faye, tout en se doutant qu'il avait probablement pris les commandes du jet de l'entreprise pour venir de Los Angeles.

1. *Luck* signifie « chance » en anglais (NdE).

Piers n'était chargé d'aucun bagage, toutes ses maisons abritant des dressings bien garnis.

— Joyeux Noël ! lui lança-t-il joyeusement avant d'ouvrir sa veste molletonnée en duvet.

Oh ! mais que diable portait-il sous cette veste ?

— N'étiez-vous pas supposé arriver samedi, la veille de la fête ? Vous avez quatre jours d'avance, commenta Faye en ignorant sa salutation enjouée. Et qu'est-ce donc que *cela* ?

Elle pointa le doigt en direction de son pull de Noël, une merveille de mauvais goût. Les yeux du renne étaient de travers, ses bois tordus et... le bout de son museau était orné d'un pompon rouge plutôt... voyant.

Un sourire à couper le souffle éclaira le visage de Piers.

Faye fixa son attention sur un point un peu sur le côté de sa tête pour ne pas être tentée de le regarder trop intensément. L'homme était bien trop séduisant, et elle ne devait qu'au serment qu'elle s'était fait de rester célibataire et sans enfants de demeurer insensible à son charme. En outre, il s'avérait qu'elle adorait son travail et que tout coup de cœur pour son patron constituerait le moyen infaillible de prendre le chemin de l'agence pour l'emploi.

Après tout, n'était-ce pas ce qui était arrivé à la longue liste des personnes qui l'avaient précédée à ce poste ? Il ne pouvait empêcher ses assistantes personnelles de le trouver incroyablement attirant. Il était bourré de charme, intelligent, beau, et même s'il était né avec une cuillère d'argent solidement fichée dans sa superbe bouche, il ne dédaignait pas de travailler dur et dirigeait son empire avec une belle assurance et un incroyable charisme. Faye ne l'avait vu ébranlé qu'une seule fois, au mois de janvier précédent, lorsque son frère jumeau avait trouvé la mort dans un accident survenu lors d'un saut en parachute. Depuis lors il était devenu plus calme, plus réfléchi.

Et si elle avait souvent trouvé Piers désinvolte dans sa manière de traiter les autres – en particulier ses petites amies, qui se succédaient auprès de lui –, il était également devenu plus attentionné au cours de l'année qui venait de s'écouler.

Comme si le décès de Quin lui avait rappelé à quel point l'existence pouvait se révéler brève. Même Lydia, la dernière de ses conquêtes en date, avait fait partie de sa vie plus longtemps que les autres. Faye avait commencé à se demander si Piers envisageait de donner un tour définitif à leur relation quand elle avait reçu la note lui demandant d'envoyer à la jeune femme le traditionnel cadeau d'adieu : une magnifique pièce de joaillerie accompagnée d'un petit mot de sa main.

C'était uniquement pour se protéger qu'elle avait décidé de ne pas le trouver irrésistible. Si l'on ne nourrissait pas d'absurdes rêves à propos de l'amour éternel, on ne risquait pas de les voir réduits à néant, et on ne souffrait pas – et en s'évitant tout cela, on menait une existence plutôt agréable.

— Vous parlez de ce pull ? dit-il en faisant courir la main sur son torse avant de la faire descendre un peu plus bas, sur ce que Faye savait être, pour avoir travaillé dans sa résidence de la Côte d'Azur – où costumes et tailleurs étaient remplacés par des maillots de bain –, un abdomen dur et musclé. C'est le cadeau que ma grand-tante Florence m'a fait cette année. J'en ai toute une collection. Vous aimez ?

— C'est affreux, répondit-elle d'un ton sans appel. Mais à présent que vous êtes là, je peux repartir chez moi. Dois-je m'occuper d'autre chose une fois de retour à Los Angeles ?

Piers observa un instant celle qui était son assistante personnelle depuis déjà de longs mois. Jamais il n'avait rencontré quelqu'un comme Faye Darby, ce qui était justement la raison pour laquelle il la gardait auprès de lui. Elle l'intriguait, et dans son monde blasé peu nombreux étaient ceux qui avaient encore cet effet sur lui. En outre, elle était compétente et agissait sans concession, d'une façon qu'il ne pouvait s'empêcher d'admirer. L'envoyer décorer la maison pour la période des fêtes avait peut-être été cruel de sa part – en particulier lorsque l'on connaissait l'aversion de Faye pour ce moment de l'année –, mais Piers avait eu besoin que les choses soient bien faites, et il n'avait sincèrement confiance en personne d'autre qu'elle pour s'acquitter d'une telle tâche.

Quant à son pull-over, bien que sa défunte grand-tante Florence lui ait tricoté de ses mains plusieurs pulls tout aussi incroyablement hideux par le passé, la vérité était qu'il en était tombé instantanément amoureux en passant devant une friperie, sachant exactement à quel point Faye le détesterait. L'expression horrifiée qui s'était peinte sur le visage de son assistante quand il avait dévoilé ce chef-d'œuvre de mauvais goût devant ses yeux valait amplement cet achat.

Mais à présent elle se tenait face à lui, attendant qu'il réponde à sa question.

— Je ne vois rien pour le moment. Avez-vous envoyé le cadeau de remerciement à Lydia ?

Encore une chose dont il aurait probablement dû se charger lui-même, mais pourquoi ne pas déléguer certaines tâches quand la personne désignée pour s'en charger était si incroyablement compétente ? De plus, mettre un point final à des liaisons menaçant de devenir compliquées était un art qu'il valait mieux confier à des mains expertes. Et Dieu savait que Faye avait acquis toute l'expérience nécessaire pour se charger de faire savoir à ses petites amies qu'il pensait que le moment était venu que leurs chemins se séparent.

Pour son plus grand plaisir, Faye leva les yeux au ciel. Ah ! comme il était facile de la taquiner - comme elle était sérieuse ! Une telle attitude obligeait Piers à toujours œuvrer avec plus d'acharnement pour susciter des réactions de sa part.

— Bien entendu, répondit Faye d'un ton glacial. Et elle l'a retourné. Voulez-vous savoir ce qu'elle a dit ?

Piers n'était pas étonné que sa dernière petite amie en date ait renvoyé le bracelet et les boucles d'oreilles en diamant à son bureau accompagnés d'un message cinglant.

— Non, c'est inutile, je peux le deviner sans peine, répondit-il avec un petit rictus.

— Elle ne va pas renoncer, poursuivit Faye comme s'il n'avait pas parlé. Elle a indiqué qu'elle comprenait que vous vous défiliez, connaissant votre incapacité à vous engager.

— Ma quoi ?

— Elle a également précisé que vous pouviez lui offrir les bijoux en personne et vous propose de dîner dans son restaurant favori pour le nouvel an. J'ai noté cela dans votre agenda.

Piers émit un grognement contrarié.

— Très bien, j'irai lui dire les choses en face.

— Entendu. Eh bien, s'il n'y a rien d'autre, je vais prendre le chemin du retour.

Elle semblait bien pressée de partir. Il lui avait pourtant proposé de rester pour sa fête de Noël, mais Faye l'avait regardé comme si elle aurait préféré se couper un bras.

— Non, il n'y a rien d'autre. Soyez prudente sur la route. La tempête prévue a commencé à souffler, et il fait déjà un temps exécrable. Vous sentez-vous capable de conduire ?

— Bien sûr, répondit-elle avec un air de confiance totale.

Mais Piers eut l'impression qu'au-delà des apparences son attitude trahissait plus la fanfaronnade que l'assurance. Il avait appris à bien comprendre toutes les petites nuances des paroles de Faye et se demandait si elle en avait conscience.

Faye reprit :

— La société de location m'a assuré que la voiture était équipée de pneus neige et qu'elle sera parfaitement adaptée à la météo. Ils m'ont même fourni des chaînes, que j'ai mises en place ce matin.

— Vous savez installer des chaînes ? demanda-t-il en dissimulant autant que possible l'ampleur de sa stupéfaction.

Bien sûr qu'elle savait installer des chaînes. Elle était quasiment capable de mener à bien n'importe quelle tâche, n'est-ce pas ?

— Inutile de vous inquiéter pour moi.

Faye semblait toujours penser que personne n'avait à s'inquiéter pour elle. Et Piers était presque certain d'être le seul à faire attention à son sort. Elle n'avait personne d'autre que lui. Les vérifications menées avant son embauche avaient révélé qu'elle était orpheline depuis ses seize ans et ne possédait plus aucune famille.

À quoi pouvait bien ressembler une vie de si complète solitude ? se demanda Piers. Même si son frère jumeau avait brusquement disparu presque une année plus tôt, ses deux parents étaient encore en vie, et il avait d'innombrables tantes, oncles et cousins – même s'ils n'étaient pas le genre de personnes qu'il souhaitait nécessairement fréquenter.

Elle attrapa sa veste sur le portemanteau et se pencha pour prendre son petit sac de voyage en même temps que Piers.

— Je me charge de le porter, dit-elle d'un ton ferme. Inutile que vous ressortiez dans le froid.

Même si ses paroles étaient des plus sensées, elles venaient contrarier le sens de la galanterie de Piers.

Dans son monde, aucune femme ne devait avoir à bouger le petit doigt et encore moins à porter seule son propre bagage. Mais Faye ne faisait pas partie de son monde et se donnait même beaucoup de mal pour le lui rappeler.

— Je vais donc vous laisser, lança Faye avec un soulagement manifeste.

Elle jeta un dernier regard vers la grande pièce entièrement décorée, vers les grandes chaussettes accrochées au-dessus de la cheminée, vers l'arbre scintillant de douces lumières et de décorations en verre filé, et ne put s'empêcher de frissonner.

— Merci d'avoir préparé la maison pour moi, dit-il tandis qu'ils se tenaient près de la porte. J'apprécie sincèrement tout ce que vous avez fait.

— Vous feriez mieux, lui rétorqua-t-elle sur un ton d'avertissement. J'ai demandé au service paye de m'accorder une belle prime pour cette mission.

— Vous pouvez demander le double, vous le méritez amplement, répliqua-t-il à son tour en affichant un autre de ses sourires qui habituellement désarmaient toutes les femmes, à l'exception de son assistante personnelle, bien entendu.

— Je vous remercie, dit Faye avec une pointe de sévérité dans la voix.

Elle enfila sa veste, et Piers la regarda soulever son petit sac de voyage puis lui maintint la porte ouverte pendant qu'elle en franchissait le seuil.

— Faites bien attention. On n'est jamais trop prudent par un temps pareil.

— Vous pouvez me faire confiance. Confiance est mon deuxième prénom.

— Et pourquoi en est-il ainsi, Faye ?

La jeune femme fit mine de ne pas avoir entendu sa question.

Il avait remarqué qu'elle ignorait de la même manière toute interrogation glissant vers des considérations personnelles.

— Amusez-vous bien, rendez-vous l'année prochaine, dit-elle en avançant vers les marches du perron.

Piers la regarda les descendre péniblement puis avancer à pas lourds dans l'allée conduisant au garage. Il referma ensuite la porte d'entrée pour contrer l'assaut du froid glacial. Il pivota sur lui-même et contempla l'intérieur de la maison. Bientôt elle serait remplie d'amis qu'il avait invités pour passer les fêtes. Mais en cet instant, alors que Faye venait de quitter les lieux, l'endroit semblait surtout terriblement vide.

Le vent avait forci au cours des dernières heures. Faye, penchée vers l'avant pour résister à l'assaut des bourrasques, se dirigeait vers les écuries converties en garage où elle avait laissé son SUV de location. Piers quant à lui n'avait pas jugé bon d'abriter le Range Rover qu'elle avait pris soin de réserver pour lui afin qu'il puisse en profiter dès sa descente d'avion. Voir qu'il s'était contenté de laisser le véhicule au pied des marches du perron lui arracha un petit grognement de mécontentement. *Il l'aura bien mérité s'il le retrouve enseveli sous la neige demain matin*, songea-t-elle.

Elle savait toutefois que lui faire part de la moindre réflexion fournirait à Piers une excellente excuse pour lui décocher son maudit sourire ultra-ravageur, et ce non pas une mais deux fois en un court laps de temps. Elle savait que ce sourire constituait une arme et qu'il s'en servait comme telle. Mais non, il ne faisait pas vibrer son cœur et, non, il ne faisait naître aucun frisson au fond d'elle, non plus. Mais cela pourrait se produire, si elle laissait les choses se faire.

Faye cligna des yeux comme pour chasser l'image restée imprimée dans son esprit, celle de Piers se tenant devant elle et semblant bien plus attirant que n'aurait dû l'être tout homme vêtu d'un pull aussi affreux – bon sang, une des manches était-elle réellement plus longue que l'autre ?

Mais plus rien de tout cela ne comptait à présent. Elle allait prendre le chemin de l'aéroport et du retour à la normalité. Un tourbillon de neige vint la fouetter, laissant une empreinte glacée sur chaque parcelle de peau découverte. Faye serra les dents et appuya sur le bouton de la télécommande qu'elle tenait dans sa poche. La porte de garage s'ouvrit, et elle se précipita aussitôt à l'intérieur du bâtiment.

Il lui sembla apercevoir quelque chose bouger à l'autre extrémité du garage, et elle fixa du regard pendant un moment les recoins sombres avant de conclure qu'il ne s'agissait que du fruit de son imagination. Elle ouvrit ensuite le coffre du SUV et plaça son petit sac de voyage dans le spacieux volume. En y réfléchissant, on pouvait y voir une triste analogie avec son existence – un petit objet peu encombrant mais rempli à ras bord perdu dans le vide du néant. Mais elle n'y pensait pas. Enfin, presque jamais. Sauf à cette période de l'année. Ce qui était la raison pour laquelle elle la détestait tant. Malgré ses efforts, rien ne pouvait endiguer alors les vagues de douleur qu'elle tenait consciencieusement à distance le reste de l'année.

Un bruit étrange s'échappant de l'intérieur du SUV la fit soudain se figer. Sentant ses cheveux se hérisser sur sa nuque, Faye regarda tout autour d'elle. Rien ne lui semblait anormal. Il n'y avait rien à part le grondement d'une puissante bourrasque au-dehors. Elle devait partir avant que la météo l'empêche d'atteindre l'aéroport et l'équilibre mental que lui promettait ce vol qui la ramènerait chez elle.

Contournant le SUV pour gagner la portière côté conducteur, Faye aperçut une chose posée sur son siège. Voilà qui était étrange. Elle ne se souvenait pas d'avoir laissé quoi que ce soit dans la voiture, ni d'avoir rien remarqué le matin même lorsqu'elle avait fixé les chaînes sur les pneus. Était-ce l'idée que Piers se faisait d'une plaisanterie ?

Elle s'approcha un peu plus et réalisa qu'il y avait, en réalité, non pas un mais deux objets. L'un, posé sur le siège passager, ressemblait à une sorte de grand sac fourre-tout. Quant à l'autre, il s'agissait d'une masse recouverte d'une couverture et qui adoptait bizarrement la forme d'un siège auto pour bébé. Un frisson d'appréhension courut le long de son dos.

À l'extrémité du garage, une porte donnant sur l'extérieur

se referma dans un bruit fracassant. Que se passait-il ? Puis, à l'arrière du bâtiment, un véhicule démarra et partit en trombe. Faye se précipita vers la porte juste à temps pour apercevoir la lueur vacillante des feux arrière d'une petite berline qui accélérait dans l'allée. Mais qui était-ce donc ?

Venant de l'intérieur de SUV un autre son lui parvint. Un son qu'elle n'eut aucun mal à reconnaître. S'il y avait une chose qui la rendait plus nerveuse que la période des fêtes, c'était les individus minuscules. Le son retentit de nouveau, cette fois avec plus de force et porteur de bien plus de détresse.

Faye regarda autour d'elle, attendant que quiconque ayant cru amusant de laisser un enfant dans cet endroit jaillirait d'un recoin et lui crierait : « Surprise ! » Mais il n'y avait qu'elle, et le bébé.

— Voilà qui n'est pas drôle du tout, marmonna-t-elle en ouvrant la portière.

La couverture couvrant le siège auto commença à onduler comme si des poings et des pieds miniatures s'agitaient sous sa surface. Sous l'effet des mouvements, un morceau de papier épinglé à la couverture attira bientôt son attention. Le cœur battant à coups sourds, Faye tira doucement sur le tissu.

Le bébé – un garçon à en juger par son petit bonnet bleu et la veste matelassée de la même couleur qui le tenait au chaud - l'observait avec de grands yeux surpris.

Faye sentait la nausée menacer de l'engloutir. Non, non, c'était impossible ! Cela ne pouvait pas se produire. Son instinct naturel la poussait à réconforter l'enfant, mais la peur la paralysait. La simple pensée de serrer ce petit corps contre le sien, d'accueillir cette tête dans le creux de son épaule, de humer cette douce odeur de bébé... Non, elle ne pouvait le faire de nouveau.

Elle réfléchit rapidement. Elle devait emporter le bébé à l'intérieur, là où il faisait chaud. Jouer les baby-sitters ne faisait sans doute pas partie des activités que Piers se languissait de pratiquer durant ses vacances, mais il devrait s'adapter.

— Désolée, mon petit bonhomme, dit-elle en remettant la couverture en place pour protéger l'enfant des éléments déchaînés sévissant à l'extérieur. Tu vas devoir rester bien à l'abri pour l'instant.

Le papier accroché à la couverture bruissa, et Faye le détacha avant de l'enfoncer dans sa poche. Elle pourrait le lire plus tard.

Elle se demanda une nouvelle fois qui avait bien pu laisser le bébé dans cet endroit.

Quel genre d'inconscient avait-il pu commettre un acte aussi insensé ? Par ces températures, l'enfant aurait pu rapidement mourir. *Une autre mort inutile dans un monde où les pertes cruelles étaient déjà légion*, songea-t-elle tristement. Mais le coupable avait toutefois attendu son arrivée. Qu'aurait-il fait si elle avait choisi de passer une nuit supplémentaire au chalet ? Aurait-il laissé l'enfant sur le pas de la porte puis sonné avant de repartir en courant dans l'allée ? Qui était capable d'une chose pareille ?

Luttant contre la nausée, Faye glissa le sac fourre-tout sur son épaule, serra le siège auto contre son corps et serra les bords de la couverture pour qu'elle ne soit pas arrachée par les assauts du vent. Elle se dirigea aussi vite que possible vers la maison, glissant à quelques reprises dans l'allée, et avança en titubant jusqu'en haut des marches du perron.

Les cris et les pleurs du bébé ne cessèrent pas un seul instant. Elle ne pouvait lui en faire le reproche. Quand elle atteignit enfin la porte d'entrée, elle se sentait elle-même tout au bord des larmes. Elle laissa tomber le sac fourre-tout à ses pieds et tambourina contre l'épais battant de bois. Le soulagement l'envahit lorsque la porte s'ouvrit presque immédiatement et que l'athlétique silhouette de Piers se détacha dans l'encadrement. Il se hâta de s'écarter et lui fit signe d'entrer.

— Problème de voiture ? demanda-t-il.

— Non, répondit-elle. Problème de bébé.

2

— Un problème de bébé ? répéta-t-il, l'air sidéré.

— C'est bien ce que j'ai dit. Quelqu'un a laissé ça dans le garage. Tenez, prenez-le.

Faye fourra brusquement le siège auto dans les bras de Piers et referma la porte derrière eux. Bon sang, c'était inouï, il avait déjà commencé à écouter son incroyable collection de chants de Noël ! Sérieusement, était-il encore possible que cette journée soit pire ?

Piers jeta un regard horrifié en direction de l'objet hurlant qui se trouvait dans ses bras.

— Qu'est-ce que c'est ?

Faye soupira et leva les yeux au ciel.

— Je vous l'ai dit. Un bébé. Un garçon, je dirais.

Elle rabattit la couverture, exposant ainsi le visage rouge et mécontent du nourrisson.

Les yeux pleins d'incompréhension de Piers se levèrent vers elle.

— Mais qu'est-ce que... ?

— C'est exactement ce que je me suis demandé, répondit Faye. J'ignore tout de ce qui se passe, ni ne sait qui l'a abandonné. Mais une personne que j'ai à peine eu le temps de voir s'est enfuie en voiture dans l'allée. Je vous précise toutefois que, non, je n'ai pas relevé le numéro de la plaque d'immatriculation. Écoutez, je dois vous laisser, je suis en retard. Oh ! au fait, il y avait un petit mot qui l'accompagnait.

Elle plongea la main dans la poche de sa veste, sortit le papier froissé et le replaça sur la couverture.

— On dirait que cela vous est adressé. Amusez-vous bien, dit-elle d'un ton décidé avant de tourner les talons.

— Vous ne pouvez pas me laisser avec ça, protesta Piers.

— Si, je le peux fort bien, et c'est d'ailleurs ce que je vais faire. J'ai fini ma journée de travail, vous vous en souvenez peut-être. Plus sérieusement si vous ne pouvez pas gérer cette situation, appelez quelqu'un à Jackson Hole. Je suis certaine qu'il y aura une foule de gens prêts à vous venir en aide. Impossible que je rate mon vol. Je dois partir.

— Je doublerai votre salaire. Je le triplerai !

Faye secoua la tête et se tourna d'un air résolu vers la porte. Tout l'argent du monde ne suffirait pas à la faire rester. Alors que les pleurs du bébé résonnaient dans ses oreilles et qu'un air d'épouvante se peignait sur les traits de play-boy de son patron, elle gagna l'extérieur.

Faye ne s'aperçut qu'elle était secouée de tremblements qu'une fois que la porte se fut refermée derrière elle. Les hurlements du bébé s'entendaient encore, même à travers l'épais battant de bois. Faye cligna des yeux pour empêcher les larmes de poindre dans ses yeux. Elle était fermement décidée à ne pas pleurer. Ignorer le besoin qu'elle avait de réconforter cet enfant se classait sans doute au nombre des choses les plus difficiles qu'elle ait jamais eues à accomplir, mais au moins de cette façon personne ne souffrirait – et surtout pas elle. Piers avait de multiples ressources à sa disposition ; il avait des personnes qui se tenaient constamment prêtes à se plier à toutes ses volontés. Et si aucune de ces solutions n'était envisageable, il restait toujours Google pour trouver toutes les informations dont il avait besoin.

Redressant les épaules, elle se dirigea vers le garage, s'installa dans le SUV et l'engagea bientôt dans l'allée. Il n'était peut-être que 4 heures de l'après-midi, mais en raison de la tempête le ciel était déjà très sombre. Malgré les pneus neige et les chaînes équipant son véhicule, Faye ne se sentait pas à l'aise avec la conduite sur une route couverte de neige. Un horrible sentiment d'effroi la saisissait chaque fois que les pneus glissaient quelque peu – et rien ne parvenait à endiguer le flot des souvenirs qui revenait la submerger dans ces instants. Rien, à part peut-être le sentiment d'avoir échappé au danger dès que les quatre roues motrices se mettaient en action et qu'elle avait la certitude de ne pas avoir à vivre la répétition de cette terrible nuit.

Et ensuite, comme toujours, arrivait la culpabilité. La culpabilité du survivant, ainsi qu'on la nommait. Treize années avaient passé, et ce sentiment était davantage pour elle une forme de punition. Cela expliquait en partie pourquoi elle vivait en Californie du Sud plutôt que dans sa ville natale du Michigan ou dans tout autre endroit où l'hiver était marqué par la présence de neige et de glace. S'il n'effaçait pas les souvenirs, l'éclat du soleil les rendait peu à peu un peu plus flous.

Le robuste SUV oscilla sous les assauts du vent, et les doigts de Faye agrippèrent plus fermement le volant. Elle aurait dû prendre la route bien plus tôt. Attendre quelques heures de plus à l'aéroport aurait été infiniment préférable à la situation qu'elle traversait.

— Détends-toi, murmura-t-elle, tu t'en sors très bien.

Une autre bourrasque secoua le véhicule qui glissa légèrement sur la route glacée. Le cœur de Faye se mit à battre un peu plus vite, et elle sentit des gouttes de sueur perler sur sa nuque. *Fichue neige ! Fichu Piers ! Fichu Noël !*

Et c'est alors que cela se produisit. Un sapin, situé un peu plus loin sur le bas-côté, s'abattit en travers de la route juste devant elle. Faye donna un violent coup de frein et tenta de contourner l'obstacle, mais il était trop tard – il était absolument impossible d'éviter l'impact. L'airbag se gonfla brusquement contre son visage, et elle se vit violemment projetée en arrière contre le dossier de son siège. L'atmosphère autour d'elle s'emplit d'une fine poussière, presque de la fumée, qui la fit tousser tandis qu'une odeur âcre emplissait ses narines.

Les souvenirs affluèrent en masse dans son esprit. Les cris, l'odeur du sang et de l'essence, l'intense chaleur et l'éclat des flammes. Puis la douleur, la mort et la fin de tout ce qu'elle avait toujours connu. Agitée de tremblements incontrôlables, Faye déploya des efforts désespérés pour tenter de sortir du SUV.

Elle ne s'aperçut qu'après un long moment que sa ceinture de sécurité était toujours attachée.

— Je vais bien... Je vais bien, se répéta-t-elle pour essayer de s'en persuader tout en tremblant des pieds à la tête.

Elle passa rapidement en revue l'état de ses jambes, de ses bras et de son visage. Un coup d'œil rapide jeté dans le rétroviseur confirma qu'elle avait sur le front et les joues ce qui ressemblait à des éraflures en raison de l'activation de l'airbag. Ce n'était que bien peu de chose. Cela aurait pu être bien pire. Au moins, cette fois-ci, elle se trouvait seule.

Faye chercha son sac à main sur le plancher et en sortit son téléphone. Elle voulait demander de l'aide, mais l'absence de barres sur son écran lui indiqua qu'elle ne pouvait passer aucun appel, pas même un appel d'urgence.

Avec un grognement de frustration, elle passa son sac en bandoulière et poussa vigoureusement pour ouvrir la portière. La manœuvre lui demanda quelques efforts, une partie de la carrosserie s'étant repliée contre la charnière de la portière, mais elle réussit finalement à ménager une ouverture suffisamment grande pour pouvoir se glisser au-dehors.

Elle évalua les dégâts. Il était inenvisageable que ce véhicule soit capable d'aller où que ce soit, et à moins qu'elle n'escalade le tronc de l'arbre tombé, marche tout au long de la route et trouve le moyen de héler un taxi au pied de la montagne, elle allait très certainement rater son vol.

Faye soupesa les différentes options s'offrant à elle et lança un regard en direction de la maison. Celle-ci n'était pas à si grande distance que cela ; elle pouvait en distinguer les lueurs festives briller à travers les fenêtres et les arbres du jardin couverts de guirlandes électriques scintillantes. Puis elle tourna la tête de l'autre côté – au-delà de l'arbre au tronc massif tombé au sol, vers les congères s'élevant sur un côté de la route et le ravin abrupt s'ouvrant de l'autre.

Un seul choix s'offrait à elle.

Piers fixait d'un air incrédule la porte qui venait de se renfermer derrière Faye. Elle l'avait fait. Elle l'avait laissé avec un bébé hurlant et sans la moindre idée quant à la manière dont il convenait d'agir. Il l'aurait licenciée sur-le-champ s'il n'avait eu tant besoin d'elle. Faye gérait presque toute son existence avec la précision d'un horloger suisse. Dans les rares occasions où quelque chose déraillait, elle était toujours là pour arranger la situation. Sauf dans le cas présent.

Piers regarda le bébé qui pleurait à grands cris et posa le siège auto au sol. Ce petit avait une sacrée puissance vocale !

Il comprit rapidement comment extraire le petit bonhomme de son siège et le prit dans ses bras. Instinctivement il le plaça contre sa poitrine et lui caressa doucement le dos. À sa grande surprise, le petit enfant commença à s'apaiser. Et à se blottir contre lui, comme s'il recherchait quelque chose que Piers était quasiment certain d'être incapable de lui donner.

Piers ramassa le sac fourre-tout que son assistante personnelle, cette traîtresse, avait laissé tomber au sol et l'emporta avec le bébé jusqu'à la cuisine.

Comme il l'espérait, il trouva dans le sac un biberon pour l'enfant. Par chance, il était déjà prêt et gardé dans une pochette qui le maintenait au froid.

— Très bien. Et maintenant, que faire ? demanda-t-il au nourrisson. Les petits garçons comme toi préfèrent ces choses un peu tiédies, pas vrai ?

Il se souvenait vaguement avoir entendu quelque part qu'il ne fallait pas réchauffer un biberon au micro-ondes et sut immédiatement que le placer dans une casserole d'eau chaude ne serait suffisamment rapide ni pour lui ni pour le bébé. Comme s'il avait perçu un signal, ce dernier commença à s'agiter. Ses petites mains s'agrippèrent impatiemment au pull de Piers, et son petit visage vint se cogner à plusieurs reprises dans son cou.

— D'accord, d'accord, mon ami. Écoute, je suis novice en la matière. Tu vas donc devoir attendre encore un peu.

Piers continua à fouiller le volumineux sac fourre-tout – sortant tout son contenu et l'étalant sur la large plaque de granit qui formait le plan de travail de sa cuisine.

Le fourre-tout lui rappelait le sac magique de Mary Poppins – une boîte de lait en poudre côtoyait une belle quantité de couches jetables et deux ensembles de vêtements. Tout au fond il découvrit un objet non identifié qui semblait pouvoir contenir un biberon. Il l'observa sous toutes les coutures et laissa échapper un soupir de soulagement en découvrant qu'il s'agissait d'un chauffe-biberon. D'après les instructions qui l'accompagnaient, quelques minutes de réchauffage seraient nécessaires avant que le petit diable qui s'agitait dans ses bras puisse être nourri.

— OK, mon petit gars, nous y voici. Faisons réchauffer ça pour toi, déclara Piers.

Le visage du bébé se déforma de nouveau, et l'enfant fit bientôt retentir un puissant hurlement.

Piers fit frénétiquement sautiller le bébé contre sa hanche tout en suivant les instructions pour réchauffer le biberon. Il s'agissait sans conteste des quatre minutes les plus longues de son existence. Le front du nourrisson vint de nouveau cogner dans son cou. Il était chaud ! Avait-il de la fièvre ? Piers posa l'une de ses grandes mains sur son front. Il était un peu tiède certes mais pas fiévreux. Enfin, il l'espérait. Peut-être fallait-il seulement lui retirer cette veste. Mais comment s'y prendre ? Se sentant aussi gauche que s'il portait des gants de cuisson, il parvint enfin au prix de quelques contorsions à libérer l'enfant de son vêtement.

— Et voilà, mon petit pote. Mission accomplie.

Pour tout remerciement, le bébé le gratifia d'un mugissement retentissant. Son cri perçant rappela à Piers que le temps de réchauffage du lait devait être écoulé. Il souleva le biberon, le secoua vigoureusement, puis l'approcha des lèvres du bébé. Le pauvre petit devait mourir de faim, car il se mit à téter goulûment, comme si sa vie en dépendait. Et c'était le cas, en effet, réalisa Piers. Et désormais cette petite vie dépendait de lui également.

Mais d'où pouvait-il donc bien venir ?

Se souvenant du message que Faye lui avait laissé, Piers gagna l'entrée de la maison et secoua la couverture jusqu'à ce qu'en tombe le morceau de papier froissé. Tout en maintenant précautionneusement en équilibre le bébé et le biberon, il alla s'asseoir dans la pièce principale et lut le petit mot.

Cher Mr Luckman,

Il est temps que vous assumiez la responsabilité de vos actes. Jusqu'à présent vous avez ignoré toutes mes tentatives d'entrer en contact avec vous. Peut-être que ceci vous fera prendre clairement conscience de la situation. Son nom est Casey, il est né le 10 septembre, et c'est votre fils. Je renonce à tous mes droits sur lui. Je n'ai jamais voulu de cet enfant, mais il mérite de connaître son père. N'essayez pas de me retrouver.

Une signature illisible concluait le message. Piers le lut une nouvelle fois avant de retourner le morceau de papier pour voir si l'auteur de ces lignes avait inscrit un nom au verso. Mais il n'y avait rien.

Son fils ? Voilà qui était impossible. Enfin, peut-être pas complètement impossible, mais très hautement improbable. Il n'omettait jamais de se protéger lors de ses relations intimes. Des accidents de ce type ne lui arrivaient pas. Ou du moins, ne lui étaient pas arrivés, jusqu'à présent.

Piers calcula mentalement à quel moment cet enfant avait été conçu et conclut que, s'il était le père de l'enfant, il aurait dû rencontrer la mère du bébé aux environs du Jour de l'An. Il se trouvait toujours à Jackson Hole dès les jours précédant Noël et y séjournait jusqu'au début de mois de janvier. Mais il se trouvait entre deux relations à cette époque et ne se souvenait pas d'avoir couché avec qui que ce soit.

Le bébé buvait à présent moins goulûment et levait vers Piers des yeux bruns pleins de sérieux. Des yeux qui ressemblaient grandement aux siens. Son fils ? Était-il possible que ce soit vrai ? Même si son esprit rejetait cette idée, Piers commençait à ressentir une connexion avec le nourrisson. Une connexion sûrement aussi inconcevable que l'idée qu'il soit responsable de cette petite vie.

Une fois le biberon vidé, Piers le retira de la bouche du bébé. Que faire à présent ?

Casey paraissait en état de totale béatitude après avoir bu son lait, et l'expression de son visage arracha un sourire à Piers. Puis, en quelques secondes, le nourrisson sombra dans un profond sommeil. Piers le déposa sur le canapé et entoura son corps de coussins pour former une forteresse moelleuse. Puis il se redressa et sortit son téléphone de sa poche. Quelqu'un en ville devait savoir à qui appartenait ce bébé. Car même si Casey était des plus adorables, il n'était certainement pas son enfant.

Il composa le numéro de l'un des cafés de la ville, un endroit où les habitants du cru se retrouvaient pour bavarder le jour et s'amuser, et parfois se bagarrer, le soir. Si certains étaient informés de l'existence d'un nouveau bébé en ville, ce serait bien eux. Mais l'appel n'aboutit pas. Il examina l'écran – il n'y avait aucun signal. Il tenta d'utiliser sa ligne de téléphone fixe, mais découvrit bien vite qu'elle était également inutilisable.

— Fichu téléphone ! jura Piers.

Tandis qu'il s'occupait de son invité inattendu, la tempête s'était clairement renforcée. Il songeait à sortir pour vérifier si le groupe électrogène de secours était bien apte à fonctionner quand il entendit frapper à la porte. Surpris, car il n'attendait aucun de ses invités avant quelques jours, Piers se dirigea vers le vestibule et ouvrit le lourd battant.

— Faye ? Mais que vous est-il arrivé ?

Tout en prenant le bras de la jeune femme pour la conduire auprès du bon feu de la cheminée, Piers parcourut son visage des yeux. Elle était pâle, et une grande marque rouge barrait son visage. Elle tremblait en outre de façon incontrôlable. Sa veste élégante, parfaite pour son poste d'assistante mais pas pour affronter les tempêtes du Wyoming, était détrempée, tout comme son jean et ses baskets.

— Un a-a-arbre est t-tom-tombé sur la route, parvint-elle à articuler tout en claquant des dents.

— Vous allez devoir enlever ces vêtements mouillés pour éviter de vous retrouver en hypothermie, dit-il.

— Trop... Trop tard. Je crois que... que c'est déjà le cas.

— Suivez-moi, fit-il tout en l'invitant à gagner l'une des salles de bains de l'étage. Vous allez prendre une douche chaude, et je vais vous chercher des vêtements secs. Où se trouve votre valise ?

— Tou... toujours à... à l'arrière du SUV, parvint-elle à laisser échapper entre ses lèvres bleuies.

— Et le SUV, où est-il ?

— En… encastré dans l'arbre qui s'est a… battu devant mes roues. À… À mi-chemin en descendant la voie d'accès à la maison.

— Êtes-vous blessée ailleurs qu'au visage ?

— J'ai… J'ai quelques con… contusions, peut-être, mais j'ai… j'ai surtout très froid.

Il n'y avait rien d'étonnant à ce qu'elle soit si choquée. Subir un accident et remonter la moitié de la route par le temps qu'il faisait ? C'était miraculeux qu'elle ait réussi à le faire.

— Débarrassons-nous d'abord de tous ces vêtements mouillés.

Alors que Piers s'apprêtait à retirer la veste de son assistante, des doigts glacés se refermèrent sur ses mains.

— Je… je peux m'en… m'en charger.

— Vous pouvez tout juste parler, répliqua-t-il avec fermeté, repoussant ses mains et faisant glisser sa veste le long de ses bras. Je vous aiderai à retirer vos vêtements, voilà tout. C'est d'accord ?

Faye acquiesça d'un signe de tête. Ses cheveux s'égouttaient sur le sol et, sous sa veste, son pull de fine laine était si détrempé qu'il laissait deviner les pointes des ses seins durcies par le froid. Piers se courba pour défaire les lacets de ses baskets et les retira, ainsi que ses chaussettes. Elle avait des pieds charmants, bien qu'en cet instant bleuis par le froid, et il fut surpris de découvrir que de minuscules marguerites étaient peintes sur les ongles de ses gros orteils. Voilà qui était adorable tout autant qu'excentrique, songea-t-il, et bien loin de cette attitude austère qui caractérisait leurs interactions au bureau. Près de sa cheville il distingua une cicatrice qui semblait jaillir de sous son jean.

— Deux options s'offrent à nous, dit Piers tout en portant les mains vers la ceinture de son jean. La meilleure façon de vous réchauffer serait de faire du peau à peau, ou bien de prendre une bonne douche chaude.

— La… la… douche, répondit Faye d'un ton déterminé.

Un petit sourire se dessina sur les lèvres de Piers. Ainsi, elle n'était pas sonnée au point de ne plus pouvoir prendre de décision. Il était heureux qu'il en soit ainsi, même si la perspective de faire du peau à peau avec elle avait bien plus d'attrait à ses yeux qu'il n'aurait fallu. Il fit glisser le jean mouillé le long de ses jambes.

Il savait depuis toujours que sa silhouette était fluette, mais il découvrit qu'elle possédait également une musculature tout en finesse. Comme si elle pratiquait la course de fond ou une discipline équivalente.

Il avait également toujours apprécié ses belles jambes, et un petit serrement tout au bas de son ventre le lui rappela. Il se sermonna aussitôt, réalisant que le moment était fort mal choisi pour ce genre de pensées. Mais il aperçut alors les cicatrices au bas des jambes de Faye. Comme elle avait appuyé les mains sur ses épaules pour garder l'équilibre, il sentit ses doigts se crisper sur ses muscles au moment où il dévoila sa peau endommagée.

— Je p... peux continuer tou... toute seule, dit-elle d'une voix toujours tremblante à cause de son refroidissement.

— Non, ne vous inquiétez pas, je m'en charge, insista-t-il tout en finissant de lui enlever son vêtement.

Rien d'étonnant qu'elle porte systématiquement des pantalons au bureau. Elle avait d'importantes cicatrices et était visiblement gênée de les montrer.

— Pouvez-vous vous charger toute seule du pull et de vos sous-vêtements ? Je vais faire couler l'eau de la douche pour qu'elle soit bien chaude.

Faye hocha la tête et commença à retirer son pull. Elle avait beau habiter Los Angeles, elle possédait la peau la plus claire qu'il ait jamais vue. Et ces taches de rousseur, parsemaient-elles tout le haut de son corps ? Venaient-elles saupoudrer les courbes de sa poitrine parfaite ? Se sentant écœuré par ses pensées, Piers se hâta de reprendre sa tâche avant que Faye le surprenne occupé à l'observer. Mais il savait qu'il ne serait jamais plus capable de la voir vêtue de ses tenues strictes sans que ces taches de rousseur lui reviennent à l'esprit.

Bientôt la vapeur emplit la salle de bains. Quand il se retourna, Piers découvrit que Faye s'était pudiquement enveloppée dans une grande serviette de toilette. Malgré cela, l'image du moment où elle avait retiré son pull ne cessait d'habiter ses pensées. Il était incapable de chasser l'image de la ligne délicate de ses hanches et de ses jambes, de la finesse exquise de sa taille. Il revoyait cette cicatrice sur son abdomen, preuve d'une importante opération chirurgicale. Et ce charmant saupoudrage de taches de rousseur qui semblait inviter à entreprendre une exploration plus poussée...

Non, veux-tu bien arrêter, bon sang ! se fustigea-t-il. *Elle est ton assistante personnelle, pas ton jouet !*

— La douche vous attend. Profitez-en aussi longtemps qu'il vous plaira. Je reviendrai avec des vêtements et ensuite je vous réchaufferai quelque chose pour le repas.

Pendant un bref instant, Piers envisagea d'entamer la difficile descente de la route pour aller récupérer sa valise, mais ce n'était pas une idée judicieuse alors que Faye et le bébé avaient tous deux besoin de l'avoir à leurs côtés. Il ne restait plus qu'à lui trouver quelque chose dans sa propre garde-robe. Un petit éclair de malice brilla dans ses yeux tandis que ses lèvres s'arquaient d'un petit sourire ravi. Oh ! oui, il savait ! Il savait exactement ce qu'il choisirait pour elle.

— Vous plaisantez, n'est-ce pas ? s'exclama Faye en franchissant le seuil de la salle de bains. Vous auriez pu me trouver une tenue plus seyante !

À présent qu'elle s'était réchauffée, elle retrouvait bel et bien sa personnalité habituelle.

Piers dut réprimer une extraordinaire envie de rire. Elle semblait perdue dans le pull de Noël sélectionné par ses soins, et le pantalon de survêtement bouffant paraissait totalement engloutir ses jambes sveltes. Voir ses joues se teinter de couleur lui procura un réel soulagement cependant.

— Il vous fallait quelque chose de chaud, fit-il dans un haussement d'épaules. Je n'avais pas le temps de faire un choix méticuleux. De plus, vous avez l'air craquante.

Faye eut un petit ricanement.

— Avoir l'air craquante, ce n'est pas mon genre.

— Non, ce n'est normalement pas le cas en effet, admit-il d'un ton amical. Mais il vous faut toutefois reconnaître que vous avez plus chaud avec ces vêtements qu'avec les vôtres.

— En parlant de mes vêtements... Où se trouvent-ils ?

— Dans le sèche-linge.

Faye hocha la tête avant de jeter des regards tout autour d'elle.

— Qu'avez-vous fait du bébé ?

Comme par magie, une plainte vint aussitôt fendre l'air. Elle s'élevait du canapé et se mua bientôt en un cri strident qui donna à Piers le sentiment que ses cheveux se dressaient sur sa nuque. Il se sentit légèrement contrarié. À peine un problème était-il réglé qu'un nouveau arrivait !

— Eh bien, comptez-vous rester ainsi sans rien faire ? l'interpella Faye, une expression douloureuse sur les traits.

— Je m'apprêtais à aller vous chercher quelque chose à manger. Peut-être pourriez-vous surveiller Casey.

— C'est donc son prénom ?

Piers grimaça au moment où un nouveau cri retentit et se précipita vers le canapé pour prendre le bébé dans ses bras. Le petit bonhomme avait à présent les jambes repliées contre sa poitrine, et ses poings s'agitaient en tous sens. Pour un être si petit, il semblait assurément pourvu d'un sacré tempérament !

— Oui, à en croire le message laissé.

Il voulut tenir l'enfant contre lui, mais Casey semblait ne pas vouloir être consolé.

— Que dois-je faire à présent ?

— Pourquoi vous attendez-vous que je le sache ? répondit son assistante personnelle qui lui fournissait bien peu d'aide en cet instant.

— Parce que...

Sa voix s'éteignit doucement. Il avait été sur le point de répondre : « Parce que vous êtes une femme », mais s'était ravisé juste à temps. Il n'était pas juste d'émettre une telle hypothèse.

— Parce que vous semblez savoir tout le reste, se hâta-t-il de conclure.

— Occupez-vous de lui. Moi je vais nous trouver quelque chose à manger.

— Faye, je vous en prie. Que dois-je faire ? demanda-t-il d'un ton implorant, tout en se balançant d'un pied sur l'autre pour tenter de calmer Casey.

Chose qu'il avait vu d'autres personnes faire avec des bébés avec bien plus de réussite que lui. Il lui semblait que le nourrisson avait mal, mais quelle pouvait être la cause de sa douleur ?

Faye esquissa un geste en direction du biberon vide qu'il avait laissé plus tôt sur la table basse.

— Lui avez-vous fait faire son rot après son repas ?

— Son rot ?

— Vous savez, le tenir bien droit, lui frotter doucement le dos, pour l'inciter à faire son rot.

— Non.

— Alors il doit simplement avoir de l'air dans l'estomac. Mettez un tissu ou une serviette sur votre épaule et passez fermement votre main dans son dos. L'air ressortira.

— Comme cela ? demanda Piers, tout en frottant le dos minuscule du bébé d'un geste énergique.

— Oui, mais il va vous falloir une serviette...

Casey fit résonner une puissante éructation, et Piers sentit quelque chose de chaud et mouillé couler sur son épaule et d'un côté de son cou. Il réprima un frisson de répulsion et était presque trop dégoûté pour oser constater les dégâts.

— ... au cas où il vous cracherait dessus, finit Faye avec une expression presque satisfaite sur le visage.

S'il ne l'avait pas mieux connue, il l'aurait accusée de prendre plaisir à son inconfort. Mais toujours prompt à ne pas se laisser atteindre par les petites choses, Piers se contenta de gagner la cuisine et d'y prendre une poignée de serviettes en papier afin d'essuyer son cou et son épaule. L'odeur de lait légèrement caillé chatouillait ses narines.

— Essayez d'éviter qu'il y en ait sur ses vêtements, si vous le pouvez. À moins que vous vouliez le baigner et le rhabiller de propre, bien sûr.

Oui, il ne faisait pas erreur. Il y avait bien une pointe d'amusement dans son intonation. Piers se tourna vers elle, le bébé à présent calmé reposant dans le creux de son bras.

— Vous connaissez bien les bébés, dit-il à Faye d'un ton accusateur.

Elle eut un haussement d'épaules.

— Peut-être est-ce simplement parce que je sais tout, comme vous l'avez dit.

— Pouvez-vous le tenir pendant que je vais me changer ?

— Pourquoi n'iriez-vous pas me chercher aussi une tenue décente ? Je pourrai alors vous rendre cet abominable pull bonhomme de neige, répondit-elle en tirant dessus. Sérieusement, vous en avez réellement toute une collection ?

— C'est bien le cas en effet. J'en reviens cependant à ma question : pouvez-vous le tenir pour moi ?

— Non.

Et sur ce, Faye tourna les talons et s'éloigna.

— Dans ce cas que suis-je censé faire de lui ?

— Posez-le par terre sur une couverture ou allongez-le sur votre lit pendant que vous vous changez. Mais, comme vous lui avez donné son biberon, vous voudrez peut-être vérifier l'état de sa couche avant de le poser sur votre lit. Vous n'avez certainement pas envie que quoi que ce soit s'écoule sur votre bel édredon en soie, n'est-ce pas ?

Piers fut parcouru d'un frisson d'horreur.

— Vérifier l'état de sa couche ? Mais comment fait-on cela ?

Faye soupira et se retourna pour lui faire face.

— Vous n'en avez vraiment aucune idée ?

— Cela ne fait pas partie des aptitudes nécessaires pour diriger l'une des cinq cents entreprises les plus profitables du pays et assurer un travail à des milliers d'employés. Sérieusement, Faye, j'ai besoin de votre aide.

— Très bien, dit-elle avec l'enthousiasme d'un pirate près d'être jeté aux requins. Donnez-le-moi, allez-vous changer et revenez vite. Je vous donnerai un cours quand vous serez prêt.

Faye prit à contrecœur le nourrisson que Piers tendait vers elle. Elle dut immédiatement réprimer l'envie instinctive de le tenir tout contre elle et d'enfouir le nez dans le doux duvet qui recouvrait le sommet de sa tête. Au lieu de céder à cet élan, elle s'approcha en hâte de l'arbre de Noël où les décorations scintillantes étaient suffisamment nombreuses pour capter l'attention du bébé jusqu'au retour de Piers.

Elle était tout à fait capable de le faire, se dit-elle avec fermeté. Ce n'était qu'un bébé. Et elle n'était qu'une femme, que ses élans instinctifs incitaient à vouloir se montrer protectrice et attentionnée. Mais cela valait pour l'ancienne Faye, la nouvelle Faye, celle qui s'était réinventée, se suffisait à elle-même et était totalement indépendante. Elle n'avait nullement besoin des autres pour être heureuse dans l'existence, et d'ailleurs elle se portait bien mieux en gardant tout le monde à bonne distance. Elle faisait de son mieux quotidiennement pour s'assurer que tout se déroule sans accroc dans l'existence de Piers, et c'était ce à quoi se résumaient ses interactions avec d'autres êtres humains. Elle n'avait besoin de personne. Point final. En particulier, de ces toutes petites personnes qui avaient tant besoin de vous.

— Vous semblez à votre aise avec Casey. Est-ce que tout s'est bien passé pour lui ?

Faye espérait que Piers, qu'elle n'avait pas entendu revenir, ne l'avait pas sentie sursauter. Si vous lui donniez votre main, il était homme à vous prendre le bras entier. Il n'y avait rien d'étonnant à ce qu'elle se soit fixé pour mission de maintenir une telle exigence dans leurs relations professionnelles.

— Comment ça ? Vous attendiez-vous que je le découpe et le cuisine pour le dîner ?

Piers pencha la tête sur un côté et la regarda attentivement.

— Pourquoi pas ? Vous ne semblez pas particulièrement ravie de vous retrouver en sa présence.

Faye remit l'enfant dans les bras de Piers.

— Je ne suis pas une grande amatrice de bébés.

— Et pourtant vous sembliez savoir ce qui le perturbait tout à l'heure.

Faye ignora son commentaire.

Bien sûr qu'elle savait ce qui devait incommoder le petit Casey. N'avait-elle pas aidé sa mère dès le jour où elle était rentrée de la maternité avec son frère, Henry ? Et ensuite, après l'accident, n'avait-elle pas passé trois années en famille d'accueil, à aider aussi souvent que possible la mère chargée de tous ces enfants à prendre soin des tout-petits, comme pour tenter d'apaiser la culpabilité qu'elle ressentait à propos de la mort de son petit frère, alors encore bébé, de sa mère et de son beau-père ? Des morts dont elle portait la responsabilité. Son cœur ne s'était-il pas déchiré toutes les fois qu'un bébé ou un jeune enfant était adopté ou qu'il retournait dans sa famille, en emportant une part d'elle avec lui ? Et pourtant la culpabilité ne l'avait jamais quittée.

— Savoir ce qu'il faut faire et avoir envie de le faire sont deux choses totalement différentes, répliqua-t-elle. À présent, il vous faut apprendre à changer sa couche. À propos, le message indiquait-il qui est son père ?

Faye préférait changer de sujet plutôt que de risquer de laisser entrevoir un soupçon de ses sentiments réels.

— Moi, apparemment. Même si j'en doute. Quin se trouvait lui aussi ici à l'époque où ce bébé a probablement été conçu. Casey pourrait tout aussi bien être son fils.

Il est bien plus probable en effet qu'il le soit, songea Faye. Si Piers était un homme fortuné qui goûtait les plaisirs d'un mode de vie de play-boy quand il ne travaillait pas avec acharnement, son frère jumeau, qui lui ressemblait comme deux gouttes d'eau, avait pris l'habitude de repousser toujours plus loin les limites de sa vie de privilégié. Il avait également repoussé les limites de l'irresponsabilité, laissant derrière lui une ribambelle de cœurs brisés partout où il passait. Faye pouvait aisément imaginer qu'il ait pu être assez désinvolte pour laisser un peu de lui-même dans ce chalet avant de passer à sa prochaine conquête sans même imaginer le chaos qu'il avait pu semer derrière lui. Toutefois, penser du mal des morts ne se faisait pas, et elle savait que son frère manquait cruellement à Piers. En perdant Quin, il avait quasiment perdu une part de lui-même.

— Que prévoyez-vous de faire ? demanda-t-elle.

— Le garder, s'il s'agit de mon fils ou de celui de Quin.

— Et si tel n'est pas le cas ?

— Pour quelles raisons sa mère l'aurait-elle amené jusqu'ici si tel n'était pas le cas ?

Faye devait admettre que la remarque de Piers était des plus pertinentes, mais elle nota qu'il avait esquivé sa question de manière adroite. Presque aussi adroitement qu'elle aurait pu le faire elle-même dans des circonstances similaires.

— Combien de temps faudra-t-il selon vous avant que les téléphones soient de nouveau utilisables et que nous puissions obtenir de l'aide pour dégager la voie ?

— Une journée. Peut-être plus. Cela dépend du temps qu'il faudra à la tempête pour se calmer, j'imagine.

— Plusieurs jours ! Ne disposez-vous pas d'un téléphone satellite, d'une radio de secours ou de *n'importe quoi d'autre* ?

Une légère sensation de panique commença à envahir Faye. Se trouver en ces lieux, seule en compagnie de son patron, n'était pas ce qui lui posait problème. Il n'y avait entre eux qu'une simple relation de travail, et elle n'aurait jamais la prétention de croire qu'elle s'approchait ne serait-ce qu'un peu du « type » de femmes avec lesquelles il s'engageait de manière romantique. Non pas que ce soit ce qu'elle recherche, de toute façon. Mais se retrouver seule avec lui et un bébé ? Un bébé qui en cet instant gazouillait et lui souriait alors que Piers le tenait sereinement dans les bras ? Cela s'assimilait à ses yeux à une forme pure et simple de torture.

3

— Non, je ne possède pas d'émetteur radio.

— Eh bien, je compte bien y remédier dès mon retour à Los Angeles. Vous ne pouvez pas être coincé ici de cette façon.

— Faye, détendez-vous, lui conseilla Piers avec un petit sourire. Nous ne sommes pas sur le point de mourir.

— Je suis détendue.

— Non, vous ne l'êtes pas. Vous savez, en toute sincérité, je ne crois pas vous avoir jamais vue détendue.

— Bien sûr que si. Je suis toujours détendue au travail.

Il la regarda en levant un sourcil ironique.

— Vraiment ?

— Vraiment, dit-elle d'un ton plein d'aplomb, détournant les yeux de son visage parfaitement symétrique dont l'air interrogateur semblait refléter celui qui se peignait sur les traits du nourrisson si confortablement installé entre ses bras. Pour un homme n'ayant aucune expérience des tout-petits, il se comportait de manière étonnamment naturelle.

Faye tenta de calmer son rythme cardiaque. Très bien, donc, il leur était impossible d'établir la moindre communication avec l'extérieur. Il ne s'agissait pas de son pire cauchemar, mais si l'on ajoutait la présence d'un bébé dans les lieux, cela s'en approchait de très près. Et si quoi que ce soit se passait mal et qu'ils aient besoin d'une assistance médicale ? Et si... ?

Les lumières se mirent soudain à vaciller.

— Que s'est-il passé ? s'écria-t-elle d'un ton affolé.

— Rien qu'une petite baisse de tension. C'est parfaitement normal vu les conditions climatiques. Et si vous me montriez comment m'y prendre avec cette couche ?

— La couche. Entendu. Très bien.

Faye gagna la cuisine et prit dans le sac ce dont elle – ou plutôt, ce dont Piers – aurait besoin, avant d'emprunter dans la grande armoire à linge une épaisse serviette de toilette sur laquelle étendre le bébé. Elle se demandait ce que Meredith, la gouvernante de Piers, penserait de la situation à son arrivée. Enfin, quand elle serait en mesure d'arriver. Un sentiment de panique étreignit sa poitrine. Elle pensait avoir surmonté ses problèmes d'anxiété depuis plusieurs années déjà, mais il était un peu décourageant de constater qu'il suffisait qu'elle se retrouve coincée quelque part avec son patron et un bébé pour qu'ils reviennent au triple galop.

— Très bien, dit-elle en revenant dans la pièce principale. Maintenant choisissez un endroit agréable et bien plat, et étalez une serviette pliée en deux.

Piers procéda comme indiqué, posant le tissu d'une main sur le canapé sur lequel il avait fait dormir Casey plus tôt.

— Parfait, dit Faye qui se tenait toujours à bonne distance, à l'autre extrémité du canapé. Ouvrez la boîte de lingettes et placez-la près de vous, puis allongez Casey sur la serviette et défaites les boutons-pression de sa grenouillère.

— D'accord, pour l'instant, les choses ne se passent pas si mal, on dirait, dit Piers.

— Gardez une main sur son ventre. C'est une bonne habitude à prendre, comme cela quand il commencera à gigoter davantage ou à rouler sur lui-même, il y aura moins de risques qu'il tombe et se fasse mal.

— Mais comment savez-vous une chose pareille ? demanda Piers tout en accomplissant les gestes indiqués et en relevant le visage vers elle. Toute plaisanterie mise à part, je n'ai rien vu sur vos aptitudes à vous occuper des bébés dans votre CV.

Faye ignora la question. Bien sûr, il ne pouvait en être autrement. Elle n'allait sûrement pas s'aventurer à raconter l'histoire déchirante de son tragique passé. La dernière chose qu'elle souhaitait voir Piers lui témoigner était de la pitié.

La dernière chose ? Mais qu'en est-il de la première ? fit une petite voix malicieuse dans son esprit.

— Bon, dépliez maintenant les petits scotchs sur les côtés de la couche et venez...

Un chapelet de jurons franchit les lèvres de Piers.

— Mais bon sang, que se passe-t-il ? Est-ce normal ?

Faye ne put réprimer un éclat de rire. Comme s'il savait ce qu'elle trouvait si amusant Casey gazouilla joyeusement en gigotant sous la main de Piers.

— Je suis désolée, dit-elle, reprenant le contrôle de ses émotions. Je ne devrais pas rire. Oui, c'est tout à fait normal lorsqu'un petit n'absorbe que des aliments liquides. Faites attention, il ne faudrait pas que ses pieds tapent dedans.

Faye continua à lui livrer ses instructions, réprimant son rire lorsqu'elle vit Piers avoir un haut-le-cœur au moment de nettoyer les petites fesses de Casey. Mais cela ne fut rien comparé à sa réaction de stupeur lorsqu'il découvrit le petit jet dont le gratifia le bébé juste avant qu'il lui ait fermé sa couche propre.

Faye ne pouvait se souvenir de la dernière fois où elle s'était autant amusée. Son patron, habituellement si charmant et habile – le bourreau des cœurs, ainsi qu'il était surnommé au bureau –, semblait au comble de la maladresse quand il s'agissait de changer une couche.

Enfin, la tâche fut accomplie, et Piers se rassit sur ses talons avec une expression de vainqueur sur le visage.

— Vous vous rendez compte que vous allez probablement devoir faire cela huit à dix fois par jour, n'est-ce pas ? dit Faye en trouvant un malin plaisir à la situation. Y compris la nuit si son sommeil n'est pas encore bien réglé.

— Vous vous moquez de moi ? Combien de temps cela m'a-t-il pris ?

— Quinze minutes. Mais vous êtes novice. Vous irez plus vite avec l'habitude.

— C'est hors de question. Il n'y a pas suffisamment d'heures dans une journée.

— À quoi d'autre aviez-vous prévu de consacrer votre temps ? Ce n'est pas comme si vous comptiez travailler cette semaine.

— À divertir mes invités, peut-être ?

— S'il nous est impossible de sortir, eux ne pourront pas arriver non plus, lui rappela Faye, passant outre la petite crispation qu'elle sentit se nouer dans son ventre à cette pensée.

Elle détestait l'idée d'être bloquée quelque part, même si l'endroit en question était un luxueux chalet de dix chambres perché dans les montagnes.

— C'est vrai, mais j'espère qu'une fois la tempête calmée nous pourrons de nouveau utiliser les téléphones, les mobiles du moins, et appeler quelqu'un pour qu'il vienne dégager la route et récupérer votre voiture.

— Et ensuite je pourrai rentrer chez moi, fit-elle en poussant un lourd soupir.

— Et ensuite vous pourrez rentrer chez vous, acquiesça Piers qui tenait Casey sur ses genoux. Pourquoi haïssez-vous tant Noël, Faye ?

— Je ne hais pas Noël.

— Oh si ! vous détestez cette période de l'année.

Piers la fixa droit dans les yeux, et Faye se sentit légèrement frémir sous son regard pénétrant. La pointe de ses seins nus se tendit contre la laine du pull au bonhomme de neige, et son souffle se bloqua dans sa poitrine.

Non, elle ne ressentait pas la moindre attirance pour cet homme. Il n'avait absolument rien de séduisant, assis comme cela avec un pull orné d'un renne mutant et câlinant un tout petit bébé comme s'il s'agissait de la chose la plus naturelle au monde. De nouveau l'éclairage de la maison se mit à vaciller.

— Je ferais mieux de trouver des lampes de poche. Où les rangez-vous ?

— Dans la cuisine, j'imagine. D'habitude, c'est Meredith qui s'occupe de tout cela, répondit Piers en évoquant la gouvernante qui aurait dû arriver le soir même.

Au-dessus de leurs têtes, la lumière dispensée par le plafonnier faiblit de nouveau avant de s'éteindre tout à fait.

Faye réagit vivement.

— Nous sommes dans le noir ! s'exclama-t-elle.

— Laissez le temps à votre vision de s'adapter. Avec le feu

dans la cheminée, nous y verrons suffisamment clair dans une minute, fit Piers d'un ton apaisant.

Faye se sentait impuissante, et c'était un état qu'elle évitait généralement à tout prix. Ne pas avoir le contrôle ou ne pas pouvoir influer sur l'issue des situations équivalait pour elle à une plongée aux enfers. Où se trouvait donc son téléphone portable ? Il avait une fonction « lampe torche ». L'appareil de Piers, plus proche, devait aussi en être équipé.

— Donnez-moi votre téléphone, lança-t-elle avec autorité.

— Il n'y a pas de réseau, vous l'avez oublié ? répondit-il d'un ton taquin.

Elle pouvait uniquement distinguer qu'il jouait encore avec le bébé qui, lui, demeurait complètement insensible au tour pris par la situation. Cela dit, une fois qu'on avait été abandonné par sa propre mère, être confronté à une coupure de courant n'avait vraiment rien de comparable dans son petit monde.

— Il y a une fonction « lampe torche », vous l'avez oublié ? lui répondit-elle d'un ton cinglant.

Piers se leva, glissa la main dans sa poche et lui tendit son téléphone.

Celui-ci avait gardé la chaleur de son corps, et elle la sentit s'infiltrer dans la paume de sa main avec presque autant d'intensité que si Piers lui-même l'avait touchée.

— Faye, l'électricité sera rétablie en un rien de temps, ne vous inquiétez pas. De plus, je possède un groupe électrogène de secours. Je vais aller le mettre en marche. En attendant, détendez-vous – et profitez de cette ambiance particulière.

Une ambiance particulière ? Si l'on voulait considérer le côté positif de la situation, les éclairages de Noël s'étaient éteints, et les chants s'étaient tus. Alors, oui, elle était prête à savourer ce changement, puisqu'elle n'avait pas le choix.

— Je ne m'inquiète pas. J'élabore des plans de secours, voilà ce que je fais, répondit-elle.

Après avoir allumé la torche sur le téléphone de Piers, Faye parvint à gagner la cuisine où elle fouilla les tiroirs et trouva plusieurs lampes de poche rangées avec soin, aux côtés d'ampoules et de piles, par Meredith. Elle regagna la pièce principale. Piers ne s'était pas trompé : grâce au feu de cheminée il ne fallut pas longtemps à ses yeux pour s'adapter à l'agréable lueur qui caressait l'intérieur de la pièce.

Mais la lumière vacillante des flammes lui rappela bien trop vite une autre époque, une autre nuit, un autre feu – ainsi que les cris qui l'avaient accompagné.

Se forçant à réprimer les tremblements qu'elle sentait monter en elle, Faye aligna méthodiquement les lampes de poche sur la table basse avant de s'asseoir.

— J'imagine que vous n'êtes pas non plus une grande amatrice d'obscurité, alors ? demanda Piers d'un ton désinvolte.

— Je n'ai jamais rien dit de tel. Simplement, j'apprécie d'être parée à toute éventualité.

À travers l'obscurité, Faye distingua que Piers haussait légèrement les épaules.

— Parfois, vivre dangereusement et se frotter à l'inattendu sont des choses qui ont du bon.

— Pas en ce qui me concerne, dit-elle d'un ton sans appel.

L'inattendu avait été à l'origine des pires moments de son existence, et depuis elle s'était donné pour but de ne plus jamais être aussi vulnérables face aux événements. Jusqu'à présent elle y avait réussi avec brio.

Face à elle Piers émit un petit gloussement, et le bébé sembla lui répondre en l'imitant.

— Il a l'air heureux, constata Faye.

Une existence aussi simple que celle d'un bébé devait être bien agréable. Mais se trouver dans un tel état de vulnérabilité ? Faye se sentit frémir. Non, elle était bien mieux en vivant comme elle l'avait voulu. Isolée sur son île.

— Qu'allez-vous faire de lui ? demanda-t-elle.

— À part le garder avec moi ? L'élever pour qu'il devienne un Luckman, j'imagine, répondit Piers avec un sourire laconique aux lèvres. D'après le petit mot, cet enfant est le mien.

Faye se redressa une nouvelle fois.

— Nous savons tous deux que c'est impossible. Vous ne sortiez même pas avec quelqu'un à l'époque où il a été conçu. Vous aviez rompu avec Adele et n'aviez pas encore fait la connaissance de Lydia. À moins de vous être accordé une aventure d'un soir pendant les vacances de Noël ?

Piers eut un petit rire surpris.

— Je ne peux pas croire que vous sachiez précisément avec qui je suis sorti et à quel moment.

— Bien sûr, je n'oublie pas ce genre de détails. La plupart du temps j'ai été plus proche que vous de chacune de ces femmes, vous en souvenez-vous ?

— Je m'en souviens en effet, et vous avez raison. Je n'étais avec personne, au propre comme au figuré, durant ces congés.

— Pour quelle raison alors la mère de Casey dit-elle qu'il est de vous ? Elle doit certainement savoir avec qui elle a couché à cette période.

Ou bien cette femme n'en avait-elle aucune idée...

Le frère jumeau de Piers avait entamé son séjour au chalet quelques jours avant le réveillon du nouvel an. Piers quant à lui avait dû prendre un vol pour Los Angeles, où il était resté deux jours pour contresigner un nouvel accord. Si Quin s'était toujours montré charmant, il était clairement dépourvu du sens moral et de l'éthique professionnelle de son jumeau légèrement plus âgé. Faye avait l'intime conviction qu'une partie du problème de Quin tenait à ce qu'il avait toujours tout obtenu trop facilement dans l'existence – en particulier des femmes – et que cela l'avait conduit à devenir une personne blasée et cynique. Faye se demanda s'il s'était parfois fait passer pour son frère dans certaines situations désagréables. Et cette arrivée impromptue d'un bébé dans la vie de Piers en était bien une.

— Si jamais nous parvenons à la retrouver, je m'assurerai de lui poser la question, dit Piers, un sourire ironique sur les lèvres. Nous n'avons pas beaucoup d'éléments pour débuter nos recherches, n'est-ce pas ?

C'était le cas en effet. Faye se dit qu'il lui faudrait ajouter à sa liste de tâches celle de s'entretenir avec leurs détectives privés dès l'instant où ils retrouveraient la civilisation.

Piers fit glisser Casey vers le creux de son bras, et le bébé se pelotonna contre lui, ses petits yeux se refermant aussitôt. Le tableau qu'ils formaient tous les deux était d'une douceur si émouvante que Faye préféra s'en détourner.

Elle se rapprocha de la cheminée et tendit les mains vers les flammes crépitantes.

— Vous avez encore froid ? demanda Piers.

— Plus vraiment.

— Je devrais aller chercher cette nourriture que je vous ai promise.

— Non, c'est inutile. Je m'en charge. Vous, tenez le bébé, répliqua-t-elle d'un ton ferme tout en attrapant une lampe de poche sur la table. Je reviens dans quelques minutes.

Piers la regarda s'enfuir comme si les chiens de l'enfer étaient à ses trousses. Pourquoi son assistante personnelle, si terriblement efficace dans son travail, avait-elle si peur des bébés ? C'était plus que de la peur, cependant, songea-t-il. Il n'avait pas doublé la valeur de l'empire familial estimé à un milliard de dollars en se laissant duper par ce que la surface des choses donnait à voir. Son habileté à explorer le cœur de toute question constituait l'une de ses plus grandes forces, et l'idée de plonger dans les secrets bien gardés de Faye exerçait sans le moindre doute un puissant attrait sur lui.

Casey dormait à présent à poings fermés entre ses bras. Il reposa le bébé à l'intérieur de la forteresse de coussins puis déposa délicatement la petite couverture sur lui. Alors qu'il manipulait le doux lainage, il se demanda si le nourrisson avait de la famille qui se souciait de lui. Une famille qui pourrait se demander où il se trouvait.

Si Piers renvoyait l'image d'un séducteur porté vers la paresse, la surface des apparences cachait un esprit vif qui ne cessait jamais de travailler. Il se sentait frustré de ne rien pouvoir faire de plus pour découvrir quels événements avaient mené à ce que Casey ait été déposé chez lui.

Mais il pouvait creuser un peu plus la question de l'apparente phobie qui s'emparait de Faye dès qu'il était question de nourrissons. Son assistante attisait sa curiosité sur de nombreux plans, et il en avait été ainsi dès leur rencontre. Il avait toujours perçu chez elle la présence de cicatrices émotionnelles ; sa façon de se comporter, en rendant si inaccessible aux autres tout une part d'elle-même, le lui avait laissé aisément supposer. Mais à présent il savait que son corps lui aussi était marqué de cicatrices, il brûlait brusquement d'en connaître la raison. Ces deux faits étaient-ils liées ? Et puis, comment se faisait-il qu'elle sache si bien s'y prendre avec un tout petit enfant alors qu'elle n'était pas mère ?

Satisfait de savoir le bébé en sûreté, Piers se releva et se dirigea vers la cuisine, où Faye s'affairait. À en juger par la délicieuse odeur, elle avait trouvé dans le congélateur la délicieuse soupe à la tomate de Meredith et la faisait réchauffer sur la cuisinière à gaz. Toujours pleine de ressource, elle avait allumé des bougies placées dans des bocaux pour leur fournir un meilleur éclairage.

Faye était occupée à parsemer une ciabatta coupée en tranches de fromage râpé lorsqu'elle nota sa présence.

— Déjà lassé par le bébé ?

— Il s'est endormi, alors j'ai pensé venir vous embêter un peu, pour changer.

— Il en faut beaucoup pour m'embêter, vous savez.

— Casey semblait pourtant y parvenir, répliqua Piers qui était déterminé à découvrir la raison de son aversion pour le nourrisson.

— Il ne m'embête pas le moins du monde. Je ne suis pas fan des bébés, voilà tout, dit-elle d'un ton léger tout en plaçant le pain et le fromage sous le gril. Il existe des femmes qui ne sont pas des grandes amatrices de bébés, vous savez.

— La plupart d'entre elles ont une bonne raison pour cela. Quelle est la vôtre ?

Parfois mieux valait aborder franchement les sujets, avait-il constaté. Avec Faye, il savait pouvoir obtenir une réponse dans la moitié des cas. Mais en cette soirée, la chance ne semblait pas être de son côté.

Piers l'observa se déplacer dans la cuisine et trouver avec aisance tout ce dont elle avait besoin pour préparer leurs plateaux-repas. Il avait toujours apprécié ses aptitudes et sa fiabilité, mais en cet instant il regrettait qu'elle ne fasse pas montre d'un peu moins de professionnalisme impeccable et d'un peu plus de facilité à se livrer. Il aurait tant aimé en savoir davantage à son sujet. Qui était-elle réellement ? Comment était-elle devenue aussi habile avec les bébés tout en paraissant pourtant les détester ? Non, « détester » n'était pas le mot adéquat. C'était de la peur qu'il avait lue dans ses yeux, ainsi qu'une sincère volonté de créer une vraie distance avec Casey.

— Avez-vous peur de lui ? demanda Piers sur un ton qui se voulait léger. Je pourrais le comprendre si c'était le cas. J'étais toujours été terrifié à l'idée de faire tomber un bébé par terre si jamais j'avais à en tenir un dans mes bras.

— Vous ? Terrifié ? demanda-t-elle, en levant un sourcil sceptique.

À la lueur de la bougie, il fut de nouveau frappé par le fait que Faye était une femme très séduisante. Pourtant, il n'avait pas un faible ni ne ressentait une quelconque attirance pour elle.

Menteur ! lança une petite voix dans sa tête. Depuis toujours, son attrait pour elle reposait autant sur son apparence et que sur son indifférence à ses charmes. Peu importait ce qu'il disait, faisait ou portait, - ou ce qu'il ne portait pas -, elle demeurait totalement insensible à lui. En outre, elle ne se livrait jamais à la moindre flagornerie - et lorsque ses idées ou ses exigences étaient déraisonnables, elle n'hésitait jamais à le lui dire franchement.

Il s'aperçut qu'elle avait de nouveau réussi à détourner l'attention d'elle.

— Vous êtes très douée pour cela, vous savez, lança Piers avec un petit sourire.

— Pour quoi ? Les toasts au fromage ? répondit-elle d'un ton désinvolte tout en lui tournant le dos pour sortir du four la plaque chargée de toasts dorés.

Faye mit le pain garni de fromage sur son plateau, ne prenant au passage que deux petits morceaux pour elle-même.

Pas étonnant qu'elle soit si svelte. Ce qu'elle mangeait suffirait à peine à satisfaire un moineau.

— Non, je voulais parler de votre capacité à éviter de répondre à mes questions,

— Voulez-vous de la crème dans votre soupe ?

Et voilà qu'elle recommençait...

— Faye, dites-moi, avez-vous peur des bébés ?

Elle poussa un profond soupir.

— Non, pas du tout. Voulez-vous de la crème ou non ?

Faye étant toujours extrêmement attentive à la présentation des choses, il la regarda d'un air amusé faire couler la crème dans son assiette puis faire apparaître un motif de flocon de neige à l'aide d'une pique de bois.

— C'est charmant. Où avez-vous appris à faire cela ?

— Nulle part, dit-elle doucement.

Mais une ombre passa sur ses traits, et elle sembla se replier un peu plus sur elle-même.

— En fait, ce n'est pas exact, reprit-elle d'une voix légèrement tremblante. Je l'ai appris quand j'étais enfant.

Elle mordit subitement sa lèvre inférieure, comme si elle réalisait à l'instant qu'elle en avait soudain trop dit.

— Votre mère vous l'a appris ?

Un bref hochement de tête fut son unique réponse.

Piers perçut que ce souvenir lui était douloureux et regretta d'avoir insisté. Mais il savait, mieux que la plupart des gens ne l'imaginaient, que parfois il fallait supporter la douleur avant de pouvoir récolter le fruit de ses efforts. Oh ! bien sûr il était né avec de nombreux privilèges et plus d'argent que nécessaire. Beaucoup pensaient qu'il ignorait la souffrance et le manque - et peut-être, si l'on se plaçait à leur échelle, était-ce bien le cas. Pourtant en dépit de tous les avantages que sa vie lui avait accordés, il savait ce qu'était la solitude, et en cet instant c'était un terrible sentiment de solitude qu'il lisait au fond des yeux de son assistante. Il sentit monter en lui l'urgent désir d'y remédier.

Mais comment un homme qui possédait à la fois tout et rien, pouvait-il offrir de l'aide à une personne qui refusait que quiconque l'approche ?

Une chose accrochée au luminaire fixé au-dessus de la tête de Faye capta son regard. Du gui. Sans réfléchir, Piers la prit dans ses bras. Puis il fit ce qu'il savait faire mieux qu'aucun autre homme sur Terre. Il l'embrassa.

4

L'onde de choc se propagea dans l'esprit de Faye avant de céder rapidement la place à quelque chose d'autre. Quelque chose qui éveillait le frisson de la tentation, une promesse de plaisir. Les lèvres de Piers étaient chaudes et fermes, son baiser si doux, si délicieusement enivrant.

Même si son esprit lui criait qu'il s'agissait d'une mauvaise idée sur bien des plans, une part d'elle – enfouie tout au fond de son âme – sembla s'épanouir en éprouvant cette chaleur et ce réconfort inattendus. Du réconfort, mais également une autre promesse qui semblait se tapir juste au-dessous. Un sentiment qui lui indiquait que c'était elle qui déciderait ce qui se passerait ensuite. Qu'elle avait la liberté de mener cette danse jusqu'au point de son choix.

Dans son souci de se protéger contre toute autre souffrance émotionnelle, elle s'était toujours tenue à bonne distance des gens. Elle savait à quel point il était douloureux de perdre ceux que vous aimiez – à quel point cela l'avait détruite et laissée dévastée, lui donnant le sentiment de ne plus être qu'une coquille vide. Elle savait que ses tentatives pour combler ce vide n'avaient fait que raviver sa douleur. Elle avait érigé de plus hautes barrières encore pour fermer son cœur et ne plus jamais souffrir. Et pourtant, voici qu'elle se retrouvait dans cette situation, voici qu'elle se faisait embrasser par l'homme pour lequel elle travaillait et qu'elle *ressentait* des émotions qu'elle avait voulu éviter depuis des années. Et elle en voulait davantage. C'était tout à la fois exaltant et terrifiant.

Même si l'esprit de Faye semblait ne pas vouloir se plier à la situation, son corps, lui, ne pouvait s'empêcher de réagir. Elle sentit le désir s'allumer tout au fond de son ventre, et son cœur se mit à battre un peu plus fort. Oh ! bien sûr, elle avait déjà été embrassée, mais rien dans son expérience restreinte ne l'avait préparée à ce vertige, à cette envie ardente.

Sa raison cependant finit par reprendre le dessus, lui rappelant qu'il ne s'agissait pas de n'importe quel homme, et qu'elle n'était pas dans n'importe quelle situation. Il s'agissait de son patron. Cela avait lieu chez lui. Et un bébé se trouvait dans la pièce adjacente.

Faye posa une main sur la poitrine de Piers. Tandis qu'elle ressentait la chaleur de son torse à travers sa chemise, et les contours fermes de ses muscles, sa paume fut parcourue de délicieux picotements. Ses doigts se recroquevillèrent sur l'étoffe, un très court instant, avant qu'elle remette la main à plat et le repousse légèrement.

Il réagit aussitôt - s'écartant d'un pas avec une expression étonnée au fond des yeux, une expression qu'il masqua bien vite. Si elle n'avait pas surpris cette brève lueur dans son regard, elle aurait cru au sourire désinvolte qu'il afficha comme pour laisser entendre que ce baiser n'était pas si important.

Faye lutta pour contraindre son cœur à plus de calme et à ne pas dévoiler le chaos qui agitait son esprit. Elle baissa la tête pour éviter de poser les yeux sur lui, pour éviter de révéler à quel point elle avait apprécié ce baiser. Elle prit une profonde inspiration et choisit ses mots avec le plus grand soin.

— Si vous désirez que je continue à travailler pour vous, mieux vaudrait que ce soit la dernière fois que vous agissez de la sorte avec moi, dit-elle d'une voix à la maîtrise surprenante. Tenez, votre plateau est prêt.

Elle prit le plateau contenant le dîner de Piers et le lui tendit avant de se retourner pour finir de préparer le sien.

— Faye, je...

— Inutile d'en reparler. Ou de vous excuser, si c'est ce que vous aviez en tête. Passons juste à autre chose, d'accord ?

— Je veux que vous sachiez que je désire vraiment que vous continuiez à travailler pour moi.

— Très bien, alors ce qui vient de se passer ne devra pas se reproduire.

— Était-ce vraiment si affreux ? demanda-t-il avec une pointe d'inquiétude dans le regard.

— Je croyais que nous étions d'accord pour ne pas évoquer de nouveau le sujet.

— En fait, *nous* ne nous sommes mis d'accord sur rien de précis. Mais c'est entendu, si vous ne voulez pas en parler, nous n'en parlerons pas.

L'avait-elle froissé ? Cela n'avait pourtant pas été son intention... Mais si cela signifiait qu'il ne ferait plus jamais de chose aussi insensée que d'essayer de nouveau de l'embrasser, alors il s'agissait d'une bonne chose. *Vraiment ? Bien sûr que oui !* Et il n'était pas homme à garder rancune envers quiconque, une qualité qu'elle admirait chez lui.

— Laissez-moi porter cela pour vous, dit Piers en passant son propre plateau dans une main et en saisissant celui de Faye de l'autre.

Il se moquait gentiment d'elle. Oh ! pas d'une manière trop évidente, mais elle percevait la note d'humour dans son ton. Ce qu'elle avait dit l'avait en réalité plus amusé que contrarié, elle en avait la certitude.

Déterminée à éviter trop d'interactions supplémentaires avec lui, elle décida d'accepter sans protester. Ils n'allaient pas très loin, et si elle faisait le choix de l'un des profonds fauteuils pour prendre place près du feu elle n'aurait pas à s'asseoir à côté de lui.

Une fois installée, son plateau sur les genoux, ses pensées la ramenèrent au baiser et à l'homme assis face à elle.

L'éclat des flammes dans la cheminée parait son visage d'éclats dorés et de zones d'ombre, mettant en valeur l'arrondi de ses pommettes et le contour de sa mâchoire. Il avait perdu du poids durant l'année écoulée, depuis la mort de son frère jumeau. Elle réalisa, choquée, qu'elle ne s'en était pas aperçue jusqu'alors. Elle avait été trop occupée à éviter de laisser ses regards s'attarder trop longtemps sur lui. À exécuter les instructions qui lui étaient transmises, à anticiper les autres et à effectuer son travail du mieux qu'elle le pouvait. En tant qu'assistante, toutefois, elle n'avait pas prêté grande attention à l'aspect plus personnel de la situation de Piers Luckman.

Même si elle avait géré la plus grande part de l'organisation des funérailles de Quin, elle n'avait présenté à Piers que des condoléances convenues. Qu'avait-il ressenti, en perdant cette moitié de lui-même ? Elle était si totalement emmurée dans sa propre carapace qu'elle s'était rendue insensible à sa douleur une fois dissipé le choc initial causé par la mort de Quin.

Et pourquoi diable se souciait-elle de cette question ? Ce n'était pas comme s'il était sur le point de lui faire part de toute sa tristesse à présent qu'il l'avait embrassée. Machinalement, elle se mordilla la lèvre inférieure comme pour se remémorer la sensation de sa bouche sur la sienne. Le bruit d'une cuillère tombant dans un bol vide ramena son attention vers l'homme assis face à elle, et le rouge de l'embarras lui monta aux joues.

— C'était délicieux. Rappelez-moi de remercier Meredith d'avoir laissé d'aussi savoureuses provisions.

— Je n'y manquerai pas, dit Faye en plongeant la main dans son sac pour saisir son bloc-notes.

— Faye, je plaisante. Vous avez fini votre journée de travail, vous en souvenez-vous ?

La même note d'humour transparaissait de nouveau dans sa voix, et elle sentit un frisson parcourir sa nuque. Elle le regarda droit dans les yeux.

— Vous me payez pour accomplir ce genre de tâches. Disons qu'il s'agit plutôt d'heures supplémentaires.

Piers soupira.

— Vous pouvez vous détendre, Faye. Qu'il s'agisse ou non de vos horaires de travail, je me réjouis de votre présence.

Il jeta un regard au bébé endormi, et elle nota dans la pénombre l'inquiétude qui marquait ses traits. Elle se sentit dans l'obligation de le rassurer.

— Tout ira bien pour lui. Vous vous en sortez parfaitement jusqu'ici.

— Je ne peux m'empêcher d'avoir de la peine pour lui. Sa mère l'a abandonné. Son père n'est plus là.

La voix de Piers se brisa sur ce dernier mot.

— Quin me manque. J'ai l'impression qu'avoir Casey ici m'offre une nouvelle chance, vous comprenez ? La chance d'avoir une véritable famille.

— Vous avez vos parents, et une grande famille également. Ils sont tous bien réels.

— Et pourtant, d'aussi loin que je m'en souvienne, j'ai toujours eu le sentiment que Quin et moi ne pouvions compter que l'un sur l'autre.

Mal à l'aise, Faye s'agita dans son siège. La conversation prenait un tour bien trop personnel. Piers n'avait jamais beaucoup parlé de ses proches. Elle avait toujours secrètement jalousé le fait, jusqu'à ce que Quin disparaisse, que tous aient été encore présents pour lui. Mais l'étaient-ils vraiment ?

En y repensant, ses contacts avec les parents de Piers et sa famille élargie avaient porté sur ce que son patron pouvait faire pour eux, jamais l'inverse. Et alors qu'il couvrait tout le monde de présents il était rare qu'il en reçoive en retour.

— Je suis désolée, dit-elle comme pour combler le silence.

— Ce petit bonhomme ne grandira pas seul. Je serai toujours là pour lui.

— Vous n'êtes même pas certain qu'il soit l'enfant de votre frère.

— Les dates correspondent. Vous savez comment était Quin. Mon seul regret est de ne pas avoir appris plus tôt l'existence de Casey – j'aurais pu aider davantage sa mère.

Il soupira avant de poursuivre d'un ton résolu.

— Elle avait besoin d'aide, et Quin ne pouvait être là pour elle. Je la retrouverai, Faye. Je m'assurerai qu'elle va bien avant d'aller plus loin par rapport à Casey, mais je veux lui offrir le genre de vie qu'il mérite.

Les mots de Piers provoquèrent un pincement dans sa poitrine. Cette nouvelle facette de sa personnalité était bien trop attirante. C'était à cause du bébé, c'était l'unique explication possible.

Après la mort de son frère, encore bébé, treize années plus tôt, elle avait inconsciemment tenté de remplir ce vide béant dans son existence. Ses tentatives s'étaient soldées par des échecs, et elle avait appris à s'endurcir pour ne plus s'impliquer dans la moindre relation. Et voici qu'à présent elle se retrouvait coincée avec un homme qui l'attirait sur de si nombreux plans – en dépit de tous ses efforts pour garder le contrôle de ses réactions – et un nourrisson sans défense qui réveillait des instincts anciens qu'elle croyait avoir éradiqués pour toujours.

Faye se leva pour rapporter les plateaux dans la cuisine.

— Attendez, laissez-moi me charger de cela. Vous, vous avez cuisiné.

Elle se hâta de s'esquiver.

— Je n'appellerais pas « cuisiner » le fait de réchauffer un peu de soupe et de faire fondre du fromage sur du pain grillé. De plus, Casey s'est réveillé. Vous allez devoir vérifier sa couche.

— Encore ?

— Eh oui ! lança-t-elle tout en prenant la direction de la cuisine en s'éclairant de sa lampe de poche.

Piers la regarda s'éloigner. Il était déterminé à découvrir pourquoi elle tenait si fermement à rester à distance du bébé.

— Je ne vois pas où est le problème, et toi ? dit-il doucement au petit garçon qui levait les yeux vers lui en agitant vigoureusement les jambes sous la couverture.

Mais peut-être n'était-ce plus le bébé qu'elle évitait désormais. Peut-être n'était-ce que lui. Au début, il aurait pu jurer qu'elle réagissait favorablement au baiser qu'il lui avait donné sous le gui. Comment ça, « favorablement » ? La vérité était qu'elle avait semblé s'abandonner entièrement, mais cela n'avait rien été en comparaison de la façon dont leur brève étreinte l'avait fait se sentir, lui. Même en cet instant, alors qu'il y repensait, ce moment partagé était encore chargé du pouvoir de le laisser étourdi.

Il avait embrassé nombre de femmes dans sa vie mais, jusqu'à présent, aucune d'elles n'avait provoqué un tel émoi en lui à cause d'un contact aussi simple. Les sensations qui l'avaient assailli dès l'instant où ses lèvres avaient touché celles de Faye avaient eu une intensité insensée. Il avait dû se freiner, se forcer à ne pas l'attirer plus vigoureusement contre son corps pour la sentir tout entière. Il avait dû réprimer tous ses instincts pour garder la simplicité et la légèreté de ce baiser.

— Qui aurait pu s'en douter ? dit-il à voix basse tout en prenant Casey dans ses bras. Juste un baiser, hein ? Qui l'aurait cru ?

Que s'était-il libéré en lui au moment de cette étreinte ? Son instinct l'avait poussé à vouloir la distraire de ses pensées, peut-être même tenter de la réconforter. Mais au lieu de cela il l'avait énervée – ce qui était sans doute aussi efficace pour lui changer les idées, même si cela lui laissait peu d'espoir de pouvoir répéter l'exercice bien qu'il en meure d'envie.

Voudrait-il aller plus loin alors qu'elle avait clairement indiqué qu'elle ne voulait plus de moment d'intimité entre eux ? Il n'était pas homme à abandonner face au premier obstacle, mais les enjeux étaient grands. Faye était la meilleure assistante qu'il ait jamais eue. Son attitude distante lui avait permis de garder son esprit fermement concentré sur son travail, l'avait aidé à trouver l'équilibre pour mener à bien ses journées si chargées. Sa capacité à anticiper ses besoins était incomparable. Il avait parfois le sentiment qu'elle le connaissait mieux qu'il ne se connaissait lui-même.

Il l'avait trouvée attirante dès le premier instant mais avait respecté les limites très nettes qui les séparaient en tant que patron et employée. Des limites qu'il mettait un point d'honneur à établir depuis que ses deux derniers assistants – l'un, homme ; l'autre, femme – avaient compliqué les choses en lui déclarant leur flamme. Il travaillait avec Faye depuis trois ans désormais. Il la respectait, comptait sur elle et lui accordait toute sa confiance. Mais à présent qu'il l'avait embrassée… Eh bien, cela avait laissé entrevoir quelque chose d'entièrement différent.

Elle affichait peut-être un air froid et impénétrable au bureau, mais depuis son arrivée au chalet Piers l'avait trouvée différente. Peut-être était-ce parce que, pour la première fois, il l'avait vue vêtue d'autre chose que de ses habituelles tenues traduisant sa rigueur. Il devait admettre que bien que le pull qu'il lui avait imposé ait été hideux, la voir porter ses propres vêtements lui avait donné le sentiment qu'elle était plus accessible. C'était comme si d'une certaine manière elle lui appartenait.

Et cela avait été le cas, pendant un court moment. Il y avait eu entre eux une connexion physique et, il se plaisait à le croire, émotionnelle. Il avait senti l'élan plein de curiosité de sa réponse, l'intérêt sincère qui s'était exprimé. Jusqu'à l'instant ultime où elle l'avait repoussé, elle avait été autant investie que lui dans ce baiser.

— Je ne rêve pas, n'est-ce pas ? demanda-t-il au bébé lové dans ses bras. Peut-être le moment est-il venu de découvrir si les rêves peuvent réellement devenir réalité, fit Piers en souriant à son tour.

Cette question serait à aborder avec prudence. La dernière chose qu'il désirait était que Faye lui tourne réellement le dos et démissionne. Mais il serait certainement capable de faire progresser les choses sans la contraindre à cette extrémité. C'était un homme plein de ressource. Il réfléchirait à un moyen. Il n'avait pas peur de travailler dur. Pas quand quelque chose était important, et il avait la puissante impression que Faye pouvait devenir bien plus importante pour lui qu'elle ne l'était déjà. Et il réalisa que tout au fond de lui montait l'envie d'être tout aussi important à ses yeux. Si jamais elle le laissait l'être.

Quand Faye regagna la pièce principale, il se leva avec Casey dans les bras et lui tendit le bébé. Elle semblait près de tendre instinctivement les mains pour prendre l'enfant, mais effectua soudain un pas en arrière.

— Que faites-vous donc ? dit-elle d'un ton circonspect.

— Je vous invite à le prendre. Il ne mord pas. Il n'a même pas de dents.

Faye leva les yeux au ciel d'un air exaspéré.

— Je sais qu'il ne mord pas, mais pourquoi le tiendrais-je ?

— Je dois aller vérifier le fonctionnement du groupe électrogène, voir si nous pouvons avoir un peu d'électricité.

— Peut-être puis-je m'en charger pour vous ? proposa-t-elle, évitant toujours de tenir le bébé.

— Il est plus simple que je le fasse moi-même. Je sais exactement où il se trouve et comment le faire fonctionner. Je ne serai pas long, je vous le promets.

— Très bien, dit-elle, avec une note évidente d'irritation dans la voix. Dépêchez-vous.

Piers la regarda caler le bébé contre elle, l'assurance de ses mouvements laissant supposer de manière troublante que son corps avait la mémoire de ces gestes. Il aimait observer cette facette de sa personnalité, même si elle était réticente à l'exposer.

Il lui fallut peu de temps pour atteindre le groupe électrogène installé dans un petit abri à l'arrière du chalet. Le mettre en marche, cependant, fut un peu plus long, et il regagna la maison avec les doigts blanchis par le froid.

Il s'était attendu à retrouver la maison étincelante de lumières et baignant dans l'ambiance des chants de Noël mais, au lieu de cela, quand il entra seul parvint à ses oreilles un doux fredonnement provenant de la cuisine. Il suivit le son et découvrit que Faye s'y trouvait avec le bébé sur la hanche et que d'une main elle lui préparait un biberon. Son fredonnement cessa dès qu'elle l'aperçut.

— Je croyais que cela devait être rapide. Des problèmes ?

— Rien qui n'ait été au-delà de mes capacités.

Piers balaya la pièce du regard.

— Les guirlandes lumineuses sont éteintes ?

— Je me suis dit qu'il valait mieux ne pas trop solliciter le groupe électrogène, répondit Faye en baissant la tête.

Piers suspecta que cette décision avait été dictée par son dédain inexpliqué et manifeste pour les fêtes de fin d'année, plutôt que par le besoin d'économiser l'énergie à leur disposition. Mais il n'avait pas l'intention d'entrer dans une discussion à ce sujet.

— Où avez-vous prévu de faire dormir Casey cette nuit ? demanda-t-elle, le dos tourné à Piers.

— Je n'y ai pas encore réfléchi à vrai dire. Pourquoi pas dans mon lit, avec moi ? Il aura plus chaud ainsi, non ?

— Beaucoup d'études déconseillent de dormir avec un bébé. Vous feriez mieux de lui fabriquer une sorte de berceau en utilisant un tiroir de votre commode ou une grande boîte en carton. Vous n'aurez qu'à plier une couverture ou plusieurs serviettes de toilette pour lui confectionner un matelas ferme. Et sa petite couverture lui suffira amplement. Votre chambre devrait être assez chaude.

Piers ne put dissimuler sa surprise. Ses paroles semblaient tout droit sorties d'un manuel de puériculture. Comment savait-elle tout cela ?

— Entendu, je m'en charge sur-le-champ. Comment connaissez-vous toutes ces choses ?

Elle haussa ses épaules graciles dans le pull bien trop grand qu'il lui avait prêté.

— Ce n'est qu'une question de bon sens, rien de plus. Au fait, je vais préparer un biberon pour Casey au cas où il ait faim cette nuit. Je le placerai ici, dans le frigo.

— Un biberon pour la nuit ?

Elle soupira et secoua la tête.

— Vous ne connaissez absolument rien aux bébés, n'est-ce pas ?

— Je plaide coupable. Je n'ai jamais fait très attention à eux jusqu'à maintenant. Pensez-vous qu'il soit prudent que je veille sur lui tout seul cette nuit. Vous ne croyez pas qu'il serait mieux que vous...

— Oh non ! ne m'impliquez pas dans cette histoire. J'en fais déjà plus que ce je voulais. Tenez.

Elle lui remit le bébé.

— Vous le nourrissez. Et moi je vais lui préparer un lit dans votre chambre.

Et avant qu'il puisse l'arrêter, c'est exactement ce qu'elle fit. Piers baissa les yeux vers le petit garçon à l'air sérieux qu'il tenait entre ses bras.

— Nous finirons par avoir le fin mot de cette histoire, mon petit Casey. D'une façon ou d'une autre, je franchirai toutes les murailles qu'elle a dressées autour d'elle.

5

Le soleil était à peine levé lorsque Faye renonça définitivement à trouver le sommeil. La nuit durant son esprit n'avait cessé d'échafauder des solutions pour se sortir de la situation dans laquelle elle se trouvait. Mais cela n'avait abouti à rien, et une fois le jour levé les choses lui semblèrent moins terribles. Après tout, ce n'était pas comme si elle se trouvait réellement dans une situation d'urgence.

Elle remarqua en ouvrant les lourds rideaux que la tempête était bel et bien finie. Devant ses yeux se dévoilaient un ciel dégagé ainsi qu'un paysage recouvert d'une épaisse couverture blanche. Bientôt résonnèrent les cris réjouis d'un nourrisson, suivis par le son grave et indistinct de la réponse de Piers.

Il avait assumé ses responsabilités de belle manière la veille au soir. Le temps qu'elle prépare le berceau improvisé dans la chambre de Piers et regagne le rez-de-chaussée, il avait nourri et changé le bébé en se montrant des plus compétents. Et, plus tard, lorsqu'elle lui avait indiqué comment donner son bain à Casey, il s'était occupé du petit bonhomme tout mouillé avec facilité, et l'épisode avait été ponctué de nombreux éclats de rire. Pendant un infime moment elle s'était surprise à vouloir rire avec eux. Mais elle ne méritait pas de vivre de tels moments de joie. Pas après ce qu'elle avait fait à sa propre famille.

Les gens disaient qu'elle n'était pas responsable de l'accident. Mais elle devait vivre chaque jour avec ses choix, et parmi eux figurait celui d'avoir harcelé son beau-père adoré pour la laisser conduire jusqu'à leur maison en cette veille de Noël. Malgré les inquiétudes de sa mère, son beau-père, Ellis, avait accepté, estimant que la jeune fille avait besoin d'acquérir l'expérience de la conduite sur route glacée. Et à présent ils étaient tous morts. Sa mère. Ellis. Et son adorable petit frère.

Faye sentit les larmes brûler au fond de ses yeux et leur refusa le droit de couler sur ses joues. Elle avait tant pleuré. Comme elle avait été malheureuse ! Et elle avait porté le fardeau de sa punition de façon stoïque tout au long de ces années. Elle s'était levée chaque matin, avait mis un pied devant l'autre. Encore aujourd'hui, elle faisait ce qu'il y avait à faire. Et ne laissait personne devenir proche d'elle.

Faye se détourna de la fenêtre et de ses souvenirs, et gagna la salle de bains pour se préparer pour la journée. Heureusement elle pourrait porter en ce jour ses propres vêtements. Toutefois, au moment où elle passa à côté du pull de Piers, impeccablement plié sur le plateau de sa commode, elle ne put s'empêcher de caresser d'un air pensif le contour du bonhomme de neige tout tordu qui ornait le chandail.

— Mais que t'arrive-t-il, enfin ? dit-elle à voix haute. Tu détestes Noël et tu n'es pas le moins du monde intéressée par Piers de cette façon.

Menteuse !

Au moment où le souvenir de leur baiser envahissait son esprit, Faye approcha machinalement les doigts de ses lèvres. Mais, se reprenant, elle se mit à frotter énergiquement sa bouche, comme si ce faisant elle pouvait chasser la sensation semblant inscrite de façon indélébile dans la mémoire de son corps. Elle ouvrit le robinet de la douche et retira le T-shirt que Piers lui avait prêté pour dormir. Elle espérait que, contre toute attente, retirer le dernier vêtement appartenant à Piers pourrait également faire disparaître les idées qui ne cessaient de lui venir à l'esprit à propos de son patron.

À présent que la tempête était finie, avec un peu de chance, elle serait en mesure de quitter cet endroit, ainsi que Piers et Casey, avant de tomber plus profondément sous leur charme. Mais même les plans les mieux conçus pouvaient mal tourner.

Alors qu'elle s'avançait sur la voie privée recouverte de neige pour rejoindre sa voiture, Faye dut constater que la route demeurait impraticable. Et qu'elle avait eu une chance inouïe de s'en être sortie sans blessure sérieuse. Les choses auraient pu être bien plus graves encore.

L'arbre aurait pu percuter son véhicule en tombant. Elle aurait pu faire une embardée, quitter la route et être précipitée dans le ravin escarpé qui la bordait. Prendre conscience de tout cela lui glaça le sang, et c'est les mains agitées de tremblements qu'elle ouvrit le coffre du SUV et en sortit sa valise avant d'entamer la difficile marche pour remonter au chalet.

— Je commençais à croire que vous aviez décidé de vous lancer dans une randonnée vers l'autre bout du pays pour partir loin de nous, remarqua ironiquement Piers à son retour.

— J'y ai pensé, reconnut-elle. Ah ! je vois que nous pouvons utiliser nos mobiles à présent !

— Oui, j'ai appelé les autorités et demandé de l'aide pour déplacer l'arbre et faire remorquer votre voiture. Les équipes interviendront dès qu'elles auront secouru quelques personnes qui sont dans une situation plus urgente.

— Et la police ? L'avez-vous appelée à propos de Casey ?

— Oui, et aucune action ne peut être lancée tant que la maison est inaccessible. J'ai aussi contacté mon avocat pour connaître ma situation d'un point de vue légal concernant la garde de Casey. Comme il a été abandonné, son équipe prépare les papiers pour que j'obtienne une garde temporaire.

— Eh bien, vous ne perdez pas de temps, nota Faye. Et si sa mère changeait d'avis ? Cela ne fait qu'un jour qu'elle s'en est séparée.

— Je m'occuperai de cette question seulement si elle se pose un jour.

En attendant que la route soit dégagée Faye devrait pour fuir l'inébranlable esprit de Noël de Piers se réfugier dans sa chambre avec des livres et des films. Dans le cas contraire, elle se retrouverait bloquée au rez-de-chaussée sans autre choix que d'observer Piers interagir avec le bébé.

Les voir ensemble suffirait à fendre la plus solide des armures, et petit à petit les émotions qu'elle avait si profondément enfouies en elle commençaient à se réveiller. Elle sentait monter en elle l'envie sincère de passer du temps avec eux.

Regarder Piers fondre peu à peu d'amour pour le bébé était une merveille en soi. C'était comme si le monde s'était rétréci pour se refermer autour d'eux – les plaçant dans un cocon douillet où rien ni personne ne pourrait les déranger.

Le commentaire de Piers sur son désir de partir à l'autre bout du pays était tombé juste. Elle avait gardé ses sentiments captifs pendant si longtemps que la pensée de se rendre vulnérable face à quiconque suffisait à lui donner le désir de fuir. Sauf qu'à mesure que le temps passait, l'envie de s'échapper se faisait de moins en moins pressante.

Un soir, trois jours après la tempête, Faye était occupée à préparer le dîner quand Piers vint la rejoindre dans la cuisine.

— Que diriez-vous d'un verre de vin ?

— Excellente idée.

Elle avait évité d'accepter la moindre goutte d'alcool au cours des jours précédents afin de ne pas risquer de baisser la garde, si Piers devait tenter de l'embrasser de nouveau. Mais depuis cette première soirée il avait évité tout contact physique avec elle.

Il versa le vin rouge dans deux grands verres à pied et posa le sien sur le plan de travail.

— Je vous remercie, fit-elle en prenant le verre.

— Comment puis-je vous aider ?

Piers plaqua la hanche contre le plan de travail et porta le verre à ses lèvres. Faye se sentit envoûtée par son geste, et si la proximité de Piers lui donnait le sentiment qu'elle devrait s'en écarter, elle n'en fit pourtant rien. Bien au contraire ses yeux se fixèrent sur ses lèvres délicatement ourlées. Ce maudit gui se trouvait juste à sa droite. Tout ce qu'elle avait à faire était de se hisser sur la pointe des pieds. Elle l'embrasserait, et ce serait…

Complètement stupide, se sermonna-t-elle intérieurement tout en sortant un couteau pour couper les légumes.

— Il n'y a rien à faire, répondit-elle d'un ton cinglant. Je me charge de tout.

— Vous allez bien ? demanda Piers, surpris.

— Je suis un peu claustrophobe, je suppose. J'ai hâte de pouvoir sortir d'ici.

Faye savait que ces paroles n'étaient que mensonge. Elle avait commencé à apprécier cette forme de vie commune forcée, et il fallait qu'elle parte avant de perdre toute raison.

— Écoutez, laissez-moi finir les préparatifs. Vous semblez un peu stressée.

— Stressée ? Vous pensez que je suis stressée ? Passer tout ce temps sans rien faire, c'est cela qui me rend folle, dit Faye, tout en ponctuant ses mots d'un petit rire étranglé. Sérieusement, je n'ai pas besoin qu'on s'inquiète pour moi.

— Tout le monde a besoin qu'on s'inquiète pour lui de temps en temps.

— Pas moi, dit-elle d'un ton résolu tout en coupant une carotte avec plus de vigueur que de délicatesse.

Elle se figea lorsque les mains de Piers vinrent doucement se refermer sur les siennes, tandis que derrière elle la chaleur de son corps vint peu à peu l'envelopper.

— Tout le monde, répéta-t-il d'un ton ferme. À présent allez-vous asseoir. Dites-moi ce qu'il y a à faire et contentez-vous de me regarder pour vous assurer que je ne gâche pas tout, d'accord ?

Il prit son verre, lui mit dans la main et la guida vers un tabouret situé de l'autre côté de l'îlot.

— Donc, je suppose que ceci doit être découpé, dit-il en désignant de la pointe du couteau les morceaux de carottes.

Vaincue, elle acquiesça et but une petite gorgée de vin.

Piers suivit ses instructions à la lettre, et bientôt leur repas commença à mijoter sur la cuisinière. Piers remplit de nouveau leurs verres, prit un tabouret près d'elle et pivota pour lui faire face.

— À présent, dites-moi vraiment ce qui vous ennuie. Pour quelle raison détestez-vous tant cet endroit ? La plupart des gens seraient prêts à se couper un bras pour être coincés ici avec deux superbes mâles pendant quelques jours.

— Je ne suis pas la plupart des gens, dit-elle sans ambages.

— Je l'ai remarqué. Quelqu'un vous attend-il chez vous ? Est-ce la raison de votre attitude ?

— Non, personne ne m'attend.

Personne. Pas un animal domestique. Pas même une plante.

— Alors, de quoi s'agit-il ?

— C'est tout cela, dit-elle en balayant la pièce d'un grand geste. C'est tout simplement que cela ne me ressemble pas. J'aime la Californie. J'aime le soleil. La plage. Les routes bien sèches.

— Il est toujours bon d'avoir un peu de contraste dans son existence, commenta-t-il, le visage soudain sérieux. Mais il y a plus que cela, n'est-ce pas ? Il s'agit de Casey.

— Je ne le déteste pas, dit Faye, sur la défensive

— Mais vous ne voulez rien avoir à faire avec lui.

— Écoutez, même vous, si vous l'aviez pu, vous vous seriez enfui à des kilomètres d'un bébé il y a encore quelques jours.

— C'est vrai, fit Piers. Mais j'apprécie ces moments passés avec lui et avec vous plus que je ne l'aurais jamais imaginé. Allez, vous devez le reconnaître. Même vous, vous avez pris plaisir à certains des moments passés ensemble.

Elle se sentait comme s'il l'avait acculée au fond d'une impasse et qu'elle n'avait aucun moyen de s'enfuir.

— La situation est inhabituelle pour nous deux. Une fois de retour à Santa Monica, vous retrouverez votre habituel tourbillon de travail, de voyages et de femmes, et Casey sera mis à l'écart pour devenir le problème de quelqu'un d'autre.

— Eh bien ! Pourquoi ne pas me dire jusqu'au bout ce que vous ressentez réellement ? dit Piers, bien décidé à se défendre.

Cette brutale évaluation de ses priorités le mettait en colère, mais il ne pouvait pas nier que Faye avait fait mouche.

— Vous ne pensez pas que je serai un père convenable, insista-t-il, tout en luttant pour garder son sang-froid.

— Pour être honnête, je crois que vous avez un immense pas à accomplir pour apprendre à trouver un équilibre entre votre mode de vie actuel et ce qu'implique de s'occuper d'un enfant. Tout cela semble très facile ici. Vous n'avez rien d'autre à faire durant la journée que de vous occuper de lui. Mais que se passera-t-il quand vous serez en négociations ou que vous travaillerez dix-huit heures par jour et qu'il aura de la fièvre et réclamera votre présence ? Que se passera-t-il quand vous assisterez à une avant-première à New York et qu'il aura des coliques ? Que se passera-t-il...

— D'accord, d'accord, j'ai compris le message. Je vais avoir besoin d'aide.

— Vous n'avez vraiment pas bien réfléchi à cette question, Piers. Il va vous falloir plus que de l'aide. Élever un enfant ne se résume pas à le nourrir et à changer ses couches, et vous ne pouvez pas imaginer être présent lorsque cela vous arrange et le laisser à d'autres quand ce n'est plus le cas. Ce n'est ni bien ni juste.

Piers avait envie d'argumenter, de nier ces accusations. Mais quelque chose dans les mots de Faye éveilla sa conscience et lui rappela que l'enfance qu'il avait subie serait probablement le genre d'enfance qu'il finirait par faire vivre à Casey.

Il voulait élever le fils de Quin comme son propre fils, et lui donner tout l'amour dont lui et son frère avaient été privés, mais comment pourrait-il continuer à vivre la vie qu'il vivait actuellement et donner malgré tout à Casey l'attention dont il avait besoin ? Le petit garçon n'était âgé que de trois mois et demi. C'était toute une vie d'engagement qui s'ouvrait devant Piers. Pouvait-il vraiment réussi cela ? Être la personne dont Casey avait besoin ? Être tout ce que ses propres parents n'avaient jamais été ?

Sa mère et son père avaient délégué l'essentiel de leur éducation à une équipe de gouvernantes et d'employés. Et dès que son frère et lui avaient été assez grands, ils avaient été envoyés en internat. Mais au moins avaient-ils toujours été là l'un pour l'autre. Qui serait là pour Casey ?

Piers sentit le poids des responsabilités s'abattre sur ses épaules.

— Vous avez raison, dit-il en faisant doucement tourner le vin dans son verre. Je n'ai pas bien réfléchi à toutes les implications.

— Qu'allez-vous faire, alors ? Remettre Casey aux services sociaux ?

— En aucune façon. Je suis responsable de lui. Je m'assurerai qu'il ne manque de rien, et si je fais quelques erreurs chemin faisant, je suis sûr que vous serez là pour me rappeler comment les choses devraient être faites.

— Moi ? s'étrangla-t-elle.

— Oui, vous. Vous n'avez pas l'intention de quitter votre emploi dans un proche avenir, n'est-ce pas ?

La question resta suspendue dans les airs pendant quelques instants.

— Quitter mon poste ? Non, pourquoi le ferais-je ? Mais je ne suis pas une nounou. Je suis votre assistante.

— Et en tant que telle vous pouvez m'aider à m'assurer et que je ne travaille pas plus longtemps que je ne le devrais et que j'emploie les bonnes personnes pour m'aider à prendre soin de Casey.

Il plongea son regard dans les yeux gris-bleu de Faye, et remarqua pour la première fois les petits éclats argentés de ses iris et l'adorable teinte brune de ses épais cils.

La tension se noua dans son estomac. Il avait besoin d'elle, et il était gênant de l'admettre. Elle était devenue un élément si essentiel de sa vie professionnelle qu'il avait du mal à présent à imaginer ses journées sans elle. Elle accomplissait un travail si incroyable au bureau, que l'idée qu'elle s'implique davantage dans sa vie personnelle était des plus séduisantes. Mais pourrait-il la convaincre ? Lui démontrer qu'il était sérieux dans sa volonté de devenir un père convenable pour Casey et qu'il était sérieux vis-à-vis d'elle également.

Elle se leva, prit son bloc-notes et y inscrivit quelques mots.

— Je m'en occuperai dès mon retour. Enfin, si jamais nous parvenons un jour à quitter cet endroit.

Piers se surprit à éclater de rire en découvrant son regard de chien battu

— Ça n'a rien d'amusant, répliqua-t-elle.

— Voyons, nous ne souffrons tout de même pas. Nous sommes au chaud et au sec. Avec de la nourriture et ma cave à vin à disposition...

— Et nous commençons à manquer de couches. J'ai pris la liberté d'explorer l'armoire où Meredith stocke le linge de maison. S'il nous est impossible de quitter cet endroit avant demain soir, nous allons devoir commencer à utiliser des serviettes de table. Cela fera beaucoup de linge à laver.

— Nous nous en sortirons, dit-il d'un air sombre, agacé par le rappel peu subtil qu'elle venait de lui adresser quant au fait qu'il n'avait pas la moindre idée de ce qu'il fallait pour prendre soin de Casey.

Mais il l'avait, elle, et elle, de toute évidence, le savait.

Une fois encore, il se demanda où elle avait acquis tout son savoir. Son CV indiquait qu'elle était originaire du Michigan, mais elle était allée à l'université en Californie et avait travaillé à Santa Monica et dans les environs depuis l'obtention de son diplôme. Elle n'avait, à sa connaissance, pas de famille et n'avait jamais travaillé dans le domaine de la puériculture. Son CV montrait clairement qu'il n'y avait aucune période laissée dans l'ombre après ses études. Alors, où avait-elle appris tant de choses à propos des bébés ?

6

Le soir suivant, alors qu'il était occupé à jouer avec Casey, Piers reçut un appel sur son portable lui annonçant que la route montant au chalet serait dégagée le lendemain et qu'une équipe se chargerait d'évacuer l'arbre tombé sur la voie. Piers s'était rendu sur les lieux pour prendre la mesure de la situation deux jours plus tôt, tandis que Casey dormait au chalet sous la surveillance de Faye. Voir son SUV ainsi écrasé contre le tronc d'arbre lui avait donné la nausée. Cette mésaventure aurait pu prendre un tour bien différent pour elle, et l'idée qu'il aurait pu la perdre le transperça d'effroi.

— J'ai de bonnes nouvelles, dit-il à Faye au moment où elle pénétrait dans la pièce principale, une corbeille de linge coincée sous un bras.

Son apparition offrait une image si simple et parfaite de la vie familiale que Piers sentit un sourire naître sur ses lèvres.

— Et de quoi s'agit-il ? Au fait, voici votre linge propre. Vous savez comment plier tout cela, n'est-ce pas ?

Le rêve de vie domestique de Piers se troubla quelque peu.

— Cela ne doit pas être bien compliqué, pas vrai ? répliqua-t-il en saisissant l'un de ses pulls de Noël.

— Alors, qu'avez-vous à m'annoncer ? lui demanda Faye d'un air impatient.

— La route sera dégagée demain matin.

— Oh ! quel bonheur !

Le soulagement perçait de manière claire dans sa voix. Piers tenta d'ignorer le pincement de déception qu'il ressentit. Il savait pourtant qu'il lui tardait de partir et qu'ils ne pourraient pas être bloqués éternellement ensemble dans le chalet à cause de la neige, même si cette idée était tentante.

Il laissa retomber le pull sur la pile.

— Nous devrions faire la fête ce soir.

— La fête, vraiment ? Pour ma part, je serai plus disposée à la faire quand mon avion aura décollé.

Il lui sourit, et une onde d'allégresse le traversa lorsqu'elle lui sourit malgré elle en retour.

— Eh bien, moi j'ai l'intention de boire du champagne, lorsque Casey sera endormi, et de danser.

— J'espère que vous vous amuserez bien. Moi, je file préparer ma valise, dit Faye en prenant la direction de l'escalier.

— Oh ! allons, vous n'allez pas faire ça, fit Piers d'un ton enjôleur. Accordez-vous un peu de détente pour une fois, Faye. Cela ne vous fera aucun mal, je vous le promets.

— Je sais très bien me détendre, répondit-elle.

Depuis la couverture sur laquelle il était étendu, Casey poussa un petit cri.

— Même Casey pense que vous devez être un peu plus insouciante.

— Casey est concentré sur les chaussettes accrochées sur le manteau de la cheminée, souligna-t-elle sèchement.

— Eh bien, puisque nous évoquons ce sujet, je pense que nous devrions annuler la fête pour le réveillon de Noël – et toutes les festivités prévues. Je ne crois pas qu'un chalet rempli d'invités constitue l'environnement idéal pour ce petit bonhomme. Et pour être franc, je crois que je préférerais faire les choses simplement cette année.

Faye le considéra d'un air surpris.

— Vous en êtes sûr ? demanda-t-elle.

— Oui. Cela me semble mieux ainsi. Je sais qu'il s'agit d'une décision de dernière minute et que les invités seront contrariés mais, en toute honnêteté, s'ils ne peuvent pas comprendre que les circonstances m'amènent à modifier mes habitudes, eh bien je n'ai pas vraiment envie de me retrouver en leur compagnie.

— Entendu, je m'en occupe tout de suite.

— Merci, Faye. Je sais que je ne le dis pas assez souvent, mais je ne pourrais pas gérer correctement ma vie sans vous.

— Oh ! je suis certaine que vous vous débrouilleriez très bien.

— Non, répliqua-t-il. Je ne crois pas. Vous êtes importante à mes yeux, Faye. Plus que vous ne vous en rendez compte.

La repartie qu'elle s'apprêtait à lui adresser mourut sur ses lèvres. L'expression au fond des yeux de Piers était sérieuse. Le cœur de Faye sauta un battement. Importante à ses yeux. Quel était le véritable sens de ses paroles ? Elle avait ressenti une évolution dans leur relation depuis qu'ils étaient coincés au chalet, mais elle avait mis cela sur le compte de l'étrangeté de leur situation. Cette satanée pointe de désir vint la tarauder de nouveau. Elle déglutit avec peine et se força à détacher les yeux de son visage.

L'atmosphère semblait s'être alourdie.

S'il s'approchait d'elle, que ferait-elle ? Le laisserait-elle venir à elle ? Et l'embrasser de nouveau, peut-être ?

La chaleur gagna son visage. C'était insensé, songea-t-elle en sentant une pointe de panique la gagner. Il n'avait fait que la remercier pour son implication dans son travail. Mais elle percevait un éclat brûlant dans ses yeux bruns. Il ne s'agissait pas simplement d'un patron exprimant sa reconnaissance à l'une de ses employées ; il y avait bien plus que ce que ses paroles semblaient exprimer.

Faye lutta pour trouver les mots qui ramèneraient les choses vers la normalité qu'elle appréciait. Une normalité dans laquelle vous ne vous sentiez pas subitement submergée par le désir de glisser vos doigts sous le pull de votre patron pour savoir si la peau de son abdomen musclé était chaude et douce comme la soie.

Comme s'il percevait la tension qui emplissait l'atmosphère, Casey n'émettait plus le moindre bruit. Faye se força à détacher les yeux de Piers et les posa sur lui.

— Oh ! regardez ! s'exclama-t-elle. Il a trouvé son pouce.

Il fallut un instant à Piers pour sortir de son immobilité et laisser un large sourire s'épanouir sur son visage.

— Eh bien, c'est un petit malin on dirait, lança-t-il avant de le rejoindre.

Faye regarda Piers s'installer par terre à côté de lui et lui parler comme s'il était le nourrisson le plus intelligent au monde. Cette fois-ci une autre sorte de sentiment s'éveilla dans son cœur. Un sentiment qui lui faisait prendre conscience de tout ce à quoi elle avait renoncé en faisant le choix de ne pas fonder de famille. Faye s'obligea à se détourner et prit la corbeille pour la rapporter dans la buanderie. Il lui était impossible de rester une seconde de plus et de s'autoriser à…

Elle interrompit le fil de ses pensées mais une voix insistante s'éleva à l'intérieur d'elle. *S'autoriser à quoi exactement ? À tomber amoureuse d'eux ?* Ce serait stupide. Stupide et autodestructeur.

Faye se fit discrète durant les moments que Piers consacra au bain de Casey et à son dernier biberon. Elle le laissa ensuite l'installer confortablement pour la nuit. À présent qu'elle savait qu'elle partirait le lendemain, elle craignait de se laisser aller à profiter de la proximité du petit Casey juste un peu plus qu'il ne fallait. Ce serait si facile d'enfouir le nez dans le duvet formé par ses cheveux fins, de parsemer de baisers ses petites joues rebondies, d'apprécier le contact de son petit corps. Le simple fait d'y penser fit monter en elle l'envie douloureuse de le prendre dans ses bras, mais elle réussit à résister à cet élan. Piers était parfaitement capable de pourvoir aux besoins immédiats de Casey. Ce bébé n'avait pas besoin d'elle, et d'ailleurs elle ne voulait pas que quiconque ait besoin d'elle.

Mais tu as réellement *envie qu'on ait besoin de toi*, fit son insidieuse voix intérieure. Il avait été assez facile à Faye d'échapper aux situations dans lesquelles des interactions avec des bébés étaient inévitables, mais en se retrouvant confinée dans ce chalet elle avait vu ses remparts intérieurs commencer à s'effriter.

Elle avait besoin de prendre de la distance. Sur-le-champ.

Une fois dans sa chambre à l'étage, elle referma la porte derrière elle et laissa échapper un long soupir.

Demain, songea-t-elle. Dans un jour à peine, elle retrouverait sa vie. Il n'y avait plus qu'à tenir bon quelques heures encore. Elle pouvait y arriver. Serait-il si difficile de continuer à résister à l'attrait d'un bébé exceptionnellement adorable et d'un homme capable de faire s'emballer son cœur dans sa poitrine ? Pour l'instant cependant, elle avait du travail à accomplir et une foule de personnes à contacter de la part de Piers pour annuler leurs séjours au chalet.

Une fois sa tâche accomplie, elle décida de mettre les choses en route avec l'agence de détectives privés à laquelle Piers faisait appel à l'occasion pour ses projets de construction immobilière.

Elle leur exposa la situation concernant Casey dans un mail, précisa que les informations manquaient au sujet de sa mère et demanda s'ils pouvaient entamer des recherches. Après avoir pressé sur le bouton envoi, elle s'allongea sur son lit et se demanda s'il était possible de simplement rester cachée pour le reste de la soirée. Mais un coup frappé à sa porte la fit se redresser brusquement.

Après y avoir été invité, Piers entra et s'appuya contre l'encadrement de la porte, tout sourire.

— La voie est libre, dit-il. Casey est au lit pour la nuit.

— Je n'essayais pas d'éviter la présence de Casey.

— Oh ! vous évitiez la mienne, alors ?

— Non, bien sûr que non. Je travaillais, protesta-t-elle, arrachant au passage un autre sourire dévastateur à son patron.

Elle décrivit par le détail les tâches qu'elle avait accomplies, et il l'écouta d'un air approbateur.

— Merci d'avoir géré tout cela. Je me serais chargé des détectives moi-même, mais j'ai été occupé avec Casey.

— C'est pour cela que vous m'avez auprès de vous, l'avez-vous oublié ?

Si son ton semblait désinvolte, la vérité était que son travail comptait plus que tout à ses yeux. Elle adorait remettre les choses en ordre quand tout allait de travers, et elle était fière de son aptitude à anticiper les besoins de Piers. Bien faire son travail comptait grandement à ses yeux. Au fond, quand on y pensait, c'était tout ce qu'elle possédait.

Bien sûr, elle avait noué des contacts avec certaines personnes, mais il s'agissait plus de connaissances que d'amis. Garder les gens à distance rendait les choses tellement plus simples. Elle avait même perdu contact avec Brenda, sa meilleure amie de lycée. Brenda avait déployé d'incroyables efforts pour être présente auprès d'elle à la suite de l'accident, mais personne ne pouvait véritablement comprendre ce qu'elle avait traversé, ni comment elle s'était sentie. Et finalement Brenda, elle aussi, était peu à peu sortie de son univers. Désormais leurs contacts se limitaient à l'envoi occasionnel de cartes d'anniversaire.

— Oui, c'est pour cela que je vous ai auprès de moi, répondit-il avec dans la voix une note de gravité qu'elle ne comprenait pas vraiment.

Il tendit la main vers elle.

— Venez en bas avec moi. Un bon feu flambe dans la cheminée, il y a de la musique, et j'ai une bouteille de champagne très spéciale au frais.

— Du champagne ? dit-elle avec étonnement, le laissant à contrecœur prendre sa main et la guider dans le couloir.

— Oui, nous faisons la fête, vous vous en souvenez ?

— Ah oui ! c'est vrai ! Pour notre liberté retrouvée.

— Est-ce tout ce que cela représente pour vous ? Une chance de vous enfuir ?

Était-ce effectivement le cas ?

— J'avais d'autres projets, vous savez, dit-elle pour se défendre.

Peu importait si ces projets incluaient de se laisser aller à pleurer la mort de sa famille comme elle le faisait chaque année. C'était l'unique moment où elle s'autorisait à parcourir les vieux albums de photos familiales qui se terminaient brutalement sur des clichés datant de treize ans plus tôt. Cela la faisait terriblement souffrir, mais il s'agissait d'images de temps plus heureux, et cette nuit était l'unique moment où elle se permettait d'y replonger – c'était tout ce qu'elle méritait.

Ils atteignirent le bas des marches, et Faye remarqua qu'il avait parsemé de bougies allumées l'ensemble de la pièce principale et qu'il avait éteint les guirlandes parant le sapin de Noël. Piers tourna le visage vers elle.

— Je suis vraiment désolé que vous vous soyez retrouvée coincée ici. J'aurais dû comprendre que vous aviez des projets de votre côté. C'est simplement que vous êtes toujours présente au téléphone ou au bureau, tout près de moi. Je crois que mon tort est de considérer votre présence comme acquise.

— Ce n'est pas grave. J'aime mon travail, Piers. Pour rien au monde je ne voudrais qu'il soit différent.

— Mais la vie ne se résume pas au travail, n'est-ce pas ?

Elle lui adressa un sourire en guise de réponse et l'observa retirer une bouteille du seau à glace posé sur la table basse.

— Très bonne bouteille, non ? dit-elle au moment où il en faisait sauter le bouchon.

— Rien que le meilleur. Nous l'avons mérité, ne croyez-vous pas ? Et il faut fêter la réouverture de la route.

Faye accepta une flûte de cristal remplie du liquide doré.

— Elle n'est pas encore dégagée, lui rappela-t-elle.

— Toujours aussi tatillonne, la taquina-t-il. Alors disons simplement que nous célébrons l'idée qu'elle le sera bientôt et aussi le fait que nous n'aurons pas besoin de transformer en couches mon beau linge de maison.

— Buvons à ces deux choses, dit Faye en trinquant.

Elle inclina la tête et prêta attention à la musique qui emplissait la pièce.

— Comment ? Ce ne sont pas des chants de Noël ?

— Je sais que vous ne les appréciez pas. Je me suis dit que je vous rendrais la vie plus facile ce soir, répondit-il en lui adressant un clin d'œil complice.

— Je vous remercie. J'apprécie grandement votre geste.

Elle dégusta son délicieux champagne, savourant l'exquise sensation des bulles dansant sur sa langue. Piers se retourna pour mettre une autre bûche dans le feu, et elle se surprit à onduler doucement au rythme de la musique. Lorsque Piers revint à côté d'elle, elle s'aperçut qu'elle avait déjà bu la moitié de son verre et que l'alcool commençait à lui monter à la tête.

— Vous appréciez ? demanda-t-il.

Et sans attendre sa réponse, il saisit la bouteille et remplit de nouveau son verre.

— Oui, beaucoup, répondit-elle simplement.

— Parfait, vous méritez le meilleur. Asseyez-vous, je reviens tout de suite.

Et quelques instants plus tard il fut effectivement de retour avec un plat de fromage et de crackers.

— Désolé, le choix de fromages est assez restreint, mais je n'ai pas eu l'occasion de faire un saut à l'épicerie.

Faye ne put s'empêcher d'éclater de rire.

— Comme s'il vous arrivait parfois d'aller vous-même à l'épicerie !

— Vous marquez un point, dit-il en hochant la tête. J'ai mené une vie incroyablement privilégiée, n'est-ce pas ?

Mais il avait également connu la solitude et le deuil, en dépit de tous ces privilèges. Et, même s'il le cachait, elle savait que son frère lui manquait terriblement.

— D'un autre côté, vous fournissez également des emplois à des centaines de personnes, avec tous les avantages qui en découlent, donc j'imagine qu'on peut vous pardonner le fait de ne jamais faire vos propres courses.

Faye posa sa flûte et prit un cracker et du fromage. Il valait probablement mieux qu'elle mange un peu avant de boire davantage. Le déjeuner léger qu'elle avait préparé plusieurs heures plus tôt était depuis longtemps digéré. Un délicieux fumet commença à parvenir à ses narines.

— Avez-vous cuisiné ?

— Oh ! Casey et moi avons juste jeté quelques petites choses dans une casserole.

L'expression surprise de Faye arracha un petit rire à Piers.

— Non, pour tout vous dire, il s'agit de l'un des ragoûts de Meredith que j'ai trouvé dans le congélateur. J'ai pensé que nous pourrions manger ici, devant le feu. Il n'est pas désagréable de se détendre un peu, non ?

Faye acquiesça. Il n'était pas fréquent qu'elle lâche totalement prise. Peut-être était-ce dû au champagne, ou peut-être au fait de savoir qu'elle serait bientôt partie, mais elle se sentait profondément relaxée.

Piers remplit de nouveau sa flûte de champagne, et elle regarda le verre dans sa main d'un air surpris. Ce récipient fuyait-il ? Avait-elle réellement pu déjà boire autant ?

Comme s'il était capable de lire dans ses pensées, son patron s'empressa de la rassurer.

— Je ne vous laisserai pas boire plus que de raison. En ma qualité d'hôte responsable, comme il est de coutume de dire. En outre, je sais à quel point vous appréciez de garder le contrôle.

— Je ne suis pas inquiète.

En réalité, elle s'était rarement sentie mieux qu'en cet instant. Une exquise langueur s'était diffusée dans ses membres, et une douceur chaleur s'épanouissait au creux de son ventre. Elle replia les jambes sous elle sur le canapé et contempla le jeu des flammes dans l'âtre. Elle avait détesté le feu depuis l'accident – détesté son pouvoir dévastateur, sa puissance incontrôlable. Mais les quelques journées passées au chalet semblaient l'avoir rendue moins sensible à ces peurs. Le pare-feu placé par Piers devant la cheminée lui donnait le sentiment d'être parfaitement protégée de tout risque. Il faudrait cependant qu'ils soient prudents une fois que Casey pourrait se déplacer seul, songea-t-elle. Si jamais Piers s'en tenait à l'idée de le garder, bien sûr.

Mais cette question pouvait attendre. Et il ne lui revenait pas de s'en préoccuper. L'objectif de la soirée était de se détendre, c'était donc ce à quoi elle allait s'employer.

La remarque de Piers, à propos du fait qu'elle aimait garder le contrôle, résonna dans son esprit. Était-ce ainsi qu'elle apparaissait à ses yeux ? En permanence en contrôle ? C'était en tout cas le comportement qu'elle cherchait à avoir. C'était sa protection. Si elle parvenait à tout garder sous contrôle, rien ne pouvait la surprendre. Rien ne pouvait la blesser.

La sensation d'impuissance totale ressentie face au camion-citerne chargé de gaz qui avait glissé sur la route gelée en direction de leur voiture au cours de cette nuit avait laissé des cicatrices qui allaient bien au-delà des séquelles physiques. Sa vie entière avait explosé. Et une fois que son corps s'était remis de l'accident, ses blessures émotionnelles étaient venues peupler chacune de ses heures de veille.

Les premiers temps passés dans sa famille d'accueil s'étaient écoulés dans un épais brouillard, et pour mettre du baume sur son cœur brisé elle s'était entièrement investie auprès des jeunes enfants de son foyer. Les bébés l'attiraient le plus, chacun semblant à ses yeux se substituer à son petit frère disparu. Ce bébé qui serait peut-être encore vivant si elle n'avait pas supplié son beau-père de la laisser conduire ce soir-là. Pendant très longtemps elle avait regretté de ne pas avoir trouvé la mort en même temps que le reste de sa famille. Elle avait regretté d'avoir été extirpée de la carcasse en feu de leur berline familiale.

Sans s'en rendre compte elle porta la main à ses jambes qu'elle frotta doucement. Le tissu cicatriciel était moins rigide qu'autrefois, mais il lui rappelait constamment qu'elle avait survécu alors que sa famille avait été anéantie.

— Vos jambes vous font mal ? demanda Piers.

C'était la première fois qu'il évoquait ses blessures depuis qu'il l'avait vue dévêtue le soir de son arrivée.

— Tout va bien. Ce n'est qu'un geste machinal.

Elle attendit qu'il pose les questions inévitables sur l'origine de ses cicatrices, de ses douleurs et sur tous les autres points habituels.

— Voulez-vous que je les frotte pour vous ? J'imagine que les massages peuvent aider, n'est-ce pas ?

Elle le regarda d'un air étonné.

— Eh bien, oui, j'ai pu constater des effets bénéfiques... Mais je vais bien, merci, vraiment bien.

Un sentiment de peur entremêlé d'autre chose – de désir peut-être – se mit à flotter à la lisière de son esprit. Que ressentirait-elle s'il posait les mains sur ses jambes, si ses doigts longs et souples caressaient sa peau abîmée ? Elle repoussa cette pensée avant qu'elle prenne trop de place.

— Je m'occupe d'apporter le dîner ? demanda-t-elle.

— Surtout pas. Ce soir, je vous sers, d'accord ?

Faye se rassit à contrecœur

— Je n'ai pas l'habitude d'être servie.

— Eh bien, comme cela, ce sera une expérience pour vous, fit Piers avec un petit sourire. À présent détendez-vous. Ordre du patron.

Tandis qu'il se dirigeait vers la cuisine, Faye se surprit à le regarder s'éloigner. C'était plus fort qu'elle. Tant de choses en lui, que ce soit le contour puissant de ses larges épaules ou la façon dont son jean épousait ses courbes, captaient son attention. Tout cela bousculait tant d'interdits. Au bureau, il était facile de ne pas prêter attention à son physique attirant. Après tout, elle était alors trop occupée à veiller à ce que tout fonctionne sans heurt pour remarquer à quel point Piers était séduisant. Quand donc la perception qu'elle avait de lui avait-elle changé ? Quand avait-il cessé d'être simplement son patron pour devenir un homme pour lequel elle éprouvait du désir ?

7

Tout en coupant du pain, Piers songeait à son assistante. C'était comme si au cours des derniers jours son masque de prudence habituel avait été détruit et qu'il lui était enfin donné à voir la femme qui vivait derrière cette façade. Il mit les tranches dans une corbeille et se tourna pour soulever le couvercle de la cocotte mijotant sur la cuisinière.

Le délicieux fumet du ragoût lui mit l'eau à la bouche. Il était amusant de constater que vivre ainsi isolé vous amenait à bien plus apprécier les choses. Il décida qu'il ne considérerait plus pour acquise l'implication de ses employés. Le temps était venu d'exprimer plus de gratitude à ces personnes sans lesquelles il n'aurait pas été capable de faire son travail correctement.

Cette pensée le ramena aussitôt à la jeune femme qui l'attendait dans la pièce principale. Au cours de cette soirée il avait décelé en elle une vulnérabilité qu'il n'avait jamais remarquée. Y aurait-il un manque qu'il pourrait combler ? Il voulait trouver un moyen de lui être utile, pour changer, plutôt que d'être celui aux besoins duquel on veillait continuellement. Cela le fit se sentir un peu nerveux. Comme s'il s'agissait de sa seule chance de faire changer les choses entre eux. Et s'il la ratait, tout serait fini. Il ne perdrait pas seulement toute chance de voir une relation authentique se nouer entre eux, elle quitterait son poste, également. Rien ne lui avait semblé aussi crucial jusqu'à ce jour.

Il ne pouvait comprendre pourquoi les choses s'étaient modifiées entre eux, mais l'évidence était là. Il savait déjà qu'il faisait confiance à Faye pour toutes les questions importantes à ses yeux. Elle avait été un roc pour lui quand son frère était mort, s'assurant que tout continuait à fonctionner normalement quand il s'était absenté pour régler la question de la succession de Quin. Durant leurs trois années de collaboration ils avaient partagé une osmose qu'il n'avait jamais connue avec personne d'autre. La même osmose pourrait-elle s'étendre à leurs vies personnelles ? Être coincé dans la montagne avec elle - bien qu'ils aient un chaperon miniature avec eux - le conduisait à ouvrir les yeux sur ce qu'ils pourraient être s'ils étaient ensemble.

Réalisant qu'il s'était perdu dans ses pensées, il se hâta de servir deux grandes portions de ragoût dans des bols. Il compléta le contenu du plateau et l'apporta dans la pièce principale.

Faye fixait les flammes d'un air absent. Qu'avait-elle à l'esprit ? Elle ne l'entendit qu'au moment où il déposa le plateau sur la table basse et vint s'asseoir près d'elle.

Elle se redressa et s'écarta très légèrement. Il se pencha, prit un des bols et le lui tendit, avec une fourchette.

— Et voilà, dit-il. Un peu de pain ?

Il lui tendit la corbeille et fut soulagé de la voir en prendre une tranche. Il lui semblait qu'elle mangeait à peine. Elle avait clairement besoin qu'on s'occupe mieux d'elle. Et il était l'homme idéal pour cela. Cette pensée fit naître en lui un frisson d'impatience.

Ils partagèrent leur repas dans un silence poli et, plus tard, une fois une fois la vaisselle débarrassée, il fit une suggestion.

— Dansons un peu maintenant, dit-il d'un ton enjôleur en se levant et en tendant la main vers elle.

— Danser, dites-vous ?

— Voyons, Faye, détendez-vous, s'il vous plaît. Je ne vais pas vous mordre.

Et à peine ces mots eurent-ils franchi ses lèvres qu'il fut pris de l'irrésistible envie de venir enfouir le visage dans le creux de son cou et de mordre délicatement sa peau laiteuse, puis de la couvrir de baisers. Cette idée propulsa une intense sensation dans ses veines. Le désir. Brûlant et puissant. Il serra les mâchoires pour maîtriser l'élan qui s'animait en lui.

Cela lui sembla durer un temps infini mais, finalement, Faye déposa une petite main pâle dans la sienne et l'autorisa à l'aider à se relever. Piers la conduisit vers un espace dégagé de la pièce et l'attira entre ses bras. Il ne fut pas surpris de constater que le contour de son corps épousait parfaitement le sien, comme s'ils étaient faits l'un pour l'autre. Il huma les notes subtiles de son parfum.

En cet instant, au cours de ce qu'il espérait avec ferveur ne pas être leur dernière soirée ensemble, tous deux étaient vraiment *très* proches. Piers commença à se mouvoir au rythme de la musique, savourant la façon dont elle accompagnait ses mouvements et se délectant du frôlement des hanches de Faye et de la sensation de sa main dans la sienne. Durant tout ce temps, les délicates touches de son parfum taquinèrent et émoustillèrent ses sens.

La résistance qu'il avait sentie tout d'abord tendre le corps de Faye commença à se relâcher. Ses pas devinrent plus spontanés, perdant la rigidité que leur avait insufflée sa volonté initiale de contrôler le moindre de ses gestes. Ils n'avaient rien d'un couple de danseurs professionnels, mais il se réjouit de sentir cette harmonie dans leurs mouvements, et son esprit ne put s'empêcher de se demander si leurs corps seraient autant à l'unisson s'ils se rapprochaient dans des circonstances bien plus intimes.

Il inclina la tête pour déposer un baiser sur son front. Faye eut un mouvement de recul et leva vers lui des yeux agrandis par la surprise. Oserait-il aller plus loin et faire ce qu'il désirait réellement – ce qu'il soupçonnait qu'elle voulait elle aussi tout au fond d'elle ? Bien sûr qu'il oserait.

Quand il s'empara de ses lèvres, une évidence le frappa. C'était comme si la femme qu'il tenait entre ses bras était celle qu'il avait cherchée durant toute sa vie d'adulte. Le feu qui couvait sous l'attitude précautionneusement contrôlée de Faye depuis leur tout premier baiser se déchaîna soudain. Ses lèvres s'entrouvrirent sous les siennes, et elle commença à répondre à son baiser avec une ferveur égale à la sienne.

C'était plus puissant que leur premier baiser. C'était incendiaire. Dévorant. Il la désirait avec tant de force qu'il en tremblait. Il porta les mains à ses cheveux, retira les épingles qui les retenaient en chignon, et sa chevelure retomba en épaisses boucles sur ses épaules. Ses doigts s'enfoncèrent dans leur masse soyeuse, et il resserra son étreinte.

Qu'elle le laisse faire en disait plus long qu'aucune des paroles jamais échangées entre eux. Que ses mains agrippent son pull comme si elle avait besoin de s'arrimer à quelque chose de solide lui apprit qu'elle était autant engagée que lui dans ce moment.

Un profond soulagement courut dans ses veines. Il ne savait pas comment il aurait fait face à la situation si elle s'était brusquement écartée de lui ou si elle lui avait demandé d'arrêter. Bien sûr, il se serait interrompu, mais cela lui aurait terriblement coûté.

Elle semblait si délicate entre ses bras, si fragile, et pourtant il savait qu'elle possédait une force intérieure que beaucoup n'auraient jamais. Elle était robuste et puissante, et pourtant tout à la fois vulnérable et précieuse.

Les mains de Faye lâchèrent son pull pour venir se glisser au-dessous. Il perçut la sensation incroyable produite par la chaleur de ses paumes contre sa peau. Poussant un léger grondement, il détacha les lèvres des siennes pour pouvoir plonger les yeux dans les siens – pour recevoir une nouvelle fois la confirmation qu'il n'exigeait rien d'elle qu'elle ne soit pas désireuse de lui donner.

Le désir qui brillait dans ses yeux gris-bleu failli le mettre à genoux. Son corps se tendit davantage, et il plaqua les hanches contre les siennes. Il la vit rougir alors qu'il se pressait contre elle, révélant l'expression concrète de son désir pour elle, et ses paupières palpitèrent comme si elle se laissait gagner par d'enivrantes sensations.

Piers l'embrassa de nouveau, jouant cette fois de la langue avec plus d'audace. Elle ne pouvait retenir de petits gémissements de plaisir, et quand il plaqua de nouveau le bassin contre elle, il perçut son souffle se suspendre un instant. Les doigts de Faye se crispèrent contre les muscles de son dos, ses ongles, gardés courts pour des questions pratique, vinrent légèrement s'enfoncer dans sa peau.

Il dégagea délicatement l'une de ses mains de ses cheveux et la fit descendre en une douce caresse le long de son dos jusqu'à atteindre la courbe ferme de ses fesses. Elle était si parfaite ; comme il était bon de la sentir contre lui ! Sa main glissa sur sa hanche avant de passer sous son pull pour caresser la peau soyeuse de son ventre. Puis il remonta lentement les mains jusqu'à trouver la douceur satinée de son soutien-gorge qu'il se hâte de dégrafer.

— Je veux te voir, grogna-t-il contre sa gorge. Je veux te toucher. Te toucher tout entière.

— Oui, murmura-t-elle tout en tremblant.

C'était l'encouragement qu'il lui fallait. Il ne s'écarta d'elle que pour l'aider à retirer son pull et à faire glisser les bretelles de son soutien-gorge le long de ses bras. Ses seins s'offrirent alors à son regard brûlant de désir. Et voilà qu'il les retrouvait – ces taches de rousseur qui l'avaient fasciné de manière si peu appropriée quelques soirées plus tôt.

Piers effleura du bout des doigts la base de son cou pour relier ces points jusqu'à atteindre l'endroit où sa peau devenait d'un blanc crémeux. Le blanc de sa poitrine sur lequel se détachaient deux pointes roses et tendues appelant à elles ses mains et sa bouche. Il posa une main sur sa taille de guêpe et vint les titiller l'une après l'autre avec le bout de sa langue. Le corps de Faye frémit tout entier, et il vit le désir faire s'épanouir un halo rosé sur sa peau.

Savoir qu'il avait un effet si puissant sur elle fit monter en lui un sentiment de joie qu'il n'avait jamais connu jusqu'alors avec aucune femme. Elle était si réceptive, si sincère dans ses réactions. C'était si plaisant qu'il voulait que cette soirée soit encore plus mémorable pour elle.

Peut-être y avait-il une pointe d'égoïsme dans son projet. S'il réussissait, peut-être ne se hâterait-elle pas de quitter les lieux une fois la route réouverte. Peut-être souhaiterait-elle s'attarder, découvrir à quel point ils seraient superbement bien ensemble sur tous les plans possibles.

Elle méritait tout ce qu'il y avait de meilleur, et il s'assurerait qu'elle l'obtienne. C'était aussi simple que ça.

Il ne pouvait se contenter de la toucher, il voulait la *sentir*, aussi. Il s'écarta légèrement pour pouvoir se défaire de son pull. Dès qu'il s'en fut débarrassé il l'attira contre lui, pour que sa peau vienne épouser la sienne. Le choc délicieux de ce contact l'étourdit d'une façon qu'il n'avait pas connue depuis ses folles années d'adolescence. Il savoura cette sensation et caressa l'arrière des graciles épaules de Faye.

Ses bras se refermèrent autour de lui, et il sentit la pression de ses seins sur son torse.

— Ta peau. Elle est si chaude. C'est comme si tu étais en feu, dit-elle doucement.

— Je suis en feu, c'est vrai. Je brûle de désir pour toi.

Faye fit remonter les ongles dans le dos de Piers puis le long de ses bras. Elle l'avait déjà vu torse nu. À l'époque où elle avait travaillé avec lui dans sa propriété de la Côte d'Azur, où il était fréquent qu'il fasse de la terrasse bordant la piscine son bureau pour la journée. Elle avait admiré les contours ciselés de son corps, mais elle n'avait jamais imaginé que les toucher lui procurerait une telle sensation. Que sous son bronzage doré ses muscles étaient si durs et souples à la fois.

Comme il était excitant de le caresser ! Cela semblait tout à la fois interdit et si naturel. Faye repoussa les pensées confuses qui encombraient son esprit, la voix de la raison qui tentait de lui dire qu'il s'agissait d'une idée des plus stupides. Qu'elle n'était qu'une source d'amusement temporaire pour lui. Il y avait cependant quelque chose dans sa manière de la regarder, et dans le respect qui imprégnait chacun de ses gestes, qui lui donnait le sentiment que même si elle ne devait partager que cet unique moment d'intimité avec lui, cet intermède dans son existence représenterait une expérience capable de repousser les ténèbres et la solitude qui emplissaient son âme.

Était-ce une mauvaise chose que d'avoir envie, d'avoir besoin de ressentir ce contact physique avec une autre personne ? De vouloir se sentir appréciée ? En temps normal, la part logique de son cerveau – celle qui avait enduré des années de culpabilité, de douleur et de réadaptation à l'existence – aurait dit que, bien sûr, ça l'était. Qu'elle ne méritait pas de vivre ce genre de bonheur.

Mais il ne s'agissait pas de circonstances normales. Elle s'était laissé séduire par le champagne, le dîner près de la cheminée crépitante et la danse entre les bras d'un homme splendide et attentionné durant toute la soirée. La soirée ? Non, à vrai dire il en était ainsi depuis toujours. Peut-être la taquinait-il et essayait-il gentiment de lui faire livrer ses secrets, mais il ne s'était jamais montré désobligeant ou déraisonnable. Au bureau, alors qu'il occupait pleinement sa place de patron, il l'avait toujours considérée comme une égale appréciée. Il prenait en compte ses idées et ses propositions, et reconnaissait ses mérites lorsqu'il suivait l'une des directions qu'elle avait imaginées.

Peut-être n'avait-elle pas été simplement séduite par la soirée. Peut-être avait-elle été séduite par Piers chaque jour de ces trois années durant lesquelles elle avait travaillé à ses côtés, faisant davantage partie de son existence que ses parents et sa famille étendue. Et certainement davantage que les femmes qui avaient défilé dans son lit et dans sa vie. Durant un court instant, elle se demanda : *Si tout cela devait aller plus loin, appartiendrai-je à la même catégorie que ces femmes ?*

Faye effleura du bout des doigts les larges épaules de Piers avant de poursuivre sa course le long de ses bras puissants puis de son abdomen superbement musclé. Elle l'entendit prendre une profonde inspiration quand elle laissa les mains glisser en douceur plus bas encore pour venir se poser sur la ceinture de son pantalon. Il referma une main sur les siennes au moment où elle commençait à tirer dessus.

— N'allons pas trop vite, veux-tu.

— Entendu, répondit-elle d'une petite voix.

Mais elle peinait à lutter contre la force de son désir. Il était presque effrayant de reconnaître à quel point il la bouleversait intimement. À quel point la chaleur de son corps se diffusait en elle pour réchauffer des parts de son être qu'elle croyait gelées à jamais. À quel point la force de ses bras la faisait se sentir en sécurité et à quel point sa présence lui donnait l'impression de ne plus être seule au monde.

Ses hanches se mirent à se balancer doucement, et elle se laissa guider à mesure qu'ils reprenaient leur danse. Il semblait si terriblement audacieux de danser ainsi torse nu, mais quand le buste de Piers vint effleurer sa poitrine, que leurs ventres se touchèrent et qu'elle sentit son érection se presser contre elle, le moment lui apparut comme de plus en plus naturel à chaque seconde.

Piers releva son menton et lui prodigua un nouveau baiser, et elle eut alors littéralement l'impression de fondre. Le contact de sa peau, magique, propulsait des ondes de ravissement dans ses veines. Quand il ralentit ses pas et porta les mains sur la fermeture de son jean pour lentement la descendre elle sentit son corps vibrer des pieds à la tête. Elle l'aida à lui retirer son pantalon qu'il repoussa sur le sol.

Pendant un court instant elle se sentit gênée par ses cicatrices, mais alors il posa les lèvres sur les siennes, et toutes les pensées la ramenant à son passé s'évanouirent.

Sa façon de la toucher était si douce, si respectueuse, qu'elle avait envie de l'implorer d'aller plus loin, plus vite. Mais tout cela était nouveau pour elle. Même si elle était sortie avec d'autres hommes, et en avait même embrassé quelques-uns, elle n'était jamais allée aussi loin auparavant. Et ce que Piers lui faisait produisait d'exquis frissons tout à l'intérieur d'elle, qui se muèrent peu à peu en une tension presque douloureuse qui exigeait de trouver une issue.

Les doigts de Piers effleurèrent doucement sa lingerie, et elle se pressa plus fort contre lui.

— Impatiente ?

— C'est si puissant, reconnut-elle timidement. Mais... je veux ressentir encore plus de choses.

— Je te promets que je te ferai ressentir tout ce que tu peux imager et que tu en aimeras chaque instant.

Elle étouffa un petit rire, se sentant de nouveau un peu gênée.

— Chaque instant ?

Il se pressa contre elle, et ses doigts épousèrent fermement l'espace entre ses cuisses, la laissant tremblante et comme transpercée par un intense éclair de désir.

— Tout à fait, fit-il en accompagnant d'un baiser déposé dans son cou chacun de ces mots.

Ce contact l'électrisa tout entière. Comment une simple caresse pouvait-elle produire des sensations si puissantes ?

— Je te prends au mot, alors, fit-elle avec tout le sérieux dont elle était capable.

— Tu me connais. Tu sais que j'adore les défis.

Elle trembla légèrement en sentant les coins de ses lèvres se relever en un sourire contre sa peau chauffée à blanc. Et, oui, c'était bien vrai, elle le connaissait. Alors pourquoi le laissait-elle la toucher ainsi ? Il avait eu de nombreuses relations amoureuses au cours des trois dernières années. Des femmes magnifiques. Sculpturales. Habituées à la vie mondaines. Expérimentées. Tout ce qu'elle n'était pas. Une foule de questions l'assaillit. Ne faisait-il que s'amuser avec elle ? Ne se contentait-il pas de sa présence et de l'absence d'autres opportunités pour satisfaire ses envies ?

Mais alors les mains de Piers épousèrent l'arrondi de sa poitrine. Ses doigts jouèrent sur sa peau tandis que sa bouche traçait un chemin de baisers depuis le creux de sa nuque jusqu'aux pointes dures et dressées de ses seins. Il accueillit l'une d'elles dans sa bouche, et le jeu de sa langue conjugué à ses légers mordillements chassèrent toute pensée de son esprit. Elle gémit et s'agrippa à ses larges épaules comme si sa capacité même à tenir debout ne dépendait que de lui. Et peut-être était-ce le cas.

Lorsque Piers la souleva de terre pour la déposer sur le grand canapé, un frisson d'impatience ondula à travers elle.

Elle le regarda se débarrasser de ses chaussures puis de tous ses vêtements avec la grâce qui imprégnait toujours le moindre de ses gestes. Quand il se redressa, entièrement nu face à elle, son regard s'arrima à l'expression triomphante du désir qu'il éprouvait pour elle. Un appel instinctif s'éveilla à travers son corps. Piers s'inclina vers elle, fit glisser sa culotte le long de ses jambes, la jeta au sol, et vint recouvrir son corps du sien.

Elle tendit les mains vers son sexe sur lequel elle referma bientôt les doigts avant de s'appliquer à lui offrir une caresse rythmée. Sa peau, douce comme la soie, était véritablement brûlante, et bientôt les tourments auxquels elle le soumettait lui arrachèrent un grognement de plaisir.

— Attends un peu, murmura-t-il. Je vais chercher un préservatif, je reviens tout de suite.

Il s'écarta rapidement, et elle l'entendit se diriger vers l'une des chambres. Quand il fut de retour quelques secondes plus tard, elle observa, intriguée, son beau visage tandis qu'il mettait en place la protection. Ses yeux brillaient d'une ferveur qu'elle n'avait encore jamais vue. Elle comprit que cette expression fiévreuse trahissait tout son désir pour elle.

Cette révélation lui donna de la force. Elle savait que ce qui se produirait ensuite pourrait être inconfortable, mais au-delà de cette sensation passagère viendraient un plaisir et une satisfaction comme elle n'en avait jamais connu. Son corps lui disait déjà qu'il en serait ainsi. Elle se savait prête.

Piers recouvrit son corps et plongea les yeux dans les siens.

— Dis-moi si je vais trop vite, murmura-t-il tout en venant glisser les hanches entre ses jambes.

Faye sentit son sexe contre sa peau, sa main qui venait le guider de manière experte. Une petite pointe d'appréhension voila un instant son désir, mais tout s'envola lorsque les doigts de Piers la touchèrent juste au-dessus de ce point au niveau duquel leurs corps se rencontraient si intimement.

Piers traça des cercles sur la partie la plus sensible, tout en exerçant une douce pression, et le corps de Faye se tordit contre lui. Elle gémit quand un tourbillon de volupté se mit à irradier à partir du centre de son être. Un tourbillon qui gagnait en force à mesure que la pression exercée par Piers augmentait, jusqu'à ce qu'elle sente son corps tout entier consumé par cette force implacable. Elle s'arqua contre lui et, alors que les vagues du plaisir déferlaient en elle, elle perçut une sensation fulgurante au moment où il entrait en elle et prenait entièrement possession de son corps.

La douleur fut oubliée en un instant, les soubresauts de l'extase venant faire se serrer ses muscles contre lui et diffuser des vagues de délice à travers tout son corps.

Comme Piers demeurait parfaitement immobile, Faye prit lentement conscience de la tension qui marquait ses traits.

— Qu'y a-t-il ? demanda-t-elle doucement, en posant doucement la main sur sa joue. Ai-je fait quelque chose de mal ?

Surprise et choquée, elle sentit Piers se retirer d'elle.

— Non, dit-il en secouant la tête, tu n'as rien fait de mal. Rien à part avoir négligé de me dire que tu étais encore vierge.

8

Elle était vierge !

L'esprit de Piers était en ébullition alors même que son corps, au supplice, l'implorait de tout faire pour obtenir cette libération des sens qu'il avait été si près d'atteindre.

— Cela fait-il une différence ? demanda Faye d'une petite voix alors que Piers couvrait toujours son corps du sien.

Sa peau était toujours rosie par le feu de son orgasme, ses yeux brillaient toujours de cette extase qu'il s'était donné pour mission de lui faire atteindre. Mais cela ne suffisait pas. Il s'était agi de sa première fois, et s'il l'avait su... Eh bien, inutile de dire qu'il ne l'aurait pas prise sur un canapé comme il l'avait fait.

— Piers ?

— Oui, cela fait une différence.

Il ne ressentait que du dégoût pour lui-même.

Elle était son employée. Elle aurait dû rester hors du champ de ses potentielles conquêtes. Mais au cours des derniers jours, il s'était autorisé à repousser tous ses scrupules et à ne se concentrer que ce que sur ce qu'il voulait. Et il avait décidé qu'il la désirait. C'était toujours le cas en cet instant. Son sang pulsait follement à cause de son désir féroce, et chaque instant lui rappelait douloureusement qu'il n'était pas, lui, allé jusqu'au bout. Mais il n'était plus question de lui. Il n'aurait pas dû être question de lui. La seule personne qui comptait ici et maintenant était l'adorable jeune femme qui lui avait accordé sa confiance et lui avait fait don de sa virginité. Il lui revenait à présent de faire les choses comme il convenait.

Sans dire un mot il se leva, la souleva entre ses bras et se dirigea vers l'étage.

— Que fais-tu ? demanda-t-elle tout en entourant instinctivement son cou de ses bras.

Sa chambre se trouvait tout près de la galerie. Il poussa la porte du bout du pied et traversa la pièce sombre pour gagner le lit. Il la reposa au sol et ouvrit les draps.

— Ce que je fais ? Eh bien, je compte te faire l'amour ainsi que tu le mérites.

— Mais... mais..., fit-elle, troublée. Je sais que tu n'as pas fini, mais tu m'as...

Sa voix se brisa comme si elle était incapable de trouver les mots propres à décrire ce qu'elle avait ressenti.

Voilà qui aurait arraché un sourire à Piers – c'était bien la toute première fois qu'il la voyait à court de mots – s'il ne s'était senti si terriblement sérieux.

— Allonge-toi sur le lit, lui indiqua-t-il tout en allumant la lampe de chevet. Tout ce qui vient de se passer n'était rien.

— Eh bien, cela m'a semblé être bien plus que rien.

Cette fois il ne put réprimer son élan. Un pincement de fierté virile vint accrocher un sourire à ses lèvres.

— Alors, tu vas vraiment apprécier ce que j'ai prévu pour toi maintenant.

— Oh ? fit-elle en arquant un sourcil, une expression qui lui donna un air aguicheur et expérimenté qu'il n'avait jamais vu chez elle.

— Alors il faudra que tu trouves quelque chose de bien différent pour pouvoir surpasser ce qui vient de se passer.

Impossible de résister. Il éclata de rire avant de réaliser que c'était la première fois qu'une telle chose se produisait pour lui en pareille situation.

— Tu sais ce que je dis à propos des défis, murmura-t-il en prenant place près d'elle et en couvrant son corps de caresses. Rien ne me procure plus de satisfaction que de les relever – rien à part peut-être ça.

Il se laissa glisser vers l'extrémité du lit et commença à faire remonter les doigts tout au long de ses jambes. Il sentit qu'elle se raidissait au moment où il effleura ses cicatrices. Comprenant sa réticence à le voir leur prêter trop d'attention, il remonta plus haut, vers ses cuisses, et prit tout son temps pour dispenser ses caresses. Chacune d'elles était suivie par un effleurement de ses lèvres. Faye commença de nouveau à trembler tandis que ses jambes se raidissaient sous ses mains.

Oui, elle pensait qu'il lui avait montré ce qu'était le plaisir, mais cela ne compterait plus en comparaison de ce qui allait venir.

Le bout des doigts de Piers effleura sa douce toison.

Faye se tordait de plaisir sur les draps froissés. Il s'approcha peu à peu de l'objet de sa quête puis enfin laissa ses doigts glisser sur son point le plus délicat.

Elle s'immobilisa subitement sous son corps, comme si elle tentait de deviner ce qu'il ferait ensuite. Piers sourit et inclina le visage un peu plus bas. Le désir le taraudait puissamment, mais il ne se presserait pas. Il était investi d'une mission et la mènerait à bien.

Il la toucha de nouveau. Elle dû sentir de délicieux picotements parcourir sa peau, car ses mains se refermèrent sur les draps. Le moment était arrivé. Piers inclina la tête et de sa langue vint caresser son petit bouton de rose. Faye laissa échapper une première exclamation de surprise.

Ses mains quittèrent les draps pour venir s'enfouir dans ses cheveux. Il s'enivra un instant de son doux parfum puis glissa les doigts en elle. Bientôt il sentit ses muscles se serrer et de doux tremblements parcourir son corps. Le moment était bel et bien venu. Il plaqua plus fort la bouche contre elle, et elle se pressa contre lui en s'abandonnant tout à fait. Il retira les doigts puis les fit de nouveau pénétrer en elle comme s'il s'agissait d'une répétition de l'acte que son corps mourait d'envie d'accomplir.

Il guettait le moindre indice révélant à quel point les sensations se faisaient plus puissantes en elle et perçut le moment exact où elle éclata en un million d'éclats de plaisir. Elle était si magnifique dans cet abandon total qu'il dut lutter pour garder le contrôle de lui-même. Il ralentit ses caresses jusqu'à ce que la détente gagne peu à peu son corps.

Les jambes de Faye s'écartèrent tandis qu'elle s'enfonçait plus profondément dans le matelas, et Piers vint se glisser entre elles pour la faire sienne. Il n'y eut pas la moindre résistance cette fois-ci. Rien qui lui rappelle qu'elle avait choisi de se donner à lui et rien qu'à lui.

Et, quoi qu'il en soit, il chérirait éternellement le don qu'elle lui avait fait, la chérirait, elle, et lui assurerait à quel point elle était extraordinairement spéciale à ses yeux.

Cette fois-ci il l'amena doucement jusqu'au sommet du plaisir et garda le contrôle jusqu'au moment où il sentit les ondes lentes et profondes de son orgasme vibrer à travers son corps. Il se laissa alors aller à son propre plaisir qui déferla en lui comme un puissant tsunami.

Épuisé, il finit par s'effondrer sur elle, le cœur battant à tout rompre dans sa poitrine. Il passa les bras autour d'elle et roula sur le côté pour la tenir bien blottie contre lui.

Pressant les lèvres contre son front, il se sentit plus proche d'elle qu'il ne l'avait été de quiconque au cours de son existence. Et il voulait voir ce sentiment de proximité perdurer. À présent, il ne pouvait plus imaginer sa vie sans qu'elle soit impliquée dans tous ses aspects.

— Te sens-tu bien ? demanda-t-il doucement, tout en enfouissant le visage dans ses cheveux pour s'enivrer de leur parfum.

— Si je me sens bien ? Je ne crois pas m'être jamais sentie mieux qu'en cet instant.

La voix de Faye avait pris des accents plus profonds, comme si elle était enivrée de contentement et d'épuisement.

Elle ne put retenir un léger gloussement.

— J'ai toujours su que tu étais un homme de parole, mais je ne m'attendais pas que tu prennes les choses aussi sérieusement. Je crois que tu as brillamment relevé ton défi.

Il lui sourit tendrement.

— Eh bien, tu sais ce que cela signifie, n'est-ce pas ?

Il sentit son corps se raidir quelque peu entre ses bras, et bien qu'il ignore l'origine de sa réaction, Piers caressa doucement son dos pour l'apaiser de nouveau.

— Non, je ne crois pas, dit-elle en réprimant un bâillement.

— Cela signifie qu'il me faudra faire mieux la prochaine fois.

— S'il y a une prochaine fois, répondit-elle.

— Oh ! il y en aura bien une. Et une autre encore après. Mais pour le moment, je pense que nous devrions nous reposer un peu.

— Oui, excellente idée. Je ne crois pas que mon corps aurait la force de vivre de nouveau tout cela si rapidement.

— T'ai-je fait mal ? demanda Piers, subitement inquiet.

Il avait fait tout son possible pour se montrer doux. Pour s'assurer que son corps était tout à fait prêt avant de la pénétrer.

— Non, pas du tout. Tu as été... tu as été fantastique. Merci.

Il tira la couverture sur le corps de Faye et quitta le lit juste le temps de se débarrasser de son préservatif. Puis il plongea de nouveau entre les draps et l'attira contre lui.

Il garda le silence un instant avant de poser la question qui ne cessait de lui trotter dans la tête.

— Pourquoi moi, Faye ? Pourquoi m'avoir laissé être ton premier amant ?

Il comprit aussitôt qu'il avait commis une lourde erreur. Il la sentit de replier sur elle-même, mentalement si ce n'était physiquement.

— Pourquoi ne l'aurais-je pas fait ? répondit-elle. Tu m'apparaissais comme quelqu'un de très doué.

Voilà qu'à présent elle usait de l'humour comme d'un bouclier lui évitant de révéler la vérité. Il devrait avancer prudemment pour tracer un chemin à travers les protections qu'elle avait dressées autour d'elle s'il voulait ne pas endommager le lien fragile qui les unissait désormais.

— Pour ce que cela vaut, sache que je suis plus qu'honoré d'avoir été ton premier amant. Je...

Il prit une profonde inspiration. Le moment était-il bien choisi ? N'était-ce pas trop tôt ?

— Je tiens à toi, Faye.

Elle resta silencieuse pendant ce qui lui sembla une éternité puis prit une profonde inspiration, et sa voix perça dans un murmure au travers de l'obscurité.

— Moi aussi, je tiens à toi.

Comme cet aveu avait été difficile à obtenir ! Il se sentait à la fois soulagé et heureux ; c'était un excellent début.

Faye vint se blottir contre sa poitrine.

— Je n'ai pas eu beaucoup de petits amis, reconnut-elle. Après la mort de ma famille dans un accident de voiture, je n'ai plus eu goût à grand-chose. Ma famille d'accueil habitait le quartier de mon enfance, et je n'ai pas eu à changer de lycée. Mais même si certains de mes anciens amis ont tenté de m'intégrer dans leurs groupes, en grandissant nos chemins se sont séparés.

— Je suis désolé pour ta famille, Faye. Cela a dû être terriblement dur.

Toute parole semblait si insignifiante. Rien ne pouvait décrire la tristesse qu'il ressentait en songeant à ce qu'elle avait dû traverser. Qu'aurait-il ressenti en se retrouvant soudainement seul au monde à seize ans ? En perdant les repères qui vous faisaient vous sentir aimé et en sûreté ? Ses propres parents ne s'étaient pas jamais impliqués dans son existence, mais il avait toujours eu Quin à ses côtés. La mort de son frère l'avait plongé dans une terrible détresse, mais au moment d'affronter cette perte il était déjà adulte. Faye, elle, n'était encore qu'une adolescente. Comment envisager son avenir quand tout ce qu'on avait connu, tout ce qui avait structuré sa vie avait disparu en un instant ?

— Oui, dur, c'est bien le mot. Les parents de ma famille d'accueil, cependant, étaient adorables. Ma mère et mon beau-père avaient mis de l'argent de côté pour financer mes études. Quand j'ai eu l'âge de quitter mon foyer d'accueil j'ai donc pu choisir mon université. Je n'ai manqué de rien.

De rien à part d'une famille. Piers songea au petit bonhomme endormi de l'autre côté du couloir, dans sa chambre, et à la famille toute prête que Casey et lui pourraient offrir à Faye. Mais il mit cela en balance avec sa réticence évidence à avoir quoi que ce soit à faire avec le bébé. Celle-ci découlait-elle des deuils qu'elle avait endurés quand elle n'était encore qu'une adolescente ? Comment pouvait-on traverser pareille situation ?

Bien à l'abri entre les bras de Piers, Faye ne ressentait pas la douleur lancinante qui l'assaillait habituellement lorsqu'elle songeait à sa famille. C'était une sensation plus assourdie qu'elle éprouvait. Toujours présente, mais plus discrète, comme si ses contours s'étaient un peu adoucis. En prendre conscience la faisait se sentir déloyale vis-à-vis de ses souvenirs. Elle ne méritait pas ce qu'elle vivait. Elle ne méritait pas de laisser la moindre parcelle du souvenir entourant la perte de sa famille glisser loin d'elle. La culpabilité revint aussitôt la tenailler avec force.

C'était la raison pour laquelle elle n'avait jamais encouragé aucune relation à aller plus loin que de l'amitié par le passé. Et c'était la raison pour laquelle elle n'aurait jamais dû permettre que les choses aillent aussi loin entre Piers et elle – peu importait à quel point cela avait été fantastique.

Cette soirée n'avait été qu'une succession d'erreurs. Depuis l'instant où elle avait accepté la flûte de champagne de Piers jusqu'à la seconde où elle lui avait permis de poser les mains sur elle. À quoi avait-elle donc pensé ?

Mais pourtant, pour une fois au cours de son existence, ne devrait-elle pas s'ouvrir et savourer ce que les autres considéraient comme acquis ?

Non. Elle refusait de l'accepter. Elle n'avait aucun droit de le faire. Il valait mieux qu'elle reprenne son chemin solitaire et reparte au matin comme prévu. Qu'elle parte avant que son cœur soit trop profondément engagé auprès de l'homme qui avait sombré dans le sommeil à côté d'elle et de l'enfant qu'il était déterminé à élever comme son fils.

Sa décision prise, elle ferma les yeux, souhaitant que le sommeil l'emporte au plus tôt. Mais il tarda à venir.

Elle fixa alors ses idées sur d'infimes détails. La façon dont les doigts de Piers continuaient à caresser son dos nu par moments, même pendant son sommeil. Le son profond et régulier de son souffle. Le parfum de sa peau. Elle mettrait ces souvenirs de côté, et peut-être qu'un jour aurait-elle assez de force de repenser à eux, à cette nuit magique.

Faye se réveilla dans un lit vide et se sentit aussitôt soulagée. Au moins, le si particulier face-à-face du lendemain matin entre deux amants pourrait attendre qu'elle ait pris une douche, se soit habillée, ait bouclé sa valise et soit prête à partir. Elle se tourna entre les draps, et un soupçon du parfum de Piers monta à ses narines. Ce n'était presque rien, mais cela suffit à éveiller une émotion si intense que ses yeux manquèrent de se remplir de larmes.

Mais au lieu de se laisser submerger par ce qu'elle ressentait, Faye fit ce qu'elle avait toujours fait. Elle fixa son attention sur ce qu'elle devait accomplir. Cela, au moins, était une chose qu'elle pouvait contrôler.

Une fois prête, elle descendit l'escalier pour déposer son bagage près de la porte d'entrée. Elle pouvait entendre Piers et Casey, et l'estomac noué elle les rejoignit dans la cuisine. Piers lui tournait le dos. Il formulait des paroles incompréhensibles à l'adresse de Casey qui le regardait, totalement captivé par les sons incongrus qu'il émettait.

Faye n'aurait jamais imaginé que son cœur puisse se briser encore davantage, mais à leur vue elle se sentit presque défaillir. Une fois encore les larmes lui montèrent aux yeux. Elle cligna des paupières pour les chasser et se tourna vers un placard pour en sortir une tasse.

— Bonjour ! lui lança Piers. As-tu bien dormi ?

— Mieux que je ne l'aurais cru, répondit-elle rapidement.

— Moi aussi, répondit-il en lui décochant un sourire qui ranima aussitôt un accès de désir tout au fond d'elle.

C'est impossible, songea-t-elle en se servant une tasse de café. Il suffisait d'un regard, d'un sourire de Piers, et elle était aussi pitoyablement avide de son attention que toutes ses autres conquêtes. Cela signifiait-il qu'elle était l'une d'elles à présent ? Elle redressa vaillamment le dos. Non, certainement pas. Une seule nuit partagée ne changeait absolument rien en ce qui la concernait. Si elle pouvait simplement retrouver son appartement et ses habitudes quotidiennes, tout irait pour le mieux.

Elle regarda Piers sortir le biberon du chauffe-biberon, le secouer et vérifier la température du lait sur son poignet.

— Monsieur, votre petit déjeuner est servi ! dit-il en prenant un ton pompeux.

Casey lui adressa un large sourire. Ses jambes s'agitèrent énergiquement quand Piers approcha la tétine de ses lèvres.

— Tu t'y prends très bien avec lui, constata Faye. Tu comptes toujours le garder ?

— Oui.

La réponse était simple et ferme. Elle envia sa certitude.

Piers leva les yeux vers elle, et elle lut quelque chose de nouveau dans son regard.

— Est-ce ridicule de dire que je l'aime déjà ?

Elle ne l'avait jamais vu paraître si peu sûr de lui. Jamais. Qu'il ressente cela pour Casey ne faisait que le rendre plus humain, plus attirant. Elle secoua la tête.

— Non, pas du tout

Piers hocha la tête et reporta son attention sur le bébé. Faye profita de cet instant pour commencer à préparer le petit déjeuner.

— As-tu mangé ? demanda-t-elle.

— Oui, quand je me suis levé. Mais il était tôt. Je pourrais avaler encore quelque chose du coup.

Elle entreprit de préparer une omelette avec les derniers ingrédients présents dans le réfrigérateur. Elle se réjouissait de savoir que la route serait bientôt dégagée et que Meredith, qui avait attendu dans un motel, en ville, pourrait bientôt rejoindre le chalet avec toutes les provisions nécessaires.

Au moment où Faye disposait son omelette dans une assiette le téléphone sonna. Ils apprirent qu'une équipe avait dégagé la route jusqu'à l'arbre tombé et travaillait à présent à en dégager le tronc. La nouvelle tendit tous les nerfs de Faye. Elle se sentait prête à bondir vers la liberté dès l'instant où elle pourrait quitter la maison.

Les deux heures suivantes furent pour elle une torture. Elle tentait de répondre aux mails qui s'étaient accumulés pendant que Piers jouait par terre avec le bébé. Dès qu'un son retentit au dehors, elle bondit et se rua vers la porte pour faire entrer le nouvel arrivant.

— Miss Darby ! Allez-vous bien ? J'ai vu l'état de votre voiture. C'est un miracle que vous soyez en vie !

La gouvernante de Piers se précipita dans la pièce et serra Faye dans ses bras avant de l'examiner des pieds à la tête.

— Oh ! Miss Darby... votre visage !

— Tout va bien, Meredith. C'est l'airbag qui a causé ces égratignures, elles ne seront bientôt qu'un mauvais souvenir.

Meredith la serra de nouveau contre elle, ce que Faye supporta avec plaisir. Elle n'aimait pas beaucoup ce genre d'étreintes, mais elle était habituée à cet élan maternel que ressentait Meredith envers tous les membres de son entourage.

— Si je comprends bien, la route est dégagée à présent ?

— Oui, ils ont déplacé votre voiture sur le côté et retiré la plus grande partie de l'arbre. Le reste devra attendre l'arrivée de plus gros engins, mais il y a assez de place pour passer.

Faye s'était attendue à ressentir une forme de jubilation. Mais c'était une terrible sensation de perte qui fondait sur elle. Elle la repoussa avant qu'elle s'enracine.

— Eh bien, quel soulagement ! lança-t-elle avec toute la vivacité dont elle était capable. Je crois que je devenais un peu claustrophobe. J'ai hâte de rentrer chez moi !

— Mr Luckman ! Quelle joie de vous revoir ! s'exclama Meredith en regardant par-dessus l'épaule de Faye.

Faye se retourna et aperçut l'air de déception que Piers masqua bien vite. Avait-il réellement cru qu'une spectaculaire nuit d'amour la ferait changer d'avis ? Elle savait déjà qu'un vol partait en début d'après-midi. Il fallait qu'elle monte à bord. Il était impossible qu'elle demeure une minute de plus sur place ou sinon elle se raviserait et resterait – et que se passerait-il alors ? Voulait-elle courir le moindre risque ? Se confronter au danger de perdre de nouveau ceux qu'elle aimait ? Connaître une joie qu'elle ne méritait pas et ne pourrait se permettre de savourer ? Non, il était bien mieux qu'elle parte dès à présent.

— Meredith, content de vous revoir également.

— Tout s'est bien passé ? demanda la gouvernante.

— Très bien, je vous remercie. Vous nous avez laissés avec

des réserves si bien garnies que nous aurions pu tenir un bon mois sur place.

Faye réprima un frisson. Un mois ? Elle n'aurait jamais pu tenir si longtemps sans perdre sa santé mentale. En un mois Casey aurait grandi et changé, et il aurait totalement conquis son cœur. Quant à penser passer un mois entier enfermée avec Piers ? Elle tenta de trouver les raisons pour lesquelles ce serait une mauvaise idée, mais sa libido nouvellement réveillée les repoussa toutes. Ce qui en soi constituait la raison même pour laquelle elle devait mettre de la distance entre Piers et elle.

— Nous avons utilisé toutes les couches toutefois, poursuivit Piers. J'espère que vous avez eu mon texto et les avez ajoutées avec le lait maternisé à votre liste de courses.

— Oui, en effet. Mais pourquoi donc ?

Meredith fixa alternativement Piers et Faye dans l'espoir d'obtenir une explication.

Faye eut un petit haussement d'épaules et lança un regard à Piers.

— Tu pourras expliquer la situation à Meredith. Pour ma part, il me faut vraiment partir. Meredith, une fois que nous aurons déchargé votre voiture, pourrais-je vous l'emprunter pour me rendre à l'aéroport ? Je ferai en sorte une fois sur place que quelqu'un la rapporte ici.

Derrière Meredith, Faye aperçut Piers l'observer de nouveau. Malgré son apparente décontraction, elle pouvait lire une certaine tension dans son regard.

— As-tu réellement besoin de t'échapper maintenant ?

— Je ne peux pas rester. J'ai des choses à faire.

Il savait qu'elle mentait, elle pouvait le comprendre à la tristesse reflétée dans ses yeux. Elle fit volte-face, ne pouvant supporter de constater sa déception.

Elle saisit sa veste, dévala les marches du perron pour rejoindre le break de Meredith et sortir les sacs de provisions qui emplissaient le coffre. Piers se trouva près d'elle avant qu'elle ait pu repartir vers la maison.

— Tu as conscience du fait que tu prends la fuite.

— Je ne fuis pas. Je n'étais pas censée me trouver ici à l'origine, tu t'en souviens ?

— Tu prends la fuite, répéta-t-il d'un ton catégorique. Mais qui veux-tu fuir ? Moi ou toi ?

— Ne sois pas ridicule. Je ne m'enfuis nulle part, lâcha-t-elle avant de passer devant lui pour emporter les provisions dans le chalet.

Il était si perspicace. Elle avait toujours admiré sa clairvoyance au bureau, mais elle détestait quand il l'exerçait avec elle. Derrière elle, elle l'entendit attraper les derniers sacs et la suivre en haut des marches.

Elle se dirigea à toute hâte vers la cuisine, où Meredith dressait déjà l'inventaire des tâches à accomplir.

Piers la suivait de près. En passant à côté d'elle il murmura à son oreille :

— Menteuse, j'avais espéré que tu changerais peut-être tes plans et que tu passerais Noël avec Casey et moi. Nous n'avons à nous préoccuper de personne d'autre.

Faye hésita un instant. Une intense lutte intérieure lui faisait considérer les deux options : accepter ou refuser son invitation.

— Je te remercie mais je ne vais pas accepter, finit-elle par dire tout en espérant insuffler la légèreté nécessaire à sa réponse.

— Faye, nous devons parler. Allons, reste. C'est la veille de Noël.

Ces derniers mots lui fournirent le rappel dont elle avait besoin. La veille de Noël. L'anniversaire de la disparition de sa famille. La honte l'envahit, elle avait perdu la notion du temps et oublié cette date.

— Je dois vraiment m'en aller.

Meredith lui tendit les clés du break.

— Et voici pour vous, Miss Darby. Le réservoir de la voiture est plein.

— Merci Meredith. J'en prendrai grand soin, promis.

Et avant que Piers ait pu l'arrêter, elle se glissa hors de la cuisine, traversa la pièce principale et franchit le seuil de la maison. Refermer la lourde porte derrière elle provoqua un pincement d'angoisse dans sa poitrine, mais elle l'ignora et continua d'avancer. C'était la seule façon dont elle pouvait affronter cette situation.

Elle était habituée à perdre des gens. Habituée à souffrir. Elle avait perfectionné sa capacité à survivre, à traverser chaque journée, en vivant avec tout cela. Et elle réussirait à traverser cette journée exactement de la même manière.

9

Le ciel bleu, le sable doré et le soleil éclatant n'avaient jamais été plus beaux. C'était ce que Faye était déterminée à penser quand elle ouvrit les rideaux de son salon le matin de Noël et qu'elle contempla la vue qui se déployait sous ses yeux. Elle avait payé relativement cher cet appartement doté d'un minuscule balcon surplombant la plage, mais même si elle l'avait choisi parce qu'il ne ressemblait en rien à ce qu'elle se rappelait de sa maison familiale, elle ne parvenait pas à se défaire de ses souvenirs.

Il n'y avait qu'à considérer la soirée précédente. Elle avait entamé son marathon de visionnage de films, ainsi qu'elle le faisait chaque année depuis qu'elle vivait seule. Mais pour une raison inconnue ni les intrigues sanglantes ni les scènes d'action haletantes n'avaient réussi à capter son attention, et elle avait finalement éteint le lecteur de DVD. Désemparée, elle était allée dénicher dans les affaires de ses parents la boîte remplie de précieux souvenirs qu'elle conservait uniquement pour la veille de Noël. Remplie d'albums de photos qui retraçaient son enfance. Des photos d'elle bébé, en compagnie de sa mère, puis celles où figuraient son beau-père et enfin l'album qui n'avait jamais été terminé. Celui qui renfermait les rares, et si précieux, clichés montrant son petit frère. S'il avait vécu jusqu'à ce Noël il aurait été âgé d'un peu plus de treize ans. Peut-être aurait-il été un adolescent exaspérant, ou un grand sportif ou bien un garçon calme et posé. Elle ne le saurait jamais. Les pages vides à la fin de l'album offraient un rappel bien trop sombre de ce futur qui n'avait jamais existé pour ce bébé, ce petit Henry.

L'incursion dans son passé menée la veille au soir l'avait laissée à l'état de loque, sanglotante et tremblante, mais lorsqu'elle s'était éveillée ce matin, au lieu d'éprouver la sensation de gouffre béant que son cœur avait connue pendant tant d'années, elle s'était sentie différente. Le chagrin de la perte était toujours là et ne s'effacerait jamais totalement. Mais un sentiment nouveau avait éclos : celui d'avoir tourné la page, comme si elle avait enfin réussi à dire enfin au revoir à sa famille.

Elle n'arrêterait jamais de penser à eux, ne cesserait jamais de les aimer, mais elle se sentait moins prisonnière de cette douleur qui l'avait fait devenir l'adulte qu'elle était désormais. Le moment était peut-être venu de ne plus laisser cette souffrance diriger sa vie. Peut-être était-il même temps de se défaire de l'emprise de la culpabilité qu'elle éprouvait pour ne pas avoir été capable d'éviter l'accident cette nuit-là. Peut-être ne méritait-elle pas d'être malheureuse, après tout. Peut-être était-il même temps de prendre le risque d'aimer quelqu'un à nouveau. Quelqu'un comme Piers, peut-être, qui arrivait avec une famille « prête à l'emploi ».

Cette pensée frappa son cœur de terreur, mais il ne lui fallut pas longtemps pour dépasser cette émotion et examiner l'idée avec soin.

La part analytique de son cerveau lui demandait si elle pensait pouvoir véritablement tomber amoureuse de Piers.

Si elle devait entamer une relation avec lui, elle le ferait avec les yeux grands ouverts. Après tout, elle le connaissait probablement mieux que sa propre mère. Elle faisait partie de sa vie depuis trois ans, gérant tout à la fois son univers de travail et sa vie privée conformément aux besoins qu'il avait exprimés. Et elle ressentait de l'admiration pour lui. Il lui aurait été si facile de se comporter comme Quin. Il aurait pu si aisément vivre en profitant de l'argent laissé pour lui par les précédentes générations de Luckman, mais il avait fait le choix de travailler, et il travaillait dur. Les programmes immobiliers de logements ou de bureaux qu'il avait lancés depuis qu'elle travaillait avec lui faisaient à présent partie des plus recherchés du monde.

Oui, il avait un passé de play-boy. Et oui, elle avait vu avec quelle facilité il écartait ses conquêtes une fois qu'il estimait que leur relation avait fait son temps. Mais il était différent depuis la mort de Quin. Plus calme. Plus attentionné. Et, lentement, elle avait commencé à percevoir un autre aspect de sa personnalité. Une facette qui avait commencé à desserrer les liens qui emprisonnaient son cœur.

Mais était-elle réellement en train de tomber amoureuse de *lui* ou était-elle plutôt près de succomber à l'idée de faire partie d'une chose plus grande qu'elle-même ? Une famille ? Un nouveau départ ? Une chance de se racheter ?

Faye ferma les paupières et poussa un grondement de frustration.

Il y avait tant de questions. Et si peu de réponses.

Piers revint du Wyoming la deuxième semaine de janvier. Faye l'entendit sortir de l'ascenseur et avancer dans le couloir du bureau, et le moindre de ses nerfs sembla aussitôt se mettre en alerte. Elle avait évité tous ses appels téléphoniques depuis son départ de Jackson Hole, cantonnant uniquement leurs échanges à des textos et des mails. Elle avait immédiatement senti la frustration de Piers, mais ne s'était pas sentie prête à lui parler. À entendre le timbre de sa voix. À revivre cette intimité qu'ils avaient partagée – des moments dont le souvenir lui revenait subitement par moments et lui coupait littéralement le souffle.

Mais il n'était plus possible de se cacher à présent. D'un instant à l'autre, il tournerait au bout du couloir et pénétrerait dans l'*open space* qu'ils partageaient.

Et voilà qu'il se tenait face à elle.

Le revoir provoqua en elle un choc aussi puissant qu'elle l'avait imaginé. Une onde de chaleur s'épanouit dans son corps au moment où elle croisa son regard. Et elle sentit sa gorge se nouer quand elle s'aperçut qu'il tenait à une main un siège auto dans lequel Casey dormait à poings fermés, et à l'autre sa sacoche de travail.

— Bonjour, parvint-elle enfin à laisser échapper en se levant et contournant son bureau. Un café ?

— Pourquoi ne répondais-tu pas à mes appels ?

— Je te le prépare tout de suite, répondit-elle d'un ton léger avant de lui tourner le dos.

— Faye, tu ne peux pas continuer à m'éviter.

— Je ne t'évitais pas. Nous avons communiqué.

— Seulement par écrit. Et, oui, avant que tu me le rappelles *encore*, j'ai été en contact avec Lydia et, comme on pouvait sans doute s'y attendre, elle a annulé le dîner. Il semblerait qu'elle ne soit prête à devenir mère. Mais, revenons à toi – après ton départ je me suis fait du souci pour toi et tant que je n'ai pas eu la certitude de pouvoir quitter l'État avec Casey, il ne m'a pas été possible de venir m'assurer que tu allais bien.

Faye avait été consciente de tout cela. Elle finit de préparer le café et apporta la tasse de Piers jusqu'à son bureau.

— Comme tu peux le constater, tu n'avais aucune raison de t'inquiéter. Je vais très bien.

Piers déposa le siège abritant le bébé endormi sur son bureau et se tourna pour lui faire face. Ses doigts se posèrent délicatement sur le menton de Faye, et il inclina doucement le visage vers lui. Un frisson la traversa quand elle pensa à ce qui pourrait se produire. Allait-il l'embrasser ? Ici, au bureau ?

— Il y a tant de zones d'ombre, Faye, dit-il doucement. Je ne veux pas qu'il y ait de secret entre nous.

— Des secrets ? De quoi parles-tu ? On peut lire en moi comme dans un livre ouvert.

Piers éclata d'un rire tranchant, qui exprimait son scepticisme bien mieux qu'aucune parole.

— Très bien, donc c'est ainsi que tu veux que les choses se passent. Entendu. Nous allons nous remettre au travail, mais tu ne pourras pas me fuir éternellement.

Casey choisit ce moment pour se réveiller et hurler sa désapprobation quant à son nouvel environnement. Piers, magnifique dans sa tenue d'homme d'affaires, le retira du siège auto et vint le tenir contre lui comme s'il avait accompli ce geste depuis le jour de sa naissance. Le petit bonhomme se calma instantanément.

Faye sentit ce serrement bien trop familier dans sa poitrine.

Elle ne savait que trop bien à quoi ressemblait d'aimer des bébés. Et de les perdre.

— As-tu reçu d'autres nouvelles de la part de tes avocats ?

— Ils vont lancer une procédure sur la base de l'abandon. En tant que plus proche parent de Quin, ils pensent que j'ai une chance solide de pouvoir adopter Casey directement. En tout cas, la mise sous tutelle d'urgence a été approuvée.

— Es-tu certain de vouloir faire cela ? L'adopter ? C'est un engagement important. Et si sa mère change d'avis ? Et si elle est en train de le chercher ?

— Elle a su me trouver la première fois, elle peut très bien me trouver de nouveau. Et si elle apparaît, alors nous pourrons peut-être faire toute la lumière sur les raisons pour lesquelles elle n'a pas jugé bon de nous contacter plus tôt au sujet de Casey.

Faye repensa alors au petit mot qui avait été épinglé sur la couverture.

— Crois-tu qu'elle savait que Quin était...

Sa voix s'éteignit.

— En toute franchise, je crois que non. Je pense qu'elle a entendu dire que je revenais au chalet pour Noël et qu'elle a agi sur un coup de tête. Peut-être m'a-t-elle pris pour Quin. Qui sait ? D'après les informations que nous avons pu rassembler, elle travaillait de façon temporaire pour l'entreprise qui m'a fourni ses services de traiteur. Elle est très jeune, dix-neuf ans à peine. Elle vient d'Australie et voyageait avec son sac à dos à travers le pays, acceptant de travailler ponctuellement là où c'était possible. Je ne sais même pas si Casey est né dans le Wyoming. Quoi qu'il soit, sa place est à mes côtés.

La voix de Piers avait pris un accent catégorique.

— Eh bien, tant que tu prends conscience qu'il n'est pas un jouet que tu peux prendre et laisser selon ta fantaisie. Le faire entrer dans ton existence représente un engagement à vie. Quand tu entameras une nouvelle relation, j'espère que quelle que soit ta partenaire, elle sera d'accord pour avoir un bébé dans sa vie.

Piers lui jeta un regard irrité.

— Que veux-tu sous-entendre Faye ? Que j'ignorerai l'existence de Casey quand cela me conviendra ?

— Je ne sous-entends rien. Mais regardons les choses en face, tu n'as passé que deux grosses semaines en sa compagnie, durant lesquelles Meredith ou moi étions à tes côtés. Tu n'avais à t'occuper de rien d'autre que lui. Ce n'est pas la vie réelle. La réalité implique de gérer les fièvres et les rhumes, les poussées dentaires, les coliques, l'apprentissage de la propreté, les colères, les nuits sans sommeil, tout cela en plus du planning chargé qui est généralement le tien. Tu sembles penser que cela s'apparentera à une balade dans le parc, mais élever un enfant est un travail sacrément ardu.

— Et comment le sais-tu ?

La dureté de son regard la cloua sur place, ses yeux la pressaient en silence de lui rapporter une réponse.

— Je le sais parce que je ne suis pas une sorte d'optimiste aveugle qui croit que tout va toujours aller bien. De mauvaises choses peuvent arriver. La vie ne se passe pas toujours comme on s'y attend.

Dès que ces mots eurent franchi ses lèvres, Faye regretta de ne pouvoir les effacer. Ils n'étaient qu'à quelques jours de l'anniversaire de la mort de Quin. Piers savait la vie pouvait être porteuse de chocs inattendus.

Elle s'empressa de s'excuser.

— Écoute, je suis désolée. J'ai dépassé les bornes. Je vais te laisser tranquille. J'ai une réunion avec le nouveau chef du service marketing à 10 heures, je ferais mieux d'y descendre.

— Très bien, tu n'as qu'à faire cela, dit-il d'un ton si ferme que Faye se sentit vaciller. Et pendant que tu y es, demande-toi pourquoi tu dresses de si hautes barrières émotionnelles entre toi et les autres. Tu ne te comportes pas de cette façon qu'avec moi, pas vrai ? C'est avec tout le monde que tu es ainsi. Parce que si tu t'interroges sur ma capacité à m'engager dans cette relation avec Casey, je crois que tu devrais également te demander pour quelle raison tu es incapable de t'investir dans autre chose que ton travail.

Elle le regarda, une expression choquée sur le visage. Elle prit une profonde inspiration, mais cela n'empêcha pas les larmes de lui monter aux yeux.

En voyant son regard s'embuer Piers s'inquiéta subitement.

— Faye, je suis désolé, cette fois, c'est moi qui ai dépassé les limites.

— Non, tout va bien répondit-elle, en ravalant ses larmes. Je ferais mieux de m'en aller.

Piers la regarda partir, terriblement mal à l'aise. Qu'est-ce qui avait bien pu le pousser à se montrer si cruel envers Faye ? Était-ce parce qu'elle avait touché un point sensible en mettant en question son engagement envers Casey ? Ou cela venait-il de son commentaire à propos des mauvaises choses qui arrivaient aux gens ? *Remarque pour laquelle elle s'est excusée,* lui rappela une petite voix intérieure pleine de sévérité. Quoi qu'il en soit, il savait qu'il s'était mal comporté. Il ne pouvait se permettre de la perdre, et ce n'était pas simplement parce qu'elle connaissait son entreprise presque aussi bien qu'il la connaissait lui-même.

Les deux dernières semaines passées sans elle lui avaient paru étrangement vides. Bien sûr, il avait été très occupé avec Casey, qui avait déjà grandi et changé durant cette courte période. Oui, Meredith l'avait aidé, mais il s'était assuré de rester la personne centrale dans la vie de Casey. Mais l'absence de Faye lui avait fait prendre conscience de ce qu'elle signifiait à présent pour lui sur un plan personnel. Si seulement il pouvait franchir cette barrière qu'elle maintenait si fermement dressée entre eux... Il eut le sentiment que la seule façon pour qu'une telle chose advienne serait qu'il apprenne ce qui s'était produit dans son passé pour la rendre si fermée et méfiante.

Évidemment son équipe avait réalisé une vérification de son passé avant que le poste lui soit proposé, mais cette enquête s'était concentrée sur ses diplômes et ses précédentes expériences professionnelles, et n'avait pas abordé en profondeur les points qu'il avait besoin de connaître à présent à son sujet. Peut-être devait-il fouiller un peu plus profondément. Une part de lui le mettait en garde contre l'idée d'explorer son passé sans l'en avertir – l'alertait sur le fait que si elle voulait qu'il en sache autant sur elle, elle le lui dirait elle-même. Mais Piers ne menait pas ses projets à bien en attendant le bon vouloir de quiconque. Parfois il fallait simplement prendre les commandes et définir la trajectoire soi-même. Et la question présente était de ces moments où une intervention plus active était nécessaire.

Alors qu'il s'apprêtait à voir Faye revenir après sa réunion, Piers était satisfait de savoir qu'il connaîtrait sous peu la raison pour laquelle elle se tenait autant à distance. Bien sûr, cela ne voulait pas dire qu'il ne continuerait pas d'essayer de glaner des informations auprès d'elle en attendant. Dès qu'elle entra dans leur bureau, il quitta son fauteuil et avança vers elle.

— Tout s'est bien passé avec le chef du marketing ?

— Oui, c'était parfait. Tu l'as très bien choisi.

— Je sais cerner les gens, dit-il sans arrogance.

C'était l'une de ses plus grandes forces, et il ne craignait pas de l'admettre. C'était notamment la raison pour laquelle il savait qu'il y avait toute une part de la personnalité de Faye qu'il lui fallait explorer. Elle méritait de vivre une meilleure existence. De ressentir des choses, de rire, d'aimer.

— Tu as un vrai talent, c'est certain.

— Heureux que tu le penses – mais j'aimerais toutefois ton aide pour les réunions que j'ai prévues cet après-midi. Une agence m'envoie des nounous pour que je leur fasse passer un entretien d'embauche. Je veux aménager un endroit pour pouvoir accueillir Casey à cet étage. Je songeais à vider et à utiliser la salle des archives située à deux pas. J'ai besoin d'une personne qui pourra se trouver ici avec Casey dans la journée, mais aussi à la maison quand je dois m'absenter et passer une nuit ailleurs – même si je compte réduire autant que possible le nombre de mes voyages.

Faye lui adressa un regard surpris.

— Tu veux mon aide pour les entretiens ?

— Bien sûr, tu es mon bras droit, ici.

Elle semblait mal à l'aise.

— J'ai confiance dans ton jugement, Faye. M'aideras-tu ?

— Pourquoi moi ? Peut-être devrais-tu demander à un membre du personnel qui a déjà embauché des nounous.

— Mais tu sais ce dont j'ai besoin. Comme toujours. Le premier rendez-vous aura lieu après le déjeuner.

Il vit les épaules de Faye s'affaisser comme si elles venaient d'être chargées d'un poids immense.

— Très bien, je serai prête. Y a-t-il un point précis auquel tu aimerais que je fasse attention ?

— Non, fais appel à ton discernement habituel. Je sais que tu n'hésiteras pas à me dire ce que tu penses. Et, Faye, poursuivit-il, je tiens à m'excuser pour mon commentaire de tout à l'heure au sujet de l'engagement. C'était cruel de ma part de dire une chose pareille alors que tu as toujours été là pour moi quand j'ai eu besoin de toi.

— Ne t'inquiète pas. Considère que tout ça est oublié.

— Non, je ne peux l'effacer de mon esprit parce que je t'ai heurtée, et savoir que j'ai agi ainsi me fait du mal. Cela étant dit, les choses ont changé entre nous, et j'aimerais voir comment l'avenir s'annonce pour nous.

— Les choses ont changé ?

— As-tu déjà oublié notre nuit d'amour ? la taquina-t-il.

Même si son ton était léger, il sentit un pincement désagréable à l'idée qu'elle avait remisé l'incroyable nuit qu'ils avaient vécue tout au fond de sa mémoire.

— Oh ! ça ? dit-elle, tandis que ses joues se coloraient. Non. Je n'ai pas oublié. Je n'en ai rien oublié.

— Et cela ne te donne pas envie de peut-être explorer davantage cet aspect-là de notre relation ?

Elle secoua énergiquement la tête.

— Non. En toute honnêteté, j'y ai beaucoup réfléchi et je crois que nous devrions oublier cette nuit.

— Je ne peux pas l'oublier. Je ne peux pas t'oublier, *toi*.

Il s'avança vers elle et prit ses mains dans les siennes.

— J'ai envie de mieux te connaître, Faye. C'est sûr, je sais à quel point tu es exceptionnelle, ici, au bureau. Je sais aussi celle que tu es quand nous faisons l'amour. Je sais comment te donner du plaisir, mais...

Il relâcha l'une de ses mains pour venir doucement lui tapoter le front.

— Mais concernant ce qu'il y a là-dedans, je crois que je ne te connais pas le moins du monde – et j'aimerais, j'aimerais vraiment, que ce soit le cas. Me laisseras-tu entrer là-dedans ? Me laisseras-tu te connaître réellement ?

Elle semblait ébranlée, incertaine… mais il avait la conviction que ses paroles avaient eu un effet sur elle, qu'au moins elle était prête à envisager cette possibilité.

Un téléphone sonna sur le bureau de Faye, et Piers ravala un juron. Elle détacha les mains des siennes.

— Je ferais mieux de décrocher, lança-t-elle d'une voix semblant étranglée.

— Bien sûr, mais nous finirons cette discussion, Faye. Je t'en fais le serment. Je n'abandonnerai pas. Tu comptes trop à mes yeux.

Et laissant ses derniers mots cheminer dans l'esprit de Faye, il quitta la pièce.

10

Les entretiens d'embauche des nounous se passèrent à merveille. Faye ne put trouver le moindre défaut à aucune des femmes ou à l'infirmier pédiatrique hautement qualifié qui avaient postulé. Lorsque Piers lui proposa de faire le point sur les candidats autour d'un dîner à son domicile, Faye se méfia, mais comme elle savait qu'il ne renoncerait pas elle décida que le plus simple serait de se retrouver face à lui et de se débarrasser au plus vite de la question.

Elle rentra chez elle après sa journée de travail, sauta sous la douche et passa un pantalon ample et une blouse de soie à manches longues qui glissa sur sa peau avec la douceur d'une caresse prodiguée par un amant éperdu. Vraiment ? Mais d'où provenait donc cette pensée ?

Elle plissa le front en examinant son reflet dans le miroir. Le bleu vif de la soie rehaussée de motifs tribaux bleu marine donnait à ses yeux des teintes plus bleues que grises. Cet ensemble faisait-il trop habillé ? se demanda-t-elle. Peut-être ferait-elle mieux de choisir simplement une tenue qu'elle pourrait porter pour aller au bureau.

Un coup d'œil jeté à son téléphone portable suffit à balayer cette idée. Piers l'attendait vingt minutes plus tard, et c'était le temps qu'il lui faudrait pour rejoindre sa maison du quartier de Pacific Palisades. Elle enfila des sandales, prit son sac à main et se dirigea vers la porte. Elle s'engagea sur le Pacific Coast Highway, laissant la vue de l'océan l'apaiser – un réconfort dont elle avait désespérément besoin, alors que la perspective de passer la soirée avec Piers, et très probablement Casey, constituait la chose la moins relaxante à laquelle elle puisse songer.

À son arrivée, Piers lui ouvrit en personne, son téléphone portable collé à l'oreille. Il lui fit signe d'entrer et de s'asseoir dans le salon situé à deux pas du hall. Plutôt que de prendre un siège Faye se dirigea vers la grande porte-fenêtre qui s'ouvrait sur les jardins et regarda dans la direction de la piscine. L'atmosphère de la maison était conviviale et accueillante. Ce n'était pas un lieu froid et impersonnel mais bien un vrai foyer. Elle était déjà venue ici pour le travail, mais cette fois Faye avait le sentiment que cette visite était différente. Un petit frisson parcourut son dos, et elle se frotta les bras avant de les refermer autour d'elle.

— Tu as froid ? demanda Piers derrière elle, ce qui la fit légèrement sursauter.

— Non, ce n'est rien.

— Tu es nerveuse alors ?

— Pas du tout, protesta-t-elle. Je n'ai aucune raison de l'être.

Il l'étudia pendant quelques secondes avant de faire une petite moue, comme s'il peinait à la croire tout à fait.

— Désolé, j'étais au téléphone avec le bureau de mes avocats. Ils ont retrouvé la mère de Casey. Figure-toi qu'elle est rentrée en Australie.

— Vraiment ? Et est-ce qu'elle va bien ?

— C'est la première question que je leur ai posée. Apparemment tout va pour le mieux en ce qui la concerne. Et elle maintient qu'elle ne veut rien avoir à faire avec Casey.

Faye ressentit une pointe de compassion pour le petit bonhomme.

— Pourquoi a-t-elle eu cet enfant alors, si elle ne le désirait pas ? Qu'avait-elle en tête ?

— J'ai l'impression qu'elle n'a pas beaucoup réfléchi. Elle est venue aux États-Unis après avoir laissé tomber son petit ami en Australie. Elle a commencé une nouvelle relation avec un nouvel homme ici, mais il l'a quittée quand il a découvert qu'elle était enceinte. Il a prétendu que cet enfant ne pouvait être le sien parce qu'il est stérile, ce qui, d'après elle, ne laisse que Quin comme autre père potentiel. Elle a dit qu'elle a essayé de le joindre, mais qu'il n'a jamais répondu à ses appels, ce qui est logique, évidemment.

Un éclair de tristesse traversa le regard de Piers.

— D'après ce qu'elle a dit à l'avocat, elle a passé un certain temps dans le Wyoming à passer d'un petit boulot à un autre jusqu'à la naissance de son bébé. À ce moment-là elle avait économisé suffisamment pour rentrer chez elle. Elle a cru au début que le père de Casey était son petit ami, mais quand il lui a appris qu'il était stérile, que leur relation a pris fin *et* qu'elle a échoué à entrer en contact avec Quin, elle s'est retrouvée totalement perdue. Elle ne voulait pas faire appel à sa famille en Australie, et comme elle n'était que de passage ici, elle ignorait comment trouver de l'aide. À présent Casey n'est qu'un poids à ses yeux, et selon mon avocat elle désire abandonner tous ses droits sur lui.

— Elle bénéficie de tous les conseils juridiques nécessaires quant à sa décision, n'est-ce pas ?

— J'ai insisté sur ce point et accepté de payer toutes ses dépenses. J'ai également demandé qu'elle soit soumise à une évaluation psychologique. Je détesterais que sa décision soit due à un problème psychologique induit par la naissance de Casey.

Faye approuva d'un hochement de tête.

— C'est une bonne idée. Je suis heureuse que tu aies agi de la sorte.

— Elle a soutenu que ce n'était pas nécessaire et qu'elle voulait simplement clore ce chapitre de son existence, mais lorsque nous lui avons appris que nous prendrions tous les frais à notre charge, elle a fini par accepter à contrecœur.

— Savait-elle que Quin était décédé ?

— Non, apparemment. Elle a entendu dire que j'allais me rendre au chalet et a supposé que j'étais l'homme avec lequel elle avait eu une relation éphémère en début d'année. Quoi qu'il en soit, je laisse tout cela entre les mains de mes avocats. La question la plus pressante actuellement pour moi est de choisir les personnes de confiance qui m'aideront à prendre au mieux soin de Casey.

Il leur servit à boire. Un scotch pour lui et une eau minérale pour elle. Ils s'assirent côte à côte sur le canapé et entamèrent l'examen des dossiers qu'il avait ramenés chez lui.

— Je crois que tu devrais choisir ces deux candidats, dit Faye, pointant le doigt sur le CV de l'homme puis sur celui d'une femme légèrement plus âgée.

— Dis-moi pourquoi.

— Eh bien, ils sont tous deux dotés d'une solide expérience. Jeremy a travaillé dans un service pédiatrique, et Laurie possède d'excellentes recommandations de la part de tous ses anciens employeurs. Ils pourraient alterner d'une semaine sur l'autre entre le bureau et la maison. Ils travailleraient de jour une semaine, et de nuit la suivante.

— Ai-je vraiment besoin de deux personnes ? Je prévois d'être présent chaque soir.

— Je sais que tu penses moins voyager, mais que se passera-t-il lorsque tu feras des visites de sites pendant plusieurs jours, ou si tu es appelé pour résoudre un problème au pied levé et que tu ne peux pas rentrer pour la nuit ? Sans oublier les dîners d'affaire et les autres événements que tu ne peux éviter. Faire venir un baby-sitter à chaque fois serait pénible, et ce serait un peu dur pour Casey également. Il a besoin de stabilité. Les bébés adorent la routine.

Piers resta silencieux avant de se tourner vers elle.

— Je t'ai déjà posé la question, mais cette fois je veux que tu me répondes. Comment se fait-il que tu en saches autant à propos des bébés ? Tu te comportes comme si tu ne voulais rien avoir à faire avec eux, mais tes conseils tapent toujours en plein dans le mille.

Faye sentit un nœud familier se former dans sa gorge.

— J'ai vu des enfants placés en famille d'accueil. Cela m'a donné un aperçu de la situation, c'est tout.

Ce demi-mensonge fit soudainement battre son cœur plus fort. Un aperçu de la situation ? C'était une description bien édulcorée de la réalité, de ce qu'elle avait vécu lorsqu'un nouveau bébé arrivait dans sa famille d'accueil – et, au fil des ans, il y en avait eu plusieurs. Elle gardait un net souvenir du premier à avoir été accueilli après son placement. Elle se hâtait de quitter le lycée pour aider la mère de sa famille d'accueil à s'occuper du petit garçon. Ce qu'elle comprenait à présent, mais ignorait alors, c'est qu'elle donnait tout l'amour qu'elle ressentait pour son petit frère mort à cet enfant. Quand il était retourné chez ses parents, le sentiment de perte avait été terrible.

Elle s'était promis de ne pas s'impliquer autant la fois suivante, mais n'avait pu s'en empêcher. Elle avait ressenti un élan puissant envers chacun des enfants, et chacun d'eux avait fait office de remplaçant, de moyen d'exprimer tout l'amour qu'elle avait en elle. La mère de sa famille s'en était aperçue et en avait parlé à l'assistante sociale chargée du suivi de Faye, mais cette femme avait conclu qu'il s'agissait d'une bonne chose. Que cela permettrait à Faye de surmonter son chagrin. Mais cela ne s'était pas produit. Au bout du compte, lorsqu'à dix-huit ans elle avait été en âge de quitter le système d'accueil et qu'elle était partie pour l'université, elle était tout aussi brisée qu'à son arrivée dans cette famille.

Une légère caresse sur sa joue lui fit réaliser qu'elle s'était entièrement plongée dans ses souvenirs - oubliant où elle se trouvait et pour quelle raison. Découvrir qu'elle pleurait l'horrifia. Elle quitta le canapé d'un bond et se passa les mains sur le visage pour effacer toute trace de larmes.

— Faye ? C'est plus que cela, n'est-ce pas ? demanda doucement Piers. À quel moment as-tu vu ces enfants en famille d'accueil ? Était-ce quand tu t'y trouvais toi-même ?

Faye tournait le dos à Piers, elle s'était placée face à la porte-fenêtre. Peut-être les choses seraient-elles plus faciles si elle ne pouvait pas le voir.

— Oui.

Un violent frisson la traversa. Des mains chaudes vinrent se poser sur ses épaules, mais Piers ne fit rien pour qu'elle se retourne vers lui.

— Tu as dû vivre un enfer.

N'ayant pas la moindre envie d'entrer dans les détails, elle fit la seule chose dont elle savait qu'elle détournerait son attention. Elle se retourna, passa les mains derrière la nuque de Piers et attira doucement son visage vers le sien.

Il ne s'écarta pas, ne protesta pas. Il resserra les bras autour de sa taille et la laissa poser les lèvres sur les siennes.

À la seconde où elle le fit, Faye sentit une décharge de désir. Le désir qu'il fasse disparaître tous les recoins vides et sombres emplissant son âme et qu'elle préférait bien souvent ignorer. Elle avait tellement envie de lui que son corps en tremblait, et lorsque les mains de Piers s'animèrent et que l'une d'elle vint l'attirer plus fermement contre ses hanches, elle s'abandonna entièrement à l'instant.

Elle se sentait comme affamée, ne pouvant se lasser du goût de ses baisers, de son odeur, du contact de son corps puissant contre le sien. Elle était ivre de désir.

— Le dîner est servi dans la véranda, Mr Luckman. Oh !

Faye tenta de s'écarter, mais Piers ne voulait pas la laisser s'éloigner. Au contraire, il passa une main ferme dans son dos comme pour apaiser un animal nerveux.

— Merci, Meredith, nous arrivons.

Faye baissa la tête, incapable de croiser le regard de la gouvernante. Honteuse de ce qu'elle avait fait.

Piers lui releva le menton du bout des doigts pour qu'elle lève les yeux de nouveau vers lui.

— Superbe tactique de diversion, je dois dire que j'admire ta stratégie. Et si nous allions dîner ?

Faye s'écarta de Piers, et cette fois il ne la retint pas.

— Écoute... Je ferais mieux de partir. Meredith...

— Non, plus question de fuir. Meredith n'en dira pas un mot. Tu sais qu'elle est la discrétion même. En outre, elle t'apprécie beaucoup.

Qu'elle l'apprécie ou non n'y changeait rien. Mal à l'aise elle laissa Piers la tirer par la main à travers le vestibule pour gagner la véranda où Meredith avait servi leur repas.

Une pièce de bœuf rôti à l'aspect succulent reposait sur un plat à côté d'un assortiment de légumes grillés en salade. Le délicat fumet mit subitement Faye en appétit.

Meredith, occupée à plier les serviettes de table, leva les yeux à leur arrivée.

— Je vous ai laissé le soin de couper le rôti, Mr Luckman. Le bébé est au lit pour la nuit, je vais donc m'en aller. Le babyphone est sur le buffet, juste ici. Bon appétit !

Et, après lui avoir lancé un sourire plein de complicité, elle se hâta de retourner dans la cuisine.

Faye sentit qu'elle se détendait. Ainsi Meredith ne la jugeait pas pour ce qu'elle avait vu dans le salon. *Et pourquoi le ferait-elle à vrai dire ?* s'interrogea sa petite voix intérieure. *Elle a probablement vu Piers embrasser des femmes très souvent depuis qu'elle travaille pour lui.*

De l'autre côté de la table, Piers commença à couper le rôti. Fascinée, Faye l'observa faire de belles tranches et les servir. Le soleil de la fin de journée faisait briller le duvet de ses avant-bras, et cette vision la ramena aussitôt dans le Wyoming, au souvenir de sa peau sous ses doigts, à sa douceur et à sa chaleur contre sa peau.

Qu'avait-elle eu en tête en l'embrassant un peu plus tôt ? Cela avait éveillé un monstre en elle, un monstre visiblement assoiffé de désir.

Pour détourner le cours de ses pensées, Faye servit les légumes et tenta de lancer la conversation sur l'un de leurs projets de San Francisco, mais Piers évita le piège.

— Laissons les questions de travail de côté, veux-tu ? dit-il, en approchant sa fourchette de sa bouche. Que penses-tu de ces légumes ? Meredith refuse de me révéler quel ingrédient secret les rend si délicieux. As-tu une idée ?

Cette question était-elle sérieuse ? Apparemment oui, à en juger par son expression. Elle n'avait jamais prêté attention à la manière dont il mangeait, mais elle y décelait une sensualité qui ramena à son esprit le souvenir d'autres plaisirs partagés avec lui. Sentant le rouge lui monter aux joues, Faye reporta son attention sur son assiette.

— Alors, qu'en dis-tu ?

— Eh bien, il y a du vinaigre balsamique. Et... de l'ail.

— Oui, mais il y a aussi autre chose. De subtil, de doux.

Faye se concentra un peu plus en fermant les yeux.

— Du miel ! s'exclama-t-elle.

Piers la regarda d'un air radieux.

— Tu sais que je cherche cette réponse depuis deux ans !

— Vraiment ? C'est tout ce qui a occupé ton esprit ? le taquina Faye en riant doucement.

— Tu es superbe quand tu ris ainsi. En fait tu es toujours superbe, mais lorsque tu te laisses aller et que tu ris...

Il s'interrompit, le visage sérieux, le regard plus intense.

— Arrête, veux-tu ? Tu me mets mal à l'aise.

— Je ne peux pas m'en empêcher, Faye. J'ai des sentiments pour toi. Je veux en parler. Parler de toi. De nous.

— Le seul « nous » qui existe est celui que nous formons au bureau, dit-elle d'un ton ferme.

— J'aimerais qu'il y ait plus que cela. Pas toi ? Ne crois-tu pas que nous nous devons à nous-même d'explorer plus avant ce que nous avons partagé au chalet ?

Elle reposa ses couverts et leva les yeux vers lui avant de rassembler toute la maîtrise dont elle était capable pour formuler la réponse la plus courte et directe possible.

— Non.

— N'es-tu jamais lassée de ne pas vouloir affronter tes sentiments, Faye ?

— Je fais preuve de pragmatisme, voilà tout. L'historique de tes relations amoureuses en dit long sur ton incapacité à t'engager sur le long terme, au cas où je serais intéressée par quoi que ce soit de sérieux. Ce que je ne suis pas. Ni ne serai jamais.

Faye regarda les mets délicats disposés dans son assiette et sentit son appétit s'envoler. Elle détestait devoir parler de la sorte à Piers et regretta de tout son être qu'ils aient compliqué leur relation en partageant une nuit d'amour.

— C'est vraiment dommage. Quant à mon historique avec les femmes, peut-être étais-je à la recherche de celle qui était finalement juste sous mes yeux depuis longtemps.

— Ne sois pas ridicule, ironisa-t-elle.

Mais tout au fond d'elle, quelque chose se mit à souhaiter pouvoir faire un pas vers lui et accepter ce qu'il lui offrait. Elle se demanda à quoi cela ressemblerait d'appartenir à quelqu'un. De ne plus être seule.

Le babyphone posé sur le buffet près de l'entrée de la véranda s'activa, et les cris de Casey déchirèrent le silence.

— Tu ferais mieux d'aller le voir, dit Faye.

Piers semblait vouloir lui en dire davantage, mais il ne pouvait ignorer les cris de l'enfant couché à l'étage.

— Ne t'avise pas de partir, dit-il. Je reviens tout de suite.

— Je...

— Ne pars pas.

Et, sur ces mots, il se leva et quitta rapidement la pièce.

Quelques instants plus tard, grâce au babyphone, Faye entendit Piers entrer dans la chambre de Casey et lui parler à voix douce pour l'apaiser. Elle comprit également qu'il l'avait pris dans ses bras pour le calmer. Se sentant comme le témoin indiscret d'un moment précieux, elle fut prise d'une folle envie de partir. D'oublier l'homme qui se trouvait à l'étage et l'enfant qui comptait tant pour lui. Mais elle savait que tous deux avaient d'une certaine façon tracé leur chemin jusqu'à son cœur. Elle secoua la tête en songeant à quel point elle avait été stupide. Comment avait-elle pu laisser une telle chose se produire ? Pourquoi ?

Casey avait visiblement besoin d'être changé, et il faudrait du temps à Piers pour accomplir sa tâche. Faye prit leurs assiettes et les mit dans le four pour les garder au chaud.

Elle regagna la table et fit jouer son verre d'eau entre ses doigts, tout en essayant de ne pas prêter l'oreille aux bruits de la chambre où Piers se débattait en changeant la couche de Casey. Il y avait quelque chose d'irrésistible à voir son patron si séduisant et si capable se retrouver si loin de son élément naturel. Elle plaqua une main sur sa bouche pour étouffer l'éclat de rire qui montait du plus profond d'elle-même.

Enfin, Piers recoucha Casey et regagna la véranda.

— J'espère que tu t'es lavé les mains, dit-elle d'un ton taquin.

— Comme si ma vie en dépendait, répondit Piers en secouant la tête. Je ne parviens toujours pas à croire qu'un bébé soit capable de cela.

Faye sentit un sourire poindre sur ses lèvres, mais elle lutta pour le contenir.

— Attends un peu qu'il...

— Non, ne dis rien ! s'exclama Piers. Je t'en prie, ne m'en dis pas plus.

Faye haussa légèrement les épaules.

— Tout n'est pas toujours rose, voilà ce que je veux dire.

Je m'en suis aperçu, répondit Piers d'un air piteux

— Je vais aller chercher nos assiettes, dit Faye en se levant.

Elle revint peu après de la cuisine et lui tendit la sienne.

— Merci d'avoir gardé tout ça au chaud pour moi.

— Ce n'est rien, répondit-elle.

— Tu le fais constamment. En es-tu consciente ?

— De quoi parles-tu ?

— Tu minimises tes actions.

— Vraiment ?

Faye s'arrêta et réfléchit un instant. Elle devait admettre qu'il avait raison.

— Pourquoi en est-il ainsi ? Crois-tu que ce que tu fais n'est pas assez bien ? Crois-tu que *tu* n'es pas assez bonne ?

Faye lui lança un regard étonné. Elle n'avait jamais pris le temps de réfléchir à ce point.

Piers poursuivit.

— Car sache que tu es bonne dans ce que tu fais. Tu es plus que suffisamment compétente. Tu es la meilleure assistante que j'aie jamais eue, et je sais que tu t'impliques à 100 % dans la moindre chose que tu fais.

Elle détourna le regard, gênée par ces éloges. N'était-il pas suffisant qu'elle fasse simplement son travail ? Fallait-il vraiment qu'il en parle ?

— Mais qu'en est-il de ta vie personnelle, Faye. Tu as des amis ?

— Bien sûr, répondit-elle machinalement.

— Tu n'en parles jamais.

— Je croyais avoir clairement exposé les choses. Je garde pour moi ce qui concerne ma vie privée.

— Faye, je veux faire partie de ta vie privée. Je veux faire partie de ta vie, tout simplement.

— C'est impossible, répondit-elle en secouant la tête.

— Jusqu'à présent tu ne m'as fourni aucune bonne raison pour expliquer ta réponse. Et je ne renoncerai pas avant que tu m'en aies donnée une. Tu sais que je n'abandonne jamais lorsque je veux quelque chose.

Elle repoussa sa chaise et se leva.

— Je ne suis pas uniquement une chose que l'on veut, Piers. Et je n'ai pas à te fournir la moindre raison pour quoi que ce soit. Tu es mon patron. Jusqu'à aujourd'hui, tu as été un bon patron, mais je commence à revoir mon jugement sur ce point.

— Est-ce pour cela que tu ne laisseras rien grandir entre nous ? demanda-t-il en se glissant rapidement de l'autre côté de la table. Parce que je suis ton patron ? Parce que si c'est le cas, je te congédie sur-le-champ pour que nous puissions être ensemble.

Un nouveau son leur arriva à travers le babyphone, et Faye se raidit.

Piers la regarda, les yeux emplis de questions muettes.

— Est-ce à cause de Casey ? Ou à cause de moi ?

— Non, cela n'a à voir ni avec l'un ni avec l'autre, prétendit-elle, d'une voix à peine audible. Simplement, je ne désire pas m'engager. Avec quiconque. Écoute, je te remercie pour le dîner, mais je dois partir.

Elle gagna le salon en hâte, attrapa son sac à main et se précipita vers la porte. Piers se tenait juste derrière elle. Elle pivota pour lui faire face.

— Oui, avant que tu le dises, je suis en train de m'enfuir. C'est ainsi que je gère les choses, d'accord ? Si je n'apprécie pas la situation dans laquelle je me trouve, je m'en vais.

— Mais tu m'apprécies vraiment, n'est-ce pas, Faye ?

Il s'approcha un peu plus, ses mains puissantes et chaudes venant se refermer sur les bras de Faye pour l'attirer en douceur vers lui.

— En réalité, tu fais plus que m'apprécier. Mais tu te bats contre ce que tu ressens. Si cela peut te rendre les choses plus faciles, sache que je fais plus que t'apprécier moi aussi. En fait, je...

— Non !

Faye pressa les doigts contre la bouche de Piers avant qu'il puisse dire un autre mot.

— Ne dis rien, je t'en prie. Je ne le mérite pas.

Et sur ces paroles, elle se libéra de son étreinte, ouvrit la porte d'entrée et s'enfuit vers sa voiture.

11

Piers la regarda partir. Il était en état de choc. Il avait été sur le point de lui déclarer son amour. Et il était plus bouleversé qu'elle à propos de cet aveu presque formulé.

Il ferma la porte et regagna à pas lents la véranda où il débarrassa la table en enchaînant les gestes mécaniques. Meredith s'était absentée pour suivre un cours du soir à l'université. Un cours qu'il lui avait proposé de financer quand il avait appris son envie ancienne d'étudier la littérature anglaise. Aider les gens à réaliser leurs rêves le faisait se sentir bien. Et jamais il n'avait autant voulu aider quiconque qu'il voulait aider Faye. Quelque chose l'empêchait d'avancer. Elle en voulait davantage – tout comme lui –, mais chaque fois qu'elle commençait à pouvoir le toucher du doigt, elle prenait la fuite. Presque comme si elle voulait se punir d'avoir osé avoir eu une telle envie. La raison lui en échapperait peut-être éternellement si elle ne s'ouvrait pas à lui, à moins que le détective privé qu'il avait contacté lui procure ce qu'il avait besoin de savoir.

Penser à cette enquête l'amena à mettre en question son éthique personnelle. Faye avait le droit de préserver sa vie privée, et si elle ne désirait pas qu'il connaisse son passé il devait respecter son choix. Dans toute autre circonstance il l'aurait fait. Mais il s'agissait de Faye. De la femme qui l'avait laissé être son premier amant. De la femme dont il était tombé amoureux. Le respect qui n'avait fait que grandir entre eux au fil du temps s'était transformé en un sentiment tellement plus fort quand ils s'étaient retrouvés bloqués au chalet.

Il n'ignorait pas ce qu'ils pourraient vivre ensemble. Tous deux méritaient de savoir où les mèneraient les sentiments qu'elle repoussait avec tant de détermination.

Piers gagna l'étage, entra dans sa suite et s'approcha de la fenêtre. Pour cette fois, il mettrait l'éthique de côté. Il devait savoir ce qu'était exactement la situation à laquelle il se trouvait confronté. Comment pouvait-il surmonter les difficultés qu'elle lui imposait, s'il ne savait même pas *à quoi* il avait affaire ? Savoir les choses lui permettrait de rassembler les armes pour la plus importante bataille de sa vie. La bataille pour gagner le cœur de Faye.

Les jours suivants s'écoulèrent dans une sorte de brouillard. Il y avait tant à faire. La salle des archives située à côté du bureau que Piers et Faye partageaient avait été vidée et transformée en pièce dédiée à l'accueil de Casey durant la journée. Par chance les deux personnes choisies pour le garder, celles qui avaient reçu tous les suffrages de Faye et de lui-même, avaient été libres pour commencer à travailler immédiatement, et le système de roulement entre eux deux semblait très bien fonctionner.

Quant à Faye, elle paraissait fermement décidée à passer aussi peu de temps que possible en sa compagnie au bureau. Elle se trouvait en permanence en réunion ou dans une autre partie du bâtiment. En temps normal il n'aurait pas remis en question cet état de fait, mais au vu de la façon dont elle avait quitté sa maison plus tôt dans la semaine, il saisissait clairement la réalité des choses. Elle l'évitait. Cela, toutefois, n'avait pas d'importance. Il lui faudrait bien regagner le bureau, et lorsqu'elle le ferait, il serait là à l'attendre.

Il n'avait toujours pas reçu de nouvelles de la part du détective à propos du passé de Faye. Il hésitait à tout annuler, mais le besoin tenace de savoir le retenait.

D'autres questions en outre occupaient ses pensées. Lorsque son avocat, Greg, lui avait transmis les informations à propos de la mère de Casey, il lui avait demandé ce qu'il en serait si l'argument de l'infertilité avancé par l'autre amant de la mère du bébé n'avait été qu'un prétexte inventé pour éviter toute forme de responsabilité. Ou si cette femme avait tout inventé. En travaillant au chalet elle s'était sans aucun doute fait une idée de la fortune de la famille Luckman. Peut-être que clamer que Quin était le père de Casey revenait à tenter d'obtenir une partie de ces richesses en échange de sa garde.

Piers rejeta immédiatement cette dernière hypothèse. Si l'argent avait été ce qui intéressait la mère de Casey, elle en aurait demandé tout de suite et n'aurait pas laissé son enfant avec lui comme elle l'avait fait. Et si le fait qu'elle ait eu des relations sexuelles avec Quin alors qu'elle était en couple avec quelqu'un d'autre ne plaidait pas vraiment en faveur de sa fiabilité ou de son intégrité, il ne croyait pas qu'elle avait abandonné Casey dans un but de profit financier personnel.

Piers était convaincu que Casey était le fils de son frère, mais Greg, lui, lui avait proposé de réfléchir à un autre scénario. Et si le petit ami était le véritable père de l'enfant et qu'il exigeait d'avoir des droits sur Casey ? Greg avait fortement recommandé à Piers de faire effectuer des analyses ADN pour s'assurer que dans l'avenir la stabilité de l'existence de Casey et sa place dans la vie de Piers ne seraient pas menacées. Si Piers pouvait apporter la preuve de son lien biologique avec le bébé, rien ne pourrait jamais être remis en question. Et comme en tant que vrais jumeaux lui et Quin partageaient le même ADN, même lui ne pouvait être écarté en tant que père biologique de Casey.

Lorsque Greg avait évoqué cette question pour la première fois, Piers ne s'était pas senti pressé de suivre son conseil au sujet du test ADN. Mais son avocat avait semé une graine dans son esprit. Piers voulait être certain que rien ne viendrait ébranler la stabilité de l'existence de Casey. Qu'il ne serait jamais l'objet d'une lutte sans merci entre deux parents comme l'avaient si souvent vécu Quin et Piers avec leurs propres père et mère. Même s'ils ne s'étaient jamais séparés, ils avaient passé la plus grande partie de leur mariage à vivre des existences parallèles et à se battre au sujet de leurs biens. Leurs enfants, pour lesquels ils ne ressentaient pas le moindre intérêt à titre personnel, servaient souvent de pions au service de leurs querelles.

Non, cela n'arriverait pas à Casey. Il connaîtrait la stabilité qu'il méritait. Aucune question ne se poserait quant à savoir qui était responsable de lui ou qui l'élèverait. Piers ferait réaliser ces tests et éclaircirait le moindre point de doute une bonne fois pour toutes.

— Faye, j'ai besoin que tu fasses quelque chose pour moi, dit-il dès que son assistante regagna le bureau.

Elle leva un sourcil interrogateur.

Il lui expliqua ce dont il avait besoin et, égale à elle-même, elle rassembla en quinze minutes les informations demandées et commanda le kit de test qui serait livré directement dans leur bureau par un coursier.

— Es-tu sûr de vouloir faire ce test ? demanda-t-elle après avoir raccroché le téléphone.

— Je ne veux pas avoir de mauvaise surprise dans l'avenir, dit-il d'un ton déterminé.

— Mais que se passera-t-il si Casey n'est pas le fils de Quin finalement ? N'est-ce pas la raison pour laquelle tu le gardes plutôt que de le laisser à la charge de l'assistance publique ?

— Cela ne fera aucune différence.

— Vraiment ?

— Bien sûr que non. C'est mon enfant désormais. Pour toujours.

— S'il n'est pas le fils de Quin, tu pourras changer d'avis.

— Que veux-tu suggérer ? demanda-t-il d'un ton cinglant.

— Ce ne serait pas la première fois qu'une personne déciderait qu'être parent ne lui convient pas. J'ai rencontré cette situation au moins deux fois quand des adoptions n'ont pas réussi lors de mon passage en famille d'accueil. Cela brise le cœur de toutes les personnes concernées.

Il la regarda avec une expression choquée. Cela reflétait-il la manière dont elle le voyait ? Était-ce la raison pour laquelle elle ne semblait pas disposée à prendre le moindre risque avec lui ? Pensait-elle réellement qu'il était incapable du moindre engagement envers quiconque – femme ou enfant ?

— Eh bien ! Pourquoi ne me dis-tu pas simplement ce que tu penses réellement de moi, Faye ?

Sa voix ne pouvait masquer sa douleur. Ses mots l'avaient meurtri, qu'elle l'ait voulu ou non.

— Je suis désolée, mais ces choses-là arrivent. Tout cela est très nouveau pour toi, et tu es profondément investi dans cette idée d'élever Casey. Je le vois bien. Mais avant que tu finisses la procédure d'adoption, tu dois être certain, pour votre bien à tous deux, que tu agis pour les bonnes raisons.

— Et quelles seraient-elles ?

— Que Casey bénéficie du plus aimant des foyers et de la meilleure enfance possible.

Quelque chose dans sa voix le surprit. Une forme de passion qui en disait long sur la raison pour laquelle elle jouait l'avocat du diable de façon si insistante. Était-il possible qu'elle se soit autorisée à développer des sentiments pour Casey, elle aussi ? Qu'elle risque de souffrir si l'adoption se passait mal ?

À l'idée que les choses puissent mal tourner, Piers sentit la nausée l'assaillir, mais il se força à ignorer cette sensation pour se concentrer sur Faye.

— Ce sont les raisons exactes pour lesquelles je veux l'adopter, dit-il enfin. Que tu sois si soucieuse de son bien-être me donne du courage et me remplit de joie.

Il observa la multitude d'expressions qui se succédèrent sur les traits fins de son visage. Elle allait prendre la parole, les sourcils légèrement froncés, lorsque le téléphone de Piers sonna dans sa poche.

— Tu ferais mieux de décrocher, dit-elle avant de se retourner vers l'écran de son ordinateur.

L'appel devait être des plus importants, car Piers lui lança simplement qu'il serait de retour pour l'heure du déjeuner avant de quitter le bureau.

Elle s'enfonça dans son siège et sentit qu'il lui fallait relâcher une tension qu'elle n'avait pas sentie s'accumuler. Elle ferma les yeux pendant un moment, courba la tête et prit une profonde inspiration. Elle était allée trop loin en lui parlant de la sorte, mais quelqu'un devait défendre Casey. À ses yeux Piers avait vécu une existence dorée. Il était né dans une famille riche, avait reçu la meilleure des éducations que l'argent pouvait offrir, avait été élevé dans un cocon luxueux – même le poste qu'il occupait au bureau lui était tombé du ciel au moment où son père avait pris sa retraite.

Il était plus que capable de travailler dur, mais avait entamé chaque combat avec tous les avantages de son côté. Il ignorait ce qu'étaient les véritables difficultés. Bien sûr, il savait ce qu'étaient la douleur et le deuil. Il savait que la vie pouvait changer du tout au tout en un instant, mais elle avait vu bien peu de choses dans sa vie qui montraient qu'il comprenait véritablement ce qu'était l'engagement personnel. Or, c'était ce que Casey méritait.

— Miss Darby ?

Faye rouvrit brusquement les yeux pour trouver Jeremy, l'une des personnes chargées de prendre soin de Casey, debout devant elle.

— Bonjour, Jeremy, l'accueillit-elle en souriant. Excusez-moi, j'avais l'esprit ailleurs. Que puis-je faire pour vous ?

— Je suis vraiment désolé, mais ma femme a eu un accident et doit être vue par un médecin à l'hôpital. J'ai appelé Laurie, elle arrive pour me remplacer, mais elle ne sera pas là avant une demi-heure. Je ne vous demanderais pas cela en temps normal, mais pourriez-vous tendre l'oreille pour savoir si Casey se réveille ? Il dort à poings fermés et ne devrait pas ouvrir l'œil avant l'arrivée de Laurie, mais...

— Laissez-moi donc le babyphone et partez retrouver votre épouse. Nous sommes nombreux ici à pouvoir guetter un éventuel réveil de Casey. Ne vous inquiétez pas. Et donnez-moi des nouvelles de votre femme quand vous aurez vu le docteur, d'accord ?

— Merci, Miss Darby. J'apprécie beaucoup votre geste, fit Jeremy en posant le babyphone sur son bureau.

Une fois Jeremy parti, Faye fixa l'appareil laissé près d'elle avec une expression méfiante. Même si elle s'était assurée de n'avoir aucun contact avec Casey depuis son retour du chalet, elle connaissait le rythme de ses journées par cœur. C'était un bon dormeur, il ne devrait pas se réveiller avant au moins une heure, et d'ici là Laurie serait arrivée depuis longtemps. Elle pouvait affronter cette situation.

Elle reporta son attention sur son écran d'ordinateur et étudia les chiffres d'un projet de réhabilitation en Caroline du Nord. Quelque chose n'allait pas, mais elle ne parvenait pas à mettre le doigt dessus. Elle soupira et passa de nouveau les détails en revue.

Elle était plongée dans les prévisions budgétaires depuis une quinzaine de minutes lorsqu'un hurlement furieux retentit à travers le babyphone. Un frisson parcourut son échine, et elle vérifia aussitôt l'heure. C'était impossible. Casey ne devrait pas être réveillé à cette heure-ci.

Un autre cri retentit, et elle n'eut d'autre choix que de sortir du bureau. Un peu plus loin dans le couloir, elle s'arrêta devant la porte de la nursery. Elle avança une main tremblante vers la poignée de la porte.

C'est ridicule, se dit-elle. *Ce n'est qu'un bébé. Rien qu'une petite chose sans défense ayant besoin de réconfort.* Elle ouvrit alors la porte et pénétra dans la pièce. Une odeur significative parvint à ses narines ; elle se hâta se rejoindre le lit de Casey et découvrit qu'il avait vomi.

— Oh ! pauvre petit bout de chou ! dit-elle doucement pour tenter de l'apaiser.

Au son de sa voix, les pleurs de Casey se calmèrent. Elle le prit dans son berceau et le porta jusqu'à la table à langer, lui retirant rapidement ses vêtements pour le nettoyer. Elle vérifia le contenu de sa couche, qui, par chance, était sèche, et le rhabilla en lui enfilant un body et un pyjama propres.

— Et voilà ! lui dit-elle en le soulevant dans ses bras et en posant la joue sur sa petite tête duveteuse. Tu es tout propre. Il ne nous reste plus qu'à nous occuper de ton lit.

Il n'était pas fiévreux, remarqua-t-elle avec soulagement. Avec un peu de chance, ses vomissements n'annonçaient rien de sérieux. D'une main elle retira les draps souillés du berceau, les roula en boule avec ses vêtements sales et les jeta dans un panier à linge placé dans un coin de la pièce. Durant tout ce temps elle ne cessa de parler à Casey, qui s'était calmé entre ses bras et n'émettait plus qu'un léger grognement de temps à autre.

Faye l'allongea dans son landau afin de pouvoir refaire son lit, mais l'idée ne lui plut pas du tout.

— Petite canaille ! le sermonna-t-elle doucement en le reprenant dans ses bras. Je ne pourrai pas faire ton lit si tu ne me laisses pas te poser quelques petites minutes.

Casey se blottit tout contre elle et fit reposer la tête sur son épaule. Une violente vague d'émotion submergea Faye. Il était si petit et si pleinement confiant ! Tant qu'elle le tenait dans ses bras, il avait tout ce qu'il lui fallait. De la sécurité. De la protection. De l'amour.

De l'amour ? Ses yeux s'emplirent de larmes, et elle cligna des paupières pour les chasser. Non, elle ne méritait pas d'aimer, elle ne méritait pas qu'on l'aime. Son frère, ce petit bébé, l'avait aimée, tout comme l'avaient fait sa mère et son beau-père. Et elle les avait abandonnés. Vivre sans amour était sa punition pour avoir détruit l'avenir qu'ils auraient dû partager.

Elle frotta doucement d'une main le minuscule dos de Casey et ferma les yeux – se permettant d'imaginer pendant juste un instant que c'était son frère, Henry, qu'elle tenait. Que c'était ses petits reniflements qu'elle entendait. Que c'était sa douce odeur qui emplissait ses narines, le poids de son petit corps potelé qui pesait si agréablement sur ses bras.

— Oh ! Henry, murmura-t-elle d'une voix nouée. Je suis désolée. Si désolée.

Ses larmes redoublèrent et dévalèrent le long de ses joues comme si les vannes de son chagrin venaient brusquement de s'ouvrir. Faye attrapa une boîte de mouchoirs et tenta de retrouver son calme, mais ses pleurs reprirent de plus belle.

Elle perdit la notion du temps, ne sachant pendant quelle durée elle avait bercé le nourrisson tandis que les larmes inondaient son visage. Elle réalisa alors que Casey s'était rendormi.

Un mouvement sur le seuil de pièce capta son regard, et en un instant Piers, avec sa présence virile et pleine de force, se trouva dans la pièce à côté d'eux.

— Faye ? dit-il doucement en touchant ses joues mouillées. Je t'ai entendue grâce au babyphone. Est-ce que tu vas bien ?

Sa main sur sa peau, ses mots, c'était ce qu'il lui fallait pour redescendre sur Terre. Elle ne devait pas se trouver là. Elle ne devait pas tenir cet enfant de cette façon.

— Il a vomi dans son lit, dit-elle d'une voix étranglée. Tiens, prends-le. Il n'a pas besoin de moi.

Elle tendit Casey endormi à Piers et tenta d'ignorer la douloureuse sensation de vide qui la submergea alors. Elle pivota vers le berceau pour installer les draps propres en tournant résolument le dos à Piers. Dès qu'elle eut fini elle quitta la pièce, incapable de prononcer un mot de plus.

Plutôt que de regagner son bureau, elle trouva refuge dans les toilettes pour femmes de leur étage. Elle ouvrit un robinet, s'aspergea les poignets puis le visage d'eau fraîche avant de se redresser et d'examiner son reflet dans le miroir. Son visage était pâle - ses yeux étaient cernés, son regard comme hanté. Elle devait trouver le moyen de se ressaisir, de retourner derrière son bureau et de poursuivre sa journée, mais elle savait que quelque chose avait irrémédiablement changé là-bas, dans la nursery.

Elle ne pouvait continuer à occuper cet emploi. Elle ne pouvait affronter chaque journée en observant les liens se nouer entre Piers et Casey, en regardant cet enfant grandir et changer peu à peu. C'était trop douloureux. C'était le rappel constant et déchirant de tout ce qu'elle avait perdu. De la douleur qu'elle éprouvait depuis si longtemps. Elle avait cru avoir la situation en main. Elle vivait sa vie comme elle l'entendait, en établissant la distance nécessaire entre elle et les autres. Ainsi tout risque de voir son cœur saigner était écarté.

Mais à présent elle s'était perdue dans un océan de changements, et les vagues puissantes de ses émotions menaçaient de la faire couler tout au fond. Il fallait qu'elle parte. Qu'elle laisse derrière elle Piers, et le travail qu'elle se réjouissait d'effectuer chaque jour. Qu'elle quitte le bébé qui avait dérobé son cœur malgré tous les efforts qu'elle avait déployés pour le tenir loin d'elle. Elle prit une serviette en papier et s'essuya le visage une dernière fois avant de redresser les épaules et de se composer une expression déterminée.

Elle donnerait sa démission le jour même. Et elle survivrait à tout cela. D'une façon ou d'une autre, elle y réussirait.

12

— Tu démissionnes ?

Piers, sous le choc, ne pouvait masquer son émotion.

— Mais pour quelle raison ? Es-tu malheureuse ici ? Je croyais que tu adorais ton travail.

— Je suis désolée, Piers. J'entame mes quatre semaines de préavis à partir d'aujourd'hui. Je vais immédiatement demander au service des ressources humaines de s'occuper de la procédure pour un nouveau recrutement.

Son visage était toujours pâle, et il pouvait voir qu'elle peinait à garder sa contenance. Tout en elle lui donnait une farouche envie de la prendre dans ses bras et de lui dire que quelle que soit la chose qui l'avait tant inquiétée ou effrayée dans la nursery, il se chargerait de régler ce problème – si seulement elle voulait bien le laisser faire. Elle semblait comme isolée sur l'île qu'elle s'était elle-même créée. Bien que très aimable, elle n'avait aucun ami parmi les membres du personnel et, à sa connaissance, peu d'amis proches en dehors du travail, voire aucun. Très respectée au bureau, elle restait toujours sur un plan professionnel et ne s'autorisait à participer à rien de personnel.

Ce jour-là, il était revenu au bureau bien plus tôt qu'il ne s'y était attendu, sa mère ayant annulé à la dernière minute le déjeuner prévu au moment d'une escale qu'elle devait faire à Los Angeles. Il lui avait alors proposé de venir lui rendre visite à son retour de voyage pour faire la connaissance de Casey. Il était rare qu'elle se trouve sur la côte Ouest, et il espérait qu'une forme de relation naîtrait entre elle et son petit-fils.

À son retour au bureau, il avait été surpris d'entendre la voix de Faye résonner à travers le babyphone – d'entendre y poindre une émotion si sincère, comme si elle demandait des excuses à quelqu'un. Quel était donc ce prénom, déjà ? Henry. Oui, c'était bien ça. Était-il la raison pour laquelle elle se tenait si à l'écart de tout le monde ? Il mémorisa ce prénom pour le transmettre à son détective dès que possible.

— Je ne veux pas te perdre, Faye. Tu es la meilleure assistante personnelle que j'aie jamais eue, mais tu représentes tellement plus que cela à mes yeux. J'avais espéré que nous pourrions être...

— Je n'ai jamais demandé à être autre chose que ton assistante, l'interrompit-elle. Je ne t'ai jamais fait la moindre promesse.

— Non, c'est vrai. Mais pourquoi en est-il ainsi Faye ? Qu'est ce qui t'effraye tant, au point que tu veuilles prendre autant de distance avec moi ?

Elle secoua la tête

— Je ne peux pas rester, Piers. Je ne peux plus continuer ainsi.

— Mais pourquoi ? Pourquoi ne te confierais-tu pas à moi et ne me dirais-tu pas ce qui t'empêche d'avancer ? Tant que j'ignore tout de la situation, je ne peux rien comprendre. J'ignore comment arranger les choses entre nous.

— C'est la moitié du problème. Il ne peut y avoir de « nous ». Je te l'ai dit et répété. Pourquoi ne veux-tu pas m'écouter ?

La note de désespoir dans sa voix le fit se reculer et lui accorder plus d'espace. Mais n'était-ce pas ce qu'il n'avait cessé de faire depuis qu'elle l'avait laissé dans le Wyoming ? Ils avaient fait l'amour. Oui, l'amour. C'était tellement plus que juste du sexe. Ils avaient partagé quelque chose de spécial, une chose qui aurait dû les rendre plus proches que jamais.

Il savait qu'elle souffrait. Il pouvait le voir dans ses traits magnifiques, dans les ombres qui hantaient ses yeux, dans la crispation de son corps. Il devait agir pour l'aider à affronter la peur dont les griffes s'étaient refermées sur elle, pour qu'elle puisse regarder en face les sentiments qu'il savait qu'elle avait pour lui.

Une femme telle que Faye ne se donnait pas à un homme sur

un simple coup de tête. Le fait qu'elle ait été vierge la nuit où ils avaient fait l'amour en avait constitué la preuve irréfutable. À cet instant, il se sentait terrifié à l'idée d'être sur le point de perdre la seule femme qu'il ait jamais aimée, mais que pouvait-il faire ?

Il avait quatre semaines pour la faire changer d'avis et était certain que cela constituerait la négociation la plus difficile de toute son existence.

Six jours plus tard, il avait ses réponses. L'attente l'avait presque rendu fou. Mais à présent il espérait du fond du cœur trouver quelque part dans les informations contenues dans le pli confidentiel reçu ce soir-là chez lui la réponse, la raison pour laquelle Faye était si décidée à garder ses distances avec lui.

Il entama la lecture du dossier. L'histoire de la vie de Faye commençait comme celle de beaucoup d'autres. Une mère célibataire qui travaillait dur – aucun père à l'horizon. Elle s'était mariée quand sa fille avait presque treize ans, et la petite famille avait été heureuse. Un bonheur qui avait encore grandi quand un petit frère était né. Piers feuilleta le dossier à la recherche du prénom du bébé. Ah ! c'était inscrit là. Henry. Le prénom qu'il l'avait entendue murmurer dans la nursery la semaine précédente. Les choses commençaient à se mettre en place.

Il s'avérait que la famille avait été victime d'un tragique accident de la route à la veille de Noël. Faye avait été l'unique survivante de ce drame. Peu de détails sur l'accident étaient fournis, et Piers ressentait instinctivement que cet événement ne se résumait à la brève description figurant dans le dossier. Il pouvait comprendre que la brutale perte de sa famille pousse quelqu'un à dresser des murs autour de lui. Mais ces murs ne pouvaient rester ainsi pour toujours.

Piers feuilleta le reste du rapport, s'attardant sur un résumé évoquant la période qu'elle avait passée en famille d'accueil puis son admission à l'université. Au moins, n'avait-elle pas souffert de difficultés financières. Son beau-père et sa mère avaient été avisés dans la gestion de leur argent, et après l'accident tout avait été géré au mieux par l'exécuteur testamentaire. Grâce à cette bonne gestion, à la vente de la maison et au versement des assurances-vie, Faye avait eu à sa disposition de confortables économies pour commencer sa vie d'adulte.

Il referma le dossier d'un coup sec. Des mots. Ce n'était rien de plus que des mots. Rien dans ces documents ne lui expliquait pourquoi Faye était si déterminée à le quitter. Oui, bien sûr, il pouvait voir les similarités entre Casey et son frère Henry qui avait le même âge que lui au moment de sa mort. Il pouvait, du moins en partie, comprendre pourquoi elle avait évité de s'impliquer auprès de Casey. Mais qu'elle se tienne à l'écart de l'amour et des enfants pour le reste de sa vie ? Cela revenait à ne vivre qu'une demi-existence. Non, c'était encore moins que cela !

Piers enferma le dossier dans un tiroir de son secrétaire. Il devait trouver un moyen de mettre à bas les protections qui entouraient Faye pour l'amener à lui montrer ce qu'elle cachait véritablement au fond de son cœur. Son futur bonheur, et celui de Faye, en dépendait.

C'était le genre de journée où tout semblait vouloir mal tourner. Des budgets avaient été dépassés pour deux projets, et de l'amiante avait été trouvé sur un autre site.

Faye et Piers avaient passé la journée à jongler avec les difficultés, et il était près de 20 heures lorsque leurs téléphones cessèrent enfin de sonner.

Faye se laissa retomber sur sa chaise et soupirant.

— Crois-tu que nous en ayons fini ? Avons-nous éteint assez d'incendies pour la journée ?

— Pour l'année, je dirais. Je veux qu'on découvre pourquoi ces estimations de coût ont tellement été dépassées...

— C'est déjà lancé, le coupa-t-elle.

C'était l'une des premières choses qu'elle avait demandées lorsque le problème était apparu en début de journée.

— J'aime cela chez toi, dit soudain Piers. J'adore ta capacité à anticiper mes besoins.

— Hum ! fit-elle d'un air évasif.

Elle détourna les yeux et se plongea dans la lecture de ses

mails dans l'espoir d'échapper à ce qu'elle soupçonnait être une nouvelle tentative de lui faire changer d'avis à propos de son projet de départ.

— Faye, qu'est-ce qui te ferait rester ?

Et voilà, cela n'a pas tardé. Elle ferma les paupières et pria silencieusement pour trouver la force nécessaire en elle.

— Rien.

— Est-ce que l'amour t'empêcherait de partir ?

— L'amour ? Non, pourquoi ?

— Je t'aime.

— Tu aimes ce que je peux faire pour toi. Ne confonds pas cela avec l'amour, dit-elle d'un ton méprisant.

Intérieurement, cependant, elle se sentait dévastée. Il l'aimait ? Non. C'était impossible. Il pensait qu'il l'aimait parce qu'elle était probablement la toute première à lui avoir opposé un « non » catégorique et qu'il adorait relever des défis. Bien sûr qu'il avait envie d'elle. Et une fois qu'elle serait sienne, il se lasserait parce que c'est ainsi que les choses se passaient.

Serait-ce si terrible ? demanda sa petite voix intérieure.

Elle ne voulait pas y penser. Elle n'était pas, et ne serait jamais, intéressée par l'amour.

Menteuse, fit la petite voix.

— Tu crois que j'ignore ce qu'est l'amour ? Voilà qui est intéressant, poursuivit Piers, nullement découragé. Tu sais ce que je pense Faye ?

Elle poussa un soupir théâtral sans cesser néanmoins de fixer l'écran de son ordinateur.

— Non, mais je suis sûre que tu vas me le dire, n'est-ce pas ?

Elle l'entendit se lever et traverser le bureau pour se placer près d'elle. Deux mains chaudes et puissantes se posèrent sur ses épaules et firent tourner sa chaise pour qu'elle puisse lui faire face.

— Je crois que tu as trop peur d'aimer de nouveau.

— De nouveau ?

— Oui, c'est bien cela. Je suis presque sûr que tu as aimé, que tu as profondément aimé. Et que tu as été incroyablement blessée. Faye, refuser de prendre un risque en amour est vraiment dommage. Je ne savais pas ce qu'était l'amour, si je mets de côté le lien fraternel qui m'unissait à Quin. Mais maintenant je crois avoir enfin appris de quoi il s'agit.

— Tu sembles croire que tu en sais beaucoup à mon sujet en tout cas, dit-elle.

Sa réplique avait manqué de naturel. Un nœud se serra tout au fond de sa poitrine. Elle avait le sentiment qu'elle n'allait pas aimer ce qu'il s'apprêtait à dire, elle décida donc de tenter une attaque.

— Piers, ne te méprends pas au sujet des sentiments que tu crois ressentir pour moi. Tu essayes juste de me manipuler pour que je reste parce que cela te faciliterait la vie.

Ses mots semblèrent véritablement choquer Piers.

— C'est la deuxième fois que tu exposes clairement la perception que tu as de moi – et chaque fois je n'ai pas été ravi du tableau que tu as dressé. Dis-moi, Faye. Est-ce pour cette raison que tu as couché avec moi au chalet ? Parce que cela ne voulait rien dire pour toi et que tu pensais que cela ne voudrait rien dire pour moi ?

Ses mots coupèrent le souffle de Faye. Eh bien, quand il voulait porter un coup bas, il savait s'y prendre ! Cette nuit avait été merveilleuse pour elle, mais elle ne lui avouerait pas. Cela ne ferait que lui donner plus de munitions dans la guerre insensée qu'il avait lancée contre toutes les murailles qu'elle avait dressées autour d'elle.

Faye repoussa un peu sa chaise avant de se lever.

— Je n'ai pas à t'écouter. Je m'en vais, t'en souviens-tu ?

— Oui, comme toujours, tu fuis.

— Oh ! pour l'amour du ciel ! Veux-tu bien arrêter ? Oui, je choisis de ne pas rester lorsqu'une situation me rend mal à l'aise. Ce n'est pas un crime.

— Non, dit-il en approchant. À moins qu'en agissant ainsi tu continues à te faire du mal et blesses tous ceux qui tiennent à toi. Faye, tu ne peux pas continuer à vivre à moitié. Ta famille n'aurait jamais voulu cela pour toi.

Un frisson glacé traversa ses veines. Elle se figea, incapable de penser.

— Ma... Ma famille ? Que sais-tu de ma famille ?

Un gouffre béant s'était ouvert en elle. Si l'on exceptait les agents de police, elle n'avait jamais parlé à quiconque de ce qui s'était exactement passé la nuit de l'accident. Comment pouvait-il savoir ? Pour quelle raison savait-il ?

Les mots que Piers prononça ensuite représentaient tout ce qu'elle avait toujours redouté, et plus encore.

— Je sais tout. Et je suis profondément désolé pour toi.

Ses yeux sombres exprimaient sa profonde compassion, mais elle refusait de le voir.

— Tout, vraiment ? fit-elle d'un ton amer. Sais-tu que c'est moi qui ai provoqué leur mort ? Que c'était moi qui étais au volant ce soir-là ? Je les ai tous tués.

Elle lui avait lancé ces mots au visage d'une voix écorchée par la douleur.

— C'est bien ce que j'imaginais, poursuivit-elle d'un ton amer. Cette information ne peut figurer dans aucun des rapports que tu pourrais commander, car elle a été tenue secrète. Alors, m'aimes-tu encore maintenant que tu sais que je suis une meurtrière ?

— Comment peux-tu dire que tu es une meurtrière ? Tu sais bien pourtant que tu n'as délibérément causé la mort de personne. Il s'agissait d'un accident.

— Vraiment ? C'est moi qui ai harcelé mon beau-père pour qu'il me laisse prendre le volant ce soir-là. Maman ne voulait pas que je le fasse. Elle disait que la route était trop glacée, que je n'étais pas suffisamment expérimentée. Mais mon beau-père a dit que faire l'expérience des choses était le seul moyen pour moi d'apprendre.

— Même si c'est le cas, d'après ce que j'ai lu, c'est le camion-citerne chargé de gaz qui a dérapé sur la route, pas votre véhicule. Tu n'avais aucune chance d'éviter le choc.

Faye se remémora l'instant où elle avait vu le camion arriver vers eux, se mettre en travers de la route et entamer son incontrôlable glissade vers leur voiture. Elle s'était retrouvée pétrifiée. Elle était demeurée incapable de réagir, de trouver comment esquiver le choc.

— Tu as raison, je n'avais pas la moindre chance face à un camion Mais quand cela s'est produit je me suis figée… J'ignorais tout simplement quoi faire. Si mon beau-père avait été au volant… Si j'avais écouté ma mère…

La voix de Faye se brisa.

— Si j'avais écouté ma mère, nous pourrions être tous en vie aujourd'hui.

— Tu n'en sais rien.

— Non, et je ne le saurai jamais. Tout ce que je sais avec certitude c'est que les décisions que j'ai prises ce soir-là ont causé la mort de ma famille. Et c'est une chose que je ne pourrai jamais oublier ou me pardonner. Mon beau-père et mon frère sont morts sur le coup. Henry n'avait que trois ans et demi. Ne crois-tu pas qu'il méritait de grandir, d'avoir une vie ? Quant à ma mère… je peux encore entendre ses cris lorsque je tente de m'endormir le soir. L'unique raison pour laquelle je ne suis pas morte carbonisée avec elle, c'est parce que des gens m'ont extirpée de la voiture avant qu'elle soit totalement dévorée par les flammes.

— Tes cicatrices, dit doucement Piers. Elles ont été causées par ce feu ?

Faye acquiesça d'un hochement de tête.

— Alors, tu vois, je ne mérite pas qu'on m'aime.

— Tout le monde mérite d'être aimé, Faye. Toi plus que quiconque, ne serait-ce qu'à cause de tout ce que tu as traversé. Ne penses-tu pas que tu as déjà suffisamment payé pour tout cela ? Tu dois apprendre à te pardonner et à te débarrasser de la culpabilité qui t'empêche de vivre.

— Je vis. C'est ma punition.

Il secoua la tête.

— Tu es en vie, certes. Mais ce n'est pas cela vivre. La nuit que nous avons partagée au chalet, *ça*, c'était vivre pleinement. C'était savourer la vraie vie, pas cette ombre d'existence dépourvue de consistance que tu subis chaque jour. Prends un risque, Faye. Accepte mon amour pour toi. Apprends à m'aimer.

La force émotionnelle de ses mots la fit trembler.

— Je ne peux pas. Je ne peux m'attacher à personne. Je ne le ferai pas.

— Mais pourquoi ? insista-t-il.

— Si je devais aimer quelqu'un de nouveau, je le perdrai. Ne le vois-tu pas ? J'ai essayé de donner mon amour après la collision. J'ai pris soin de chaque bébé qui rejoignait ma famille d'accueil comme si chacun d'eux m'offrait une chance de me racheter pour ce que j'avais fait à Henry. Je leur ai offert tout mon amour, et sais-tu ce qui s'est passé ? Chacun d'entre eux m'a été repris. Soit ils ont rejoint une autre famille d'accueil, soit ils sont repartis chez leurs propres parents. Chaque fois. J'ai perdu mon petit frère, encore et encore.

Faye hésita un instant et s'appuya sur chaque once de force qu'elle pouvait trouver en elle.

— Alors tu ne m'en voudras pas, je ne veux plus *jamais* aimer.

13

Piers la regarda sortir son sac du tiroir de son bureau et le mettre à son épaule. Elle tremblait encore, et son visage était si pâle que ses taches de rousseur se détachaient encore plus distinctement sur sa peau laiteuse.

— À présent, si tu n'as plus besoin de moi ce soir, j'aimerais rentrer chez moi.

Il l'observa longuement, brûlant de l'envie de l'attirer entre ses bras et de lui dire qu'elle n'avait plus besoin d'être seule. Que si seulement elle pouvait se défaire de son armure de protection et le laissait entrer dans sa vie, tout irait pour le mieux.

— Faye, je t'en prie, écoute-moi. Pour la dernière fois. S'il te plaît. Après ça, je te laisserai partir, si c'est réellement ce que tu veux.

Il vit que sa gorge était nouée, ses épaules crispées.

— Très bien. Je t'écoute.

— Je sais que j'ai vécu une vie de rêve comparé à la tienne. Je n'ai jamais manqué de rien. Mais durant toute mon enfance, ces personnes qui prétendaient m'aimer – mes propres parents – n'ont jamais montré que leurs sentiments allaient au-delà des simples apparences. Quin et moi étions là l'un pour l'autre, mais pour eux nous n'étions que des objets à exhiber ou des raisons de se battre. Je croyais que cela me convenait. Que je pouvais vivre ma vie ainsi. Mais après la mort de Quin je me suis livré à une longue introspection. Elle a été sans concession, et je n'ai pas aimé ce que j'ai vu. En fait je crois que le mode de vie de Quin, sa recherche permanente du frisson, était sa façon à lui de faire face à l'incapacité de nos parents à exprimer ou à ressentir un amour sincère pour nous. Il a passé sa vie à dépasser les limites, à courir des risques extrêmes. Il flirtait toujours plus avec le danger. Jusqu'au moment de sa mort, il a été en quête de quelque chose. Voulait-il la gloire ou être accepté tel qu'il était ? Je ne le saurai jamais. Mais ce que je sais c'est que sa mort m'a enseigné une précieuse leçon au sujet de l'existence. La vie vaut la peine d'être vécue, Faye, et en la vivant il faut ménager la place nécessaire pour accueillir l'amour, car si nous ne le faisons pas quel est le sens de notre présence sur Terre ?

Ses paroles l'atteignaient-elles ? Elle n'avait pas tenté de partir. En fait, étaient-ce des larmes qu'il voyait poindre dans ses beaux yeux gris-bleu ? Sentant qu'il avait peut-être percé son armure, il décida de s'engouffrer dans la faille.

— Tu sais pourquoi je suis si fou de Noël ?

Faye leva les yeux au ciel et secoua la tête. Se contentant de sa réponse muette, Piers reprit :

— J'ai passé toute ma vie d'adulte à essayer de créer une forme d'esprit de famille et à vouloir éprouver tout ce que Noël peut représenter. Ma famille était peut-être fortunée, mais elle était aussi fracturée. Mon père a beaucoup vécu en Floride, ma mère à New York. Même s'ils sont restés mariés, ils ont vécu des vies séparées dès l'instant où nous avons été envoyés en pension. Pendant très longtemps j'ai cru que c'était normal ! Peux-tu imaginer une chose pareille ? J'avais six ans et je pensais que tout le monde vivait ainsi !

— Je suis désolée, Piers. Sincèrement désolée que tu n'aies pas connu l'amour de tes parents.

Faye avait prononcé ces mots avec douceur. Il sentit qu'elle le comprenait, qu'elle ressentait de la compassion pour lui, et cela sembla venir combler les vides à l'intérieur de lui.

— Alors tu comprendras ce que je vais te dire. Je veux plus que ce que j'ai connu en grandissant. Et je veux que Casey ait cela également. Le fils de Quin ne vivra plus une seule minute sans être aimé. Et c'est ce que je veux vivre aussi pour moi, et cela, je veux l'avoir avec toi, Faye. Je t'aime. Je te veux dans ma vie, dans mes bras, dans mes nuits.

Il prit une profonde inspiration.

— Mais ce doit être tout ou rien. Je ne veux pas que tu viennes à moi en gardant verrouillée une partie de toi. Je suis prêt à tout risquer pour toi parce que je veux que tu fasses partie de la famille que j'essaye de créer, du futur que je veux avoir. Je t'aiderai, te soutiendrai et t'aimerai chaque jour jusqu'à la fin de ma vie – si tu m'en donnes la possibilité. Alors, vas-tu saisir ce que je t'offre ? Parieras-tu sur nous deux, et te laisseras-tu accéder au bonheur ?

Faye se tenait face à lui, le regard fixe. Piers voulait qu'elle dise quelque chose. N'importe quoi. L'espoir alluma une flamme en lui lorsqu'elle fit un pas dans sa direction. C'était arrivé. C'était le moment où elle allait accepter le don de son amour, de ses espoirs et de ses promesses pour leur futur commun. Mais elle hésita et baissa la tête.

— Cela m'est impossible.

Elle quitta aussitôt la pièce, et malgré l'élan instinctif de son corps qui lui hurlait de l'arrêter, Piers la laissa partir. Il le devait. Car si quelque chose devait se concrétiser, il fallait que l'engagement de Faye soit total. Il ne pouvait se contenter de ce petit pas qu'elle avait esquissé vers lui, comme si elle voulait se donner uniquement à moitié. Car ce n'était pas uniquement son bonheur qui était en jeu, ni celui de Faye. C'était aussi celui de Casey. Et si elle n'était pas en mesure de s'engager pleinement, alors ils seraient destinés à échouer.

Après une nuit difficile, marquée par l'insomnie et les poussées dentaires de Casey, Piers ne fut pas surpris en arrivant au bureau de trouver un message du service des ressources humaines l'informant que Faye avait demandé à ne pas effectuer le reste de son préavis pour pouvoir partir immédiatement. Il détestait l'admettre, mais il s'agissait probablement de la meilleure solution. La côtoyer chaque jour en sachant qu'elle avait repoussé toute chance de futur commun aurait été pour lui une véritable torture.

Il s'attela à la résolution des conséquences des problèmes qui avaient émergé la veille, et à chaque appel, à chaque mail, à chaque décision, Faye lui manquait de plus en plus. Ce n'était pas simplement son efficacité ou son intuition. C'était tout simplement elle qui lui manquait. Il se surprit durant toute la journée à fixer son bureau vide ou à commencer des phrases avant de se souvenir qu'elle n'était plus là pour les entendre. Et qu'elle ne serait plus là, plus jamais.

Avait-il eu tort de la pousser dans ses retranchements ? Une part de lui semblait penser qu'il avait agi comme un imbécile. Peut-être que n'avoir que la moitié de ce qu'elle pouvait lui offrir aurait été mieux que rien. Mais une autre part de lui, celle qui renfermait encore les blessures de son enfance, savait qu'il méritait plus que cela. Et qu'elle aussi le méritait.

Elle avait été claire : elle ne voulait pas ce qu'il pouvait lui offrir. Elle ne voulait pas de son amour, ni de cet enfant qu'il adopterait bientôt. Elle refusait la sécurité qu'il pouvait lui procurer. Elle ne voulait pas de lui, point final.

Il finit la journée totalement épuisé et décida que l'heure avait sonné de rentrer chez lui. C'était Laurie qui prenait soin de Casey au bureau durant cette semaine. Il lui dirait qu'il n'avait plus besoin d'elle et le ramènerait à la maison.

Il franchissait le seuil de son bureau lorsque son téléphone vibra dans sa poche. Il le sortit, hésita un instant à décrocher car le numéro lui était inconnu, puis prit l'appel.

— Mr Luckman ? Ici, Bruce Duncan, du laboratoire. Nous avons les résultats du test ADN que vous avez demandé.

— Eh bien, vous avez fait vite. Je ne m'attendais pas à avoir de nouvelles avant au moins une semaine.

— Votre assistante a insisté pour que nous réalisions le test aussi rapidement que possible. Je crois comprendre qu'un processus d'adoption est en cours.

— Oui, c'est exact. Concernant le fils de mon frère.

— Ah ! dit Bruce Duncan en lâchant un long soupir. Les résultats sont très clairs sur ce point. Le nourrisson dont l'échantillon a été testé n'est pas le fils de votre frère.

Piers chancela sous le choc de la nouvelle. Ainsi Casey n'était pas le fils de Quin ? Dans un coin de son esprit il savait que cela restait une possibilité, mais il s'était convaincu que Casey était la chair et le sang de Quin.

— Mr Luckman ? Êtes-vous toujours là ?

— Oui, oui, je suis là. En êtes-vous absolument certain ?

Duncan lui livra une foule d'informations techniques, mais rien ne s'imprima en Piers à part sa phrase finale.

— Les résultats sont sans appel. Ce nourrisson n'a aucun lien biologique avec votre famille.

— Je vous remercie, parvint à dire Piers, les mâchoires serrées par la douleur. Envoyez le rapport à mon bureau en l'adressant à mon attention, je vous prie.

Après avoir reçu confirmation qu'un exemplaire lui parviendrait bientôt, Piers mit fin à l'appel. Sous le choc, il tenta de rassembler ses esprits en s'appuyant au cadre de la porte. Il avait dit que cela n'aurait pas d'importance, qu'il poursuivrait la procédure d'adoption quoi qu'il en soit – et c'est ce qu'il ferait –, mais savoir qu'il ne lui restait plus rien de Quin désormais lacérait profondément son cœur.

L'espoir que Quin avait laissé un peu de lui sur cette Terre lui avait apporté tant de réconfort au cours des dernières semaines.

Il devrait informer son avocat, même si cela ne changeait rien à ses souhaits concernant la procédure d'adoption. Le véritable père de Casey – s'il pouvait être retrouvé – devait être averti, et cette procédure pourrait créer toutes sortes de complications. L'idée de passer cet appel lui sembla insurmontable. Il se redressa et prit la direction de la nursery.

Laurie qui jouait avec Casey sur son tapis d'éveil leva les yeux en le voyant.

— Regarde, ton papa est là ! lança-t-elle d'une voix chantante. Il vient voir tout ce que tu sais déjà faire !

Laurie sourit à Piers.

— Casey se porte à merveille, Mr Luckman. Vous devez être fier de ses progrès. Il attrape presque ses petits jouets suspendus maintenant.

— C'est merveilleux, Laurie.

— Est-ce que tout va bien, Mr Luckman ?

Piers se força à éclairer son visage d'un sourire.

— Je suis un peu fatigué, voilà tout. Ce petit chenapan m'a fait me lever plusieurs fois la nuit dernière.

— Jeremy n'était pas présent ?

— Sa femme devait se rendre à un rendez-vous médical tôt ce matin. Je lui ai accordé un congé pour la nuit.

— Eh bien, vous savez que si vous avez besoin de moi, je serais ravie de travailler davantage. J'adore ce petit bonhomme. C'est un vrai bonheur de s'en occuper.

— Je vous remercie, Laurie, mais ce ne sera pas nécessaire. Jeremy reprend son service ce soir. Quant à moi je vais finir tôt. Vous pouvez rentrer chez vous.

Laurie finit rapidement de ranger la pièce tandis que Piers s'installait près du tapis avec Casey. Dès l'instant où il s'assit près de lui, ce dernier tourna la tête vers lui et gazouilla en agitant les jambes avec enthousiasme.

— Il est toujours tellement heureux de vous voir, constata Laurie en souriant.

Un peu de la douleur causée par l'annonce provenant du laboratoire sembla le quitter. Il prit Casey dans ses bras et le serra contre lui. Comme s'il avait perçu son besoin de réconfort, Casey se blottit immédiatement contre lui et vint nicher la tête sous son menton.

Que ce petit garçon soit de son sang ou non n'y changeait rien, il l'aimait du fond du cœur. Peu importait la situation, il se battrait de toutes ses forces pour le garder.

Faye était assise derrière le volant de sa voiture de location, face à la maison qui avait été la sienne pendant la majeure partie de son enfance. Malgré le chauffage elle se sentait gelée jusqu'aux os. Venir jusqu'ici avait été une grossière erreur. Elle ne trouverait en ces lieux aucune réponse. Cela ne changeait rien. Sa famille n'était plus là.

Elle parcourut la bâtisse du regard. Dans l'allée la neige avait été dégagée avec soin, et les lumières qui brillaient derrière les fenêtres du rez-de-chaussée donnaient à la maison un air accueillant. Elle leva les yeux vers la fenêtre de son ancienne chambre et se demanda qui l'occupait désormais. Celui qui y dormait regardait-il le ciel la nuit en se demandant où sa vie le mènerait ? Imaginait-il parfois que tout pourrait lui être arraché en un instant ? Qu'il pourrait perdre tout ce qui lui était cher ?

Un mouvement derrière une fenêtre capta son attention. Une femme, un petit enfant niché contre la hanche, s'appliquait à tirer les rideaux, au rez-de-chaussée, pour protéger la douceur de son foyer de la froide nuit hivernale.

Faye avait la gorge nouée. Il n'y avait rien à voir ici. Rien à gagner. La vie avait continué.

Mais ta vie à toi s'est arrêtée.

Cette satanée petite voix ne voulait pas se taire. Faye enclencha une vitesse et quitta l'emplacement de parking, sans pouvoir déterminer ce qu'elle était venue chercher ici. Sa seule certitude était que quoi que cela ait bien pu être, cela n'existait plus désormais.

Elle avait pensé qu'un retour dans le Michigan, sa région natale, l'aiderait à tourner la page. Elle avait rendu visite aux parents de sa famille d'accueil, à présent retraités, et ils avaient été heureux de la voir – fiers de ses réussites.

Elle avait même passé un appel à sa vieille amie de lycée, Brenda. La seule, étrangement, qui ne les avait pas fuies, elle et sa douleur, lorsqu'elle était retournée en classe.

À l'époque, Faye avait eu le sentiment qu'il était justifié que les autres enfants la punissent ainsi. Il n'y avait rien d'étonnant à ce qu'ils la rejettent. Après tout, eux n'avaient pas tué leurs parents et leur frère, n'est-ce pas ? Ils continuaient simplement à vivre leur vie. Mais en considérant les choses à présent, Faye comprit qu'elle était responsable de la distance qui s'était créée entre elle et ses amis. Ils n'avaient alors peu ou pas d'expérience de la mort et du deuil, et par conséquent ils n'avaient pas la moindre idée des paroles à prononcer, ou de la manière de faire face au fait qu'elle s'éloignait d'eux. Seule Brenda avait essayé de garder leur amitié vivante jusqu'à ce que leurs chemins se séparent au moment de l'entrée à l'université.

Elle se souvint soudain que Brenda l'attendait justement pour le dîner. Après s'être arrêtée au panneau STOP, au bout de la rue, elle s'engagea dans l'intersection. Mais elle donna aussitôt un brusque coup de frein en voyant arriver à vive allure un gros camion-citerne dans sa direction. Ses pneus glissèrent sur la route gelée. Le cœur de Faye s'emballa dans sa poitrine. Mais son véhicule s'immobilisa finalement, et le camion la dépassa simplement sans que son chauffeur se doute un instant du chaos qui s'était déchaîné en elle.

Un coup de klaxon impatient résonna derrière Faye et l'obligea à rassembler ses esprits, à s'avancer dans l'intersection et à poursuivre son chemin. À dépasser sa peur et à avancer. Et n'était-ce pas justement ce qu'elle avait fait chaque jour depuis cette fameuse nuit ?

Sois honnête avec toi-même. Tu n'as pas continué à avancer. Tu t'es cachée. Tu as fui. Exactement comme l'a dit Piers.

— Bon sang ! s'exclama-t-elle. Veux-tu bien arrêter !

Faye décida de concentrer toute son attention sur le trajet la menant chez Brenda. Son amie habitait non loin de l'endroit où elle avait grandi, dans la maison où vivaient encore ses parents qui se chargeaient de ses enfants pendant qu'elle se consacrait à son métier de médecin dans un cabinet en ville. Faye n'avait pas été étonnée d'apprendre que son amie, très impliquée dans son métier, avait à présent deux petits enfants et un époux qui l'adorait. Sa vie semblait animée et bien remplie, et elle possédait tout ce que Faye avait toujours voulu sans le savoir.

Faye coupa le contact devant la maison de Brenda et sortit de sa voiture. La porte d'entrée s'ouvrit à la volée sur un intérieur lumineux et chaleureux.

— Entre vite ! lui lança son amie. Il gèle dehors !

Dès qu'elle fut sur le perron Brenda enveloppa Faye de ses bras pour la serrer contre elle.

— Oh ! Comme tu m'as manqué ! Je suis si heureuse que tu m'aies appelée.

Elle conduisit Faye à l'intérieur et lui présenta son mari et ses jumeaux de dix-huit mois.

Faye sentit les larmes lui picoter les yeux en voyant comme ils ressemblaient à leur père. Piers et Quin étaient-ils semblables à ces deux enfants quand ils étaient petits ? se demanda-t-elle. Elle repoussa cette question. Piers avait occupé ses pensées depuis qu'elle l'avait quitté, même si elle avait essayé de toutes ses forces de le chasser de son esprit.

Malgré ses tentatives pour se tenir à distance, Faye se laissa rapidement emporter par l'effervescence de la vie familiale, et lorsque le mari de Brenda partit coucher les garçons après le dîner, son amie la conduisit au salon où elles s'installèrent côte à côte sur le canapé.

— Alors, raconte-moi Qu'as-tu fait de ta vie ? Et c'est en tant que médecin que je te parle. Quelque chose ne va pas, n'est-ce pas ?

— Je vais bien. J'ai beaucoup travaillé ces derniers temps. Tu sais ce que c'est.

Brenda lui prit la main et la serra.

— C'est plus qu'une question de travail, non ? Comment as-tu affronté ce dernier Noël ? Les choses ont-elles été aussi terribles que par le passé ?

Faye voulut se contenter de dissiper les inquiétudes de Brenda, mais au fil de la conversation sa réserve tomba, et les mots se mirent à couler à flots. Elle raconta tout à sa vieille amie à propos du chalet qu'elle avait dû décorer, et quand elle lui narra le moment où elle avait découvert Casey, Brenda fut sous le choc.

— Comment peut-on faire une chose pareille ? Il aurait pu mourir !

— Pour sa défense, sache que sa mère a attendu que je sois là avant de partir. En toute sincérité, je ne crois pas qu'elle était dans un état d'esprit très rationnel.

Brenda secoua la tête.

— J'ai vu beaucoup de cas tristes, mais cela me fait vraiment réfléchir aux choix que font certains. Il existe tellement de moyens de se faire aider. Si seulement les gens prenaient la peine de demander.

— Mais parfois il est trop difficile de demander. Parfois il est plus facile de tout garder à l'intérieur de soi et d'essayer de gérer les choses comme on le peut.

Brenda la regarda attentivement.

— Nous ne parlons plus à présent de ce bébé abandonné, n'est-ce pas ?

Faye tenta de détourner l'attention de Brenda vers un autre sujet, mais son amie ne fut pas dupe.

— As-tu suivi une thérapie après l'accident, Faye ?

— Je n'en avais pas besoin. J'ai appris à gérer ça.

— Gérer, oui. Mais l'accepter ? Le dépasser et avancer ?

— Bien sûr, soutint Faye tout en sachant qu'elle mentait.

— Je m'inquiète pour toi, dit doucement Brenda en prenant les mains de Faye entre les siennes. Tu peux me parler. Nous n'avons pas été proches pendant des années, mais je sais aussi ce que tu as traversé. Je t'ai regardée t'éloigner de plus en plus des autres, mais personne ne réussissait à t'atteindre. J'aurais dû dire quelque chose à ce moment-là, mais nous étions encore si jeunes et désemparées. Si occupées par nos propres existences.

— Il n'y a rien de honteux à cela. Chacun avait sa vie à vivre.

— Tout comme toi, ajouta Brenda en serrant doucement ses doigts. Réfléchis à ce que je vais te dire. Si tu veux voir quelqu'un pendant que tu es ici, je connais plusieurs bons thérapeutes spécialisés dans la gestion du deuil. Il est temps que tu reprennes possession de ta vie, Faye. Tu ne peux pas rester éternellement victime de cet effroyable accident.

Faye voulait répondre que c'était la croix qu'il lui fallait porter. Mais alors elle songea à la nouvelle famille habitant la maison où elle avait grandi. Elle pensa à Brenda et à sa vie bien remplie, à la remarque de Piers au sujet de ce que sa propre famille aurait voulu pour elle.

Soudain il lui fut trop difficile de supporter la culpabilité et le sentiment de responsabilité qui pesaient sur ses épaules. Elle sentit un grand frisson balayer son corps, puis un autre, et les larmes commencèrent à couler sur ses joues.

Brenda la serra dans ses bras et la tint tandis qu'elle pleurait tout son soûl. Après un long moment, Faye reprit un semblant de contrôle sur ses émotions.

— Je suis désolée, dit-elle tout en utilisant les mouchoirs que Brenda avait glissés dans sa main. Je n'étais pas venue ici pour pleurer sur ton épaule.

— Je me réjouis que tu l'aies fait. Tu en avais besoin depuis bien longtemps.

Son amie la regarda, l'air préoccupée.

— Alors que dis-tu d'aller voir un thérapeute ?

Faye se surprit à hocher la tête

— Je suis d'accord. Je crois que le moment est venu.

— Tu ne le regretteras pas, dit Brenda d'un ton convaincu À présent allons retrouver Adam et prendre un café.

— Merci, Brenda. Du fond du cœur. Tu m'as manqué.

Son amie lui rendit son sourire.

— Tu m'as manqué aussi. Je suis contente que tu sois de retour.

Et elle l'était vraiment. Pour la toute première fois, Faye se sentait prête à se battre pour faire son retour dans l'existence.

14

Piers raccrocha le téléphone et sentit son corps s'affaisser sous l'effet du soulagement. La demande d'adoption avait été examinée par le juge, et son avocat lui avait assuré qu'en dépit des résultats du test ADN obtenus deux mois plus tôt la procédure d'adoption devrait se poursuivre sans entraves.

La mère de Casey avait signé les papiers, et sa famille n'avait soulevé aucune objection. Son ancien petit ami, dont la trace avait été retrouvée dans une prison du Montana, avait établi une déclaration notariée certifiant qu'il ne désirait pas que Casey fasse partie de son existence. Il avait martelé qu'il n'était pas son fils et refusé la comparaison de leurs ADN. Toutes les étapes s'enchaînaient rapidement dans ce dossier, ainsi que son avocat l'avait promis à Piers.

Mais Piers, lui, était au plus mal, ne sachant comment combler le vide laissé par l'absence de Faye. Il avait essayé de lui téléphoner, pour prendre de ses nouvelles et s'assurer que tout allait bien, mais personne n'avait décroché chez elle, et tout appel sur son portable l'avait immédiatement renvoyé à sa boîte vocale. S'il n'était pas convaincu qu'elle cherchait simplement à l'éviter, il aurait demandé aux personnes qui travaillaient pour lui de la localiser. Il se disait pour se rassurer que si jamais quelque chose de grave lui était arrivé, il en aurait déjà été informé.

Même s'il tentait de se convaincre que tout cela n'était pas son problème, il était plus que préoccupé. Il n'était pas simple d'arrêter d'aimer.

Un bruit près de la porte de son bureau attira son attention. Et quand il vit Faye en franchir le seuil, un immense soulagement se diffusa en lui. Il ne savait que dire ou faire. Il ne pouvait que garder les yeux rivés sur elle comme s'il craignait qu'un moment d'inattention la fasse disparaître de nouveau.

— Bonjour, Piers, dit-elle en le regardant droit dans les yeux.

— Cela fait longtemps, répondit Piers d'un air pincé.

Ses yeux la parcoururent tout entière. Il y avait en elle quelque chose de différent qu'il ne parvenait à identifier. Ses cheveux étaient certes un peu plus longs que deux mois plus tôt, mais il ne s'agissait pas de cela. Quelque chose dans son visage, dans son expression, avait changé. Elle paraissait moins sévère, et ce n'était pas seulement dû à ses longs cheveux détachés qui venaient cascader en vagues ondulantes sur ses épaules.

La dernière fois qu'il avait vu sa chevelure détachée de la sorte remontait au moment où ils s'étaient retrouvés tous deux dans le même lit, au mois de décembre de l'année précédente. Elle dormait encore, et il avait dû se faire violence pour la laisser afin de s'occuper de Casey. Ce souvenir suscita en lui une onde de désir. Ils avaient été si bien ensemble. Mais elle avait fait le choix de le quitter. Ce qui l'amenait à vouloir savoir une chose : que faisait-elle dans son bureau à cet instant ?

— Aurais-tu une minute à m'accorder ? demanda-t-elle timidement.

Une tonalité légèrement étranglée dans sa voix trahissait sa nervosité. Il n'était pas habitué à la voir ainsi. Douce. Hésitante. Semblant avoir baissé les armes. Tout cela concourait à mettre en éveil le moindre de ses instincts de protection. Il avait envie de se rapprocher d'elle, de la prendre dans ses bras, de l'embrasser pour apaiser ses doutes et de se laisser glisser avec elle vers la concrétisation de leur désir. Mais il ne céda pas à son élan. Chacun des mots qu'il avait prononcés deux mois plus tôt était sincère. Si elle ne pouvait s'engager envers lui pleinement et librement, aucun avenir ne pourrait s'offrir à eux.

Qu'elle soit face à lui en ce jour indiquait-il qu'elle était prête ? Qu'elle avait trouvé un moyen de détruire les murs qu'elle avait gardés érigés autour d'elle pendant près de la moitié de son existence ? Était-elle prête à tout lui donner ? Il avait envie de le croire mais échouait à décrypter ses pensées.

— Je peux trouver un peu de temps, répondit-il. Pour toi.

— Je te remercie. Veux... Veux-tu que nous parlions ici ?

Il jeta un regard au bureau.

— Cet endroit en vaut bien un autre, tu ne crois pas ?

Elle pinça les lèvres et hocha la tête.

— Entendu. Pouvons-nous... nous asseoir ?

Il ne l'avait jamais vue aussi peu sûre d'elle. Il s'inquiéta soudain de ce qui avait pu causer un tel changement en elle.

— Bien sûr, dit-il en désignant les deux canapés placés près de la baie vitrée offrant une splendide vue sur la ville.

Il attendit qu'elle prenne place sur l'un des canapés puis vint se placer à son extrémité opposée.

— Puis-je t'offrir à boire ?

Elle déclina sa proposition d'un mouvement de tête.

Piers tendit un bras à l'arrière du canapé et se tourna pour lui faire face. Un lourd silence s'installa dans la pièce. Piers mourait d'envie de dire quelque chose, n'importe quoi, pour le briser. Mais c'était au tour de Faye de s'exprimer, pas au sien. Il avait dit tout ce qu'il pouvait dire la dernière fois qu'il l'avait vue. À présent c'était à elle de se faire entendre.

Faye s'éclaircit la voix.

— Comment va Casey ?

— Il est à la maison aujourd'hui. Il a un rhume, et j'ai estimé que sa place n'était pas au bureau.

Une lueur d'inquiétude brilla au fond des yeux de Faye.

— Pauvre petit bonhomme ! C'est son premier rhume ?

— Pour autant que je sache, oui, reconnut Piers. Il n'est pas vraiment en grande forme.

C'était un doux euphémisme. Les voies respiratoires complètement congestionnées, Casey s'était réveillé à quatre reprises au cours de la nuit précédente. Jeremy et Piers s'étaient relayés pour l'aider à retrouver le sommeil. Mais ces quelques heures avaient été éprouvantes pour tous.

Faye jouait nerveusement avec la lanière de son sac à main.

Piers sentit sa frustration enfler. Elle était venue jusqu'ici de son propre chef. Il devait y avoir une raison à cela. Alors pourquoi n'exprimait-elle pas simplement ce qu'elle voulait dire ?

— J'imagine que tu te demandes pourquoi je suis ici, lâcha soudain Faye.

Piers se contenta d'acquiescer d'un hochement de tête.

Faye posa son sac à main par terre et se leva pour se diriger vers la baie vitrée. Dans la lumière douce de l'après-midi, Piers put voir qu'elle avait perdu du poids. Une nouvelle raison de s'inquiéter, mais ce n'était pas son problème, se rappela-t-il fermement. Pas tant qu'elle ne désirerait pas qu'il le soit.

— Je suis désolée d'être partie comme je l'ai fait. Mon ancien bureau ne semble pas utilisé. Tu n'as pas encore trouvé de nouvelle assistante ?

— Faye, tu n'es pas venue jusqu'ici pour savoir si j'ai embauché une remplaçante, n'est-ce pas ? Parce que si c'est le cas, je me dois de te dire qu'on m'attend ailleurs.

Elle fit brusquement volte-face vers lui, son visage pâle marqué par l'inquiétude.

— Je te retiens ? Tu aurais dû me le dire.

— Je t'ai dit que je pouvais t'accorder du temps, et c'est le cas. Mais je t'en prie dis-moi pourquoi tu es venue.

Il lui était douloureux de se montrer si direct, mais il ne pouvait supporter qu'elle n'aille pas droit au but. Il avait laissé une foule de messages à son intention. Et malgré tous ses appels inquiets, elle ne lui avait jamais répondu. Pas même le moindre mail, ou le moindre texto. Il n'avait cessé d'osciller entre colère et inquiétude. Quelle que soit la raison de sa venue, il espérait que cela ne le conduirait pas sur un nouveau grand huit émotionnel.

Faye prit une nouvelle inspiration.

— Comme je te l'ai dit, je suis désolée de t'avoir quitté ainsi. Tu méritais mieux, mais j'ignorais comment te le donner. Je savais simplement qu'il me fallait partir, alors je l'ai fait. Comme tu le disais toujours, j'ai fui. Sauf que cette fois-ci au lieu de m'échapper loin de mes problèmes, j'ai décidé de me plonger vers leurs racines. De les affronter directement.

— Tu es retournée dans le Michigan ?

Faye acquiesça et serra ses mains l'une contre l'autre.

— Ce n'était pas facile, mais je savais que je devais affronter tout ce que j'avais laissé derrière moi. Une de mes anciennes amies de lycée – elle est médecin à présent – m'a mise en contact avec un thérapeute traitant les questions de deuil. J'ai pu remettre beaucoup de choses en perspective.

— Je vois. Et maintenant ?

— Maintenant je crois que je suis prête. Prête à être honnête envers moi-même et envers toi à propos de tout. Tu comprends, j'ai porté en moi tant de culpabilité depuis la nuit de l'accident. Ce que je n'avais jamais dit à personne, c'est que je m'étais comportée comme une véritable peste avec mon beau-père dans les semaines ayant précédé ce terrible Noël. Il faisait toujours tout son possible pour moi et était trop bon, trop gentil, trop patient. Pour je ne sais quelle raison stupide cela m'a amenée à me déchaîner. Tu sais comment peuvent parfois se comporter les adolescents…

Elle adressa un petit sourire à Piers.

— Quoi qu'il en soit, quand j'ai commencé à insister auprès de lui pour qu'il me laisse prendre le volant après ce spectacle de chants de Noël, j'ai bien vu qu'il était partagé. J'avais presque envie qu'il me dise non, juste pour avoir une raison de me plaindre.

— Mais il a dit oui, dit Piers d'un ton grave.

Faye hocha une nouvelle fois la tête, les yeux soudain noyés par les larmes. Elle les essuya et accepta le mouchoir que Piers venait de sortir de l'une de ses poches.

— Merci. Je suis désolée. J'ai beau avoir pleuré toutes les larmes de mon corps au cours des deux derniers mois, j'ai l'impression de ne plus pouvoir m'arrêter.

— Tout va bien, Faye. Parfois on a simplement besoin de se laisser aller.

— Vraiment ? Est-ce que cela t'arrive ?

Il songea aux jours et aux nuits qu'il avait endurés depuis qu'elle était partie loin de lui, à la douleur que lui avait causée le fait de la perdre et d'ignorer où elle se trouvait. C'était une forme de souffrance différente de celle qu'il avait ressentie au moment du décès de son frère, mais il s'agissait d'une peine profonde malgré tout.

— Oui, c'est tout naturel. Nous n'aimons peut-être pas cela, mais parfois nous n'avons pas le choix.

— C'est une autre chose que j'ai dû apprendre récemment. Et pourtant je pensais ne plus être une enfant. Enfin, pour ce qui est de cette nuit-là, je me sentais à l'aise sur la route. J'allais peut-être un peu vite compte tenu de la météo, mais Ellis, mon beau-père m'avait gentiment prévenue de bien faire attention. Henry s'agitait dans son siège auto, il avait sans doute faim. Ellis venait de se retourner pour dire quelque chose à ma mère assise à l'arrière quand j'ai vu le camion-citerne prendre le virage juste en face de nous. Ses pneus ont perdu leur adhérence, et il s'est mis en travers de la route – puis a glissé droit vers nous. Si j'avais roulé moins vite, nous n'aurions pas encore atteint cet endroit de la route, j'aurais eu plus de temps pour réagir... Ou si j'avais laissé Ellis conduire, nous aurions probablement été plus loin sur la route au lieu de perdre du temps à nous chamailler dans le parking pour savoir qui conduirait, et le camion ne nous aurait jamais percutés.

— Faye, tu ne peux pas te torturer avec des suppositions. Tu ignores si tout cela aurait fait la moindre différence.

Elle s'essuya de nouveau les yeux et acquiesça d'un signe de tête.

— Je le comprends à présent, mais la jeune fille de seize ans que j'étais en était incapable, et malheureusement c'est cette version de moi – toujours en lutte pour donner un sens à ce que j'ai fait – qui a dirigé ma vie pendant la plus grande partie des treize dernières années.

Faye revint vers le canapé et y prit de nouveau place.

— On m'a dit plus tard qu'Ellis et Henry étaient morts sur le coup, mais que maman et moi étions toutes les deux prises au piège. La voiture a pris feu presque instantanément.

Elle frissonna.

— Je vois encore les flammes s'approcher peu à peu. Je peux encore sentir mes jambes commencer à brûler. Maman hurlait, criant aux gens qui arrivaient de sauver ses enfants. Quelqu'un a réussi à sortir Henry avec son siège auto, mais à ce stade il était déjà trop tard. Un autre homme a réussi à ouvrir ma portière et à me libérer. La dernière chose dont je me souvienne est de l'avoir supplié de sauver ma mère et mon beau-père – puis je me suis évanouie. Quand je me suis réveillée, on m'a dit que j'étais l'unique rescapée.

— Cela a tout d'un véritable cauchemar. Je suis désolé que tu aies enduré une telle épreuve, Faye.

Elle resta immobile, l'esprit visiblement perdu dans l'affreux souvenir dans cette nuit tragique.

— Il m'a fallu beaucoup de temps pour réaliser que beaucoup de ce qui s'était passé était hors de mon contrôle. Apparemment j'avais besoin de trouver quelqu'un à qui reprocher la perte de ma famille – même si la seule cible que j'aie pu trouver était moi. Lorsque j'aidais à prendre soin des bébés dans ma famille d'accueil, j'avais l'impression qu'ils remplaçaient un peu le frère que j'avais perdu. En étant avec eux, j'avais le sentiment qu'une nouvelle chance m'était offerte de l'aimer, de me faire pardonner pour ce que j'avais fait... jusqu'à ce qu'ils partent.

— C'est pour cela que tu étais si réticente à t'approcher de Casey, n'est-ce pas ? Parce que tu avais peur de l'aimer et de courir le risque de vivre ce sentiment de perte une fois de plus, dit Piers pour qui tout prenait sens.

Faye baissa la tête et tordit le mouchoir trempé entre ses mains.

— Ma thérapeute m'a aidée à comprendre mon comportement. À prendre conscience du fait que j'essayais encore de protéger mon cœur d'adolescente – celui qui avait perdu tout et tout le monde. Mais elle m'a aussi aidée à comprendre que c'était une bonne chose d'essayer encore de faire confiance à mes sentiments et de leur accorder une chance de s'épanouir. D'ouvrir mon cœur aux autres. D'accepter le fait que même si la vie est parfois difficile, les personnes de mon entourage ne me seront pas toutes arrachées. Cela... Cela n'a pas été facile, et je n'ai pas encore parcouru tout le chemin à accomplir, mais je suis déterminée à gagner cette fois-ci. Parce que, si je ne le fais pas, je perdrai pour de bon la chose la plus importante de mon existence, si je ne l'ai pas déjà perdue.

Piers sentit un élan d'espoir naître dans sa poitrine.

— Et de quoi s'agit-il ?

— De toi, répondit-elle simplement. Tu m'as offert ton amour...

Tu m'as offert tout ce qui m'a si cruellement manqué depuis cette nuit, et j'ai été trop effrayée pour l'accepter. Trop effrayée pour te faire confiance. Il était bien plus simple de partir...

Un son étranglé sortit de la gorge de Faye.

— ... de *m'enfuir* que d'accepter ce que tu me promettais.

— Et maintenant ?

— Maintenant, j'ai envie de me montrer égoïste. Je te veux, toi. Je veux Casey. Je veux tout.

Elle marqua un temps d'hésitation. Son front se plissa, et ses yeux gris-bleu s'assombrirent comme un ciel d'orage.

— Si tu veux toujours de moi, bien sûr. Je sais que j'ai dressé des murs et que tu as fait tout ton possible pour les franchir ou les briser. J'espère simplement que tu es toujours prêt à m'aider... à continuer à remplacer les pièces manquantes de ma vie comme tu as continuellement tenté de le faire. Le voudras-tu, Piers ? Me laisseras-tu revenir auprès de toi ?

Piers caressa sa joue du bout des doigts tout en plongeant le regard dans le sien. Il avait attendu d'entendre ces mots, espéré que, contre toute attente, un jour elle serait prête à les prononcer. Mais il y avait une chose qui manquait encore.

— Comme je te l'ai déjà dit, Faye, je te veux tout entière, non pas seulement quelques morceaux de toi. Peut-être est-ce égoïste de ma part, mais j'ai besoin que tu te donnes entièrement à notre histoire. J'ai vécu un enfer depuis ton départ. Pas seulement au bureau, ici aussi.

Il se frappa la poitrine du poing.

— Certaines nuits je n'ai pu fermer l'œil. Je me demandais où tu étais, ce que tu faisais. Et chaque fois que Casey passait une nouvelle étape, je voulais partager ce moment avec toi, et tu n'étais pas là.

Faye semblait prendre toute la mesure de ce que Piers avait à exprimer.

— Je peux simplement te dire que je suis désolée de t'avoir blessé, Piers. Je t'aime et je ne veux plus jamais te faire de mal d'aucune manière.

Piers sentit toute la tension accumulée dans son corps se relâcher lorsqu'il entendit ces trois petits mots ô combien importants ! Elle l'aimait. C'était suffisant.

— Je suis certain que tu ne me feras jamais le moindre mal. Tant que tu m'aimes, j'aurais tout ce dont j'ai besoin.

Il l'attira dans ses bras, tout à la joie de la voir retrouver la place qui était la sienne.

— Tu sais que je vais vouloir officialiser tout cela. Tu vas devoir m'épouser. Et il va te falloir adopter Casey, également. Tu sais, on forme un package tous les deux.

— T'épouser ? En es-tu certain ?

Elle sembla hésitante, et Piers comprit qu'elle attendait une confirmation de sa part.

— Complètement et absolument certain, dit-il d'un ton assuré. Cela te surprendra peut-être, mais je n'ai jamais dit à quiconque que je l'aimais. Jamais. Tu es la seule. J'ai eu le sentiment de faire un saut dans l'inconnu lorsque je t'ai avoué ce que je ressentais. Tu es devenue une part si centrale dans tant d'aspects de mon existence que je ne t'en ai pas voulu de m'accuser d'avoir parlé d'amour pour te manipuler afin de t'amener à rester avec moi. Mais je t'assure que cet aveu s'est imposé de manière totalement inattendue pour moi, et quand j'ai pris conscience que cela exprimait toute la sincérité et la profondeur de mes sentiments j'ai su que cela ne changerait jamais. Tu es celle qu'il me faut. La première, la dernière, la seule.

— Oh ! Piers !

Faye leva une main vers sa joue, et un doux sourire se dessina sur ses lèvres.

— Tu m'as déjà tant donné. Et maintenant tu m'offres cela ? Je suis si chanceuse de t'avoir dans ma vie. Je ne veux passer aucun jour loin de toi. J'imagine que tu me pardonnes de m'être enfuie loin de toi ?

— Je suis prêt à te pardonner n'importe quoi si tu ne me quittes plus jamais.

— Plus jamais, promit-elle tout en attirant son visage vers le sien.

CAT SCHIELD

Une proposition si troublante

Traduction française de
TANIA CAPRON

PASSIONS

HARLEQUIN

Titre original :
A TRICKY PROPOSITION

Ce roman a déjà été publié en 2017.

1

Ni le doux chuchotement de la fontaine voisine, ni le vert apaisant des plantes qui ombrageaient la terrasse du restaurant ne parvenaient à calmer la nervosité de Ming Campbell. Elle sirotait un thé glacé, et à chaque gorgée le sentiment qu'elle était sur le point de faire une énorme bêtise grandissait.

Sous la table, la minuscule chienne yorkshire releva le menton qu'elle avait jusque-là posé sur les orteils de sa maîtresse, et se tortilla en signe de bienvenue. A défaut d'un chien de garde, Muffin était une sonnette d'alarme extrêmement efficace. L'estomac noué, Ming leva les yeux. Un grand gaillard en pantalon de toile, T-shirt à col polo et baskets se dirigeait vers elle. Une barbe de trois jours adoucissait ses pommettes dessinées et sa mâchoire carrée. L'effet d'ensemble était sexy, sans aucun doute.

— Désolé pour mon retard.

Jason Sterling posa une main légère sur l'épaule de Ming, qui eut aussitôt la chair de poule. Elle se rabroua intérieurement pour ses réactions incontrôlables tandis que Jason se coulait souplement sur la chaise qui lui faisait face.

Depuis qu'elle avait rompu avec le frère de Jason, Evan, six mois plus tôt, elle s'était aperçue qu'elle réagissait peu à peu plus vivement à chacun de leurs contacts. Ses petites tapes amicales sur le bras. Son épaule contre la sienne quand ils étaient assis côte à côte. Les étreintes fraternelles qu'il lui prodiguait avec une désinvolture qui lui mettait les nerfs à vif. Mais comment lui dire de cesser ? Il lui aurait demandé pourquoi et, ça, il était absolument impossible de le lui expliquer. Elle supportait donc en silence, espérant que ces sensations disparaîtraient, ou tout au moins s'apaiseraient.

Muffin posa les pattes avant sur les genoux de Jason, ses petits yeux vifs plongés dans les siens, et fit entendre un aboiement suppliant. Jason attrapa la chienne et l'éleva jusqu'à son visage, de façon à ce qu'elle puisse lui donner un petit coup de langue sur le menton. Il la reposa ensuite sur ses genoux, où elle se blottit avec un soupir de contentement.

Après quoi il appela la serveuse pour passer commande.

— Pourquoi est-ce que tu n'as pas commencé sans moi ?

Parce qu'elle était trop nerveuse pour pouvoir avaler quoi que ce soit.

— Tu avais dit que tu n'aurais qu'un quart d'heure de retard...

Jason était le type parfait du célibataire épanoui. Egocentrique, passionné de course automobile, toujours prêt à se lancer dans une nouvelle aventure, qu'il s'agisse d'une compétition ou de la conquête d'une fille excitante. C'était le meilleur ami de Ming, depuis l'école primaire, et elle l'adorait, même si parfois il était parfaitement exaspérant.

— Je suis désolé... On est tombés dans les embouteillages en arrivant à Houston.

— Je croyais que vous deviez rentrer hier ?

— C'est ce qui était prévu, mais on est sortis boire un coup avec les gars après la course, et en fait, on a un peu trop fêté la victoire... Aucun de nous n'était en état de prendre le volant pour faire cinq heures de route.

Avec un sourire canaille, il étendit ses longues jambes devant lui et prit appui sur le pied de la chaise de Ming.

— Comment Max prend-il le fait que tu le devances d'aussi loin aux points ?

Les deux amis concouraient ensemble dans des courses homologuées par la fédération nationale depuis l'âge de seize ans, et chaque année ils étaient en compétition pour savoir qui comptabiliserait le plus de points.

— Bah, depuis qu'il est fiancé, je crois qu'il s'en fiche.

Elle n'avait jamais vu Jason aussi contrarié depuis la fois où son père lui avait annoncé qu'il allait se remarier avec une femme de vingt ans plus jeune que lui.

— Pauvre chaton ! Ton meilleur copain grandit et il fait sa vie, en te laissant tout seul derrière…

Elle appuya son coude sur la table et posa son menton dessus. Elle écoutait les jérémiades de Jason à propos de la métamorphose de son ami depuis le jour où celui-ci avait rencontré la femme de sa vie. Et il se pencha soudain vers elle en lui lançant un regard de braise.

— Peut-être que je devrais essayer de comprendre pourquoi on fait tant d'histoires à propos du mariage ?

— Je croyais que tu avais décidé de ne jamais te marier ?

Une brusque bouffée d'angoisse lui coupa le souffle. S'il tombait un jour amoureux de quelqu'un, leur amitié serait à jamais bouleversée, elle le savait. Et elle ne serait plus jamais vraiment sa meilleure amie au féminin…

— Pas de danger.

Il eut un petit sourire en coin. Elle recommença à respirer et se concentra sur la salade grecque que la serveuse venait de poser devant elle. Quand ils étaient au lycée, elle était tombée un peu amoureuse de Jason. Mais il ne partageait pas ses sentiments, et hormis un bref épisode à la fin de l'année — et il lui avait bien fait comprendre que cela avait été une erreur —, il ne lui avait jamais donné le moindre espoir qu'ils puissent être autre chose que des amis.

Quand il était parti pour la fac, ni le temps ni l'éloignement n'avaient émoussé ses sentiments pour lui, mais cela lui avait permis de prendre du recul. Même si, par miracle, Jason tombait éperdument amoureux d'elle, jamais il ne passerait à l'acte : il ne cessait de lui répéter combien son amitié était importante pour lui et qu'il ne ferait jamais rien qui puisse la mettre en péril.

— Bon alors, qu'est-ce qui se passe ? demanda-t-il en lui lançant un regard par-dessus son hamburger. Tu as dit que tu voulais parler de quelque chose d'important.

Oui, mais les trente minutes qu'elle avait passées à l'attendre l'avaient amenée au bord de la panique.

Jamais elle ne lui avait caché quoi que ce soit de sa vie. Enfin, presque. Quand elle était avec son frère, il y avait un certain nombre de sujets dont ils ne parlaient pas, le principal étant sa relation avec Evan. Devoir taire un élément aussi important de sa vie lui avait donné l'impression d'être privée d'un bout d'elle-même, mais elle avait appris à s'en accommoder et, à présent, il lui était plus difficile qu'elle ne l'aurait cru de s'ouvrir à lui.

— Je vais avoir un bébé.

Elle cessa de respirer et attendit sa réaction. Le vol d'une frite s'arrêta net entre l'assiette de Jason et sa bouche.

— Tu es enceinte ?

Elle secoua la tête. Maintenant que le sujet était lancé, elle sentit qu'elle se détendait un peu.

— Pas encore.

— Alors quoi ?

— J'espère l'être bientôt

— Mais comment ? Tu n'as personne en ce moment !

— Je me suis adressée à une banque de sperme.

— Et qui sera le père ?

Elle baissa les yeux et planta sa fourchette dans une olive de Kalamata.

— J'hésite entre trois donneurs. Un avocat spécialiste en droit des affaires, un bodybuilder qui fait le championnat de Hawaii tous les ans et un photographe reporter animalier. Le cerveau, le corps et l'âme. Je n'ai pas encore fait mon choix.

— Apparemment, ça fait un bon moment que tu y réfléchis, cela dit. Comment se fait-il que tu ne m'en aies jamais parlé ?

Jason repoussa son assiette, abandonnant son hamburger à demi entamé. Jadis, elle pouvait parler de tout avec lui, mais la liaison qu'elle avait eue avec son frère avait changé les choses. Pourtant, cela n'aurait pas dû. Ils étaient amis avec Jason, et il n'avait jamais été question d'autre chose entre eux.

— Tu sais pourquoi nous nous sommes séparés, Evan et moi. Avoir des enfants est essentiel pour moi. C'est pour ça que j'ai pris cette décision.

Qu'Evan ne partage pas son goût pour la famille l'avait un peu troublée au début, mais elle avait pensé que cela évoluerait. Son métier, orthodontiste, elle l'avait choisi parce qu'elle adorait les enfants. L'optimisme avec lequel ils regardaient le monde lui faisait du bien, et elle leur donnait des dents parfaites pour les voir sourire.

— En as-tu parlé à tes parents ?

— Pas encore, dit-elle, embarrassée.

— Parce que tu sais que ta mère ne va pas très bien réagir quand elle va apprendre que tu attends un enfant sans être mariée…

— Ça ne va pas lui plaire, c'est vrai, mais elle sait à quel point je veux fonder une famille, et elle a fini par accepter l'idée que je ne me marierai pas.

— Tu n'en sais rien. Laisse-toi un peu de temps pour surmonter ta rupture avec Evan. Il y a quelqu'un pour toi, quelque part, c'est certain.

Pas vraiment, puisque le seul homme avec lequel elle pouvait envisager de vivre était déterminé à ne jamais se marier. La frustration l'envahit.

— Et combien de temps devrai-je encore attendre ? Encore six mois ? Un an ? Je vais avoir trente-deux ans dans deux mois, je ne vais pas peser indéfiniment le pour et le contre et me préoccuper de ce que va penser ma maman, alors que je sais vraiment ce que je désire par-dessus tout.

Elle redressa le menton d'un air de défi.

— Je vais faire ce que j'ai décidé, Jason.

— C'est ce que je vois.

Il la considérait de ses grands yeux bleu glacier. Le bleu de sa Shelby Cobra à elle, une décapotable, modèle 1966. Il l'avait aidée à convaincre ses parents de la lui offrir pour son dix-septième anniversaire et avait passé l'été à la remettre en état avec elle. Elle chérissait le souvenir de ces journées, et chaque fois qu'elle conduisait la Cobra, elle se sentait indéfectiblement liée à Jason. Le jour où elle avait commencé à fréquenter Evan, elle avait remisé la voiture au garage et ne l'avait plus jamais ressortie depuis.

— J'aimerais vraiment que tu m'épaules dans cette affaire.

— Je suis ton meilleur ami, rappela-t-il, le regard assombri, qu'est-ce que je peux faire d'autre ?

Elle voyait bien qu'il était en train de digérer la nouvelle, et se demandait si elle ne faisait pas une erreur. Pourtant, il l'assurait de son soutien. Elle se détendit et prit soudain conscience de l'inquiétude qu'elle avait eue de sa réaction.

— Est-ce que tu as fini de manger ? demanda-t-elle après quelques instants de silence. Je devrais déjà être à la clinique, j'ai un patient qui arrive dans un quart d'heure.

Jason n'avait pas terminé son plat, mais il semblait n'en avoir aucune envie. Il attrapa au vol l'addition avant que la serveuse ait eu le temps de la poser sur la table et sortit son portefeuille. Ming leva la main avec autorité.

— C'est moi qui t'ai appelé pour déjeuner, pas question que tu payes.

— C'est le moins que je puisse faire, après un tel retard. De toute façon, vu ce que tu manges, tu es une convive très économique.

— Dans ce cas, merci.

Pendant que Jason coinçait un billet sous la salière, elle se leva et appela Muffin. Mais le yorkshire refusa de quitter son poste. Vexée, elle lui fit les gros yeux, n'étant pas d'humeur à aller déloger le petit animal des cuisses de son ami. Son pouls s'accéléra soudain à l'idée de devoir aventurer ses mains près des jambes musclées de Jason. En soupirant, elle se dirigea vers la porte battante qui menait au parking et il la rejoignit, la chienne blottie dans les bras.

— Où est ta voiture ? demanda-t-il.

— Je suis à pied, c'est à deux rues d'ici...

En venant, elle avait pensé que la promenade jusqu'au restaurant serait agréable, dans la douceur de cette fin septembre, mais la perspective de la discussion avec Jason n'avait cessé de la tourmenter.

— Viens, je te dépose, dit-il en la prenant par la main.

Elle sentit de l'électricité pétiller sous sa peau tandis que le parfum frais de l'eau de toilette de Jason l'enveloppait, faisant jaillir en elle un désir impérieux. Elle sentait son grand corps contre sa hanche, et dans des moments comme celui-ci, elle aurait été prête à appeler sa secrétaire pour faire annuler tous ses rendez-vous et à entraîner Jason chez elle pour assouvir l'envie de lui qui l'enflammait.

Bien sûr, jamais elle ne ferait une chose pareille. Elle trouverait un moyen de calmer la louve qui avait pris possession d'elle. Depuis qu'ils étaient enfants, elle était la personne raisonnable. Celle qui travaillait avec acharnement, faisait des plans pour l'avenir, organisait ses journées à la minute près. Jason, lui, agissait selon ses impulsions. Il s'était arrêté à mi-chemin dans ses études et s'était quand même débrouillé pour sortir de l'université avec les honneurs. Et il refusait que sa vie soit entravée par quoi que ce soit...

Jason devança Ming pour lui ouvrir la portière de sa Camaro 1969. Etre ami avec elle ne l'avait jamais empêché de la traiter avec la galanterie qu'il avait pour les femmes qu'il fréquentait. Il débarrassa le siège passager d'un lourd trophée qu'il lança sur la banquette arrière. Mais elle savait que sa désinvolture cachait une réelle fierté et que le trophée irait rejoindre les autres sur une étagère de la pièce réservée à cet effet.

— Bien, et quoi d'autre, dans cette petite tête ? demanda Jason en démarrant le moteur.

Parfois, il savait que quelque chose la tracassait avant qu'elle ne le sache elle-même.

— Ce serait trop long pour en parler maintenant.

Elle pressa Muffin sur sa poitrine et enfouit sa joue dans le poil soyeux de la petite chienne, qui la gratifia d'un joyeux coup de langue sur la main.

— Tu pourrais me faire la version courte ?

Le feulement du puissant V8 lui procura un pincement de plaisir. Jason aimait conduire des bombes depuis qu'il avait eu seize ans et sa première voiture de course. Les autres gars avaient tous des voitures plutôt récentes, mais Max et lui avaient toujours préféré les petites sportives des années 1950, 60 et 70.

— Ce n'est pas la peine, j'ai changé d'avis, en fait.

— Changé d'avis à quel sujet ?

— Au sujet de ce que je voulais te demander.

Elle aurait aimé qu'il renonce à ses questions, mais il n'en ferait rien. Maintenant que sa curiosité était éveillée, il ne lâcherait pas tant qu'elle n'aurait pas répondu.

— Ça n'a pas d'importance, vraiment.

— Bien sûr que si. Tu es bizarre depuis des semaines, qu'est-ce qui se passe ?

Elle soupira et se rendit.

— Tu me demandais qui allait être le père.

Elle se tut, réfléchissant une fois de plus aux conséquences qu'allaient avoir ses paroles. Elle avait mis au point tout un argumentaire, qui évitait la question de son désir de se sentir lié à lui par des liens encore plus profonds. Il n'avait pas besoin de savoir cela. Sentant son cœur tambouriner entre ses côtes, elle se lança :

— En fait, au départ, j'aurais voulu que ce soit toi.

Le silence régna jusqu'à ce que Jason se soit garé devant l'entrée de la clinique. La déclaration de Ming l'avait frappé comme une gifle. Qu'elle veuille un enfant n'était pas une surprise. Ç'avait d'ailleurs été la principale raison de sa rupture avec Evan. Mais qu'elle puisse souhaiter qu'il en soit le père, lui, Jason, voilà qui l'avait pris au dépourvu.

Est-ce que son amitié avait évolué vers d'autres sentiments ? Etait-elle amoureuse de lui ? Eprouvait-elle du désir pour lui ?

Impossible. Ming était sa meilleure amie depuis qu'ils avaient six ans. La seule personne à qui il avait parlé de ses angoisses quand son père avait tenté de se suicider. La seule qui l'écoutait quand il parlait de ses projets, qui l'aidait à prendre du recul quand il doutait et se sentait confus.

Quand ils étaient à la fac, les filles allaient et venaient, mais Ming était toujours là, intelligente, drôle, avec ses yeux en amande brillant de malice. Elle lui offrait son soutien sans compliquer les choses par des attentes exaspérantes. S'il annulait un rendez-vous, elle n'en prenait jamais ombrage, ne faisait jamais d'histoires. Il n'entendait jamais le moindre reproche de sa bouche quand il passait des heures sur ses voitures ou à faire la fête avec ses copains et qu'il oubliait de l'appeler. Et, mille fois, sa perspicacité l'avait laissé abasourdi.

En bref, elle aurait été la petite amie idéale. A condition qu'il ait été prêt à risquer de ruiner une amitié qui durait depuis vingt-cinq ans, pour quelques mois d'idylle. Car forcément, il aurait fini par aller voir ailleurs, faisant d'elle une victime supplémentaire de son cœur jalousement fermé.

Il regarda longuement son beau visage ovale.

— Pourquoi moi ?

Sous les insondables yeux noirs, les coins de ses belles lèvres se retroussèrent.

— Parce que tu es le choix idéal, voyons !

La sonnette d'alarme résonna de plus belle dans son esprit. Est-ce qu'elle voulait faire évoluer leur relation ? Le lier à elle par le biais d'un enfant ? Il ne voulait pas se marier, elle le savait bien. Elle avait admis ça, non ?

— Comment ça ?

— Tu es mon meilleur ami et je sais tout de toi ! Quelque part, avoir un enfant d'un parfait étranger ne me plaît pas tellement.

Elle eut un soupir.

— D'autre part, je n'ai aucun problème avec l'idée d'élever seule mon enfant. Et toi, tu es un célibataire endurci. Tu n'aurais jamais eu de crise de conscience, du genre à vouloir réclamer ta place de père. Ç'aurait donc été parfait.

— Parfait, répéta-t-il.

Quoi qu'elle puisse en dire, faire un enfant ensemble les lierait bien au-delà de l'amitié.

— Tu as raison, je ne veux pas me marier ni fonder une famille. Mais être le père de ton enfant…

Au fond de lui, quelque chose le mettait en garde : il devait cesser de poser des questions, passer à autre chose. Elle avait changé d'avis, donc inutile de continuer d'en parler.

— Ne présente pas ça comme ça, tu compliques les choses. Nous sommes amis depuis toujours, et je ne veux pas changer quoi que ce soit à nos relations.

C'était un peu tard.

— Les choses ont changé entre nous à partir du moment où tu as commencé à sortir avec Evan.

Il n'avait pas été très heureux de l'apprendre. Pour être honnête, il avait même été plutôt contrarié par la nouvelle, et il se sentait mal à l'aise à ce sujet. Si elle n'était rien de plus que son amie, est-ce qu'il n'aurait pas dû être heureux au contraire, pour elle et pour son frère ?

— Je sais. Au début, c'était très bizarre. Je ne serais jamais sortie avec lui si tu ne m'avais pas donné ta bénédiction.

Qu'aurait-il pu faire d'autre ? Ce n'était pas comme s'il avait lui-même voulu devenir son petit ami ! Pourtant, tous ses beaux raisonnements n'avaient pas servi à grand-chose, la première fois qu'il avait vu son frère embrasser Ming...

— Tu n'avais pas besoin de ma bénédiction. Si tu voulais sortir avec Evan, c'est toi que ça regardait.

Alors, il s'était mis en retrait. Mais malheureusement, le recul avait fait naître de nouvelles perspectives. Il avait commencé à ne plus voir Ming comme une amie de toujours, mais comme une femme, et une femme très désirable.

— Mais revenons à la question de savoir pourquoi tu ne veux plus de moi, finalement ?

— Ce n'est pas que je te voulais toi, je voulais juste quelques spermatozoïdes costauds, rectifia-t-elle.

Sa bouche se crispa. Elle essayait de rendre ses propos plus légers, mais il n'était pas d'humeur à plaisanter.

— O.K. Donc, pourquoi est-ce que tu ne veux plus de mes spermatozoïdes ?

Elle fixait un point droit devant elle et jouait avec les oreilles de la petite chienne, qui soupirait d'aise.

— Parce qu'il aurait fallu que ça reste secret. Cela aurait pu blesser certaines personnes.

Pas certaines personnes. Evan. Elle avait beau avoir été trahie par son frère, elle continuait à se préoccuper de ses sentiments à l'heure de prendre une décision fondamentale pour elle. Décidément, elle méritait mieux que son frangin.

— Qu'est-ce que ça peut faire si les gens l'apprennent ? Mon père serait extatique d'être grand-père, répliqua-t-il vivement.

— Oui, mais à la condition que tu sois également un papa.

Les yeux de Ming étaient pleins de bienveillance.

— Et ça, je ne te le demanderai jamais.

Elle était visiblement persuadée qu'il ne voulait absolument pas de la paternité, et cette conviction de Ming l'irritait. Dix minutes plus tôt, il n'avait jamais réfléchi à la question mais, à présent, l'idée lui répugnait que son propre enfant ne sache jamais qui était son père.

— Je suppose que je ne te ferai pas changer d'avis?

— Non, je suis décidée. Je veux avoir des enfants.

— Des enfants? s'exclama-t-il.

Il grommela un juron.

— Je croyais que tu voulais un enfant? Tu veux former une équipe de base-ball, maintenant?

Ming fut secouée d'un petit rire mutin. Le bruit aurait été ridicule chez n'importe quelle autre femme mais, venant d'elle, il était délicieux. Sans doute ses yeux noirs brillant de malice y étaient-ils pour beaucoup.

— Je ne vois pas ce qu'il y a de si drôle...

Elle secoua la tête, faisant voler la longue chevelure noire qui encadrait son visage aux traits asiatiques si délicats.

— Tu devrais voir ta tête!

Il grogna. Qu'y avait-il d'amusant dans tout ça?

— Je croyais que c'était un contrat unique?

— En principe, mais on ne sait jamais ce qui peut se passer, avec une fécondation in vitro. Je pourrais bien être enceinte de triplés.

— De triplés?

Il se sentait pris de vertige. Il n'avait déjà pas eu le temps de se faire à l'idée d'avoir, éventuellement, un enfant. Et maintenant, trois?

— Ce sont des choses qui arrivent.

Le regard de Ming devint songeur. Un sourire paisible flottait sur ses lèvres. Pour un couple, élever des triplés était déjà un challenge. Comment une mère célibataire pouvait-elle s'en sortir? Des images l'assaillaient. Le sourire mystérieux de Ming qui posait ses mains sur son ventre rond, ses yeux brillant de joie tandis qu'elle prenait son bébé dans ses bras pour la première fois... Ces images faisaient bruyamment retentir la sonnette d'alarme. Après la tentative de suicide de son père, il avait décidé de ne jamais être lui-même ni un époux ni un père. Et pas une fois il n'avait éprouvé l'envie de reconsidérer cette décision.

Ming regarda la montre d'argent fixée à son fin poignet.

— Il me reste sept minutes pour monter à mon cabinet si je ne veux pas être en retard à mon rendez-vous.

— Il faut que nous reparlions de ça.

— Pas maintenant, en tout cas, répliqua-t-elle en attrapant Muffin et en ouvrant la portière.

— Quand, alors ?

Mais elle avait déjà refermé la porte et s'éloignait, élégante et sexy dans son pantalon noir moulant et son débardeur qui laissait voir ses bras dorés. Il sentit son estomac se serrer. Tout cela était inattendu et très troublant.

Jurant en lui-même, il coupa le moteur et se rua hors de la voiture. Traversant le hall sur ses talons aiguilles, Ming arrivait déjà devant l'ascenseur. Avec sa longue foulée de sportif, il n'eut aucun mal à la rejoindre et mit la main devant le bouton pour l'empêcher d'appeler l'ascenseur.

— La fourrière va emporter ta Camaro si tu la laisses là.

— Dînons ensemble, dit-il sans tenir compte de sa remarque.

Un ding retentit, et les portes s'ouvrirent. Ming s'engouffra dans l'ascenseur sans même attendre que tout le monde en soit sorti. Il entra avec elle.

— J'ai déjà un dîner.

— Avec qui ?

— Depuis quand te soucies-tu de mes rendez-vous ? demanda-t-elle en secouant la tête avec agacement.

Depuis qu'elle avait rompu avec Evan…

Au troisième étage, il suivit Ming dans le couloir, passant devant une porte où l'on pouvait lire : Dr Terrance Kincaid, DDS, docteur en chirurgie dentaire, et Dr Ming Campbell, DDS. Au moment où Ming allait entrer, une assistante passa la tête par la porte du cabinet.

— Tu es là ! Parfait, je vais chercher ton patient.

Ming posa Muffin à terre, et la chienne se précipita dans le couloir vers la salle d'attente. Elle entra dans la pièce attenante et en ressortit en enfilant une blouse blanche. Il la saisit alors par le bras.

— Tu ne peux pas faire ça toute seule.

Il ne savait pas lui-même exactement s'il parlait de se retrouver enceinte ou d'élever un enfant. Elle eut un sourire rassurant : il n'avait aucune responsabilité dans tout ça.

— Ça ira très bien.

— Oui, je n'en doute pas.

Pourtant, il ne pouvait s'empêcher de penser qu'elle avait besoin de lui. Un garçon d'une douzaine d'années apparut dans le couloir et fit un petit signe à Ming.

— Bonjour Billy, lança-t-elle. Comment s'est passé ton tournoi de base-ball, le mois dernier ?

— Super. On a gagné tous les matchs !

— Je n'en attendais pas moins, avec un lanceur aussi exceptionnel que toi sur le monticule… J'arrive dans une minute.

Chaque fois qu'il la voyait au travail, il était impressionné par la précision avec laquelle elle se souvenait de détails sur la vie de chacun de ses deux cents petits patients. Grâce à quoi, ceux-ci ne la voyaient plus comme un médecin, mais presque comme une amie.

— Je t'appelle demain, dit-elle, et sans attendre sa réponse, elle suivit Billy dans le cabinet.

Mais il ne se décidait toujours pas à s'en aller. Préoccupé, impatient, il aurait voulu continuer à discuter jusqu'à ce qu'elle lui ait dit tout ce qu'elle avait en tête. Mais il savait aussi qu'il n'aurait pas aimé qu'elle vienne le traquer de cette façon sur son lieu de travail. Il regagna donc la Camaro là où il l'avait laissée, mit ses lunettes de soleil et démarra.

2

Quand Ming regagna son bureau après sa dernière consultation, elle y trouva sa sœur, assise en tailleur par terre, un ordinateur portable en équilibre sur les cuisses.

— Il y a trois chaises ici, tu pouvais en prendre une.

— J'aime être sur le sol, je me sens connectée avec la terre, comme ça.

Cheveux courts en bataille, vêtements confortables et informes en fibres naturelles, Lily tenait plus de l'activiste écolo que de l'ingénieur informatique de pointe.

— On est au troisième étage d'un immeuble en béton.

Lily haussa les épaules d'un air de dire « Et après ? », et referma son portable.

— Je suis passée te dire que je pars très tôt demain matin.

— Tu vas où, cette fois ?

Depuis cinq ans, sa sœur dirigeait une équipe de consultants chargés de mettre en place un système informatique transversal pour les différents services de la société pour laquelle elle travaillait. Celle-ci ayant des filiales dans tous les Etats-Unis, elle passait les trois quarts de l'année en déplacement. Les quelques semaines qui restaient, elle occupait la chambre d'amis de la maison de Ming.

— Portland.

— Tu pars longtemps ?

— Ils m'ont proposé un poste là-bas.

C'était une surprise plutôt désagréable.

— Et tu as accepté ?

— Pas encore. Je veux d'abord voir si Portland me plaît. Mais j'en ai assez de voyager sans arrêt. J'aimerais bien m'acheter un appart, avoir mes affaires. Une centrifugeuse, par exemple...

Lily cultivait l'idée qu'un corps sain donne un esprit sain. Elle élaborait toutes sortes de décoctions verdâtres qui sentaient horriblement mauvais et avaient le goût de marais en décomposition. Ming avait des haut-le-cœur à cette seule pensée, étant pour sa part adepte des doses de caféine massives pour démarrer une journée.

— Tu ne risques pas de t'ennuyer, coincée dans la même ville ?

— J'ai envie de me poser.

— Et tu ne peux pas te poser à Houston ?

— J'aimerais rencontrer un homme avec qui je puisse développer une vraie relation.

— Et il faut que tu ailles jusqu'à Portland pour ça ?

Ming était perplexe. Qu'est-ce qui se passait avec sa sœur ?

— J'ai besoin de changer d'air, répondit celle-ci en rangeant son portable dans sa housse.

— Tu n'as pas envie de rester dans les parages pour pouvoir jouer à la tatie ?

Bien que très proches, elles n'avaient cessé de se disputer depuis que Ming avait fait part de son projet à Lily. Elle avait été stupéfaite de voir sa sœur réagir de façon aussi négative. Ajouté à sa rupture récente, ce rejet l'avait profondément déprimée, mais elle espérait que, une fois devant le bébé et le bonheur de sa sœur, Lily comprendrait pourquoi elle avait décidé de braver le courroux que leur mère exprimerait assurément en apprenant sa décision.

— Je crois qu'il ne vaut mieux pas.

— J'aimerais tellement que tu comprennes ce que cela représente pour moi.

— Ecoute, je le sais, tu as toujours voulu avoir des enfants. Je pense juste qu'un petit a besoin d'une mère et d'un père.

Les certitudes de Ming vacillaient devant les remontrances de Lily. Celle-ci, malgré ses allures très libres et son refus de toute contrainte, se montrait finalement très traditionaliste en ce qui concernait la famille. La veille, quand Ming lui avait dit qu'elle voulait parler à Jason, Lily l'avait accusée d'être égoïste.

Etait-ce le cas ? Elever un enfant seule ne signifiait pas forcément que l'enfant aurait des problèmes. Les enfants ont besoin d'amour et de repères, et elle était parfaitement capable de leur prodiguer l'un et l'autre. Il n'était pas très juste de la part de Lily d'asséner ainsi ses convictions. La décision de Ming n'était pas née sur un coup de tête, elle y avait réfléchi des mois durant, avait rencontré des mamans célibataires, avait soigneusement pesé le pour et le contre, ne se laissant jamais guider par ses émotions et faisant toujours appel à la raison... Même si elle avait conscience que son désir d'être mère résultait d'une pulsion biologique puissante.

Elle ôta sa blouse et la suspendit derrière la porte.

— Est-ce que tu as parlé à maman de cette proposition de poste ?

— Non, et toi, est-ce que tu lui as parlé de ce que tu vas faire ? contre-attaqua Lily.

— J'ai prévu de le faire vendredi, nous dînons ensemble toutes les deux, répondit-elle en haussant un sourcil. A moins que tu n'aies envie de lui en parler dès aujourd'hui, auquel cas nous pourrions lui faire une annonce commune ? Peut-être que si elle doit nous enguirlander toutes les deux à la fois, nous n'aurons droit qu'à un demi-savon chacune ?

— C'est sûr que j'adorerais être là pour voir la tête de maman quand tu lui annonceras que tu vas avoir un bébé sans mari, mais je ne veux pas lui parler de mes plans tant que je ne suis pas complètement décidée.

De toute évidence, Lily n'était pas très sûre de son projet. Ming s'efforça de ne pas laisser paraître son soulagement et s'accrocha à l'espoir que sa sœur ne trouverait pas Portland à son goût.

— Est-ce que tu seras à la maison ce soir ?

— Non, j'ai quelque chose de prévu.

— Un rendez-vous ?

— Si on veut.

— Toujours le même monsieur ?

Ces derniers mois, chaque fois qu'elle était à Houston, sa sœur passait le plus clair de son temps en de mystérieux rendez-vous.

— Est-ce que tu lui as parlé de tes projets de départ ?
— Il n'est pas question de ça.
— Il n'est pas question de ça ?
— Nous ne sortons pas ensemble.
— C'est juste un plan... sexe ?
Lily eut un soupir agacé.
— Bon sang, Ming, s'il y a une personne qui doit savoir qu'un homme et une femme peuvent être juste des amis, c'est bien toi !
— La plupart du temps, ce n'est pas le cas. Jason et moi, nous sommes quasiment des frère et sœur, plus que des amis.
Pour la centième fois, Ming caressa l'idée de révéler à sa sœur l'ambiguïté de ses sentiments envers Jason. Ses interrogations pour savoir si quelque chose aurait pu exister entre eux, au-delà de leur profonde amitié. Elle avait réduit à néant toute chance d'avoir une réponse à ses questions quand elle avait accepté de dîner avec Evan, trois ans plus tôt, mais elle savait déjà à cette époque que Jason ne voudrait jamais changer quoi que ce soit à leurs rapports.
— Est-ce que tu lui as dit que tu allais avoir un bébé ?
— Je lui en ai parlé ce midi.
Elle se sentait à la fois déçue et soulagée d'avoir renoncé à demander son concours à Jason. Avoir un enfant de lui n'aurait fait que parasiter encore des émotions suffisamment complexes. Il lui serait plus facile de surmonter ses accès de romantisme à son égard si elle n'attendait rien de lui.
— Qu'est-ce qu'il en a pensé ?
— Une fois qu'il se sera habitué à l'idée, il sera content pour moi, je crois.
Sa gorge se serra au moment où elle disait ses mots. Elle avait tant espéré son soutien.
— Peut-être que c'est une façon polie pour les gens de te dire que tu fais fausse route ?
— Je n'ai pas besoin que les gens me disent ce que je dois faire, tu suffis amplement à la tâche...
Elle s'efforçait de plaisanter, mais elle avait le cœur gros. Que faire, renoncer à ses rêves, ou cesser de voir ceux qu'elle aimait ? Que se passerait-il si sa décision creusait un fossé entre

elle et Lily ? Ou entre elle et Jason ? L'idée qu'elle pourrait avoir à faire un choix lui était insupportable. Pour se réconforter, elle contempla le mur qu'elle avait couvert de photos, matérialisant tout le travail accompli depuis sept ans dans ce cabinet. Des centaines de sourires d'enfants, qui lui donnaient du courage et lui réchauffaient le cœur.

— Je suppose que toi, et moi, nous allons devoir apprendre à accepter que, chacune de notre côté, nous prenions des décisions qui ne font pas forcément plaisir à l'autre, conclut-elle.

Jason faisait les cent pas dans son bureau. Derrière sa porte close, les bureaux de la société Sterling Bridge se vidaient peu à peu. Il n'était guère plus de 18 heures, mais cela faisait déjà un bon moment qu'il avait refermé ses dossiers. Il dirigeait le service financier de l'entreprise de bâtiment de son père, spécialisée dans la construction de ponts, et il était censé valider aujourd'hui les derniers devis pour un chantier portant sur plusieurs millions de dollars, les appels d'offres se clôturant la semaine suivante. Mais après l'annonce que lui avait faite Ming, il avait été incapable de se concentrer sur quoi que ce soit.

Elle allait être une mère formidable. Patiente, aimante, ferme quand il le faudrait... S'il avait émis des doutes, ce n'était pas sur sa capacité à l'être, mais parce que cela semblait tellement dur d'être toute seule dans cette aventure. Certes, Ming n'était pas du genre à reculer devant les difficultés. Elle saisirait le challenge à bras-le-corps et réussirait au-delà de toute attente. Mais être convaincu de cela ne changeait rien à son malaise. Il sentait qu'il devait être présent à ses côtés. Qu'elle avait besoin de son aide.

De son aide pour quoi, au juste ? Pour tomber enceinte ? Pour élever son enfant ?

Au fond de lui, quelque chose lui dictait que c'était ce qu'il devait faire. Sa raison en revanche lui interdisait de se lancer dans une aventure aussi extravagante. Mais Ming était sa meilleure amie, et cela signifiait qu'il devait l'accompagner dans les étapes importantes de sa vie. Si la situation avait été inverse, et si c'était lui qui avait voulu avoir un enfant, c'était avec elle qu'il aurait choisi de le faire.

Mais les choses risquaient de devenir compliquées. Si Evan apprenait qu'il était le père de l'enfant, il pourrait en être blessé au point de se détourner de son frère.

D'un autre côté, Ming ne méritait-elle pas de réaliser son rêve ? Perdu dans ses pensées, il laissa filer une demi-heure de plus. Puisqu'il était totalement improductif, autant rentrer chez lui. Il venait d'acheter une Dodge Charger de 1973 qui attendait patiemment dans son garage d'être remise en état. En plus de sa passion pour la course automobile, Jason adorait acheter des bolides anciens afin de les réparer et de les revendre. C'était la raison pour laquelle il avait acquis une maison dans la banlieue ouest de Houston, doté d'un terrain de plus d'un hectare sur lequel il avait fait construire un garage assez grand pour abriter six voitures à la fois.

En sortant, il passa devant le bureau d'Evan. Il avait du mal à comprendre que Ming se soucie encore de ménager les sentiments de son frère, après la façon dont celui-ci avait rompu leurs fiançailles, mais aider son amie signifierait devoir cacher un énorme secret à son frère. Est-ce que cela serait aussi bizarre pour Evan d'être l'oncle de l'enfant de son ex-fiancée que cela l'avait été pour Jason de voir sa meilleure amie tomber amoureuse de son frère ?

Dès l'instant où Ming et Evan avaient commencé à se fréquenter, des tensions étaient apparues entre son frère et lui : une espèce de rupture, une bataille de chacun pour son territoire. Ming et Jason étaient liés depuis si longtemps, par tant de choses. Des moments difficiles, des confidences, des souvenirs... Dans les débuts, c'était Evan qui était la troisième roue du carrosse quand il leur arrivait de se retrouver tous les trois, mais ce n'était pas comme les autres fois où Ming avait eu une liaison. Son amitié avec Jason avait presque fait d'elle un membre de la famille. Les mois passant, il devenait clair que Ming et Evan s'accordaient en tout point, dans leur tempérament comme dans leur façon de voir les choses, et plus ils devenaient proches, plus Jason se sentait exclu. Il en souffrait. Partager Ming ne lui plaisait pas, au fond.

Quand il entra dans le bureau d'Evan, Jason le trouva assis

sur le canapé de l'accueil. Son frère avait trois ans de plus que lui, et était un peu plus enveloppé que lui, mais, ceci mis à part, ils avaient les mêmes yeux bleus, les mêmes cheveux blond foncé, et ils se ressemblaient énormément. En fait, ils étaient tous deux le portrait craché de leur mère.

Celle-ci était morte dans un accident de voiture, avec leur sœur alors âgée de neuf ans, quand ses fils étaient encore au lycée. Le décès de sa femme et de sa fille avait dévasté leur père, Tony Sterling, qui avait sombré dans une profonde dépression de plus de six mois. Il avait failli lui en coûter la perte de sa société. Bien pire, si Jason ne s'était pas faufilé dans le garage au cours de la nuit fatale pour « emprunter » la voiture de son père afin d'aller faire un tour, il n'aurait pas trouvé ce dernier évanoui au volant dans le local obscurci de fumées toxiques, et Tony aurait perdu la vie.

Ce dramatique événement s'était produit alors que Jason avait tout juste quinze ans, et l'avait profondément marqué. Il s'était alors juré de ne jamais tomber amoureux au point de vouloir, comme son père, en finir avec la vie s'il perdait son amour, et il s'était tenu sans grand effort à sa promesse.

Jason scrutait le visage de son frère en s'avançant à pas de loup sur l'épaisse moquette. Evan était tellement concentré sur l'objet qu'il avait en main qu'il ne remarqua pas sa présence.

— On va manger quelque part ?

Evan lança un regard courroucé à son frère et, d'un geste furtif, glissa dans sa poche ce qu'il était en train de contempler : des boucles d'oreilles. C'étaient les pendants de perle et de diamant qu'Evan avait offerts à Ming comme cadeau de fiançailles. Qu'est-ce qu'il fabriquait avec ça ?

— Je ne peux pas, j'ai quelque chose de prévu.

— Un rendez-vous galant ?

Evan quitta le canapé et se dirigea vers son bureau, lui tournant délibérément le dos.

— Je suppose, répondit-il.

— Tu ne sais pas ?

Ça ne ressemblait pas du tout à son frère. Pour ce qui était de planifier et d'ordonner sa vie, celui-ci était encore plus méticuleux que Ming. La main d'Evan plongea dans la poche où se trouvaient les boucles.

— C'est compliqué.

— Elle est mariée ?

— Non.

— Fiancée ?

— Non.

— Elle a des enfants ?

— Laisse tomber, dit Evan avec un agacement qui l'intrigua plus encore.

— Est-ce qu'il y a un rapport avec les boucles d'oreilles que tu avais offertes à Ming ?

Le silence d'Evan fit grandir ses soupçons.

— Dis donc, tu ne crois pas que tu as fait assez de mal comme ça ? Elle est enfin prête à refaire sa vie, ce n'est pas le moment de provoquer de nouveaux dégâts.

— Je n'avais pas prévu ce qui se passe, c'est arrivé comme ça.

Quelque chose d'imprévu dans la vie ordonnée de cet homme méthodique jusqu'à la maniaquerie ? Jason avait un mauvais pressentiment. Cela ne laissait prévoir que de nouvelles souffrances pour Ming.

— Qu'est-ce qui s'est passé, au juste ?

— Lily et moi, nous nous sommes retrouvés pour boire un verre, il y a quelques mois...

— Lily et toi ?

Il faillit rire à cette idée. Si Ming et Evan semblaient parfaitement assortis, Evan et Lily, en revanche, c'étaient la carpe et le lapin ! Mais il se contint.

— Juste une fois ?

— Plusieurs fois...

Evan se frotta le visage, et il remarqua les ombres noires sous ses yeux. Son frère avait l'air épuisé et abattu.

— De nombreuses fois, en fait.

— Dis donc, tu as réfléchi une minute à ce que tu es en train de faire ?

S'il y avait un camp à choisir, Jason prenait immanquablement le parti de Ming. Par certains aspects, elle comptait plus pour lui que son frère, et il avait assurément partagé bien plus de choses avec elle qu'avec lui.

— Est-ce que tu te rends compte que Ming sera bouleversée si elle apprend que vous sortez ensemble, Lily et toi ?

Avant qu'Evan ait pu répondre, le téléphone de Jason se mit à sonner. C'était la musique qu'il avait attribuée au numéro de Ming.

— Nous reparlerons de ça plus tard, annonça-t-il en sortant du bureau. Oui, allô ?

— C'est Lily !

Le désespoir dans la voix de Ming était clairement audible. La colère de Jason envers son frère s'accrut. Est-ce que Ming avait appris l'idylle d'Evan et Lily ?

— Que se passe-t-il ?

— Elle va partir vivre à Portland. Qu'est-ce que je vais devenir sans elle ?

Il ressentit un extrême soulagement. Ming ne savait donc pas que sa sœur avait une liaison avec son ex-fiancé, et si Lily partait pour Portland, elle romprait sans doute avec lui.

— Je suis là, moi, dit-il sur un ton qui se voulait léger.

Après l'altercation qu'il venait d'avoir avec son frère, sa déclaration sonna soudain comme un serment.

— Veux-tu qu'on aille prendre un verre pour en parler ? On pourra aussi poursuivre notre discussion de ce midi.

— Je ne peux pas, je dîne avec Terry.

— Après ?

— La journée a été longue, je ne rêve que de rentrer chez moi, me servir un verre de vin et me faire couler un bon bain chaud.

— Je peux venir te tenir compagnie ?

Mais tout à coup, il fut assailli par la vision sulfureuse et troublante du corps nu de Ming plongé dans l'eau chaude et parfumée. La lueur des bougies éclairait doucement ses épaules délicates émergeant d'une nuée de bulles de savon, et il faisait glisser lentement ses lèvres sur son cou, explorant un à un les endroits de sa peau qui la faisaient frissonner.

— Jason ?

La voix de Ming le ramena à l'ascenseur dans lequel il se trouvait à présent sans savoir à quel moment il y était entré. Il pesta et chassa les images de son esprit. Mais les sensations subsistaient.

— Quoi ? grogna-t-il, déstabilisé par la puissance de ses fantasmagories.

— Je t'ai demandé si je pouvais t'appeler un peu plus tard ?

— Oui, bien sûr, dit-il d'une voix tout à coup devenue rauque. Passe une bonne soirée.

— Merci.

Le téléphone redevint muet, et il le glissa dans sa poche, troublé par les pensées qui avaient surgi dans son esprit. Il ne devait pas penser à elle de cette manière. Malheureusement, à présent que l'idée de faire l'amour avec Ming s'était éveillée en lui, il ne parvenait pas à la chasser purement et simplement.

Il se rendit à son bar favori, où il trouverait de la bière et une douzaine de chaînes sportives pour se changer les idées. Mais cela ne suffit pas. Il ne cessait de penser aux discussions qu'il venait d'avoir avec Ming et avec Evan. Elle voulait un enfant, avait envisagé de demander à Jason d'être le père, avait changé d'avis avant même qu'il ait eu la possibilité d'y réfléchir. Tout ça parce que cela risquait de faire du mal à Evan. Serait-elle toujours du même avis si elle découvrait qu'Evan sortait avec Lily et ne se souciait pas qu'elle-même puisse en être affectée ? Sans doute que oui. Même terriblement blessée, Ming se soucierait avant tout du bonheur de Lily et Evan.

Est-ce qu'elle ne pourrait pas être un peu plus égoïste, elle aussi ? Après tout, elle avait le droit de choisir qui elle voulait pour faire un enfant, y compris le frère de son ex-fiancé. Jason savait qu'il lui faudrait déployer des trésors de persuasion pour l'en convaincre.

Mais n'était-ce pas là le rôle d'un ami ?

Cela faisait un quart d'heure qu'elle avait raccroché après avoir appelé Jason, mais le cœur de Ming battait toujours la chamade. Elle était obligée de se répéter encore et encore que, quand il lui avait proposé sa compagnie pour boire un verre et prendre un bain, il ne pensait à rien d'autre qu'à lui offrir son réconfort. Elle l'avait appelé pour demander une épaule sur laquelle pleurer, et c'était cela qu'il pouvait lui offrir. Rien de plus.

Mais l'image de Jason se glissant avec elle dans son immense baignoire, tandis que la lumière des bougies vacillait sur le carrelage miroitant et que des milliers de bulles de savon éclataient à la surface de l'eau...

— Tu es prête ?

Sortant immédiatement de sa rêverie, Ming se tourna vers Terry Kincaid, qui avait passé la tête dans l'embrasure de la porte et lui souriait de toutes ses dents, impeccablement blanches et régulières dans son visage bronzé. Terry était son associé dans leur cabinet de chirurgie dentaire et le père de Wendy, sa meilleure amie. Mais plus encore que cela, il était la raison qui l'avait poussée à choisir ce métier.

— Absolument.

Elle quitta le site internet sur lequel elle se trouvait, et les photos de poussettes disparurent instantanément de l'écran. C'était vraiment ridicule de faire des achats pour son futur bébé alors qu'elle n'était même pas encore enceinte, mais c'était plus fort qu'elle. Son dernier coup de cœur avait été pour l'un de ces mobiles que l'on suspend au-dessus du berceau et qui font une petite musique en tournant.

— Tu sais à quel point je suis fier de toi, Ming, commença Terry quand ils eurent passé commande, installés dans leur restaurant de fruits de mer préféré. Quand je t'ai prise dans mon cabinet, ce n'était pas parce que tu étais la meilleure de ta promotion et une bosseuse acharnée, mais parce que tu fais quasiment partie de la famille.

— Tu sais que c'est ce que je ressens pour toi, moi aussi.

A dire vrai, Terry représentait bien plus que sa famille pour le soutien inconditionnel qu'il lui avait toujours apporté, sans jamais la juger.

— Et donc, en tant que membre de la famille, il est important que tu sois informée des décisions importantes que je prends dans ma vie.

Elle retint son souffle. Serait-il au courant de son projet ? Wendy savait garder un secret, impossible qu'elle le lui ait dit.

— Bien sûr, répondit-elle, oui, c'est normal.

— Donc je voulais t'annoncer que je souhaite prendre ma retraite et te voir reprendre le cabinet.

Voilà bien la dernière chose à laquelle elle s'était attendue.

— Mais tu as seulement cinquante-sept ans ! Tu ne peux pas partir déjà !

— C'est le moment idéal, au contraire. Janice et moi, nous avons envie de parcourir le monde tant que nous sommes encore assez jeunes pour en profiter.

Terry était un passionné de régate et d'alpinisme, et un pilote d'avion de haut niveau. Pour Ming, les vacances consistaient à se relaxer dans un Spa en Californie, mais Terry et sa femme les consacraient à faire du parapente dans les déserts d'Australie et à parcourir la canopée dans les forêts du Costa Rica.

— Et tu veux que je reprenne la société ?

Son esprit galopait à bride abattue. Elle réfléchissait à tout ce qu'il lui faudrait apprendre en un temps record. Diriger le personnel, gérer les finances, développer la clientèle. Le cabinet de Terry était prospère, mais serait-elle à la hauteur ?

— C'est une tâche colossale.

— Si tu es inquiète en ce qui concerne l'argent, tu pourras passer en revue les comptes avec Jason.

— Ce n'est pas une question d'argent.

Non, c'était cette énorme responsabilité qu'il lui faudrait endosser au moment où elle avait décidé d'avoir un enfant, seule là aussi.

— Je ne suis pas sûre d'être prête.

Terry balaya ces mots d'un revers de main.

— Je n'ai jamais rencontré personne qui soit capable de relever des défis comme tu le fais. Et puis, je ne pars pas la semaine prochaine. Je prévois de rester jusqu'au milieu de l'année qui vient. Ça laisse suffisamment de temps pour que tu apprennes ce que tu dois savoir.

Le milieu de l'année prochaine ? Elle fit un calcul rapide. Si tout se passait selon ses vœux, elle accoucherait à peu près au moment où Terry se retirerait. Qui s'occuperait du cabinet pendant qu'elle serait à la maternité ? Elle qui avait envisagé de s'octroyer trois mois de congé avec son bébé ! Pourtant, à présent que le premier accès de panique s'était dissipé, elle se sentait gagnée par l'excitation. Elle aurait son affaire à elle ! Elle serait folle de laisser passer une telle opportunité.

— Ming, est-ce que ça va ? demanda Terry avec une légère inquiétude. Je pensais que tu sauterais de joie à l'idée de diriger ta propre affaire.

— Je suis absolument aux anges, Terry.

— Mais ?

Mais elle s'apprêtait à faire un enfant. Prendre la direction du cabinet lui demanderait énormément de temps et d'investissement. Cela dit, Terry avait foi en elle, et elle aurait détesté le décevoir. Il l'avait prise sous son aile dès la fin du lycée, quand elle était venue lui rendre visite dans son cabinet avec Wendy. Il lui avait fait découvrir que l'orthodontie était le métier rêvé pour quelqu'un qui avait un goût obsessionnel pour l'ordre et la rigueur.

— Il n'y a pas de mais, dit-elle finalement, et sa voix était pleine d'assurance.

— Ah, voilà la Ming que je connais, dit-il en lui tapotant la main. Tu ne peux pas savoir à quel point j'avais été heureux que tu deviennes mon associée. Il n'y a personne en qui je puisse avoir plus confiance que toi pour reprendre l'affaire.

Les paroles de Terry lui firent chaud au cœur, tout en la préoccupant. Le poids des responsabilités menaçait de l'écraser, mais quoi qu'il advienne, elle ferait tout pour qu'il ne regrette jamais de l'avoir choisie.

— Je ne te laisserai pas tomber, Terry.

Le chant des criquets accompagnait Jason tandis qu'il marchait jusqu'à la maison de Ming. Il était 9 heures du soir, et seul un aboiement, au loin, vint déranger le calme de cette rue arborée du vieux Houston. Au milieu des demeures du début du siècle, la maison contemporaine de Ming se remarquait de loin. Elle avait été séduite par ses lignes épurées et son agencement géométrique, son allure sobre comme l'était sa vie.

Il avait peine à imaginer comment le désordre d'un enfant

allait trouver place dans son univers si bien réglé, mais après sa conversation avec Evan cet après-midi-là, il ne se demandait plus s'il souhaitait ou non aider son amie. La seule question pour lui était désormais de savoir comment.

Muffin se mit à aboyer quand il sonna. Une lumière s'alluma au-dessus de sa tête tandis que la porte s'ouvrait, et il cligna des yeux en voyant Ming apparaître dans la lumière vive. Son parfum l'enveloppa aussitôt, un parfum de fleurs luxuriantes qui le transporta sur une île tropicale, où il lui faisait l'amour.

— Jason ? Qu'est-ce que tu fais là ?

Il se pencha pour écarter le york frétillant, ce qui lui permit de détourner les yeux des courbes voluptueuses de Ming, à peine couvertes d'un déshabillé de soie prune, et de la cascade de cheveux noirs qui descendait sur ses épaules.

— Je te réveille ? s'enquit-il en lui tendant la petite chienne.

Tout son être se tendit à l'évocation de son corps chaud ployant sous lui. Evan était vraiment un parfait imbécile, Ming méritait le soleil, la lune et toutes les étoiles du ciel.

— Non, non, dit-elle, tu veux entrer ?

Le désir, tout nouveau pour lui, de s'emparer de ces lèvres pulpeuses le mit mal à l'aise. Il secoua la tête.

— J'ai réfléchi à notre conversation.

— Si tu es venu me convaincre de renoncer à mon projet, tu perds ton temps.

Ce qui s'était passé entre eux à la fin du lycée avait été une erreur, ils avaient été d'accord sur ce point. Tous deux étaient alors affectés par des ruptures récentes et ils s'étaient tournés l'un vers l'autre dans un moment de faiblesse. Ils ne prendraient pas une deuxième fois le risque d'ébranler l'amitié qui les liait en se hasardant à de nouvelles explorations. Pourtant, quelque part dans sa tête était restée tapie une curiosité piquante. Comment ça serait, avec elle ? Et c'était pour cela qu'il avait décidé de l'aider à concevoir cet enfant. Elle lui offrait l'occasion de satisfaire son désir sans compliquer leur relation, il aurait été idiot de ne pas la saisir.

— Je vais t'aider.

— Tu vas m'aider ? dit-elle sur un ton où le doute le partageait au soulagement.

Elle le dévisagea longuement.

— Tu es sûr ?

— J'y ai réfléchi tout l'après-midi et je me suis dit que je serais un ami sacrément nul si je n'étais pas là quand tu avais besoin de moi.

Ming eut un sourire radieux.

— Tu n'imagines pas ce que cela représente pour moi. J'appelle la clinique demain pour te prendre un rendez-vous.

Mais Jason eut de nouveau un geste de dénégation.

— Pas de banque de sperme, pas de médecin.

Il enroula autour de ses doigts la fine ceinture qui retenait les pans de son déshabillé et l'attira doucement vers lui. Une bouffée de chaleur l'envahit en voyant les lèvres de Ming s'entrouvrir sous l'effet de la surprise.

— Seulement toi et moi.

Une légère excitation brilla dans les yeux de Ming, mais elle fronça les sourcils.

— Est-ce que tu es en train de dire ce que je crois ?

— Oui. Faisons un bébé de manière… traditionnelle.

3

— A la manière traditionnelle ?

Le cerveau de Ming toussotait comme un moteur grippé. Par tous les diables, qu'est-ce qu'il avait en tête ?

— Tu veux dire coucher ensemble ?

— Je préférerais faire l'amour...

— Ça revient au même.

Jason eut un sourire carnassier.

— Pas comme je le fais moi.

Les pensées de Ming s'affolaient. Il lui était impossible de coucher, O.K., « faire l'amour » avec Jason ! Son meilleur ami ! Leur amitié était parfaite parce qu'elle n'était pas polluée par ce genre de scénario irréaliste : les amis qui couchent ensemble à l'occasion.

— Certainement pas.

— Pourquoi ?

— Parce que...

Que fallait-il qu'elle lui donne comme raison ?

— Je n'ai pas de pulsion de ce genre à ton égard.

— Donne-moi une heure et je suis certain que tu auras un tas de pulsions à mon égard.

Il lui lançait un regard bravache et sensuel, si intense qu'elle sentait presque ses mains courir sur elle. Ses seins se durcirent et elle croisa les bras vivement pour qu'il ne remarque pas la réaction involontaire de son corps.

— Espèce de crétin prétentieux...

Elle n'obtint qu'un sourire pour toute réponse. Elle se renfrogna. Manifestement, cet idiot s'amusait. Mais le pire, c'était qu'elle se sentait électrisée jusqu'aux orteils en l'écoutant.

— Est-ce que tu peux être sérieux?

Par pitié?

— Ce sera beaucoup plus simple que tu ailles à la clinique, enchaîna-t-elle, tu auras juste à te déshabiller, prendre un magazine et faire un don.

— Je ne ferai pas ça.

— Et pourquoi non?

Elle tira ses cheveux pour les rassembler par-dessus son épaule, sans douceur.

— Tu en as tellement besoin? dit-elle en pointant le doigt vers sa ceinture.

— Si tu les veux, il faudra venir les chercher comme tout le monde.

— Arrête avec ça.

Mais elle entendit sa voix couiner bizarrement.

Jason nu. Ses mains courant sur ses muscles durs, tandis qu'il se glissait entre ses cuisses. Elle serra les jambes, luttant contre la douleur qui montait dans son corps.

— Allez, dit-il d'un ton enjôleur, tu es vraiment si peu curieuse?

Bien sûr qu'elle était curieuse! Des mois durant, après le lycée, elle n'avait cessé de penser à lui!

— Pas le moins du monde.

— Toutes ces filles avec qui je suis sorti, tu n'as jamais eu envie de savoir pourquoi elles me couraient après?

Paradoxalement, au lieu de l'exaspérer, son arrogance l'excitait.

— Cela ne m'a jamais traversé l'esprit.

— Je ne te crois pas une seconde. Pas après la façon dont tu m'as dragué au lycée.

— Je t'ai dragué? C'est toi qui m'as embrassée, voyons!

— Parce que tu étais là à me regarder en battant des cils, à me répéter que personne ne t'aimerait jamais et que Machin-je-sais-plus-quoi n'était pas un homme et que ce qu'il te fallait, c'était un homme digne de ce nom!

Elle en resta bouche bée.

— Quoi ? Jamais de la vie ! C'est toi qui as commencé à me prendre dans tes bras en me disant que le meilleur moyen d'oublier Kevin, c'était de passer à quelqu'un d'autre.

— Non, dit-il en secouant la tête, ce n'est pas du tout comme ça que ça s'est passé.

Bon sang ! Il avait promis de ne plus jamais parler de ça, et voilà. Etait-il capable de tenir une promesse une fois dans sa vie ?

— Bon, puisque aucun de nous ne voudra reconnaître que c'est lui qui a commencé, disons que nous nous sommes embrassés et que, heureusement, un coup de fil de ma sœur nous a évité de faire une grosse bêtise.

— Admettons, si cela peut te faire plaisir, répondit-il avec un paternalisme narquois. On s'est embrassés et on a été interrompus par ta sœur.

— Et nous avons admis tous les deux que c'était une erreur.

— Tu venais de te faire larguer, et je m'étais disputé avec ma copine. Nous n'avions pas les idées claires.

Qui avait dit ça, elle ou lui ? Les événements de cette nuit étaient confus. Au vrai, la seule chose dont elle se souvenait avec une clarté parfaite, c'était de la sensation des lèvres de Jason sur les siennes. Le vertige qui l'avait saisie quand il avait glissé sa langue entre ses dents...

— C'était une erreur, parce que nous étions amis et que sortir ensemble aurait gâché notre amitié.

— Mais nous ne sommes plus des adolescents perturbés par leurs hormones, rappela-t-il. Nous pouvons très bien voir ça comme un gros câlin amical.

— Un gros câlin amical ?

Elle ne savait plus si elle avait envie de rire ou de le gifler. Ce qu'il proposait la plongeait dans un terrible dilemme. Pourquoi ne pas suivre sa proposition, après tout ? Si elle n'attendait rien, ce pourrait être juste l'occasion de passer quelques nuits sublimes dans son lit, de repartir la tête légère et le cœur intact ?

— Coucher...

Elle s'éclaircit la voix et reprit :

— Faire...

Mais elle ne put dire le mot. Cela rendait les choses trop réelles. Elle n'était vraiment pas prête pour ça. Jason eut pitié d'elle.

— Faire l'amour ?

— C'est trop intime, et...

Sa peau se couvrit de frissons à l'idée de cette intimité.

— Tu crois que je n'en suis pas conscient ?

La voix de velours glissait sur elle, enflammait son corps tout entier, et maintenant le désir pulsait en elle avec insistance. Combien de fois, depuis qu'elle avait rompu avec Evan, s'était-elle éveillée d'un rêve voluptueux où elle était avec Jason, en proie à cette sensation, le manque et la frustration l'empêchant de retrouver le sommeil ? Bien plus souvent qu'elle ne l'aurait voulu...

— Laisse-moi finir. Nous nous connaissons trop bien tous les deux, nous sommes trop à l'aise l'un avec l'autre, il ne peut pas y avoir quoi que ce soit de romantique entre nous. Ce serait comme... se brosser les dents mutuellement !

— Se brosser les dents ? répéta-t-il avec un éclat de rire. Tu sous-estimes mon pouvoir de séduction.

La lueur maligne dans ses yeux indiquait qu'il ne renoncerait pas à son idée, et elle sentait sa résolution vaciller de plus en plus.

— Et toi, tu sous-estimes ma capacité à te prendre au mot.

Il rit, soudain plus grave.

— Si tu dois concevoir un enfant, tu veux vraiment que ce soit dans un cabinet de médecin impersonnel ? Ça doit être un souvenir mémorable.

Elle ne voulait pas de quoi que ce soit de mémorable. Le problème de la mémoire, c'était que ça restait ! Ça provoquait des émotions, ça créait des attentes impossibles. Elle voulait quelque chose de clinique, fonctionnel, sans complication. Son idée de lui demander d'être le père de son enfant était complètement stupide. Et si le bébé héritait de son affreuse habitude de tout mélanger dans son assiette avant de manger ? Ça la rendait folle, elle qui détestait mettre en contact différents types d'aliments. Et s'il héritait de son tempérament impulsif et irresponsable ? De son attirance pour les choses risquées et dangereuses ? Ou de son sourire désarmant, de son charisme, de son corps athlétique, de ses talents de leader ? Pour quelqu'un qui se prétendait réfléchi, elle avait été un peu rapide à prendre sa décision. Elle s'était focalisée sur le fait qu'il ne serait responsable en rien légalement ou financièrement du bébé, mais avait oublié que cet enfant serait inévitablement une part de lui.

— Je préfère pour ma part une conception efficace et rapide, répliqua-t-elle.

— Pourquoi ne pas commencer en douceur et voir où cela nous mène ?

En douceur ?... Nous mène ? Sa langue s'était figée, à cause de l'inquiétude et de l'espoir qui se mêlaient en elle.

— Il va falloir que je réfléchisse.

— Prends tout ton temps, dit-il sans qu'elle puisse déceler le moindre désappointement devant son indécision. Je ne vais nulle part.

Trois jours passèrent sans qu'il ait de nouvelles. Réfléchissait-elle toujours à sa proposition, ou l'avait-elle d'ores et déjà rejetée et était-elle trop furieuse pour lui parler ? Qu'importe. Soit elle disait oui et il assouvirait le désir qu'il avait d'elle, soit elle disait non, et il cesserait d'y penser.

— Jason ? Jason !

D'un coup d'épaule, Max le ramena sur le circuit.

— Bon sang, mon vieux, tu penses à quoi, aujourd'hui ?

Des voitures filèrent devant eux, et le rugissement des moteurs chassa les pensées qui le perturbaient. On était samedi après-midi, et Max et lui avaient une course dans une heure. Avoir la tête ailleurs quand on pilotait un bolide lancé à cent soixante kilomètres à l'heure équivalait à courir au-devant de sérieux problèmes.

— C'est un truc que je n'ai pas pu conclure cette semaine.

— Ça ne te ressemble pas de penser au boulot quand tu as le nez dans les vapeurs d'essence et de gomme surchauffée !

Les taquineries de Max l'agaçaient au moins autant que le mauvais score qu'il avait réalisé dans les courses de qualification. Peut-être plus encore, parce que son ami faisait fausse route sur la nature de ses préoccupations.

— Ouais, c'est un truc important, figure-toi.

Jamais dans sa vie il n'avait laissé une femme le détourner de ce qu'il entreprenait. Et surtout pas quand, comme cette année, il était déterminé à gagner la course aux points face à Max, pour lui montrer ce qu'il perdait, avec ses histoires d'amour et de mariage !

— Qu'est-ce qui se passe, quelqu'un vole de l'argent, chez Sterling ?

En tant que directeur financier de la compagnie qu'avait créée son grand-père dans les années 1950, Jason avait développé un œil d'aigle pour repérer la moindre anomalie dans les comptes.

— Disons pour résumer que j'ai fait une offre et que j'attends de savoir si elle a été acceptée.

— Laisse-moi deviner, c'est la Shelby 68 que tu lorgnais le mois dernier ?

— Je n'ai pas envie d'en parler, répliqua-t-il.

Autant laisser Max penser qu'il rongeait son frein pour une voiture. Il avait promis à Ming qu'il ne dirait rien à personne. Et même si elle n'avait pas dit oui, il avait l'intuition qu'elle finirait par accepter. Le tout était de savoir quand.

— Si c'est la Shelby, c'est trop tard. Je l'ai achetée il y a deux jours.

Max rit en le voyant froncer les sourcils.

— J'avais une place vide dans mon garage, il fallait bien y mettre quelque chose.

— Oui, et à qui la faute ? siffla Jason avec plus de ressentiment qu'il ne l'aurait voulu.

Deux mois plus tôt, il avait dit à Max qu'à son avis l'agence d'intérim Lansing, avec laquelle il travaillait, n'avait pas pour fonction première de placer des assistantes de direction, mais de leur trouver un mari ! Max avait jugé l'idée parfaitement stupide, et avait parié sa Barracuda 1969 qu'il n'épouserait jamais une secrétaire que lui envoyait l'agence. Sauf qu'il découvrit l'amour de sa vie en la personne de… la directrice de l'agence elle-même ! Max perdit sa voiture, et Jason son meilleur ami.

— Tu n'es quand même pas encore fâché d'avoir gagné ton pari ? gémit Max. J'adorais cette voiture. Il m'avait fallu cinq ans pour convaincre le gars de me la vendre.

Mais il adorait plus encore sa ravissante fiancée et, malgré son ton plaintif, il souriait jusqu'aux oreilles. Max n'arrêtait pas de sourire, ces jours-ci.

— Je ne suis pas fâché, grommela Jason.

Le cynisme de son ami lui manquait. Ils s'étaient toujours accordés à dire qu'il fallait fuir l'amour et le mariage comme la peste, car les femmes faisaient perdre la tête aux hommes.

— Rachel dit que tu te sens délaissé. Que comme on est ensemble, tu crois avoir perdu ton meilleur ami.

Jason lui lança un regard condescendant.

— Ma meilleure amie, c'est Ming. Toi, tu es juste un type avec qui je traînais avant que tu deviennes complètement gaga devant une fille.

Max fit mine de ne pas remarquer la dérobade de son ami.

— Et je pense qu'elle a raison.

— Naturellement, gronda-t-il en essuyant la sueur sur son front, tu es devenu un de ces gars qui font plaisir à leur nana en pensant qu'elles ont toujours raison.

Max eut un petit sourire.

— Ce n'est pas vraiment de cette façon que je fais plaisir à Rachel.

A cet instant, il ressentit un accès de jalousie si violent qu'il dut se retenir de grimacer. Il pesta en silence et s'efforça de chasser ce sentiment. Qu'y avait-il à envier ? Max allait passer le reste de sa vie en adoration devant une femme qui le quitterait peut-être du jour au lendemain, en emportant son bonheur avec elle.

— Qu'est-ce qui t'est arrivé ?

Max eut l'air surpris par sa question.

— Eh bien, je suis tombé amoureux.

— Ça, j'avais compris.

Mais comment une telle chose avait-elle pu se produire ? Tous deux avaient juré qu'ils ne laisseraient jamais une femme entrer dans leur vie. Voyant la façon dont son père s'était comporté avec sa femme, Max avait décidé qu'on ne pouvait jamais faire confiance à personne.

— Simplement, je ne comprends pas pourquoi.

— Je suis mieux quand je suis avec Rachel que quand je ne suis pas avec elle.

Est-ce que ce n'était pas précisément ce que le père de Jason avait ressenti quand sa femme était morte ? Ses parents étaient inséparables, des âmes sœurs, de vrais clichés de romans d'amour. Elle était tout pour lui. Jason inspira profondément. Et la perdre avait presque tué son père.

— Et si elle te quitte ?

— Elle ne me quittera pas.

— Et s'il lui arrive quelque chose ?

— C'est ce qui s'est passé pour ta mère, c'est ça ?

Max eut un sourire plein d'empathie.

— Etre amoureux ne signifie pas forcément devoir souffrir.

— Peut-être pas.

Il ne voyait pourtant aucune lueur éclairer les ombres qui cernaient son cœur.

— Mais rester seul garantit de ne pas courir le risque.

Une semaine s'écoula. Ming passa ces sept jours à se demander ce qui avait bien pu pousser Jason à lui demander de coucher avec elle — elle ne pouvait se résoudre à penser « faire l'amour » — et à s'efforcer d'analyser ses propres émotions face à cette demande.

Jason n'avait pas plus envie qu'elle de compliquer leurs relations. Il n'avait jamais rien attendu d'elle, et elle lui retournait la politesse, même s'ils étaient toujours présents l'un pour l'autre. Pourquoi risquer de tout compromettre ?

Elle se rendait bien compte que, s'il avait décidé de l'aider à tomber enceinte, c'est que cela lui donnait la possibilité de la mettre dans son lit sans rien lui devoir. Sans craindre que des attentes ne viennent perturber leurs rapports. Ce serait un simple interlude, quelques rencontres passionnées, qui leur permettraient de satisfaire leur curiosité mutuelle. Puis elle serait enceinte, et lui repartirait en quête de cœurs à briser. Et leur amitié resterait intacte.

Mais cela semblait un peu trop simple.

Jason était dans son garage quand Ming arrêta sa voiture dans son allée. Elle n'était pas encore totalement décidée à accepter sa proposition, ce qui la rendit d'autant plus sensible au charme de Jason, dans son jean délavé et son T-shirt noir moulant qui arborait l'emblème d'une Ford Mustang. Jason était l'incarnation de la virilité pleine d'assurance. Elle sentit son ventre se contracter en le regardant venir vers elle.

— Tiens, quel bon vent ?

Son sourire canaille la décontenança, et elle fit un geste vers la canette de bière.

— Tu en as une pour moi ?

— Certainement.

Elle le suivit jusqu'au petit frigo remisé au fond du garage. Quand il se pencha pour sortir une bouteille, elle arrêta son regard sur des fesses parfaites. Son désir de poser les mains sur ces courbes fermes lui fit comprendre qu'elle allait le faire. Plus exactement, qu'elle avait envie de le faire.

— Merci, murmura-t-elle, en appuyant la bouteille fraîche sur sa joue en feu.

Jason la regarda d'un œil scrutateur.

— Je croyais que tu ne buvais plus de bière ?

— Est-ce que tu as du vin ? répliqua-t-elle après avoir bu une gorgée en retenant une grimace.

— Non.

— Donc je bois de la bière.

Elle parcourut du regard les trophées et les photos de Jason en combinaison de pilote.

— Le week-end s'est bien passé ?

— Viens voir.

Jason la précéda dans la maison et ils montèrent au deuxième étage. Il avait acheté cette maison comme un investissement et l'avait fait aménager par des professionnels. Le mobilier ancien n'était pas du goût de Ming, mais il s'accordait au style colonial de la demeure. L'une des quatre chambres était devenue son antre, où tout rendait hommage à sa passion des voitures. Un canapé défraîchi, souvenir de ses années d'étudiant, faisait face à un téléviseur soixante pouces. Quand Jason n'était pas occupé à rouler sur un circuit ou à réparer une voiture dans son garage, il venait là, pour regarder les championnats de la Nascar ou les vidéos de ses propres courses. Il alluma la télé et montra à Ming le résumé de la course. Le résultat la surprit.

— Tu n'as pas gagné ? Que s'est-il passé ?

Cette saison était la meilleure qu'il ait jamais faite. Il se laissa tomber sur le canapé avec un grognement de dépit. Il acceptait difficilement d'arriver deuxième.

— J'avais trop de choses en tête.

Au regard qu'il lui lança, elle comprit qu'il la rendait responsable de sa défaite. Elle s'assit auprès de lui et croisa les mains sur ses genoux.

— Je ne vais pas te faire des excuses parce que j'ai eu besoin de réfléchir quelques jours à tes conditions.

— Je n'aurais pas eu de problème pour me concentrer si tu m'avais donné ta réponse.

— Je ne peux pas y croire ! s'étonna-t-elle d'un ton léger.

Mais sa bouche était sèche. Elle reprit une gorgée de bière et Jason étendit son bras sur le dossier du canapé. Il se mit à gratter son épaule nue du bout des doigts.

— Tu ne peux pas croire que l'idée de faire l'amour avec toi m'ait préoccupé tout le week-end ?

— Tu vois, tu reconnais que cela va poser des problèmes.

— Pas nécessairement.

Ses doigts continuaient à la griffer avec douceur, et elle sentait des lignes de feu lui descendre le long de la colonne vertébrale.

— Ce n'est pas ce qui me tracasse.

Ceci confirma ce qu'elle voulait savoir. S'il avait suggéré de ne pas passer par la banque de sperme, c'était juste pour une histoire de sexe. C'était là ce qui l'intéressait. Parfait. Il pouvait donc en aller de même pour elle.

— Très bien, faisons donc comme ça.

Les mots fusèrent avant qu'elle ait eu le temps de les considérer une dernière fois. Elle fixa alors l'écran. Il lui serait plus facile de parler sans croiser son regard.

— Mais j'ai quelques conditions, moi aussi.

Il se pencha si près qu'elle sentit son souffle dans son cou.

— Tu veux que je te courtise, c'est ça ?

Ses bras se couvrirent de frissons, et elle se força à rire.

— Pas exactement. Il va y avoir trois jours pendant lesquels nous pouvons faire l'essai. Si je ne tombe pas enceinte à ta façon, alors tu devras accepter de le faire à ma façon.

Avoir posé ses conditions lui redonna de l'assurance.

— Je n'ai pas envie de voir ça s'éterniser, conclut-elle.

— D'accord pour ces trois jours, mais je veux les passer entièrement avec toi, sans interruption.

Elle serra les mains sur sa cannette. Typique de Jason, il s'arrangeait toujours pour ruiner tous ses plans. Elle avait imaginé trois soirées aussi brèves que possible, trois séances trépidantes ici, chez lui, après quoi elle rentrerait retrouver la paix de sa chambre. Pas trois jours et trois nuits d'amour passés en tête à tête ! Qu'arriverait-il si elle parlait en dormant et lui dévoilait ses pensées secrètes ? Ou s'il se montrait un amant tel qu'elle finirait par se laisser aller à des déclarations enflammées ?

— Tu rêves si tu crois que nos familles respectives vont pouvoir nous laisser en paix trois jours de suite !

— Ce sera le cas si nous ne restons pas à Houston. Je propose de nous éloigner d'ici. Dans un endroit secret où nous ne nous occuperons que de notre affaire.

— Notre affaire ?

La sensualité avec laquelle il prononça ces mots la fit frémir. Elle se sentait soudain vulnérable. C'était son enfant, c'était à elle de décider où et quand elle voulait le faire. Perdre ainsi le contrôle l'irritait.

— Je vais trouver un endroit et je te dirai, répondit-elle.

Au moins choisirait-elle cela. Pas question de se retrouver dans n'importe quelle ville sous prétexte qu'une course de voitures s'y tiendrait ce week-end-là. Elle voulut se lever mais Jason glissa la main sur son ventre et la prit par la taille.

— Avant que tu ne partes…

Les doigts qui agaçaient son épaule retenaient à présent sa nuque et il l'attira contre lui, l'emprisonnant entre son torse chaud et ses bras puissants. Envahie de désir et d'attente, elle sentit ses seins se tendre contre son buste. Il la regardait avec une fougue qui la fit haleter.

— Qu'est-ce que tu fabriques ? dit-elle en écartant la tête pour ne pas toucher les lèvres qui se tendaient vers elle.

— Eh bien, je scelle notre accord par un baiser.

— Une poignée de main suffira amplement.

Jason eut un petit sourire devant son mouvement de recul. Et posant la main sur sa poitrine pour le repousser, elle sentit sous ses doigts la souplesse ferme de ses pectoraux. Son halètement se mua en battements de cœur frénétiques.

— Pas pour moi, dit-il en plongeant les yeux dans les siens, avant de fondre sur sa bouche.

Puis il lui lança un coup d'œil interrogateur :

— Alors, c'était si terrible ?

Elle se fit violence pour calmer sa respiration.

— Non, pas si terrible, en effet.

— Si tu te détends, ce sera encore beaucoup mieux.

Il glissa les lèvres sur son menton, le long de sa mâchoire, effleurant à peine sa peau, et les sensations la firent chavirer.

— Je n'ai aucune envie de me détendre.

Elle fut sur le point de lui dire qu'elle renonçait. Entrer en contact physiquement avec lui allait exiger une préparation beaucoup trop éprouvante.

— Tu n'as pas besoin d'en avoir envie, dit-il avec un petit rire. Relaxe-toi, c'est tout.

— Jason, nous nous connaissons depuis combien de temps ?

— Des siècles. Pourquoi ?

Il découvrit un creux plein d'intérêt derrière son oreille et l'explora jusqu'à ce qu'elle laisse échapper un soupir.

— Parce que tu sais que je ne laisse jamais rien au hasard dans ma vie.

Mais sa voix semblait incertaine. Elle sentait son souffle lui caresser la peau et ne pouvait rester insensible.

— Il n'y a rien à planifier ici, laisse-toi aller.

C'est ça ! Et risquer de se trahir et de tout compromettre. Depuis qu'elle avait pris cette décision, elle avait compris que ce qu'elle ressentait pour Jason était bien plus que de l'amitié. Pas de l'amour, non, pas vraiment. Du moins, il lui semblait que non. Pas encore. Mais cela pourrait le devenir s'ils se mettaient à faire l'amour, sans relâche.

Et s'il découvrait que ses sentiments pour lui avaient changé, alors il prendrait la fuite, comme avec toutes les autres femmes qui avaient tenté de gagner son cœur.

Elle se raidit pour ne pas répondre aux sensations magiques qu'éveillaient ses caresses. Les lèvres de Jason effleurant sa peau, ses bras puissants enlaçant son corps suffisaient à la rendre folle du désir qu'il la prenne immédiatement.

— Je me laisserai aller quand il sera temps, assura-t-elle.

Mais elle espérait de tout son cœur qu'elle mentait.

— Mais que fais-tu ?! s'exclama-t-elle soudain.

D'un mouvement rapide, implacable, il l'avait fait basculer sur le dos et avait glissé un genou entre ses cuisses. Son corps réagit avant que son cerveau ait pu fonctionner. Ses jambes fléchirent, ses pieds se plantèrent dans les coussins et ses hanches s'ouvrirent dans une pulsion animale pour soulager la tension qui brûlait son ventre. La chaleur de Jason l'envahissait, détendait ses muscles, réduisait en cendres sa résistance.

— Je me dis que tu seras plus à l'aise pour organiser notre week-end si tu es rassurée sur le fait que les choses fonctionnent entre nous.

— Aucune inquiétude sur ce point, je suis certaine que tu es un amant fabuleux.

Fabuleux jusqu'à quel point ? Elle brûlait de le découvrir, mais, à voir comme son corps la trahissait au moindre contact, elle allait devoir lutter pour garder l'esprit clair.

— Sinon, comment expliquer que tu laisses une telle lignée de cœurs brisés dans ton sillage ?

Il fronça les sourcils.

— Je n'avais pas conscience que cela te préoccupait autant.

— Cela ne me préoccupe pas.

Il eut un grognement dubitatif et se pencha pour lui mordiller le lobe de l'oreille.

— Je ne suis pas sûr de te croire.

Elle était au comble de l'excitation, et dut se faire violence pour ne pas nouer les jambes autour de ses hanches. Tout ce qu'elle voulait pour l'heure, c'était le sentir en elle. Elle planta ses ongles dans la toile du canapé.

— Tu te mords la lèvre, dit-il en volant jusqu'à sa bouche, je ne comprends vraiment pas pourquoi tu résistes comme ça.

De toute façon, elle n'avait aucune envie qu'il comprenne.

— O.K., je ne me fais aucun souci quant à tes performances au lit. Ce que je crains, c'est que quand nous aurons sauté le pas, il ne sera plus possible de revenir en arrière.

— Oh, je vois ! Tu as peur de tomber amoureuse de moi ?

— Certainement pas !

Elle émit une série de petits bruits dégoûtés et dédaigneux, jusqu'à ce qu'elle comprenne qu'il s'amusait à la faire enrager.

— J'aurais plutôt peur que tu tombes amoureux, toi.

— Je ne crois pas que ça risque d'arriver.

— N'en sois pas si sûr, insista-t-elle, soulagée de reprendre le dessus, je suis absolument délicieuse.

— C'est effectivement le moins qu'on puisse dire.

Il la dévisagea avec le plus grand sérieux.

— Ferme les yeux, ordonna-t-il.

Et elle obéit, formant des vœux pour que l'intimité qu'ils partageaient en tant qu'amis suffise à justifier la passion que Jason suscitait en elle. Ne plus le voir l'apaisa un peu. Si elle faisait fi du parfum de santal mêlé de gasoil, elle pouvait presque se dire que l'homme qui était allongé sur elle était un autre. Son souffle bref lui parvint au moment où ses lèvres se posaient sur les siennes. Elle s'attendait à ce qu'il l'embrasse comme il l'avait fait quinze ans auparavant, comme si elle était la seule femme au monde qu'il ait jamais voulu embrasser, un baiser sauvage et affolant qui l'avait obligée à s'agripper à sa chemise, tandis qu'il glissait les mains sous sa robe pour s'emparer de ses seins.

Mais ce fut complètement différent. Jason explora sa bouche avec une douceur infinie. Alors qu'elle redoutait d'être submergée par le désir et de perdre tout contrôle sur elle-même, le baiser de Jason sembla si retenu et circonspect qu'elle se demanda un instant s'il regrettait déjà sa proposition. Un grand vide se creusa dans sa poitrine.

— Tu vois, dit Jason en effleurant ses cils, ce n'était pas si affreux.

— Je n'ai jamais dit que ça le serait.

— Alors de quoi as-tu peur ?

Que se passerait-il si son élan vers lui s'avérait encore plus fort, et ne faisait que croître durant les trois jours qu'ils devaient passer ensemble ?

— Eh bien, d'une part, que tu me voies nue, dit-elle en s'efforçant de dissimuler son désarroi.

Il eut de nouveau ce sourire de vaurien espiègle.

— Je t'ai déjà vue nue.

— Quoi ?

Ces mots firent monter en elle une nouvelle vague brûlante, qui la désorienta encore un peu plus.

— Quand ça ?

— Tu te souviens quand tu étais venue en week-end chez nous, à Saint-John ? Avec la douche extérieure à côté de ma chambre ?

— Tout le monde était parti faire de la plongée, j'en avais profité pour rentrer tôt.

Elle convoitait la chambre que Jason avait finalement occupée, précisément à cause de sa douche de plein air. Aussi, pensant être seule, l'avait-elle utilisée.

— Tu m'as espionnée ?

— Ce n'était pas intentionnel.

Elle tenta de repousser son épaule solide, mais il ne bougea pas d'un pouce.

— Pourquoi est-ce que tu me racontes ça ?

— Pour te dire que tu n'as pas à être embarrassée, j'ai déjà vu tout ce qu'il y avait à voir.

A en juger par son expression satisfaite, ce qu'il avait vu ne lui avait pas déplu. Elle devint écarlate. S'évanouir ? Mais elle était déjà allongée, ç'aurait été ridicule.

— Pendant combien de temps es-tu resté à me regarder ?

— Cinq, dix minutes ?

Elle ouvrit la bouche mais ne put prononcer un mot. La façon dont il posait les yeux sur elle lui donnait la chair de poule. Et lui, est-ce que leur baiser le laissait indifférent ? Etait-elle la seule à s'enflammer dès qu'ils se touchaient ?

Jason quitta le canapé et lui offrit sa main pour l'aider à se relever. Elle entreprit de remettre de l'ordre dans ses vêtements et sa chevelure. Déjà, quelque chose avait changé entre eux. Quand ils auraient passé tout un week-end ensemble, il ne serait plus seulement son ami, mais son ex-amant. Et cela modifierait radicalement leurs relations. Etait-ce vraiment ce qu'elle souhaitait ?

— J'ai surveillé mon cycle depuis six mois, dit-elle sans se préoccuper de savoir s'il se souciait de ces précisions, ma prochaine période d'ovulation sera dans dix jours. Pourrais-tu être disponible à ce moment ?

— Tu es bien sûre de vouloir faire ça ?

Avait-il espéré que son baiser la ferait changer d'avis ?

— Je veux cet enfant. Si coucher avec toi est le seul moyen d'y parvenir, eh bien oui, je suis prête à faire ce sacrifice.

Il sourit.

— Très bien, organise les choses comme il te plaira.

4

Ming choisit Mendocino, en Californie. La seule personne à savoir que c'était son lieu d'escapade favori était la fille de Terry. Wendy s'était installée en Californie avec son mari sept ans plus tôt et avait fait découvrir à Ming ce petit paradis niché sur la côte sauvage de Californie. Elle en était tombée amoureuse aussitôt, et s'y offrait chaque année un long week-end de détente.

Cela dit, elle n'y était pas allée depuis deux ans. La dernière fois, elle avait passé quelques jours au mois de septembre dans un Spa, à flâner entre les cafés, les galeries d'art et chez les cavistes, pour réfléchir à sa relation avec Evan. Ils sortaient ensemble depuis un an, et il lui avait demandé de faire un choix : soit ils s'établissaient véritablement ensemble, soit ils se séparaient.

Ce fut durant ces quelques jours qu'elle avait décidé de ne plus se sentir tiraillée entre les frères Sterling. Elle aimait Jason, elle aimait Evan, chacun de façon différente. Jason n'avait pas semblé très intéressé par sa relation avec son frère, et s'était concentré plus que jamais sur sa carrière et ses exploits sportifs. Mais peut-être aurait-elle voulu qu'il soit plus présent et contrarié par cette relation ? Qu'il dise à son frère de se tenir à l'écart ? Il n'en avait pourtant rien fait, et cela l'avait tourmentée qu'il se montre si indifférent. Elle n'avait pas fait preuve d'une telle désinvolture vis-à-vis de ses amies à lui.

A force de réfléchir, elle avait fini par comprendre ce qui l'avait attirée chez Evan : il lui avait témoigné une attention qu'elle n'avait encore jamais connue. Et malgré la façon dont les choses s'étaient terminées, elle n'avait jamais regretté leur liaison, ni leurs fiançailles. Etait-ce si grave de ne pas connaître la passion dévorante des romans d'amour ? Ils avaient du respect l'un pour l'autre, se comprenaient et s'entendaient. Ils partageaient les mêmes goûts, avaient des désirs similaires, Evan était le partenaire idéal.

Pourtant, les choses ne s'étaient pas révélées aussi parfaites qu'elles en avaient l'air. Depuis qu'ils avaient rompu, elle s'était demandé des centaines de fois si elle aurait vraiment été jusqu'au mariage au cas où Evan n'aurait pas changé d'avis et tout arrêté. Ils avaient été ensemble pendant un an avant de se fiancer. Cela lui avait donné tout le temps nécessaire pour avoir des certitudes quant à l'avenir, décider si elle avait pour Evan un amour réel, ou si elle faisait là un mariage de raison, parce qu'il semblait correspondre à son idéal de vie.

Ils s'accordaient en tout. Evan ne s'opposait jamais à son avis et elle n'avait jamais à batailler. Avec lui, elle savait toujours où était sa place, elle se sentait en sécurité. Ce qui faisait une différence frappante avec les émotions incontrôlables que Jason éveillait en elle.

Au cours du long trajet en voiture depuis San Francisco les inquiétudes de Ming reprirent le dessus. C'était déjà assez compliqué de faire un enfant avec son meilleur ami, mais passer un week-end en amoureux avec lui ! Elle craignait d'en sortir encore plus blessée.

Consciente qu'elle cherchait à gagner du temps, Ming s'arrêta à Mendocino et fit un peu de lèche-vitrines avant de se rendre à l'hôtel. Pour que personne ne s'étonne qu'ils partent tous deux en Californie, ils avaient décidé de voyager séparément. Elle avait pris l'avion pour San Francisco quelques jours plus tôt, afin de passer un peu de temps avec Wendy. Jason devait venir la rejoindre le vendredi matin.

Elle était ravie de revoir son amie, mais préoccupée par des questions dont elle ne pouvait lui parler. Wendy était enchantée de sa décision d'avoir un bébé, mais elle n'approuverait pas le choix de Jason comme papa. Wendy était sa confidente depuis le lycée, celle avec qui Ming avait partagé ses doutes après l'épisode du baiser et qui jugeait qu'elle avait déjà gaspillé beaucoup trop d'énergie pour un homme ayant décidé de ne jamais avoir de relation sérieuse. Ming ne lui avait donc pas tout dit de ses projets. Sa désapprobation n'aurait fait que s'ajouter à celle de sa sœur. Et le fait que la seule personne avec qui elle avait toujours pu parler de tout était la cause même de son trouble finissait de plonger Ming dans des abîmes d'incertitude.

Voyant le soleil commencer à décroître, Ming se dit qu'elle avait assez traînassé et conclut l'achat d'une marine qui l'avait séduite. Ses jambes étaient en plomb tandis qu'elle regagnait sa voiture de location.

Les mouettes tournoyaient sur les vents puissants du Pacifique tandis qu'elle descendait l'allée privée de l'hôtel en faisant crisser les graviers. L'auberge de Silver Mist se composait d'un grand bâtiment principal et d'une succession de bungalows faisant face à la mer au bord de la falaise. A la vue fantastique s'ajoutaient un restaurant exceptionnel et l'hospitalité parfaite du couple qui possédait l'hôtel et le Spa.

Rosemary, une femme d'une cinquantaine d'années, était assise derrière le comptoir d'accueil.

— Hello Ming, s'exclama-t-elle. Quel plaisir de vous revoir !

Elle sourit. Déjà, l'atmosphère détendue et familiale du lieu la rassérénait.

— Je suis heureuse de vous voir, moi aussi, Rosemary. Comment allez-vous ?

Elle jeta un regard vers la droite de l'accueil. Dans le salon, quelques personnes buvaient un café tout en profitant des baies ouvertes sur l'océan. A gauche, une porte ouvrait sur une vaste terrasse où des fauteuils confortables accueillaient les clients pour prendre un verre.

— Beaucoup de travail, comme toujours, répondit Rosemary en tendant une clé à Ming. Votre ami est arrivé il y a trois heures. Nous vous avons installés au bungalow Myrtille.

Cette nouvelle fit renaître son malaise.

— Mais j'avais pourtant réservé ma chambre habituelle !

— En effet, mais quand votre ami a vu les différentes prestations que nous proposons, il a eu envie d'un bungalow. C'est plus grand, beaucoup plus intime, et on y a la plus belle vue de tout l'hôtel.

— Merci, dit-elle en se forçant à sourire.

Pourquoi Jason avait-il changé les dispositions qu'elle avait prises ? Chaque fois qu'elle venait ici, elle séjournait dans cette chambre, une suite confortable avec un grand balcon qui surplombait l'océan. Elle aurait voulu, et surtout ce week-end, se retrouver dans un environnement familier. Elle gara néanmoins sa voiture à côté de celle de Jason et sortit son sac du coffre.

Il lui avait fallu trois heures pour le préparer, tant elle avait hésité. Quelles tenues choisir pour cet étrange week-end ? Elle avait d'abord pris des vêtements chauds, puis s'était ravisée : le but de leur escapade n'était pas d'aller faire de la randonnée dans les falaises. Elle avait alors ressorti toute la lingerie sexy que lui avaient offerte ses amis pour sa fête de fiançailles et qu'elle n'avait finalement jamais portée. Mais en pliant les minuscules pièces de satin et de dentelles, elle s'était rendu compte du message que cela pourrait envoyer à Jason : elle espérait lui faire perdre la tête avec ses tenues affriolantes. Très malvenu pour un « câlin amical » !

Pour finir, elle avait jeté dans sa valise leggins et pulls confortables pour affronter la brise océanique, et des sous-vêtements de tous les jours. Ça irait très bien comme ça.

Elle entra dans le bungalow et posa sa valise, désarmée par la vision du grand salon au mobilier chaleureux et aux tons de bleu pâle et d'or. Une baie vitrée ouvrait sur un ponton de bois luisant dans la lumière du soleil déclinant, et au-delà s'étendait l'océan indigo. Des odeurs lui firent monter l'eau à la bouche, émanant d'une petite cuisine parfaitement agencée, qui donnait elle aussi sur la terrasse. Elle aperçut Jason, installé dans un fauteuil pour jouir de l'air marin. Elle l'observa un moment, calme, aussi détendu qu'à son habitude, les épaules relâchées, les bras allongés sur les accoudoirs. Un sentiment d'attente aigu la saisit. Dans quelques petites heures, ils feraient l'amour pour la première fois. Troublée, elle ferma les yeux et respira profondément. Sa peau la picotait, elle se sentit rougir, tandis qu'une onde de chaleur la parcourait, traçant un chemin jusqu'à l'intérieur de ses cuisses. La panique gagnait du terrain. Elle n'était pas prête pour cela. Pas prête pour lui. Malgré tout, elle parvint à s'avancer sur le ponton.

— Salut.

Jason leva les yeux et un sourire s'épanouit sur son visage.

— Salut toi-même, lança-t-il en se levant. Je pensais que tu arriverais plus tôt.

Le timbre profond de sa voix et l'intensité lumineuse de son regard lui donnèrent envie de se précipiter dans ses bras. De faire comme s'ils étaient un vrai couple d'amoureux. Elle planta cependant ses ongles dans ses paumes.

— Cela faisait plus d'un an que je n'avais pas vu Wendy, nous avions une foule de choses à nous dire.

— Que pense-t-elle de ta décision d'avoir un enfant ?

— Elle m'encourage à cent pour cent.

Ming alla s'accouder à la balustrade. En s'écrasant sur les rochers déchiquetés, les eaux bleu saphir lançaient des gerbes d'écume qui montaient jusqu'en haut de la falaise, et elle tendit ses joues enflammées à la brise fraîche.

— Après la semaine que j'ai passée, cela m'a fait du bien de parler à quelqu'un qui ne critique pas tout ce que je dis.

— Je ne t'ai pas fait de critiques.

Détournant son regard de l'horizon, elle découvrit Jason juste à côté d'elle. Prise de frissons, elle secoua la tête.

— Non, mais tu as semé la confusion en moi, c'est le moins qu'on puisse dire.

— Est-ce que tu lui as parlé de moi ?

— Non, c'est censé rester secret, tu te souviens ? Et puis, Wendy ne t'aimait pas beaucoup au lycée.

— Tout le monde m'aimait au lycée.

Même s'il faisait partie des sportifs, les stars de l'école, Jason n'avait jamais eu l'attitude arrogante vis-à-vis des plus faibles qu'affichaient la plupart des gars de son équipe.

— Tu veux dire, toutes les filles ?

De l'agacement perçant dans sa voix, elle se pinça les lèvres en se retournant vers l'océan. Le soleil, encore éblouissant, tournait rapidement à l'orange.

— Oui, les filles aussi.

Jason s'approcha et prit les extrémités de son écharpe qu'il enroula autour de ses poings. Il tira légèrement, la déséquilibrant et la rapprochant encore de lui. Elle se délecta du parfum d'eau de toilette et d'homme qu'il dégageait. Retenant son souffle, elle tenta d'ignorer le contact de son torse contre ses seins, alors qu'une étincelle brillait dans ses yeux.

— Il y a quelque chose qui sent délicieusement bon dans la cuisine, qu'y a-t-il au menu ?

Sa faim s'était envolée sous l'effet du désir, mais dîner semblait un bon moyen de temporiser.

— Coq au vin. Ton plat favori. Est-ce que tu as faim ?

Lui-même semblait affamé, mais les yeux qu'il fixait sur sa bouche semblaient dire qu'il était tout prêt à la dévorer, elle, lentement et avec délectation.

— A vrai dire, je n'ai rien mangé depuis ce matin.

Elle s'était sentie trop tendue pour avaler quoi que ce soit.

— Alors, je dois te nourrir, pour commencer.

Il ouvrit les poings et lâcha son écharpe, la délivrant.

— Tu dois prendre des forces pour... après.

Elle resta pétrifiée, une envie douloureuse la rendant incapable de bouger : le sourire entendu de Jason l'empêchait de répliquer. Elle le maudit en silence et le suivit dans la cuisine.

— J'ai trouvé un excellent chardonnay en ville, dit-il en servant deux verres de vin. J'ai pensé que nous pourrions garder le champagne pour plus tard.

Il avait décidé de la faire boire. Excellent. Elle pourrait mettre sur le compte de l'alcool les paroles qui lui échapperaient éventuellement. Elle but d'un trait un demi-verre de vin jaune pâle et le regarda avec approbation sortir du réfrigérateur un morceau de brie. Et du raisin, des crackers, du pâté. Des mets qu'elle se rappelait lui avoir servis, à un moment ou à un autre. Etait-il attentif à ce qu'elle aimait ? Cette idée la fit vaciller. Qu'allait-il avoir inventé d'autre ?

— Ce sera prêt dans une demi-heure, annonça-t-il en finissant de tout disposer sur une assiette et en lui faisant signe de sortir. C'est une soirée magnifique, profitons-en.

Le début de septembre était beaucoup moins chaud en Californie qu'à Houston, et elle apprécia la fraîcheur.

— C'est merveilleux, en effet, dit-elle en apportant les verres. Nous devrions aller faire un tour après manger.

Jason posa le plateau et la dévisagea.

— Pourquoi pas, s'il te reste des forces, après...

Elle frissonna une fois de plus. Etait-ce ainsi qu'allait se dérouler le week-end ? Dans un flirt incessant qui bouleversait leur relation ? Il lui semblait soudain qu'ils avaient passé ces dernières années chacun de son côté et perdu leur belle complicité.

— Tu as froid. Viens t'asseoir, je vais te réchauffer.

Elle prit quelques instants pour rassembler ses esprits. Non, elle n'était pas encore prête à se laisser toucher.

— Je vais chercher mon étole.

— Ne bouge pas, j'y vais.

— Elle est dans la valise que j'ai laissée dans l'entrée.

Elle avait toujours vu Jason se comporter de manière extrêmement prévenante avec les femmes. Et avait toujours eu envie qu'il soit ainsi avec elle. Mais les autres ne profitaient jamais plus de quelques mois des attentions de Jason, alors qu'elle jouissait depuis plus de vingt ans de la présence de cet ami plein d'humour. Elle soupira. Pourrait-il être un amant attentionné et romantique tout en restant un ami ?

Peut-être que oui, finalement. Ou peut-être que faire l'amour ensemble allait tout gâcher. Ne risquait-il pas de comprendre les sentiments qu'elle cachait si jalousement depuis des années ? Au mieux, il ne la prendrait pas au sérieux, et se moquerait d'elle. Au pire, il se fermerait et disparaîtrait comme il le faisait chaque fois qu'une femme commençait à exiger une relation plus sérieuse. Elle se sentait incapable d'endurer ses railleries et ses dérobades.

Il revint avec l'étole de pashmina bleu sombre.

— J'ai mis ta valise dans la chambre.

Sottement, son cœur hoqueta lorsqu'il prononça ce dernier mot. Son instinct lui hurla de partir en courant. Mais Jason passa le châle autour de ses épaules et posa un baiser sur ses lèvres. Toute velléité de fuite s'évapora, ne laissant que les battements frénétiques de son cœur dans sa poitrine.

— Jason...

Il posa un doigt sur ses lèvres.

— Plus tard.

Son regard apaisa un peu le bouillonnement qu'elle sentait en elle. Il était bien plus expérimenté qu'elle dans l'art de la séduction, si l'on en jugeait d'après le nombre de femmes qu'il avait connues. Il adorait séduire. C'était la routine qui le faisait fuir. Aujourd'hui, il avait décidé de la séduire, elle. Peut-être que, si elle cessait de résister, il cesserait du même coup de lui faire du charme. Elle respira donc longuement cinq ou six fois, pour s'obliger à se détendre, puis se mit à admirer le paysage en picorant du fromage, évitant de regarder le beau garçon à l'éblouissant regard bleu. Mais sa voix grave s'infiltrait en elle et faisait tomber ses défenses. Il glissait dans sa bouche des grains de raisin et des morceaux de cracker couverts de ce délicieux pâté, ses doigts lui effleurait les lèvres, et des picotements couraient jusqu'à ses pommettes. Puis ils se retrouvèrent dans la minuscule cuisine, hanche contre hanche, pour se servir de belles assiettes de volaille et de pommes de terre fumantes, chercher les couverts, reprendre du vin... L'atmosphère redevint tranquille et insouciante comme elle l'avait toujours été entre eux. Elle retrouvait le Jason qu'elle adorait, drôle, disponible, gentiment moqueur. Ils discutèrent de la proposition de Terry, du départ de Lily pour Portland, évitant soigneusement toute autre question.

— C'est succulent, dit-elle après la première bouchée de coq au vin.

— J'ai pensé que ça te plairait. Rosemary m'a dit qu'ils étaient réputés pour leur cuisine française.

— Mais, toi, tu ne manges pas, tu n'as pas faim ?

— J'aime beaucoup te regarder manger.

Il avait suffi d'un instant pour que l'électricité revienne dans la pièce. Elle se servit un grand verre d'eau, ignorant son verre de vin blanc. Elle devait garder les idées claires, si elle voulait profiter pleinement de ce qui allait suivre.

— C'est si agréable que ça ? dit-elle d'un ton faussement amusé, mais sa voix était rauque, et les mots sortirent laborieusement.

— C'est de voir le plaisir que tu prends. Tu savoures chaque bouchée, chaque saveur. Toi qui es toujours tellement retenue, c'est agréable de voir ce qui te donne du plaisir.

Il ne parlait pas de nourriture. Le sang de Ming se figea dans ses veines, son cœur ralentit, et elle se mordit la langue pour ne pas laisser fuser la réplique aguicheuse qui lui était venue. De vieux amis qui s'apprêtaient à avoir un rapport sexuel, voilà ce qu'ils étaient, et non des amoureux se livrant à la valse de séduction qui mène à une conclusion passionnée. Elle ne devait pas entrer dans le jeu de Jason.

— Alors, j'ai les creux poplités très chatouilleux, dit-elle en attrapant une cuisse de coq. J'adore qu'on m'embrasse la nuque et j'ai un point, là, au niveau du pelvis...

Elle fit mine de réfléchir en se considérant le bas du ventre.

— Je crois que ce sera plus simple que je te montre, le moment voulu.

Elle eut un regard interrogateur en levant sa fourchette.

— Et toi ?

— Moi, tu sais, je suis comme tous les garçons, quel que soit l'endroit où une belle femme me touche, ça me rend fou.

— Il n'y a pas quelque chose qui te plaît en particulier ?

Il la fixa en plissant les yeux.

— Mes tétons sont très sensibles.

Elle serra les lèvres pour ne pas éclater de rire.

— Très bien, j'en prendrai grand soin, dit-elle d'un ton parfaitement sérieux.

S'ils pouvaient rester sur ce mode, tout irait bien. Elle sortirait de ce week-end sans avoir laissé échapper des déclarations stupides sur la façon dont ses sentiments avaient évolué ces derniers mois. Elle resterait pragmatique, concentrée sur l'acte biologique, profiterait de la perfection du corps brun et musclé de Jason, et rien de plus.

Elle savourerait ce moment sans penser à l'avenir.

Tandis que Jason débarrassait la table, elle alla défaire sa valise. Le dîner l'avait rassurée et recentrée sur son objectif. Elle pourrait laisser son corps jouir de celui de Jason, les sentiments n'avaient rien à voir là-dedans.

Fière de sa détermination, elle entra dans la chambre. Et

s'arrêta net sur le seuil, paralysée. Au centre de la pièce trônait un lit immense, déjà ouvert, et dont les draps blancs avaient été semés de pétales de roses. Des bougies avaient été disposées un peu partout, prêtes à être allumées pour créer une atmosphère romantique. L'iPod de Jason, branché sur les enceintes, diffusait l'enregistrement d'un pianiste qu'elle adorait. Tout était parfait, tout était en place pour l'ensorceler.

Sa poitrine se serra douloureusement. Jason s'était vraiment donné du mal, elle n'aurait pu rêver mieux. Il avait tout agencé selon ses goûts, pour lui offrir un week-end absolument romantique. C'était tellement inattendu qu'elle eut soudain l'impression de se trouver avec un parfait inconnu. Un homme attentionné et sentimental, qui ne voulait pas juste passer un week-end en ébats. Un de ces hommes dont on pouvait tomber amoureuse. Follement.

— Qu'en penses-tu ?

Elle n'avait pas entendu Jason approcher, tant les battements de son cœur l'assourdissaient.

— Je pense que ça n'est pas possible.

Jason parcourut la chambre du regard, cherchant ce qui n'allait pas. Il avait trouvé des bougies parfumées à la vanille, comme elle aimait, le coq au vin était une réussite, les pétales de roses mettaient un peu de romantisme dans tout ça. Il lui avait promis un week-end mémorable, il voulait lui montrer qu'il n'avait pas l'intention de faire les choses précipitamment, qu'il s'apprêtait à lui consacrer du temps, qu'il désirait la submerger de plaisir. Il ne prenait pas leur décision à la légère.

— Qu'est-ce qu'il y a qui ne va pas ?

Elle s'appuya dans l'embrasure de la porte et ferma les yeux. Un poids infini semblait s'être abattu sur ses épaules.

— Je suis désolée, dit-elle après un silence.

— Je ne comprends pas.

— Je ne comprends pas, moi non plus.

Elle était superbe, surtout quand elle rouvrit les yeux pour les plonger dans les siens, l'air tragique.

— J'ai envie de le faire, pourtant.

Ces paroles le rassurèrent. L'attente l'avait consumé durant les jours précédents, et il la désirait avec une intensité qu'il n'avait jamais ressentie jusqu'alors. Depuis qu'il l'avait embrassée, il avait fantasmé sur ce moment. Etait-ce parce qu'il n'avait jamais eu à se donner tant de mal pour mettre une femme dans son lit ?

— Cela fait des semaines que je ne pense qu'à devenir mère, et je sais qu'il faut faire ça maintenant, si je veux un enfant de toi.

Elle se renferma dans le silence, ses épaules crispées trahissant son malaise.

— Je ne pensais pas que faire l'amour avec moi te demanderait de tels sacrifices, dit-il en s'efforçant de prendre un ton léger pour cacher son désappointement.

Il se sentait blessé. Quand il avait insisté pour ne pas passer par la banque du sperme, il pensait avoir trouvé l'occasion rêvée pour satisfaire son attirance pour elle. Leurs contacts, ces jours derniers, avaient prouvé que l'attrait était mutuel. Alors, pourquoi tant de résistance, si elle avait également du désir pour lui. De quoi avait-elle peur ?

— Ce n'est pas ce que je voulais dire, balbutia Ming d'un air pitoyable qui contredisait ses paroles.

Il s'adossa au mur, réfrénant l'envie de la prendre dans ses bras et de l'embrasser sauvagement. Il était parfaitement capable de la séduire, il le savait. Mais il ne voulait pas seulement son corps, il aurait voulu...

— Non ? Alors quoi ?

— Ecoute, nous sommes de trop bons amis, tu ne crois pas que ça va être très bizarre de faire l'amour ensemble ?

— Bien sûr que non, c'est précisément parce que nous sommes de très bons amis que ça va coller parfaitement.

Voilà qu'il se mettait à marchander, maintenant !

— Pas d'attentes...

— Pas de liens ?

Il n'aima pas le ton sur lequel elle dit cela. Comme s'il venait de confirmer ses pires craintes.

— Est-ce que tu as peur que je fasse ça juste pour le fun ?

Ming fronça les sourcils, il la voyait presque débattre avec elle-même.

— Oui. Non.

— Mais tu attends autre chose ?

Il fut lui-même surpris de sa question. D'ordinaire, dès qu'il commençait à trouver qu'une femme se posait trop de questions, il comprenait qu'il était temps de prendre la fuite.

— Pas ce que tu crois, dit-elle en secouant la tête vivement. Je sais parfaitement que quand nous aurons couché...

— Fait l'amour.

— Oui, bon...

Elle balaya son interruption d'un revers de la main.

— Une fois que nous serons devenus... intimes, ta curiosité sera satisfaite...

— Ma curiosité ?

Le mot fusa. Ce n'était pas ainsi qu'il voyait la pulsion qui le taraudait.

— Tu crois que ce que je ressens, c'est de la « curiosité » ?

Elle eut un haussement d'épaules qui exaspéra sa frustration. Il fut tenté de la jeter sur les draps parfumés pour lui faire comprendre ce qu'il ressentait, exactement. Il se détacha du mur afin de lui faire face, et peu importait si elle reculait, intimidée par son grand corps qui la dominait.

— Et toi alors ? Tu n'as vraiment pas la moindre curiosité ? Aucune envie de savoir comment cela serait entre nous ?

— Oh ! Par pitié ! Je ne suis pas une de tes conquêtes.

Elle roula de grands yeux, mais il avait visiblement touché un point sensible. Ming aimait tout prévoir et tout contrôler. C'était un atout précieux dans son métier, mais dans sa vie privée, il lui fallait un homme capable de lui faire perdre la tête, de l'empêcher de réfléchir. Pas comme Evan. Il lui avait laissé entendre un jour que sa fiancée avait du mal à se laisser aller. Il n'était bien sûr pas mufle au point de lui dire qu'elle était réservée au lit, mais Jason avait lu entre les lignes.

— Ce qui veut dire ?

— Est-ce que tu t'es déjà posé des questions sur le type de femmes que tu recherches ?

— Bien sûr. Belles, intelligentes, sexy.

— Soumises, en attente, terrifiées qu'on les abandonne.

Ming croisa les bras sur sa poitrine et le toisa avec dureté.

— Tu choisis des femmes en demande pour flatter ton ego et pour les voir te courir après quand tu t'en détaches.

— C'est parfaitement ridicule !

Il n'aimait pas du tout le tour que prenait la conversation et le portrait qu'elle venait de dessiner de lui.

— Jennifer est médecin, répliqua-t-il. Amanda possède une boutique qui a un succès fou, et Sherri est directrice de marketing. Ce sont des femmes indépendantes et qui ont réussi.

— Jennifer a des problèmes avec son père, rétorqua Ming. Un ponte en cardiologie qui lui a toujours donné le sentiment qu'elle ne valait rien, même quand elle est sortie deuxième de sa promo. Amanda a grandi perdue au milieu de quatre frères et sœurs et ses parents n'ont jamais eu de temps à lui consacrer. Quant à Sherri, sa mère est partie quand elle avait sept ans. Elle a de légers problèmes avec l'abandon…

— Attends, comment est-ce que tu sais tout ça ?

Ming prit un air patient qui le mortifia.

— Qui crois-tu que ces dames vont trouver quand les choses commencent à se rafraîchir entre vous ?

— Et qu'est-ce que tu leur dis ?

— Que tu es un homme formidable, mais qu'il ne faut guère espérer une relation durable. Tu es un célibataire dans l'âme, tu as une passion qui occupe tout ton temps, et tout ce que tu pourras faire, c'est leur briser le cœur.

— Et elles te croient ?

— Les plus sensées, oui.

— Tu sais, si nous n'étions pas de vrais amis, je pourrais prendre assez mal ce que tu me dis.

— Non, répliqua-t-elle calmement, car tu sais très bien au fond de toi que tu choisis des femmes en souffrance. Leurs problèmes personnels provoquent forcément des heurts entre vous, et comme ça, tu as une bonne excuse pour rompre.

Il savait ça « au fond de lui » ?

— Eh ben dis donc, moi qui croyais que je sortais avec elles parce qu'elles me plaisaient... ! Mais je n'ai aucune envie de parler des femmes avec qui je suis sorti, coupa-t-il, s'apercevant soudain qu'ils étaient en train de se disputer.

Il était trop tard. Ming avait l'expression butée qu'il lui connaissait si bien, comme le jour où l'un de ses coéquipiers lui avait dit de ficher le camp du terrain.

— L'idée de ce week-end était une erreur.

Elle le contourna pour aller prendre sa valise, et s'en servit comme d'un bouclier pour se frayer un chemin jusqu'à l'entrée du bungalow.

— Tu t'en vas ? demanda-t-il avec stupéfaction.

— Tu pensais que faire cet enfant serait un souvenir grandiose, mais le seul souvenir que j'aurai de ce moment passé avec toi, c'est une dispute.

— Nous ne nous disputons pas !

Tout cela n'avait aucun sens. Pourquoi diable le peu de romantisme qu'il avait voulu mettre dans leur premier rendez-vous avait-il ainsi mis le feu aux poudres ?

— Où est-ce que tu vas ?

— Je rentre à San Francisco, il y a un vol à minuit, je serai à Houston demain matin.

— Comment le sais-tu ? Tu avais prévu de ne pas rester !

— Ne sois pas ridicule. J'ai juste vu les horaires quand j'ai réservé mon vol pour venir.

Elle semblait sincère, mais déjà elle était sortie.

Il se précipita sur le seuil de la porte. Son instinct lui disait de la retenir. Il était presque sûr de pouvoir l'apaiser, il allait lui servir son dessert préféré, et ils iraient prendre l'air dans le jardin... Mais il s'arrêta. Les déclarations de Ming au sujet de ses liaisons avaient ouvert en lui un abîme de questions.

Dans le ciel qui s'assombrissait, une lune pleine et orangée s'était levée au-dessus des arbres. Une belle nuit pour des amoureux. Quel dommage de gâcher ça !

Il crispa les doigts sur l'encadrement de la porte en la regardant manœuvrer pour faire demi-tour. Peut-être devait-il lui laisser un peu de temps ? Elle finirait par se souvenir qu'elle avait besoin de lui pour concevoir cet enfant.

5

Ming ne put dormir dans l'avion qui la ramenait à Houston. A la minute où elle quittait Mendocino, elle avait commencé à penser qu'elle faisait une énorme bêtise. Elle avait trois options : convaincre Jason de se rendre à la banque du sperme, abandonner l'idée d'avoir un enfant de lui, ou cesser de se comporter comme une bécasse et coucher avec lui. Fidèle à elle-même, elle passa le voyage à peser le pour et le contre, analysant et décortiquant chaque point.

La raison lui disait de prendre rendez-vous avec la clinique dès son arrivée. Mais au lieu de cela, dès que les roues de l'avion eurent touché le tarmac, elle envoya à Jason un SMS d'excuses en lui demandant de la rappeler quand il pourrait. Il était 9 heures du matin lorsque le taxi la déposa chez elle. En entrant dans la maison, elle fut frappée par le vide qui y régnait. Lily était à Portland et elle avait laissé Muffin chez leurs parents. La perspective de rester seule la déprima, mais elle était trop fatiguée pour repartir tout de suite chercher la chienne.

Elle ferma les rideaux de sa chambre, se glissa entre les draps, mais ne put trouver le sommeil. Des visions d'elle et Jason faisant l'amour la torturaient, elle imaginait son corps puissant contre le sien, et éprouvait une sensation de manque cruel. Si elle n'avait pas paniqué comme une idiote, elle serait en train de dormir paisiblement, repue, au lieu d'être là, les yeux grands ouverts, fiévreuse et inassouvie.

Elle enfouit son visage dans l'oreiller et pleura de frustration jusqu'à avoir la gorge brûlante et tomber de sommeil. Elle s'éveilla plusieurs heures après, désorientée par l'obscurité de sa chambre. Il était presque 17 heures. Elle s'assit dans son lit en écartant les mèches de cheveux collées sur son visage. Elle avait dormi plus de six heures, mais ne se sentait nullement reposée. Le souvenir de rêves tourmentés dans lesquels Jason apparaissait sans cesse la maintenait dans un douloureux état d'insatisfaction.

Elle s'apprêtait à passer la fin de la journée à dormir, mais des effluves appétissants la tirèrent du lit. Son estomac grondait, lui rappelant qu'elle n'avait rien mangé depuis la veille, à l'exception d'une barre de céréales achetée à l'aéroport. Elle s'habilla et descendit dans la cuisine.

— Ça sent bon.

Lily sursauta quand Ming entra dans la cuisine. La porte du four claqua tandis qu'elle se retournait pour lui faire face.

— Tu es là ?

Lily avait les joues rouges, probablement à cause de la chaleur du four. Leur mère leur avait appris à cuisiner à toutes les deux, mais c'est Lily qui avait hérité de sa passion pour la cuisine. Ming en savait juste assez pour pouvoir se nourrir au quotidien.

— Tu prépares un dîner ?

— J'avais envie d'agneau.

— Envie d'agneau ?

Quand elle voulait impressionner un homme, Lily faisait un rôti d'agneau. Et cela faisait bien un an qu'elle n'en avait pas cuisiné.

— Je croyais que tu allais à Portland ce week-end, pour chercher un appartement ?

— J'ai changé d'avis.

— Est-ce que ça veut dire que tu as changé d'avis au sujet de ton déménagement ? demanda Ming avec espoir.

— Non.

Lily sortit une bouteille de vin du réfrigérateur et ouvrit un tiroir pour chercher un tire-bouchon.

— Comment se fait-il que tu sois là ? Je croyais que tu partais pour le week-end ?

Ming pensa au chardonnay qu'elle avait bu avec Jason. A la

façon dont il lui avait glissé le raisin dans la bouche, au plaisir de sentir ses mains la toucher.

— Je ne m'amusais pas, j'ai préféré rentrer.

Un demi-mensonge.

— Je n'ai pas eu l'occasion de t'en parler, mais Terry m'a proposé de reprendre le cabinet.

— Comment vas-tu t'en sortir, avec un bébé et le cabinet ?

— Très bien.

— Et moi, je pense que tu es égoïste.

Les mots de sa sœur la giflèrent comme un fouet.

— Comment trouveras-tu le temps de t'occuper d'un enfant si tu dois diriger une affaire ?

— Il y a des dizaines de femmes qui parviennent à concilier leur vie familiale et leur vie professionnelle.

Elle s'efforçait de repousser les doutes qui naissaient en elle. Etait-ce que, inconsciemment, elle partageait l'avis de sa sœur ? Ceci expliquerait son échec avec Jason, la veille. Que se passerait-il si elle ne pouvait pas tout mener de front ? Risquait-elle le naufrage ?

Non. Elle ferait face. Même si elle n'avait personne à ses côtés dans les moments difficiles, personne pour partager ses succès ? Elle allait se trouver affreusement seule. Ses parents l'aideraient, bien sûr, mais Lily allait partir, Jason avait sa carrière et ses compétitions. Qu'est-ce qu'elle croyait ? Avec un enfant et une entreprise à gérer, elle devrait définitivement renoncer à l'amour et au mariage.

Elle chassa ces pensées. Inutile de se faire du souci pour des choses sur lesquelles elle n'avait pas prise. L'organisation et la planification étaient la clé du succès, et elle excellait là-dedans. Elle se servit un verre de la bouteille que Lily venait d'ouvrir et grimaça quand le vin toucha ses papilles. Elle regarda l'étiquette en fronçant les sourcils.

— Depuis quand bois-tu du riesling ?

— J'essaye des trucs nouveaux.

— C'est le vin préféré d'Evan.

— Il me l'a recommandé, c'est pour ça que j'en ai acheté.

— Récemment ?

— Non, il y a un moment. C'est quoi, cet interrogatoire ? Je goûte un vin que ton ex aime, il n'y a pas de quoi en faire une histoire !

La dureté du ton de Lily la bouleversa. Leur désaccord concernant son enfant pouvait-il vraiment creuser un fossé entre elles ? Elle reposa son verre.

— Je vais faire un saut chez papa et maman pour récupérer Muffin. Tu as besoin que je rapporte quelque chose ?

— Une bouteille d'un vin qui te conviendrait mieux ?

L'acrimonie de sa sœur la fit tressaillir. Elle prit ses clés et se dirigea vers l'entrée.

— Tu sais, Lily, je ne suis pas spécialement ravie que tu aies décidé de partir à Portland, mais je comprends que c'est quelque chose d'important pour toi, alors je m'efforce de laisser de côté mon petit désir égoïste de te voir rester avec nous et de te témoigner mon soutien.

Sans attendre de réponse, elle ferma la porte et alla chercher sa voiture au garage. Ses mains tremblaient et il lui fallut un certain temps pour faire démarrer la Cobra. Elle avait décidé de sortir la décapotable, l'air frais l'aiderait à dissiper la confusion de son esprit.

La petite voiture de course la conduisit chez ses parents en un temps record. Elle devait vendre cette voiture, ce n'était vraiment pas un véhicule approprié pour une future maman. Mais il y avait tant de bons souvenirs liés à cette voiture.

Après sa dispute avec Lily, elle avait envisagé de rester dîner chez ses parents, mais ils sortaient rejoindre des amis, aussi rentra-t-elle aussitôt après avoir récupéré la petite chienne. Il y avait une voiture garée devant la maison. Avec la nuit qui tombait, il lui fallut quelques instants pour reconnaître celle d'Evan.

Elle avait toujours su qu'elle serait inévitablement amenée à croiser Evan, dans des fêtes de famille ou d'autres occasions, aussi avait-elle décidé de garder avec lui des relations amicales. Cela n'avait pas été trop difficile, en fait. Leur relation n'ayant jamais été passionnelle, elle n'avait plus de ressentiment à son égard, même s'il l'avait quittée abruptement. Ce qui ne voulait pas dire qu'elle était d'accord pour qu'il surgisse chez elle sans prévenir. Elle se gara et prit Muffin sous son bras. Sa déception était de plus en plus vive. Elle avait un peu espéré que Jason passerait la voir, mais il n'avait même pas téléphoné ni répondu à son texto.

Quand elle entra dans la cuisine, elle sentit une telle tension qu'elle s'arrêta net, comme devant un mur invisible. Que se passait-il ? Evan et sa sœur étaient assis chacun à une extrémité de la table, la bouteille de vin pratiquement vide posée entre eux deux. Lily avait une expression chagrine et ses yeux allaient d'Evan au saladier posé devant elle.

— Evan ! Pour une surprise...

Ming découvrit le vase plein de fleurs près de l'évier. Des marguerites. Il lui offrait des marguerites chaque fois qu'ils s'étaient chamaillés. Pour lui, ces fleurs blanches toutes simples valaient des excuses. Il était tellement prévisible. Ou peut-être pas tant que ça. Pourquoi était-il venu chez elle sans s'annoncer ? Lily évitait de la regarder. Sa sœur avait-elle parlé à Evan de son projet d'enfant ? L'estomac noué, Ming reposa la petite chienne qui courut à sa gamelle.

— Qu'est-ce qui t'amène ? demanda-t-elle à Evan.

— Je suis venu... Eh bien..., répondit-il d'un air paniqué.

— Est-ce que tu restes dîner ? Lily a fait du gigot, je suis sûre qu'il y en a assez pour trois. Ou je devrais dire pour quatre, car, en principe, Lily fait de l'agneau quand elle invite un monsieur à dîner.

Evan coula un regard de biais en direction de sa sœur.

— Tu fréquentes quelqu'un, Lily ?

— Non, non, c'est juste pour la galipette, dit Ming sur le ton de la confidence, mais elle est prête à se mettre en quête d'une relation sérieuse, c'est pour ça qu'elle part à Portland.

— Et la personne qu'elle voit actuellement, ça n'est pas sérieux ? lui demanda-t-il.

Lily baissait obstinément la tête sur une laitue qu'elle était occupée à nettoyer.

— Elle dit qu'ils sont juste amis. C'est bien ça, Lily ?

— Je suppose.

Les yeux furibonds de Lily allaient de l'un à l'autre.

— Et à quelle heure est-il censé venir ?

— Qui ça ?

— Eh bien, le monsieur pour lequel tu as fait du gigot !

— Il n'y a pas de monsieur, répliqua Lily avec impatience. Je t'ai dit que j'avais envie d'agneau, ça n'a rien de si exceptionnel !

Ming sentit le regard d'Evan posé sur elle. Elle avait pris le prétexte de la vie privée de Lily pour éviter de parler de la raison de sa venue chez elle. Il avait changé vers la fin de leur relation. Plus le mariage approchait, plus il était devenu irritable. Une partie d'elle-même avait ressenti un profond soulagement quand il avait mis un terme à leur relation. Qu'était-il venu faire ici aujourd'hui ? Elle regarda les marguerites. S'il avait des velléités de la reconquérir, il tombait on ne peut plus mal.

— Je monte défaire mon sac, annonça-t-elle, pressée de s'esquiver. Evan, préviens-moi si le prétendant mystère de Lily montre son nez, je meurs de curiosité.

— Il n'y a pas de prétendant mystère ! rugit sa sœur.

Ming ouvrit sa valise et entreprit de ranger ses affaires, mettant au sale ce qu'elle avait porté, suspendant les vêtements fripés, rangeant dans les tiroirs ou la penderie ce qui était intact. Quand elle eut terminé, il ne resta sur le lit qu'une chemise de nuit de soie blanche. Elle l'avait achetée deux jours plus tôt à San Francisco, spécialement pour ce week-end. Qu'allait-elle bien pouvoir en faire ?

— Ming ?

Elle sursauta en découvrant Evan sur le seuil de sa porte.

— Le rendez-vous de Lily est arrivé ?

Le regard d'Evan s'arrêta sur le lit. Il regarda longuement la chemise de nuit avant de reposer les yeux sur elle.

— Je voulais te parler de quelque chose.

Elle sentit son pouls s'accélérer. Tant de solennité ne présageait rien de bon.

— Ah oui ? Eh bien, allons dîner et nous parlerons.

Elle s'avança, mais il leva les mains pour l'arrêter.

— C'est quelque chose dont nous devons parler en tête à tête.

Non, rien de bon, assurément.

— Tu sais, tout va très bien, en ce moment, dit-elle avec désinvolture, en rassemblant ses cheveux sur son épaule pour les séparer en trois mèches. Le cabinet marche très bien et Terry veut que je reprenne l'affaire.

Elle tressa rapidement ses cheveux, puis chassa d'une pichenette un mouton de sa table de nuit.

— Je suis très contente.

— Et j'en suis ravi, moi aussi. Mais il y a quelque chose que tu dois savoir.

— Le dîner est prêt.

Ming eut un sourire reconnaissant pour sa sœur.

— Magnifique ! Viens, Evan, tu vas te régaler.

Elle dévala l'escalier. Son verre était resté là où elle l'avait laissé et elle le vida d'un trait. Le goût la fit de nouveau grimacer et elle partit chercher un chiraz dans sa cave à vins.

Durant tout le repas, Evan garda une attitude réservée et Lily resta plongée dans ses ruminations. Ce fut Ming qui remplit le silence avec des anecdotes sur son séjour à San Francisco et les drôleries de la petite fille de Wendy.

Une fois la cuisine rangée et le lave-vaisselle mis en route, Ming était épuisée. Non seulement elle avait eu à faire les frais de la conversation toute la soirée, mais elle avait un peu trop bu. Sans chercher à dissimuler ses bâillements, elle monta à sa chambre et ferma la porte pour prendre une douche. L'eau chaude lui massa les épaules, effaçant peu à peu les tensions de la journée. Elle passa un peignoir moelleux, et s'assit dans son fauteuil, près de la baie vitrée, pour contempler son jardin et en savourer le calme, plongée dans ses pensées. On frappa doucement et Lily entrebâilla la porte.

— Ça va ?

— Evan est parti ?

Lily acquiesça de la tête.

— Je suis désolée de ce que je t'ai dit tout à l'heure.

— Tu n'as pas tort, répondit Ming en tapotant le fauteuil à côté d'elle pour inviter sa sœur à s'asseoir à ses côtés. Je suis égoïste. Mais tu sais aussi que, quand j'entreprends quelque chose, je m'y consacre entièrement.

Lily vint la serrer dans ses bras puis s'assit.

— Tu seras une super maman, ça ne fait aucun doute.

Elle tenta de chasser la boule dans sa gorge. Elle détestait se disputer avec sa sœur.

— Merci. Bon, que se passe-t-il avec Evan ?

— De quoi parles-tu ?

— Quand je suis arrivée à la maison, il avait l'air lugubre, je ne l'ai jamais vu ainsi. Il t'a expliqué pourquoi il débarquait sans crier gare ? Vous êtes devenus vraiment bons amis, ces derniers temps.

Lily avait toujours pris le parti d'Evan et Ming s'était souvent demandé laquelle d'entre elles était la plus affectée par leur rupture.

— Est-ce que tu crois que Jason lui a dit que tu veux avoir un enfant ?

— Jason ne ferait jamais une chose pareille.

Ming sentit sa peau frémir à la pensée qu'elle aurait pu être dans ses bras en ce moment même. Nue. Leurs corps mêlés. Trop heureuse pour penser à quoi que ce soit d'autre.

— Je sais que cela peut paraître idiot, mais est-ce qu'il est possible qu'Evan ait envie qu'on se remette ensemble ?

— Qu'est-ce qui te fait croire qu'il a envie de ça ? s'exclama Lily d'une voix un peu trop forte.

— Rien. Rien de précis, répliqua-t-elle en secouant la tête. C'est juste que depuis que j'ai annoncé à Jason que je voulais avoir un enfant, il n'arrête pas de me demander si je suis toujours amoureuse d'Evan.

— Et c'est le cas ? demanda Lily en se penchant vers elle, les sourcils froncés. Je veux dire, c'est Evan qui a rompu, pas toi...

Ming joua un instant avec la ceinture de son peignoir. La douleur d'avoir été délaissée s'effaçait un peu plus chaque jour, mais elle n'avait pas totalement disparu.

— C'est sans importance. Les raisons pour lesquelles nous avons rompu n'ont pas changé.

— Et si ça avait changé ? Si les problèmes qu'il y avait entre vous n'existaient plus ? s'enquit Lily avec une ferveur étrange. Est-ce que tu lui donnerais une nouvelle chance ?

Ming essaya de se représenter avec Evan, à présent qu'elle avait goûté aux baisers de Jason. Elle était sortie avec l'un des frères au lieu de se battre pour l'autre, jamais elle ne referait la même erreur. Plutôt être une mère célibataire heureuse que mariée à un homme qu'elle n'aimait pas.

— Je viens de passer six mois à réinventer ma vie sans Evan, je veux aller de l'avant, pas regarder en arrière.

Assis au volant de sa voiture, Jason regardait la maison de Ming. Il était un peu plus de 20 heures. Quand elle l'avait quitté à Mendocino, son orgueil l'avait empêché de lui courir après. Il était resté à arpenter frénétiquement la chambre pendant près de deux heures puis, finalement sûr qu'elle n'allait pas miraculeusement changer d'avis et faire demi-tour, il avait fini par reprendre sa voiture et gagner l'aéroport, où il avait pris le vol de 6 heures du matin pour Houston.

Il n'avait pas aimé la façon dont les choses s'étaient terminées. Le SMS de Ming lui faisait espérer qu'elle non plus. Après avoir dormi quelques heures, il était venu la convaincre de faire une nouvelle tentative. La vue de la voiture d'Evan garée dans l'allée le contraria. Qu'est-ce qu'il pouvait bien faire chez Ming ? Etait-il venu lui dire qu'il voyait sa sœur ? En ce cas, Ming devait être bouleversée, et il ferait mieux d'aller la voir.

Il allait sortir quand la porte d'entrée s'ouvrit et le porche s'éclaira. Il ne voyait pas l'expression du visage de Lily d'où il était, mais son attitude était éloquente. Elle avait passé les bras autour du cou d'Evan, et celui-ci l'avait prise par la taille pour lui donner un long baiser passionné. De toute évidence, ils partageaient les mêmes sentiments.

Jason sentit une douleur acide monter dans sa gorge. Il détourna le regard, mais sa colère s'accrut. Comment Evan pouvait-il agir de la sorte ? Se moquait-il à ce point des sentiments de Ming ? Ne se rendait-il pas compte de ce que ça lui ferait, si elle les surprenait en train de s'embrasser ? Apparemment, non. Il tombait à pic pour rappeler son frère à l'ordre avant que les choses ne tournent mal.

Un bruit de moteur lui fit relever la tête. Evan repartait et il avait raté l'occasion de le prendre sur le fait. Avec un juron, il composa le numéro de son frère.

— Jason ? Salut, ça va ?

— Il faut qu'on parle.

— Eh bien, je t'écoute.

Malgré la scène passionnée à laquelle il venait d'assister, Jason ne lui trouva pas un ton particulièrement enjoué.

— De vive voix.

Il voulait pouvoir étrangler son frère sur place au besoin.

— Chez O'Malley's, dans dix minutes.

Sa détermination devait être audible car Evan ne discuta pas.

— Très bien, O.K.

Jason raccrocha et suivit la voiture de son frère jusqu'au bar qui était tout près. Il était debout devant la portière avant même qu'Evan ait eu le temps de couper son moteur.

— Vous continuez à vous voir, avec Lily ? demanda-t-il sans lui laisser le temps de sortir de la voiture.

— Je n'ai jamais dit que j'allais arrêter.

— Est-ce que Ming le sait ?

— Pas encore.

— Elle ne va pas tarder à le savoir si tu continues à embrasser Lily sous le nez de tout le voisinage.

— Ming ne pouvait pas nous voir, elle était montée dans sa chambre, répliqua Evan sans lui demander comment il était au courant.

— Donc il n'y a aucun problème ?

Les poings serrés, il fusilla Evan du regard.

— Si vous avez l'intention de vous afficher en public, vous devez lui révéler ce que vous êtes en train de faire.

— J'ai voulu le faire ce soir, mais Lily m'en a empêché. Elle ne veut pas le dire à Ming, répliqua Evan d'un air mécontent. On ne peut pas entrer discuter de ça autour d'une bière ?

Vu son humeur, Jason n'était pas certain que boire soit très raisonnable. Néanmoins, il recula d'un pas pour laisser son frère sortir de sa voiture, se força à desserrer les poings et à reprendre son calme. Le temps qu'ils s'installent à une table, sa rage avait fait place à une colère sourde. Il s'adossa à la paroi de bois poli tandis qu'Evan s'accoudait à la table, l'air sombre et contrit.

— Pourquoi est-ce que Lily ne veut pas le dire à Ming ?

— Je pense qu'elle ne veut pas aller plus loin.

Si Evan ne risquait pas de briser une fois de plus le cœur de son amie, Jason aurait éprouvé de la compassion pour lui, tant son abattement était manifeste.

— Alors, arrête de la voir.

— Je ne peux pas.

Malgré la tension qu'il y avait dans sa voix, les coins de sa bouche se détendirent.

— Physiquement, c'est extraordinaire avec elle. Je me répète cent fois par jour que c'est une histoire sans avenir, et qu'il faut que je me sorte de là avant que quelqu'un ne souffre, mais dès que je l'entends ou que je la vois, je ne peux pas... Je ne sais pas pourquoi je te raconte tout ça...

— Si je comprends bien, ça colle entre vous.

Le ressentiment rendait Jason furieux. Entre lui et Ming aussi, le contact était incandescent mais, au lieu de se livrer à des ébats explosifs, ils restaient à se disputer quant aux conséquences que cela pourrait avoir.

— Oui, c'est incroyable.

— Mais ? le coupa Jason.

— Je ne sais pas si cela pourrait marcher entre nous. Nous avons des idées totalement opposées sur ce que nous voulons dans la vie, répondit Evan avec découragement, et maintenant, elle a décidé de partir à Portland.

Ce qui aurait pu clore l'affaire. Mais Jason sentait que la perspective de la séparation enflammait encore les choses, plutôt que de les refroidir.

— Les relations à distance, ça ne marche pas, décréta-t-il.

— Parfois si. Et je l'aime.

Cela semblait consterner Evan.

— Et elle, est-ce qu'elle t'aime ?

— Elle dit que ce n'est qu'une histoire de sexe banale. Mais il est évident qu'il n'y a rien de banal là-dedans.

Et voilà. Une preuve de plus que l'amour n'était bon pour le bonheur de personne. Evan était épris de Lily, qui de toute évidence ne partageait pas ses sentiments, et ça le rendait malheureux. Et découvrir que son ex-fiancé était tombé amoureux de sa sœur ne pourrait que faire du mal à Ming. Non, décidément, tomber amoureux n'engendrait jamais rien de bon.

— Raison de plus pour que tu mettes fin à cette histoire avant que Ming ne l'apprenne.

— Je n'en ai pas envie.

— Tu n'en as pas envie ?

Jason était stupéfait de voir son frère si tourmenté. Pendant tout le temps de sa relation avec Ming, Evan n'avait jamais fait preuve d'une telle passion.

— Et Ming ? Tu y penses ? Tu ne crois pas que tu as fait assez de dégâts comme ça, en la plaquant deux semaines avant le mariage ?

— Oui, j'en conviens, le moment n'était pas très bien choisi. Mais nous n'étions pas faits l'un pour l'autre, conclut Evan après un silence.

— Lily et toi, vous n'avez pas l'air tellement faits l'un pour l'autre non plus.

— Je ne suis pas d'accord, protesta Evan sombrement. Et je voudrais qu'on me laisse une chance de le savoir. Je peux compter sur toi pour ne rien dire ?

— Non.

En voyant l'expression de son frère, Jason se radoucit.

— Je ne vais pas foncer chez Ming pour tout lui raconter. Parles-en à Lily et arrange ça. Tu as jusqu'à demain midi.

Il sentait sa colère céder. Il but une longue gorgée de bière et se demanda une fois de plus pourquoi Ming refusait de céder à l'attraction qui les poussait l'un vers l'autre. Craignait-elle vraiment de voir leur relation se transformer ? C'était absurde, ils étaient amis depuis vingt ans ! Cette histoire au lycée était réglée depuis longtemps. Il s'agissait juste de coucher ensemble afin que Ming ait un bébé. Et que Jason se la sorte de la tête…

Qu'il puisse satisfaire sa curiosité ? Le reproche de Ming n'était peut-être pas totalement infondé. Mais n'importe quel homme aurait eu le souffle coupé en surprenant Ming sous sa douche. Ses mains avaient connu la forme de son corps, sa langue le goût de ses seins. La douce chaleur de sa bouche. Ce n'était pas des choses qu'il pouvait oublier purement et simplement, mais il n'était pas amoureux d'elle. Il ne se laisserait jamais aller à une chose pareille. Leur amitié comptait plus que tout, et l'amour était toxique. Il suffisait de voir Evan...

Non, les choses devaient rester simples, faciles.

Ce qui n'expliquait pas pourquoi il avait proposé à Ming de lui faire un enfant, de le lui faire vraiment.

Là-dessus, il n'avait pas de réponse simple...

6

Une semaine plus tard, Jason n'avait toujours pas donné signe de vie. Pourquoi ne répondait-il pas à ses messages ? Elle s'était excusée plus de dix fois, que devait-elle dire ? Elle prit un brunch dominical avec sa sœur et décida d'aller le débusquer chez lui. Elle ressentit un vif soulagement en l'apercevant près de sa Barracuda. S'étant garée un peu plus loin, elle resta un long moment à l'observer.

Torse nu, un pantalon de treillis tombant sur ses hanches, il était occupé à éliminer la moindre trace de saleté de la carrosserie jaune. Le tuyau d'arrosage du jardin, percé, projetait une brume qui faisait luire sa peau bronzée, et les muscles de son dos roulaient à chacun de ses mouvements.

Dans une succession de visions brûlantes, elle s'imagina glissant les mains le long de ces muscles, plongeant ses ongles dans cette chair ferme tandis qu'il la dévorait. Depuis qu'elle était réveillée, à 6 heures ce matin, elle se demandait quelle attitude adopter. Devait-elle le réprimander de ne pas lui avoir répondu ? Devait-elle lui demander s'il avait bien reçu ses mots d'excuse ? Ou devait-elle laisser ses sentiments à la porte et lui parler comme si de rien n'était ?

Elle quitta enfin sa voiture et se dirigea vers lui.

— Tu as laissé une tache, là, lança-t-elle en s'arrêtant à quelques pas du pare-chocs arrière.

Surprise par le son de sa voix, comme étranglée par les images qui venaient de l'assaillir, elle cligna des yeux. Quand Jason se tourna dans sa direction, elle pointa le doigt vers un point imaginaire sur le coffre, mais posant l'éponge sur le toit, il posa les mains sur ses hanches.

— Je suis sûr que non.

— Et pourtant si.

Ming avança d'un pas et désigna de nouveau un point.

— Là.

— Si tu penses pouvoir faire mieux, ne te gêne pas.

Il lança l'éponge sur le coffre, où elle atterrit avec un bruit mou, l'éclaboussant au passage d'eau savonneuse. Pourquoi se comportait-il ainsi, alors qu'elle n'avait cessé de s'excuser ? Elle saisit l'éponge et se demanda ce qu'elle allait en faire. La lui renvoyer en pleine figure, ou rester digne et voir s'il était possible de discuter de ce qui s'était passé ? Respirant calmement, elle se mit à frotter le coffre, puis les feux arrière.

— Je t'ai laissé des messages, dit-elle sans lever la tête.

— Je sais. Désolé de ne pas avoir répondu.

— Il y avait une raison ?

— J'étais occupé.

Nettoyer une voiture rutilante n'avait vraiment aucun sens. Pas plus que d'aborder avec Jason un sujet désagréable de manière indirecte.

— Comme tu ne répondais pas, je me demandais si tu étais fâché.

— Pourquoi est-ce que je serais fâché ?

Elle fit le tour de la voiture pour mouiller l'éponge. Jason s'était placé du côté opposé et la rinçait à l'aide du tuyau d'arrosage. Une fine brume volait jusqu'à Ming et se déposait sur son chemisier blanc et sa courte jupe noire. Elle n'était pas dans la tenue idéale pour laver une voiture et ses sandales neuves allaient être fichues si elle ne battait pas en retraite rapidement.

— A cause de ce qui s'est passé à Mendocino.

— Tu veux dire parce que tu as piqué ta crise ?

Il la regarda. La rancœur flamboyait dans son regard bleu.

— Je n'ai pas piqué ma crise...

— Non ? Tu étais d'accord pour qu'on passe ces trois jours

ensemble, et à peine une heure après être arrivée, tu te mets en colère et tu fiches le camp. Tu appelles ça comment ?

Elle se mit à frotter le rétroviseur latéral avec une insistance maniaque.

— Je n'aurais pas agi ainsi si tu n'avais pas essayé de jouer les don Juan.

— De jouer les don Juan ? répéta-t-il avec stupéfaction.

— Oui, les séducteurs, quoi.

— Mais qu'est-ce que tu racontes ?

— Les pétales de roses, les bougies parfumées ! Tu as juste oublié de me faire couler un bain moussant !

Elle se tut et le regarda fixement. En voyant son expression, elle comprit qu'il avait également prévu le bain moussant dans son programme.

— Je ne peux pas y croire !

— Oh ! Mais pardon d'avoir voulu créer une atmosphère romantique...

— Je n'ai pas demandé de romantisme, je veux juste être enceinte !

Et passer par une clinique. Voilà tout.

— Depuis quand tu n'aimes plus le romantisme ? Il me semble que tu aimais bien quand Evan t'envoyait des fleurs et te préparait un dîner aux chandelles... ?

— Mais nous sortions ensemble, Evan et moi !

Et ils étaient amoureux. Elle prit le seau et s'approcha de Jason.

— Je pensais que tu apprécierais les fleurs et les bougies.

— Les hommes font ce genre de choses quand ils courtisent les femmes, maugréa-t-elle, alors que tu savais déjà que nous étions là pour coucher ensemble. Ça servait à quoi, ta grande scène de séduction ?

— Je ne comprends pas pourquoi tu en fais tout un plat.

Elle s'arrêta de frotter le pare-brise et le regarda. Il ne pouvait donc pas comprendre ?

— Tu as tout fait pour que je tombe amoureuse de toi.

— Ce n'est absolument pas ce que j'ai voulu faire.

— Je sais que tu ne veux pas que les femmes tombent

amoureuses de toi, mais c'est pourtant ce qui se passe chaque fois que tu sors avec quelqu'un.

Elle frottait le pare-brise avec acharnement.

— Tu les subjugues avec ta galanterie et ton romantisme jusqu'à ce qu'elles commencent à se faire des idées, et là, tu les laisses tomber parce qu'elles t'en demandent trop !

Il eut juste une crispation de la mâchoire.

— Tu dis ça comme si je faisais exprès de les faire souffrir.

— Pas du tout. Je crois que tu ne te rends pas vraiment compte de ce que tu fais quand tu mets en marche le charme Sterling.

— Est-ce que tu penses que c'est ce que j'ai fait avec toi ?

C'était la façon si calculée qu'il avait eue de faire les choses qui lui avait donné le sentiment d'être vue elle aussi comme une proie, et non comme une amie qui avait besoin de son soutien. Elle allait devenir une conquête de plus, une femme qui tomberait sous son charme et dont il se détournerait dès qu'elle commencerait à prendre les choses au sérieux.

— Absolument, et je ne comprends pas pourquoi.

Elle laissa tomber l'éponge dans le seau et passa les doigts dans ses cheveux mouillés, en tournant sa tête de gauche à droite pour que la brise vienne lui rafraîchir la nuque.

— Tout ce que je veux, c'est un enfant. Je ne veux pas de complications. Je ne veux pas que les choses deviennent bizarres entre nous.

L'émotion la submergea et un poids écrasant tomba sur ses épaules. Elle laissa retomber ses bras avec abattement.

— C'est pour ça qu'il vaut mieux te tenir hors de tout ça.

— Qu'est-ce que ça signifie ?

— Je vais faire chercher un donneur anonyme, comme j'avais prévu au départ, et nous pourrons faire comme si ces deux dernières semaines n'avaient jamais existé.

— J'en ai assez de faire comme si.

Avant qu'elle ait pu réfléchir au sens de cette déclaration, un jet d'eau glacée l'éclaboussa. Elle poussa un cri et recula.

— Hé ! Fais attention ! dit-elle en s'essuyant les yeux.

— Désolé.

Il n'avait absolument pas l'air désolé.

— Tu l'as fait exprès.

— Pas du tout.

— Si, tu l'as fait exprès.

En un instant, ils se retrouvèrent âgés de huit ans, à se poursuivre dans le jardin avec des pistolets à eau. Elle prit l'éponge et la lui lança à la tête. Il esquiva sans même se déplacer et une pluie de gouttelettes s'abattit sur elle.

Le seau d'eau était à ses pieds. Sans réfléchir à ce qu'elle s'apprêtait à faire, elle s'en saisit. Cela faisait combien de temps qu'elle n'avait pas agi sans réfléchir ?

— Attention à ce que tu vas faire, je te jure que tu vas le regretter, la prévint-il d'un ton grave.

Mais ses yeux pétillaient. La tension accumulée au cours des derniers jours avait eu raison d'elle. Son amitié pour Jason était l'un des piliers sur lesquels reposait toute sa vie et, aujourd'hui, elle tremblait dans l'attente de ses baisers, de ses mains sur elle... Son cœur et son esprit étaient un champ de bataille dévasté.

— Va au diable, Jason, murmura-t-elle.

L'eau pleine de savon décrivit un arc parfait et atterrit avec précision sur sa cible. Trempé de la tête aux genoux, Jason resta parfaitement immobile, le temps qu'elle repose le seau. Puis il secoua la tête avec force, envoyant une nuée de gouttes brillantes alentour. Elle le regarda lever lentement le tuyau qu'il tenait à la main, le diriger vers elle et appuyer sur le levier. S'étouffant de rire, elle se protégea de ses bras en battant en retraite. Gênée par ses talons, elle supplia Jason d'arrêter. Mais le déluge ne cessait pas, et elle ôta ses sandales pour courir se réfugier dans la maison.

Ce ne fut que dans la cuisine, dégoulinant sur le sol carrelé, qu'elle se demanda pourquoi elle n'était pas allée se mettre à l'abri dans sa voiture. Mais elle entendit bientôt claquer la porte du garage.

Frissonnant dans la fraîcheur de l'air conditionné, elle se retrouva face à Jason qui marchait droit sur elle, les yeux brillants, les lèvres serrées. Ses tremblements de froid se muèrent en frissons devant la détermination avec laquelle il vint se coller contre elle et prit son visage entre ses mains.

— Je suis désolée pour ce qui s'est passé en Californie...

Mais le reste de sa phrase se perdit sur ses lèvres avidement pressées contre les siennes. Transportée par la passion de ce baiser, elle se dressa sur la pointe des pieds pour nouer les bras autour de son cou et le laisser dévorer ses lèvres, sa langue, ses dents.

Oui. C'était cela qu'elle avait tant attendu. Cette impulsion sauvage qui les avait saisis au cours de cette soirée de leur jeunesse, le besoin affolant d'arracher leurs vêtements et de se fondre comme des amants de toujours. Elle sentait son ventre prendre feu sous l'assaut du sang qui pulsait dans ses veines.

Elle se noyait dans ce baiser, jouissait de le sentir jouer avec sa langue, se retirer, la reprendre. Ses mains quittaient son visage, descendaient dans son cou, sur ses épaules, descendaient encore. Elle frissonna de plus belle quand elles atteignirent ses seins, puis son ventre. Il saisit son chemisier à deux mains, et elle sentit onduler son torse contre elle tandis qu'il arrachait les boutons d'un seul geste. Sans une pensée pour son chemisier, elle cambra le dos et se pressa contre ses mains quand il prit ses seins, qui se durcirent à travers la soie mouillée de son soutien-gorge. Une brûlure grandissait entre ses cuisses et la fit vibrer d'impatience. Elle devait sentir la peau de Jason contre la sienne. Lâchant son cou, elle dégrafa fébrilement son soutien-gorge. Jason fit courir le bout de ses doigts sur les pointes douloureuses de ses seins.

— Tu es superbe.

Rendue rauque par l'émerveillement, sa voix acheva d'incendier Ming. Jason se courba pour prendre la pointe de son sein dans sa bouche, il fit tourner sa langue tout autour avant de la sucer avec force. La tension puissante et humide envoya un éclair au creux du ventre de Ming, lui coupa le souffle.

— Recommence, supplia-t-elle, crispant les doigts autour de ses biceps. C'est incroyable.

Et il recommença, jusqu'à ce qu'elle sente ses genoux se dérober sous elle.

— Cela fait si longtemps que je t'imagine comme ça, souffla-t-il dans le creux de sa gorge.

Ses dents pinçaient doucement les tendons de son cou.

— Comme ça comment ? Déshabillée ?

— Tremblante. Incandescente...

Il glissa la main sous sa jupe et remonta jusqu'à sa hanche.

— ... pour moi.

Elle frémit tandis qu'il approchait tout près de l'endroit où elle voulait le sentir, et laissa ses doigts s'aventurer. Sous la ceinture de son treillis, son sexe se dressait, dur comme la pierre. Elle fit glisser ses ongles le long de la fermeture Eclair et il ferma les yeux. Un halètement rauque s'échappa de ses lèvres serrées.

Elle adorait le sentir réagir ainsi et voulait le conduire là où il l'avait conduite, qu'il ressente lui aussi ce besoin irrépressible. Elle fit glisser la fermeture et écarta le tissu pour trouver sa peau. Il ne put retenir un grognement quand elle fit tomber son pantalon par terre et lui saisit fermement le sexe. Se détachant de son corps, il lui prit alors les mains pour les poser sur le bas de son dos, et de nouveau colla ses lèvres aux siennes. Elle perdit le souffle et l'équilibre tout à la fois. Elle ne touchait plus terre, prise de vertige, emportée là où plus rien n'existait que la bouche de Jason sur la sienne, son corps joint au sien.

Voilà ce qui lui avait si cruellement manqué tout ce temps. La frontière entre l'ami et l'amant n'était plus seulement brouillée, elle était abolie, par la faim et les pulsions qui les précipitaient l'un vers l'autre. Il n'y avait plus d'hésitation, plus que la chaleur et l'urgence, le désir et la soumission.

Elle ouvrit les yeux quand Jason détacha ses lèvres.

— J'ai envie de toi, dit-elle dans un souffle alors qu'il enfouissait son visage dans sa nuque.

— Montons.

Mais elle tenait à peine debout.

— Je ne pourrai jamais tenir jusque-là.

— Où, alors ?

Son regard trouva la table de la cuisine.

— Là ?

Elle le força à reculer, et il eut un regard surpris quand elle le poussa sur une chaise.

— Tout ce que tu voudras.

Tandis qu'elle se débarrassait de sa jupe, elle sentit ses doigts attraper son string rose vif et le faire glisser sur ses cuisses.

Entièrement nue à présent, elle baissa les yeux vers lui et sentit son cœur bondir dans sa poitrine.

Ils ne pouvaient plus faire machine arrière.

Les doigts de Jason s'enfoncèrent dans ses hanches quand elle vint se placer au-dessus de lui. Leurs regards étaient aimantés tandis qu'ils se rejoignaient, et il lui semblait qu'elle plongeait directement jusqu'à son âme. Aucun voile ne venait cacher ce qu'il ressentait pour elle.

Elle descendit sur lui, leurs corps s'unirent aussi étroitement que leurs âmes, et elle rejeta la tête vers l'arrière, pour jouir de la perfection de ce moment.

Il était mort, et il était au paradis.

Avec Ming s'arc-boutant ainsi sur lui, défaillant presque sous son étreinte, il avait atteint des sommets dont il ne soupçonnait pas l'existence. La sensation d'être enfoui tout au fond d'elle lui faisait perdre l'esprit. Il frissonna, assailli par un flot d'émotions.

— C'est la première fois, murmura-t-il en se penchant sur ses seins, je n'ai jamais fait ça avant.

Elle contracta ses muscles autour de lui et il gémit, sentant vibrer sa poitrine, comme dans un rire. Prenant appui du bout des doigts sur ses épaules, elle se redressa et le regarda intensément. Elle se mordilla la lèvre inférieure.

— Je sais de source sûre que c'est loin d'être ta première fois.

Il n'y avait pas trace d'acrimonie dans ses paroles, elle ne se souciait pas le moins du monde des femmes qu'il avait connues avant elle. Il caressa son dos, ses doigts effleuraient sa peau soyeuse, suivaient les reliefs de ses omoplates.

— C'est la première fois que je fais l'amour sans préservatif.

— C'est vrai ? demanda-t-elle en le dévisageant sous l'ombre de ses longs cils. Je suis la première ?

— Tu es la seule.

Ces mots lui avaient échappé, il sut qu'il en avait trop dit. Un éclair de ravissement était passé dans les yeux de Ming, fugace, mais il l'avait entrevu et savait ce qu'il venait de lui offrir.

— Ça me plaît...

— Je ne voudrais jamais mettre enceinte personne d'autre que toi.

Son sourire, mystérieux et serein, devint félin.

— Ça aussi, ça me plaît...

Et cette fois, quand elle l'embrassa, ce n'était plus pour l'exciter. Dans ce baiser profond, elle s'empara de lui tout entier. Mêlant les doigts à sa chevelure, il répondit à son appel et leurs langues dansèrent longuement l'une avec l'autre, comme si elles se connaissaient depuis toujours. Il savait exactement comment l'affoler, comment la faire gémir et vibrer.

— Je vais te dire un secret, chuchota-t-elle à son oreille, toi aussi, tu es le premier.

Incapable de parler sous ses caresses, ses doigts habiles qui lui agaçaient les tétons et ses ongles qui griffaient doucement la chair si sensible, il leva un sourcil pour lui montrer sa perplexité.

— Je n'avais jamais fait l'amour sur une chaise auparavant.

Elle décrivit avec ses hanches un lent mouvement qui fit monter un grognement du fond de sa gorge.

— C'est plutôt agréable, je trouve.

Il sentit la pression qui augmentait dans son bas-ventre tandis qu'elle poursuivait ses ondoiements. Placée ainsi sur lui, c'était elle qui avait le contrôle. Haletant, les yeux mi-clos, il se concentrait sur son visage pour ne pas se laisser emporter par le plaisir qui le gagnait. C'était encore plus parfait que dans tous les rêves qu'il avait faits d'elle.

Elle creusa le dos, modifia l'angle de ses hanches et se remit à bouger sur lui.

— Oh, Jason, c'est inimaginable !

— Oui, c'est... merveilleux !

Il bredouillait, et elle eut un petit rire bref.

— Tellement parfait.

Elle s'assit très droite, planta le regard dans ses yeux bleus.

— Oui. Je n'ai jamais ressenti quelque chose de semblable.

— Jamais, moi non plus.

Il recommença à l'embrasser, voluptueusement. Ses mouvements s'accéléraient à mesure que l'excitation montait en elle et, empoignant ses hanches, il la guida une nouvelle fois sur lui.

Un cri léger s'échappa de ses lèvres entrouvertes, et il sentit la tension de son corps : elle était au bord de la jouissance. Cette simple idée suffit à l'incendier et, le regard vrillé sur elle, il se retint, attendant qu'elle atteigne les sommets. Le spectacle de son plaisir triomphant le désorienta complètement. Elle s'abandonna entièrement et cria son nom. Egaré, il relâcha tout contrôle et se perdit en elle. Ils n'étaient pas en train de concevoir un enfant. Ils étaient en train de vivre un moment éternel dont la plénitude l'ébranla. Il n'aurait jamais imaginé que se laisser aller de cette manière le toucherait avec une telle force.

Tremblant, il étreignit le corps de Ming et le serra contre lui, la respiration lourde. Tandis que les dernières pulsations de son plaisir s'apaisaient, il écarta une à une les mèches de son visage et déposa un baiser très doux sur ses lèvres.

— Je suis heureuse d'avoir été la première, murmura-t-elle en enroulant ses bras souples autour de son cou.

Il sourit.

— Je suis heureux que tu sois la seule.

Allongée sur le ventre, Ming était étendue en travers du grand lit dans la chambre de Jason. Le menton posé sur son torse, un pied battant l'air, elle le contemplait. Nu, détendu, il était allongé sur le dos, les mains derrière la nuque, les yeux clos, les jambes repliées. Un sourire relevait les commissures de ses lèvres. Elle voyait son expression de plénitude, et se réjouissait de penser que c'était elle qui l'y avait conduit.

Son corps était vidé de toute énergie, mais pas son esprit.

— A présent que nous nous sommes occupés de ça, tu peux peut-être m'expliquer pourquoi tu m'as évitée depuis deux jours ?

Jason se rembrunit.

— As-tu parlé avec ta sœur ?

— Lily ?

Elle se redressa et s'assit sur le lit.

— Nous avons déjeuné ensemble ce matin, pourquoi ?

Il cligna des yeux.

— Elle ne t'a rien dit.

De quoi pouvait-il bien parler ?

— Dit quoi ?

— Pour elle et Evan. Ils se voient, dit-il, l'air sombre.

— Ma sœur et ton frère ?

Elle prononça ces mots machinalement, mais ils semblaient ne pas pouvoir arriver jusqu'à son esprit.

— Ils se voient... Tu veux dire, ils sortent ensemble ?

Son regard traversait Jason, absent. Il y avait encore deux semaines, elle aurait ri si on lui avait dit qu'elle et Jason se retrouveraient ensemble dans un lit. Et maintenant, Evan et Lily... Tout ça était tellement inattendu.

— Oui.

Il tendit la main, caressa doucement son bras.

— Est-ce que ça va ?

Sa question la déconcerta, mais la préoccupation qu'elle lisait sur le visage de Jason l'obligea à examiner ce qu'elle ressentait. Un trouble déplaisant qui la remplissait de désarroi. Mais il était hors de question de l'admettre.

— Eh bien, s'ils se marient, nous serons beau-frère et belle-sœur...

Elle avait tenté de prendre un ton léger, mais Jason soupira avec agacement.

— Ne joue pas à ça avec moi. Ça ne me plaît pas de te voir souffrir.

Elle abandonna alors son ton bravache.

— Mais ça n'est sûrement pas sérieux... Lily part s'installer à Portland. Elle ne ferait pas ça si elle attendait quelque chose de cette relation.

Sa voix se perdit dans un murmure.

— C'est pour ça qu'elle s'en va, c'est ça ? Ils sont tombés amoureux, et elle ne peut pas rester. Elle préfère partir très loin de lui pour l'oublier.

— Je ne sais pas si ta sœur est amoureuse d'Evan.

— Evan est amoureux d'elle, en revanche.

Jason serra les lèvres, mais la réponse était écrite sur son visage. Elle avait besoin de se ressaisir. Quittant le lit, elle alla prendre le peignoir de Jason dans la salle de bains. Elle l'enfila, serra étroitement la ceinture autour de sa taille, replia les manches avec soin. Cela fait, elle se sentit plus calme et put lui faire face.

— Depuis quand le sais-tu ?

L'amertume qu'il y avait dans sa question la surprit et elle tenta d'analyser ce qu'elle éprouvait. Evan ne lui avait pas à proprement parler brisé le cœur quand il avait rompu, mais elle n'en avait pas moins été blessée. Elle était tout de même alors sur le point de se lier à lui pour le reste de sa vie.

— Je savais qu'ils se voyaient. Je n'avais pas compris que c'était sérieux, jusqu'à ce que je parle avec Evan hier soir.

Jason se leva et s'approcha d'elle.

— Est-ce que ça va ?

— Parfaitement.

Quelque chose lui chatouillait la joue. Elle leva la main, sentit que sa peau était mouillée.

— Ça va très bien.

— Alors pourquoi pleures-tu ?

Elle sentit son cœur se ralentir.

— Je pleure sur mon sort, je me demande si Evan a jamais été vraiment amoureux de moi.

Elle leva la tête vers le plafond, clignant des yeux avec violence pour chasser ses larmes.

— C'est vraiment tellement impossible de m'aimer ?

Les bras de Jason vinrent l'envelopper. Ses lèvres lui effleurèrent la joue.

— Au contraire, il est impossible de ne pas t'aimer.

Dans le réconfort de son étreinte, elle eut désespérément envie de le croire. Mais les faits étaient là. Elle avait trente et un ans n'était toujours pas mariée, et devait se résoudre à faire un enfant seule.

— Un jour, tu trouveras un homme fait pour toi, j'en suis certain.

Entendre Jason tenir de tels propos lui fit l'effet de marcher sur du verre brisé. Un élancement de douleur la traversa, mais elle n'avait nulle part où courir se réfugier. L'homme que son cœur avait choisi ne serait jamais amoureux d'elle.

Elle le repoussa.

— En fait, tu m'annonces ça alors qu'on vient juste de faire l'amour ensemble ?

Le regard de Jason s'assombrit.

— J'essaye seulement de me comporter en ami.

— Je sais bien qu'il n'y a rien du tout entre nous, mais il ne t'est pas venu à l'esprit que je n'avais pas forcément envie de penser à un autre homme pendant que j'étais dans ton lit ?

Une boule empêchait l'air de passer dans sa gorge.

— C'est bizarre, répliqua-t-il d'un ton coupant, il y a une minute, tu pleurais parce que mon frère était amoureux de ta sœur.

Elle ouvrit la bouche, mais resta muette. Trop de choses se télescopaient et la plongeaient dans la confusion. Jason avait parfaitement raison. Elle réagissait de manière déplacée, elle le traitait en amant, pas en ami.

— Tu as raison. Je suis un peu perdue avec ce que tu m'apprends. Mais ce n'est pas parce que je suis toujours amoureuse d'Evan. C'est le cadet de mes soucis de rencontrer quelqu'un et de commencer une relation, ces jours-ci.

— Tu ne dois pas te fermer les portes.

— Comme toi tu le fais ?

Que lui, entre tous, se permette de lui donner ce genre de conseils ! Elle se reprit avant d'en dire plus, et remisa ses émotions dans un coin de sa tête.

— Je ferais mieux de rentrer m'occuper de Muffin.

— Je suis sûr que Muffin va très bien, répliqua-t-il en la scrutant avec impatience. Toi, par contre ?

— Je vais très bien aussi.

— Je ne sais pas pourquoi, mais j'ai du mal à te croire.

Elle aurait voulu se réchauffer à la chaleur de sa sollicitude, mais ils n'étaient plus à égalité désormais. Pour lui, il n'y avait rien de changé entre eux. Elle, elle était sur le point de fondre. Elle rassembla toutes ses forces pour lui adresser un sourire impeccable.

— Tu n'as aucune raison de t'inquiéter pour moi, dit-elle en allant chercher un T-shirt dans son dressing. Ça ne t'embête pas que je t'emprunte ça, étant donné que tu as détruit mon chemisier ?

Jason la considéra. Il n'était visiblement pas convaincu par sa démonstration.

— Je t'en prie. Je m'en voudrais d'être responsable d'un accident si tu devais conduire les seins nus.

Le ton était désinvolte, mais l'expression de Jason resta maussade tandis qu'il la regardait enfiler son T-shirt et se diriger vers la porte.

— Je t'appelle plus tard, lança-t-elle par-dessus son épaule, désireuse de s'enfuir avant que la tristesse ne la submerge.

— Tu pourrais rester dîner.

Il l'avait suivie en bas et s'était emparé de sa jupe et de ses sous-vêtements avant qu'elle n'ait pu les enfiler.

— J'ai des dossiers à voir pour demain, dit-elle en lui ôtant les vêtements des mains.

— Tu peux travailler après manger. Moi aussi, j'ai quelques rapports à écrire. On peut se faire une séance de travail, comme au bon vieux temps.

C'était une proposition tentante, mais elle se dit qu'il était temps de revenir à la normale.

— J'ai besoin de réfléchir un peu.

— De réfléchir à quoi ?

— Plusieurs choses, murmura-t-elle, sachant parfaitement que Jason ne se satisferait pas d'une réponse aussi vague.

Comment elle allait s'habituer à être amie et amante avec Jason, par exemple. Et puis cette situation tordue avec sa sœur. Il fallait qu'elle se départisse de son ressentiment vis-à-vis de Lily, non pas parce qu'elle sortait avec son ex-fiancé, mais parce qu'elle avait semble-t-il trouvé ce à quoi Ming n'aurait jamais droit : une relation sérieuse avec un homme qui l'aimait vraiment.

— A quoi est-ce que tu veux réfléchir ? On a fait l'amour et, avec un peu de chance, on a fait un bébé.

Ses genoux cédèrent légèrement. Etait-il possible qu'elle soit déjà enceinte ? Cette pensée la galvanisa. Elle voulait plus que jamais porter l'enfant de Jason. Mais cela l'obligeait aussi à réfléchir à son désir d'être mère. Serait-elle aussi déterminée si le père était un autre homme ou était-elle mue par le désir de partager avec lui une chose qu'il lui refusait ?

— Je l'espère, moi aussi, dit-elle en se forçant à sourire.

Il traversa la cuisine sans bruit, pieds nus sur le carrelage, pour aller jeter son chemisier perdu à la poubelle. Et tout en se rhabillant, elle ne pouvait s'empêcher de le suivre des yeux, fascinée. Dans son jean et son T-shirt noir, il avait tout ce qu'elle avait toujours désiré chez un homme. Fort, mais sachant se montrer sensible, capable d'une tendresse inattendue. Faire l'amour avec lui avait été magique.

— Tu ne rentres pas plutôt pour te morfondre au sujet d'Evan et Lily ?

— Non, rétorqua-t-elle d'une voix qui n'était pas aussi ferme qu'elle l'aurait voulu. C'est fini entre Evan et moi. Il était inévitable qu'il rencontre quelqu'un, un jour ou l'autre.

Simplement, elle aurait préféré que ce ne soit pas sa propre sœur. Elle se haussa sur la pointe des pieds et posa un petit baiser sur la joue de Jason.

— Merci pour ce délicieux après-midi.

Ces événements imprévus avaient bousculé tous ses plans. Elle avait besoin de faire le point et de réfléchir. Elle tenta une plaisanterie.

— Si tu as envie de recommencer bientôt, n'hésite pas à me faire signe.

Il lui prit la main et la plaqua contre la fermeture de son pantalon.

— J'ai envie de recommencer tout de suite.

Sa voix sourde et son regard fervent lui firent battre le cœur.

— Reste avec moi, je te promets un dîner exquis.

La chaleur qui émanait de lui tempérait le froid qui la glaçait. Elle se blottit contre sa poitrine, sa main arrondie sur la bosse de son pantalon. Il emprisonna ses cheveux dans son poing en se penchant sur sa bouche. Elle fut prise d'un nouveau vertige passionné. Elle s'était ouverte à lui et elle était impuissante face au pouvoir d'attraction qu'il exerçait sur elle, face à l'appel de son corps tendu qui la faisait basculer sur la table. Elle était sur le point de se rendre au plaisir qu'éveillaient les doigts de Jason glissant entre ses cuisses, quand elle fut soudain traversée par le souvenir de ses paroles. *Un jour, tu trouveras un homme fait pour toi, j'en suis certain.*

Elle se détacha de son baiser et, aspirant une grande bouffée d'air, posa les mains sur son torse en baissant la tête, avant qu'il puisse reprendre possession de ses lèvres.

— Il faut que je parte, dit-elle d'un ton ferme pour le convaincre qu'elle n'allait pas se laisser détourner. Mais on pourrait peut-être dîner ensemble demain ?

Pourtant, elle se sentait envahie par la panique. La sensation de ses bras serrés autour d'elle était parfaite, mais elle devait ordonner le chaos de ses émotions avant de le revoir.

— O.K., lâcha-t-il, sec et laconique.

— Chez toi ?

— Comme tu veux.

Une brève inclinaison de la tête.

Elle posa la main sur sa joue, le gratifia d'un regard plein d'attente.

— J'en ai très envie.

Son regard s'adoucit.

— Viens à 17 heures, dit-il en lui prenant la main pour embrasser sa paume. Ne sois pas en retard.

7

Ming gara sa voiture près des gradins qui surplombaient le circuit. La compétition avait lieu au milieu de nulle part comme souvent, mais à seulement deux heures de route de Houston, pour une fois. Jason devait parfois parcourir plusieurs centaines de kilomètres pour prendre part à une course.

Il allait être étonné. Cela faisait six ou sept ans qu'elle n'était pas venue le voir courir. Elle n'aimait pas la course automobile. Le bruit, la poussière, la monotonie des épreuves. Le plaisir devait être pour ceux qui conduisaient, mais pas pour les spectateurs.

Qu'est-ce qu'elle faisait là ? Elle aurait dû être à Houston, à faire du shopping ou du bateau avec des amis. Mais elle avait parcouru cent cinquante kilomètres pour venir s'asseoir sur un strapontin de métal sous un soleil brûlant. Ce n'était pas vraiment une attitude de simple « amie ». Comment Jason prendrait-il ça ?

Elle prit place dans les tribunes, malgré son sentiment grandissant d'avoir fait une énorme bêtise en venant ici.

La partie de la piste devant laquelle elle se trouvait était une ligne droite de près de huit cents mètres, qui permettait aux coureurs d'accélérer à plus de cent soixante kilomètres à l'heure avant de ralentir pour aborder un virage à presque quatre-vingt-dix degrés. Vingt-cinq bolides surgirent sous ses yeux dans un rugissement impressionnant.

Malgré la vitesse, elle n'eut aucun mal à repérer la Mustang de Jason. Bleu glacier. A l'époque où il réparait cette voiture, il lui avait demandé son avis pour la repeindre et elle avait choisi ce bleu, amusée qu'il ne remarque pas que c'était la couleur de ses yeux.

En un éclair, les voitures eurent disparu, et elle resta à cuire au soleil, sur ces bancs inconfortables qui faisaient mal au dos, les pensées tourbillonnant dans sa tête. C'était évident, elle était en train de se comporter comme une petite amie.

Et tout ça pour quoi ? Parce qu'ils venaient de passer une semaine étourdissante avec Jason. Et pas seulement sur le plan sexuel. C'était aussi l'intimité qu'ils avaient partagée. Ils avaient discuté des heures durant et beaucoup ri. Elle découvrait un Jason inconnu, tendre et romantique, taquin, surprenant. Il l'avait entraînée sur des chemins dont elle ne soupçonnait pas l'existence, et elle s'était rendue à lui.

Voilà pourquoi elle avait fait son sac et décidé de lui ménager une surprise. Devoir passer un seul jour sans lui avait créé un manque — elle était incapable de penser à rien d'autre.

Mais elle se leva soudain. C'était une erreur.

Elle n'était pas la petite amie de Jason, elle n'avait aucun droit de s'immiscer dans sa vie juste parce qu'elle se sentait seule et tournait comme un tigre en cage. Elle devait repartir à Houston immédiatement. Il ne saurait jamais qu'elle avait été à deux doigts de se rendre parfaitement ridicule.

Le bruit des moteurs enfla de nouveau. D'après ce qu'elle savait de ce type de compétitions, la matinée était consacrée à des tours de repérage et d'entraînement, les courses à proprement parler n'ayant lieu que dans l'après-midi.

Les voitures revenaient. Le numéro 22 de Jason se tenait au milieu du peloton. Il faisait généralement ses meilleures performances lors de la course proprement dite. Mais au moment où la Mustang atteignit l'extrémité de la ligne droite et commença à ralentir pour le virage, il se passa quelque chose d'anormal. Au lieu de virer vers la gauche, la voiture se déporta sur la droite, heurta le muret et fit un tonneau.

Les poumons de Ming se vidèrent. Elle hurla en elle-même pour que les voitures arrivant derrière évitent le véhicule retourné en travers de la piste. Aussitôt que la voie fut libre, l'équipe du stand de ravitaillement et une dizaine de coéquipiers se précipitèrent.

La terreur paralysait les jambes de Ming, mais elle dévala l'escalier vers le grillage qui séparait les gradins de la piste. Ne pouvant rejoindre Jason, elle était forcée de rester à attendre un signe que tout allait bien. Elle s'accrocha au grillage, insensible au métal qui lui blessait les doigts. Tout l'avant de la Mustang était réduit en miettes. Elle s'obligea à se répéter que la voiture avait été conçue pour protéger au mieux le conducteur en cas d'accidents de ce genre, mais elle était sur le point de céder à la place à la panique.

— Ouah, sacrée culbute ! dit une voix d'homme derrière elle. La pire que j'ai vue cette année.

Elle se tourna en furie vers le type maigrelet qui était arrivé derrière elle.

— Est-ce que tu travailles ici ?

— Euh, ouais, dit-il en écarquillant les yeux, comme si elle l'avait giflé.

— Il faut que j'aille là-bas, tout de suite.

— Mais vous n'avez pas le droit de...

— Tout de suite !

— O.K., O.K. ! Venez par là.

Il remonta d'une marche et la conduisit vers une porte qui ouvrait sur la piste.

— Faites gaffe !

Mais elle se ruait déjà vers la Mustang sans se soucier de rien d'autre. L'attroupement l'empêchait de voir Jason. Donnant des coudes, elle se fraya un chemin parmi les hommes juste au moment où on le tirait de la voiture.

Il pestait et jurait, mais il était vivant. Son soulagement fut immense et elle s'arrêta net à deux mètres de la voiture, le regardant serrer les mains qui se tendaient vers lui. Il boitilla vers le capot broyé en se frottant le genou gauche, et ôta son casque.

— Bon sang, c'est fini pour moi, cette saison !

Ça aurait pu être fini pour lui tout court ! Elle inspira profondément pour soulager la douleur aiguë qui vrillait sa poitrine. C'était tellement typique ! Se préoccuper de la compétition alors qu'il avait failli mourir. Est-ce qu'il réalisait ce que cela aurait pu être pour les gens qui l'aimaient ?

Elle s'avança et lui prit le casque des mains, mais ne put dire un mot quand son regard rencontra le sien. Elle l'aimait. Pas comme un ami. Elle l'aimait, elle le voulait tout à elle.

— Ming ?

Stupéfait, il la regardait comme une apparition.

— Mais qu'est-ce que tu fais là ?

— Je suis venue voir la course.

Ses doigts étaient crispés sur le casque comme si elle voulait le casser en deux.

— J'ai vu l'accident. Est-ce que tout va bien ?

— Mon épaule me fait mal et je crois que je me suis démis quelque chose au genou, mais sinon, tout va bien. On ne peut pas en dire autant de ma voiture, ajouta-t-il avec une moue dépitée.

Qu'est-ce qu'on en a à fiche de cette imbécile de voiture ? Le choc lui donnait envie de hurler, mais sa poitrine était tellement contractée qu'elle pouvait à peine respirer.

— J'ai eu affreusement peur.

— Jason ! Nous devons sortir ta voiture de la piste.

Gus Stover et son frère faisaient partie de l'équipe depuis dix ans. Ils avaient réparé et amélioré toutes les voitures avec lesquelles il avait couru. Elle n'aurait pu faire le compte des heures qu'elle avait passées avec Jason dans leur garage.

— Ça paraît une bonne idée, approuva-t-elle.

— Tu m'aides ? demanda Jason après avoir vainement cherché à prendre appui sur son genou blessé.

Elle passa un bras autour de sa taille et l'aida à marcher vers le stand. En sentant la chaleur du corps de Jason contre le sien, elle se rendit compte qu'elle tremblait comme une feuille. Le contrecoup ! Quand ils furent éloignés de la piste, Jason fit halte et la regarda.

— Tu trembles, est-ce que ça va ?

Ça n'allait pas du tout. Elle l'aimait. Elle l'aimait depuis des siècles, et elle avait toujours eu trop peur pour se l'avouer.

— C'est à toi qu'il faut poser la question, répliqua-t-elle en posant la main sur sa joue mal rasée, heureuse de sentir le contact rude sur sa paume.

Elle aurait voulu l'emprisonner dans ses bras et ne plus jamais le laisser partir.

— Il faut que tu voies un médecin.

— Je suis juste un peu sonné, c'est tout.

— Jason, ça a été un choc très grave.

Un homme d'une quarantaine d'années aux cheveux argentés s'approcha alors qu'ils atteignaient la zone où étaient parquées les équipes. Il était vêtu d'une combinaison de pilote marron et portait un casque sous son bras.

— Est-ce que tout va bien ?

— Les accidents dont on ne meurt pas ne sont pas graves.

C'était bien Jason, ça, de balayer d'un revers de manche un événement aussi terrible.

— Ming, je te présente Jim Pearce. Il est actuellement en tête de classement pour le Texas.

— Et j'ai des chances d'y rester, maintenant que Jason est hors course.

C'était donc la seule chose qui importait à ces hommes ? Mais l'irritation de Ming céda quand elle vit l'inquiétude qui obscurcissait le regard du conducteur, derrière son attitude désinvolte et son large sourire plein d'assurance. Ça aurait pu être n'importe lequel d'entre eux. Les accidents étaient rares, ce n'était que le deuxième qui touchait Jason depuis six ans qu'il courait, mais cela arrivait. Et si celui-ci s'était produit sur un autre tronçon de la piste, Jason aurait pu aussi bien finir sans dommages sur la bande d'arrêt d'urgence qu'entraîner avec lui une dizaine d'autres véhicules.

— Ravie de vous rencontrer, dit Ming en serrant la main de Jim.

Elle se détendit un peu.

— Etiez-vous sur la piste quand l'accident est arrivé ?

— Non, je suis dans le deuxième tour pour les essais.

Le sourire de Jim s'effaça.

— Est-ce que tu sais ce qui s'est passé, Jason ? De là où j'étais, on aurait dit qu'un truc avait lâché sur le côté droit.

— Je pense que c'est la tige de la suspension avant droite qui a cassé. On vient de l'équiper d'une suspension Agent 47, et on a peut-être un peu forcé sur les alignements.

Jim hocha la tête d'un air pensif.

— C'est un sale coup.

— Tu m'étonnes. Maintenant, j'ai toute l'année pour la remettre en état, et je reviendrai au top en janvier prochain.

Ming tenta de se représenter le nombre d'heures que Jason et les frères Stover allaient devoir passer sur l'engin et ne put retenir un long soupir résigné. Elle ne l'avait pas vu beaucoup depuis qu'il s'était donné pour objectif d'arriver premier du classement, mais, là, il allait disparaître complètement.

— Les Stover vont t'arranger ça, assura Jim en lui donnant une bourrade dans le dos, ce sont les meilleurs.

Pendant cette discussion, la Mustang avait été remorquée jusqu'à eux. Les deux frères sautèrent au bas du camion et se mirent à examiner le véhicule.

— Que s'est-il passé ? leur cria Jason.

— La tige de la suspension a lâché, répondit Gus, je vous avais dit que ça n'allait pas tenir.

Kris secoua la tête d'un air dubitatif.

— Vu l'état, on ne peut rien dire tant qu'on ne l'aura pas mise sur le pont élévateur.

— Je vais examiner la machine.

Jim fit un petit signe de la main et s'éloigna. Ming ne fut pas surprise. Quand Jason et les Stover parlaient voiture, plus rien n'existait. Elle contempla la voiture accidentée et les hommes qui se regroupaient autour pour examiner les dégâts. L'incident allait occuper les conversations tout le reste du week-end.

— Bon, je crois que tu as des choses à faire, dit-elle à Jason en désignant du menton les trois pilotes qui avançaient vers eux. Je vais sortir de là pour que tu puisses te concentrer.

— Attends, dit-il en prenant ses mains et en mêlant les doigts aux siens. Reste là.

Elle se sentit fondre sous son lumineux sourire.

— Je vais juste te gêner.

— J'ai besoin de...

— Eh bien, Jason, sacrée cascade ! lança un des hommes.

Elle voulut profiter de l'interruption pour s'esquiver, mais Jason refusait de lâcher sa main. Un sentiment d'allégresse monta en elle quand il la présenta à ses coéquipiers. Elle avait cru qu'il oublierait sa présence dès qu'il se retrouverait avec eux.

Une heure plus tard, elle ne pensait plus à s'enfuir. En dépit de l'attention dont il faisait l'objet, Jason ne l'oubliait pas. Habituée à le voir totalement focalisé sur la course dans des occasions de ce genre, elle fut déroutée par la façon dont il lui enlaçait la taille et l'associait aux discussions.

En fin d'après-midi, quand la voiture fut enfin arrimée sur le semi-remorque, elle se félicita d'être venue. Ils s'assirent côte à côte sur la plate-forme arrière, et Jason appliqua un sac de glace sur son genou. Malgré la chaleur, elle se serrait contre lui, savourant le contact ferme de son corps.

— Qu'est-ce qui t'a donné envie de venir voir la course ? demanda-t-il, les yeux fixés sur les Stover qui débattaient du temps qu'il leur faudrait pour remettre la voiture en état.

L'angoisse qu'elle avait ressentie avant l'accident resurgit. Elle haussa les épaules pour dissiper les tensions.

— Cela faisait longtemps que je ne t'avais pas vu courir.

Son regard s'arrêta sur l'épave de la Mustang.

— Et il va se passer beaucoup de temps avant que je te revoie sur une piste, acheva-t-elle.

— Oui, on dirait bien.

— Je suis désolée que la saison finisse de cette manière pour toi. Est-ce que tu rentres ce soir ?

— Gus et Kris repartent, moi j'ai réservé une chambre en ville. Je vais continuer à mettre de la glace sur mon genou pour pouvoir conduire jusqu'à Houston demain.

Elle resta silencieuse, espérant qu'il allait lui demander de rester avec lui, mais rien ne vint.

— Tu as besoin que je reste avec toi ?

— Dans mon état, je ne serais d'aucune utilité, dit-il avec un sourire déconfit.

Elle n'aurait pas dû se sentir rejetée, mais après s'être enfin avoué qu'elle l'aimait et avoir été traitée toute la journée comme si elle était sa compagne, elle espérait qu'il réclamerait sa présence. Elle voyait bien toutefois qu'il souffrait et avait besoin de repos. Sa santé passait avant tout le reste.

— Alors je pense que je vais rentrer, dit-elle.

Elle déposa un baiser sur sa joue et sauta au bas de la remorque. Il l'attrapa par le poignet au moment où elle touchait le sol.

— Je suis très heureux que tu aies été là aujourd'hui.

Ce n'était pas juste ! Il n'avait qu'à appuyer sur un bouton pour la faire fondre. Elle croisa les bras pour se protéger contre son sourire charmeur et son regard pénétrant. L'avait-il envoûtée ? Pourraient-ils redevenir de simples amis quand ils cesseraient de coucher ensemble ? C'était vital. Sans cela, elle passerait le reste de sa vie à se languir pour un homme dont elle serait définitivement privée.

— Les amis sont là pour ça, dit-elle en venant se glisser entre ses jambes et en lui prenant le visage à deux mains.

Lentement, elle posa alors les lèvres sur les siennes, mettant dans ce baiser toutes ses émotions refoulées, le désir fou de ce qu'elle ne pourrait jamais avoir, la terreur qu'elle avait eue en le voyant blessé, et son besoin de lui, pur et fiévreux.

Il n'eut qu'une hésitation fugace avant de répondre à son ardeur. Ses mains coururent sur son dos tandis qu'il se rassasiait de sa bouche. Elle exultait dans ce baiser, tout la rendait heureuse quand elle était avec Jason. Radieuse, elle dévora ses lèvres en frottant ses seins contre son torse. Mais dès qu'elle entendit son grognement doux, elle le relâcha. Reculant d'un pas, elle l'examina. Le vertige dans ses yeux, le teint échauffé de son visage, le halètement qui faisait monter et descendre sa cage thoracique lui disaient qu'elle était parvenue à ses fins. Il devrait passer une grande partie de sa soirée à penser à elle. Voilà qui était parfait.

— Sois prudent sur la route, demain, murmura-t-elle en essuyant ses lèvres humides du bout des doigts dans un geste délibéré. Appelle-moi quand tu seras arrivé.

Et avec un petit signe de la main, elle s'éloigna.

Le yacht que Jason avait loué pour l'enterrement de vie de garçon de Max rebondit à peine en rencontrant le sillage de la puissante vedette qui avait croisé leur route quelques secondes plus tôt. Assis sur la plate-forme arrière, un cigare dans une main, un verre de vieux scotch dans l'autre, il suivit des yeux le hors-bord qui rasait les eaux sombres de la baie de Galveston. Sur l'autre bord, les frères de Max parlaient de leurs femmes et de la naissance imminente de leurs enfants respectifs.

— L'accouchement est prévu pour demain, grommela Nathan Case, en tapotant nerveusement son genou avec son portable. Je lui ai dit que c'était de la folie d'aller à cette fête, mais elle voulait absolument aller danser avec Missy, Rachel, et les autres.

Jason se sentit plein de sympathie devant sa contrariété. Comment les femmes pouvaient-elles être aussi calmes avec ces histoires de grossesse et d'accouchement ? Ming n'était même pas encore enceinte qu'il se sentait déjà nerveux. Il ne s'était pas rendu compte qu'il allait être ainsi lié à elle quand il avait accepté de devenir le père de son enfant. Et il ne cessait de se demander s'il se serait senti aussi concerné s'ils étaient passés par la clinique, sans jamais faire l'amour.

— Je suis sûr qu'Emma sait ce qu'elle fait, répondit Sebastian.

Aîné de Max et Nathan de plusieurs années, Sebastian, qui dirigeait le conseil d'administration d'une très grosse société, était l'image même de l'homme qui a tout réussi.

— Je suis sûr qu'elle se dit que danser va déclencher les contractions, reprit Nathan en fixant son téléphone comme s'il allait le faire sonner par la force de son esprit. Qu'est-ce qu'on fait si elle perd les eaux sur la piste de danse ?

— Eh bien, elle t'appellera et tu fileras la rejoindre à l'hôpital, répliqua son demi-frère d'un ton tranquille.

— Tu es tout juste au deuxième trimestre, riposta Nathan. On verra si tu es aussi calme et détendu quand Missy en sera au point où elle n'aura plus vu ses pieds depuis un mois, ne fermera l'œil que quelques heures par nuit et ne pourra pas passer plus de dix minutes sans aller aux toilettes !

Sebastian parut soudain rêveur, comme s'il tentait de se représenter sa femme dans les derniers jours de sa grossesse.

— Vous savez si c'est un garçon ou une fille ? demanda Jason sur un ton détaché.

Mais une question pareille ne lui serait jamais venue un mois plus tôt.

— Un garçon.

Il leva son verre à sa santé.

— Félicitations.

— Dis donc, tu n'es pas célibataire, toi ? demanda Sebastian en le dévisageant avec curiosité. Comment se fait-il que tu ne sois pas en bas avec Max et ses potes à glisser des billets dans le string de ces demoiselles, au lieu de traîner ici avec deux vieux pères de famille ?

Parce qu'il ne se sentait pas franchement célibataire, ces jours-ci. Il tira sur son cigare.

— Charlie a dit qu'on ne pouvait pas fumer dans la cabine.

— Mais tu rates le spectacle, insista Nathan en pointant le doigt vers les escaliers.

Et quel spectacle ! Quelqu'un avait loué les services de deux stripteaseuses pour la soirée, mais Jason doutait fort que Max y prenne grand plaisir. Il n'avait plus d'yeux que pour Rachel. Il y avait encore deux semaines, Jason ne comprenait pas ce qui était arrivé à son ami. Mais depuis qu'il avait couché avec Ming, son désir pour elle semblait être devenu obsessionnel. Son corps se tendait quand il pensait à elle, ruisselant d'eau, dans sa cuisine, le chemisier presque transparent collé sur ses seins. Qu'aurait-il fait si elle l'avait repoussé à ce moment-là ? Serait-il tombé à genoux pour la supplier ?

Probablement. Il chassa cette idée perturbante et adressa à Nathan un sourire satisfait.

— Quand tu es libre de louer tout un club de gogo-danseuses n'importe quel soir de l'année, la nouveauté perd de son attrait. C'est plutôt vous deux qui devriez être en bas...

— Pourquoi ça ? s'enquit Nathan.

— Eh bien, je suppose qu'avec vos femmes enceintes...

Les deux hommes échangèrent un regard amusé.

— ... notre vie sexuelle est un désert ? suggéra Sebastian.

Il avait l'air détendu et satisfait d'un lion qui viendrait d'avaler une gazelle. La dernière chose qu'aurait dû éprouver Jason était de l'envie. Il était libre, exempt de tout lien, ne risquant ni drame ni routine, pouvait coucher avec une femme différente chaque soir de la semaine s'il le voulait. Sans personne pour lui compliquer la vie.

— Ça ne vous a pas surpris que Max se marie ? s'enquit-il.

Sebastian fit tourner son whisky dans son verre.

— Disons que si on m'avait demandé qui allait se marier le premier de vous deux, j'aurais plutôt parié sur toi.

— Moi ? s'exclama Jason, l'air abasourdi.

— J'aurais mis ma main au feu que Ming et toi…

— Nous sommes des amis proches, rien de plus.

Sebastian fit glisser un pouce sur le bord de son verre.

— Oui, oui, moi aussi, il m'a fallu du temps pour voir ce qui attendait juste sous mon nez.

Plutôt que de chercher à se justifier en dénégations peu convaincues, Jason vida son verre d'un trait et écrasa son cigare. L'alcool brûlant descendit dans sa poitrine.

— Je vais aller voir si Max a besoin de renforts.

Cela faisait tout juste une heure qu'ils cabotaient dans la baie de Galveston et Jason était aussi impatient que Nathan de quitter ce bateau. Il mettait sa nervosité sur le compte du futur mariage de Max. L'enterrement de sa vie de garçon débutait sa nouvelle vie de façon officielle et mettait leur amitié sur la touche. Mais cela faisait trois mois maintenant que Max l'avait relégué en deuxième position. Non, son impatience venait du fait que comme Nathan, Sebastian et Max, il ne se sentait pas à sa place dans ce groupe de joyeux célibataires.

Qu'est-ce qui lui arrivait ? Quinze jours plus tôt, il se lamentait que Max l'ait laissé tomber pour une femme. Et voici qu'il était pris à son tour dans un filet de soie et dépérissait loin de la femme qui occupait ses pensées. Il croisa Max surgissant de l'escalier qui menait à la cabine.

— Qui est d'avis de quitter le navire et d'aller chercher nos dames ? lança-t-il. Je viens d'avoir Rachel, elles sont fatiguées de danser.

— Il est seulement 22 h 30, railla Jason en regardant sa montre. Pour un enterrement de vie de garçon, tu n'es pas censé t'éclater une dernière fois avant de te retrouver définitivement coincé avec une unique femme ?

— Tant qu'à faire, j'aime autant m'éclater avec la femme avec qui j'ai décidé de rester coincé.

Max lui donna une bourrade.

— Et d'ailleurs, je ne t'ai pas vu en bas te faire offrir une « lap dance » par Candy ou Angel ?

— Charlie a dit qu'on ne devait pas fumer dans le salon, j'ai préféré profiter des sublimes cigares de Nathan.

— Rien à voir avec les recommandations que tu as données à Ming ce soir, bien sûr ?

— Tu as entendu ça ? s'insurgea-t-il.

— C'était trop mignon.

— Crétin !

Enrager contre Max était plus facile que de réfléchir à ce qui lui était passé par la tête quand il avait dit à Ming d'être sage et de ne pas briser des cœurs. Il ne plaisantait qu'à demi. La pensée qu'elle puisse flirter avec un autre homme faisait surgir en lui des sentiments contradictoires et désagréables.

— Mais apparemment, elle ne t'a pas écouté...

— Pourquoi est-ce que tu dis ça ?

Max lui tendit l'écran de son portable.

— On dirait bien que ce type est sur le point d'avoir le cœur brisé.

Jason ravala un grognement, mais ne put se retenir de froncer les sourcils en découvrant une photo de Ming en train de danser. Il se sentit furieux. Ce n'était pas le fait qu'elle levait les bras en renversant sa tête en arrière qui l'irritait, mais la façon dont son cavalier tenait ses mains à quelques centimètres de ses hanches, prêt à la saisir comme seul lui, Jason, avait le droit de le faire. Max éclata de rire.

— Je sais que Nathan et Sebastian veulent partir. Est-ce que tu es prêt à nous suivre et à laisser les garçons s'amuser entre eux ?

Plus que prêt.

— C'est ta fête, Max. Moi, je te suis.

8

Rachel Lansing rit joyeusement en montrant la photo que son fiancé lui avait envoyée. Assise face à elle dans la limousine, Ming n'était pour sa part pas d'humeur à rire. Elle avait été désagréablement surprise d'apprendre que les garçons avaient fait venir des danseuses. Le fait de ne pas voir Jason parmi les hommes qui s'agglutinaient autour des filles ne l'avait pas rassurée. Il était sans doute à côté de Max, et donc hors du champ de l'appareil photo.

Elle n'avait aucune raison de se sentir mal à l'aise et inquiète. Elle n'avait aucun droit sur Jason, au-delà de leurs efforts pour concevoir un enfant... Le problème était qu'elle était incapable de faire fi de ses sentiments, malgré toute sa volonté. Elle ne cessait de se répéter qu'il ne s'agissait que de relations sexuelles, certes extraordinairement harmonieuses, passionnées, affolantes... Mais pas d'amour. Juste une paire d'amis qui faisaient en sorte de concevoir un enfant.

Qui espérait-elle tromper, au juste ? Elle avait passé ces deux dernières semaines tour à tour plongée dans la félicité et dévorée par le doute. Chaque fois qu'il prenait possession de son corps, elle devait lutter contre son envie de lui clamer son amour, et elle se sentait faiblir jour après jour. Ils n'auraient plus de raison de coucher ensemble si elle était enceinte. Elle voyait approcher le moment où elle allait tout lui confesser, et où il la ramènerait sur terre en lui rappelant leur contrat. Alors, les choses deviendraient troubles entre eux et ils commenceraient à s'éviter. Non, elle devait se taire pour le garder comme ami. Tout plutôt que de le perdre à jamais.

— Si tu t'inquiètes au sujet de Jason, Max m'a dit qu'il a passé la soirée sur le pont avec Nathan et Sebastian, lui dit Rachel avec un sourire chaleureux.

— Pourquoi veux-tu que je m'inquiète au sujet de Jason ? répliqua-t-elle vivement, tout en soupirant de soulagement.

Elle se composa un sourire.

— Nous sommes seulement amis, Jason et moi. Nous sommes amis depuis des années.

Ce que Rachel savait pertinemment, pour être sortie en leur compagnie des dizaines de fois depuis qu'elle fréquentait Max. Pourquoi se sentait-elle obligée de répéter à tout le monde qu'elle ne sortait pas avec Jason ?

— C'est un homme formidable.

— Bien entendu, la coupa Ming, voyant parfaitement où Rachel voulait en venir. C'est simplement un homme qui ne tombera jamais amoureux et se mariera encore moins.

Rachel baissa les yeux vers ses pieds.

— C'est drôle, c'est exactement ce que je me disais au sujet de Max, avant qu'il ne perde son pari avec Jason.

Ses yeux bleus brillèrent avec malice.

— Qui te dit que Jason ne changera pas d'avis, lui aussi ?

Ming lui retourna son sourire. Il y avait une grande différence entre eux deux. Max n'avait pas retrouvé son père en train de se suicider parce qu'il ne parvenait pas à se remettre de la mort de son épouse et de sa fille. De toute façon, quand elle avait appris que Max et Rachel s'étaient en fait connus cinq ans plus tôt, elle avait commencé à soupçonner que, si Max était aussi peu intéressé par l'amour et le reste, c'était qu'il avait déjà en tête la femme de ses rêves.

— Je ne crois pas, dit-elle, il est plutôt constant dans ses choix. Et puis, tu ne m'as pas connue quand j'ai rompu avec Evan. J'ai alors pris conscience que j'étais mieux seule.

— Oui, je le pensais aussi avant Max. Tout ce que je veux dire, c'est que les choses changent.

Rachel pointa le menton vers ses futures belles-sœurs.

— Demande à ces deux-là si elles pensaient qu'elles rencontreraient l'amour. Je suis prête à parier qu'elles étaient exactement dans le même état d'esprit que toi.

Ming jeta un regard vers l'arrière de la limousine. Emma, près d'accoucher d'un instant à l'autre, et Missy, enceinte de quatre mois, étaient assises côte à côte et riaient, radieuses. Elles avaient tout. Des compagnons séduisants et dévoués, et bientôt des enfants. L'envie serra le cœur de Ming.

— Je suis vraiment heureuse pour vous toutes, soupira-t-elle. Mais l'amour n'est pas fait pour tout le monde.

— Si, mais à condition que tu gardes l'esprit ouvert.

Un anneau de diamant scintillait au doigt de Rachel. Ming le considéra tout en séparant rêveusement ses cheveux pour les tresser. Parler d'amour était facile quand on était sur le point d'ajouter une alliance à sa bague de fiançailles. Elle se réjouissait du bonheur des trois jeunes femmes, qui avaient toutes eu leur lot de difficultés avant de le trouver, et Rachel plus que toute autre. Simplement, Ming n'avait aucune raison de se sentir optimiste pour elle-même. Elle était amoureuse d'un homme qui ne laisserait jamais entrer personne dans son cœur. Ses sentiments pour Jason avaient déjà failli lui faire commettre une erreur irréparable en épousant Evan. Depuis peu, elle se rendait compte que le fait que son enfant ait Jason pour père ne pouvait qu'engendrer de nouvelles souffrances.

Elle réfléchit durant les quarante-cinq minutes de trajet jusqu'à la baie de Galveston, où les hommes les attendaient. Elle aurait peut-être dû rentrer directement chez elle, comme Hailey, la sœur de Rachel. Ils n'avaient pas prévu de se voir ce soir avec Jason. Elle était ridicule de lui courir après ainsi.

Et s'il avait décidé de rester faire la fête sur le yacht, elle se retrouverait seule avec les trois couples. Sa poitrine se serra quand elles arrivèrent sur le parking de la marina. Elle ferma les yeux. La limousine s'arrêta. Ming entendit le bruit d'une portière qu'on ouvrait et l'écho de voix masculines. Elle garda les yeux fermés, terrifiée de devoir affronter la vision des couples s'embrassant tandis qu'elle resterait sur son siège, esseulée, oubliée.

— Alors ? Tu as trop dansé, tu ne tiens plus debout ?

Elle ouvrit tout grands les yeux. Jason se penchait dans l'ouverture de la portière. Le cœur battant de joie, elle serra les mains sur ses genoux pour ne pas se jeter à son cou. Ce n'était pas ainsi que des amis se disaient bonjour.

— C'est que je n'ai pas souvent l'occasion de m'amuser autant, dit-elle, acceptant la main que lui tendait Jason.

Son parfum d'eau de Cologne était mêlé à une légère odeur de cigare. Elle aurait voulu enfouir le nez dans son cou et aspirer cette fragrance.

— Et toi, les stripteaseuses t'ont plu ?

— Elles préfèrent qu'on les appelle danseuses de charme. Mais leurs performances n'étaient pas aussi intéressantes que la tienne, dit-il en lui montrant son téléphone.

Elle eut un hoquet en se voyant sur la photo. Comment Jason avait-il eu ça ? Ce qui se passait à un enterrement de vie de jeune fille était un secret entre filles. Du regard, elle fusilla les jeunes femmes par-dessus l'épaule de Jason. Qui l'avait trahie ?

— C'est juste un type qui m'a demandé de danser avec lui, protesta-t-elle.

— Juste un type ? dit-il en s'efforçant de garder une voix égale. Il a les mains qui courent partout sur toi !

Ming zooma sur l'image. Est-ce qu'elle se faisait des idées, ou Jason était jaloux ?

— Absolument pas. Et si la photo avait été prise cinq secondes plus tard, tu m'aurais vu l'écarter et quitter le dance-floor.

— On dirait une querelle d'amoureux ou je ne m'y connais pas ! lança Rachel avec jubilation.

Concentrée sur les étincelles qui fusaient des yeux de Jason, Ming n'avait pas vu que leurs amis s'étaient rapprochés pour former un demi-cercle autour d'eux. Six visages les regardaient avec des expressions d'amusement diverses. Jason se ressaisit et leur fit face.

— Ce n'est pas une querelle d'amoureux.

— Juste des amis qui discutent, compléta Max avec le plus grand sérieux.

— Allez, nous sommes en famille, dit Sebastian en embrassant le groupe d'un grand geste. Vous pouvez bien nous dire que vous sortez ensemble.

— Nous ne sortons pas ensemble, rétorqua Ming d'une voix ferme.

— Nous sommes amis, renchérit Jason, nous veillons l'un sur l'autre, voilà tout.

— Je ne crois pas, rétorqua Max en lui donnant une tape dans le dos, je crois plutôt que vous avez enfin compris que votre meilleur ami est tout simplement ce que vous avez de meilleur dans votre vie, en général. Il était temps.

Il jeta un regard aux autres comme pour demander leur approbation.

— Tu ne sais pas de quoi tu parles.

Jason ne faisait plus aucun effort pour plaisanter, et Ming vacilla en entendant son ton cassant. S'il y avait quelqu'un à qui Jason se serait confié, c'était Max. Devant son expression inflexible, elle devait se rendre à l'évidence : elle était folle de penser que Jason pourrait un jour avoir d'autres sentiments.

— Oh !

Tous les regards se tournèrent vers Emma qui, pliée en deux vers l'avant, se tenait le ventre des deux mains.

— Ça ne va pas ? demanda anxieusement Nathan en la soutenant par la taille. C'est une contraction ?

— Je ne sais pas, je ne pense pas, répondit Emma, mais il vaudrait peut-être mieux que tu me ramènes à la maison.

Au grand soulagement de Ming, l'attention générale s'était immédiatement reportée sur Emma. Quand Nathan lui ouvrit la portière de la voiture, elle regarda Ming et lui fit un clin d'œil. Réprimant un sourire, Ming se demanda combien de fois son amie s'était ainsi servie de sa grossesse.

— Enfin seuls, constata bientôt Jason. La nuit ne fait que commencer.

Ming frissonna sous son regard impétueux.

— Et alors, à quoi pensais-tu ?

— Je me disais que tu pourrais peut-être me montrer tes talents de danseuse en privé.

— C'est drôle, je me disais justement qu'il faudrait que tu me donnes quelques trucs que tu aurais appris de tes « danseuses de charme »...

— Je n'ai aucun truc à te donner, je n'étais pas au spectacle, rétorqua-t-il en lui ouvrant la portière de sa voiture.

— Je n'en crois pas un mot, le taquina-t-elle.

Toutes ses tensions s'étaient envolées et elle tentait désormais de dissimuler son soulagement.

— Tu n'aurais raté pour rien au monde ce genre de choses, jadis, murmura-t-elle en se penchant vers lui.

— Jadis, je n'avais pas toutes les femmes que je voulais à portée de main.

— Mais, moi, je n'étais pas là.

Se haussant sur la pointe des pieds, elle pressa ses lèvres sur les siennes, avant de prendre place dans la voiture.

— Non, tu brisais les cœurs par dizaines sur le dance-floor.

Etait-il vraiment si contrarié de l'avoir vue danser avec un autre ? Elle passait de l'espoir au découragement. Elle attachait décidément trop d'importance à la moindre de ses réactions.

— Alors, où allons-nous ?

— Je veux bien que tu me ramènes à la maison. Je suis fourbue d'avoir brisé tous ces cœurs.

Elle tenta de sourire, mais son chagrin était trop vif.

— Et j'ai laissé Muffin toute seule.

— Où est Lily ?

— Elle est soi-disant partie pour le week-end.

— Pourquoi soi-disant ?

— Parce que je suis passée devant chez Evan et que sa voiture était garée dans l'allée.

— Tu es passée devant chez Evan ?

Jason lui lança un regard alarmé.

— Tu es sûre que c'était une bonne idée ?

Elle se hérissa en sentant la désapprobation dans sa voix.

— J'étais curieuse de savoir si ma sœur m'avait menti.

— Curieuse ? répéta-t-il d'un air sceptique. Ou contrariée ?

— Pourquoi contrariée ?

— Parce qu'il n'y a pas si longtemps vous étiez fiancés, et que, maintenant, il sort avec ta sœur.

— Mais pourquoi est-ce que tu n'arrêtes pas de répéter ça ?

Elle était exaspérée. Elle connaissait Jason depuis trop longtemps pour ne pas savoir qu'il cherchait la bagarre.

— Je veux que tu sois honnête avec toi-même pour que tout ça n'explose pas plus tard entre ta sœur et toi.

— Tu penses que je ne suis pas honnête avec moi-même ?

— Ta sœur sort avec l'homme qui a rompu vos fiançailles à peine deux semaines avant votre mariage, il y a de quoi être contrariée, il me semble. Je pense que tu prends trop sur toi.

Il prit sa main, et elle ressentit un mélange de consolation et frustration. Quoi qu'il arrive en ce moment, Jason restait son ami, et il la connaissait mieux que personne. Mieux qu'elle ne se connaissait elle-même, parfois. Mais le contact de ses doigts lui rappelait que, s'il semblait parfois se comporter en amoureux autoritaire, il se retranchait dans sa forteresse chaque fois qu'elle tentait de se rapprocher à son tour.

— Pour le moment, c'est toi qui es là devant moi, dit-elle. On ne pourrait pas parler d'autre chose ? S'il te plaît ?

Elle ne voulait pas qu'ils se disputent alors que cette nuit avait encore tant de promesses à tenir.

— Très bien, dit-il d'un air frustré, de quoi veux-tu parler ?

— J'ai la maison pour moi jusqu'à dimanche soir, si tu veux venir.

— Est-ce que c'est une invitation à passer la nuit avec toi ?

Elle ignora délibérément le pincement dans son ventre.

— On dirait.

Elle prit sa main. Flirter avec Jason était délicieux et dangereux. Il était si facile d'oublier la réalité et de s'aventurer sur les chemins pleins d'embûches des sentiments amoureux. Et n'était-il pas déjà trop tard pour éviter les complications ? Chaque jour qui passait, elle sentait croître le désir de faire évoluer leur relation. C'était un rêve absurde, mais elle ne parvenait pas à s'empêcher d'espérer.

— Ming...

Elle entendit la réticence dans sa voix et retira sa main. Pour des raisons pratiques, ils n'avaient pas passé une nuit ensemble cette semaine. Ils n'avaient pas envie qu'Evan tombe sur Ming s'il passait à l'improviste chez Jason, et Lily étant restée toute la semaine à Houston, elle n'aurait pas manqué de s'étonner de l'absence de sa sœur. Ming mourait d'envie de passer la nuit blottie dans les bras de Jason, et cela n'avait plus rien à voir avec l'envie d'avoir un enfant.

— Oublie ça, dit-elle avec un soupir. La semaine dernière a été formidable. Mais nous savons très bien que je ne suis plus en période d'ovulation. Cela n'a donc aucun sens de continuer à se voir. Soit je suis déjà enceinte, soit la période de mon cycle est passée et cela ne sert à rien.

— Je vois. C'est tout ce que je représente pour toi ? gronda-t-il. Un étalon juste bon à te faire un enfant ?

Stupéfaite, elle ouvrit la bouche pour protester mais comprit qu'il plaisantait pour alléger l'atmosphère.

— C'est ça, et nous saurons dans quelques semaines si tu as été un bon étalon, dit-elle en feignant un bâillement. Je crois que je suis plus fatiguée que je ne pensais.

Jason hocha la tête et se mit à parler de la fête. Elle saisit la perche qu'il lui tendait, soulagée de s'éloigner des sentiers glissants. Quand ils arrivèrent devant chez elle, elle avait relégué au placard ses embryons de rêves.

— Appelle-moi demain, demanda-t-il. Je dois aller acheter le cadeau de mariage de Max et Rachel.

— Quoi ? Tu ne t'en es toujours pas occupé ?

— J'attendais que tu me proposes de le faire pour moi.

— Tu n'as pas voulu que l'on fasse un cadeau commun, alors tu te débrouilles.

— Allez, s'il te plaît, viens avec moi, dit-il en lui offrant un sourire renversant. Tu sais bien que je suis nul pour le shopping.

Comment pouvait-elle dire non ? Elle avait promis de l'aider bien avant que tout ça n'arrive. Elle ne pouvait pas se dédire juste parce que ses sentiments à elle avaient changé.

— A quelle heure ?

— A 11 heures ? Je voudrais être rentré pour regarder le match des Oilers à 15 heures.

— Super, grommela-t-elle.

Les épaules courbées sous le poids de la déception, elle gravit les marches et rentra chez elle. Muffin l'accueillit dans l'entrée, et la voir danser autour de ses jambes ramena un petit sourire sur ses lèvres serrées.

— Je te fais sortir dans une seconde.

Elle resta là, à écouter le bruit de la voiture de Jason qui s'éloignait, puis se dirigea vers la piscine. Tandis que le yorkshire partait explorer les buissons, elle s'assit sur une chaise longue et attendit. Contempler l'eau immobile parvenait toujours à l'apaiser. Une fois de plus, elle tenta de faire le point.

Son corps était plein d'un désir douloureux, son âme languissait au souvenir du cœur de Jason battant au rythme du sien. Depuis le début, elle était inquiète de voir grandir l'intimité entre eux. Mais comment résister à la tentation, quand ce que vous attendez depuis si longtemps s'offre à vous ? Elle devrait apprendre à vivre avec les conséquences de ses actes. N'ayant rien trouvé d'intéressant dans le bosquet, Muffin revint près de la piscine et, percevant l'humeur sombre de sa maîtresse, elle sauta sur ses genoux pour enfouir sa truffe dans sa main.

— Je suis vraiment une idiote, déclara Ming à la chienne.

— Eh bien, nous sommes deux !

Jason n'avait pas plus tôt quitté la rue qu'il avait compris l'erreur qu'il était en train de faire. Il n'était même pas arrivé jusqu'au coin de la rue, à dire vrai. Est-ce que retourner chez Ming serait une erreur plus grande encore ? Il était resté immobile à un stop pendant cinq minutes, les guitares mélancoliques des Rascal Flatts dans les oreilles, se demandant à quel moment sa vie était devenue si compliquée. Puis il avait fait demi-tour, utilisé ses clés pour entrer sans sonner et l'avait trouvée près de la piscine.

— Allons en haut, dit-il, il faut qu'on discute.

Ming rassembla ses cheveux et commença à les tresser.

— On ne peut pas discuter ici ?

Faisait-elle exprès de ne pas comprendre ? Sans répondre, il rentra dans la maison. Muffin le rattrapa dans l'entrée, et il entendit Ming courir derrière lui.

— Jason ! appela-t-elle, le souffle court.

Elle s'était arrêtée dans la cuisine et l'appelait d'en bas.

— Pourquoi es-tu revenu ?

Mais discuter n'avait toujours fait que créer des problèmes, alors ils discuteraient plus tard. Grimpant les marches deux à deux, il disparut dans la chambre. Tout en déboutonnant sa chemise, il regarda autour de lui. Il n'était pas entré ici depuis qu'il avait aidé Ming à repeindre la pièce dans ce ton beige crémeux. Les meubles de bois sombre, le couvre-lit brun doré, les touches de vert sauge donnaient à la pièce l'atmosphère sophistiquée et luxueuse d'une suite de grand hôtel.

— Jason ?

Au moment où elle entra, il ôtait sa chemise et la posait sur le dossier d'une chaise.

— Déshabille-toi.

Muette, elle le laissa attraper doucement Muffin et aller la déposer dans le couloir avant de refermer la porte.

— Elle dort toujours avec moi, protesta Ming.

— Pas cette nuit.

— Eh bien, j'imagine qu'elle pourra dormir sur le lit de Lily... Jason, qu'est-ce qui te prend ?

Le pantalon avait rejoint la chemise. Avec son seul boxer pour masquer son érection, il vint la prendre par les hanches.

— Nous sommes amis depuis des années, toi et moi.

Voyant qu'elle ne faisait pas un geste pour se débarrasser de son petit dos-nu provocant et de sa jupe absurdement courte, il se colla contre elle.

— Et c'est avec toi que j'ai partagé les moments les plus difficiles de ma vie.

Il dénoua le fin ruban de son haut. Elle retint le tissu au moment où il glissait sur sa poitrine.

— Si tu es en train de dire que, mis à part Max, je suis la personne qui te connaît le mieux, je suis d'accord.

Il attrapa son dos-nu et le fit descendre, révélant ses seins, petits, parfaits. Il cessa de respirer. Il était toujours aussi stupéfait devant sa beauté.

— Donc ce ne serait pas faire honneur à notre amitié que de te cacher à quoi je pense en ce moment.

Il passa les mains derrière son dos pour ouvrir la fermeture Eclair de sa jupe et la fit glisser sur ses hanches.

— Ah oui, et à quoi penses-tu ?

Il croisa les bras et plongea les yeux dans les siens. Il devait se faire violence pour ne pas dévorer du regard son corps dénudé. Vêtu d'un string noir et de sandales à talons hauts, elle était à couper le souffle.

— Je n'ai pas aimé te voir danser avec ce type.

La lueur de défi disparut des yeux en amande de Ming, pour faire place à une lumière pleine d'espoir. Il serra les dents. Pourquoi était-il incapable de se taire ? Se montrer aussi possessif revenait à admettre qu'il y avait des failles dans ses barricades. Bon. Mais avoir quelques points faibles ne signifiait pas qu'il allait démolir tout ce qu'il avait patiemment cimenté. Il devait passer outre son dépit de l'avoir vue s'amuser avec un autre. Il n'y avait rien de mal à cela, et ne lui avait-il pas lui-même assuré qu'elle rencontrerait quelqu'un, un jour ? Au diable tout ça. Il la prit par la main et l'entraîna vers le lit.

— Je n'ai pas aimé, tu avais l'air de t'amuser sans moi.

Cela lui avait rappelé comment il l'avait perdue quand son frère était entré en scène.

— Et alors ?

Cet aveu avait redonné confiance à Ming. Avec un sourire insolent, elle fit courir ses ongles sur sa poitrine.

— Je supposais que tu étais très occupé avec tes danseuses et, visiblement, elles t'ont donné des envies... C'est pour ça que tu es là, maintenant ?

Il émit un grognement.

— La seule femme dont j'ai envie, c'est toi.

Et c'était vrai. Il n'avait pas regardé une femme depuis cette histoire de bébé. Non, depuis plus longtemps. Il n'avait pas regardé une femme depuis qu'elle avait rompu avec Evan. Et son désir était devenu irrépressible le week-end dernier, quand elle l'avait quitté, après l'accident. Cela avait été terrible de la regarder partir, et si son genou n'avait pas été en si piteux état, il ne l'aurait pas laissée faire.

Ce n'était pas ce qu'il avait prévu quand il lui avait proposé de faire un enfant de manière « normale ». Il pensait que son désir pour elle était purement physique et disparaîtrait une fois sa curiosité satisfaite. Mais les sentiments qu'il éprouvait aujourd'hui étaient tout autres. Il devait y mettre bon ordre, ou tout arrêter. Comme s'il en était capable! Ça avait très bien marché, ce soir. Il l'avait plantée là, avant de revenir en courant à peine à deux pas de chez elle!

Il ne lui laissa pas le temps de triompher et la souleva sans cérémonie pour la jeter sur le lit et lui ôter ses chaussures. Il vit son expression passer de la stupéfaction à l'attente. Il était fou de désir pour elle, un désir douloureux. Jamais il n'avait ressenti un tel élan. Etait-ce le fait de savoir tout d'elle qui rendait le contact physique si incandescent entre eux?

Quand il lui enleva son string, elle s'étira, ne résistant plus à son regard brûlant. La voir ainsi offerte lui fit l'effet d'une décharge électrique parcourant ses muscles. Ses mains tremblaient tandis qu'il laissait tomber le léger bout de tissu à terre. Toutes ses belles résolutions de calmer le jeu disparurent quand elle le prit dans sa main, l'amenant en un instant au bord de l'extase.

— Stop, ordonna-t-il d'une voix rauque.

Mais son ordre sonna comme une supplication. Il saisit le poignet de Ming et lui releva le bras au-dessus de la tête, tandis qu'il venait se placer entre ses cuisses. Et là, il se figea. Deux visions lui assaillirent l'esprit : Ming dansant avec ce type, et sa contrariété au sujet d'Evan et de Lily.

— Tu es à moi.

Les mots avaient jailli comme un serment. La posséder n'avait pas suffi, il était désormais question de tout autre chose.

— Jason.

Elle fit ondoyer ses hanches et s'arc-bouta vers lui, avide de le sentir s'unir à elle, mais il ne bougea pas.

— Dis-le.

Il la retenait captive, les bras tendus au-dessus de la tête, clouée au lit par le poids de son corps sur elle, à sa merci. Ses yeux s'agrandirent de désarroi.

— Je ne peux pas... dire ça.

Il ondulait contre elle, lui faisant sentir ce qu'elle attendait. Un gémissement fusa entre ses lèvres, elle ferma à demi les yeux.

— Dis-le, répéta-t-il, et je te donnerai ce que tu veux.

Sa poitrine se gonflait convulsivement, elle haletait.

— Ce que je veux...

Il se pencha sur elle et décrivit des cercles autour de ses seins avec sa langue. Sa détermination n'avait jamais été aussi grande. Quand elle avait commencé à fréquenter son frère, il était tombé en enfer. Quelque part au fond de lui, il avait toujours pensé que, si elle devait choisir quelqu'un, ce serait lui. Il était son meilleur ami. Son confident, son âme sœur. Et enfoui quelque part, il y avait cet endroit qu'ils n'avaient jamais osé exploré avant cette soirée d'étudiants, où étaient tapis des sentiments hautement inflammables. Tous deux avaient eu peur de la puissance des élans qui les poussaient l'un vers l'autre, mais c'était lui qui avait formulé le plus de réserves. Tant de réserves, à vrai dire, qu'elle avait fini par se tourner vers Evan avant qu'il ait eu le temps de se rendre à la raison.

— Tu es à moi.

Il feula ces mots contre sa poitrine, et sa bouche se referma sur son sein. Elle hoqueta sous la violence de sa caresse et entrelaça ses jambes autour de ses hanches.

— Je suis à toi. Toute à toi.

— Toute à moi.

Rasséréné, il plongea en elle. Libérant ses poignets, il l'embrassa avec emportement pour sceller leur serment, et noués l'un à l'autre, ils s'envolèrent vers les sommets du plaisir.

9

Tout doucement, Ming quitta le lit pour aller ouvrir à Muffin qui grattait et gémissait à la porte. Elle attrapa la petite chienne avant qu'elle ne se précipite sur le grand corps étendu à plat ventre au milieu des draps enchevêtrés.

— Viens, on va dehors, murmura-t-elle en enfouissant son nez dans le pelage soyeux.

Elle descendit l'escalier pas à pas et sortit dans le jardin. Après s'être lovée dans la chaleur de Jason, elle frissonna aux vingt degrés du petit matin. Le joli déshabillé de soie mauve n'était pas un bon choix. Laissant Muffin courir dans les buissons pour s'assurer qu'aucun intrus n'avait pénétré son domaine, Ming se blottit dans sa chaise longue et considéra les questions qu'elle avait délibérément écartées toute la nuit. Qu'est-ce qui avait bien pu pousser Jason à exiger ainsi sa soumission ? Elle se frotta les bras pour se réchauffer. La fraîcheur piquait sa peau mais ne pouvait calmer le feu qui brûlait dans son esprit. *A moi.* Encore maintenant, ces mots la faisaient trembler comme une feuille prise dans un ouragan. Elle enfouit son visage dans ses mains, ne sachant si elle devait rire ou pleurer. Il la rendait folle. Toutes ces contradictions...

Muffin creusait sous un buisson. En temps normal, elle se serait précipitée pour la faire cesser. Mais elle se contenta de regarder le désastre s'opérer sous ses yeux, indifférente. Que penser de l'attitude si possessive de Jason ? Pourquoi avait-il réagi si vivement à cette photo ? S'ils avaient été amants, il aurait été normal qu'il veuille ainsi marquer son territoire. Mais il n'avait pas changé d'avis. Il ne voulait pas passer la nuit chez elle, au départ, et elle ne comprenait toujours pas ce qui l'avait fait revenir sur ses pas. Quand ils faisaient l'amour, c'était extraordinaire, certes, mais même s'il aurait été injuste de dire qu'il ne s'intéressait qu'à son corps, il n'avait pas manifesté le désir d'un autre mode de relation. Elle décida d'aller préparer du café. Jason voudrait-il rentrer chez lui immédiatement ? Elle espérait qu'il s'attarderait ici, s'imaginait à ses côtés, dégustant des toasts et sirotant son café en feuilletant les journaux du dimanche. Quand la matinée serait plus chaude, ils iraient piquer une tête dans la piscine. Elle avait toujours eu envie de faire l'amour dans l'eau. Ou bien ils paresseraient au lit. Ce serait merveilleux de passer une journée entière entre ses bras...

Leurs rendez-vous jusque-là avaient été délicieux et ludiques, mais pas véritablement sérieux et intimes. Or, passer cette nuit enlacés les avait transportés plus loin. Sans parler des coups portés à son équilibre déjà fragile par les manifestations de jalousie de Jason.

Elle contint l'emballement qui naissait dans son cœur. Elle devait remettre les choses en perspective et revenir à la raison originelle de l'imbroglio dans lequel elle se trouvait. Son désir d'être maman. L'intimité qu'ils avaient partagée avait apporté quelque confusion mais, dès qu'elle serait enceinte, ils cesseraient de se voir de cette manière, et leur relation redeviendrait amicale et réconfortante.

— J'ai fait du café, lança-t-elle en entrant dans sa chambre.

Elle s'arrêta net en trouvant Lily à côté de sa coiffeuse.

— J'avais emprunté tes boucles d'oreilles, lui dit celle-ci avec un grand sourire, tout en rangeant quelque chose dans sa boîte à bijoux. J'espère que ça ne t'embête pas.

— Pas de problème.

Le regard de Ming vola jusqu'au lit. Il était vide. Le soulagement la fit presque vaciller.

— Je croyais que tu étais à Portland ?

— Je suis rentrée plus tôt.

— Ah, super.

Comme Lily ne posait aucune question, Ming conclut qu'elle n'avait pas vu Jason. Où diable pouvait-il être ?

— Comment se fait-il que la voiture de Jason soit là ?

Elle restait sur le seuil de la pièce, espérant que cela inciterait Lily à sortir.

— C'était l'enterrement de vie de garçon de Max, hier. Jason avait un peu bu, alors je l'ai raccompagné chez lui et je suis rentrée avec sa voiture.

Pourquoi n'avait-elle pas dit qu'il avait dormi dans la chambre d'amis ? Cela aurait justifié sa présence ici ce matin. Trop tard. Maintenant, il était pris au piège jusqu'à ce qu'elle puisse éloigner Lily. Mais sa sœur ne bougeait pas.

— J'ai fait une offre pour une maison.

— Tu as fait ça ?

Qu'est-ce qui allait se passer avec Evan si elle partait ? Lily s'assit dans le fauteuil et prit un coussin qu'elle serra sur son ventre. De toute évidence, elle s'installait pour discuter.

— Tu as l'air surprise.

Ming jeta un regard vers le petit dressing flanqué d'une penderie qui menait à la salle de bains. Il était forcément là.

— Je suppose que j'espérais que tu changerais d'avis.

Elle alla prendre des vêtements dans la penderie et se dirigea vers la salle de bains.

— Le temps de m'habiller et tu vas me raconter tout ça.

Son cœur battait furieusement tandis qu'elle refermait la porte derrière elle. Jason, vêtu de pied en cap et parfaitement à l'aise, se tenait appuyé contre son miroir.

— Je croyais qu'elle passait le week-end chez Evan ?

— C'est ce qu'elle m'avait dit, rétorqua Ming.

Pensait-il qu'elle lui avait menti ?

— Il a dû se passer quelque chose, elle a l'air chamboulée.

Ming ôta son déshabillé pour s'habiller, ignorant le regard appréciateur de Jason posé sur elle.

— Est-ce qu'elle t'a vu ?

— Non, j'étais déjà ici quand je vous ai entendues.

Bien sûr, prêt à prendre la poudre d'escampette. Elle n'était pas surprise. La nuit était terminée, il était temps de revenir à la vraie vie. Ne s'était-elle pas dit la même chose ? Alors, pourquoi cette boule de plomb dans son estomac ?

— Tu allais partir ? Tu avais prévu de dire au revoir, ou juste de t'éclipser en douce pendant que j'étais en bas ?

— Ne le prends pas comme ça.

— Alors, dis-moi, comment est-ce que je dois le prendre ?

Elle quitta la pièce sans attendre de réponse. Lily risquait de se demander ce qu'elle faisait. Elle ne voulait pas se laisser aller à cette douleur qui la taraudait. Lily semblait bien décidée à rester là. Ming se résigna à aller s'asseoir à ses côtés devant la baie vitrée. Elle posa une main sur le genou de sa sœur pour capter son attention.

— Alors, comment est cette maison ?

— Quelle maison ?

— La maison que tu veux acheter.

— Oh ! C'est une maison, c'est tout.

— Il y a combien de chambres ?

— Deux.

Ming était distraite par Muffin, qui se dirigeait avec curiosité vers la salle de bains.

— C'est dans un quartier agréable ?

— Je crois que j'ai fait une erreur.

— Eh bien, retire ton offre.

Ming retint sa respiration, s'attendant à tout instant à ce que Muffin découvre Jason et se mette à aboyer furieusement.

— Pas au sujet de la maison. Au sujet de l'homme avec qui je suis sortie.

Ming s'obligea à concentrer son attention sur sa sœur.

— Je croyais que c'était juste un ami.

— C'est allé un peu plus loin que ça.

— Vous couchez ensemble ?

Mais elle connaissait la réponse. Savoir que son ex-futur-époux sortait avec sa propre sœur continuait à la mettre mal à l'aise, mais elle fut soulagée de constater que son souci principal était le désarroi de Lily. Quand elle avait ressenti de la jalousie en découvrant leur liaison, elle s'était demandé si elle était en train de devenir une personne horrible.

— Oui, mais ça n'ira nulle part.

Le regard de Ming allait sans cesse vers la porte de la salle de bains, qu'elle n'avait pas complètement fermée. Muffin n'était pas revenue. Qu'est-ce qui se passait là-dedans ?

— Tu n'en as pas envie ?

— Je suppose.

Le nœud qui serrait le cœur de Ming se relâcha un peu.

— Tu supposes, ou tu en es sûre ?

Mais Lily ne répondit pas. Elle regardait ses mains.

— Est-ce que tu l'aimes ?

— Oui.

Ming sentit sa gorge se serrer. Pouvait-elle en vouloir à sa sœur d'être tombée amoureuse d'Evan ? Le cœur a ses raisons... Lily devait être déchirée d'être amoureuse de l'homme qui avait été censé épouser sa sœur.

— Je trouve que tu devrais renoncer à ce déménagement.

— Ce n'est pas si simple.

Ming eut envie de secouer un peu sa sœur.

— C'est drôle. Jason m'a dit qu'Evan avait rencontré quelqu'un, mais que c'était compliqué, dit-elle avec un petit rire. Vous devriez peut-être en discuter ensemble ?

— Peut-être, répondit Lily avec un sourire morne.

Comment pouvait-elle faire pour que sa sœur s'autorise à imaginer un futur avec le frère de Jason ?

— Tu sais, ça m'a fait plaisir de savoir qu'Evan avait quelqu'un et qu'il refaisait sa vie.

— C'est vrai ?

Le ton de Lily était plein de doute, mais ses yeux brillaient soudain d'espoir.

— Nous n'étions pas faits l'un pour l'autre, lui et moi. Ce sont des choses qui arrivent.

— Tu ne disais pas ça, il y a six mois.

— Je ne dis pas que la rupture de nos fiançailles deux semaines avant le mariage a été drôle, mais je préfère que l'on se soit aperçus à temps de l'erreur plutôt que de se marier et de passer des années à faire des efforts pour que ça colle, jusqu'à ce que les choses tombent finalement en poussière.

Le portable de Ming retentit. Elle courut décrocher.

— Si je dois rester coincé dans ta salle de bains toute la matinée, j'apprécierais au moins une tasse de café et quelque chose à grignoter.

— Bonjour à toi aussi, repartit Ming tout en articulant silencieusement le prénom de Jason à l'intention de Lily. Comment te sens-tu ce matin ?

— Fatigué, et un peu nerveux, après avoir tué le temps en passant en revue la lingerie qui sèche dans ta douche...

— Bien sûr que je peux rapporter ta voiture, dit Ming en levant les yeux au ciel. Tu seras en état de me ramener ?

— Je vois, inutile de te demander quelle excuse tu as trouvé pour expliquer la présence de ma voiture chez toi, répondit sèchement Jason.

— Ming, je peux aussi te suivre avec ma voiture et te ramener, proposa Lily.

— Lily propose de me suivre en voiture pour que tu n'aies pas à me reconduire.

— Tu es une horrible menteuse, tu le sais ?

— O.K., ce n'est pas la peine, poursuivit Ming, mais tu vas devoir attendre que nous ayons pris notre petit déjeuner.

— Toasts de pain aux raisins ?

— Exactement, tout ce que tu aimes, dommage que tu rates ça...

— Gare, j'ai des moyens de me venger.

— Oh ! J'oubliais que tu dois aller en urgence acheter le cadeau de mariage de Max et Rachel, il est grand temps ! Bon, je suis chez toi dans un quart d'heure.

Ming reposa le téléphone.

— Je vais filer chez Jason lui rapporter sa voiture et je reviens prendre le petit déjeuner avec toi.

— Tu es sûre que tu ne veux pas que je t'emmène ?

— Non, ne t'en fais pas, prendre l'air lui fera du bien.

Ming escorta Lily jusque dans la cuisine et l'installa devant une tasse de thé vert. Quand elle sortit, Jason était déjà dans la voiture.

— Lily a l'air contrarié, dit-il. Elle disait qu'elle avait fait une offre pour une maison, c'est ça ?

— Oui, à Portland. Mais elle semble ne pas savoir en fait ce qu'elle souhaite faire. Elle hésite à partir.

Ming roula jusqu'à un parking qui se trouvait non loin de chez elle et coupa le moteur. Après un silence, elle reprit :

— Tu savais qu'ils couchaient ensemble ?

Le silence emplit l'espace de l'habitacle. Ming écoutait le moteur cliqueter en refroidissant tandis que les pensées tournaient en tout sens dans sa tête.

— Oui.

Et voilà. Il lui cachait des choses. Cela ne lui ressemblait pas, pourtant.

— Et tu ne m'as rien dit.

— Je ne voulais pas que tu sois blessée.

— Je ne suis pas blessée.

Du moins, pas par ça. Elle avait enfin compris le week-end dernier que ce qu'elle attendait de Jason, ce n'était pas seulement qu'il soit le père biologique de son enfant. Ce qu'elle voulait, c'était un mari qui l'adorerait, et une ribambelle d'enfants à inonder d'amour. Accepter que c'était impossible la dévastait.

— On ne dirait pas, à te voir.

— Je ne veux pas que ma sœur quitte Houston.

L'air était devenu oppressant. Elle ouvrit la portière et sortit. Mais avant qu'elle ait pu dépasser le pare-chocs avant de la Camaro, Jason était debout devant elle.

— Que se passera-t-il s'ils décident de se marier ?

Eh bien elle serait contente pour eux, point final.

— Cela fait six mois que c'est fini avec Evan.

— Cela fait six mois que vous avez rompu, nuance.

— Qu'est-ce que tu insinues ? Que je suis toujours amoureuse de lui ?

— Est-ce que c'est le cas ?

Les poings sur les hanches, il lui barrait le passage.

— C'est ridicule, dit-elle en tentant de le contourner. Est-ce que je coucherais avec toi si je pensais toujours à ton frère ?

— Si j'ai bonne mémoire, si tu couches avec moi, c'est juste pour tomber enceinte.

Elle aurait dû se sentir soulagée qu'il croit ça. Cela évitait les complications. Mais ce qui s'était passé entre eux était trop important pour qu'elle continue à se taire.

— Peut-être qu'il serait bon que tu réfléchisses un peu plus loin que le bout de ton nez.

Elle se pencha contre lui, abandonnant tout orgueil.

— Cette première fois, dans ta cuisine, est-ce que tu as vraiment eu l'impression que tout ce qui m'intéressait, c'était d'être enceinte ?

— Ming.

Le ton coupable avec lequel il avait prononcé ces mots la bouleversa. Il posa les mains sur ses épaules et les serra dans un geste doux et réconfortant. Pourvu qu'il ne voie pas les larmes dans ses yeux.

— Je savais que ça allait devenir bizarre entre nous.

— Ce n'est pas bizarre.

— Si, c'est bizarre.

Elle fit le tour et alla s'asseoir sur le siège passager.

— Il vaut mieux que je rentre.

Jason resta un moment immobile. Elle le regardait à travers le pare-brise, s'efforçant de rassembler ses esprits. C'était de sa faute si les choses tournaient ainsi. Si elle s'en était tenue à son projet initial et était allée directement à la clinique, elle ne serait pas en train de se consumer pour un homme qui ne serait jamais à elle. Et elle ne se sentirait pas si misérable de s'être ainsi mise à nu.

Quand Jason vint s'installer au volant, elle respira profondément, s'apprêtant à déclarer qu'ils devaient reprendre leur relation d'avant, mais il parla le premier.

— La nuit dernière...

Il avait les mains crispées sur le volant et regardait droit devant lui.

— ... j'ai franchi la ligne.

Un silence suivit cet aveu, puis Jason mit en marche le moteur, mais pour une fois, son grondement puissant ne le fit pas sourire.

— En me demandant de dire ce que tu voulais ?

Le ton de Ming était incertain et acerbe.

— Oui.

Il avait pensé ne plus en reparler, mais elle avait été honnête en lui avouant ses sentiments.

— Et pourquoi as-tu fait ça ?

Faire l'amour avec Ming l'avait fait chavirer. Il s'était retrouvé entraîné sur un carrousel tourbillonnant, et il tournait, sans plus savoir où il allait, captif de ces moments. Il aimait être son amant. Mais il comptait sur la stabilité de leur amitié. Jusqu'à présent, il avait cru pouvoir concilier les deux, mais à présent ce qu'il ressentait le dépassait. Bien sûr, la logique lui disait que l'amour et le désir étaient deux sentiments puissants qui pouvaient aisément être pris l'un pour l'autre. Mais inéluctablement, il avait commencé à s'interroger sur sa décision de ne jamais se laisser aller à être amoureux.

— Parce que j'en avais envie.

— Et c'est mal ?

Il perçut l'espoir dans son regard et chancela.

— Ce n'est pas mal. Nous sommes si proches depuis si longtemps. Mes sentiments pour toi sont forts.

Comment lui expliquer sans la blesser ?

— Mais je ne veux pas te faire croire des choses, et je pense que c'est ce que j'ai fait.

— Me faire croire des choses ?

Ming serra les poings.

— En me laissant penser que tu voudrais autre chose qu'une relation d'amitié entre nous ? Je ne sais pas contre qui je suis le plus furieuse en ce moment, toi ou moi.

S'il avait su que passer la nuit avec elle mènerait à cela, l'aurait-il quand même fait ? Oui. Même maintenant, il n'était pas prêt à tout arrêter. Il y avait trop de choses qu'il voulait découvrir avec Ming. S'il était tout à fait honnête avec lui-même, rendre service à sa meilleure amie n'était plus du tout sa motivation désormais. Il voulait approfondir encore le lien qui existait entre eux, au risque que l'un d'eux se réveille un jour et comprenne qu'ils étaient mieux ensemble quand ils étaient simplement amis.

— Est-ce que tu veux arrêter ? demanda-t-il.

Il desserra le frein à main et fit glisser lentement la voiture hors du parking.

— Tu me laisses la responsabilité de décider de ce qui arrivera ou pas entre nous ? Est-ce que c'est honnête, ça ?

Sa voix était égale, mais il entendit un appel à l'aide dans ses mots et eut envie de la serrer contre lui, de l'embrasser pour la voir s'éclairer. S'ils décidaient de revenir à leur relation d'avant, combien de temps pourrait-il résister au désir de la toucher comme le font les amants ?

— Je veux que tu sois heureuse, quoi que cela me coûte.

— Vraiment ? répliqua-t-elle d'un ton cassant. Hier, quand je t'ai proposé de rester, tu t'es tendu comme un arc.

Elle expira profondément et reprit d'un ton plus calme.

— Je sais bien que tu as pour principe de ne pas passer la nuit avec les femmes que tu fréquentes.

— Mais j'ai passé la nuit avec toi.

— Et ce matin, tu n'avais qu'une hâte, c'était de te rhabiller pour te sauver.

Elle le regarda d'un air aussi dur qu'une lame.

— Qu'est-ce que tu attends de moi ?

— Je voudrais savoir ce que tu attends, toi. Est-ce que nous sommes juste des amis ? Est-ce que nous sommes amants ?

La veille, il avait nié avoir une relation avec elle devant ses amis et s'était senti réticent à l'idée de passer la nuit chez elle. Max, ses frères et leurs compagnes avaient beau être l'image du bonheur parfait, lui ne pouvait penser qu'à un futur tragique quand il voyait un couple. Il refusait de vivre avec la menace de tout perdre. Mais il ne pouvait nier que voir Ming avec un autre homme lui était insupportable.

— C'est vrai, nous sommes bien ensemble, dit-il. Mais tu sais ce que je pense de l'amour.

— Tu n'en veux pas.

— On ne peut pas continuer comme ça, tout bonnement ? Tu sais que je serai toujours là quand tu auras besoin de moi. Le courant passe incroyablement entre nous sur le plan physique. Après, tu seras très occupée avec ton bébé et tu n'auras plus de temps pour moi.

Il avança la voiture dans l'allée de la maison, mais n'arrêta pas le moteur. Il avait besoin de s'éloigner, de réfléchir à tout ce qu'ils venaient de se dire.

— Dînons ensemble demain.

— C'est la fête de la Lune, nous dînons chez mes parents. Je vais leur annoncer que j'ai décidé d'avoir un enfant, et Lily qu'elle va déménager. Nous avons promis de nous soutenir.

Ming soupira et il eut pitié d'elle. Helen Campbell était une femme têtue et autoritaire, convaincue de savoir mieux que quiconque ce qui était bon pour ses filles. Il fut un temps où Ming étouffait sous le poids des espoirs de sa mère. Il n'en avait jamais parlé, mais Jason savait que l'échec du mariage de Ming avait été un coup terrible pour sa mère.

— Alors mardi ?

Ming saisit la poignée de la portière. Elle brûlait de prendre la fuite.

— La semaine risque d'être assez bousculée.

Jason se sentit abandonné, sans comprendre pourquoi. Il retint Ming par le bras au moment où elle sortait.

— Attends.

Décidément, il se comportait d'une manière totalement anormale. Ce matin, par exemple. Rester caché dans une salle de bains pendant un quart d'heure ! Aucune autre femme n'aurait pu l'amener à faire une chose pareille. Et là encore, il s'apprêtait à se conduire comme il l'avait toujours évité avec les femmes.

— Je vois bien que ça ne va pas. Dis-moi ce qu'il y a.

— Je suis une idiote, répondit-elle d'une voix pitoyable. Ces deux semaines avec toi ont été extraordinaires, et j'ai commencé à penser comme si nous étions ensemble. Alors que je sais pertinemment ce que tu penses de tout ça. Je me comporte exactement de la même façon que les autres… Même pire, parce que je te connais, et que malgré tout, je me fais des illusions…

Elle baissa la tête avec découragement.

— Oublie ça, d'accord ?

Cet aveu le déboussola. Il s'était souvent demandé, au fil des années, comment ce serait s'ils étaient ensemble. Elle le connaissait mieux que quiconque. Il lui avait confié des secrets que personne ne savait. La tentative de suicide de son père. Sa réticence à rejoindre l'entreprise familiale. Les derniers mots qu'il avait dits à sa petite sœur avant sa mort, alors qu'il était fâché après elle... Mais là, on aurait dit qu'elle était en train de lui avouer qu'elle était amoureuse de lui ? Avait-elle perdu la tête ? Elle savait qu'il était incapable d'avoir une relation durable, et elle lui offrait son cœur à briser ?

Où tout cela allait-il les mener ? Jamais il n'avait connu une relation aussi intense auparavant, et, égoïstement, il n'était pas prêt à y renoncer sans combattre.

— Samedi soir, après le mariage, nous irons chez moi pour discuter. On décidera ensemble de ce qu'on doit faire, O.K. ?

— Il n'y a rien à décider, dit-elle en se coulant hors de la Camaro. Nous sommes amis. Rien ne changera quoi que ce soit à ça.

Mais tandis qu'il la regardait rentrer chez elle, Jason prit conscience que, en quelques minutes, tout avait changé.

10

En se garant devant la maison de ses parents, Ming surprit sa sœur en train d'essuyer nerveusement ses mains sur son jean. Elle la rejoignit et la prit par le bras.

— Tout ira bien si on se serre les coudes.

Elles remontèrent l'allée bras dessus, bras dessous. Quelles que soient leurs divergences quant à leurs choix respectifs, elles avaient toujours fait front commun devant leur mère. La porte s'ouvrit et un grand danois arlequin se faufila devant l'homme plein de prestance qui s'encadrait sur le seuil.

— Dizzy, laisse cette pauvre petite chienne tranquille ! s'exclama Patrick Campbell.

Ses mots n'eurent aucun effet sur le chien, qui se lança à la poursuite du yorkshire à travers le jardin.

— Papa, ne t'inquiète pas pour Muffin.

De fait, la petite chienne décrivait des cercles à toute allure autour du grand animal en lui mordillant les pattes. Dizzy n'avait même pas le temps de la voir arriver.

— Laisse-les se défouler un peu.

Après avoir réchappé des embrassades énergiques de leur père, Ming et Lily rattrapèrent les chiens et entrèrent. La maison embaumait. Leur mère avait dû passer le week-end à préparer leurs plats favoris. La table croulait sous la nourriture qui s'y accumulait. Ming avait cru qu'elle serait trop nerveuse pour pouvoir avaler quoi que ce soit, mais elle mangea avec délectation. Lily, elle, passa tout le repas à contempler sa nourriture d'un œil vide, en chipotant dans son assiette. A la fin du repas, ils sortirent déguster le traditionnel gâteau de Lune sur la terrasse. Sous l'astre plein et brillant, Helen Campbell racontait les origines de cette fête. Elle était professeur de civilisation et de littérature chinoises à l'université de Houston. Tout naturellement, sa voix prit le rythme lent et mélodique des conteurs.

— Les Mongols régnaient en Chine sous la dynastie Yuan, commença-t-elle. Les dirigeants de la dynastie Sung qui les avaient précédés voulaient se débarrasser de ces étrangers, mais tous leurs plans de révolte étaient immédiatement découverts et réduits à néant. Sachant que la fête de la Lune approchait, les chefs rebelles firent confectionner des gâteaux dans lesquels seraient dissimulés des messages pour donner le signal du soulèvement. C'est ainsi que la nuit de la fête de la Lune, les rebelles purent renverser le pouvoir des Yuan et établir la dynastie Ming. Aujourd'hui, nous mangeons le gâteau de Lune à la mémoire de ce jour.

Ming ne se lassait pas d'entendre ce récit légendaire. Américaine de première génération, elle aimait la culture dans laquelle avait grandi sa mère. Enfants, elles avaient résisté, avec Lily, aux tentatives de leur mère pour leur inculquer la tradition chinoise, mais à partir de l'époque où elle était arrivée au collège, Ming avait commencé à se passionner pour l'histoire de la Chine. Elle avait accompagné sa mère plus d'une dizaine de fois à Shanghai, où vivait sa famille. La plupart de leurs proches étaient bilingues, grâce au ciel, car bien qu'elle ait grandi en entendant parler le mandarin aussi bien que l'anglais à la maison, Ming n'avait jamais été très à l'aise avec la langue de sa mère. Elle avait tellement hâte de présenter son fils ou sa fille à sa famille de là-bas...

Elle sirotait son thé au jasmin à petites gorgées, regardant sa sœur qui nettoyait avec application ses doigts collants de pâte de haricot sucré. Cette vision se mêla à des dizaines de souvenirs de famille et la fit sourire.

— J'ai décidé d'avoir un enfant, jeta-t-elle à brûle-pourpoint.

Ses parents échangèrent un regard, puis Helen posa son assiette comme si elle se préparait au combat.

— Toute seule ?

Ming jeta un regard à Lily, qui s'était levée pour débarrasser.

Depuis qu'elles avaient l'âge d'atteindre l'évier, il était établi qu'Helen cuisinait et que les filles rangeaient.

— Ce n'est pas ce dont j'avais rêvé, mais oui, toute seule.

— Je sais combien tu désires avoir un enfant, mais es-tu sûre d'avoir pris tous les éléments importants en considération ?

Les lèvres de sa mère s'étaient étrécies en un mince trait.

— Helen, tu sais que quand Ming décide de se lancer dans quelque chose, c'est qu'elle en a la capacité, intervint son père d'un ton confiant.

Ming les regarda l'un après l'autre.

— Je ne dis pas que ça va être toujours simple, mais je veux être mère.

— Une mère célibataire ? insista Helen.

— Eh bien, oui.

— Tu sais ce que je pense de ce genre de choses. Et qu'en pense Jason ? ajouta-t-elle, le regard perçant.

— Il est content pour moi.

— C'est quelqu'un de bien. Espères-tu qu'il va t'aider ?

Helen affichait un calme imperturbable. Avait-elle bien compris que Ming se lançait seule dans cette aventure ?

— Je n'attends pas qu'il m'aide, il a sa vie à lui.

— Je me rappelle comment il était avec tes cousins, intervint Patrick en souriant. Il est formidable avec les enfants, j'ai toujours pensé qu'il ferait un excellent père.

— Ah bon ?

La conversation avait pris un tour surréaliste. Ming n'avait jamais pensé un instant à Jason comme à un papa. Mais à présent que son père avait évoqué cette idée, elle le voyait soudain parfaitement dans ce rôle.

— Ce que je voulais dire, c'est que Jason va t'aider à concevoir ce bébé ? coupa sa mère.

— Qu'est-ce qui te fait penser une chose pareille ?

— Vous êtes très proches, ça paraît logique.

— Cela pourrait nuire à notre amitié.

— Pourquoi ? Je suppose que tu vas passer par une banque du sperme.

Ming paniqua. Tout ceci devenait beaucoup trop intime.

— Oui, c'est ce que j'avais prévu.

Jusqu'à ce que Jason vienne tout mettre sens dessus dessous avec ses idées stupides.

— Je ferais mieux d'aller voir si Lily a besoin d'aide.

Laissant ses parents se débattre avec la nouvelle, elle courut dans la cuisine.

— Je le leur ai dit, dit-elle en rinçant les assiettes. Vas-tu leur avouer à ton tour que tu achètes une maison à Portland ?

— J'ai changé d'avis.

— Au sujet de la maison, ou au sujet de Portland ?

— Les deux.

— Evan doit être aux anges.

Les mots lui échappèrent avant même qu'elle ne se rende compte de ce qu'elle allait dire. Les déclarations de son père au sujet de Jason et la perspicacité de sa mère l'avaient perturbée.

— Evan ?

Lily tentait de feindre la stupéfaction, mais elle semblait surtout totalement affolée.

— Qu'est-ce qu'Evan a à voir là-dedans ?

Trop tard pour reculer. Autant clarifier les choses.

— Parce que vous sortez ensemble.

Forcer sa sœur à faire des aveux alors qu'elle-même lui cachait ce qui se passait avec Jason lui parut un peu déloyal.

— Ne sois pas ridicule.

— Evan l'a dit à Jason, et Jason me l'a dit.

— Je suis désolée, j'aurais dû t'en parler.

— Oui, ça aurait été préférable, tu ne crois pas ?

— Je pensais vraiment qu'il ne se passerait rien du tout.

— Qu'il ne se passerait rien quand ? Quand vous vous êtes donné rendez-vous ? Quand il t'a embrassée ?

— Je ne veux pas qu'il vienne s'interposer entre nous.

— Moi non plus.

Mais à ce moment précis, c'était bien le cas, et Ming était incapable de cacher sa rancœur et sa frustration.

— Mais je ne veux pas rompre avec lui. Je ne peux pas.

Sous l'expression têtue de sa sœur, Ming sentit de l'inquiétude. Elle en fut ébranlée.

— Est-ce que c'est vraiment sérieux ?

— Il m'a dit qu'il m'aimait.

— Ouah !

Ming ne put cacher sa surprise. Il avait fallu plus d'un an avant qu'Evan ne lui déclare ses sentiments. La réalité la giflait en pleine face et elle eut envie de se rouler en boule pour pleurer toutes les larmes de son corps. Qu'est-ce qui n'allait pas, avec elle ? Elle n'aimait pas Evan, elle avait accepté leur rupture, pourquoi est-ce qu'elle ne pouvait pas tout simplement se réjouir pour sa sœur ?

— Et tu as les mêmes sentiments pour lui ?

— Oui, dit Lily, baissant les yeux.

— Depuis combien de temps est-ce que vous vous voyez ?

— Quelques mois. Je sais que ça peut paraître rapide, mais, en fait, je suis attirée par Evan depuis le collège. Jusqu'à il y a peu, je n'aurais jamais imaginé qu'il puisse me voir autrement que comme ta petite sœur. La petite...

La bouche de Lily se tordit avec amertume. Ils avaient cinq ans de différence, mais bien sûr l'écart s'était réduit à mesure que Lily avançait vers la trentaine et dans sa brillante carrière.

— Je suppose qu'il a fini par te voir telle que tu es.

— Tu sais que je n'ai jamais voulu une chose pareille.

— Bien sûr que non.

— C'est seulement que personne ne peut décider de qui il va tomber amoureux.

Ce que disait Lily aurait dû soulager la conscience de Ming. Evan était amoureux. S'il apprenait ce qui se passait entre elle et Jason, il l'accepterait puisque, après tout, il avait fait la même chose. Et puis, tout ce qu'elle cherchait, c'était à avoir un enfant. Ce n'était pas comme s'ils avançaient main dans la main vers l'amour éternel. Elle ressentait cruellement le contraste entre l'échec de sa vie sentimentale et la félicité que connaissaient tous les gens autour d'elle. Elle resta la gorge nouée. Avoir Jason pour ami n'était pas suffisant, elle voulait son amour, elle le voulait à ses côtés pour le reste de sa vie. Mais elle n'était pas de celles qui se complaisent dans l'apitoiement sur soi. Il faudrait bien qu'elle trouve le moyen d'être heureuse.

Ming s'assit avec soulagement à son bureau, après une journée de rendez-vous frénétique. Elle vérifia une fois de plus le calendrier sur lequel elle notait scrupuleusement ses cycles depuis des mois. En principe, elle aurait dû avoir ses règles aujourd'hui. L'excitation la gagna. Peut-être qu'elle était enceinte ? Un instant, l'air lui manqua. Des mois de rêveries et d'attente ne l'avaient pas préparée à la réalité de ce changement vital.

Elle regarda son ventre. Est-ce que l'enfant de Jason était en train d'éclore là ? Elle se sermonna : son enfant, à elle. Elle devait cesser de se monter la tête à imaginer qu'ils pouvaient former une famille. Ils étaient juste deux amis, avec des aspirations très différentes.

— Tu es encore là ? demanda Terry. Je croyais que tu avais une répétition pour le mariage ?

— Oui, je pars dans dix minutes. L'église est tout près.

— Est-ce que les chiffres que je t'ai donnés t'ont rassurée ?

Un peu plus tôt dans la semaine, Terry avait sorti les registres et les bilans comptables afin que Ming puisse en prendre connaissance. Mais bien qu'elle ait bénéficié durant ses études de cours de gestion des entreprises, censés préparer les étudiants qui envisageaient de monter leur propre cabinet, ses souvenirs en la matière étaient bien loin.

— Je les ai parcourus, mais il faudra que Jason m'explique tout ça, je suis un peu dépassée.

— Normal. En tout cas, n'hésite pas si tu as des questions.

Quand Terry fut parti, Ming prit son sac et quitta la pièce. Il y avait encore cinq minutes, elle se réjouissait de ce week-end. Grâce à Susan, la mère de Max, le mariage promettait d'être féerique. Nathan avait épousé Emma à Saint-Martin et Sebastian s'était marié sur un coup de tête à Las Vegas. Susan avait menacé Max des pires châtiments s'il la privait de sa dernière chance d'orchestrer un mariage dans les règles de l'art. La plupart des futures mariées auraient regimbé devant une telle démonstration d'autorité de leur belle-mère, mais Rachel n'avait que sa sœur pour toute famille. Très prise par son travail, la directrice de l'agence de recrutement appréciait clairement de voir la mère de Max prendre en main tous les détails de l'organisation.

Quand Ming arriva à l'église, la plupart des invités s'y trouvaient déjà. Elle posa son sac sur le dernier banc et parcourut du regard les travées jusqu'à la nef, où le prêtre discutait avec Max. A côté de lui, Jason, qui était son témoin, les écoutait avec une grande attention. Ming eut un coup au cœur en le découvrant dans un costume gris tourterelle à la coupe impeccable, chemise blanche et cravate vert pâle.

Elle devait se retenir de toucher sans cesse son ventre. Etait-elle enceinte ? Quand elle s'était embarquée dans ce périple, trois semaines plus tôt, elle pensait que toucher au but la remplirait de joie et d'assurance. La joie était là, oui, mais mêlée de tant de doutes et d'inquiétudes... Si elle ne regrettait pas une seconde sa décision, elle n'avait plus envie d'avoir un enfant seule. Jason s'enfuirait à toutes jambes s'il découvrait combien elle avait envie de fonder une vraie famille. Avec lui. Un mari, une femme, un bébé. Mais ce n'était pas comme cela qu'il envisageait sa vie, et elle n'avait aucun droit d'être déçue qu'il désire autre chose.

Comme si ses pensées troublées avaient volé jusqu'à lui, Jason se tourna pour regarder dans sa direction. Leurs regards se touchèrent, et son angoisse s'atténua. Il fit la moue en levant les sourcils, et ce fut comme si elle entendait exactement ce qu'il pensait.

Trop tard pour faire entendre raison à ce sacré Max.

Elle pinça les lèvres et hocha la tête d'un air entendu.

Tu perds ton temps, il a trouvé la femme de sa vie.

— Vous voilà repartis dans vos échanges télépathiques ?

Ming n'avait pas vu Missy s'approcher d'elle. Avec sa chevelure rousse et ses yeux noisette, la femme de Sebastian portait les tons de bruns comme personne.

— En effet, acquiesça Ming en continuant à fixer Jason.

— Vous n'avez jamais envisagé de sortir ensemble ? Je sais bien que tu as été fiancée à son frère, mais vous semblez vraiment faits l'un pour l'autre.

— Certainement pas. Nous sommes totalement à l'opposé, tous les deux.

— Je ne connais personne d'aussi différent que Sebastian et moi, rétorqua Missy avec malice, ça peut être très amusant.

Le sourire impertinent de la jolie rouquine troubla Ming. Elle chassa la question de savoir jusqu'où les choses pouvaient être amusantes entre des jeunes mariés et soupira. Ses conversations avec Emma, Missy et Rachel lui avaient prouvé que les voies de l'amour n'étaient jamais droites et sans embûches. Mais elle ne se trouvait même pas sur l'un de ces chemins. Plutôt sur la piste d'un chevreuil insaisissable au cœur d'une forêt obscure.

— Il ne veut pas tomber amoureux.

Missy regarda les trois frères Case, qui avançaient vers le devant de l'église en suivant les consignes du prêtre.

— Eh bien, oblige-le...

Ming renonça à expliquer à Missy qu'il était vain d'espérer changer Jason. A quoi bon argumenter avec une jeune mariée qui était l'image même du bonheur parfait ?

Elle remonta à son tour le côté de la nef au bras de Nathan, et s'efforça de se concentrer sur ce qu'on lui disait de faire. Envahie par le désespoir, elle ne pouvait s'empêcher de lancer des regards à Jason, toujours aussi élégant et sûr de lui auprès de Max. Jamais elle ne saurait ce que cela faisait de voir l'homme qu'elle aimait l'attendre devant l'autel, se parer de satin blanc et de perles et dire les mots qui les lieraient à jamais.

— Quand vous arrivez ici, vous vous séparez et rejoignez vos places, expliqua le prêtre, avant de s'adresser à l'organiste : à ce moment-là, vous annoncez l'entrée de la mariée.

Tous se tournèrent vers Rachel, qui avançait dans l'allée centrale. Radieuse, elle semblait flotter au-dessus du sol, et Ming baissa la tête, luttant contre la boule qui grandissait dans sa gorge. Il fallait qu'elle arrête d'attendre une chose impossible, ou elle allait devenir folle.

Vingt minutes plus tard, la répétition terminée, tout le monde se dirigea vers la sortie de l'église en discutant tranquillement. Nathan et Ming fermaient la marche.

— Comment va Emma ? demanda-t-elle.

Cela faisait cinq jours qu'elle aurait dû accoucher.

— Affreux. Elle n'en peut plus d'attendre, répondit Nathan, qui de toute évidence n'était pas très en forme, lui non plus.

— Je ne l'ai pas vue, elle n'est pas venue ?

— Non, dit-il en se renfrognant. Je lui ai dit de rester à la maison pour se reposer, la journée de demain va être suffisamment longue comme ça. Mais, la connaissant, elle doit être en train de préparer une dernière commande pour que tout soit à jour quand le bébé arrivera.

La femme de Nathan était créatrice de bijoux. Elle réalisait des pièces uniques d'une beauté incomparable. La parure que portait Missy pour son mariage était d'ailleurs l'une de ses créations. Jason lui avait dit que les alliances de Max et Rachel avaient elles aussi été conçues et réalisées par Emma.

— J'ai peur qu'elle n'arrête pas de se démener une fois que le bébé sera là, poursuivit Nathan, l'air à la fois exaspéré et plein d'inquiétude. Elle est incapable de prendre soin d'elle-même.

— Elle n'en a pas besoin, puisque tu es là.

Nathan sourit d'un air désabusé.

— Tu as peut-être raison. A demain.

Ming eut un sourire rêveur devant la hâte de Nathan. Elle alla chercher son sac à main, et, en se redressant, découvrit Jason debout à ses côtés. Il lui prit la main en entrelaçant ses doigts aux siens et la pressa doucement.

— Tu m'as manqué, toute cette semaine.

Elle sentit des frissons le long de sa colonne vertébrale.

— Toi aussi, tu m'as manqué.

Plus qu'elle n'aurait pu l'admettre. Ils s'étaient parlé tous les jours au téléphone, mais essentiellement pour analyser les bilans du cabinet dentaire ou traiter de sujets neutres du même ordre. Ils n'avaient pas reparlé d'Evan et de Lily.

— Je suppose que ce n'est pas la peine que je te propose de venir chez moi ce soir, murmura-t-il en l'entraînant dehors.

C'était terriblement tentant, mais elle secoua la tête.

— J'ai promis de voir Lily, et j'ai rendez-vous très tôt demain matin pour me faire coiffer et maquiller.

Elle n'aimait pas inventer des excuses, mais à la vérité, la seule chose qui lui importait pour le moment, c'était de rentrer faire le test de grossesse.

— Demain, après le mariage.

Jason la raccompagna jusqu'à sa voiture et lui ouvrit la portière.

Le silence entre eux devint pesant et le cœur de Ming se mit à battre au ralenti. Elle voyait que quelque chose tourmentait Jason. Finalement, elle se lança.

— Evan est amoureux de Lily et elle a décidé de rester à Houston.

— Qu'est-ce que tu en penses ?

— Je suis aux anges, comme tu peux aisément l'imaginer.

— Je veux dire, des sentiments d'Evan pour ta sœur.

Elle sourit avec détermination.

— Je suis contente pour eux deux.

— Tu te sens vraiment bien ?

— Je vais être mère, c'est la seule chose qui compte pour moi, et c'est là-dessus que je veux concentrer mon énergie.

— Tu sais que je suis là, si tu as besoin de parler.

— Je t'assure, ça va, répliqua-t-elle d'un ton enjoué et ferme.

Toujours la même sollicitude amicale. Elle aurait voulu qu'il se préoccupe d'elle pour des raisons différentes.

— On se retrouve au restaurant.

Il la contempla longuement et recula finalement.

— Réserve-moi une place.

Et il referma la portière.

11

Assis à côté de Ming, levant son verre à chaque toast à la santé des futurs mariés, Jason se sentait affreusement seul. N'était-ce pas ce qu'il avait voulu ? Une vie sans attaches, sans risque de devenir dépendant de l'amour ?

Il avait réfléchi à la dépression qui avait frappé son père à la mort de sa femme et de sa fille. Rien ne l'autorisait à penser qu'il aurait à subir un jour une perte aussi dévastatrice. Et que, si cela devait se produire, il se laisserait sombrer lui aussi dans un puits sans fond. Mais la manière dont il avait réagi en voyant cette fameuse photo n'avait rien de rationnel, pas plus que la façon dont il avait exigé que Ming se donne à lui. Il avait dit qu'il ne voulait pas lui donner de faux espoirs. La vérité, c'était qu'il était terrifié à l'idée de la perdre.

— Je rentre, annonça Ming en se penchant vers lui.

Il sentit son épaule contre la sienne, et son souffle dans sa nuque le fit chavirer.

— Tu me raccompagnes à ma voiture ?

— Je crois que je vais m'en aller, moi aussi.

La soirée s'achevait et Sebastian et Missy étaient déjà partis. Dès qu'ils eurent passé la porte, il lui prit la main. Il était tellement étrange qu'un geste si simple lui procure un tel bien-être.

— Est-ce que je t'ai dit que tu étais ravissante, ce soir ?

— Merci.

Mais le visage de Ming resta grave. Quand ils furent devant sa voiture, elle l'arrêta, alors qu'il s'apprêtait à lui ouvrir la portière.

— Ce n'est pas le meilleur endroit pour t'annoncer ça...

Elle jeta un regard autour d'eux, inspira profondément, et planta ses yeux dans les siens. Malgré la tension qu'elle ressentait manifestement, la joie brillait dans ses yeux.

— Je suis enceinte.

La nouvelle lui coupa le souffle. Il s'y était plus ou moins attendu, mais savoir qu'un enfant grandissait en elle le remplissait d'allégresse.

— Tu es sûre ?

— Aussi sûre qu'on puisse l'être avec un premier test de grossesse, dit-elle en crispant les doigts sur son bras. J'en avais emporté un au restaurant, poursuivit-elle avec un petit rire incertain. C'est ridicule, n'est-ce pas ? Je ne pouvais pas attendre d'être rentrée.

Jason la prit dans ses bras. Un bébé. Leur bébé ! Il eut envie de courir au restaurant l'annoncer à tout le monde. Ils allaient être parents. La réalité se faisait jour peu à peu dans le vertige qui s'était emparé de son esprit.

— Je suis heureux que tu n'aies pas attendu, souffla-t-il dans ses cheveux. C'est une merveilleuse nouvelle.

Son long corps svelte s'emboîtait parfaitement contre le sien. Combien de mois avant qu'il ne sente son ventre rond quand il la tiendrait ainsi ? Pourraient-ils se pelotonner l'un contre l'autre, sa jolie tête lui reposant sur l'épaule, ses bras fins noués autour de son torse ?

— Bien sûr, cela signifie...

Comprenant ce qui allait suivre, il l'interrompit d'un grondement.

— Tu ne vas pas rompre avec moi la veille du mariage de Max, quand même ?

— Rompre ?

Elle recula et il vit son sourire, mais ses yeux fuyaient.

— Pour ça, il faudrait qu'on soit ensemble.

Etaient-ils en train de refuser de voir que la vraie nature de leur amitié, c'était qu'ils étaient faits l'un pour l'autre ?

Qu'est-ce que tu racontes ? Tu oublies que tu as juré de ne jamais aimer quiconque ? Tiraillé par ses désirs contraires, il ne pouvait relâcher son étreinte et la sentit haleter quand il se pencha pour l'embrasser. Leurs langues se mêlèrent et une sensation incandescente irradia tous ses nerfs. La toucher était une fête pour ses sens, un bonheur pour son âme. Elle le transformait, faisait de lui un homme meilleur. Et à présent, elle était enceinte de lui. Ils pourraient être si heureux, ensemble. Il suffisait pour cela qu'il la laisse entrer.

Il mit un terme à son baiser et posa les lèvres sur sa joue. Ce qu'il ressentait lui appartenait à elle seule. Il n'avait qu'à le lui dire pour tout changer. Le silence s'étira. Finalement, Ming posa la main sur sa poitrine palpitante et s'écarta de lui.

— Nous sommes juste de bons amis qui ont couché ensemble parce que l'un des deux voulait un enfant, conclut-elle.

Son ton mélancolique assombrit encore son regard.

— Et nous nous sommes promis que rien ne pourrait jamais briser notre amitié.

— Jamais, répéta-t-elle en se laissant aller contre lui.

Notre bébé.

Mon bébé. Elle tentait de se convaincre, mais les mots manquaient de force. Etait-ce surprenant ? La réaction de Jason la veille l'avait remplie d'une joie infinie. Comment se montrer rationnelle, avec cette douce musique dans la tête et cette sensation d'être légère comme une plume ?

Ming se gara sur le parking du salon de coiffure qu'avait choisi Susan Case, et se concentra sur le bonheur des jeunes mariés. Ce ne fut pas difficile : Rachel, en grande discussion avec sa sœur Hailey, Missy et Susan, était rayonnante. Ming les rejoignit au moment où deux visagistes entraînaient Rachel vers un fauteuil. Elle avait laissé pousser ses cheveux, abandonnant la coupe garçonne qu'elle arborait quand Ming avait fait sa connaissance. Les coiffeurs relevèrent ses cheveux en grosses boucles tout autour de son visage, et les piquèrent de gracieuses fleurettes blanches. La jeune femme n'avait pas l'habitude d'être ainsi le centre de toutes les attentions, mais elle se laissa faire de bonne grâce. Les regardant travailler, Ming se disait que Rachel allait être stupéfaite du résultat.

Profitant du fait que toutes les demoiselles d'honneur avaient les cheveux longs, il fut décidé de les coiffer vers l'arrière en dégageant leur visage et en laissant retomber des ondulations souples dans leur dos. Quand les quatre jeunes femmes prirent la pose pour la photo, l'effet obtenu était romantique et délicieusement féminin.

Bien que le mariage soit prévu à 16 heures, le photographe avait demandé que tout le monde soit à l'église pour 13 heures. Ming, qui s'était réveillée trop tard pour petit-déjeuner, décida de s'octroyer un déjeuner rapide avant de se rendre au rendez-vous, tant et si bien qu'elle fut la dernière à arriver. Son regard alla tout droit à Jason, sans qu'elle ait eu à le chercher. Debout au milieu de la nef, éblouissant dans son smoking, il semblait beaucoup plus nerveux que le marié.

Oh, comme il est beau ! pensa-t-elle en le rejoignant.

Au fil des années, dissimuler son amour pour Jason était devenu une seconde nature. Elle resta imperturbable quand Jason la prit dans ses bras pour une étreinte tout amicale.

— Tu sens délicieusement bon et tu es splendide, chuchota-t-il. Qui a eu l'idée diabolique de t'habiller en vert pomme ? J'ai envie de te manger toute crue.

Rachel avait choisi pour ses demoiselles d'honneur des robes bustiers de style Empire d'un vert tendre qui s'accordait avec le bel automne, rehaussé de bouquets orange, jaune et fuchsia. Ming tressaillit. Si Jason continuait à la fixer ainsi avec gourmandise, elle n'allait pas pouvoir attendre la fin de la journée pour se retrouver seule avec lui. Elle poussa un profond soupir pour chasser ses désirs capricieux. Aujourd'hui, ils ne devaient penser qu'à Max et Rachel.

— C'est Susan, je crois, répondit-elle d'un ton désinvolte.

— Fais-moi penser à la remercier.

Ming retint un rire amusé et l'examina des pieds à la tête.

— Tu es parfait en smoking, tu devrais en mettre plus souvent.

— Si j'avais su que tu me déshabillerais des yeux comme tu le fais en ce moment, j'en aurais porté depuis longtemps.

— Je ne te déshabille pas…, commença-t-elle.

Elle se tut en voyant Emma s'approcher d'eux, le pas alourdi par son ventre tout rond.

— Je ne sais pas ce que vous avez prévu d'enlever au juste, dit-elle en se laissant tomber sur le banc voisin, mais si c'était moi, je commencerais par le smoking... entier !

Jason adressa à Ming un sourire moqueur, mais elle n'eut pas le temps de répliquer. L'assistant du photographe pressait les invités de se rassembler sur le seuil de l'église. Tout le monde était d'humeur joyeuse, et elle n'eut aucun mal à se joindre aux plaisanteries et aux rires, ce qui l'empêcha de laisser vagabonder ses pensées vers son propre mariage, qui aurait dû avoir lieu six mois plus tôt.

Durant la pause qui leur fut laissée entre la séance de photos et le début de la cérémonie, elle s'éloigna un peu, ne voulant pas ternir ce jour parfait par son accès de mélancolie. Il était l'heure d'entrer dans l'église quand Jason apparut.

— Tu as l'air songeuse.

— Je pensais juste au bébé.

— Moi aussi, dit-il d'un air très sérieux. J'ai envie de dire à tout le monde que je suis le père.

Son cœur se convulsa. La veille, après le test, elle avait dû se retenir de se lever pour annoncer à tous qu'ils attendaient un enfant.

— Tu crois que ce serait une bonne idée ?

— Ecoute, ce qui te retenait de le dire, c'est que tu avais peur de blesser Evan. Mais il est avec Lily, maintenant.

— On peut le dire parce que Evan et Lily sont ensemble ?

— Il ne s'agit pas d'eux, il s'agit de nous. Je veux faire partie de la vie de cet enfant. Au quotidien. Etre là comme un papa, pas comme l'oncle Jason.

Elle ne l'avait jamais vu si résolu. *Il s'agit de nous.* Voilà ce qu'il avait dit. Mais il ne pensait pas à elle et lui, pas dans le sens qu'elle aurait voulu. Le cœur de Ming était comme une fenêtre cassée battue par les vents, elle avait l'impression qu'il allait tomber en mille morceaux à ses pieds. Elle exultait qu'il veuille être un vrai père, mais ne pouvait oublier son désir fou qu'il soit là aussi pour elle.

— Vous venez, tous les deux ? lança Missy. C'est l'heure.

Jason fila rejoindre sa place. Ming s'obligea à relâcher ses doigts crispés avant d'écraser complètement les tiges délicates des gerberas qu'elle tenait à la main. La sœur de Rachel, première demoiselle d'honneur, était déjà derrière Max et ses parents. La musique donna le signal du départ du cortège. Le jeune marié, parfaitement détendu, guida ses parents jusqu'à leur place devant l'autel. Les fleurs éclatantes tremblaient dans la main de Ming tandis qu'elle rejoignait Nathan. Devant les traits tirés de ce dernier, elle en oublia ses soucis.

— Est-ce que ça va ? lui demanda-t-elle.

— J'ai essayé de convaincre Emma de rester à la maison. Elle refuse de l'admettre, mais elle n'est pas bien du tout. Je suis vraiment inquiet.

— Je suis sûre qu'il est parfaitement normal d'être épuisée quand on a dépassé la date de l'accouchement, répliqua-t-elle.

Mais ses paroles ne parurent pas réconforter Nathan.

— Elle te préviendra s'il y a quoi que ce soit.

— Justement, je crains bien que non, dit-il en jetant un regard à la mariée, qui les suivait. Elle ne veut pas risquer de perturber cette journée.

Rachel posa la main sur l'avant-bras de Nathan avec un regard plein d'empathie.

— Je suis très heureuse que vous soyez là tous les deux aujourd'hui, dit-elle, mais si tu penses qu'il est préférable de ramener Emma chez vous, tu pourrais partir dès que nous aurons terminé à l'église ?

Nathan se pencha pour embrasser la joue de Rachel.

— Je vais faire ça, merci beaucoup.

Il semblait un peu rasséréné tandis qu'ils remontaient la travée, sans doute aussi en raison de l'éclatant sourire que lui avait adressé Emma depuis le banc où elle était assise. L'estomac de Ming se serra devant le spectacle de leur bonheur. Il était habituel de se laisser assaillir par l'émotion lors d'un mariage, mais c'était encore plus vrai pour une femme qui venait d'apprendre qu'elle était enceinte d'un homme dont elle était amoureuse sans espoir de retour. Elle se ressaisit et se tourna vers Rachel.

Celle-ci portait une longue robe bustier très sobre, rehaussée de boucles d'oreilles de perle et de diamant. Sa coiffure simple et romantique faisait éclater sa beauté et la joie qui l'illuminait. Personne ne lui donnait le bras. Son père était mort et sa mère avait disparu de sa vie. Le pincement de tristesse de Ming s'effaça à la pensée que c'était la dernière fois que la jeune femme devait ainsi s'avancer seule dans la vie. Elle devenait l'épouse de Max, et un membre à part entière de sa famille.

Ming ignora la boule qui se formait dans sa gorge quand le prêtre commença son homélie. Le reste de la cérémonie se déroula dans un brouillard dont elle ne sortit que quand éclatèrent les applaudissements. Max embrassait Rachel avec passion. L'orgue retentit de nouveau et les époux redescendirent la travée pour quitter l'église, unis pour le meilleur et pour le pire. Nathan et Ming reprirent leur place en fin du cortège, mais en se rapprochant d'Emma, Ming vit que quelque chose n'allait pas. Pliée en deux, son amie se tenait la taille, souffrant visiblement. Nathan se précipita et elle s'accrocha à son bras, rassurée par sa présence.

— Je crois qu'il est temps d'aller à l'hôpital, souffla-t-elle, ses grands yeux bruns devenus noirs dans son visage pâle.

— Depuis combien de temps es-tu comme ça ? demanda Nathan.

— Ce matin.

Les yeux de Nathan étincelèrent.

— Tout va bien, je voulais juste qu'on soit là pour la cérémonie, et maintenant, je voudrais qu'on se dépêche d'aller à l'hôpital pour que je mette notre fils au monde.

— Tête de mule, grommela Nathan, en soutenant sa femme pour l'aider à gagner la sortie.

— Veux-tu que nous venions avec vous ? demanda la mère de Max, qui les suivait en trottinant sur ses talons.

— Non, répondit Emma en secouant la tête, restez à la fête. Le bébé ne va probablement pas arriver tout de suite.

Mais à l'instant où elle disait ces mots, une nouvelle contraction l'obligea à s'interrompre.

— Je vais chercher la voiture, dit Nathan.

Il remit Emma aux mains de Ming et partit en courant. Elles reprirent leur marche précautionneuse.

— Il a toujours été comme ça ? demanda Ming, amusée, avec une pointe d'envie.

— Ça a commencé quand mon père a décidé que mon mariage devait être un élément de négociation entre Nathan et la Montgomery Oil. Depuis, Nathan s'est mis en tête que j'avais besoin de quelqu'un pour me protéger.

— Je trouve ça mignon.

Emma eut un sourire radieux.

— C'est absolument délicieux.

Le temps qu'elles rejoignent Nathan, la plupart des invités avaient présenté leurs compliments aux mariés et commençaient à se disperser vers les voitures. Ming attendit sur le côté qu'ils en aient terminé pour aller les informer du départ de Nathan et Emma.

— Les contractions semblaient assez rapprochées, commenta-t-elle, elle a dit qu'elles avaient commencé dans la matinée, je ne sais pas si le travail est déjà très avancé.

— J'espère que Nathan va nous appeler pour nous tenir au courant, dit le père de Max.

— Bien sûr qu'il le fera, répondit Sebastian en hochant la tête.

— En attendant, dit Max en souriant à sa resplendissante épouse, allons faire la fête.

Une limousine attendait au coin de la rue pour les emmener au Corinthien, un endroit très sélect dans le centre historique de Houston. Ming n'avait encore jamais eu l'occasion d'y aller, mais Missy et Emma étaient extatiques quand elles en parlaient. Leurs éloges étaient mérités. L'endroit tirait son nom des élégantes colonnades de style corinthien qui ornaient les salons, où des tables rondes de dix personnes avaient été dressées. L'ancien hall de la First National Bank, avec ses dix mètres sous plafond et ses grandes verrières, avait été converti en un élégant salon d'apparat, accueillant galas et fastueuses réceptions privées.

Sur les nappes damassées bordeaux, les couverts de vermeil s'accordaient aux plats de métal doré et à la porcelaine blanche rehaussée de filets d'or. Dans des chandeliers de cristal, la lueur vacillante des bougies exaltait les couleurs des bouquets qui se déclinaient dans la palette de jaune, d'or et d'orange profond choisie par Rachel. Ming n'avait jamais rien vu d'aussi élégant et chaleureux à la fois.

— Susan s'est vraiment surpassée, commenta Missy en s'arrêtant avec elle dans l'entrée pour admirer l'ensemble. Cela me ferait presque regretter de m'être précipitée à Las Vegas pour notre mariage express avec Sebastian.

Elle eut un clin d'œil vers son époux.

— Mais bien sûr, rien n'aurait pu valoir la peine d'attendre des mois pour être toute à lui...

Sebastian prit la main de la jeune femme et la porta à ses lèvres. L'électricité qui passa entre eux à cet instant était presque visible. Ming cligna des yeux et s'éclaircit la gorge.

— Donc tu ne regrettes pas ton escapade ?

Missy secoua la tête, les yeux vissés sur ceux de son époux.

— Qu'un homme aussi réfléchi et mesuré que Sebastian décide sur un coup de tête d'un tel changement dans sa vie... Ça a été le moment le plus romantique, le plus étourdissant et le plus excitant de ma vie.

— Oui, de toute évidence, il savait ce qu'il voulait, murmura Ming.

Son regard s'égara dans la direction de Jason, qui était en train de plaisanter avec le père de Max.

La voix profonde de Sebastian résonna d'une conviction intense quand il approuva :

— Oh oui, je savais exactement.

12

Tout en regardant Ming, si joliment habillée de vert, Jason composa le numéro de téléphone de son frère. Il était invité au mariage, et ça ne lui ressemblait pas de faire faux bond sans prévenir. Il raccrocha en entendant la messagerie et appela son père, mais lui non plus n'avait pas de nouvelles d'Evan. Soucieux, Jason fourra son portable dans sa poche et se dirigea vers Ming. Elle était seule, et regardait Sebastian et Missy avec une expression pleine de mélancolie. Le bonheur que le couple partageait était tangible et cela le frappa. Il comprenait la fascination de Ming. Elle avait toujours désiré se marier. En rompant avant leurs noces, Evan lui avait brisé le cœur, et sa décision de devenir maman en célibataire était une façon de gérer la solitude. Pourquoi n'avait-il pas vu ça plus tôt ? Sans doute n'en avait-il pas envie.

Tout au long du dîner, tandis que Rachel et Max s'embrassaient et que les verres se levaient pour trinquer à leur santé, les pensées de Jason restèrent centrées sur sa cavalière et ce qu'il allait advenir d'eux après cette soirée. Les deux semaines qui venaient de passer avaient été les plus heureuses depuis bien longtemps. Il découvrait combien ils avaient été proches durant leurs années de collège, et combien cette proximité lui avait manqué.

Il lui était impossible de renoncer à quoi que ce soit. Il voulait garder Ming comme l'amie avec laquelle il partageait ses espoirs et ses peurs. Et il voulait garder ces nuits incandescentes avec la tentatrice qui hantait désormais ses rêves. Et, plus que tout, il voulait cette famille que la naissance de leur enfant pouvait créer. Mais tout ceci, sans perdre l'indépendance à laquelle il tenait tant.

C'était impossible.

Il n'était pas assez stupide pour penser que Ming s'accommoderait de toutes ses exigences. C'était à lui d'envisager ce à quoi il lui était possible de renoncer et ce que Ming pouvait accepter. Quand les gens commencèrent à danser, il avait élaboré son plan. Ce soir, place à la romance. Mais dès demain, au petit déjeuner, il lui ferait sa proposition, et ils pourraient décider de la suite.

— Mmm, ronronna-t-elle tandis qu'ils évoluaient tous deux au rythme de la musique. Ça fait bien dix ans que nous n'avons pas dansé ensemble. J'avais oublié que tu étais un excellent danseur.

— Il y a des choses pour lesquelles je suis encore meilleur.

Il se lança dans des virevoltes qui la firent rire à perdre haleine.

— Quand pourrons-nous partir d'ici ?

— Il est à peine 21 heures ! rétorqua-t-elle.

Elle prit l'air indigné mais il vit ses yeux briller, témoignant de son impatience à elle aussi.

— C'est la fête des mariés, ils sont obligés de rester, eux, pas nous.

Vu le monde qui se pressait sur la piste, personne ne pourrait remarquer la main qu'il faisait glisser dans son dos... Mais Ming tressaillit et la replaça avec autorité sur sa taille.

— Je ne crois pas que Max et Rachel apprécieraient que nous nous éclipsions si tôt.

Jason jeta un regard aux jeunes mariés.

— Je crois qu'ils ne le remarqueraient même pas.

Finalement, ils restèrent jusqu'à minuit, et assistèrent au départ de Max et Rachel. Ceux-ci passeraient la nuit dans un hôtel voisin, avant de s'envoler pour les plages de Gulf Shore, en Alabama, où Max avait une maison. Le choix de cet endroit avait longtemps étonné Jason, jusqu'à ce qu'il apprenne que le couple s'y était rencontré, cinq ans plus tôt.

Profitant d'une dernière danse, Jason glissa la main dans le creux des reins de Ming et lui demanda :

— Ta sœur t'a dit qu'Evan ne viendrait pas au mariage ?

Ming fronça ses fins sourcils.

— Pas du tout. Est-ce que tu as essayé de le joindre ?

— Oui, et j'ai appelé mon père, mais il n'a pas de nouvelles non plus. Ça ne ressemble pas à Evan.

— Je vais appeler Lily pour lui demander si elle est au courant, dit Ming.

Elle sortit aussitôt son téléphone portable et composa le numéro de sa sœur.

— Lily, Evan n'est pas venu au mariage. Est-ce qu'il t'avait prévenu que son programme avait changé ?

Ming secoua la tête à l'intention de Jason.

— Demande-lui quand elle lui a parlé la dernière fois.

— Jason demande quand tu as eu de ses nouvelles. Je mets le haut-parleur, d'accord ?

— Hier soir.

C'était bizarre que son frère n'ait pas fait signe à l'un ou à l'autre de toute la journée.

— Est-ce qu'il s'est passé quelque chose ?

— Il a demandé ma main, expliqua Lily d'un ton consterné.

— Super ! s'exclama Ming avec une ardeur sincère.

— Je lui ai dit que je ne pouvais pas l'épouser.

La peur serra la gorge de Jason.

— Inutile de te demander comment il a réagi, j'imagine.

Il avait déjà vu son frère sombrer à deux reprises dans le même état autodestructeur que leur père. La première fois avait eu lieu après la fin du collège, quand la petite amie avec qui il était depuis trois ans avait décidé de rompre. Evan avait passé tout l'été dans un trou noir. La deuxième fois, ça avait été un an avant qu'il ne commence à fréquenter Ming. Il sortait depuis deux ans avec une fille qui l'avait laissé tomber du jour au lendemain, pour épouser son ex-petit ami. Aujourd'hui, Jason était certain que ces deux épisodes n'étaient rien au regard du désespoir que devait ressentir son frère à cause de Lily.

— Je ne comprends pas, dit Ming, je croyais que tu l'aimais.

— Je l'aime, répondit Lily, la voix chevrotante. Mais je ne peux pas te faire une chose pareille.

Ming chercha manifestement de l'aide dans les yeux de Jason.

— Je ne peux pas vous reprocher de vous être trouvés, ni à toi ni à lui.

Laissant les sœurs poursuivre leur conversation, Jason tenta une nouvelle fois d'appeler Evan et raccrocha en entendant la messagerie. Il avait déjà laissé trois messages.

— Est-ce que ça t'embête si je vais d'abord chez Evan ? demanda-t-il à Ming alors qu'ils se dirigeaient vers l'endroit où elle était garée. Je serai plus tranquille quand je l'aurai vu.

— Non, bien sûr.

— Attends-moi chez moi, je ne devrais pas en avoir pour plus d'un quart d'heure.

Mais en arrivant chez son frère, Jason comprit pourquoi il ne s'était pas montré et n'avait pas répondu à ses appels. Evan gisait inconscient sur le sol du salon, avec la télévision allumée. Un tube de comprimés était grand ouvert sur la table basse et Jason fut soudain projeté l'année de ses quinze ans, quand il avait trouvé son père inerte dans sa voiture, dans le garage noir de gaz d'échappement. Avec un cri sourd, il se laissa tomber à genoux auprès de son frère. La vue de sa poitrine qui se soulevait et s'abaissait régulièrement le rassura. Il le prit dans ses bras et le secoua.

— Evan, bon sang, Evan, réveille-toi !

La gorge serrée, trempé de sueur, il guettait un signe de réveil de son frère, mais sa vue était brouillée. Il était de nouveau dans le brouillard épais de ce garage, les fumées toxiques emplissaient ses poumons au bord de l'asphyxie. Son frère ne pouvait pas mourir, il devait le réveiller. L'empoignant par les épaules, il le secoua avec force.

— Evan !

Celui-ci le frappa soudain à la poitrine pour le repousser, brisant d'un coup le mur de panique qui s'était dressé devant lui.

— Jason ! s'exclama Evan en clignant des yeux, l'air groggy. Qu'est-ce que tu fiches ?

Haletant, Jason tomba assis par terre et se passa la main dans les cheveux, luttant pour retrouver sa respiration. Le manque d'oxygène lui faisait tourner la tête. Il appuya son front dans ses mains. Ses yeux étaient pleins d'eau. Puis il prit le flacon et l'agita devant les yeux de son frère.

— Combien en as-tu pris ?

— Deux. C'est tout ce qui restait.

Et s'il y en avait eu plus ? Combien en aurait-il pris ?

— Tu es sûr ?

Evan écarta sa main d'un geste brusque.

— Mais qu'est-ce qui te prend, à la fin ?

— Tu n'es pas venu au mariage. Tu ne réponds pas au téléphone. Je suis passé voir si tout allait bien et je te trouve par terre ! J'ai cru...

Sa voix se brisa.

— Je ne suis pas allé au mariage parce que je n'étais pas d'humeur.

— Et ces cachets ?

— Je suis allé faire du vélo ce matin pour m'éclaircir les idées, et je me suis cassé la figure. Je me suis fait mal au dos, c'est pour ça que je me suis mis par terre, je suis bloqué.

— J'ai laissé trois messages, insista Jason. Pourquoi est-ce que tu ne m'as pas rappelé ?

Ses mains tremblaient à présent, sous l'effet de la décompensation après la poussée d'adrénaline.

— J'ai éteint mon téléphone, je n'avais envie de parler à personne.

Evan roula sur le côté et repoussa le sol de ses deux mains pour se redresser.

— Pourquoi es-tu venu ?

— Lily nous a dit qu'elle avait refusé ta demande en mariage. J'ai pensé que tu avais peut-être fait une bêtise.

— Elle a peur de causer de la peine à sa sœur si on se marie.

Il parlait d'une voix entrecoupée, clignant des yeux nerveusement.

— Elle ne m'écoute pas quand je lui dis que Ming ne sera pas aussi affectée qu'elle se l'imagine.

Jason ne pouvait en croire ses oreilles. C'était tout ce qu'Evan avait trouvé pour avoir la conscience tranquille ?

— Ah oui ? Je te signale que ça ne fait que six mois que tu as annulé votre mariage !

Evan se mit debout avec peine, il avait du mal à bouger.

— Je sais que tu penses que j'ai tout fichu en l'air, mais en fait je nous ai rendu service à tous les deux.

— Comment peux-tu dire une chose pareille ?

Jason s'était levé à son tour, et son inquiétude avait fait place à la colère.

— Elle n'était pas aussi amoureuse de moi que tu crois.

Jason était stupéfait. Voilà qu'Evan tentait maintenant de rejeter la faute sur Ming !

— Tu oublies à qui tu parles. Je connais Ming. J'ai bien vu comme elle était heureuse avec toi.

— C'est ce que tu crois, mais elle n'était pas si heureuse que ça.

— Et la faute à qui ?

Jason lui tourna le dos et entraperçut son reflet dans les baies vitrées du salon. Il semblait harassé, comme si le choc qu'il venait d'éprouver l'avait vidé de toute énergie.

— J'ai fait beaucoup d'efforts pour que ça marche entre Ming et moi, dit Evan d'une voix atone.

— Et Ming n'en a fait aucun, selon toi ?

Un long silence suivit sa question. Evan s'assit sur le canapé, le visage entre les mains, puis il releva la tête, le regard éteint.

— Ming et moi, c'était une erreur. Je le sais, à présent. C'est Lily que j'aime. Je ne sais pas comment je vais pouvoir vivre sans elle.

Jason grimaça mais la sonnerie de son téléphone retentit. C'était Ming.

— Est-ce que tout va bien avec Evan ?

L'inquiétude qui filtrait dans sa voix fut comme un baume qui venait apaiser le tumulte.

— Cela fait plus d'une demi-heure que tu es là-bas.

Il ne pouvait pas parler librement avec Evan à côté de lui.

— Il s'est coincé le dos dans une chute de vélo ce matin.

— Mince ! Il y a de la glace dans son congélateur ?

— Je vais rester un peu, je serai là dans une demi-heure.

— Prends ton temps, le week-end a été long, je suis épuisée. Tu me réveilleras quand tu rentreras.

Il coupa la communication et se prit à sourire à la pensée de Ming dormant dans son lit. Cette semaine sans la voir ni la toucher avait été horrible. Il n'avait cessé de penser à elle.

— Ming m'a dit de te mettre de la glace.

Lui parler l'avait remis de bonne humeur. Il allait s'occuper de son frère, et puis il rentrerait chez lui.

— Tu veux que j'apporte la glace ici, ou dans ta chambre ?

— Je m'en fiche, répliqua Evan avec aigreur.

Il n'était pas dans son état normal. Le refus de Lily l'avait profondément blessé. Luttant contre l'inquiétude que lui inspirait l'humeur de son frère, Jason le conduisit sans ménagement jusqu'à son lit. Evan était si apathique qu'il redoutait de le laisser seul.

— Est-ce que ça va aller ?

Evan le fusilla du regard.

— Tu es encore là ?

— Je me demande si je ne devrais pas rester un peu.

— J'ai cru comprendre que Ming t'attendait.

Evan détourna le regard, et Jason se demanda s'il savait quelque chose.

— Oui, en effet.

— Eh bien, fiche le camp.

— Je reviendrai demain matin pour voir comment tu vas, dit Jason en quittant la pièce.

— Ne te donne pas cette peine, je préfère rester seul.

Durant les quinze minutes qu'il fallut à Jason pour rentrer chez lui, il réfléchit à ce qui venait de se passer. Ce qui ressortait de tout ça, c'était qu'Evan était au désespoir d'avoir perdu la femme qu'il aimait. Jason passa par la cuisine et resta debout dans le noir, à écouter le silence. Il s'apaisa, se replia dans cet endroit sûr qu'il s'était bâti à l'intérieur de lui-même, entouré de murailles qui maintenaient toutes les émotions indésirables à distance. Son regard erra dans la pièce et s'arrêta sur la chaise où ils avaient fait l'amour pour la première fois. Il sourit. Un des merveilleux moments qu'il avait connus avec Ming.

Il avait en tête des dizaines d'images merveilleuses, et aucune n'aurait pu exister s'il n'avait accepté de laisser son cœur s'ouvrir, de faire l'expérience de vivre une passion sans barrières et sans retenue. Se débrouiller avec le désir avait toujours été facile. Mais Ming suscitait en lui d'autres sentiments, beaucoup plus puissants. Elle lui avait fait connaître un bonheur inédit et il ne pouvait plus imaginer sa vie autrement. Et, ce matin, il avait été tout près de faire de ses rêves une réalité.

Mais tout avait changé. En voyant son frère ainsi, il avait revécu la terreur qu'il avait connue en trouvant son père proche de la mort. Une peur panique. Tout avait resurgi, et sa décision de ne jamais s'exposer au danger avait repris tout son sens. Il ne pouvait pas risquer de perdre Ming, de perdre son amitié s'ils tentaient de nouer un autre type de relation et qu'ils échouaient. Il ne pouvait prendre ce risque.

Il gravit l'escalier, sûr d'avoir pris la seule décision possible. Il pensait la trouver dans son lit, mais une lumière douce le guida dans la pièce contiguë à sa chambre, celle qui récemment encore avait été son antre. Ming était assise là, dans un fauteuil à bascule près de la fenêtre, serrant un panda en peluche sur son cœur et regardant le petit lit d'enfant. Elle semblait auréolée d'une sérénité parfaite. Elle n'avait jamais été aussi belle.

— Qu'as-tu fait de toutes tes affaires ? murmura-t-elle.

— Elles sont dans le garage.

Tous les trophées et les souvenirs de ses courses avaient disparu. A la place étaient installés un lit à barreaux, une table à langer, un baby-relax... Les murs avaient été peints de jaune pâle. Sur les draps, des animaux sauvages aux couleurs pastel se cachaient entre des palmiers et des fougères géantes.

Elle se leva et s'arrêta devant les tableaux qui avaient orné les murs de sa propre chambre d'enfant. Il avait dû aller les chercher chez ses parents, son père étant très sentimental pour ce genre de choses.

— Qui t'a aidé à faire tout ça ?

— Personne.

Il enlaça son corps mince, l'attira sur son cœur qui battait à tout rompre. Il posa le menton sur le sommet de son crâne.

— Sauf la peinture et la moquette que j'ai fait poser.

— Tu as choisi tout ça tout seul ?

Il n'avait jamais été capable de faire la moindre course de Noël ou d'anniversaire sans solliciter son aide. Ming ne devait pas arriver à imaginer qu'il ait pu accomplir cette métamorphose en si peu de temps. Et seul, qui plus est.

— Ça te plaît ? demanda-t-il, surpris de constater à quel point sa réponse lui importait.

— C'est absolument parfait.

Ming restait blottie dans les bras de Jason. Elle ne pensait pas pouvoir être plus amoureuse encore de cet homme, et c'était pourtant ce qui se passait à cet instant. Cette pièce avait été refaite avec un soin aimant par un homme qui était aussi à son aise dans un magasin qu'un chat dans un chenil. Il était surprenant et serait un père extraordinaire. Elle avait tant de chance de l'avoir pour ami ! Jason la serra plus fort.

— Je suis heureux que ça te plaise, le résultat est mieux que je ne l'espérais.

— Je t'aime.

Le courage de prononcer ces mots n'avait cessé de grandir depuis que Jason lui avait fait part de son envie d'annoncer à tout le monde qu'il était le père de son enfant. Elle avait toujours été honnête avec lui. Elle ne pouvait taire plus longtemps quelque chose d'aussi important. Il se crispa.

Sans se laisser démonter, elle fit un geste pour désigner la chambre.

— Je veux être autre chose que ton amie. Je veux fonder une vraie famille avec toi et avec notre bébé.

La crainte ne la retenait plus. A mesure que son amour pour lui grandissait, elle avait su qu'elle devrait lui ouvrir son âme à un moment ou à un autre. Le temps était venu.

— Je sais que ce n'est pas ce que tu as envie d'entendre, mais je ne peux pas continuer à faire semblant.

Elle vit les lèvres de Jason se crisper et se dégagea de son étreinte. Hors de ses bras, elle se sentit soudain glacée. Elle se frotta la peau, mais le froid venait de l'intérieur.

— Evan connaissait tes sentiments, n'est-ce pas ?

Les paroles de Jason claquèrent comme une accusation.

— Ce soir, il m'a dit que tu n'étais pas aussi amoureuse de lui que je le croyais.

— Pourquoi t'a-t-il dit ça ?

— J'ai cru que c'était pour se justifier d'être tombé amoureux de Lily.

— Je ne lui ai jamais donné la moindre raison de penser cela, je t'assure. Je n'étais même pas capable de me l'avouer à moi-même, jusqu'à ton accident.

Elle sentit ses yeux s'embuer.

— Tu as toujours été tellement déterminé, je savais que tu n'éprouverais jamais rien d'autre que de l'amitié pour moi. Alors, j'avais tout mis à la cave. J'ai même failli me marier avec ton frère, tellement j'étais sûre que rien n'était possible entre nous.

Il resta silencieux un long moment.

— Je ne t'ai pas dit ce qui s'est passé avec Evan.

— Est-ce qu'il va bien ?

— Je l'ai trouvé par terre dans le salon avec un tube de médicaments vide. J'ai cru qu'il avait voulu se suicider.

Le cœur de Ming se serra. Elle seule savait les ravages qui s'étaient produits en Jason quand il avait trouvé son père à demi mort. C'était une chose dont il ne guérirait jamais.

— Est-ce que c'était le cas ?

Elle avait été avec Evan pendant trois ans, et n'avait jamais observé le moindre signe de dépression chez lui. Mais devant l'anxiété de Jason, elle était prête à croire qu'il pouvait avoir attenté à ses jours.

— Non. Il avait juste pris deux comprimés.

Un muscle tressaillit dans sa mâchoire. Il fixait le mur derrière elle, le regard très loin.

— Je ne l'ai jamais vu dans cet état. Il est dévasté.

— Eux, ce n'est pas nous.

— Qu'est-ce que tu veux dire ? fit-il avec brusquerie.

Son agacement alerta Ming : il n'était pas d'humeur à l'écouter. Mais elle refusa de se laisser intimider.

— L'échec possible de leur relation ne signifie pas que ce soit pareil pour nous.

— Peut-être. Mais je refuse de prendre le risque.

Il lui prit la main et la serra avec force.

— As-tu réfléchi à ce qui se passerait si ça ne marchait pas entre nous ? Tu pourrais me haïr. Je ne veux pas te perdre.

Elle y avait réfléchi, bien sûr, mille et mille fois. Et elle n'avait pas de réponse rassurante à lui donner.

— Je ne veux pas te perdre, moi non plus, mais je ne peux plus penser à toi seulement comme à un ami. Ce que je ressens pour toi est bien plus profond et plus fort.

C'était fait, les choses étaient devenues inextricables. Elle aimait Jason de toute son âme, il était convaincu que l'amour ne pouvait mener qu'au désespoir. Elle ne pouvait le contraindre à voir les choses différemment. Mais elle pouvait l'obliger à affronter ce qui le terrifiait.

— Je t'aime, dit-elle, la voix vibrante. Et j'ai besoin de ton amour. Je sais que tu m'aimes. Je le sens, chaque fois que tu poses tes mains sur moi.

Elle se tut pour laisser ses mots se graver en lui.

— Et parce que nous nous aimons, que tu le veuilles ou non, notre amitié a changé. Nous ne sommes plus des amis. Nous sommes beaucoup plus que ça.

Il l'écouta sans ciller. Puis il parla à son tour.

— Et donc, qu'est-ce que tu penses de tout ça ?

— Je pense que ce que tu essayes de préserver en faisant comme si de rien n'était n'existe déjà plus.

Les mâchoires de Jason étaient serrées à se briser. Le silence s'épaissit autour d'eux.

— Est-ce que c'est un ultimatum ?

Un ultimatum ? Elle n'avait pas pensé à ça ainsi.

— Non. C'est... une déclaration. Notre amitié ne peut plus exister comme avant. Je t'aime et je veux vivre avec toi.

— Et si je ne suis pas d'accord pour que ça change ?

Elle ne tenta même pas de dissimuler son chagrin.

— Eh bien, nous aurons perdu tous les deux.

Ming regardait le jardin plongé dans l'obscurité. Elle ne se mit pas en chemise de nuit, elle n'avait pas envie de se coucher.

A quoi bon ? Elle serait incapable de dormir. Sa discussion avec Jason tournait et retournait dans son esprit.

Aurait-elle pu s'y prendre différemment ? Probablement pas. Jason n'avait pas envie d'entendre la vérité. Il aurait voulu que les choses demeurent exactement comme elles étaient par le passé. Confortables, tranquilles, normales. Il devait lui en vouloir énormément d'avoir ainsi tout bouleversé.

Quand le soleil se leva, elle était sur un tabouret devant le bar de sa cuisine, le regard fixé sur la piscine. Elle se réchauffait les mains en serrant une tasse de café.

— Tu es déjà debout ?

Lily entra et voleta de-ci de-là pour rassembler les divers ingrédients de son milk-shake bio.

— Tu es une imbécile.

C'était injuste de se défouler sur sa sœur, Ming le savait, mais Lily était en train de tourner le dos à son bonheur. Sa sœur recula sur sa chaise.

— Eh bien... Bonjour à toi aussi !

— Je suis désolée, dit Ming en secouant tristement la tête.

Elle avait dans le cœur une pointe de fer.

— Je suis là, à me dire que tu as tellement de chance qu'Evan te demande de l'épouser. Ça me rend malade que tu lui aies dit non.

— Tu es sûre que c'est ça qui te rend malade ?

Ming leva les yeux pour la regarder.

— Oui, absolument sûre.

— J'ai été malheureuse tout le temps où tu étais avec Evan.

Ming comprit ce que sa sœur croyait. Elle eut un petit rire.

— Et tu penses que je suis malheureuse parce que Evan est amoureux de toi ?

— Ce n'est pas vrai ?

— Non, vraiment pas, pas le moins du monde.

— Alors, qu'est-ce qui ne va pas ?

Tremblante, Ming reposa sa tasse et se frotta le visage.

— Je suis enceinte.

Après toutes leurs disputes à ce sujet, elle ne s'attendait pas à ce que Lily se précipite pour la serrer dans ses bras, comme elle le fit. Une boule lui descendit dans la gorge.

— Tu ne me grondes pas ?

— Je regrette d'avoir été aussi dure avec toi, répondit Lily avec chaleur, c'était vraiment injuste de ma part de vouloir t'imposer ma façon de voir. Je suis heureuse pour toi, vraiment. Tu ne m'as pas dit que tu étais allée à la clinique ?

— Je n'y suis pas allée.

— Alors comment... ?

Les yeux de Lily s'ouvrirent tout grands.

— Jason ?

— Oui.

Ming n'avait pas imaginé qu'elle serait si soulagée de dire enfin la vérité.

— Est-ce que tu as pensé à ce que cela va faire à Evan ?

Elle s'était un peu attendue à cette réaction. Lily était amoureuse, et elle voulait protéger son amour.

— Ça m'a beaucoup tracassée, jusqu'à ce que j'apprenne qu'il sortait avec toi, répliqua-t-elle en croisant les bras. Nous ne souhaitions pas dissimuler la vérité, ni Jason ni moi.

— Pourquoi fallait-il que tu choisisses Jason ? demanda sa sœur d'un ton préoccupé.

Et pourquoi avait-il fallu qu'elle choisisse Evan, elle ?

— Je n'ai jamais été très emballée à l'idée de devoir faire appel à un inconnu. Jason a compris ça, et il a accepté.

— Alors tu as couché avec lui ?

Ming sentit une bouffée de chaleur lui monter aux joues.

— Oui.

— Est-ce que vous êtes ensemble ?

— Non. Même si j'aurais voulu autre chose, ce n'est pas possible. Dès que j'ai été enceinte, nous avons arrêté.

— Mais tu es tombée amoureuse de lui.

Ce n'était pas une question.

— Il le sait ?

— Je le lui ai dit hier.

Lily lui prit les mains.

— Comment a-t-il réagi ?

— Exactement comme je l'avais prévu, répondit-elle en se forçant à sourire. Il a ses raisons pour refuser de tomber amoureux.

— Qu'est-ce que tu racontes ? Il t'aime.

— Je sais. Mais il ne veut rien d'autre qu'une amie.

— Une amie avec qui il a envie de coucher, rétorqua Lily avec un sourire désabusé.

— C'est vrai, et c'est merveilleux entre nous, admit-elle avec un petit gloussement aigre-doux. Mais il ne veut pas que ça évolue vers autre chose.

— Ming...

— Je le savais dès le départ, ce n'est pas une surprise.

Elle se laissa glisser de son tabouret et passa un bras autour des épaules de sa sœur. Elle la conduisit à sa chambre.

— C'est pour ça que c'est encore plus important que tu dises oui à Evan.

Refusant d'écouter les protestations de Lily, Ming lui prépara un sac pour la nuit et la poussa jusqu'au garage.

— L'une de nous deux au moins mérite d'être heureuse.

Un quart d'heure après, elles étaient devant la maison d'Evan. L'espoir qu'elle lisait sur le visage de sa sœur confirmait à Ming qu'elle avait eu raison de s'en mêler. Elle sortit le sac de Lily et alla droit à la porte.

— Tu es sûre de ce que tu fais ? demanda sa sœur en la suivant avec hésitation.

— Certaine. Je serais vraiment une sœur horrible si je me mettais en travers de ton bonheur.

Evan ouvrit la porte et s'appuya au chambranle. Il avait le teint gris malgré son bronzage.

— Ming ? Qu'est-ce que tu fais là ?

— Lily m'a dit qu'elle avait refusé ta demande en mariage.

Le regard d'Evan se posa sur Lily qui était restée au bas des marches, mais il ne dit rien.

— Elle m'a dit qu'elle avait peur que je sois malheureuse. Mais j'ai refait ma vie, et je ne veux pas lui servir de prétexte pour ne pas t'épouser, poursuivit Ming avec fermeté. Est-ce que tu promets de l'aimer pour toujours ?

— Bien sûr ! s'exclama Evan d'un ton indigné.

Luttant pour garder son sérieux, Ming dévala les escaliers et embrassa sa sœur.

— Ne t'avise pas de revenir à la maison tant que tu n'as pas une bague au doigt, lui chuchota-t-elle à l'oreille.

Lily la regarda.

— Et toi, vas-tu suivre tes conseils et aller parler à Jason ?

Ming eut un signe de dénégation.

— Nous avons suffisamment parlé ces derniers jours, nous avons besoin d'un peu de temps pour digérer.

— Dans ce cas, c'est lui qui va revenir vers toi. Tu verras.

Mais Ming n'en croyait rien. Elle hocha vaguement la tête pour rassurer sa sœur.

— J'aimerais que tu aies raison.

— Salut papa, dit Jason en ouvrant sa porte. Quel bon vent t'amène ?

— J'ai eu envie de déjeuner avec toi.

L'expression sérieuse de son père intrigua Jason, mais il attrapa ses clés sans discuter et ferma la maison.

— Où allons-nous ?

— A ton avis ?

Ils furent vite arrivés au restaurant favori de son père. Là, une petite brune accueillit Tony en l'appelant par son prénom et minauda avec lui tout en les accompagnant à une table.

— Elle pourrait être ta fille, fit remarquer Jason en jetant un regard à son père par-dessus le menu.

— Elle pourrait être ma petite-fille, tu veux dire ! répliqua Tony avec un petit rire. Et il ne se passera absolument rien. J'aime ma femme, figure-toi.

Quand Tony lui avait annoncé qu'il allait épouser Claire, Jason avait eu du mal à comprendre que son père ait pu tomber amoureux de nouveau. Il s'était raisonné, quinze années de deuil étaient bien assez, et il ne faisait aucun doute que Claire rendait son père heureux. Mais l'optimisme de son père ne l'empêchait pas de s'inquiéter. Que se passerait-il si Claire le quittait ? Succomberait-il une nouvelle fois sous le poids de la douleur ? Nul n'aurait pu le prédire, et Jason espérait qu'il n'aurait jamais à le savoir.

— Alors, qu'as-tu derrière la tête, papa ?

— J'ai parlé avec Evan ce matin. Apparemment, ils se sont fiancés, avec Lily.

— Ah bon, et quand ça ?

— Ce matin. Si j'ai bien compris, Ming a emmené Lily chez ton frère et lui a interdit de rentrer tant qu'elle n'aurait pas une bague au doigt, expliqua Tony avec un sourire. J'ai toujours aimé cette fille.

— Eh bien, tant mieux pour Evan, parce qu'il était plutôt mal hier.

— Il m'a dit que tu n'étais pas très en forme, toi non plus.

Jason grimaça.

— J'ai trouvé Evan par terre dans son salon, avec un tube de médicaments à côté de lui, et j'ai cru...

— Qu'il avait tenté de se suicider comme je l'ai fait quand tu avais quinze ans.

Tout à coup, Tony parut plus que ses soixante-deux ans. L'éclat de ses yeux s'était éteint et son visage s'était affaissé.

— Ce furent les heures les plus sombres de toute mon existence, et je suis désolé que tu aies dû subir cela.

— Mais si ça n'avait pas été le cas, tu serais mort.

Ils n'avaient jamais parlé de ce qui s'était passé. Jason avait été trop choqué d'avoir failli perdre son père après sa mère pour poser des questions. Evan était à l'université, à cette époque, et les choses étaient restées entre eux deux.

— Quand j'y repense, j'ai du mal à croire que j'ai pu me laisser sombrer ainsi. Je ne me rendais pas compte que j'avais besoin d'être aidé. Tout ce que je voyais, c'était ce trou noir dont je ne pouvais remonter et qui me semblait plus profond chaque jour. La société n'allait pas bien, ça me minait et je faisais supporter mes problèmes à ta mère. Puis il y a eu l'accident, et elles nous ont quittés, elle et Marie. C'est moi qui devais les conduire ce soir-là à la répétition générale pour le récital de Marie, mais j'ai été retenu au bureau.

Tony ferma les yeux et se tut quelques minutes avant de pouvoir continuer.

— Ces dossiers auraient pu attendre jusqu'au lendemain.

Si j'avais fait passer ma famille avant le travail, elles seraient peut-être encore en vie. Et finalement, tout mon travail s'est trouvé réduit à néant. Une autre compagnie a décroché le marché, et nous nous sommes retrouvés au bord du dépôt de bilan. J'en étais arrivé à un point où je ne pouvais plus vivre avec tous ces échecs, comme mari, comme père et comme chef d'entreprise.

Ainsi, c'était donc là le fardeau que son père avait porté toutes ces années. La culpabilité devant ses manquements l'avait amené à vouloir se donner la mort. Tout à coup, tous les raisonnements qu'avait élaborés Jason sur les dangers de l'amour se retrouvaient dénués de sens.

— Je croyais que tu étais tellement amoureux de maman que tu ne pouvais supporter de devoir vivre sans elle.

— Sa mort a été un cauchemar, mais ce n'est pas à cause de ça que j'ai commencé à boire et que j'ai voulu tout arrêter. C'était à cause de mon sentiment de culpabilité.

Tony lança à son fils un regard plein de désarroi.

— Est-ce que c'est à cause de ça que tu ne t'es jamais engagé vis-à-vis de Ming ? Tu avais peur de la perdre ?

— Nous sommes des amis.

— Mais tu l'aimes.

— Bien sûr que je l'aime, c'est ma meilleure...

— Amie, je sais, l'interrompit Tony d'un ton las. Evan m'a appris encore d'autres choses.

Tony se carra solidement sur ses avant-bras et planta ses yeux dans les siens.

— Quelque chose que Lily lui a dit au sujet de Ming.

A ce moment, Jason comprit la raison de ce déjeuner.

— Oui, elle est enceinte.

— Et ?

— Et le bébé est à moi.

Et Ming aussi, elle était à lui. Comme il le lui avait demandé cette nuit-là. Il avait exigé qu'elle se donne à lui, puis il l'avait repoussée, tout ça à cause d'une décision stupide prise quand il avait quinze ans. Et à présent qu'il connaissait les vraies raisons de la dépression de son père, il pouvait s'avouer qu'il avait les mêmes désirs qu'elle : se marier, avoir un enfant, partager l'amour d'une vie.

Voudrait-elle encore de lui, après la façon dont il l'avait rejetée la veille ? Il manqua de faire tomber sa chaise en se levant, posa quelques billets sur la table pour l'addition et fit signe à son père de le suivre.

— Il faut qu'on y aille.

— Qu'on aille où ? demanda Tony en le suivant vers sa voiture. Où veux-tu aller ? répéta-t-il en s'installant au volant de la BMW.

— J'ai une course à faire. Et après, je dois aller voir Ming. Il est grand temps que je lui dise certaines choses.

Ming faisait des longueurs en apnée, bataillant pour atteindre le bord opposé avant que le souffle ne lui manque. Elle s'était enfermée en rentrant de chez Evan la veille, et ce matin, après avoir nettoyé son réfrigérateur et passé l'aspirateur de fond en comble, elle avait décidé de vider son trop-plein de frustration dans sa piscine. Peut-être que l'eau fraîche allait l'apaiser. L'exercice réussit. A la vingtième longueur, ses pensées avaient cessé de galoper. Muffin la guettait et se précipita pour lui lécher le nez dès qu'elle refit surface. Cette démonstration d'affection lui arracha un sourire.

— Qu'est-ce que je ferais sans toi ? demanda-t-elle à la petite chienne.

— Je n'arrête pas de me poser la même question depuis hier.

Une ombre se dressa au-dessus d'elle. Elle releva la tête et croisa le regard déterminé de Jason. Le soulagement l'envahit. Après la façon dont ils s'étaient quittés la veille, elle avait cru que leur amitié était définitivement brisée.

— Eh bien, réjouis-toi, tu n'auras jamais à le savoir, répliqua-t-elle en acceptant sa main pour sortir de l'eau.

Jason l'enveloppa dans une serviette et la serra contre lui. Il prit ses lèvres dans un baiser long et profond, et oubliant tout ce qui s'était passé ces dernières heures, elle se soumit aux émotions impérieuses qu'il éveillait en elle.

— Je n'aurais pas dû te raconter toutes ces choses, hier.

— Je suis ton amie, tu pourras toujours tout me dire.

— Oui, je sais, j'ai toujours considéré ça comme acquis.

Il prit sa main et l'entraîna jusqu'à sa chambre. Elle était submergée de bonheur. Après qu'elle lui avait avoué ses sentiments, elle était sûre qu'il allait prendre ses distances, comme il l'avait fait avec toutes les autres femmes.

Mais quand ils furent dans sa chambre, au lieu de la faire tomber sur son lit, il lui embrassa le front.

— Va te doucher. J'ai une course à faire, et j'ai besoin de ton aide.

Une course ? La déception lui fit l'effet d'un coup de poing à l'estomac.

— Quelle course ?

— Je n'ai toujours pas fait de cadeau à Max et Rachel.

— Jason ! dit-elle en roulant de grands yeux.

— Je sais, je ne suis bon à rien sans toi, dit-il en la poussant vers la salle de bains. Et tu le sais aussi.

— Il faut vraiment faire ça aujourd'hui ?

— Ils partent demain matin. Je veux qu'ils l'aient avant.

Il attrapa le petit york et l'écureuil en peluche qui lui servait de jouet.

— On t'attend en bas, avec Muffin.

— Très bien.

Une demi-heure plus tard, elle retrouva Jason qui jouait avec la chienne dans le salon. Elle avait revêtu une robe rouge à fines bretelles et adora la façon dont les yeux de Jason s'allumèrent en la voyant. Elle prit la laisse du chien, son sac à main et sortit à sa suite. Quand elle découvrit la voiture qui attendait devant sa porte, elle eut un mouvement d'hésitation.

— Pourquoi est-ce que tu as pris la Barracuda ?

— Je t'ai dit, je n'ai pas de cadeau pour Max et Rachel.

— Tu vas lui rendre sa voiture ?

— Ce pari me paraît assez idiot, à la lumière des derniers événements.

— Quels événements ?

— Suis-moi, tu verras, dit-il avec un sourire énigmatique.

Quand ils furent arrivés chez Max et Rachel, Jason n'eut pas le temps de sonner. Max avait entendu la voiture et ouvrit la porte, l'air contrarié, au grand amusement de Jason.

— Qu'est-ce que tu fais à te promener avec cette voiture ? grommela-t-il. Tu as une idée de ce qu'elle vaut ?

— Aucune, tu ne m'as jamais dit combien tu l'avais payée.

Jason prit la main de Ming et l'attira contre lui.

— Ecoute, je suis désolé de ne t'avoir rien offert pour ton mariage. Ming devait m'aider à chercher, mais elle s'est défilée au dernier moment.

— Jason ! protesta-t-elle en lui donnant un coup de coude. Tu es parfaitement capable de faire tes courses tout seul.

— Non, il ne l'est pas, intervint Max.

— Non, je ne le suis pas, confirma Jason. Alors, voilà, poursuivit-il en lui tendant les clés.

— Tu me rends la Barracuda ?

L'expression abasourdie de Max n'avait pas de prix.

— J'ai compris que j'avais un avantage quand nous avons fait ce pari. Tu étais déjà amoureux de Rachel, mais juste trop têtu pour l'admettre.

Max prit les clés et hocha la tête.

— Oui, être têtu quand il s'agit d'amour, c'est s'exposer à passer à côté de bien des choses…

Jason entendit la pique. Il était passé à côté de beaucoup de choses avec Ming. Du fait de son entêtement, elle avait failli épouser son frère, et lui avait failli être malheureux toute sa vie. Rachel sortit à son tour et vint se coller contre son époux, en regardant la voiture jaune vif avec émotion.

— Que se passe-t-il ici ?

— Jason me rend la Cuda, expliqua Max avec une petite grimace nostalgique. Je t'emmène faire un tour ?

Jason vit avec surprise les joues de la jeune femme rosir d'un coup. Sans chercher à comprendre ce qui venait de s'échanger à demi-mot entre les jeunes mariés, il prit sur le siège un paquet argenté entouré d'un gros nœud.

— Comme cette voiture est un cadeau de mariage vraiment nul, j'ai ceci pour toi, dit-il en tendant le paquet à Rachel.

— Cette voiture est un cadeau merveilleux, répliqua celle-ci avec un grand sourire, mais merci quand même.

Jason referma la portière et tapota le capot de la voiture.

— Prends soin d'elle, dit-il à Max.

— J'en ai bien l'intention, répondit l'intéressé en plantant un baiser résolu sur les lèvres de sa femme.

— Je voulais parler de la voiture, reprit Jason d'un air amusé.

— La voiture aussi.

Après avoir discuté une dizaine de minutes, ils regagnèrent la voiture de Ming.

— C'est quoi, cette histoire ? demanda-t-elle en ouvrant la porte. Tu n'avais pas besoin de moi pour offrir la voiture, Max aurait très bien pu venir la chercher chez toi.

— C'était symbolique.

Il perçut sa tension et décida de s'expliquer avant que cela n'aille plus loin.

— J'ai gagné cette voiture parce que j'ai parié contre l'amour. Elle restait enfermée dans mon garage, comme un témoignage de mon entêtement et de ma bêtise. Alors j'ai décidé de la rendre à Max. Apparemment, en plus de son prix, elle a une certaine valeur sentimentale pour eux deux.

— Je suis heureuse de t'entendre admettre que tu es un idiot et une tête de bois, mais que nous vaut cette révélation soudaine ?

Il s'appuya contre la voiture et la prit dans ses bras.

— Mon père est venu me voir, ce midi, et nous avons parlé de ce qui s'était passé à la mort de ma mère et de ma sœur.

Ming soupira et se détendit.

— Vous n'en aviez jamais parlé, n'est-ce pas ?

— On avait parlé de sa dépression, mais je n'avais jamais compris ce qui l'avait poussé à vouloir mettre fin à ses jours.

— Que s'est-il passé ?

— En fait, il était resté au bureau alors qu'il était censé les accompagner, le soir où elles ont eu l'accident. Il dit que, s'il avait fait passer sa famille avant son travail, elles seraient sans doute toujours en vie. C'est surtout ça qui l'a dévasté.

— Il s'est senti coupable de leur mort ?

— Oui, renchérit-il en hochant la tête, parce qu'il n'était pas là où il aurait dû être. Et moi, pendant tout ce temps, j'ai pensé que l'amour n'engendrait que des souffrances.

Il interrogea les yeux de Ming.

— Quand il a rencontré Claire, j'ai même pensé qu'il n'était qu'un idiot inconscient.

Il cligna des yeux. Il s'était alors déclaré contre ce mariage, et un fossé s'était creusé entre son père et lui.

— Et puis Max a rencontré Rachel. Avant, il avait toujours été un vrai bloc de marbre en ce qui concerne les femmes.

— Mais Rachel est formidable.

— C'est la femme de sa vie, mais il est devenu complètement fou d'elle, et ça m'a conforté dans l'idée que l'amour fait perdre la tête à tout le monde. Et que j'étais le seul être sensé.

C'était presque effrayant de l'entendre parler de façon aussi neutre.

— Et maintenant, voici que ton frère est fou de Lily.

— Exact, dit-il avec un petit sourire piteux. Max, ses frères, mon père, Evan, tous si ridiculement heureux.

— Toi aussi, tu es heureux.

— Oui, quand je suis avec toi.

Il pressa son front contre le sien.

— J'ai été un imbécile. Toutes ces années, je me suis menti à moi-même au sujet de ce que je désirais. Je me suis dit que si on faisait l'amour ensemble, je pourrais garder les choses en l'état, et avoir le meilleur des deux côtés.

— Mais il a fallu que je tombe amoureuse de toi.

— Non. Il a fallu que tu me dises que tu voulais fonder une vraie famille avec moi.

Il se sentait enfin libre de dire ce qui était resté caché si longtemps dans son cœur.

— Est-ce que tu savais quand tu m'as choisi pour faire ton bébé que cela nous lierait pour toujours ?

— J'y ai pensé, mais ce n'est pas ce que j'avais en tête, rétorqua-t-elle. Et je te rappelle que tu as accepté. Toi aussi, tu pouvais penser que cet enfant serait un peu de nous deux.

— Depuis l'instant où tu m'as demandé d'être le père de ton enfant, je n'ai pensé à rien d'autre qu'à mon désir pour toi. La nuit de la fête de promotion, je me suis enfui. Ce que je ressentais pour toi allait contre ce que je voulais croire. Et j'ai fui pendant quinze ans.

Il lui prit la main et embrassa le creux de sa paume. Le corps de Ming se relâcha encore.

— Que veux-tu à présent ?

— Toi. Rien d'autre. Epouse-moi. Je veux passer le reste de ma vie à te prouver combien je t'aime.

Il sortit de sa poche une bague de diamants et la leva lentement. Visiblement bouleversée, elle regarda scintiller les pierres tandis qu'il prenait sa main gauche pour glisser la bague à son annulaire. Elle s'ajustait à la perfection.

— Oui. Oui, bien sûr...

Sans la laisser finir, il l'embrassa, longuement, jusqu'à ce qu'elle soit hors d'haleine et submergée par le désir passionné qu'elle sentait en lui. Il recula légèrement pour plonger son regard dans le sien. La joie exultante qu'il y vit lui coupa le souffle. En souriant, il la serra contre lui de toutes ses forces.

— Et au cas où tu te soucierais des réactions des uns et des autres, j'ai mis les choses au clair avec ta sœur, tes parents et mon frère. Apparemment, tout le monde a l'air d'accord pour penser qu'il était temps qu'on arrête avec l'amitié...

— ... pour passer à l'amour éternel, dit-elle avec un éclat de rire. Peut-on être plus heureuse ? Je vais épouser l'homme que j'adore... et mon meilleur ami !

Il prit son visage dans ses mains et l'embrassa avec douceur.

— Que peut-on rêver de mieux ?

Ming se haussa sur la pointe des pieds pour lui enrouler les bras autour du cou.

— Rien du tout.

Épilogue

Un an plus tard

La Mustang fraîchement repeinte de bleu azur resplendissait sous le soleil éclatant de l'après-midi. Ming rectifia le gros nœud du ruban qu'elle avait fixé autour de la capote et salua les frères Stover qui venaient de lui rapporter la voiture remise à neuf. Son cadeau était fin prêt pour l'anniversaire de Jason, et elle se tourna vers la maison. La livraison n'avait pas été particulièrement silencieuse, et elle était surprise que son mari ne soit pas venu voir ce qui occasionnait ce remue-ménage.

Quand elle entra, le son des moteurs de voitures de course la guida vers le salon. Jason était plongé dans la retransmission d'une course de la Nascar. Muffin dormait allongée sur le dossier, près de son épaule.

— Jason ?

Seule la petite chienne bougea, agitant joyeusement la queue en se redressant. Ming fit le tour du canapé, et comprit pourquoi Jason n'avait pas réagi. Il était endormi, comme les jumeaux de trois mois, Jake et Connor, blottis dans ses bras. Elle sourit en découvrant ses hommes somnolant et se dit que cette sieste tombait à point nommé pour permettre à Jason de retrouver son énergie. Elle avait des projets pour leur soirée. Mais pour l'instant, elle brûlait de lui montrer son cadeau.

— Jason, chuchota-t-elle en s'agenouillant devant lui et en

posant les mains sur ses cuisses. Réveille-toi, et viens voir ce que j'ai trouvé pour ton anniversaire.

Ses paroles restant sans effet, elle fit glisser les mains vers sa ceinture. Les lèvres de Jason se retroussèrent.

— Continue, dit-il.

— Plus tard.

— Tu dis toujours ça, dit-il en soupirant, mais il arborait maintenant un large sourire.

— Et je tiens toujours mes promesses, dit-elle en se redressant et en lui donnant une tape sur le genou. Allez, lève-toi et viens voir ton cadeau.

Elle prit Jake dans ses bras et attendit que Jason ait installé Connor sur son épaule pour le précéder dehors, Muffin sur leurs talons. Le cœur battant d'excitation, elle ouvrit la porte en grand et s'écarta. La surprise qui se peignit sur le visage de Jason la récompensa de son attente.

— Tu as fait réparer la Mustang ? dit-il en passant le bras autour de sa taille pour l'attirer contre lui.

— Oui, monsieur.

Elle sourit et il se pencha pour un baiser ardent qui l'électrisa jusqu'à la pointe des pieds. Quand il la laissa reprendre son souffle, elle le prit par la main.

— Tu vas pouvoir reprendre les courses très bientôt.

Il n'avait plus approché un circuit depuis l'accident. Le mariage, la reprise du cabinet dentaire et la naissance des jumeaux avaient pris tout leur temps.

— Tu es sûre que c'est ce que tu souhaites ? murmura-t-il en caressant l'aile de la voiture avec la même sensualité que quand il lui avait caressé les cuisses, la nuit précédente. Je vais être souvent parti, le week-end.

— Je n'ai jamais voulu que tu renonces à ce que tu aimes.

— Ce que j'aime, c'est être ton mari et le père de Jake et Connor.

— Oui, j'adore ça, moi aussi, dit-elle en se blottissant contre lui. La course automobile est ta passion, Jason, et Max s'ennuie à mourir depuis qu'il ne t'a plus comme adversaire.

Il glissa une main sur sa hanche, descendit sur ses fesses et la souleva presque de terre pour l'embrasser avec fougue. Au bout de quelques instants, les bébés commencèrent à s'agiter et ils détachèrent leurs lèvres avec un regret visible.

— On continuera plus tard, assura-t-elle en berçant Jake.

A ce moment, une voiture vint se garer derrière la Mustang. Max et Rachel descendirent.

— Allez, filez au lit, vous deux, lança Max d'un ton bon enfant en attrapant la petite chienne qui leur faisait fête.

— Ça fait partie du plan, répliqua Ming en tendant son fils à Rachel.

— Quel plaisir de vous voir ! dit Jason en donnant l'accolade à son ami. Vous restez dîner ?

— Eux restent, intervint Ming, et nous, nous sortons ! Ils vont assurer le baby-sitting pour ton anniversaire.

Depuis la naissance des jumeaux, une soirée en tête à tête avait été pratiquement impossible. Ming avait décidé de célébrer dignement leur première année de mariage. Jason regarda Max avec suspicion.

— Tu es sûr que tu vas t'en sortir ?

— Je dois m'exercer un peu...

— Je suis enceinte ! annonça Rachel, radieuse.

Tandis que Max félicitait son ami et que Rachel gazouillait avec Jake, Ming s'émerveilla une fois de plus de son bonheur. Elle avait épousé son meilleur ami, ils avaient deux garçons magnifiques, son cabinet marchait à merveille et sa sœur allait épouser Evan au printemps. Toutes les difficultés qu'elle avait traversées un an plus tôt s'étaient dissipées, et sa vie était merveilleuse. Le regard de Jason croisa le sien. Le feu qu'elle y vit alluma en elle un désir ardent. Il avait été durant vingt-cinq ans un ami exceptionnel, il était à présent son époux pour le restant de ses jours.

Tout était parfait.

YAHRAH ST. JOHN

Les secrets d'une fiancée

Traduction française de
SOPHIE WATINE-VIEVARD

PASSIONS

HARLEQUIN

Titre original :
SECRETS OF A FAKE FIANCÉE

Ce roman a déjà été publié en 2021.

1

Morgan Young n'aurait pas pu imaginer un endroit plus parfait pour célébrer un mariage que cette plage de La Jolla par une magnifique soirée de printemps. Les vœux que son employeur, Dane, venait d'échanger avec la jeune mariée, Iris, l'avaient beaucoup émue. D'autant que leur fils, Jayden, se trouvait aux côtés du couple, sa petite main glissée dans celle de son père. Ce père qu'il ne connaissait que depuis quelques mois, mais grâce auquel il avait guéri d'une leucémie aiguë nécessitant une transplantation de moelle. Par chance, Dane et le petit garçon étaient parfaitement compatibles, et la délicate intervention avait pu avoir lieu. Et Morgan avait ensuite joué un rôle actif dans l'histoire d'amour de ses parents.

Et pourtant, Dane Stewart n'avait aucune idée de la véritable identité de Morgan.

Elle était sa petite sœur.

Sur son lit de mort, sa mère, Crystal, lui avait révélé que son père s'appelait Henry Stewart ; elle avait eu une aventure avec lui, et avait ensuite élevé sa fille seule. Depuis un an que Morgan travaillait avec Dane en tant qu'assistante, elle avait gardé cette information secrète, prenant son temps pour enquêter sur son père. C'est ainsi qu'elle avait découvert qu'il n'en était pas à sa première infidélité et qu'il ne voyait jamais son autre demi-frère, Ayden. Elle se demandait s'il arrivait à cet homme d'assumer les conséquences de ses actes.

C'est ce qu'elle comptait découvrir ce soir.

— Puis-je avoir un whisky ? demanda-t-elle au serveur qui se tenait derrière le buffet.

Puis elle observa Dane et Iris découper le gâteau avant de s'avancer sur la piste pour lancer le bal.

— C'est une boisson plutôt costaude, commenta une voix grave et masculine.

Elle tourna la tête vers son interlocuteur, et eut le souffle littéralement coupé. Jamais elle n'avait vu un homme aussi beau que lui. La peau mate, des traits à la fois parfaits et virils, des yeux couleur de nuit, d'épais sourcils et une grande bouche sensuelle. Très élégant dans son smoking noir, il la dominait d'une tête, elle qui était plus grande que la plupart des femmes.

— Je tiens bien l'alcool.

— Vraiment ? dit-il avant de se tourner vers le serveur. Je prendrai la même chose que madame, s'il vous plaît.

— Bien, monsieur.

— Alors, qu'est-ce qui vous amène ici ? reprit le bel inconnu. Vous êtes une amie de la mariée ou du marié ?

— Des deux, répondit Morgan avant d'avaler une gorgée de son whisky.

— Je suis surpris que Dane ait laissé une femme aussi belle que vous lui échapper.

— Nos relations sont plutôt du genre fraternel, dit-elle d'un ton détaché. Et il n'aurait pas pu choisir une meilleure épouse. Iris est une mère merveilleuse. Sa façon de s'occuper de son fils malade est tout simplement héroïque. Jayden a de la chance d'avoir une maman pareille.

Le serveur s'approcha avec un verre qu'il fit glisser vers l'inconnu.

— J'ai l'impression que vous parlez d'expérience, dit-il après avoir bu une généreuse gorgée.

Le regard de Morgan alla se poser sur Henry Stewart, qui dansait avec sa fille Fallon, et elle ressentit une douleur dans la poitrine.

— C'est vrai, dit-elle avant de vider son verre et de le poser sur le buffet. Si vous voulez bien m'excuser, j'ai une affaire urgente à régler.

Le moment était venu qu'elle dise enfin à Henry qu'elle était sa fille. Il fallait qu'elle saisisse sa chance.

Jared Robinson regarda l'incroyable beauté s'éloigner. Qui pouvait-elle bien être ? Elle prétendait connaître Dane et Iris, et pourtant il ne l'avait jamais rencontrée. Bien sûr, la dernière fois qu'il avait vu Dane remontait à l'année précédente, quand son ami avait fait un passage éclair à Austin. Il lui avait dit qu'il avait rencontré quelqu'un mais ne s'était pas étendu sur le sujet. Mais Jared n'avait pas dû attendre longtemps pour avoir des détails. Dane étant un acteur vedette de Hollywood, ses moindres faits et gestes étaient épiés et commentés dans les médias. La presse avait eu vent que Dane avait fait un don de sperme et qu'un enfant était né. Personne n'aurait pu prévoir que son vieux copain allait tomber fou amoureux de la mère de son enfant, et pourtant c'était ce qui était arrivé.

De son côté, Jared n'était absolument pas attiré par le mariage et, s'il était présent ce jour-là, c'était uniquement pour soutenir son ami dans l'épreuve. À une époque, Dane et lui avaient été considérés comme les ratés de leurs familles respectives, des fauteurs de troubles toujours en train de s'attirer des ennuis. Au point que son père, Clay, avait décidé de mettre Jared en pension, histoire de le calmer. Mais il en avait au contraire profité pour multiplier les conquêtes féminines.

Il savait s'y prendre avec les femmes et n'en éprouvait aucune honte. Il les aimait toutes, quelle que soit la couleur de leur peau, leurs formes, leur taille. Mais il devait admettre qu'aujourd'hui, à ce mariage, aucune des convives n'arrivait à la cheville de la femme avec laquelle il venait de boire un verre.

Elle avait la peau couleur caramel, de longs cheveux bruns qui lui tombaient jusqu'au milieu du dos, de grands yeux noisette très expressifs et une bouche aux lèvres pleines sur lesquelles Jared aurait été plus que ravi de poser les siennes. Les fines bretelles de sa robe rouge se croisaient sur son dos aux lignes aussi souples que tout le reste de son corps élancé. Elle s'était éclipsée alors que Jared aurait volontiers poursuivi la conversation, mais il réglerait ce menu problème avant la fin de la soirée. Il avait supporté le mariage de Dane ; il avait bien le droit de s'amuser un peu, et sa récompense, ce serait elle.

Morgan était fermement décidée. Ce soir, elle allait révéler sa véritable identité à Henry Stewart. Elle ignorait comment il allait réagir à la nouvelle, mais elle n'allait pas tarder à le découvrir.

Mais elle fut interceptée par l'organisatrice du mariage qui dirigeait les invités vers le parking, où une Rolls-Royce enrubannée attendait le jeune couple. Entraînée par la foule, Morgan se retrouva bientôt à côté de la voiture, et on lui tendit un cierge magique afin de saluer le départ des mariés. Elle vit Dane et Iris embrasser Jayden et étreindre tous les membres de leurs familles avant de se diriger vers la limousine, et ses yeux se remplirent de larmes. Elle aurait dû se trouver au milieu d'eux. Elle avait eu tort d'attendre si longtemps pour dire la vérité aux Stewart. Si elle l'avait fait, peut-être ne se serait-elle pas sentie comme une étrangère alors que sa famille ne se trouvait qu'à quelques pas d'elle. Elle allait s'éloigner quand Dane vint à sa rencontre en écartant la foule et la prit dans ses bras.

— C'est grâce à vous que tout ça arrive, lui murmura Dane à l'oreille. Vous nous avez aidés à nous retrouver. Merci.

— Je vous en prie, dit Morgan en laissant une larme s'échapper de ses yeux.

Mais quelques secondes plus tard, Dane s'était déjà éloigné pour aider Iris à monter dans la Rolls-Royce, et Morgan vit son demi-frère s'installer au volant sous les regards émus de tout le clan Stewart.

C'était le moment idéal. Il fallait qu'elle en profite.

Fendant la foule, elle alla jusqu'à eux. Elle avait les jambes tremblantes et se sentait aussi incertaine qu'un poulain venant de naître. Fallon et son mari Gage s'étaient lancés à la poursuite de leur fils Dylan, un enfant très remuant. Ayden et Maya avaient eux aussi disparu, mais Henry et sa femme, Nora, n'avaient pas bougé. Henry portait un smoking et Nora une robe de soirée noire dont une épaule était dénudée. Ni l'un ni l'autre ne remarqua sa présence avant que Morgan ne s'éclaircisse la gorge.

— Vous désirez ? demanda Nora en levant un sourcil.

Morgan décida de ne pas tenir compte du regard plein de dédain que Nora lui lançait. Après tout, Whitney, la publiciste de Dane, l'avait mise en contact avec un couturier réputé qui lui avait loué la robe qu'elle portait ce soir ; donc il n'y avait aucune raison que Nora la regarde de cette façon.

— Je souhaiterais parler à M. Stewart.

— C'est un événement familial, répliqua Nora. Si vous voulez parler travail, vous ferez ça à un autre moment.

— Tout va bien, dit Henry en souriant à sa femme. Après tout, Dane vient de se marier. Nous avons toutes les raisons d'être de bonne humeur, et je peux bien accorder un peu de mon temps.

— D'accord, soupira Nora. Mais ne sois pas trop long.

Puis, soulevant les côtés de sa robe, elle se dirigea vers la tente de réception.

— Merci, dit Morgan tandis qu'elle et Henry s'écartaient de la foule pour aller vers la plage.

Quand ils s'arrêtèrent, elle prit un instant pour vraiment regarder son père.

Elle ne le connaissait que par des photos, et, même si elle les avait longuement scrutées à la recherche de ressemblances avec cet homme, c'était autre chose de le voir en chair et en os. Ses cheveux courts étaient un peu plus grisonnants, mais ses yeux étaient comme les siens, couleur noisette. Son père n'était pas beaucoup plus grand qu'elle, mais elle n'en était pas moins impressionnée.

— Alors, jeune fille, que puis-je faire pour vous ?

Morgan avala sa salive. Elle avait la bouche sèche, comme remplie de coton.

— Je... Heu...

— Eh bien, allez-y. Je n'ai pas toute la journée.

Elle qui avait attendu cet instant toute sa vie, voilà qu'elle ne savait pas comment dire ce qu'elle avait à révéler. Le mieux était encore de se jeter à l'eau.

— Je suis votre fille.

— Pardon ? s'écria Henry en lui jetant un regard paniqué.

— Je vous ai dit que j'étais votre fille.

— Vous racontez n'importe quoi ! Je ne sais pas à quel petit jeu vous jouez, mais ma fille, *Fallon*, est là-bas, vous voyez, dit-il en pointant du doigt l'autre côté de la pelouse.

— Vous en avez eu une autre, dit Morgan. Avec Crystal Young, que vous avez rencontrée à Las Vegas, où elle était danseuse dans un spectacle au Tropicana. Vous avez passé une nuit ensemble, et j'en suis le résultat.

— Non, non, c'est faux, hurla Henry en secouant vigoureusement la tête avant de baisser la voix parce que les gens commençaient à regarder dans leur direction. Vous dites n'importe quoi, je n'ai jamais trompé ma femme.

Morgan commençait à perdre patience.

— Franchement, Nora ne serait pas la première femme que vous auriez trompée.

— Comme ça, vous avez fait votre petite enquête ? Ça ne veut rien dire. Tout ce qui s'est passé pendant mon premier mariage avec Lillian est de notoriété publique, de toute façon.

Morgan remarqua que de plus en plus de gens les observaient, et que Nora et Fallon se dirigeaient vers eux au pas de charge.

— Donc, vous niez avoir passé la nuit avec ma mère au Tropicana ?

Henry jeta un rapide coup d'œil à Nora, qui n'était plus qu'à quelques mètres d'eux.

— Oui. Je ne sais absolument pas de quoi vous parlez. Vous faites erreur.

— Non, je ne me trompe pas, hurla Morgan. Vous êtes mon père.

Des chuchotements parcoururent l'assemblée et, soudain, la musique du bal s'interrompit. Tous les regards étaient rivés sur eux. Nora semblait profondément choquée, et Fallon, elle, affichait une mine dubitative.

Henry se précipita vers sa femme, mais elle avait fait volte-face et s'en allait déjà en courant.

— Fallon ? dit-il en se tournant vers sa fille.

— Pas maintenant, papa, dit Fallon en levant une main pour l'empêcher de parler. Je vais d'abord chercher maman.

Morgan se retrouva seule face à son père.

— Vous ! s'écria-t-il en la menaçant du doigt. Tout ça, c'est votre faute ! C'était un jour de bonheur pour ma famille et vous êtes venue ici pour semer la discorde. Je ne sais pas qui vous êtes, mais jamais je ne vous reconnaîtrai en tant que ma fille. Et vous devriez vous en aller. Vous n'êtes plus la bienvenue ici.

Sur ces mots, il s'élança à la poursuite de Nora.

Morgan le regarda alors qu'il s'enfuyait littéralement loin d'elle. Une fois qu'il fut hors de vue, elle regarda autour d'elle et s'aperçut que tous les invités l'observaient.

Tout le monde.

Qu'est-ce qu'ils attendaient d'elle ? Qu'elle se ridiculise encore un peu plus ? Eh bien, ils allaient être déçus. La fête était finie. Baissant la tête, Morgan se fraya un passage à travers la foule et alla directement jusqu'au buffet. Les gens s'écartaient comme les eaux de la mer Rouge dans la Bible, comme si elle avait été porteuse d'une maladie hautement contagieuse. La seule chose qui la réconfortait, c'était d'avoir attendu que Dane et Iris soient partis avant de parler à Henry.

S'était-elle imaginé qu'il allait être heureux et lui ouvrir grand les bras ? Bien sûr que non. Mais elle ne s'était pas attendue non plus à ce qu'il la rejette avec une telle violence.

Une fois arrivée devant le buffet, elle articula le mot *whisky* à l'intention du serveur, qui lui apporta immédiatement la bouteille. Alors qu'il s'arrêtait à la dose habituellement requise, elle lui fit signe de remplir son verre à ras bord.

Morgan prit une gorgée, et la douce brûlure du liquide lui fit instantanément du bien. Bien sûr, ça ne laverait pas complètement l'humiliation qu'elle venait de subir, mais c'était un début.

— Il n'a pas eu la réaction que vous espériez ?

C'était l'inconnu de tout à l'heure. Elle avait l'impression qu'il s'était écoulé une éternité depuis qu'ils avaient bu un verre ensemble, et pourtant cela faisait à peine une demi-heure. Morgan leva les yeux vers lui, notant qu'il avait retiré sa cravate et défait plusieurs boutons de sa chemise.

— Je ne suis pas d'humeur à supporter les commentaires du public.

— Vous auriez dû me demander conseil, dit-il avec un léger sourire. Je vous aurais dit que le moment pour faire votre *révélation* était particulièrement mal choisi.

Morgan avala une nouvelle gorgée de whisky.

— Il n'y aurait jamais eu de bon moment, et il y a assez longtemps que j'attendais.

— Apparemment, pas assez longtemps.

— Inutile de m'enfoncer. J'ai eu ma dose pour ce soir.

— Excusez-moi, dit-il en souriant. Et si on reprenait tout depuis le début ? Je m'appelle Jared.

Elle se tourna vers lui. Difficile de rester en colère contre un homme aussi beau. Elle se pencha pour trinquer avec lui, et s'aperçut que son verre était vide.

— Un autre verre pour Jared, dit-elle au serveur. Nous allons faire un peu connaissance.

Jared tombait à point nommé pour l'aider à oublier cette affreuse soirée.

2

— Moi, je m'appelle Morgan.

La belle s'en était tenue à son prénom. Jared était surpris qu'elle tienne à rester, étant donné la scène qu'elle venait d'endurer et le fait que Henry lui avait demandé de s'en aller, mais elle semblait avoir besoin de se distraire un peu pour soigner ses plaies et ça lui convenait parfaitement. Il était plus que partant pour s'amuser sans avoir à s'embarrasser de sentiments. L'engagement, ça n'était pas pour lui.

La plus longue de ses relations avait duré trois mois, et la plupart de ses petites amies ne le restaient qu'un mois. Une fois que l'excitation du désir était retombée, il passait à la suivante. Il aimait les belles femmes, et Morgan n'était pas seulement belle. Il percevait chez elle une fragilité qui faisait écho à sa propre virilité. Il n'avait rien d'un héros, il le savait pertinemment, mais il était prêt à être *le sien* le temps d'une soirée.

Un autre whisky apparut, et Jared l'accepta sans hésiter.

— Très heureux de faire votre connaissance, Morgan, dit-il en faisant tinter son verre contre le sien.

Leurs regards se croisèrent et restèrent rivés l'un à l'autre durant de longues secondes. Jared éprouva une sensation étrange au creux de l'estomac, et fut le premier à détourner les yeux. Il posa son verre sur le buffet.

— Et si nous dansions ?

— Pour que tout le monde me regarde ? Non merci.

— Désolé de vous enlever vos illusions, mais ils ont déjà

tous eu largement le temps de le faire au moment où vous avez annoncé au monde entier que vous étiez la fille de Henry Stewart.

Un léger sourire se forma sur les lèvres de Morgan.

— Vous avez raison, dit-elle avant de vider son verre et de prendre sa main.

— Vous devriez ralentir un peu sur le whisky. Sinon, vous allez avoir une sacrée gueule de bois demain matin.

— Je sais ce que je fais.

Jared n'en aurait pas juré, mais, allez savoir pourquoi, il n'avait qu'une envie : lui tenir compagnie pour vérifier qui aurait raison.

Quand les doigts de Jared enlacèrent les siens, Morgan eut l'impression qu'un brasier s'allumait dans son ventre. Elle leva les yeux, et constata qu'il avait ressenti la même chose. Ses yeux s'étaient faits plus sombres et son regard un peu vague. Un peu nerveuse, elle le suivit jusque sur la piste de danse installée sur la pelouse.

Indifférent à tous les regards médusés qui se posaient sur eux, Jared l'entraîna jusqu'au milieu de la piste et posa ses mains sur les hanches de Morgan. Elle enroula ses bras autour de son cou, et son corps épousa tout naturellement les mouvements de Jared. C'était un excellent danseur.

— Vous dansez très bien.

Jared lui adressa un sourire éclatant.

— Vous ne vous débrouillez pas mal non plus.

— Je danse depuis que je suis toute petite.

Il sourit en l'imaginant petite fille avec ses ballerines aux pieds.

— Votre maman vous a fait prendre des cours de danse classique, c'est ça ? Ou alors plutôt du hip-hop ?

Morgan éclata de rire. Son enfance ne ressemblait pas du tout à ce qu'on voyait à la télévision. Sa mère n'était pas la Clair Huxtable du *Cosby Show*.

— Rien d'aussi chic que ça. Je traînais dans les coulisses pendant que ma mère dansait dans un spectacle au Tropicana de Las Vegas.

— Étonnant, dit-il en lui relevant le visage de son pouce pour que leurs regards se croisent.

Ses yeux d'onyx étaient pleins de désir.

— Et si vous m'en disiez un peu plus ?

— Je n'ai aucune intention d'en raconter davantage...

— Une femme avec des secrets. J'adore, dit Jared en pressant son corps contre sien.

Une onde de chaleur remonta le long du dos de Morgan. Elle n'avait pas l'habitude de ça. En général, quand une tension sexuelle naissait entre elle et un homme, elle calmait le jeu immédiatement. Mais pas ce soir. Jared n'était pas comme les autres. Elle baissa la tête, et enfouit son visage dans son cou, se laissant envahir par son odeur épicée, si enivrante.

Jared plaqua alors sa main contre son dos nu, et Morgan vacilla légèrement, mais il la maintenait fermement, allant et venant sur la piste comme s'ils avaient été en train de danser. Mais Morgan savait qu'il s'agissait d'un ballet bien différent. C'était une sorte de danse nuptiale. Pourtant, avec Jared, elle n'avait pas peur comme avec les autres hommes. Peut-être pouvait-elle lâcher prise, juste pour ce soir. Peut-être serait-il capable d'éloigner tous ses mauvais souvenirs et de lui permettre d'être enfin la femme qu'elle était vraiment au fond.

Jared baissa la tête vers elle.

— Vous savez, Morgan, vous avez beaucoup bu, et quelque chose me dit que vous n'avez pas l'habitude de vous comporter de cette façon.

Morgan leva les yeux vers lui, profondément gênée. Donc, il s'était aperçu qu'elle était complètement novice au petit jeu de la séduction ? Était-ce pour cette raison qu'il n'avait pas l'air pressé de la ramener jusqu'à sa chambre pour passer un peu de bon temps ? Elle avait déjà complètement loupé sa grande révélation tout à l'heure. Apparemment, elle n'était pas davantage capable de séduire un homme.

Elle s'écarta légèrement, et Jared fronça les sourcils.

— Qu'est-ce qui ne va pas, Morgan ?

— Désolée de vous avoir importuné. Je me suis trompée sur l'intérêt que vous me portiez, dit-elle en quittant la piste de danse.

Heureusement, il commençait à se faire un peu tard et il y avait moins de monde. Personne n'avait remarqué qu'elle venait de se faire rejeter pour la seconde fois de la soirée.

— Morgan, attendez ! s'écria Jared en la rejoignant près du buffet. Ce n'est pas ce que vous croyez.

Elle commanda un whisky et demanda au serveur de remplir son verre, qu'elle vida en une seule longue gorgée.

— Écoutez, Morgan. Vous venez de passer une soirée difficile, et je n'ai aucune envie que vous fassiez quelque chose que vous regretterez demain matin.

— Alors, laissez-moi, rétorqua Morgan. Je n'ai pas besoin d'un héros. Je me débrouille toute seule depuis très longtemps et je compte bien continuer. Allez-vous-en, Jared.

Après l'avoir regardée pendant plusieurs longues secondes, Jared tourna les talons et s'éloigna. Bon débarras. Il était sans doute trop parfait pour être sa *première fois*, de toute façon.

Jared aurait voulu étrangler Morgan, serrer son adorable cou. Ce n'était pas en buvant qu'elle allait résoudre ses problèmes, mais, bien sûr, elle refusait d'écouter la voix de la raison.

Et d'ailleurs, pourquoi se posait-il en parangon de vertu ? *Parce que...* il n'avait jamais profité d'une femme avant ce soir et ça n'allait pas commencer aujourd'hui. Morgan était complètement bouleversée et semblait avoir la ferme intention de se soûler pour tout oublier. Jared l'avait souvent fait quand il était plus jeune, mais c'était une époque révolue. Et quand il couchait avec une femme, il aimait qu'elle s'en souvienne ensuite parce qu'il était un amant attentionné et généreux.

Comme elle le lui avait demandé, il la laissa seule, mais il ne s'éloigna pas beaucoup et engagea la conversation avec une de ses connaissances, au bord de la piste de danse.

— Alors, il paraît que vous avez intégré Robinson Holdings, commença son interlocuteur.

Milton Brooks siégeait au conseil d'administration de l'entreprise de sa famille et était au courant de tout ce qui s'y passait.

— Oui, je travaille au service du marketing et des relations publiques.

— Votre frère Chris a eu un sacré flair en achetant ce lotissement de La Shore.

— En effet, Chris est doué pour ce genre de choses, dit Jared tout en surveillant Morgan du coin de l'œil.

C'est alors qu'il vit Pete Harris, un individu sans scrupules que Dane et lui fréquentaient dans le passé. Il était en train de parler à Morgan, ce qui plaisait modérément à Jared.

— On peut dire que votre frère a l'œil, poursuivait Brooks. Il a un grand avenir devant lui.

Ce dernier commentaire acheva d'agacer Jared. Son frère aîné, Chris, était le fils préféré de leurs parents, et entendre cet homme le couvrir d'éloges était on ne peut plus irritant. Chris dirigeait Robinson Holdings depuis que leur père, Clay, s'était retiré des affaires un an plus tôt. Dans cet intervalle, Chris avait doublé les bénéfices, et leurs affaires n'avaient jamais mieux marché.

— Tout ce que touche Chris se transforme en or, confirma Jared, en se retournant juste à temps pour voir Pete poser sa main sur l'épaule de Morgan qui le repoussa vivement.

Mais Pete n'était pas homme à se laisser décourager pour si peu et il revint à la charge.

— Si vous voulez bien m'excuser, j'ai une petite affaire à régler, dit-il en prenant brusquement congé du vieil homme.

Il se hâta de rejoindre le buffet. Pete avait maintenant passé les mains autour de la taille de Morgan. Jared l'attrapa par le col et le repoussa.

— Hé..., commença Pete avant de s'apercevoir qu'il s'agissait de lui. Oh ! salut, Jared. Cette jeune femme et moi avions une petite discussion.

Il tendit la main, mais, en voyant le regard hostile que lui lançait Jared, il la mit prestement dans sa poche.

Jared se tourna vers Morgan. Elle avait le visage en feu, et il lut de la peur dans son regard.

— Dégage ou tu risques de le regretter.

Pete leva les mains en signe d'apaisement et se hâta de s'esquiver.

— Est-ce que ça va ? demanda Jared.

Morgan prit une longue inspiration avant de répondre.

— Oui. Ça va, maintenant. Merci pour votre aide, dit-elle en lui adressant un sourire un peu contraint.

Mais quand elle reposa son verre sur le bar, il vit que ses mains tremblaient.

— C'est ce que font les héros, dit-il avec un large sourire.

— Oui. Merci.

Elle se passa nerveusement la main dans les cheveux, puis se tourna vers le buffet et fit signe au serveur de lui servir un autre verre.

Jared fit un pas en avant et posa la main à plat sur son verre vide.

— Vous avez assez bu.

Elle lui lança un regard plein de colère.

— Ça n'est pas parce que vous venez de me tirer d'un mauvais pas que ça vous autorise à me dire ce que j'ai à faire.

— Il se trouve que vous n'êtes pas en état de décider par vous-même, dit en lui prenant le bras et en la guidant vers l'entrée de l'hôtel située près de la plage. Je vais vous raccompagner jusqu'à votre chambre et ensuite je m'en irai.

— Vraiment ? demanda Morgan d'un ton narquois, comme si elle savait parfaitement combien il la désirait et ne croyait pas une seconde qu'il s'en irait. Ça, j'en doute.

Puis elle dégagea son bras et prit quelques pas d'avance sur lui, lui laissant tout loisir d'admirer la vue délectable de son dos à moitié dénudé.

Bon sang. Lui qui tenait à se conduire en parfait gentleman, elle ne lui facilitait pas les choses.

Après avoir traversé le hall de l'hôtel, Morgan appuya sur un bouton pour appeler un ascenseur. Ils attendirent dans un silence tendu. Quand les portes s'ouvrirent, ils prirent tous les deux place dans la cabine. Elle était vide, et l'air se chargea immédiatement. Leur désir à tous les deux était presque palpable. Morgan entra la première et appuya sur le bouton de son étage tandis que Jared allait se caler le plus loin possible d'elle.

Il savait que, s'il s'approchait, il perdrait tout contrôle. Il sentait le désir envahir chaque cellule de son corps. Mais il savait aussi que Morgan n'était pas comme les femmes avec lesquelles il avait l'habitude de sortir et qui étaient plus expérimentées. Elle cherchait à donner le change, mais il y avait une forme de candeur dans son attitude qui le retenait de céder à la tentation.

L'ascenseur tinta, ils sortirent et remontèrent le couloir menant à sa chambre. Morgan prit sa clé dans sa pochette et ouvrit la porte.

— Eh bien, je vais vous...

Jared n'eut pas le temps de terminer sa phrase ; Morgan le tira à l'intérieur et claqua la porte derrière eux.

Morgan n'aurait pas pu expliquer pourquoi elle avait attiré Jared dans sa chambre. Tout ce qu'elle savait, c'est qu'elle n'avait pas pu faire autrement. Elle voulait qu'il la touche, elle voulait sentir le goût de sa bouche. À peine la porte refermée, elle se pressa contre lui, leva la tête et prit ses lèvres avec les siennes, surprise de les trouver aussi douces, surprise par le tourbillon dans lequel il l'entraînait.

— Vous n'auriez pas dû faire ça, dit Jared d'une voix rauque en relevant la tête.

Puis il l'attira plus près de lui, pressa le bas de son ventre contre le sien. Il lui caressa les cheveux, puis se pencha, et cette fois ce furent ses lèvres qui vinrent exercer une douce pression sur les siennes avant que sa langue ne se glisse dans sa bouche. Et Morgan sentit dans tout son corps se réveiller une chose qu'elle faisait taire depuis si longtemps.

Le désir.

Tremblante, elle s'agrippa à son cou et se lova contre lui, comme pour se fondre tout entière en lui. Elle aimait le goût de ses baisers, la façon dont il la touchait. Les mains de Jared glissèrent jusqu'à ses hanches, et il la plaqua contre lui. Elle sentait sa puissante érection sur son ventre et les muscles durs de son torse contre ses seins.

Avec un gémissement sourd, Jared plongea plus profondément encore dans sa bouche, lui faisant perdre tout contrôle, provoquant une contraction au fond de son ventre telle qu'elle n'en avait jamais ressentie. Habituellement, la proximité d'un homme la faisait se refermer, mais avec Jared ça avait tout de suite été différent. D'abord quand ils avaient dansé et maintenant avec ce baiser. Elle se sentait comme envoûtée et elle répondait à son baiser avec fougue et une forme d'avidité. Leurs langues se mêlaient dans un ballet frénétique, et elle aurait voulu que ça ne s'arrête jamais. Jared avait littéralement mis le feu à son corps, et elle voulait plus encore. Malheureusement, à ce moment-là, elle sentit que la nausée l'envahissait.

Elle se détacha de Jared, se précipita aussi vite que possible dans la salle de bains et arriva juste à temps. C'était atroce de savoir que l'homme de ses rêves se trouvait de l'autre côté de la porte pendant qu'elle était malade d'avoir bu trop de whisky. C'était lui qui avait raison. Elle aurait dû s'arrêter de boire bien avant et maintenant elle allait en payer le prix.

Ce furent ses dernières pensées conscientes avant de poser la tête sur le carrelage froid et de perdre connaissance.

— Morgan ?

Jared toqua à la porte de la salle de bains. Elle était là-dedans depuis un bon moment et, malgré le bruit de la ventilation, il avait bien entendu qu'elle avait été malade. Il avait bien essayé de l'empêcher de trop boire, mais elle avait obstinément refusé de l'écouter.

Il se passa la main dans les cheveux. Décidément, le sort s'acharnait. En raccompagnant Morgan jusqu'à sa chambre, ça avait été avec la ferme intention de la laisser devant sa porte et de ne pas la toucher. Mais quand elle l'avait attiré à l'intérieur puis embrassé, il avait perdu le contrôle. Il avait envie d'elle au point que son ventre en était encore douloureux. Il fallait à tout prix qu'il s'en aille d'ici, mais avant ça il devait s'assurer que tout allait bien.

En ouvrant la porte, il découvrit Morgan gisant sur le sol.

— Morgan, s'écria-t-il en se précipitant pour prendre son pouls.

Elle allait bien. Elle était juste passablement ivre. Il la souleva dans ses bras, la porta dans la chambre et la déposa sur le lit. Elle avait l'air si jeune et innocente avec sa robe rose et ses cheveux noir de jais étalés sur l'oreiller. Jared se dit qu'ayant été malade Morgan préférerait éviter que sa robe soit tachée.

C'était décidé. Il la souleva légèrement pour descendre sa fermeture Éclair et il lui retira sa robe. C'est à peine si Morgan réagit. Mais Jared, lui, dut retenir son souffle. *Elle ne portait pas de soutien-gorge.* Ses seins ronds étaient menus mais splendides. Son ventre était plat et ses jambes délicatement fuselées. Un minuscule morceau de tissu voilait sa féminité, mais pas de quoi éteindre son désir. Il se hâta de prendre la couette et d'en recouvrir son corps presque nu.

Demain matin, le réveil serait difficile, il le savait. Il appela donc le room service, et plaça l'aspirine et la bouteille d'eau bien en vue sur la table de chevet. Puis il quitta la chambre. Une fois dans le couloir, Jared s'adossa à la porte et ferma les yeux. Heureusement que c'était lui qui avait raccompagné Morgan et pas Pete. Quand elle se réveillerait le lendemain matin, elle saurait que son héros avait été assez correct pour ne pas profiter de la situation.

3

— Aïe, ma tête, se dit Morgan en se réveillant le lendemain. Quelle heure est-il ?

Elle jeta un coup d'œil au réveil sur la table de chevet, et constata qu'il était presque midi. Elle avait dormi toute la matinée, mais maintenant les souvenirs de la soirée revenaient comme un tsunami. La rebuffade de Henry à la réception, puis son arrêt au buffet où elle avait bu whisky sur whisky. Et enfin, Jared.

Comment aurait-elle pu oublier Jared ?

Grâce à la présence de son mystérieux inconnu, la soirée n'avait pas été un fiasco total. Elle se rappela leur conversation sur le ton du flirt, leur danse lascive sous la tente de réception et enfin ce merveilleux baiser contre la porte de sa chambre. Elle jeta un coup d'œil vers la scène de crime. En fermant les paupières, elle put à nouveau sentir la pression de sa bouche, de ses lèvres sur les siennes et ensuite… l'horreur absolue.

Elle avait été malade. Alors qu'elle se trouvait sur le point de faire l'amour avec le type le plus sexy qu'elle puisse imaginer, elle avait tout gâché en se précipitant dans la salle de bains. Mais ensuite ? Que s'était-il passé ? Elle se tourna légèrement : l'autre côté du lit était impeccable. Jared n'avait pas daigné passer la nuit avec elle. Mais c'était normal, non ? Comment aurait-il pu avoir envie d'elle après l'avoir vue se mettre dans un état aussi lamentable ?

Sur la table de chevet, il y avait une bouteille d'eau et de l'aspirine. Intérieurement, elle remercia Jared pour cette délicate attention. Elle prit deux cachets qu'elle fit passer avec un peu d'eau. Il aurait parfaitement pu profiter de son état et pourtant il ne l'avait pas fait.

Il s'était comporté en véritable héros.

Lentement, elle se redressa pour s'asseoir sur son lit, et c'est alors qu'elle vit qu'elle était *nue*. Soulevant la couette, Morgan constata qu'elle portait encore sa culotte, mais ça ne voulait rien dire. S'était-elle trompée ? Jared avait-il commis l'irréparable ? Elle ne se sentait pas différente de la veille. Elle aurait dû, pourtant, non ? S'ils avaient eu une relation sexuelle, elle le saurait. Puisqu'elle était encore vierge.

Oui, une des dernières représentantes d'une espèce en voie de disparition, Morgan en était certaine. À vingt-cinq ans, la plupart des gens avaient déjà eu des relations sexuelles, mais évidemment tous ces gens n'avaient pas été élevés par une mère comme la sienne. N'empêche que, s'il ne s'était rien passé entre Jared et elle, ça signifiait qu'il l'avait déshabillée, qu'il l'avait vue nue et qu'il était parti malgré ça. Morgan aurait aimé trouver cette attitude admirable, mais elle ne pouvait s'empêcher d'être un peu vexée que de la voir nue n'ait provoqué aucune réaction chez lui.

Rejetant la couette, elle se rendit dans la salle de bains. Tout en se brossant les dents, elle décida de prendre les choses du bon côté. Jared était un homme bien qui l'avait sauvée d'une situation périlleuse. Qui sait ce qui aurait pu se passer s'il n'était pas intervenu ? Une fois débarbouillée, elle passa sous la douche. Il fallait absolument qu'elle se débarrasse des relents de cette soirée.

Elle ne buvait pas beaucoup. Du moins, pas habituellement. Mais la journée de la veille avait été très particulière. Ce n'était pas tous les jours que le père que vous aviez attendu toute votre vie vous rejetait comme une malpropre. Elle avait eu des raisons de boire, mais Morgan se jura que plus jamais elle ne se retrouverait dans une telle situation.

Après sa douche, elle alla chercher dans le placard un jean et un T-shirt noirs. C'était sa tenue habituelle. Elle s'habillait comme ça tous les jours pour aller au bureau travailler avec Dane. Elle était certaine qu'après ce qui s'était passé elle pouvait dire adieu à son travail avec lui, mais elle avait des diplômes et trouverait sans problème un emploi qui payerait les factures.

En attendant, son rôle dans la vie de Dane lui procurait encore quelques avantages. Morgan était en effet au courant du planning des Stewart. Elle savait par exemple qu'ils avaient prévu de repartir pour Austin le jour même et qu'il lui faudrait donc se rendre sur leur territoire pour disputer cette bataille. Parce qu'elle n'avait aucune intention de s'enfuir ni de disparaître. Elle était sa *fille*, et Henry avait des devoirs envers elle. Il lui faudrait compenser toutes les fêtes d'anniversaire et tous les Noëls qu'il avait manqués. Il lui était redevable parce qu'il n'avait jamais pris soin d'elle et n'avait pas veillé à ce qu'elle ait une enfance heureuse, pleine d'amour.

Et elle comptait bien réclamer son dû.

— Tu n'as pas écouté un mot de ce que j'ai dit, dit sa mère à Jared alors qu'il prenait place au déjeuner du dimanche qu'il partageait avec ses parents.

Ces déjeuners étaient une tradition familiale depuis qu'il était petit. Et cette tradition avait perduré même après la crise cardiaque de son père suivie d'une opération à cœur ouvert un an plus tôt.

— Excuse-moi, maman. Tu disais ? demanda Jared.

Toute la semaine, il avait été un peu distrait et il supposait que c'était à cause d'une certaine jolie brune qu'il ne réussissait pas à se sortir de la tête. Depuis leur rencontre, il passait des nuits agitées à se retourner dans son lit en pensant à la belle aux yeux noisette.

Il se demandait comment elle allait. Les liens de parenté entre Morgan et Dane avaient fuité dans la presse, et les journaux à scandales s'en étaient donné à cœur joie. Alors que Dane était toujours en lune de miel, Morgan, elle, avait disparu.

— Je te demandais si tu savais où était ton frère, répéta Mary Robinson. Ça n'est pas le genre de Chris de manquer le déjeuner du dimanche.

— Je n'en sais rien, non. Son assistante a dit qu'il avait pris une semaine pour raisons personnelles.

— Chris est comme moi, un acharné du travail, intervint le père de Jared. Mais je suis heureux qu'il ait appris une leçon de ce qui m'est arrivé et qu'il prenne un peu de temps pour lui.

— Et Dane ? poursuivit sa mère. J'ai essayé d'appeler Nora pour savoir si ce que disent les journaux au sujet de la fille illégitime de Henry est vrai, mais elle ne répond pas. Tu penses que c'est vrai, toi ?

— Je t'en prie, Mary, tu ne vas pas croire à ces ragots.

— Ce ne sont pas des ragots, papa, dit Jared.

Son père fonça les sourcils.

— Qu'est-ce qui te permet de dire ça ?

— J'ai rencontré Morgan au mariage. On a discuté, et c'est une jeune femme adorable.

— Qui en veut sûrement à la fortune des Stewart. Mais elle risque d'être très déçue en la matière. Ça fait des années que Henry a de grosses difficultés, dit son père. Si son gendre, Gage, et Fallon n'étaient pas aussi doués pour les affaires, il y a des années qu'il aurait déposé le bilan.

— Tout ne se ramène pas à l'argent, dit Jared. Morgan cherche juste à être reconnue.

— Vous en êtes déjà à vous appeler par vos prénoms ? demanda sa mère en levant un sourcil.

— Tu sais bien que notre fils est incapable de résister à un joli minois. C'est sûrement une bombe.

Jared se raidit sous l'affront, s'essuya la bouche avec sa serviette et se leva de table.

— J'ai perdu l'appétit. Si vous voulez bien m'excuser.

— C'est ça, fuis. Comme toujours, rétorqua son père.

— Je suis désolé que ton fils préféré n'ait pas pu être présent pour le déjeuner, mais ça n'est pas une raison pour t'en prendre à moi, dit Jared avant de déposer un baiser sur la joue de sa mère. Je t'appelle plus tard, maman.

Jared ne prit pas la peine de dire au revoir à son père. Sachant que jamais ils ne seraient proches, il avait cessé de faire des efforts depuis longtemps. S'il était curieux de savoir ce que devenait

Morgan, il se dit qu'il valait sans doute mieux qu'ils ne se soient pas revus depuis cette fameuse soirée. Il ne se reconnaissait plus depuis quelques jours et il savait que, si leurs chemins se croisaient à nouveau, il était perdu.

Morgan était assise dans sa voiture devant la demeure des Stewart. Il lui avait fallu une semaine pour mettre ses affaires en ordre et, entre autres, entamer les démarches pour changer de nom et devenir Morgan Stewart. Il était temps qu'elle ait droit à son nom et à sa place dans la famille. Elle avait également envoyé sa lettre de démission à Dane. Dans les jours qui avaient suivi le mariage, la nouvelle s'était répandue qu'elle travaillait pour Dane Stewart, et depuis les journalistes campaient littéralement devant son petit appartement de Culver City. Heureusement, elle avait déjà fait ses cartons et pris la décision de se rendre à Austin en voiture. Elle était économe, et Dane la payait bien ; elle aurait donc eu largement les moyens de prendre l'avion, mais ça aurait été moins discret et elle préférait garder cet argent en attendant de retrouver du travail.

Et maintenant elle était là, à attendre que l'agent de sécurité veuille bien l'autoriser à pénétrer dans le saint des saints. Elle fulminait. Elle était une Stewart, après tout, et elle ne supportait pas d'être traitée comme une étrangère. *Mais n'était-ce pas ce qu'elle était ?*

Elle n'avait pas grandi dans cette propriété comme Dane et Fallon. Eux, ils avaient eu droit à tout. Une belle maison. Des vêtements de luxe. Des voitures. Une excellente éducation. Tandis que, elle, elle n'avait rien. Elle avait le droit d'être ici. Henry allait bien devoir assumer son rôle de père, et Morgan ne comptait rien lâcher à ce sujet.

L'agent de sécurité raccrocha le combiné et se pencha à la fenêtre de la guérite.

— Désolé, madame, on me dit que vous n'avez pas rendez-vous. Il va falloir faire demi-tour.

— Vous n'avez pas le droit de m'empêcher d'entrer, insista Morgan. Il faut que je parle à mon père.

— Désolé, mais vous allez devoir vous en aller. Sinon, je serai obligé d'appeler la police pour violation de domicile.

— Quoi ? s'insurgea Morgan. Ça, c'est la meilleure. Vous imaginez ce que dirait la presse s'ils apprenaient que Henry Stewart a interdit l'accès de sa propriété à sa propre fille ?

Un coup de klaxon retentit derrière elle qui la fit sursauter. Une Audi rouge se gara le long de sa Honda Accord. La vitre se baissa, et Fallon se pencha à la fenêtre, mais elle n'était pas seule. Ayden, leur frère aîné, était assis à côté d'elle.

— Tout va bien, Drew. Elle est avec moi.

— Vous êtes sûre ? Votre père a donné l'ordre de ne pas la laisser entrer.

— Je réglerai ça avec lui, répondit Fallon d'un ton calme. Morgan ? Suivez-moi.

Morgan acquiesça silencieusement, redémarra et suivit l'Audi rouge le long de l'allée impeccablement entretenue. Quand ils se garèrent devant la demeure de deux étages, Morgan en resta bouche bée.

Elle coupa le moteur, et sortit de sa voiture pour aller rejoindre Fallon. Cette dernière était particulièrement élégante avec son jean, ses bottes de marque et son long trench. Tout ça sortait probablement de l'atelier d'un créateur, alors que Morgan ne pouvait s'offrir que du prêt-à-porter. Même si Dane la payait bien, Los Angeles était une ville chère et elle n'avait pas les moyens de se payer des vêtements de créateur.

Debout près de Fallon, Ayden la détaillait tranquillement du regard. Morgan aurait tant aimé que la situation soit différente et qu'il la prenne dans ses bras comme le grand frère qu'il aurait dû être. *N'était-ce pas ce qu'elle avait toujours désiré ?* Avoir une famille qui ne se serait pas limitée à Crystal et elle et aux hommes qui défilaient dans la vie de sa mère.

— Je crois que nous avons beaucoup de choses à nous dire, dit Fallon en la regardant de ses grands yeux noisette, ces mêmes yeux qu'elle voyait tous les jours en se regardant dans la glace.

— Sans vouloir être désagréable, il ne s'agit pas de nous, dit Morgan en croisant les bras. C'est à votre père que j'ai besoin de parler. À *notre* père, voulais-je dire.

— Je ne suis pas d'accord, intervint Ayden. Nous sommes tous concernés. Henry doit s'expliquer, et c'est pour ça que nous sommes là tous les deux. Pour avoir des réponses.

— Et moi, je suis là pour jouer les médiateurs, ajouta Fallon. Je sais que l'un et l'autre avez des raisons d'en vouloir à papa, mais depuis votre révélation de la semaine dernière ma mère est désespérée. Inconsolable. Elle est même venue s'installer chez Gage et moi, et m'a demandé de lui rapporter quelques affaires.

— J'en suis vraiment désolée, dit Morgan, mais je ne me sens pas responsable. Ce n'est pas moi qui l'ai trahie, mais Henry.

— Et ça ne serait pas la première fois, marmonna Ayden dans sa barbe.

Fallon lui lança un regard furieux.

— Tout ça est peut-être vrai, dit-elle à Morgan, mais vous n'étiez pas obligée de faire cette révélation devant toute une assemblée.

Morgan poussa un soupir. Fallon avait raison.

— Je... je ne savais pas comment faire. Il n'avait aucune idée de qui j'étais, et je me doutais qu'il me rejetterait. Comme on peut le constater, je ne m'étais pas trompée.

— C'est parce qu'il est blessé. Il ne sait plus ce qu'il fait.

— Vous lui cherchez toujours des excuses comme ça ? s'étonna Morgan.

— Oui, confirma Ayden en hochant la tête.

Fallon éclata de rire.

— Je sais que papa n'est pas parfait.

— Peut-être, mais c'est mon père à moi aussi, et il est temps qu'il le reconnaisse.

— Allons à l'intérieur pour discuter, mais je vous préviens qu'il n'est pas de bonne humeur.

Morgan leur emboîta le pas. Ils franchirent d'immenses portes aux poignées plaquées or et pénétrèrent dans un vaste hall. Elle était impressionnée par la beauté de cette demeure, avec ses sols en granito étincelants, son majestueux escalier à double révolution, ses plafonds cathédrale décorés de moulures baroques. On avait l'impression d'être dans un château français. Fallon guida Morgan jusqu'à un salon doté d'une immense cheminée sur deux étages où trônait un piano quart-de-queue.

Fallon prit place sur une méridienne, et Ayden s'assit à côté d'elle. Morgan enviait leur apparente complicité et espérait qu'un jour elle ferait partie de ce cercle intime elle aussi.

— Qu'est-ce qui vous fait croire que c'est votre père ? commença Fallon.

Morgan poussa un soupir. Elle n'avait aucune envie de se justifier, mais visiblement elle allait devoir en passer par là.

— Ma mère a rencontré Henry alors qu'il était venu assister à une convention à Las Vegas. Ils ont passé une nuit ensemble et me voilà. C'est aussi simple que ça.

— Mais pourquoi n'a-t-elle rien fait ? Elle aurait pu faire un procès et obliger mon père à vous reconnaître et à lui verser une pension. Personnellement, c'est ce que j'aurais fait.

— Je te rappelle que ma mère non plus ne s'est pas battue pour obliger Henry à prendre ses responsabilités, intervint Ayden. Ça n'est pas une démarche facile à entreprendre.

Morgan apprécia son soutien, d'autant que leurs histoires se ressemblaient.

— Merci, Ayden, dit-elle. Je doute que ma mère savait où le trouver. Elle m'a dit qu'elle ignorait de qui il s'agissait avant la sortie d'un article sur Stewart Technologies. Et ensuite, elle ne m'a rien dit... Elle a attendu d'être sur son lit de mort à l'hôpital.

— Oh ! je suis désolée, dit Fallon.

— Tout va bien. Ma mère et moi n'étions pas particulièrement proches, et c'est d'ailleurs pour ça qu'un père m'a tellement manqué.

— Pourquoi ne pas nous avoir dit la vérité plus tôt, alors ? Ça fait plus d'un an que vous travaillez pour Dane.

— Fallon a raison, dit Ayden. Nous vous aurions accueillie à bras ouverts.

— J'avais peur de votre réaction à tous. Dane est une star. Étant donné sa position, il aurait pu s'imaginer que j'essayais de lui causer du tort.

— Et ce n'est pas ce que vous faites ?

La voix était à la fois puissante et dure. Morgan se retourna. Elle ignorait depuis combien de temps Henry était là, à écouter leur conversation.

Son père entra dans le salon, et Morgan pouvait sentir son aura négative jusqu'à l'endroit où elle était assise. Elle l'enveloppait telle une cape sombre.

— Vous êtes là pour réclamer ce qui vous est dû, c'est bien ça ?

— Papa, dit Fallon en se levant pour accueillir son père.

Henry embrassa sa fille sur la joue sans quitter Morgan des yeux un instant.

— Je suis ici parce qu'il est temps que vous reconnaissiez que je suis votre fille, dit Morgan d'une voix tranquille.

— Je ne sais pas ce que votre menteuse de mère vous a raconté, mais je ne suis pas votre père.

— Prouvez-le, dit calmement Morgan. Faisons un test ADN. Si je me trompe, mais ça m'étonnerait vraiment, je suis prête à déclarer publiquement que j'avais tout inventé. Mais si j'ai raison, vous devrez me reconnaître.

— Rien ne m'oblige à faire ça, fulmina Henry en avançant vers elle d'un air menaçant. Pour qui vous prenez-vous ? Comment osez-vous vous immiscer dans nos vies, vous introduire chez moi et exiger quoi que ce soit ?

— Laisse-la, dit Ayden.

Morgan était très touchée que son grand frère soit prêt à la défendre contre le grand méchant loup, mais elle était capable de disputer ses propres combats.

— Je suis votre fille, dit Morgan d'une voix brisée. Comment pouvez-vous me traiter de cette manière ?

Fallon vint se placer entre eux deux et repoussa son père.

— Papa, je t'en prie... ne rends pas les choses plus difficiles. Tu ne vois pas à quel point maman souffre ? Je sais que tu n'es pas un saint, mais avoue au moins ce que tu as fait. Peut-être qu'elle pourra te pardonner. Mais si tu continues à te conduire comme si rien ne s'était passé, tu vas t'enfoncer encore plus.

— Je comprends que tu essaies de nous aider, Fallon, mais ma relation avec Nora ne regarde que moi. Je n'ai pas besoin que tu t'en mêles.

— Au contraire, répliqua Fallon avec véhémence en désignant Morgan. Regarde-la ! Elle a les mêmes yeux que nous, papa. Je suis surprise de ne pas l'avoir remarqué plus tôt, d'ailleurs.

— Avoue que tu as trompé Nora, tout comme tu as trompé

ma mère, s'écria Ayden. Un peu de courage, bon sang. Assume ce que tu as fait !

Henry s'avança vers Ayden, et Morgan se dit que, si un regard pouvait tuer, les deux hommes seraient déjà étendus, raides morts.

— Ne te mêle pas de ça et ne commence pas à déterrer le passé, Ayden. Nous sommes arrivés à un consensus, alors ne va pas réveiller le chien qui dort.

— Je ne te laisserai pas rejeter un autre de tes enfants, dit Ayden en secouant la tête. Pas cette fois. Pas alors que je suis au courant.

— Mais pourquoi est-ce que vous vous liguez contre moi ? demanda Henry en regardant Ayden et Fallon. Est-ce que cette fille n'a pas fait assez de mal en détruisant mon mariage ?

— *Cette fille ?* – les yeux de Morgan se remplirent de larmes. Cette fille a grandi dans la pauvreté. Je n'avais rien à moi. Pas d'amis. On n'arrêtait pas de déménager en fonction des emplois que ma mère trouvait, mais ça n'est pas facile pour une danseuse de Vegas vieillissante de trouver du travail. Les hommes défilaient dans sa vie. Et donc, dans la mienne. Donc, je n'ai pas eu de père et pas de vraie maison non plus. Et une fois qu'il n'y a plus eu les hommes, il y a eu la drogue… jusqu'au moment où son corps a fini par lâcher.

— Je suis désolé que vous ayez eu à subir tout ça. Sincèrement. Mais je ne vous dois rien. Et si vous êtes de son côté – Henry regarda ses autres enfants –, autant vous en aller tout de suite parce que, pour moi, cette conversation a assez duré.

Choquée, Morgan regarda cet homme dont elle avait tellement attendu sortir de la pièce. Elle avait l'impression qu'on lui avait planté un poignard dans le cœur, mais elle se redressa courageusement.

— Ce type ne cessera jamais de m'étonner, dit Ayden. Quand je crois qu'il a atteint le fond de l'ignominie, il trouve le moyen de descendre plus bas.

— Je m'en vais, dit Morgan en se dirigeant vers la porte.

— Attendez, s'écria Fallon en la retenant par le bras. Ne partez pas. Laissez-moi le temps de lui parler. De lui faire entendre raison.

Ayden hocha la tête.

— S'il écoute quelqu'un, ce sera Fallon. C'est sa préférée.

— Ayden..., dit Fallon, le regard noir.

Il leva les mains en signe de reddition.

— Restez, dit doucement Fallon. On va régler tout ça. Comme une *famille* doit le faire.

Morgan eut un petit rire plein d'amertume.

— Vous n'avez pas entendu ? Je ne fais pas partie de cette famille. Je ne suis rien. Personne. Alors, laissez tomber. Je ne veux plus rien avoir à faire avec vous tous !

Elle dégagea son bras et sortit de la maison en courant.

Quand elle s'assit dans sa voiture, elle était en hyperventilation et des flots de larmes coulaient sur ses joues. Elle frappa des deux poings sur le volant.

Qu'il aille au diable !

Et d'ailleurs, pourquoi se mettait-elle dans des états pareils ? Elle était arrivée bien décidée à se montrer forte et à exiger ce qui lui revenait de droit, et résultat : Henry Stewart avait clairement fait comprendre qu'il n'avait aucune intention de la reconnaître en tant que sa fille. Il préférait garder la tête dans le sable et faire comme si elle n'existait pas.

Morgan en avait assez d'être gentille. Elle allait aller trouver les médias et leur expliquer qui était vraiment le grand Henry Stewart. Plus jamais elle ne lui permettrait de la traiter comme quantité négligeable.

4

— J'ai besoin de te voir immédiatement, dit Ruth Robinson à Jared un peu plus tard ce même soir.

Il n'avait pas l'habitude de recevoir des ordres de sa grand-mère. En fait, il faisait en sorte de l'éviter autant que possible. Comme son père, sa grand-mère aurait voulu qu'il ressemble davantage à son frère. Chris était le plus intelligent, il était doué pour les affaires et fait pour diriger Robinson Holdings. Chris n'avait jamais causé aucun souci à ses parents. Il faisait exactement ce qu'on attendait de lui. Était allé à Harvard. Avait brillamment réussi son MBA. Avait ensuite rejoint les rangs de Robinson Holdings. Toute sa vie jusqu'à maintenant avait été un parcours sans faute.

Jared, en revanche, était un raté. Il avait eu sa licence de marketing d'extrême justesse parce qu'il avait été bien trop occupé à faire la fête avec sa fraternité Kappa Alpha Psi et à coucher avec des filles pour se donner la peine d'aller en cours. Et après ses études, il s'était accordé un an pour voyager en Europe avant de rentrer au bercail et d'intégrer l'entreprise familiale.

Après avoir traversé les collines de Westlake qui dominent Austin, Jared franchit les grilles de la propriété de sa grand-mère et gara sa Porsche Cayman GTS. Le parc était méticuleusement entretenu par les employés de la vieille dame, et la maison elle-même n'avait rien à envier à un château.

Il descendit de voiture, se dirigea vers la porte principale et sonna. Un majordome en uniforme vint lui ouvrir.

— Bonsoir, Antoine, dit-il en donnant une tape amicale sur l'épaule du vieil homme avant de pénétrer dans l'immense demeure.

Antoine travaillait au service de sa grand-mère depuis des années et était totalement dévoué à la vieille dame.

— Où est grand-mère ?

— Dans la bibliothèque. Je vous y emmène.

— Inutile. Faisons simple. Retournez à vos occupations, je connais le chemin.

Jared suivit un long couloir jusqu'à la bibliothèque aux murs habillés de panneaux d'acajou, où il trouva sa grand-mère assise dans un fauteuil doré à la feuille.

— Regardez qui daigne enfin me rendre visite, dit-elle en se levant pour l'embrasser sur la joue.

Ruth Robinson avait des allures de reine. À soixante-quinze ans, elle était sublime avec son chemisier de soie d'un blanc immaculé, son pantalon noir et ses perles. Ses cheveux gris coupés au carré lui descendaient jusqu'aux épaules.

— Ça me fait plaisir de te voir, répondit Jared. Je te sers un verre ?

— Avec plaisir.

Jared traversa la pièce jusqu'à un petit bar installé dans un coin. Il se versa un scotch, servit un verre de sherry à sa grand-mère et revint s'asseoir sur le canapé de cuir un peu fatigué. Il se cala confortablement et but une gorgée.

Sa grand-mère le regarda droit dans les yeux.

— Tu vas devoir apprendre la valeur du temps quand ce scandale va éclater.

— De quoi est-ce que tu parles ? demanda-t-il en se redressant.

— Mon amie Mimi, qui possède un des quotidiens d'Austin, m'a appelée pour m'annoncer qu'un article exclusif allait paraître dans leur journal demain.

— Ah, oui ? Et de quoi s'agit-il ? demanda Jared en portant son verre à ses lèvres.

— Ton frère a mis une stripteaseuse enceinte, répondit sèchement sa grand-mère.

Jared en recracha sa gorgée de scotch.

— Pardon ?

— Pour l'amour du ciel, Jared, dit sa grand-mère en levant les yeux au ciel, nettoie-moi ça.

Jared se leva d'un bond et alla chercher quelques serviettes en papier pour absorber le liquide qui avait dégouliné sur sa chemise. Puis il revint vers la vieille dame.

— Assieds-toi.

Il ne songea même pas à discuter, et obtempéra.

— Je ne comprends pas, dit-il.

— Je t'ai dit tout ce que je savais. Chris était aux abonnés absents la semaine dernière. Il devait se douter que l'affaire allait sortir. Mais le pire, c'est qu'il ait mis cette jeune femme enceinte. C'est du dernier ridicule. Dire que je mettais tellement d'espoirs en ton frère. J'imagine que nous n'avons plus le choix et qu'il va falloir se rabattre sur toi maintenant.

Jared se sentait de plus en plus mal à l'aise.

— Qu'est-ce que tu veux dire par là, au juste ?

— Chris a fait preuve d'une imprudence coupable. S'il est incapable de gérer sa propre vie sentimentale, comment pourrait-il gérer une entreprise qui brasse des milliards de dollars ? La réponse est simple. Il ne peut pas.

— Mais bien sûr que si, répliqua Jared. Il a mis une fille enceinte, et alors ? Ça arrive. Ça n'est pas la fin du monde. Tu donnes bien trop d'importance à tout ça.

— Pas du tout. Ton grand-père et moi avons travaillé très dur pour nous bâtir une réputation de respectabilité qui rassure nos investisseurs. On ne peut pas laisser la conduite indigne de ton frère impacter négativement l'entreprise. C'est fini pour lui. À toi de jouer maintenant.

— Moi ? dit Jared d'un ton incrédule. Tu plaisantes ? Chris a été formé pour diriger l'entreprise. C'est lui qu'il vous faut. Qui plus est, ça ne m'intéresse pas.

Il vida son verre, le posa sur la table basse devant lui, et se leva.

— Rassieds-toi, dit sa grand-mère d'une voix impérieuse.

— Mais...

— Je t'ai dit de te rasseoir, Jared, et je ne le répéterai pas.

Jared poussa un soupir mais fit ce que sa grand-mère lui ordonnait.

— Je ne suis pas taillé pour ça. Je n'ai aucune idée de la façon dont on dirige une entreprise. Je fais du marketing.

— Si tu es bien entouré, tu apprendras vite.

— Non, dit Jared en secouant la tête. Je n'en suis pas capable.

— Non seulement tu en es capable, mais tu vas le faire. Cela fait trop longtemps qu'on t'autorise à faire l'idiot. Maintenant, c'est terminé. Tu vas devoir assumer tes responsabilités, comme ton père et ton frère avant toi.

Jared n'avait aucune envie de s'opposer à la matriarche de la famille, mais il n'aimait pas non plus être poussé dans ses retranchements et en outre ce qu'elle lui demandait était ridicule.

— Tu commenceras demain, conclut-elle d'un ton sans appel.

Pour elle, il était évident qu'il allait prendre le relais de Chris.

— J'ai déjà demandé qu'on me fasse passer le dossier sur les dernières acquisitions qu'a faites ton frère. Tu vas en prendre connaissance ce soir, et nous en discuterons demain.

Elle se leva et alla chercher une pile de dossiers qu'elle lui tendit.

— Donc, tu ne plaisantes pas ? demanda Jared, incrédule.

— Bien sûr que non. Et tu me connais assez pour savoir qu'une fois que j'ai décidé quelque chose c'est irrévocable.

Oh oui, Jared le savait et c'était bien ce qui l'inquiétait. Mais il n'était pas fait pour diriger Robinson Holdings. Il était très doué avec les femmes et il était capable de travailler quand l'envie lui en prenait, mais *ça*, non, c'était trop. Et il ne voyait absolument pas comment se sortir de ce guêpier. Autrement dit, la période s'annonçait mouvementée pour la famille et l'entreprise.

Après avoir pris congé de sa grand-mère et en route vers son penthouse, Jared appela Chris. Mais il tomba directement sur sa boîte vocale.

Mais que se passait-il, enfin ?

Le silence de Chris était tout à fait inhabituel. En général, quand Jared l'appelait, le plus souvent pour que son frère le tire d'un mauvais pas, Chris répondait immédiatement. Là, la situation était différente. Sur le trajet du retour, il passa par les divers endroits où aurait pu se trouver son frère : le club de sport, le bureau, son club... mais il n'était nulle part. Manifestement, il ne voulait pas qu'on le trouve.

Jared ne comprenait pas comment son frère pouvait renoncer à tout ce pour quoi il avait travaillé si durement. Et pour quoi ? Une femme ? Aucune d'elles n'était irremplaçable, ou en tout cas ne l'avait jamais été pour lui. Jamais il n'avait rencontré une femme qui lui ait donné envie de tout risquer par amour. Parce que telle était la situation de Chris : leur grand-mère était prête à le déshériter à cause de ses frasques.

Et cette fois, c'était Jared qui allait devoir tenir le fort. Habituellement, c'était l'inverse : Chris assurait tandis que Jared s'attirait des ennuis. Cette fois, c'était sur lui que sa grand-mère comptait. Et franchement, ce nouveau rôle ne lui plaisait pas du tout.

Elle venait de lui poser sur les épaules une responsabilité dont il éprouvait déjà l'énorme poids et qu'il ne se sentait absolument pas en mesure d'assumer. Comment pourrait-il réussir là où Chris venait apparemment d'échouer ? Il devait faire ses preuves pour mériter le respect de sa grand-mère, mais il se demandait s'il serait à la hauteur de la tâche.

Morgan était pelotonnée sur le canapé de sa chambre d'hôtel avec un pot de glace Ben & Jerry's qu'elle avait achetée en rentrant de chez les Stewart. Elle avait déjà mangé une demi-pizza et bu deux bières. C'était la seule solution qu'elle avait trouvée pour calmer son anxiété.

La semaine qui venait de s'écouler avait été épique. Dans le mauvais sens du terme. Le seul moment heureux avait été de voir Dane et Iris se marier et ensuite s'en aller pour leur lune de miel. Peut-être avait-elle eu tort de parler à Henry tout de suite après la cérémonie, mais elle s'était imaginé qu'en l'abordant en public elle lui forcerait un peu la main. Qu'elle l'obligerait ainsi à admettre la vérité, à savoir qu'il avait trompé Nora et avait eu un enfant avec une autre femme.

Jamais elle n'aurait pu imaginer que Henry allait réagir aussi brutalement, qu'il la repousserait avec aussi peu de ménagement et refuserait de reconnaître qu'elle était sa fille, même quand ses enfants l'avaient imploré de dire la vérité.

Peut-être valait-il mieux ne pas avoir de père, finalement.

Aucun des hommes que sa mère avait fait entrer dans leur vie n'avait semblé taillé pour le rôle de père. Tout ce qui les intéressait était d'utiliser Crystal pour leur propre plaisir. Pour Morgan, il avait été insupportable de voir sa mère si dépendante affectivement qu'elle s'accrochait au premier venu. Y compris à *lui*.

Tout en plongeant sa cuillère dans la glace crémeuse à un rythme soutenu, Morgan se remémorait ces hommes. L'un d'eux en particulier. Troy Wilkins. Il lui arrivait souvent de passer la nuit chez elles, et, quand c'était le cas, Morgan verrouillait toujours la porte de sa chambre. Elle l'avait détesté au premier regard. Il était grand et maigre, et son regard salace traînait toujours sur elle. Morgan faisait tout pour l'éviter, mais un jour, en rentrant du lycée, elle l'avait trouvé seul dans leur appartement. Troy lui avait dit que Crystal était sortie faire quelques courses.

Morgan avait immédiatement inventé une excuse et essayé de s'en aller, mais Troy avait été plus rapide qu'elle. Il avait claqué la porte d'entrée et mis la chaîne. Morgan avait été terrifiée de se retrouver enfermée seule avec lui. Et elle avait raison. Troy lui avait dit qu'il fallait qu'elle se montre un plus gentille avec lui, l'avait saisie par le bras et entraînée dans sa chambre.

Là, il l'avait jetée sur le lit et s'était couché sur elle avant qu'elle ait eu le temps de réagir. Elle se rappelait encore l'odeur de tabac froid qui imprégnait sa peau et la puanteur de son haleine chargée d'alcool. Puis il avait soulevé son T-shirt et s'était mis à malaxer brutalement sa jeune poitrine tout en se frottant contre elle d'une manière obscène. Morgan avait tenté de le repousser ; elle savait que, sinon, il allait la violer. Mais il était trop fort. Ses mains étaient déjà en train de fouiller sous son jean quand ils avaient entendu du bruit sur le palier. C'était sa mère qui criait pour qu'on vienne lui ouvrir.

— Si tu en parles à ta mère, je dirai que tu mens. Et à ton avis, elle croira qui, hein ?

Jamais Morgan n'oublierait le regard que cet homme avait eu. À ce moment-là, elle avait compris qu'elle ne pouvait pas rester. Il fallait qu'elle s'en aille. Sinon, il recommencerait, et la fois prochaine elle n'aurait peut-être pas autant de chance. Alors, elle s'était enfuie. Elle avait pris les quelques affaires qui lui appartenaient et elle était partie. Elle était allée chez une amie de sa mère, Marilyn, danseuse elle aussi, et l'avait suppliée de la laisser dormir sur son canapé. Même si Marilyn avait deux enfants, c'était mieux que de vivre dans la peur.

Marilyn l'autorisa à rester si elle s'engageait à faire la cuisine, le ménage et à s'occuper des deux petits les soirs où elle dansait. Morgan accepta avec joie. Et le plus curieux dans tout ça, c'est que Crystal n'avait pas réagi au départ de Morgan. On aurait dit qu'elle était contente d'être débarrassée d'une fille trop grande qui la vieillissait.

Après avoir achevé le lycée, les bonnes notes de Morgan lui permirent d'obtenir une bourse couvrant ses frais d'université en Californie du Sud.

En fait, à bien y réfléchir, tous les combats qu'elle avait dû mener dans sa vie étaient dus au fait que ni sa mère ni son père n'avaient jamais assumé leurs responsabilités de parents.

Elle posa le pot de glace sur la table basse et prit son iPad. En cherchant sur Internet, elle trouva l'adresse d'un blog spécialisé dans les rumeurs concernant les personnages puissants d'Austin.

Il était grand temps que l'un de ses parents – en l'occurrence Henry Stewart – paye enfin pour sa négligence.

5

« Jared, ton père ne peut pas revenir. Son état de santé est encore trop fragile. »

Le lundi matin, dans l'ascenseur qui le menait jusqu'au dernier étage des bureaux de Robinson Holdings, Jared songeait à ce que sa mère lui avait dit la veille.

De son côté, son père avait été on ne peut plus clair :

« Il va falloir que tu deviennes enfin adulte et que tu fasses ce qu'il y a à faire. »

Il leva les yeux au ciel en se remémorant le ton particulièrement condescendant de son père. D'accord, il savait que ça ne serait pas facile de prendre la suite de Chris, mais il semblait bien que personne d'autre que lui, Jared, ne pouvait le faire.

Quand il sortit de l'ascenseur dans un de ses nombreux costumes sur mesure, il se sentait néanmoins différent de d'habitude. Cette fois, il posait sur les gens un regard neuf. Et au lieu de se contenter d'aller passer quelques heures en dilettante dans son bureau, il allait devoir prendre des décisions. La vie matérielle de la plupart des gens qu'il croisait dépendait de lui, et c'était un sentiment effrayant.

En ouvrant la porte de son bureau, il eut la surprise d'y trouver sa grand-mère.

— Grand-mère, je ne m'attendais pas à te voir.

Fait extraordinaire, elle sourit.

— Étant donné que la santé de Clay l'empêche de travailler

et que ton frère est Dieu sait où avec sa stripteaseuse, je suis venue en renfort.

— Je croyais que tu t'étais retirée des affaires depuis des années.

— Je fais toujours partie du conseil d'administration et je viens de temps à autre. Ça me permet d'entretenir mes petites cellules grises et de ne pas vieillir trop vite.

— Tu ne fais même pas cinquante ans.

— Inutile de me faire du charme, Jared. Réserve ça aux femmes dont tu brises le cœur à travers toute la ville. Il y a une réunion dans une heure. Mettons-nous au travail.

Deux heures plus tard, Jared avait déjà envie de jeter l'éponge. La réunion avait été une vraie foire d'empoigne, et de nombreux participants avaient spéculé sur l'avenir de l'entreprise maintenant que le P-DG avait disparu dans la nature. C'est alors que sa grand-mère avait lâché sa bombe : à savoir que *Jared* reprenait le poste de son frère Chris, durant l'absence de ce dernier. Certains administrateurs s'étaient révoltés, et d'autres avaient ouvertement éclaté de rire, croyant à une plaisanterie.

— Jared ne connaît rien à la gestion d'une entreprise de cette importance. Sa spécialité, ce sont les grosses voitures et les jolies femmes, avait même raillé un des membres les plus âgés du conseil d'administration.

— Jared manque peut-être un peu d'expérience, avait répondu Ruth, mais, quoi qu'il en soit, nul autre qu'un *Robinson* ne sera jamais à la tête de Robinson Holdings. Et j'ajoute que je serai sur place pour l'assister.

— Vous mettez la société en danger, intervint un autre membre du conseil d'administration.

— N'ai-je pas pris un risque également quand je vous ai embauché ?

Après cet échange, la réunion s'était poursuivie plus calmement, sa grand-mère menant les débats de main de maître. Ils étaient maintenant revenus dans son bureau et discutaient de la suite des événements autour d'un café.

— En tant que dirigeant, il va te falloir rester discret et surtout ne pas provoquer de scandale. Je ne tiens pas à ce qu'il se passe la même chose qu'avec ton frère.

— Je ne suis pas Chris, rétorqua Jared, qui avait l'habitude d'être très discret sur sa vie amoureuse.

— Tant mieux, parce que, tu l'as constaté, ils recherchent tous l'autorité. Donc, étant donné ta réputation d'homme à femmes, je crois qu'il est grand temps que tu te trouves une épouse.

— Je ne suis pas prêt pour le mariage. Peut-être un jour, mais en tout cas pas maintenant.

— Le conseil d'administration te suivrait bien plus volontiers si tu te rangeais, poursuivit-elle sans tenir compte de ce qu'il venait de dire.

— Ça n'est pas plutôt toi que ça rassurerait ?

— C'est du pareil au même.

— Tu n'as aucune raison de t'inquiéter, j'ai déjà une petite amie.

Seigneur, mais pourquoi avait-il dit ça ? En fait, Jared le savait parfaitement. Bien sûr, il aimait son frère, mais il en avait plus qu'assez qu'on le compare sans arrêt à Chris.

Sa grand-mère écarquilla les yeux.

— Et pourquoi n'ai-je jamais entendu parler de cette personne ?

— Parce que c'est récent.

Jared persistait dans le mensonge. Mais avait-il vraiment le choix ?

— Et comme les médias tournent toujours autour de moi comme des mouches, nous préférons que notre relation reste secrète.

— J'aimerais la rencontrer.

— C'est prématuré, grand-mère.

— Ridicule. Tu vas me l'amener et me la présenter, dit Ruth tout en prenant une pile de dossiers sur le bureau. Allez, au travail. Tu as un déjeuner d'affaires avec un client potentiel que Chris jugeait particulièrement intéressant, et il faut que tu te prépares.

Pour sa grand-mère, le sujet était peut-être clos, mais ça n'était pas le cas pour Jared. Il n'avait pas de petite amie. Ni même personne en vue. La plupart des femmes de son répertoire téléphonique n'étaient pas de celles qu'on ramène à la maison pour les présenter à sa grand-mère. Il allait falloir se mettre en quête parce qu'il lui fallait une fausse petite amie dans les plus brefs délais !

En route pour le très chic restaurant où elle avait rendez-vous avec la blogueuse Ally Peters, Morgan se sentait sûre de son fait. Elle était convaincue de faire ce qu'il fallait. Une fois qu'elle aurait révélé au grand public que Henry Stewart était son père, ce dernier ne pourrait plus cacher la vérité. Il serait contraint d'affronter la réalité et de prendre ses arguments en compte. Il se pouvait bien sûr qu'il ne réagisse pas, mais, d'après ce qu'elle avait appris de Nora Stewart, elle savait que cette dernière tenait beaucoup à sa réputation. Elle ne supporterait pas de voir le nom de leur famille traîné dans la boue. Donc, d'une manière ou d'une autre, la vérité éclaterait et plus personne n'oserait traiter Morgan d'affabulatrice.

Mais à quel prix ? demanda sa petite voix intérieure. La veille au soir, Fallon l'avait appelée, et Ayden lui avait envoyé des SMS. Tous les deux venaient en paix et ne voulaient que parler, mais l'heure n'était plus aux discussions. Il était temps de passer à l'action. La presse commençait déjà à se demander si son histoire était véridique. Heureusement, elle était rarement prise en photo et n'était pas sur les réseaux sociaux, donc personne n'avait pu trouver de photo d'elle récente. Un anonymat relatif qui lui convenait parfaitement.

Morgan gara sa Honda, et un voiturier apparut instantanément. Elle entra dans le restaurant, très élégante dans sa robe rayée courte, ses bottes et son Borsalino préféré.

— J'ai rendez-vous avec Ally Peters, annonça-t-elle à l'hôtesse.

La blonde sculpturale la guida jusqu'à un box en arc de cercle, où la journaliste l'attendait déjà. Ally Peters était très populaire, et son blog comptait plus de deux millions de followers.

La jeune femme rousse se leva à son arrivée pour la saluer.

— Installez-vous. J'ai déjà commandé de l'eau pétillante. J'espère que ça ne vous ennuie pas.

— Pas du tout.

— J'ai hâte que vous me racontiez tout, dit Ally en se frottant les mains, son visage en cœur illuminé par un grand sourire. Vous disiez avoir une révélation à faire concernant une riche famille d'Austin ?

— En effet, dit-elle avant de s'interrompre à l'arrivée d'une serveuse.

Après avoir commandé une sangria à la pêche, elle poursuivit :

— J'espère que vous pourrez enfin faire connaître la vérité. J'ai l'impression d'avoir été muselée jusqu'à présent.

— Je comprends. Et je vous écoute.

Morgan se penchait vers Ally quand une voix familière la coupa dans son élan. C'était impossible. Ils ne s'étaient vus qu'une fois, mais Morgan savait qu'elle n'oublierait jamais la voix de l'homme avec qui elle avait failli finir la soirée au lit. Quand il tourna la tête dans sa direction, le doute ne fut plus permis.

Jared.

Morgan retint son souffle. Il avait toujours ce regard langoureux, ces lèvres sensuelles dont les baisers avaient électrifié tout son corps.

— Vous disiez, Morgan ?

Ally interrompit le cours de ses pensées pour la ramener à leur conversation, mais l'esprit de Morgan était ailleurs. Elle ne pouvait détacher son regard de Jared, de sa bouche. Elle avait un peu la tête qui tournait. Elle s'était imaginé que jamais elle ne le reverrait. Quelle était la probabilité que leurs chemins se croisent à nouveau ? C'était sûrement le destin qui était à l'œuvre.

Puis Jared leva les yeux et son regard s'accrocha au sien de l'autre bout de la salle. Il était si brûlant et si profond que Morgan sentit ses joues rougir et un grand frisson lui parcourir l'échine. Ce fut elle qui détourna le regard la première.

— Qui regardez-vous avec autant d'intensité ? demanda Ally en se retournant pour explorer le restaurant des yeux.

Puis elle eut un grand sourire.

— Est-ce qu'il y a quelque chose entre Jared et vous ? Oh ! mon Dieu, ça serait si amusant. Ce matin, les journaux ont sorti un article sur son frère Chris qui se serait enfui avec une stripteaseuse. Et maintenant, ça...

— Il n'y a rien entre lui et moi, dit Morgan si précipitamment que la curiosité d'Ally n'en fut qu'attisée. Je le regardais parce que je le trouve très séduisant. Rien de plus.

— Et lui vous regardait aussi. Je suis sûre qu'il se passe quelque chose.

— Mais non. Et j'aimerais qu'on revienne à...

Morgan n'eut pas le temps d'achever sa phrase ; Jared était brusquement apparu devant leur table. Il était toujours aussi beau que le soir où elle l'avait rencontré, mais elle fut un peu étonnée par le costume gris et la cravate rayée bleu et blanc qui faisaient très homme d'affaires.

— Morgan, dit Jared.

Il n'avait d'yeux que pour elle et ne prêta aucune attention à Ally, qui était littéralement surexcitée.

— Jared.

— Est-ce que je peux m'asseoir ? demanda-t-il sans attendre de réponse et en prenant place en face de Morgan.

— Mais bien sûr, dit Ally.

Morgan, elle, était incapable de prononcer un mot, tout à son émotion de revoir en chair et en os le très sexy inconnu qui la faisait fantasmer depuis la soirée du mariage.

— Qu'est-ce que vous faites, Morgan ?

— Ally et moi bavardons au sujet d'un grand secret que je veux lui révéler.

Il fronça les sourcils.

— Vous pensez que c'est sage ?

— Ça ne vous regarde pas, dit vivement Morgan. Si j'ai bon souvenir, vous n'aimez pas jouer les preux chevaliers.

Le regard de Jared s'assombrit, et la tension sexuelle entre eux devint presque palpable. Morgan se passa la langue sur les lèvres, très sèches tout à coup, et Jared ne put s'empêcher de la regarder mais détourna bien vite le regard. Il semblait redouter de céder à la tentation.

Il se tourna vers Ally.

— Seriez-vous d'accord pour décaler votre rendez-vous avec Morgan ?

— Mais non..., commença Morgan, stoppée net par le regard noir que lui lança Jared.

— Mais bien sûr, dit Ally en récupérant son sac et sa tablette avant de se lever.

Morgan savait que la chroniqueuse mondaine se régalait d'avance de ce qu'elle allait pouvoir raconter sur Jared et elle, et qu'elle se moquait bien de Henry Stewart désormais.

Jared était en train de tout gâcher. Pourquoi avait-il fallu qu'il se trouve dans ce restaurant justement aujourd'hui ?

Ally fouilla dans son sac et en sortit une carte de visite qu'elle tendit non à Morgan mais à Jared.

— Appelez-moi. J'adorerais bavarder un peu plus longuement avec vous, lui dit-elle avec un clin d'œil avant de gagner la sortie du restaurant.

Morgan fulminait sur place.

— Non mais de quel droit...

Elle n'eut pas le temps d'en dire davantage : Jared s'était glissé à côté d'elle et déjà sa bouche était sur la sienne.

Jared était incapable de se contrôler quand il s'agissait de Morgan, et, quand il l'avait vue en compagnie de Ally, la célèbre chroniqueuse mondaine, son cœur s'était mis à battre violemment dans sa poitrine. Il savait ce qu'elle s'apprêtait à faire. Elle allait mettre sa vie en l'air. *Il fallait qu'il l'en empêche.* Il n'avait bien sûr pas prévu de l'embrasser, mais maintenant il ne pouvait plus se rassasier d'elle. Il aurait pu rester des heures à l'embrasser. À goûter l'arôme fruité de ses lèvres, si douces. N'y tenant plus, il força un peu sa bouche et leurs langues se rencontrèrent. Instantanément, il eut envie d'elle. Mais ils étaient dans un lieu public ; il fallait qu'il se contienne.

Les joues rosies et la bouche encore humide de leur baiser, Morgan le regardait.

— M'avez-vous embrassée pour me faire taire ?

— Peut-être, dit-il en souriant. Ça a marché ?

Morgan se mordit les lèvres, et Jared sentit le désir l'envahir.

— Vous savez très bien que oui. Mais m'empêcher de parler avec Ally ne changera rien. J'ai la ferme intention de faire toute la lumière sur ce qui s'est passé.

— Et dans quel but ? Ce n'est pas ce qui incitera Henry à vous accepter. Je pense même que lui et les autres Stewart pourraient vous en vouloir de ternir leur réputation. Est-ce que vous y avez songé ? Avez-vous pensé à votre frère Dane ?

— À son retour, il trouvera ma lettre de démission. Je ne peux pas continuer à travailler pour lui après tout ce qui s'est passé.

— À mon avis, c'est une erreur. Dane aura certainement envie de mieux vous connaître. Mais au-delà de ça, vous ne pensez pas qu'il a assez souffert de son exposition dans les médias l'année dernière sans que vous révéliez un autre secret de famille ?

Morgan demeura silencieuse. Il espérait qu'elle allait entendre raison. Les médias avaient littéralement harcelé le pauvre Dane quand on avait découvert qu'il était tombé amoureux d'Iris, une femme qui avait utilisé son don de sperme anonyme pour tomber enceinte. Leur histoire d'amour avait fait les choux gras de la presse, et il ne voulait pas que son ami ait de nouveau à subir ça. Ni Morgan.

— Qu'est-ce que vous voudriez que je fasse ? finit-elle par demander.

— Que vous soyez patiente et que vous m'écoutiez. Parce que j'essaie de vous sauver de vous-même. Puis-je vous rappeler vos exploits au mariage ? Vous avez fait votre grande révélation au plus mauvais moment, vous vous êtes enivrée et vous avez tenté de passer la nuit avec un parfait inconnu.

— Vous n'êtes plus un inconnu, répondit Morgan. Maintenant, je connais votre nom. Jared Robinson.

— C'est vrai, dit-il, sans pouvoir réprimer un sourire.

— Dites-moi, monsieur Robinson, pourquoi êtes-vous parti sans...

— Sans vous avoir fait l'amour ?

Morgan rougit, visiblement embarrassée par son franc-parler.

— Pourquoi ? N'importe quel autre homme aurait profité de l'occasion.

— Je ne suis pas n'importe quel homme.

— Non, c'est vrai.

— Merci. Et je vais continuer à vous étonner en vous proposant un marché que vous ne pouvez pas refuser.

— Et lequel ?

— J'ai besoin d'une petite amie. Pour la galerie. Et je pense que vous seriez parfaite dans ce rôle. Qu'en dites-vous ?

6

Morgan éclata de rire. Vraiment, elle ne savait pas quoi penser de Jared Robinson. Parfois, il était le séduisant inconnu qu'elle avait rencontré à un mariage. Et à d'autres moments, il était un preux chevalier qui s'élançait à son secours. Il n'arrêtait pas de souffler le chaud et le froid, et elle ne parvenait pas à le percer à jour.

— Qu'y a-t-il de si drôle ? dit Jared, les sourcils froncés.

— Vous plaisantiez, non ? demanda Morgan après avoir vaincu son fou rire.

— Pas du tout.

Jared s'était rembruni, et Morgan comprit qu'elle s'était méprise.

— Vous êtes sérieux ? Vous voulez que je joue votre petite amie ? Mais pourquoi ? Si j'en crois Ally, vous collectionnez les conquêtes. Il n'y a aucune raison que vous ayez besoin d'une fille comme moi.

— Peut-être que je n'ai pas *besoin* d'une fille comme vous mais que vous êtes la fille que je *veux*.

Le cœur de Morgan fit un bond.

— Mais pourquoi ?

— Ça me paraît évident. Vous êtes une très belle femme, et je suis très attiré par vous, Morgan. Et, si je ne m'abuse, cette attirance est réciproque. Nous pourrions donc profiter mutuellement de la compagnie de l'autre tandis que vous m'aideriez à améliorer mon image.

— Pourquoi votre image est-elle soudain devenue si importante ?

— Mon frère Chris, qui gérait l'entreprise, a pris la poudre d'escampette avec une stripteaseuse. Il est parti sans laisser d'adresse, et la famille et le conseil d'administration attendent de moi que je comble le vide. Et, étant donné ma réputation, la pilule serait sans doute plus facile à avaler pour eux si j'étais un peu plus... *posé*.

— C'est-à-dire engagé dans une relation ?

Il pointa le doigt vers elle.

— Vous avez tout compris.

— Et quel serait l'intérêt pour moi ?

Il eut un sourire séducteur.

— De passer du temps en mon agréable compagnie. En tant que petite amie, vous ne manqueriez de rien. Et en prime, vous pourriez profiter de la famille que vous avez toujours désirée - *la mienne* - pour une période limitée. Une fois que le conseil sera calmé, nous mettrons un terme à notre association.

— C'est surtout vous qui avez tout à y gagner, dit Morgan avant de prendre une petite gorgée de sa sangria. Et aussi tentante que soit la proposition de passer du temps avec vous et d'emprunter votre famille, je vais devoir décliner l'offre.

— Pourquoi ? Avez-vous quelque chose d'urgent à faire ailleurs ? Ou un amoureux dont vous ne m'auriez pas parlé ?

Morgan eut un petit rire. Elle n'avait jamais eu de petit ami parce qu'elle n'avait jamais autorisé aucun homme à devenir vraiment proche d'elle. Depuis le viol dont elle avait failli être victime, elle avait peur de l'intimité avec les hommes. À l'université, elle avait vu ses amies tomber amoureuses puis rompre pour mieux chercher une autre âme sœur, mais à elle ça ne lui était jamais arrivé. Elle avait même craint de ne pas être normale de ce point de vue-là. Jusqu'à Jared. Jusqu'à cette nuit où elle avait embrassé un inconnu.

— Alors ?

Il attendait toujours la réponse à sa question.

— Il n'y a personne d'autre.

Ses épaules ne s'étaient-elles pas visiblement détendues ? se demanda Morgan. Mais peut-être projetait-elle ses sentiments.

— Alors, pourquoi non ?

— Parce que j'essaie de comprendre quelle est ma place dans ce monde. Peut-être qu'elle n'est pas parmi les Stewart, mais elle n'est pas avec vous non plus.

— Je comprends. Mais vous n'avez pas dit que vous aviez donné votre démission à Dane ? Donc, vous n'avez pas de travail en ce moment. Alors, pourquoi ne pas rester un peu à Austin ? Ensuite, quand nous reprendrons chacun notre liberté, je pourrais vous aider. J'ai de nombreuses relations et, quels que soient vos objectifs, je peux vous aider à les atteindre. Allez, dites-moi comment vous convaincre d'accepter.

Morgan leva les yeux vers lui. Son visage à la mâchoire bien dessinée était à la fois si viril et si parfait. Et la coupe impeccable de son costume lui conférait un je-ne-sais-quoi de rassurant et de confortable. Morgan se sentait comme hypnotisée. *Était-ce pour ça qu'elle se surprenait à songer sérieusement à sa proposition ?* Allait-elle jeter aux orties tout sens commun et se lancer dans l'inconnu ?

Non. Il fallait qu'elle réfléchisse. Qu'elle reste logique. Arrachant son regard au sien, elle baissa les yeux un moment. Il n'avait aucun scrupule à lui faire cette offre choquante parce que, dans son univers à lui, les femmes n'étaient que des objets dont il pouvait se débarrasser quand il en avait fini avec elles. Avant d'accepter, Morgan devait s'assurer que sa situation s'en trouverait améliorée, parce que rien ne garantissait que Henry finirait par l'accepter au sein de la famille Stewart. Ce qui signifiait qu'elle devait se débrouiller toute seule. Maintenant qu'elle avait démissionné, elle allait devoir retrouver du travail et elle se refusait à demander l'aide de son frère.

— Je veux travailler pour une plate-forme Internet ou dans la production audiovisuelle, dit Morgan.

Elle adorait le cinéma.

— J'ai travaillé pendant un an avec Dane et j'ai beaucoup appris. Sans oublier que j'ai étudié l'écriture de scénarios à l'université.

— Je ferai en sorte que ça marche, répondit Jared. Donc, je peux vous considérer comme ma petite amie à compter de maintenant ?

— Oui. On se serre la main ?

— J'ai une meilleure idée.

Il se rapprocha d'elle sur la banquette, et elle comprit ce qu'il avait en tête. Il se pencha vers elle, et sa bouche vint prendre possession de la sienne.

Jared n'avait pas pu résister à l'envie de l'embrasser. Morgan était à la fois si douce et si honnête. Il appréciait sa franchise. Trouvait ça particulièrement excitant. Son baiser fut donc passionné, et la façon dont Morgan l'attira à elle et dont ses lèvres tremblaient lui prouva qu'elle était aussi soumise à son désir que lui. Puis il se redressa doucement pour la regarder.

— C'est réglé. Vous êtes à moi.

Mais son ton possessif sembla contrarier Morgan ; la passion qu'il lisait un instant plus tôt dans ses grands yeux noisette disparut d'un coup.

— Je n'appartiens ni à vous ni à personne. Je vais vous aider et en retour vous m'aiderez à exercer le métier de mes rêves.

Morgan ne ressemblait pas aux femmes qu'il fréquentait habituellement. Elle était largement aussi belle, bien sûr, mais il la trouvait trop spontanée. En général, ses maîtresses avaient des manières plus raffinées et les conversations avec elles étaient plus convenues. Ces femmes l'accueillaient volontiers dans leur lit à cause de son nom et de sa réputation dans ce domaine précis, mais il y avait une pureté chez Morgan qui lui laissait penser que son comportement à La Jolla avait été très inhabituel pour elle.

— Bon. Quelle sera ma première mission ?

— De convaincre ma grand-mère, Ruth, que notre relation est bien réelle.

— Ça ne devrait pas être trop difficile de convaincre une gentille vieille dame que nous sommes en couple, dit-elle avec un sourire.

— On voit que vous ne la connaissez pas. C'est une femme de caractère. Elle a aidé mon grand-père à fonder l'entreprise.

— Ça doit être une femme formidable.

— En effet. Et elle est très intelligente aussi. Il va falloir être très performants si on veut qu'elle nous croie. Autrement dit, il faudrait qu'on apprenne à bien se connaître. Sinon, elle sentira que quelque chose cloche.

— Étant donné que j'ai démissionné, mon emploi du temps n'est pas très chargé, dit Morgan en s'adossant à la banquette.

Il prit son iPhone dans sa poche.

— Parfait. Donnez-moi votre numéro. J'ai une réunion, mais je vous appelle ensuite, dit-il en se levant. Nous allons faire une bonne équipe, vous et moi.

Puis il sortit du restaurant au plus vite. Morgan était la tentation incarnée, et il risquait de se laisser distraire en essayant de la séduire. Il allait falloir qu'il s'assure qu'ils ne seraient pas seuls trop souvent. Sinon, il était convaincu que leur petit arrangement prendrait un tour bien trop personnel.

Venait-elle réellement d'accepter de prétendre être la petite amie de Jared ? se demandait Morgan en pénétrant dans le hall de son hôtel cet après-midi-là. Et à quoi est-ce que ça l'engageait, exactement ? Ils n'étaient pas entrés dans les détails ; il avait seulement dit qu'il s'occuperait d'elle. Est-ce que ça signifiait qu'il allait payer sa note d'hôtel ?

À peine était-elle rentrée dans sa chambre, qu'elle entendit toquer à la porte. Pourtant, elle n'attendait pas de visite. Pieds nus, elle alla jusqu'à la porte et regarda par le judas. C'était Ayden.

— S'il vous plaît. J'aimerais qu'on discute.

Morgan ouvrit.

— Pourquoi voudriez-vous me parler alors que je fais comme si vous n'existiez pas ?

— Parce que vous êtes ma sœur, dit Ayden en entrant sans y être invité.

Morgan referma la porte et se tourna vers lui, les bras croisés. Son frère était un bel homme, il ressemblait à leur père.

— Donc, vous me croyez ?

— Bien sûr, dit-il en fronçant les sourcils. Pourquoi Henry n'aurait-il pas trompé Nora comme il trompait ma mère ?

— Merci, souffla-t-elle en allant s'installer dans le coin salon.

Ayden s'assit à côté d'elle.

— Il y a des années, j'ai promis à Fallon de devenir un meilleur grand frère… Je suis ici pour ça aujourd'hui aussi. La vie n'a pas été facile pour vous.

Morgan ne put réprimer un petit sourire. Elle n'avait aucune envie de l'apprécier, mais elle n'arrivait pas à s'en empêcher.

— Ayden…

— Peu importe ce que dit notre père, vous êtes sa fille… Ma sœur.

— Pourquoi refuse-t-il de reconnaître la vérité ?

Ayden haussa les épaules.

— Par orgueil, sans doute. J'aime autant vous prévenir, Henry n'est pas quelqu'un de facile à aimer.

— Comment avez-vous pu lui pardonner après tout ce qu'il vous a fait ?

Morgan connaissait l'histoire d'Ayden : Henry avait divorcé de sa mère, Lillian, pour épouser Nora, avec qui il la trompait. Il avait donné un peu d'argent à Lillian et n'avait reconnu Ayden que très récemment.

— Je ne lui ai pas pardonné, répondit Ayden. J'ai juste appris à accepter les choses que je ne peux pas changer pour préserver la paix dans la famille, mais je n'ai rien oublié. Comme avec vous, il n'a jamais reconnu qu'il avait quelque chose à se reprocher.

— Je ne suis pas sûre d'être aussi magnanime.

— Que se passera-t-il si Henry ne vous reconnaît jamais ? Non, Morgan, il faut continuer à avancer. Vous ne pouvez pas passer toute votre vie à attendre une chose qui n'arrivera peut-être jamais. Croyez-moi. Je parle d'expérience.

— En tout cas, merci d'être venu me voir. Ça me touche beaucoup.

— Fallon voulait venir, mais Dylan est malade et elle est restée avec lui. Tous les deux – et Dane aussi, j'en suis sûr –, nous sommes de votre côté.

— Vous avez des nouvelles de Dane, au fait ?

Ayden secoua la tête.

— Ça m'étonnerait qu'on en ait. Après avoir été sous les feux de la rampe pendant six mois, lui et Iris aspiraient à quelques semaines de tranquillité. Les parents d'Iris s'occupent de Jayden, dit-il en lui prenant la main. Dane vous en voudra peut-être un peu au début, mais il finira par vous accepter, tout comme Fallon et moi.

— Vous vous débrouillez plutôt bien comme grand frère, dit Morgan avec un sourire.

— J'ai de l'entraînement, dit-il en se levant. Bon, je vous laisse, mais, si vous avez besoin de quoi que ce soit, je suis là.

Il s'avança vers elle et la prit dans ses bras.

Morgan n'aurait jamais cru avoir un tel besoin de tendresse fraternelle. Un nœud se forma dans sa gorge quand il se détacha d'elle.

— On se revoit très vite, d'accord ? dit Ayden en lui caressant la joue.

Quand il fut parti, elle songea qu'Ayden devait savoir mieux que personne ce qu'elle avait vécu. Avait-il raison ? Devait-elle renoncer au désir d'être reconnue par son père ? Morgan n'était pas sûre de pouvoir y parvenir, mais elle allait essayer.

7

Le reste de la semaine, Jared surprit à la fois sa grand-mère et le conseil d'administration en travaillant douze heures par jour. Bien sûr, en tant que directeur du marketing, il était au courant des affaires en cours, mais il n'avait jamais été impliqué dans le stade de développement d'un projet, pas plus que dans sa phase finale.

Mais avec l'aide de Ruth, il était en train d'apprendre tout ça. La peur se mêlait à l'excitation, mais le respect qu'il lisait à présent dans les yeux de ses pairs lui donnait peu à peu confiance en lui. Il n'était plus le dilettante que tous avaient connu. Il mettait les mains dans le cambouis et découvrait à sa grande surprise que ça lui plaisait beaucoup.

Au point que le vendredi en fin de journée, il réalisa que la semaine s'était écoulée sans qu'il ait contacté Morgan. Il se sentait un peu minable de ne pas lui avoir donné de nouvelles, mais il comptait bien se rattraper et tenir sa part du marché.

Il était presque l'heure de dîner. Non seulement ce serait agréable de passer la soirée avec une belle femme, mais sa grand-mère ne manquerait pas de remarquer toute anomalie, aussi fallait-il également qu'il s'assure que Morgan et lui pourraient assurer le spectacle. Il prit son téléphone et composa son numéro.

— Ah. Vous ne m'avez pas oubliée, finalement ?

— Vous oublier ? C'est impossible. Mais la semaine a été très chargée au bureau. Mon frère avait pas mal de projets en cours, et je n'ai pas arrêté une seconde. Êtes-vous libre pour dîner ce soir ? Je me suis dit que nous pourrions aller manger un morceau dans mon restaurant préféré.

— Bien sûr. À quelle heure ?

— Je peux passer vous prendre dans une heure.

— Parfait. Je peux vous retrouver directement là-bas. Donnez-moi l'adresse.

Pourquoi fallait-il qu'elle soit si obstinée ?

— Je ne suis pas du genre à laisser mon amie arriver seule au restaurant, répondit Jared. Ça étonnerait tout le monde. Je passerai vous prendre à 19 heures.

— Très bien.

Morgan lui donna l'adresse de son hôtel, et il sourit. Elle commençait à comprendre : il obtenait toujours ce qu'il voulait.

En ouvrant la porte, Morgan se prit à espérer que son maquillage et ses cheveux étaient parfaits parce que le Jared qui se tenait face à elle avait tout de l'homme de pouvoir, avec son costume sur mesure mettant en valeur ses larges épaules.

Il sourit, et ses fossettes et ses lèvres pleines achevèrent de la faire craquer. Il était irrésistible.

Sexy. Vraiment trop sexy.

Sous son regard qui balayait son corps, son cœur se mit à battre la chamade.

— J'espère que ce que je porte convient à l'endroit où nous allons.

— Vous... Heu... C'est bien, dit-il d'une voix un peu étranglée.

— Bien ? Je m'attendais à un commentaire plus enthousiaste.

Jared s'éclaircit la voix tandis que son regard suivait lentement les courbes de son corps moulé dans une robe noire sans bretelles. Sa mâchoire se crispa légèrement.

— Que diriez-vous de *sexy* ?

Elle leva les yeux vers lui et, quand leurs regards se rencontrèrent, elle sentit comme des papillons dans son estomac.

— Ça me va, dit-elle, avant de sortir dans le couloir et de refermer la porte de sa chambre.

Pas question qu'elle le laisse entrer. Il la regardait avec un air trop gourmand.

Une main posée au creux de son dos, Jared marcha à ses côtés jusqu'à l'ascenseur. Bizarrement, Morgan ne trouvait pas son attitude déplacée. Au contraire, elle se sentait comme protégée.

À sa grande surprise, une fois dans le hall de l'hôtel, Jared lui prit la main et elle ne retrouva son souffle qu'une fois installée sur le siège passager de sa Porsche.

Il fallait qu'elle se reprenne. Tout ça n'était que de la comédie. Jared ne la voulait pas elle. Il avait juste besoin d'une petite amie pour donner le change à sa grand-mère... Ce qui n'empêchait pas une partie d'elle d'avoir envie que tout ça soit réel.

Jared l'emmena dans un restaurant à la fois bar et club de jazz qui n'avait rien de l'endroit clinquant où elle pensait passer la soirée. Elle s'était imaginé qu'il voudrait être vu par les célébrités du coin, mais non.

— Ça ne va pas ? lui demanda Jared après que le propriétaire des lieux les eut installés à une petite table discrète. Le restaurant ne vous plaît pas ?

— Si, j'adore, dit Morgan avec un sourire. Mais je n'aurais pas pensé que vous aussi.

— Parce que je suis un sale gosse de riches ?

Elle éclata de rire.

— Il n'y a rien de mal à apprécier les choses raffinées. C'est comme ça que vous avez été élevé.

— Mais j'aime aussi la bonne cuisine simple, répondit Jared en consultant la carte.

— Je ne voulais pas vous blesser. C'est juste que je pensais que vous voudriez qu'on nous voie. C'est d'ailleurs pour ça que j'ai choisi cette robe.

— Et elle est parfaite. Quant au restaurant, j'avais envie que nous puissions discuter tranquillement à l'abri des oreilles indiscrètes.

— Merci.

Le patron arriva avec une bouteille de vin rouge et leur servit deux verres.

— Portons un toast à cette soirée, dit Jared, où je compte en apprendre un peu plus sur vous.

Morgan fit tinter son verre contre celui de Jared. Elle aussi avait hâte de découvrir ce que cette soirée leur réservait.

Par-dessus son verre, Jared contemplait Morgan. Ce soir, elle avait relevé ses cheveux en un élégant chignon qui dégageait son cou et son visage à la peau couleur caramel. Le maquillage *smoky* de ses yeux les rendait encore plus ensorcelants. Tout à l'heure, quand elle avait ouvert la porte et qu'il avait aperçu son décolleté, il avait eu envie de la repousser dans sa chambre pour pouvoir l'embrasser et caresser tout son corps jusqu'à en perdre la raison.

Au lieu de quoi, ils étaient dans son restaurant préféré, à faire comme s'ils n'étaient pas irrésistiblement attirés l'un par l'autre. Ses yeux se posèrent sur sa bouche tandis qu'elle lui parlait de son enfance à Las Vegas. Il adorait sa façon de s'humecter de temps en temps les lèvres, et ça ne faisait qu'attiser son désir. Elle le troublait, et ce, depuis le premier soir, quand elle essayait de s'armer de courage pour aller parler à son père.

D'ailleurs, où était sa mère dans tout ça ?

— Je sais qui est votre père, mais votre mère, vous n'en parlez pas. Où est-elle ? Elle vit toujours à Vegas ?

— Elle est morte, dit Morgan en secouant la tête.

— Oh ! je suis désolé. Elle doit beaucoup vous manquer.

— Nous n'étions pas très proches. Elle n'a jamais été vraiment là pour moi.

— D'où votre envie que votre père fasse partie de votre vie ?

— Ça ne m'a pas vraiment manqué, dit-elle en tendant la main vers son verre.

Il sentait que Morgan dissimulait ses vrais sentiments. Elle ne serait pas venue jusqu'à Austin retrouver Henry si le fait d'avoir un père lui avait été aussi indifférent. Maintenant que sa mère était morte, elle était seule au monde. Mais il préféra ne pas insister.

— Ma mère est l'exact contraire. Pour elle, la famille compte plus que tout et elle s'est accomplie en nous élevant, mon frère et moi.

— C'est merveilleux.

Morgan baissa les yeux, et il vit qu'elle était triste. Il changea de sujet.

— Parlez-moi de votre premier petit ami.

— Subtile transition, dit-elle avec un petit rire. Je n'en ai pas vraiment eu, sauf si on compte Victor Nelson. Et il n'y a pas grand-chose à en dire. C'était un intello fou de cinéma qui essayait de me voler des baisers à la bibliothèque.

— Très excitant. Et vous n'avez jamais fait le mur pour aller en boîte de nuit avec une fausse carte d'identité ?

— Non, dit Morgan en secouant la tête. J'étais très sage parce que j'étais bien décidée à avoir une meilleure vie que celle de ma mère. Vous, en revanche, quelque chose me dit que vous avez beaucoup fait la fête.

— Eh, oui. Je ne peux pas le nier, j'aime m'amuser. Mais à l'époque, j'avais un compagnon de virée.

— Dane ?

Il hocha la tête.

— Lui et moi, nous étions des voyous. On séchait les cours, on draguait des filles et on conduisait des bolides. Nos parents étaient désespérés, et les miens ont fini par m'envoyer en pension.

— Ce qui n'a pas arrangé les choses ?

— Non, dit-il avec un sourire. Ils pouvaient juste encore moins me surveiller.

— Ne me dites pas qu'un homme aussi séduisant que vous n'a jamais été amoureux...

Jared la regarda. Il espérait qu'elle ne commençait pas à imaginer des histoires de mariage, de bébés et de jardins sagement clôturés d'une barrière blanche. Ils avaient passé un simple accord, et ça n'irait pas plus loin.

— Je ne peux pas dire que ça m'intéresse. Et vous ? Un grand amour qui s'en est allé ?

— Non. On ne peut pas dire ça.

— Alors, nous sommes bien assortis, dit-il en laissant son regard glisser vers son décolleté.

Il se pencha et recouvrit sa main de la sienne. Il avait le corps comme électrisé, mais il faisait tout pour dissimiler l'ardent désir qu'il éprouvait.

— Je crois que nous devrions commander, dit Morgan.

Il obtempéra et fit signe au serveur. On ne tarda pas à leur apporter leurs plats. Tout en mangeant, Jared s'interrogeait sur les réticences de Morgan. Pourquoi faisait-elle comme si elle ne le désirait pas alors qu'il sentait bien que c'était faux ? Leurs baisers avaient été fougueux ; il se rappelait encore le goût de sa bouche, et tout son corps réclamait davantage.

Le regard intense de Jared la brûlait, et Morgan avait du mal à respirer. Dans sa poitrine, son cœur s'emballa.

Chaleur. Désir. Besoin. Tout se mêlait, et elle sentit la pointe de ses seins durcir. La tension sexuelle entre Jared et elle était presque insupportable, et elle ne savait pas comment réagir. Elle n'était pas dans son élément, et cette fois elle ne pouvait pas tenter de masquer son malaise avec du whisky.

— Pourquoi me repoussez-vous ? demanda Jared. Il me semblait pourtant que ce soir-là, à votre hôtel, vous étiez prête à passer la nuit au lit avec moi.

Un nœud se forma dans sa gorge.

— C'était différent.

— Vous n'allez quand même pas invoquer l'excuse bidon que vous aviez trop bu ?

— Non. Mais ce soir-là, j'étais particulièrement à cran.

Elle poursuivit malgré l'air franchement dubitatif de Jared :

— J'étais bouleversée d'avoir été rejetée par Henry.

— Peut-être que les choses seraient plus claires si vous ne souffliez pas sans arrêt le chaud et le froid.

— Pardon si je vous envoie des signaux brouillés. Dans ce cas, soyons clairs. Ça n'est pas parce que j'ai accepté de faire semblant d'être votre petite amie qu'il faut vous faire des idées. Il vaut mieux que notre relation reste purement platonique, ça sera plus simple. Maintenant, si vous voulez bien m'excuser, j'ai besoin d'aller me repoudrer le nez.

Elle se leva d'un bond et courut vers les toilettes pour dames.

Morgan savait pertinemment qu'elle fuyait. Qu'elle cherchait à échapper à une attirance dont l'intensité l'effrayait. Si elle se laissait aller, il pourrait très facilement devenir son premier amant.

Et est-ce que ça serait si affreux ? demanda sa petite voix intérieure.

Il était peut-être temps d'arrêter de vivre dans la peur et de prendre enfin des risques. Parce que, si ça n'était pas vraiment de l'amour, c'était indéniablement de la passion physique.

Elle se regarda dans le miroir. Ses joues étaient rouges et son front légèrement en sueur. Voilà l'effet que Jared produisait sur elle.

Allez, reprends-toi.

Quand elle le rejoignit à leur table, Jared semblait songeur.

— Désolé si je vous ai choquée en étant aussi direct. Je vais me plier à vos conditions, dit-il en jetant un œil derrière elle. Ah, voilà le dessert. La crème brûlée de Martin est à tomber.

Morgan eut un sourire timide. Avait-elle gâché la soirée à cause de ses peurs ? Elle sentait bien qu'un homme tel que Jared n'insisterait pas longtemps si elle le repoussait sans arrêt.

Décidément, Jared ne comprenait pas l'attitude de Morgan. Il était évident qu'ils étaient très attirés l'un par l'autre, mais elle ne voulait pas le reconnaître.

Quelque chose la bloquait.

Ils avaient un peu abordé son passé, et il était curieux d'en savoir davantage. En général, quand une femme refusait ses avances, il passait sans état d'âme à la suivante, mais avec Morgan c'était différent. Et pas seulement parce qu'elle avait accepté de l'aider.

C'était autre chose. Il y avait plus. Jared ne parvenait pas à mettre le doigt dessus, mais il y avait quelque chose de mystérieux chez elle. Il fallait absolument qu'ils se revoient très vite et qu'il découvre comment fonctionnait la troublante Morgan Stewart.

Mais il allait falloir qu'il l'approche en douceur. Il lui faudrait être délicat et tendre. Écouter ce qu'elle dirait… et ne dirait pas. Ce n'était que comme ça qu'il aurait une chance de comprendre cette femme si incroyablement complexe.

Après le dîner, Jared reconduisit Morgan à son hôtel. Dans la voiture, l'atmosphère était tendue et le silence pesant. Morgan avait l'impression d'avoir tout gâché en se montrant aussi prude. Jared Robinson, l'homme le plus sexy qu'elle ait jamais rencontré, la *désirait* et n'avait pas eu peur de le lui montrer. Et elle, elle l'avait repoussé.

Pas étonnant qu'il soit en colère. Elle n'aurait pas été surprise qu'il décide de mettre un terme à leur arrangement. Personne n'avait envie de passer du temps avec une fille coincée. Pourquoi ne pouvait-elle pas être normale, comme tout le monde ?

Quand la voiture s'arrêta, Morgan constata qu'ils avaient remonté l'allée de l'hôtel. Un voiturier s'avança vers eux, mais Jared secoua la tête et ils restèrent assis dans la Porsche. Ce fut Jared qui rompit enfin le silence.

— Je suis désolé d'avoir été aussi pressant. Vous préférez que notre relation reste platonique, et je respecterai votre vœu. Mais je ne peux pas vous promettre que je ne serai pas tenté… parce que vous êtes une femme magnifique.

— Merci, dit Morgan en lui lançant un regard timide.

— J'ai pris la liberté de régler votre note d'hôtel, poursuivit Jared. J'espère que ça ne vous dérange pas. Nous n'avons pas discuté des modalités, mais, comme on ne sait pas combien de temps vous allez rester à Austin, j'ai pensé que vous pourriez loger dans un de nos appartements de fonction. Ça sera plus confortable qu'à l'hôtel.

— C'est une excellente idée, Jared.

— Bien. Je demanderai à mon assistante de tout organiser et de vous appeler.

Il sortit de la voiture et vint ouvrir la portière côté passager pour que Morgan puisse descendre.

— Il faudrait qu'on se revoie avant que vous ne rencontriez ma grand-mère, dit-il en la reconduisant jusqu'à l'ascenseur. Dans des conditions qui ne vous mettent pas mal à l'aise, qui ressemblent moins à un rendez-vous amoureux. Qu'en dites-vous ?

— C'est parfait. Vous êtes vraiment très fort pour retourner une situation.

— Et encore, vous n'avez pas tout vu, dit-il en lui adressant un clin d'œil tandis qu'elle entrait dans l'ascenseur.

Une fois les portes refermées, Morgan s'adossa à la paroi et poussa un profond soupir. Finalement, elle n'avait pas tout gâché. Jared n'avait pas mis fin à leur accord et il l'aiderait à réaliser son rêve professionnel. Alors, pourquoi avait-elle l'impression d'avoir perdu quelque chose de vital pour elle ?

8

— Alors, quand est-ce que je rencontre ta petite amie ? demanda sa grand-mère qui était arrivée sans s'annoncer chez ses parents le dimanche suivant.

Comme la journée était belle, ils déjeunaient sous le porche.

— Bientôt. Nous ne nous connaissons pas depuis longtemps, et je ne veux pas l'effrayer en lui présentant ma famille trop vite.

— Ridicule. C'est précisément pour ça qu'elle doit nous rencontrer. Pour voir si elle sera à la hauteur. Nous ne sommes pas des gens faciles d'accès.

Comme elle avait raison ! Ni sa grand-mère ni son père ne croyaient aux vertus des embrassades et des câlins. Dans leur univers, on gagnait ou on perdait. Jared se rappelait un jour quand il avait sept ans et qu'il faisait partie d'une équipe de football. Son équipe avait perdu le tournoi, mais ils avaient quand même reçu des trophées. De retour chez eux, son père lui avait confisqué sa récompense.

« Dans la vie, il n'y a qu'un seul gagnant. Et tu as perdu. Il faut que tu l'acceptes et que tu te battes pour gagner la prochaine fois. » Jared n'avait jamais oublié la leçon.

— Je viendrai avec Morgan le week-end prochain.

— Parfait. Espérons que tu n'es pas allé la pêcher dans un bar comme ton frère.

— Ne soyez pas si dure, Ruth, dit la mère de Jared. Je sais que vous désapprouvez ce qu'a fait Chris, mais nous ne connaissons pas toute l'histoire.

— Personnellement, j'en sais suffisamment. Il a tourné le dos à l'entreprise et à la famille.

Mary Robinson se tourna vers son mari. Mais Clay n'avait pas l'habitude de s'opposer à sa mère, aussi Jared intervint-il :

— Maman a raison. Ne dis pas de mal de Chris alors qu'il n'est pas là pour se défendre.

Comment pouvait-il envisager de mêler Morgan à cette famille qu'il avait lui-même tant de mal à supporter ? Il pria pour que ce soit la Morgan pleine de courage qui avait osé affronter Henry en public qui vienne le dimanche suivant. Sinon, sa grand-mère n'en ferait qu'une bouchée.

Cet après-midi-là, Morgan emménagea dans le magnifique appartement d'angle situé au 31e étage du Residences at W Austin. Elle était impressionnée par cet immense espace sans cloisons, au parquet de chêne blanchi, à la luxueuse cuisine avec ses plans de travail en quartz, aux hauts plafonds et aux immenses baies vitrées. Quant à la chambre principale, elle était somptueuse et dotée de sa propre salle de bains avec baignoire et douche à l'italienne.

Morgan se laissa tomber sur le canapé en cuir beurre frais et poussa un long soupir. Était-ce le genre de vie qu'elle aurait connu si elle avait grandi dans la famille Stewart ? En tout cas, il ne fallait pas qu'elle s'y habitue. Même si ses sentiments pour Jared grandissaient de jour en jour, elle ne devait pas oublier que leur accord n'était que temporaire.

Elle le trouvait charmant, drôle et sexy, mais il y avait plus chez Jared que le play-boy pour lequel il tenait à se faire passer. Finirait-il par baisser un peu la garde et lui montrer son vrai visage ? Elle espérait le découvrir lors de leur prochain rendez-vous, qu'elle attendait avec impatience. Et un peu d'inquiétude aussi. Il avait réveillé sa sensualité, mais c'était justement ce qui lui faisait peur.

Depuis que Troy l'avait agressée, elle fuyait les relations intimes. Mais sans doute un homme aussi expérimenté que Jared lui permettrait-il de surmonter ses peurs. Pouvait-elle s'autoriser à montrer ses sentiments ? Elle en doutait, parce que, ce qu'elle redoutait le plus, c'était de perdre le contrôle. D'un autre côté, quand elle était dans les bras de Jared, tout le reste disparaissait et elle se sentait pleinement vivante.

Était-ce suffisant pour qu'elle sorte de sa zone de confort ?

Jared avait envie d'étrangler le gros client dont il était obligé de s'occuper. Normalement, ça n'était pas son rôle, mais cette fois il devait jouer les agents immobiliers et les chauffeurs à travers toute la ville alors qu'il avait bien mieux à faire. Pendant que le client faisait le tour de la propriété, Jared s'éloigna pour téléphoner à sa pseudo-petite amie.

— Je suis surprise que vous appeliez en pleine journée.

— Est-ce ainsi qu'on parle à son petit ami ?

Il entendit un petit rire au bout de la ligne.

— Bon, je recommence, dit-elle après s'être éclairci la gorge. Bonjour, chéri, comment se passe ta journée ?

Jared sourit intérieurement.

— Voilà qui est mieux. Qu'est-ce que vous faites de beau ?

— Je prospecte pour trouver une entreprise qui m'intéresse. J'en ai repéré une à Los Angeles.

L'estomac de Jared se noua. Pourquoi redoutait-il tant que Morgan rentre en Californie ?

— Très bien. Vous me direz si je peux vous aider ?

— Oui. Mais je suis sûre que ça n'est pas pour ça que vous m'appelez.

— Exact, dit-il en riant. Je vous appelle au sujet de ce week-end. Je pensais qu'on pourrait se voir samedi. Il y a un endroit où j'aimerais vous emmener, mais il faudrait partir tôt dans l'après-midi. Ça vous convient ?

— Il faudra que je porte une tenue spéciale ?

— Non. C'est notre rendez-vous informel, rappelez-vous.

— C'est vrai. J'ai hâte de vous voir habillé de manière décontractée, comme tout le monde.

— De votre côté, vous pourriez profiter de notre accord pour renouveler votre garde-robe. Je vais demander à mon assistante de vous ouvrir un compte dans quelques boutiques.

— Franchement, ça n'est pas nécessaire. Je suis capable de me payer mes propres vêtements.

— Je sais, mais, en tant que ma petite amie, tout le monde s'attendra à ce que vous portiez des vêtements de créateur.

— D'accord.

Il la trouva un peu trop pressée d'accepter sa proposition, mais se contenta de prendre congé avant de raccrocher. Le gros client arrivait droit sur lui.

Quand le samedi arriva, Jared était heureux. C'était aujourd'hui qu'il devait voir Morgan. Depuis mercredi, le temps avait filé à toute allure, entre les réunions avec le CA et leur nouveau projet de Lady Bird Lake. Jared faisait de son mieux pour se montrer à la hauteur de la tâche, mais il n'avait pas l'habitude de se lever aussi tôt ni d'effectuer des journées de travail aussi longues.

Morgan l'attendait en bas de l'immeuble, vêtue d'un jean skinny presque noir qui moulait ses formes et d'un top qui découvrait une de ses épaules et appelait clairement au flirt.

Elle monta dans la voiture et lui adressa un sourire rayonnant qui fit bondit son cœur.

— Salut.

— Salut.

Elle se pencha vers lui et, à sa grande surprise, déposa un léger baiser sur ses lèvres.

— Qu'est-ce que ça veut dire ?

— Je joue mon rôle au cas où quelqu'un nous observerait, dit-elle en saluant les voituriers de la tête.

Elle avait raison, mais il aurait préféré qu'elle l'embrasse parce qu'elle en avait envie – parce qu'il lui avait manqué autant qu'elle lui avait manqué.

— Oui. Bien sûr.

— Alors, où m'emmenez-vous ? dit-elle en bouclant sa ceinture de sécurité.

— Vous verrez bien.

Durant le trajet, Morgan lui raconta sa séance de shopping dans les boutiques de luxe d'Austin.

— Je n'en reviens pas que vous n'ayez fixé aucune limite de budget. Je n'ai jamais dépensé autant d'argent pour des vêtements.

Jared la regarda d'un air consterné.

— Pourtant, mon assistante m'a dit que vous n'aviez presque rien dépensé. Je m'attendais à davantage.

— Je ne suis pas comme ma mère, Jared. Elle n'avait qu'un but, prendre leur argent à ses amants. Je sais qu'il faut que mon costume corresponde à mon rôle, mais je m'en suis tenue au strict minimum.

Jared sentait bien que le ressentiment de Morgan pour sa mère était très profond et jugea préférable de ne pas creuser la question pour l'instant.

— D'accord, mais si le besoin s'en fait sentir, n'hésitez pas.

— C'est gentil, dit Morgan, tout en détaillant rapidement sa tenue. Vous êtes très bien en jean et T-shirt.

— Merci, dit Jared, un large sourire aux lèvres.

La conversation était à la fois légère et fluide, et ils finirent par franchir les grilles de l'Avalon Memory Care. Morgan se tourna vers lui :

— Où sommes-nous ?

— Dans un centre où l'on soigne les patients atteints de la maladie d'Alzheimer et d'autres troubles cognitifs.

— Je ne comprends pas, dit-elle.

Jared gara sa Porsche, puis se tourna sur son siège pour lui faire face.

— Mon grand-père vit ici. Il est atteint d'Alzheimer. Au début, l'évolution a été lente. Parfois, il ne se rappelait plus qui nous étions, Chris et moi, et il nous prenait pour notre père. Alors, ils ont pris une infirmière à domicile, mais ça a empiré. Ma grand-mère ne pouvait - ne *voulait* pas - gérer la situation, et elle l'a placé ici.

Sans lui laisser le temps de poser d'autres questions, Jared sortit de la voiture et Morgan fit de même.

Il s'approcha d'elle, et elle lui toucha le bras.

— Ça doit être dur de voir quelqu'un qu'on aime s'en aller petit à petit. Je suis vraiment désolée.

— C'est vrai, c'est triste. Espérons qu'aujourd'hui il sera dans un bon jour, dit Jared en cherchant sa main.

Et Morgan le laissa enrouler ses doigts autour des siens tandis qu'ils se dirigeaient vers l'entrée du bâtiment.

— Bonjour, Jared, l'accueillit Sylvia, une des infirmières. Qui nous amenez-vous ?

— Je vous présente Morgan, ma petite amie.

— Très heureuse, dit Sylvia en lui serrant la main. Je suis vraiment heureuse que vous veniez si souvent, Jared. Je sais que c'est de plus en plus difficile.

— Je ne peux pas l'abandonner ici et l'oublier, dit Jared, d'une voix étranglée. C'est mon grand-père.

Sylvia les guida le long d'un couloir sentant l'odeur caractéristique des hôpitaux. Elle toqua à la porte de la chambre du grand-père de Jared avant d'ouvrir.

Assis dans un rocking-chair devant la télévision, son grand-père portait un pantalon en toile légère, sa chemise à carreaux bleus et blancs préférée et des mocassins. Il releva la tête, et son regard s'éclaira. Il l'avait reconnu. Jared poussa un profond soupir.

— Anthony, regardez qui vient vous voir, dit Sylvia.

— Jared ! Approche, mon garçon.

Son grand-père ouvrit les bras, et Jared lâcha la main de Morgan pour se précipiter vers lui.

— Je vous laisse, dit Sylvia avant de quitter la chambre.

Son grand-père prit le visage de Jared entre ses deux mains.

— Laisse-moi te regarder. Tu es un beau jeune homme et tu te maintiens en forme. C'est comme ça que j'ai su garder ma Ruth.

— Grand-père, je voulais te présenter ma petite amie, Morgan.

Elle s'approcha, et le vieux monsieur l'enveloppa dans ses bras, comme il faisait avec Chris et lui quand ils étaient enfants.

Un bras toujours passé autour de Morgan, son grand-père se tourna vers Jared.

— C'est une vraie beauté. Pas étonnant que tu sois tombé amoureux. Et ça m'étonnerait que tu te relèves de sitôt.

Jared regarda Morgan. Était-ce ce qui s'était passé ? Non,

c'était impossible. Il était très attiré par Morgan, oui. Mais ça n'était rien d'autre.

— Racontez-moi, dit son grand-père en se rasseyant. Comment vous êtes-vous rencontrés, tous les deux ?

— À un mariage, répondit Morgan. Je me suis couverte de ridicule, et Jared est venu à mon secours.

— C'est vrai ? dit le vieil homme en lui lançant un clin d'œil complice. Je mettrais plutôt ça sur le compte de votre beauté.

— Il y avait de ça aussi, répondit Jared avec un petit sourire narquois.

Et même Morgan ne put s'empêcher de rire.

— Je suis heureux que vous ayez réussi à passer derrière les apparences. Morgan, c'est bien ça ?

— Oui, monsieur.

— Depuis qu'il est tout petit, Jared a toujours été le plus réservé. Mon autre petit-fils, Chris, est un livre ouvert. Mais avec Jared, on ne savait jamais ce qu'il ressentait vraiment. Il cachait toujours son jeu. C'est bien que vous ayez réussi à percer la carapace.

Morgan tourna les yeux vers lui, et il eut l'impression qu'elle lisait dans son âme, alors il détourna le regard. Son grand-père avait vu juste : c'était pour ça qu'elle le troublait tant. Lui qui avait dû apprendre à grandir en masquant ses sentiments se sentait mis à nu devant elle ; il *ressentait* tout plus fort. Si c'était là la vie de la plupart des gens, Jared n'en voulait pas. Il préférait rester bien à l'abri dans son monde un peu insensible, où personne ne lui demandait d'accepter ses vulnérabilités.

Morgan n'en revenait pas que Jared l'ait amenée voir son grand-père. Qu'il lui ait donné accès de lui-même à un aspect de sa personnalité qu'elle avait devinée. Il n'était pas un play-boy sans épaisseur. Il aimait profondément sa famille. Elle avait appris durant leur visite qu'il venait souvent et ne se contentait pas de quelques apparitions pour les anniversaires ou les fêtes.

Ils déjeunèrent sur la terrasse au milieu d'autres familles, puis elle les regarda disputer une partie d'échecs. Elle constata que Jared aurait pu facilement gagner, mais qu'il laissait son grand-père le battre.

Elle sourit en les voyant tous les deux front contre front. Anthony Robinson était une version plus âgée de Jared, avec ses yeux foncés, sa peau bronzée et ses dents encore bien droites et blanches. Mais c'était surtout dans leurs attitudes et leurs gestes qu'ils se ressemblaient le plus. C'était très émouvant.

Quand Anthony commença à se sentir un peu fatigué, ils le raccompagnèrent jusqu'à sa chambre.

— Morgan, dit le vieil homme une fois installé dans son fauteuil, prenez bien soin de mon garçon.

— Oui, dit-elle.

Et elle sourit parce qu'elle avait l'intention de tenir cette promesse. Puis elle se pencha et lui pressa gentiment la main.

En se tournant vers Jared, elle aurait pu jurer qu'il avait les larmes aux yeux l'instant d'avant mais qu'il s'était repris pour ne rien montrer.

— Prête à y aller ?

— Oui, dit-elle en glissant sa main dans celle de Jared.

Dans la voiture, elle se rendit compte que l'humeur de Jared était sombre.

— Ça ne va pas ? On n'est pas obligés de parler si vous ne voulez pas.

— De quoi ? De mon grand-père ? Que voulez-vous que je vous dise ? Que je déteste le voir ici ? Que je voudrais que notre famille prenne soin de lui ?

Morgan savait bien que sa colère n'était pas dirigée contre elle.

— Je sais que c'est dur, mais au moins vous êtes là pour lui.

— Il vaudrait mieux que ça soit Chris.

— Ça suffit ! Arrêtez de vous dévaloriser, Jared. C'est vous qui lui rendez visite régulièrement. C'est vous qui vous donnez du mal pour couvrir les arrières de Chris parce qu'il est parti sans avertir personne.

Il arrêta brusquement la voiture, et Morgan se tourna vers lui. Il se pencha et écrasa sa bouche contre la sienne. Fermant les yeux, elle accueillit son baiser, d'abord doux, mais qui se fit vite plus profond, la langue de Jared venant caresser la sienne. Puis il se détacha lentement d'elle.

— Personne n'a jamais pris ma défense comme ça, dit-il d'une voix un peu rauque. Désolé d'avoir cédé à la tentation. J'avais promis de me tenir à distance, mais j'ai du mal à garder le contrôle.

— Moi non plus, je ne sais pas ce qui m'arrive, dit Morgan.

Ils repartirent et, bientôt, Jared entra dans le garage souterrain d'un gratte-ciel du centre.

— Nous allons dîner chez moi, dit Jared.

L'ascenseur les mena directement dans l'appartement de Jared, à la décoration très masculine. La vue était à couper le souffle. De toutes les pièces, on voyait la ville d'Austin, et sur la terrasse il y avait une piscine et un spa.

— Cet endroit vous ressemble, dit Morgan en admirant la vue. J'imagine que vous amenez vos conquêtes sur cette terrasse...

— ... avant de les mettre dans mon lit ? acheva Jared à sa place. Désolé de vous décevoir, Morgan, mais je ne ramène jamais de femmes ici. C'est mon refuge, en quelque sorte.

— Mais...

— Vous êtes la première que j'aie amenée ici. Vous voulez boire quelque chose ?

— Avec plaisir.

Morgan avait la gorge nouée. *Elle* était la première à venir ici.

Jared revint avec deux verres remplis d'un liquide brun foncé. Elle en but une gorgée tandis que Jared la regardait avec une intensité qui la brûlait.

— Alors, quel est le menu ?

— Je n'ai rien d'un chef, mais je suis très doué pour passer des commandes. Notre dîner devrait arriver d'une minute à l'autre. Ça ne vous dérange pas ?

— Pas du tout, mais j'aurais pu faire la cuisine. Je ne suis pas mauvaise. Il a fallu que je m'y mette dès mon plus jeune âge, sinon j'aurais dû me contenter de sandwichs au beurre de cacahuète et à la gelée. Ma mère ne faisait jamais les courses ; il fallait que je m'occupe de tout.

— Vous n'avez pas eu une enfance facile.

— Non. J'espérais toujours que mon père allait venir me chercher, mais c'était idiot, bien sûr, dit Morgan en terminant son verre.

On sonna à la porte. Morgan suivit Jared à l'intérieur et regarda le chef déballer le repas qu'il avait préparé pour eux.

Une fois qu'il fut reparti, Jared et elle se servirent, mêlant sur leurs assiettes la salade aux noix de pécan et framboises avec le poulet *piccata* aux câpres.

— Ça a l'air délicieux, dit Morgan en s'asseyant à l'immense table.

— C'est vrai, répondit Jared.

Mais elle savait qu'il ne parlait pas du dîner.

Durant le repas, Jared tenta de chasser le souvenir de leur baiser dans la voiture. Cette femme magnifique le bouleversait complètement. Il ne se reconnaissait plus. Le soir de leur rencontre, il s'était conduit en parfait gentleman. Et aujourd'hui, il avait tenu à lui montrer une autre facette de lui. Lui montrer *qui* il était vraiment. Il avait voulu la présenter à son grand-père. Et ce dernier avait mis dans le mille en disant que Morgan avait réussi à percer ses défenses.

— Y a-t-il quelque chose que je dois savoir avant le dîner avec votre grand-mère demain ? Un sombre secret de famille ?

— Rien d'aussi mélodramatique, mais elle n'est pas dupe. Alors, soyez vous-même. Honnête. Directe. Et elle vous adorera.

— Espérons. Sinon, notre arrangement tombera à l'eau.

— Même si ça ne marche pas, je suis prêt à vous aider jusqu'à ce que vous vous soyez retournée.

Elle le regarda, médusée.

— Mais pourquoi feriez-vous ça ?

— Je vous apprécie, dit-il avec un sourire. Beaucoup.

— C'est réciproque.

Sa franchise était un bol d'air frais. Elle ne jouait pas, ne manœuvrait pas. Et si les choses tournaient comme il l'espérait, ils allaient apprendre à se connaître encore mieux.

9

— Ne soyez pas si nerveuse.

— Je ne suis pas nerveuse.

— Mais si, dit-il en lui prenant la main.

Morgan sentit un frisson remonter le long de son bras, comme à chaque fois que Jared la touchait.

Il sonna, et un majordome vint les accueillir.

— Antoine, je vous présente mon amie, Morgan. Morgan, Antoine travaille dans notre famille depuis des années. Où est ma grand-mère ?

— Dans le salon.

— Allez, dit Jared, c'est le moment de rencontrer la reine.

Morgan était impressionnée ; elle savait que toute cette opulence ne représentait rien pour Jared, mais, à côté de cette demeure, même la propriété de Henry faisait pâle figure.

Jared la fit entrer dans une vaste pièce, où une femme très élégante se tenait assise.

— Jared, te voilà enfin. Et vous devez être l'amie de Jared.

— Grand-mère, je te présente Morgan Stewart. Morgan, voici ma grand-mère, Ruth Robinson.

— Stewart ? Approchez, que je vous voie de plus près.

Jared lâcha sa main, et Morgan s'avança, un sourire aux lèvres.

— Enchantée de vous rencontrer, madame.

— Vous, ma chère, vous êtes bien la fille de Henry. Vous avez ses yeux et sa carnation. Mais je croyais qu'il n'avait qu'une seule fille… Fallon, il me semble.

— Grand-mère, tu deviens indiscrète.

— Je dis simplement ce que je pense. J'espère que ça ne vous dérange pas ?

— Il vaut toujours mieux se montrer honnête, dit Morgan, un peu tendue. Et donc, oui... Henry Stewart est bien mon père, même s'il n'a pas l'air de s'en souvenir. Il refuse de reconnaître mon existence, mais ça ne m'a pas empêchée de décider de porter le nom de Stewart.

— Bravo, dit Ruth avec un sourire. J'aime les femmes de caractère. Où vous êtes-vous rencontrés ? Vous ne ressemblez pas aux bimbos avec lesquelles Jared a l'habitude de se commettre.

— Morgan et moi nous sommes connus grâce à Dane, intervint Jared, la mâchoire un peu crispée.

— Ah, oui. Le jeune homme un peu tête brûlée. Je suis heureuse qu'il se soit enfin marié et stabilisé. Puis-je espérer que tu feras bientôt de même ?

— Ne pousse pas le bouchon trop loin...

— Pourtant, je trouve Morgan charmante. Venez donc vous asseoir avec moi, dit-elle en tapotant le siège à côté d'elle.

Ils bavardèrent de choses et d'autres en attendant que le dîner soit servi. En parfait gentleman, Jared tira la chaise de Morgan et attendit qu'elle soit assise avant de prendre place en face d'elle.

Pendant les deux heures qui suivirent, Ruth se montra très directe, interrogeant gentiment Morgan sur son passé – d'où elle venait, où elle était allée à l'école et où elle travaillait. Et Morgan lui répondit en toute franchise. Ce qui ne l'empêchait pas de sentir le regard plein de désir que Jared posait sur elle. Elle se demandait s'il regardait toutes les femmes de cette façon. Avaient-elles toutes l'impression d'être la plus belle femme du monde à ses yeux ?

— Je suis d'origine modeste, dit Morgan alors qu'ils s'étaient retirés dans le salon pour boire un café. Mais j'ai toujours réussi à m'assumer. Quand j'étais à l'université, j'avais deux, parfois trois boulots en même temps pour payer les dépenses que ma bourse ne couvrait pas.

— Tu vois, Jared, dit sa grand-mère en se tournant vers lui. C'est comme ça quand on est obligé de travailler pour réussir dans la vie. Vous m'impressionnez, Morgan, et ça n'est pas donné à tout le monde.

— En tout cas, moi, j'ai jeté l'éponge.

— C'est faux, dit Morgan. En ce moment, tu travailles jour et nuit dans votre entreprise pour prouver à ta grand-mère et au conseil d'administration que tu n'es pas un bon à rien.

Ruth applaudit joyeusement.

— Bravo. Non seulement vous lui avez cloué le bec, mais en plus vous le soutenez. Surtout, dit-elle en s'adressant à Jared, fais tout ce qu'il faut pour la garder.

— J'y compte bien, dit-il en posant sur Morgan un regard possessif qui la fit frissonner de la tête aux pieds. Il est tard, grand-mère. Je vais raccompagner Morgan.

La vieille dame se leva et prit Morgan dans ses bras.

— Je suis heureuse que vous soyez venue ce soir. Avec toute la famille, nous partons dans notre propriété à la campagne le week-end prochain faire un peu de bateau, monter à cheval, pique-niquer. Je serais ravie que vous soyez des nôtres.

Jared ne laissa pas le temps à Morgan de répondre.

— Nous viendrons, bien sûr.

Morgan était contente de sa soirée. Elle avait réussi à convaincre Ruth qu'elle était bien la petite amie de Jared et elle avait l'impression que la vieille dame l'aimait bien. Et pourtant, alors que Jared l'aidait à monter dans la voiture, elle eut l'impression qu'elle avait fait quelque chose de mal.

En s'installant au volant, Jared repensa à la soirée. Il ne parvenait pas à définir en quoi Morgan était différente des autres femmes qu'il avait fréquentées, mais le fait est qu'elle avait réussi à conquérir sa grand-mère. Et ça n'avait rien d'évident. Il sentait que Ruth s'était prise d'affection pour Morgan et qu'elle admirait sa capacité à surmonter les épreuves. En plus, elle l'avait *prise dans ses bras,* ce qu'elle n'avait jamais fait avec lui.

— Jared ? dit Morgan en lui effleurant le bras. Il y a un problème ?

— Pas du tout.

— Vous ne trouvez pas que ça s'est bien passé ce soir ?

Il soupira et lui lança un regard. Morgan était particulièrement belle ce soir. Son maquillage était parfait et rendait plus sensuels encore ses grands yeux noisette et sa bouche aux lèvres pleines dont il n'avait pu détacher le regard de toute la soirée. Il sentit le désir monter dans son ventre quand il s'autorisa à contempler quelques instants ses seins, que le profond décolleté de sa robe noire, très simple, laissait deviner.

— Vous êtes une charmeuse, finit-il par dire. Vous avez conquis ma grand-mère.

— Et c'est ce que vous vouliez ?

— Oui.

— Alors, pourquoi ai-je l'impression d'avoir fait une bêtise ? demanda-t-elle, l'air désolé.

— Vous n'avez rien fait de mal, Morgan, dit Jared en démarrant le moteur pour mettre un terme à la conversation.

Il allait la raccompagner et rentrer ensuite chez lui prendre une longue douche. Le problème, c'est qu'il ignorait combien de temps il pourrait continuer à voir Morgan et à supporter de ne pas la toucher.

Comment allait-il survivre à tout un week-end avec elle dans leur maison de campagne ?

Il se gara devant l'immeuble où elle logeait et laissa le moteur tourner le temps de lui ouvrir sa portière. Il l'aida à descendre, mais s'en tint à ça. Elle leva les yeux vers lui, comme si elle attendait autre chose.

— Il vaut mieux nous dire bonsoir ici, dit Jared.

Il ne pouvait pas monter. Pas alors qu'il ne rêvait que d'une chose : lui arracher sa robe et la posséder. Il s'approcha d'elle et frotta légèrement ses bras glacés, puis se pencha et posa son front contre le sien.

— Merci pour ce que vous avez fait ce soir.

— Vous êtes content ?

— Oui, mais vous devriez rentrer, sinon je risque de mal me conduire.

— Et si j'avais envie que vous vous conduisiez mal, justement ?

— Morgan..., murmura-t-il.

Mais ses bonnes résolutions s'envolèrent à la seconde où elle se dressa sur la pointe des pieds pour déposer un baiser sur ses lèvres, promesse de bien d'autres plaisirs encore. Il l'attira contre lui et l'embrassa, heureux de la sentir tremblante dans ses bras. Sa bouche caressait la sienne, la goûtait, la fouillait. Elle écarta les lèvres, et sa langue vint s'enrouler autour de la sienne, dans un ballet frénétique.

Derrière eux, le voiturier s'éclaircit la gorge. Ça le ramena à la réalité. Ils étaient dans la rue. Il ne pouvait pas se conduire de cette manière.

— Il faut que j'y aille, Morgan. Je vous appelle très vite.

Puis il monta dans sa voiture et, tandis qu'il s'éloignait, il regarda dans le rétroviseur. Morgan était toujours debout sur le trottoir. Elle le regardait s'en aller en se caressant les lèvres d'un air songeur.

10

Depuis le dîner chez la grand-mère de Jared, Morgan était sur un petit nuage. Était-ce parce que leur relation avait pris un tour différent ? Non seulement Morgan avait convaincu Ruth, mais Jared l'avait emmenée voir son grand-père.

La veille, elle lui avait fait la surprise d'aller le retrouver au bureau pour l'emmener déjeuner. Bien sûr, ça n'était qu'un sandwich dans le parc, mais c'était le genre d'attention qu'une petite amie aurait eue. Morgan s'attachait de plus en plus à lui. Elle faisait de son mieux pour ne pas perdre le contrôle, mais elle ne pouvait pas faire comme si rien ne se passait en elle.

Plus le temps passait, plus ils avaient de mal à garder leurs distances. L'attirance sexuelle qui existait entre eux était si criante qu'il allait devenir difficile de la nier. De faire comme si de rien n'était.

Morgan était heureuse que Fallon et Ayden lui aient proposé de prendre un café avec eux. Elle n'avait pas revu Fallon depuis le jour où elle s'était rendue chez les Stewart et où elle avait fini par dire qu'elle ne voulait rien avoir à faire avec cette famille. Il allait falloir qu'elle se rattrape.

Quand elle arriva dans le *coffee-shop* où ils avaient rendez-vous, un autre membre de la famille Stewart l'attendait.

Dane.

Ses deux gardes du corps bavardaient dans le fond de l'établissement. Toujours aussi beau, Dane portait son jean noir habituel, un T-shirt et son vieux blouson en cuir. Quand Morgan entra, il retira ses lunettes de soleil et la regarda d'un air dur.

— Il va falloir que vous vous expliquiez.

— Quand êtes-vous rentrés, Iris et vous ?

— Avant-hier. Et en arrivant, on a découvert toute cette affaire de petite sœur illégitime. J'ai laissé Iris et Jayden à la maison et je suis venu directement ici. Bon sang, Morgan, ça fait plus d'un an que vous travailliez pour moi. Pourquoi est-ce que vous ne m'avez jamais dit que nous étions frère et sœur ?

— Est-ce que Fallon et Ayden vont venir aussi ? Ou c'était juste un piège pour que vous puissiez me faire la morale ?

— Asseyez-vous, ordonna Dane. Et bien sûr qu'ils vont venir. Mais avant ça, il faut qu'on parle tous les deux.

Il avait raison. Elle lui devait des excuses.

— Je suis désolée.

— Pourquoi m'avez-vous caché votre véritable identité ?

Pourquoi était-il si difficile d'affronter Dane ? Elle avait déjà raconté son histoire à plusieurs personnes, mais avec lui, ce frère qu'elle idolâtrait, elle avait l'impression d'avoir du coton dans la bouche.

— J'avais peur de vous le dire. Que vous ne me croyiez pas. Henry ne me croit pas, lui. Alors, je me suis dit que j'allais d'abord essayer de mieux vous connaître. Mais plus le temps passait, plus je vous appréciais et je vous respectais.

— Je n'ai rien d'un héros, Morgan. Moi aussi, j'ai mes défauts. Ne me mettez surtout pas sur un piédestal ; c'est difficile ensuite de ne pas décevoir les gens, dit-il en posant une de ses mains puissantes sur la sienne. Je vous ai toujours considérée comme ma petite sœur, donc, je suis heureux de vous accepter dans la famille. J'aurais seulement préféré que vous choisissiez un autre moyen.

— Je voulais juste que Henry me reconnaisse comme sa fille…

— Je ne sais pas si ça arrivera un jour ; mon père est quelqu'un de têtu. Mais en tout cas, je ferai tout pour vous soutenir.

Morgan ne put empêcher des larmes de joie de couler sur ses joues.

— Seigneur, dit une voix féminine derrière eux, ne me dis pas que tu l'as fait pleurer, Dane.

Morgan se retourna : Fallon et Ayden étaient en train de les rejoindre.

— Alors, cette lune de miel ? demanda Fallon en lançant un clin d'œil à Dane.

— Je n'ai pas vraiment envie d'en discuter avec ma grande sœur, répondit Dane avec un sourire en prenant Fallon dans ses bras. Comment va Nora ?

— Toujours furieuse contre papa. Mais au moins, elle a regagné le domicile conjugal... Même s'ils font chambre à part.

— Il l'a bien mérité, commenta Dane. Il l'a trompée. Ce à quoi elle aurait dû s'attendre, étant donné qu'il a fait la même chose à la mère d'Ayden.

Morgan regardait *ses frères et sa sœur.* Ils semblaient tellement complices. *Allait-elle réussir à trouver sa place parmi eux ?*

Comme s'il avait perçu son désarroi, Ayden la souleva de sa chaise et la prit dans ses bras.

— C'est bon d'être là tous les quatre, dit Fallon en adressant un grand sourire à Morgan.

— Si on prenait un café ? proposa Ayden en balayant le *coffee-shop* désert du regard. Mais enfin, où sont-ils tous passés ?

— Mon équipe a payé pour qu'ils restent fermés cet après-midi, dit Dane.

— Tu ne trouves pas ça un peu exagéré ? dit Fallon.

— Non. On leur a même fait signer un contrat de confidentialité.

— Ça ne doit pas être marrant tous les jours d'être toi, commenta Ayden.

— Hé, laissez-le tranquille, s'écria Morgan. Je veux dire...

Fallon fit un pas vers elle et la prit dans ses bras.

— Pas de problème, c'est ton frère à toi aussi. Tu as le droit de le défendre, dit-elle.

Elle était naturellement passé du vouvoiement au tutoiement.

— Bon, je vais prendre un café frappé, décréta Fallon, en se dirigeant vers le comptoir.

— Pareil pour moi, renchérit Ayden.

— Et toi, Morgan ? demanda Dane. Un moka, comme d'habitude ?

Morgan n'en revenait pas.

— Vous… Tu sais quel café je préfère ? Je ne savais pas que tu faisais attention à moi. Je n'étais que ton assistante, après tout.

— Avant même de savoir que tu étais ma sœur, tu étais bien plus que ça, Morgan.

Ces mots achevèrent de réchauffer son cœur, et un éblouissant sourire s'épanouit sur son visage.

Le soir même, au téléphone, Morgan raconta à Jared comment s'était passées les retrouvailles. Ils étaient restés au *coffee-shop* pendant des heures, jusqu'à ce que Fallon et Ayden finissent par devoir rentrer chez eux, auprès de leurs enfants. Quant à Dane, il était reparti pour Los Angeles, retrouver Iris et Jayden. Morgan avait alors réalisé à quel point elle avait envie d'avoir une famille à elle.

— C'est merveilleux, dit Jared. Je suis heureux que vous vous entendiez tous si bien. J'aimerais pouvoir en dire autant.

— Chris n'a toujours pas donné de nouvelles ?

— Non. Je lui ai laissé un tas de messages, mais il ne répond pas. J'aimerais tellement qu'il me dise ce qui se passe. Peut-être que je pourrais l'aider. Et en tout cas, moi, j'aurais bien besoin de ses conseils pour diriger Robinson Holdings.

— J'imagine que ça n'est pas évident.

— On peut dire ça, dit Jared avec un petit rire. Mais je n'ai pas le choix. Je suis le seul Robinson encore présent à l'appel. C'est un peu étrange d'avoir toujours été considéré comme un bon à rien et de se retrouver dans le rôle du sauveur.

— Ces capacités, vous les avez toujours eues, Jared. Il fallait peut-être ces circonstances pour que vous réalisiez votre vrai potentiel.

— Qu'est-ce qui a pu vous rendre aussi sage et avisée, mademoiselle Stewart ?

— Sans doute le fait d'avoir grandi trop vite et d'avoir dû me débrouiller seule.

— Vous n'êtes plus seule, maintenant, murmura Jared. Vous avez vos frères et votre sœur. Et vous m'avez, moi.

— Pour un temps seulement, lui rappela-t-elle.

Jamais elle n'oubliait les termes de leur arrangement. Au fond d'elle-même, elle aurait voulu sortir *pour de vrai* avec Jared… Mais il lui avait maintes fois répété qu'il n'avait aucune intention de s'engager.

— Heu… Exact. Alors ? Prête pour un week-end de réjouissances avec les Robinson ?

— Oui. J'ai hâte de faire la connaissance de vos parents.

— Parfait. Je passe vous prendre à 15 heures vendredi, histoire d'éviter les embouteillages.

— D'accord. À vendredi.

Après avoir raccroché, Morgan resta un peu songeuse. Elle avait l'impression que le ton de la conversation s'était nettement refroidi dès qu'elle avait fait allusion à la durée limitée de leur arrangement. Elle aurait aimé qu'il en soit autrement, mais il ne fallait surtout pas qu'elle s'attache trop à Jared… sinon, elle risquait de souffrir.

Elle prit une longue inspiration. *Pourquoi se mentir ?* Elle était *déjà* amoureuse de lui.

Jared était content pour Morgan. Il l'avait sentie tellement heureuse d'avoir pu passer du temps en famille. Il sentait qu'elle avait besoin de faire partie d'un cercle d'intimité. Et maintenant, elle avait ça avec les autres enfants Stewart et son neveu et sa nièce.

Il lui souhaitait d'être heureuse parmi eux parce que *lui* ne pouvait pas lui offrir tout ça. Il sentait que Morgan s'attachait à lui. Ils passaient beaucoup de temps ensemble. D'ailleurs, lui aussi commençait à se sentir lié à elle comme il ne l'avait jamais été à personne. Il pouvait parler de tout avec elle, parce que Morgan était de bon conseil et surtout très positive, ce qui lui avait cruellement manqué jusque-là. Elle le valorisait, et c'était très motivant.

Et inquiétant. Il ne pouvait pas être son héros. Ça n'était pas dans sa nature. Lui, il était un don Juan qui savait amuser une femme et lui faire passer du bon temps au lit. Mais il était incapable de proposer davantage. Du moins, aucune de ses relations n'avait jamais duré assez longtemps pour le savoir.

Comme il était beau, il avait toujours eu énormément de succès. Et dès son adolescence, il avait adoré collectionner les conquêtes féminines. Beaucoup avaient tenté de le faire changer, de le pousser à s'installer dans une relation. Et toutes avaient échoué… jusqu'à Morgan.

Elle était la plus franche, la moins calculatrice de toutes les femmes qu'il avait fréquentées. Et il ne voulait surtout pas lui faire de mal. Mais il ne pouvait pas non plus ignorer à quel point il la désirait. Quand ils étaient ensemble, son cœur battait plus vite, certes, mais tout le reste de son corps aussi réagissait. Autrement dit, ces deux jours à la campagne aboutiraient soit à le rendre fou, soit à mettre Morgan dans son lit. Et franchement, il préférait la seconde option.

11

Après une demi-heure de trajet en direction du lac Austin, ils franchirent un large portail en fer forgé avant de remonter une allée privée bordée d'énormes chênes.

— Mon grand-père a acheté cet endroit à cause de la vue, mais il voulait aussi être entouré par la nature, dit Jared. Il y a beaucoup de daims, des criques et des affleurements rocheux. Quand nous étions petits, Chris et moi, il nous emmenait faire du kayak et pêcher. Mais si vous préférez, il y a des caves à visiter dans le coin, de belles boutiques et d'excellents restaurants.

Tout en écoutant Jared, Morgan songeait au week-end qui s'annonçait. Elle n'avait pas peur de rencontrer ses parents ni de revoir sa grand-mère. Elle aimait beaucoup Ruth. Non, ce qui l'inquiétait, c'était la chambre qu'ils allaient devoir partager. Parce qu'il était bien sûr hors de question qu'elle demande à dormir seule. Et après les baisers passionnés qu'ils avaient échangés, elle redoutait ce qui pouvait arriver.

Ils passèrent devant une grande prairie où paissaient des chevaux, puis Jared gara enfin sa Porsche Cayman devant une demeure de briques et de pierres aux portes d'inspiration médiévale bâtie au bord d'un immense étang.

Sans attendre que Jared vienne lui ouvrir, Morgan descendit de voiture et contempla, bouche bée, le paysage à la fois magnifique et plein de sérénité.

— Je vous fais visiter ?

— Oh ! oui, dit Morgan, le visage rayonnant.

— Commençons par l'extérieur, dit-il en lui prenant la main.

En plus de la maison principale, plusieurs maisons plus petites parsemaient la propriété. Mais il y avait aussi un théâtre, une salle de sport avec terrain de basket, une salle de jeux, deux piscines avec spa, un immense hangar à bateaux, un terrain de base-ball, un autre de volley. Sans compter un practice de golf dominant le lac.

— J'ai l'impression d'être dans un hôtel, dit Morgan en revenant vers la grande maison.

Jared sortit une clé et ouvrit la porte principale.

— Hé ho ! cria-t-il en pénétrant dans le hall où trônait un piano demi-queue. On dirait qu'il n'y a personne. On doit être les premiers.

— Non, dit Antoine, en se précipitant à leur rencontre. Je suis désolé de ne pas vous avoir accueillis comme il se doit, mais le reste du personnel et moi sommes en train d'achever les préparatifs. Nous avons appris que votre frère Chris et son amie seraient présents.

Tout en gravissant le monumental escalier à la suite d'Antoine et de Jared, Morgan prit le temps d'admirer le plafond voûté et les lustres splendides qui y étaient suspendus. Enfin, Antoine s'arrêta devant une grande porte de chêne et l'ouvrit. Dans la chambre, elle aperçut un lit à baldaquin recouvert d'un édredon en velours gris acier et garni d'innombrables coussins. Face au lit, il y avait une belle cheminée en pierre. L'ensemble était à la fois luxueux et très douillet.

— Appelez-moi si vous avez besoin de quoi que ce soit, dit Antoine.

— D'accord, dit Jared en refermant la porte derrière lui.

Morgan balaya la pièce du regard. Il y avait bien deux élégantes chaises et une table dans un coin, mais nul autre endroit où dormir que le lit.

— Je peux dormir par terre, proposa Jared. Mais j'avoue que ça ne me tente pas vraiment. Il fait assez frais la nuit à cause du lac.

— Mais non, dit Morgan avec un sourire. C'est la maison de votre famille. Et puis, ça n'est que pour deux nuits. Je suis sûre qu'il n'y aura aucun problème.

— Descendons voir si quelqu'un d'autre est arrivé, dit Jared un peu précipitamment.

— Chris, par exemple ?

— Oui. J'ai deux mots à lui dire.

Morgan était heureuse de pouvoir s'échapper de la chambre, mais elle savait bien que le répit n'était que temporaire. Tôt ou tard, il allait bien falloir qu'ils partagent ce lit.

Jared n'avait qu'une hâte : quitter cette chambre. S'il restait ici une minute de plus, il ne pourrait plus répondre de ses actes. Passer ces deux nuits dans le même lit que Morgan allait être une véritable torture. Il la désirait ardemment, mais elle était timide comme une jeune pouliche, et, s'il la brusquait, elle s'enfuirait. Ce week-end allait mettre sa patience à l'épreuve.

— Venez, dit-il.

En bas, ils retrouvèrent sa grand-mère et ses parents dans le grand salon.

— Mon chéri, dit sa mère en se levant. Je suis si heureuse que tu sois là. Et vous devez être Morgan.

— Oui, madame.

— Je vous présente Clay, dit sa mère en désignant son père, toujours assis sur le canapé.

Ce dernier se leva et vint à leur rencontre.

— Elle est ravissante, chuchota-t-il à son fils, en lui serrant la main.

— C'est vrai, dit Jared avec un sourire.

— Nous sommes ravis que vous ayez pu vous joindre à nous, dit sa mère. Nous adorons cet endroit.

— Venez donc vous asseoir à côté de moi, Morgan, dit sa grand-mère.

Jared fronça légèrement les sourcils en voyant Morgan s'installer près de sa grand-mère.

— Et si je préfère qu'elle reste à côté de moi ?

— Nous n'avons pas beaucoup de temps pour profiter de sa présence, contrairement à toi. Alors, Morgan, que pensez-vous de la propriété ? Mon mari l'a achetée pour toute la famille il y a des années.

— Elle est magnifique, madame. Merci de m'avoir invitée.

— Oh non, appelez-moi Ruth. Vraiment, je n'en reviens pas que mon petit-fils ait pu trouver une perle telle que vous.

— Bonjour, dit une voix masculine.

Jared se retourna. C'était son frère Chris. Il se tenait sur le seuil de la porte du salon, une petite femme à la chevelure roux flamboyant à ses côtés. Accoudé à la cheminée, Jared attendait le feu d'artifice. Habituellement, c'était lui qui essuyait les foudres familiales, mais cette fois les rôles étaient inversés.

— Chris ! Où étais-tu passé ? hurla leur père.

— Bonjour à toi aussi, papa, dit calmement Chris. Maman.

Il lâcha la main de la jeune femme et vint déposer un baiser sur la joue de sa mère.

— C'est bon de te voir, dit-elle avec un pâle sourire.

La tension qui régnait dans la pièce monta d'un cran.

— J'aimerais vous présenter Kandi. Ma fiancée.

— Tu as perdu la tête ? rugit leur père. Tu abandonnes ta famille et l'entreprise que tu dirigeais pour filer avec cette... cette *fille*. Et maintenant, tu es fiancé ?

— Clay, je t'en prie, calme-toi.

— Maman a raison, dit Chris. On ne voudrait pas que tu fasses une autre crise cardiaque.

— Et qui en serait la cause ? intervint leur grand-mère. Toi ! Parce que tu déshonores notre famille.

— Grand-mère..., avertit Jared.

— Non. Laisse-la dire, dit Chris. C'est exactement pour ça que j'ai fui tout ça. Je n'en pouvais plus. J'étouffais.

— Alors, tu as foncé dans un club de strip-tease et tu l'as mise en cloque, dit leur père en désignant Kandi, dont les grands yeux étaient remplis de larmes. Et maintenant, tu veux l'épouser ?

— Oui, et j'en suis fier. Kandi est une femme extraordinaire.

Ruth soupira bruyamment.

— Je mettais tant d'espoirs en toi, Chris. Mais visiblement, j'avais misé sur le mauvais cheval. Alors que Jared, lui, a su répondre présent. Il a pris la direction de Robinson Holdings et il fréquente cette magnifique jeune femme, dit-elle en tapotant le genou de Morgan.

Cette dernière regardait Jared avec de grands yeux, visiblement très gênée d'assister à cette dispute familiale.

Chris lui aussi se tourna vers lui et lui adressa un petit sourire.

— Tant mieux si quelque chose de positif peut sortir de tout ça, dit son frère aîné, mais sachez que si l'un d'entre vous refuse de faire la connaissance de Kandi, tant pis pour vous. Ma famille et moi – il posa la main sur le ventre de Kandi qui s'arrondissait déjà un peu –, nous pouvons nous en aller.

Jared alla se placer aux côtés de son frère.

— Ne t'en va pas, Chris, lui murmura-t-il à l'oreille. Pas comme ça. Ne te précipite pas. La nuit porte conseil.

— Franchement...

— Pour moi, le supplia Jared. Je voudrais qu'on parle. Tu me dois bien ça.

Il regarda son frère droit dans les yeux et vit qu'il commençait à fléchir. Au même moment, Morgan s'approcha pour venir saluer Kandi, et, s'il avait pu, il l'aurait embrassée devant tout le monde. Il lui était tellement reconnaissant pour ce geste.

— Il faut absolument que vous visitiez cet endroit, Kandi, dit Morgan, un sourire éblouissant aux lèvres. C'est un vrai paradis. Venez, je vais vous montrer.

Il regarda sa grand-mère et perçut l'ébauche d'un sourire. Morgan venait encore de marquer un point.

Ce fut ensuite au tour de Chris et de Jared de s'éclipser. À peine étaient-ils arrivés sur la terrasse que Chris s'écria :

— Comment osent-ils traiter Kandi de cette manière ? Ils ne la connaissent même pas.

— Ne me dis pas que tu es surpris, dit Jared en croisant les bras. Ça fait des semaines que tu as disparu. C'est par les médias qu'on a appris que tu avais mis une femme enceinte, et tu débarques ici comme une fleur pour nous annoncer que vous êtes fiancés. Pas étonnant que tout le monde soit pris de court et en colère. Moi aussi, je le suis !

— Tu as fini ?

— Loin de là. Tu fréquentes Kandi depuis un certain temps. Tu aurais pu nous la présenter il y a des mois déjà. C'est toi qui as préféré garder votre relation secrète. Comme si tu avais quelque chose à cacher.

— Dis donc, je ne te savais pas aussi raisonnable.

— J'ai bien été obligé de le devenir.

— Peut-être que je me trompe depuis des années en m'obstinant à réparer tes bêtises. Finalement, il n'y a rien de mieux que de retrousser ses manches.

— Ne prends pas ce petit ton avec moi. Je n'ai pas demandé à diriger l'entreprise. Ça a toujours été ton domaine.

— Et tu t'es demandé une seule fois si j'en avais *envie* ? Tu ne t'es jamais dit qu'ils m'avaient imposé tout ça, comme ils viennent de le faire avec toi ?

Jared regarda son frère. Il avait toujours cru que Chris aimait ce qu'il faisait.

— Non, avoua-t-il. Papa et grand-mère t'ont toujours traité comme si tu étais l'élu. On ne s'intéressait pas à moi.

— Eh bien, tu as eu de la chance, répliqua Chris. Tu as pu profiter de la vie, t'amuser. Jamais je ne m'étais autorisé à me détendre un peu avant de rencontrer Kandi.

— Et vu l'état de Kandi maintenant, on peut dire que tu t'es un peu trop laissé aller, dit Jared avec un petit rire.

Chris lui lança un regard noir.

— D'accord, je n'avais pas prévu de devenir père aussi vite, mais j'en suis heureux. Kandi est une femme géniale, et je l'aime.

— Mais il n'y a pas longtemps que tu la connais...

— Fiche-moi la paix. Ils sont tous devenus dingues parce que c'est la première fois que je marche en dehors des clous. Mais, franchement, c'est plutôt de toi qu'ils devraient se méfier. Personnellement, je me demande bien qui est cet imposteur qui se fait passer pour mon frère !

— Très drôle.

— Mais oui. Finalement, c'est le noceur qui rentre parfaitement dans le moule ! C'est grâce à Morgan ? C'est elle qui fait que tu es enfin devenu adulte ?

— Tu es injuste, répliqua Jared. Tu as été très heureux d'être le grand frère modèle tant que ça t'arrangeait. Et le jour où tu en as eu assez, tu t'es enfui.

— Tu es dans l'évitement, là, dit Chris en riant. C'est typique de ta part. Tu tiens à cette fille, et elle te fait du bien, avoue !

— Je l'ai amenée ici, non ?

— Oui. Et apparemment, elle a fait grande impression à notre grand-mère. Kandi devrait en prendre de la graine. Allez, je te propose d'aller retrouver ces dames.

— Je te suis, dit Jared, réalisant soudain à quel point il était heureux de retrouver son frère.

Mais ils avaient beau être complices, il ne se sentait pas encore prêt à lui parler des vrais sentiments qu'il éprouvait pour Morgan.

12

Il fallait qu'elle fasse quelque chose. Les Robinson étaient en train de se déchirer sous ses yeux. Alors, elle avait proposé à Kandi de lui faire visiter la propriété en espérant que ça ferait retomber un peu la pression. Elle se disait aussi que Jared profiterait de leur absence pour mettre un peu d'huile dans les rouages.

— Merci, lui dit Kandi dès qu'elles furent sorties.

— De rien. J'espère qu'en leur laissant un peu de temps ils vont se calmer.

— Ça, j'en doute. Ces gens me détestent, dit Kandi en tournant la tête vers la grande maison. Jamais ils ne m'accepteront.

— Ça, vous n'en savez rien. Peut-être que vous réussirez à les séduire, dit Morgan en ouvrant la porte du bâtiment qui abritait la salle de gym et le terrain de basket.

Comme elle un peu plus tôt, Kandi n'en revenait pas.

— C'est incroyable, hein ?

— Oui, et très différent de l'endroit où j'ai grandi.

— Pareil pour moi, murmura Morgan. Tout le monde n'a pas la chance de naître avec une cuillère en argent dans la bouche, comme Jared et Chris.

Kandi lui sourit, et Morgan espéra qu'elle était en train de l'apprivoiser un peu.

— Si vous n'êtes pas de leur monde, comment avez-vous fait pour qu'ils vous acceptent ?

— Je ne sais pas, dit Morgan en haussant légèrement les épaules. Ça a collé tout de suite entre Ruth et moi. Je n'ai pas connu mes grands-parents et je ne sais pas pourquoi, mais je me sens bien avec elle.

— Moi, j'ai grandi seule avec ma mère. J'ai toujours eu envie de faire partie d'une famille.

Morgan comprenait parfaitement ce sentiment et se demanda si c'était pour cette raison qu'elle se sentait proche de Kandi. Elle lui prit la main et la pressa doucement.

— Moi non plus, il n'y a pas longtemps que je connais les Robinson. Tout ce que je peux vous conseiller, c'est de leur donner un peu de temps. Ils finiront par comprendre.

— Ils n'ont pas le choix, dit Chris derrière elles.

Jared et lui avaient fini par les rejoindre.

— Parce que nous allons nous marier et avoir un enfant.

Kandi se précipita vers Chris et enroula ses bras autour de sa taille.

— Oui, mais je voudrais tellement qu'ils m'apprécient.

— Tout ce qui compte, c'est toi et moi, murmura Chris en se penchant pour l'embrasser.

Morgan aimait leur façon d'être ensemble. Cette tendresse. On voyait bien qu'ils s'aimaient, et Morgan avait envie de ça pour elle aussi. *Un jour.* Ce qu'elle avait pour l'instant, c'était Jared. À quelques pas d'elle, il la couvait d'un regard brûlant. Il n'y avait peut-être pas d'amour entre eux, mais en tout cas il y avait du désir à revendre.

Il ouvrit les bras, et Morgan ne put s'empêcher d'aller vers lui. Quand il les referma sur elle, elle se sentit à sa place, chez elle, protégée.

— Et si on rentrait dîner ? proposa Jared.

Morgan remarqua l'expression de terreur pure qui s'affichait sur le visage de Kandi.

— Ne vous en faites pas, vous avez des alliés, dit-elle en lançant un clin d'œil à Jared.

— D'accord, dit Chris, mais, s'ils recommencent comme tout à l'heure, on s'en va.

— Espérons que ça ne sera pas le cas, dit Jared.

Ils retournèrent tous les quatre en direction de la grande maison. Antoine les y accueillit dans le hall.

— Votre grand-mère et vos parents sont dans la salle à manger. Ils espèrent que vous allez vous joindre à eux pour dîner.

— Merci, Antoine.

L'heure qui venait de s'écouler avait permis aux plus âgés du clan Robinson de comprendre qu'attaquer frontalement Chris ne servirait à rien, et le dîner se déroula paisiblement. Ruth fut une hôtesse parfaite, même si Morgan la sentait contrariée. Clay, lui, demeura silencieux la plupart du temps. Contrairement à Mary, qui fut très bavarde et semblait être la seule à se réjouir de la nouvelle que Chris et Kandi avaient annoncée.

— Je suis si heureuse d'avoir à organiser un mariage, dit Mary au moment où le dessert leur était servi.

Chris toussota légèrement, et Morgan sentit que la famille n'allait pas apprécier ce qui allait suivre.

— Hum. Nous avions prévu de nous contenter d'un mariage civil, dit Chris. Nous n'avons pas envie d'une grande cérémonie ni d'un mariage en grande pompe.

Ruth prit une longue inspiration.

— Les Robinson se marient toujours à l'église, devant Dieu et la famille. C'est une *tradition*.

— Peut-être qu'une cérémonie très simple à l'église avec juste la famille proche..., intervint Morgan.

Elle savait bien qu'il aurait mieux valu se taire, mais elle jeta un coup d'œil rapide en direction de Kandi, l'implorant silencieusement de revoir sa décision.

— C'est très gentil, Morgan..., commença Chris, mais Kandi le fit taire en lui tapotant la main.

— Oui. On devrait pouvoir organiser ça.

— Parfait, conclut Ruth en lançant un clin d'œil complice à Morgan.

Cette dernière poussa un soupir que seul Jared entendit. Il se pencha vers elle et murmura :

— Et si nous nous éclipsions ?

— Vous êtes sûr ? chuchota-t-elle.

Jared hocha la tête.

— Si vous voulez bien nous excuser, dit-il en se levant, Morgan et moi montons nous coucher.

Tous les regards se tournèrent vers elle, et Morgan se sentit rougir. Étant donné la réputation de Jared et le fait qu'ils sortaient ensemble, ils devaient tous penser qu'ils montaient dans leur chambre pour faire l'amour.

Jared lui prit la main, et ils quittèrent la salle à manger, mais, au lieu de se diriger vers l'escalier menant aux chambres, il dit :

— Allons nous balader un peu.

Le ciel était d'un noir d'encre parsemé de milliers d'étoiles. Jared l'emmena tout au bout du salon d'été, vers un grand canapé arrondi. Il se laissa tomber dedans, entraînant Morgan avec lui. Elle se blottit tout contre lui.

— Merci pour ce soir. Vous nous avez sauvé la vie.

— Je n'ai pas fait grand-chose.

— Si, et vous le savez aussi bien que moi. L'annonce de Chris a provoqué une véritable révolution, et vous avez désamorcé la crise en éloignant Kandi le temps que les esprits se calment. Et j'ai entendu ce que vous lui avez dit. Vous vous êtes montrée amicale et accueillante.

— Être dans le conflit n'aurait servi à rien. Mon esclandre au mariage ne m'a pas particulièrement réussi avec Henry.

— Vous avez toujours envie de nouer des liens avec lui, c'est ça ?

— J'ai seulement envie de me sentir chez moi quelque part, dit-elle, la bouche sèche.

Jared la fit pivoter vers lui, puis il enveloppa son visage entre ses mains. La chaleur qu'elle lisait dans son regard l'enflamma tout entière.

— Chez vous, c'est ici, avec moi, murmura-t-il avant de l'attirer à lui et de saisir sa bouche avec la sienne.

Elle réagit avec tant d'ardeur à son baiser qu'il laissa échapper un grognement.

Cette fois, ils ne s'arrêtèrent pas. Cette fois, leur baiser devint brûlant, fébrile et passionné. Morgan sentit chez Jared une fougue qu'il avait jusqu'à présent réprimée. Mais cette fois, non. Il la serra fort contre lui, l'écrasant contre son corps, et son odeur virile mêlée à son parfum acheva de réveiller tous les sens de Morgan.

De sa bouche, les lèvres de Jared descendirent le long de ses joues et vinrent se loger dans le creux palpitant de son cou.

Morgan poussa un gémissement. Et elle n'arrêta pas Jared quand ses mains se glissèrent sous son pull pour saisir ses seins. Il pinça et caressa ses mamelons jusqu'à ce qu'ils durcissent entre ses doigts. *Oh ! oui, encore*, se disait Morgan.

— Je vais te donner ce que tu veux, chuchota Jared.

Les joues de Morgan devinrent écarlates ; elle avait pensé tout haut. Elle ne fut donc pas surprise quand il remonta son pull et écarta son soutien-gorge, libérant ses seins. Morgan sentit la fraîcheur de l'air sur sa peau puis la chaleur de sa langue qui la léchait.

— Oh ! cria Morgan quand il referma sa bouche sur la pointe d'un de ses seins et se mit à aspirer avec force.

Plus la succion était puissante, plus intenses étaient les ondes qui irradiaient jusqu'au creux de son ventre.

Les mains de Jared descendirent plus bas, et elle poussa un gémissement rauque quand il se glissa à l'intérieur de ses leggings et que sa main effleura la peau de son ventre, avant de s'aventurer plus loin encore. Jamais elle n'avait laissé un homme la toucher de cette façon, mais Jared n'était pas comme les autres et, quand il écarta la fine dentelle de sa culotte, elle se mit à trembler de plaisir.

Ses doigts exploraient son intimité, et Morgan avait presque mal de vouloir plus encore – mais quoi, elle l'ignorait. Elle comprit quand il glissa un doigt en elle, et elle arqua son corps à sa rencontre. Jared reprit sa bouche et l'embrassa. Un baiser sauvage. Presque furieux. Et Morgan s'abandonna. Il avait glissé un deuxième doigt en elle, et elle jouissait en rythme avec leur mouvement de va-et-vient. Son orgasme fut si intense qu'elle hurla.

Jared couvrit son cri d'un profond baiser et continua à la caresser pendant que peu à peu son plaisir refluait, se refaisait plus doux.

— J'ai envie de toi, Morgan, murmura Jared, le souffle court.

Et, pour lui prouver à quel point, il guida sa main jusqu'à son impressionnante érection.

Ce geste ramena Morgan à ce qu'elle avait ressenti des années plus tôt, quand l'amant de sa mère, Troy, l'avait forcée à le *toucher*.

— Je ne peux pas !

Morgan se leva d'un bond, remit de l'ordre dans ses vêtements et s'enfuit en courant.

Elle savait que ça n'était pas logique, étant donné l'intimité qu'ils venaient de partager, mais elle n'était pas sûre de pouvoir surmonter ses peurs. Même pour Jared.

Jared demeura un moment silencieux. Jamais il n'avait fait fuir une femme. En général, elles ne demandaient qu'à jouir de ses faveurs. Mais Morgan le repoussait, et il avait l'impression aussi qu'elle venait de connaître son tout premier orgasme. Elle avait eu l'air surprise des réactions de son propre corps. Comment était-ce possible ? C'était une jeune femme de vingt-cinq ans. Se pouvait-il qu'aucun des hommes qu'elle avait rencontrés n'ait pu l'amener au plaisir ? Ou bien y avait-il autre chose ? Il avait senti de la peur en elle. Avait-elle subi un traumatisme lors d'une relation sexuelle ?

Était-ce pour ça qu'elle avait pris la fuite ?

Il fallait qu'il en ait le cœur net. Ne serait-ce que pour prouver à Morgan qu'il était capable, lui, de lui faire éprouver du plaisir. Il savait que ce serait merveilleux entre eux. Il l'avait su à la seconde où il l'avait vue à la réception du mariage de Dane. Il fallait seulement que Morgan baisse la garde assez longtemps pour qu'il puisse lui montrer combien ça pouvait être bon. Elle venait d'en avoir un aperçu, mais maintenant il lui tardait de lui faire vraiment l'amour.

Au lieu de retourner dans la grande maison, il vit que Morgan entrait dans une des maisons d'invités. Cela signifiait-il qu'elle préférait rester seule ? Quoi qu'il en soit, il n'était pas prêt à renoncer.

Il toqua à la porte. Morgan ne répondit pas. Alors, il tourna la poignée. Elle était assise dans le noir sur un canapé. Jared alluma la lampe sur la table basse, et une douce lumière diffuse se répandit dans la pièce. Elle semblait prête à s'enfuir à nouveau, alors il s'assit dans un fauteuil en face d'elle, pour qu'elle sache bien qu'il ne la toucherait pas si elle n'en avait pas envie.

— Que se passe-t-il, Morgan ? Pourquoi est-ce que tu t'es enfuie ? Pourtant, j'ai eu l'impression que tu avais pris plaisir à mes caresses. Je me trompe ?

Morgan secoua la tête.

— Alors, dis-moi, ma chérie. Tu peux tout me dire.

Morgan sécha ses larmes du dos de la main, puis elle leva les yeux vers lui, les cils encore humides.

— Quand j'avais seize ans, un des amis de ma mère m'a agressée.

— Quoi !

Le regard de Jared se fit aussi dur que la glace.

— Il t'a violée ?

— Non, dit-elle en secouant vigoureusement la tête. Il n'a pas eu le temps... Ma mère est rentrée avant qu'il puisse...

— Oh ! Morgan, je suis désolée. Tu n'es pas obligée de parler de ça.

— Mais si. Il faut que j'en parle. Parce que, sinon, c'est lui qui aura gagné au final en m'empêchant d'avoir une vie épanouie.

— D'accord. Raconte-moi, alors.

— Un jour, en rentrant du lycée, Troy m'attendait. J'ai tout de suite vu qu'il avait beaucoup bu.

— Continue.

— Je suis vite allée dans ma chambre, mais il m'a suivie et il a refermé la porte derrière lui. J'étais terrifiée. Il m'a jetée sur le lit et il s'est mis sur moi. Il a remonté mon T-shirt et il s'est mis à me toucher les seins, dit Morgan en se tordant les mains. Et puis, il s'est mis à se frotter contre moi. Je sentais qu'il était de plus en plus excité et... et il m'a dit de... de le toucher. Et... et il m'a dit ce qu'il allait me faire. Mais heureusement, il a entendu ma mère crier sur le palier et il s'est relevé d'un bond.

— Oh ! mon Dieu. Je suis tellement désolé, ma chérie.

— Je me suis toujours demandé si j'avais fait quelque chose qui l'avait encouragé...

— Bien sûr que non, dit Jared en prenant le visage de Morgan entre ses mains. Et dis-moi que tu le sais. Tu ne *méritais* pas ce qui t'est arrivé. Tu étais la victime.

— Je ne veux plus être une victime, dit-elle. Il m'a volé le plaisir de l'intimité avec un homme. C'est pour ça que je suis toujours vierge. Je veux retrouver ce qu'il m'a pris, et tu peux m'aider...

— Je ne comprends pas.

— Fais-moi l'amour, murmura Morgan. Aide-moi à effacer toutes ces horreurs. Fais que je ne puisse plus penser qu'à toi et au plaisir que tu me donnes.

— Non, je... Je ne peux pas, dit Jared en secouant la tête. Je suis heureux que tu aies réussi à me parler, mais je ne veux pas profiter de toi. Si je faisais ça, je serais aussi ignoble que ce type.

— Tu ne profites pas de moi. Tout à l'heure, là-bas, je te voulais. Comme le soir où on s'est rencontrés et que je t'ai fait entrer dans ma chambre. Et maintenant encore. C'est *moi* qui veux. C'est *mon choix*.

Puis elle vint s'asseoir sur lui et se pencha pour l'embrasser.

Pendant quelques instants, Jared resta sans réagir. Morgan avait vécu une expérience tellement horrible qu'accepter ce qu'elle offrait ce soir n'était pas correct. Mais elle l'embrassait avec tant de fougue, elle avait si manifestement envie de lui qu'il n'hésita pas plus longtemps.

Lui aussi, il la voulait. Ce soir.

Il referma ses bras autour d'elle et la pressa contre lui.

13

Un frisson parcourut Morgan quand Jared réagit enfin à la passion de son baiser. Se jeter sur lui comme ça, ça ne lui ressemblait pas, mais c'était le seul moyen qu'elle avait trouvé pour le convaincre qu'elle était prête. Avec lui, elle se sentait en sécurité, pleine de désir. Et elle voulait oublier tout le reste dans ses bras.

Leur baiser était de plus en plus pressé, fougueux, et son corps se réveillait au rythme qu'imprimait la langue de Jared dans sa bouche. Jamais elle n'avait ressenti autant d'excitation. Elle pressa contre son torse puissant la pointe durcie de ses seins, et tout le corps de Jared vibra... Elle aussi était capable de lui donner du plaisir. C'était si bon de le savoir.

Soudain, Jared se leva et la porta jusqu'à la chambre, où il la déposa doucement sur le lit. Mais, au lieu de s'allonger sur elle, il resta debout au bout du lit.

— Oh non, ne t'arrête pas, murmura fiévreusement Morgan.

— Je n'ai aucune intention d'arrêter. J'ai envie de toi, Morgan. Je veux toucher, sentir, explorer chaque partie de ton corps... Mais toi, je veux que tu sois sûre aussi. Alors, on va y aller doucement.

— Je n'ai pas envie que ça aille doucement.

Jared eut un rire, dont les notes basses résonnèrent dans chacune des cellules de son corps.

— Si on commençait par se déshabiller ?

Morgan se redressa et commença à déboutonner la chemise de Jared. Son impatience le fit sourire, et il semblait heureux qu'elle prenne l'initiative. Il alla jeter sa chemise sur une chaise, quitta rapidement ses chaussures et ses chaussettes, et revint vers elle.

Morgan ne pouvait détacher les yeux de son corps magnifique, aux larges épaules et au ventre musclé. Elle lui caressa la poitrine et descendit jusqu'à la ceinture de son jean. Elle avait senti son érection pendant leurs baisers, mais maintenant elle allait enfin pouvoir *le* voir, le regarder. Elle défit sa braguette, et le jean glissa sur les hanches étroites de Jared.

— Morgan, dit-il avant de se pencher vers elle pour l'embrasser.

Sa langue vint à la rencontre de la sienne. Elle sentait son désir, et chaque partie de son corps à elle le voulait.

Jared interrompit leur baiser le temps de retirer son boxer noir. Maintenant, il était nu. Alors qu'elle était encore tout habillée. Elle se hâta de retirer son pull, et se retrouva en soutien-gorge. Sans perdre de temps, elle défit l'agrafe et il tomba, libérant ses seins.

— Tu es magnifique, dit Jared d'une voix un peu rauque.

Puis il s'avança vers elle et l'allongea avec douceur sur le lit. Morgan acheva de se déshabiller et jeta ses vêtements en tas sur le sol.

Jamais elle n'était allée aussi loin avec un homme, et pourtant elle n'avait pas peur. Pas avec lui. Il s'allongea à côté d'elle, et ses lèvres retrouvèrent les siennes. Elle avait envie de sentir sa bouche partout sur son corps, dans les endroits les plus secrets. Il releva la tête.

— Tu peux me dire d'arrêter à n'importe quel moment.

— Je sais, mais je n'ai pas envie que tu arrêtes.

D'une main, il lui pétrissait doucement un sein. Il lécha le bout érigé de son autre sein avant de le prendre dans sa bouche, de le sucer et de le mordiller, provoquant des ondes de plaisir dans tout le corps de Morgan.

Puis ses baisers légers descendirent le long de son ventre jusqu'à son nombril. Morgan savait bien ce qui allait se passer ensuite – elle avait lu des romans d'amour.

Mais, au lieu de ça, les lèvres de Jared vinrent papillonner au creux de ses genoux et sur ses cuisses, s'arrêtant juste avant ce qu'elle attendait, ce qu'elle *voulait* de toutes ses forces.

— Vas-y, je t'en supplie...

Jared s'exécuta. Il l'embrassa d'abord doucement. Puis, sentant qu'elle était en confiance, il se mit à la lécher. Cette caresse intime provoqua des spasmes profonds dans tout son corps. Morgan ferma les yeux. Son cœur battait fort dans sa poitrine, et elle ressentit un besoin violent, presque douloureux, de l'avoir en elle, mais elle ne put l'exprimer à haute voix. Le plaisir montait tellement en puissance qu'elle se mit à trembler sans pouvoir se contrôler.

Tandis que la bouche de Jared l'explorait, Morgan planta ses ongles entre les draps, à la recherche d'un point d'ancrage dans la tempête qui l'emportait. Son orgasme fut intense, et elle hurla.

Tandis que le plaisir refluait par ondes successives, Jared lui murmura :

— Ça va ?

Elle hocha la tête. Rougissant violemment, elle tenta de se couvrir le visage des mains, mais il l'en empêcha.

— Ne te cache pas de moi quand on fait l'amour. J'ai besoin de savoir si tu aimes tout ce qu'on fait ou si tu veux que j'arrête. Tu peux dire non à tout moment.

Elle se contenta de hocher la tête.

— Tant mieux, dit-il avec un sourire. Parce qu'on ne fait que commencer.

Jared faisait tout pour ralentir, pour maîtriser le besoin instinctif de son corps de dominer. Il n'avait jamais fait l'amour à une vierge, et il fallait qu'il prenne son temps pour que Morgan puisse passer toutes les étapes à son rythme à elle. Il se sentait honoré qu'elle l'ait choisi pour être le premier et il tenait à lui montrer tout le plaisir que l'on pouvait prendre entre deux adultes consentants.

Dans la poche de son jean, il prit un préservatif, le déroula sur son sexe et revint se placer entre les cuisses de Morgan.

— Tu es sûre que tu veux ?

Elle prit son visage entre ses mains et l'embrassa. Son baiser n'avait rien de timide. Il était profond, passionné. Il entra alors un doigt en elle, puis, en douceur, un deuxième. Le corps de Morgan ondulait à la rencontre de sa main. Il adorait cette sensation.

— Tout va bien ? murmura-t-il en retirant sa main.

— Hum, gémit-elle doucement.

Alors, Jared commença à entrer en elle, lentement.

— Oh...

— Est-ce que je te fais mal ?

— Non... Ne t'arrête pas...

Jared entra encore un peu plus profondément, centimètre par centimètre. C'était délicieux. Puis il sentit qu'il était tout entier en elle. Elle cria en se cramponnant à ses épaules quand il donna la dernière poussée.

— Est-ce que ça va ?

— Oui... Oh ! oui. Continue.

Jared poussa un soupir, et se mit à aller et venir doucement en elle, tout en embrassant ses seins, puis sa gorge, pour remonter jusqu'à sa bouche. Là, il poussa sa langue entre ses dents au moment où il s'enfonçait profondément en elle. Morgan arqua son bassin pour venir à sa rencontre.

— Oui, c'est bien, grogna-t-il.

C'était tellement bon d'être enfin complètement en elle que Jared en oubliait presque de respirer. Son corps aurait voulu aller plus vite, plus fort, mais Jared se contenait. Morgan n'était pas encore prête pour ça. Il fallait que sa première nuit d'amour soit à la fois intense et douce... inoubliable.

Il ne comprenait pas pourquoi cette femme provoquait tant de sensations chez lui. Pourquoi son cœur se serrait dans sa poitrine. Qu'est-ce que ça voulait dire ?

Elle ne savait pas comment, mais Morgan sentait que Jared se retenait. Et elle ne voulait pas qu'il fasse ça. Il était son premier amant, et elle adorait chacune de ses caresses. Elle voulait garder à jamais le souvenir de ce moment au cas où il ne reproduise jamais.

— Je ne suis pas en sucre, tu sais, murmura-t-elle.

Il sourit et accéléra le rythme, poussa en elle plus fort. Son corps se souleva vers lui, et la pression augmenta. Elle planta ses ongles dans le dos de Jared et serra plus fort à mesure qu'il accélérait et que son plaisir montait. Et soudain, la jouissance, intense, la submergea, l'emporta, et elle poussa un long gémissement.

Jared continua, accélérant encore le rythme en elle. Elle était à bout de souffle, mais, une fois encore, elle se sentit emportée au moment même où Jared poussait un grognement sourd. Avait-il ressenti les mêmes sensations extraordinaires qu'elle ?

Quand il se laissa retomber sur elle en l'enfermant dans ses bras comme s'il ne voulait plus jamais la laisser partir, elle adora cette sensation de sa peau contre la sienne, de son poids sur elle. Elle non plus, elle ne voulait pas qu'il quitte ses bras. Parce qu'elle était amoureuse de lui.

Malgré ce qu'elle venait d'éprouver, elle restait lucide. Elle savait qu'elle s'engageait sur un terrain dangereux. Elle avait tout fait pour résister, mais c'était trop tard. Elle était amoureuse d'un homme qui ne croyait pas à l'amour. Et pourtant, même si ses sentiments n'étaient pas partagés, Morgan savait que jamais elle ne regretterait cette première fois avec un homme qu'elle aimait.

14

Morgan se réveilla juste au moment où le soleil se levait, perçant à travers les nuages. Elle était nue, blottie contre le corps de Jared. Elle l'entendait respirer calmement, profondément, encore endormi. Ce qui lui laissait le loisir de repenser à cette nuit.

Elle n'était plus vierge. Elle n'était plus une femme frigide comme tous les hommes qu'elle avait croisés le lui avaient dit. Jared l'avait réveillée de ses baisers et de ses caresses. Elle était capable d'accueillir la brûlante attirance qu'elle éprouvait pour lui. Jamais elle n'avait senti son corps aussi fiévreux que cette nuit. Jamais elle ne s'était sentie aussi vivante. Elle avait senti tout son être s'animer alors que son corps ne faisait qu'un avec le sien. Elle l'avait senti prendre possession d'elle jusqu'au plus profond, et ce souvenir réveilla son désir.

Elle sentit quelque chose contre son ventre et comprit que c'était l'érection matinale de Jared. Cette nuit, il s'était concentré sur son plaisir à elle ; il ne lui avait pas permis de lui donner du plaisir. Et maintenant qu'elle le voyait là, les paupières closes, abandonné, Morgan eut envie d'autre chose. Elle écarta le drap et commença à le caresser, avec la main d'abord, puis avec la langue. Il bougea, mais ne sembla pas se réveiller. Ses yeux étaient toujours fermés. Peut-être s'imaginait-il qu'il était en train de rêver.

Alors, elle le prit tout entier dans sa bouche et se mit à monter et descendre le long de son membre. Les yeux de Jared s'ouvrirent tout à coup, et il la regarda d'un air incrédule, mais Morgan ne s'arrêta pas pour autant. Au contraire. Elle était heureuse de lui faire autant de bien qu'il lui en avait fait. Mais elle sentait qu'il cherchait encore à garder le contrôle, alors elle vint titiller le bout de son sexe avec sa langue.

Jared renversa la tête sur son oreiller, et un son guttural s'échappa de sa poitrine. Tout son corps tremblait de plaisir, et Morgan continua à le caresser jusqu'à ce que son corps redevienne languide.

Alors, elle leva les yeux vers lui.

— C'était comment ?

Jared sourit en la voyant si malicieuse. Quand il s'était réveillé et s'était aperçu qu'elle l'avait pris dans sa bouche, il avait failli jouir immédiatement. Un peu plus tôt, dans un demi-sommeil, il avait senti ses mains le caresser, s'enhardir. Il avait d'abord cru à un rêve, mais non...

Qui aurait pu imaginer que sa douce et innocente Morgan pourrait lui donner autant de plaisir ? Il prit sa main et embrassa chacun de ses doigts.

— C'était extraordinaire.

Il savait qu'elle avait besoin de l'entendre pour prendre confiance en elle parce qu'il était certain qu'elle n'avait jamais fait *ça* à un autre homme que lui.

Elle eut un sourire rayonnant.

Jared ramena doucement une mèche folle derrière l'oreille de Morgan. Lui qui était habituellement si doué pour empêcher tout sentiment de s'immiscer dans ses moments de plaisir, lui qui faisait toujours en sorte que le sexe reste un jeu, il se sentait un peu désorienté. En quelques semaines à peine, Morgan lui avait fait franchir toutes sortes de frontières. Physiquement, il était comblé, mais il sentait que l'attirance qu'il ressentait était loin d'être purement physique. Et ça, ça le terrifiait.

Elle réveillait en lui quelque chose qui était toujours resté à l'état latent. Une chose qui dormait au fond de lui : le besoin d'être proche d'un autre être, pas seulement physiquement mais pour tout lui dire, pour lui confier ses espoirs, ses envies, ses peurs aussi, et pouvoir se reposer sur cette personne. Et avec Morgan, il avait découvert tout ça. Elle le comprenait mieux qu'aucune des femmes qu'il avait connues.

Bien décidé à reprendre le contrôle, il prit un préservatif, l'enfila et allongea Morgan sur le lit. Puis il l'embrassa. Profondément. Longuement.

Puis il descendit, et vint caresser ses seins de sa langue et en mordiller légèrement les mamelons dressés. Morgan gémissait doucement. Ses mains parcoururent son ventre jusqu'à son sexe qu'il écarta avec douceur, comme les pétales d'une rose, puis il glissa un doigt. Elle poussa un soupir.

Son doigt allait et venait, caressait son clitoris et presque instantanément elle jouit. Alors, il écarta ses cuisses et s'enfonça en elle. Elle l'accueillit, enroulant ses jambes autour de lui.

— Oui, comme ça, l'encouragea-t-il en poussant plus loin encore.

Puis il revint caresser son clitoris tout en accélérant le rythme de ses poussées. Morgan émit un long gémissement en s'agrippant à lui. Il sentit un intense flux d'énergie le traverser et il la pénétra encore plus vite, plus fort jusqu'à atteindre sa propre jouissance. Il poussa un bref grognement et s'écroula sur elle.

Morgan et Jared finirent par se réveiller et quittèrent le petit cottage pour rejoindre la grande maison. Après avoir fait l'amour à l'aube, ils s'étaient rendormis, et il était plus de 9 heures quand ils s'engagèrent dans l'escalier menant aux chambres. Chris, lui, était en train de descendre.

— Tiens, tiens, dit-il avec un sourire entendu. Regardez qui voilà. J'espère que vous avez passé une bonne nuit.

Il dévala le reste des marches en riant.

Rouge comme une pivoine, Morgan se hâta de franchir les derniers mètres qui les séparaient de leur chambre. Elle espérait ne croiser personne d'autre qui remarquerait qu'ils portaient les mêmes vêtements que la veille. Elle poussa un profond soupir quand Jared referma enfin la porte derrière eux.

— Tu n'as pas à te sentir gênée, Morgan. Ce qui s'est passé

cette nuit est tout à fait naturel. Ma famille sait que nous sommes ensemble.

— Je sais, mais...

— Il n'y a pas de *mais*. Tu es avec moi, et tout le monde sait que nous couchons ensemble. Maintenant que nous avons commencé, je n'ai plus envie de m'arrêter, dit-il en posant un baiser sur ses lèvres.

— Ne commence pas. Nous n'avons pas le temps, dit Morgan en le repoussant gentiment. On a sans doute manqué le petit déjeuner, et je meurs de faim.

— D'accord, fit-il, faussement contrit. On prend une douche, d'abord ?

Une demi-heure plus tard, Morgan arriva très gênée dans la salle à manger. Elle n'aurait jamais cru qu'une douche puisse être une expérience aussi sensuelle.

La salle à manger était déserte, et les domestiques étaient déjà en train de débarrasser. Ils étaient sur le point de s'en aller quand Antoine entra.

— Bonjour, dit-il en souriant. Voulez-vous prendre un petit déjeuner ? Je peux demander qu'on vous prépare quelque chose de rapide.

— Je prendrai volontiers une omelette, dit Morgan. Avec quelques légumes. Et aussi une tasse de café, s'il vous plaît.

— Parfait. Jared ?

— Pareil, répondit Jared en tirant la chaise de Morgan.

C'est alors que Ruth entra dans la pièce, en tenue de tennis, raquette à la main.

— Vous êtes enfin levés, dit-elle. Je commençais à croire que vous alliez passer tout votre temps tous les deux plutôt qu'avec nous.

Morgan se sentit mortifiée et ne savait quoi répondre, mais Jared réagit rapidement.

— Mais non. Nous étions juste fatigués. Je te rappelle que je travaillais hier.

— Fatigués ? sourit malicieusement Ruth. Bien sûr.

Elle se tourna vers Morgan et lui proposa de venir jouer au tennis avec Mary et elle.

— Non, merci. Je n'ai pas encore pris mon petit déjeuner. Nous nous verrons plus tard, d'accord ?

— Mais oui, dit Ruth avant de s'éclipser en lançant un clin d'œil à Jared.

Quand elle fut sortie, et qu'Antoine eut à son tour quitté la pièce après leur avoir servi du café, Morgan regarda Jared avec de grands yeux.

— Elle sait.

— Grand-mère n'est pas née d'hier. Elle sait ce qui se passe entre un homme et une femme lorsqu'ils sont aussi attirés l'un par l'autre que nous.

— Est-ce que c'est toujours aussi... intense ?

Jared la regarda par-dessus sa tasse, et Morgan ressentit une douce crispation au creux de son ventre.

— Pas toujours, mais nous sommes très compatibles *sexuellement*.

Elle détourna les yeux pour échapper à son regard hypnotique.

— Qu'est-ce que tu as envie de faire aujourd'hui ?

— Tu veux une réponse sincère ? dit-il avec un regard gourmand. Hum... On pourrait faire une randonnée ou du canoë. Ou bien une balade à cheval. Comme tu veux...

— On peut se joindre à vous ?

Ils se tournèrent vers Chris. Kandi était à côté de lui, habillée d'une sorte de combinaison de pilote plus adaptée à une sortie en boîte qu'à une journée à la campagne.

— Bien sûr, dit Jared.

— Je propose qu'on fasse du canoë. On verra bien qui gagne.

— D'accord, dit Jared. Il y a longtemps que je ne t'ai pas mis ta raclée. On se retrouve d'ici une heure sur le ponton ?

— Ça marche.

Morgan adorait voir les deux frères ensemble. Elle savait qu'être sans nouvelles de Chris avait inquiété Jared, et elle espérait que ce week-end allait arranger un peu les choses. Les Robinson étaient des gens bien, même s'ils auraient pu se montrer un peu plus gentils les uns avec les autres. Évidemment, c'était facile à dire pour quelqu'un d'extérieur.

Elle s'imaginait très bien au sein de cette famille, mais Jared ne voulait pas d'une véritable relation avec elle. Une fois leur petite comédie terminée, chacun repartirait de son côté. Ce serait difficile parce que Jared était son premier amant et qu'il tiendrait toujours une place spéciale dans son cœur pour lui avoir appris comment donner et recevoir du plaisir.

Faire l'amour avec lui, ça n'était pas seulement deux corps qui se faisaient mutuellement du bien. C'était bien plus que ça. Ils avaient partagé une intimité qu'elle n'avait jamais connue avec personne. Chaque baiser, chaque caresse l'avait liée à lui. Elle était désormais plus proche de Jared que de quiconque. Elle s'était confiée à lui et lui avait parlé de son passé. Comment aurait-elle pu ne pas l'aimer ?

15

Il y avait des années que Jared n'avait pas autant ri que cet après-midi-là. Après avoir récupéré chacun leur canoë et leurs rames, les deux frères avaient aidé Morgan et Kandi à embarquer.

Un des jardiniers devait jouer les arbitres.

Chris démarra en trombe, tandis que Jared adoptait un rythme plus régulier, réservant son énergie pour la durée. Chris était devant, et Morgan lui cria d'aller plus vite.

— Ne t'inquiète pas. Je sais ce que je fais.

Et c'était vrai. Après avoir effectué une boucle, ils revinrent vers le ponton. À ce moment-là, Chris était déjà fatigué. Jared donna alors sa pleine puissance, et ils finirent avec plus de dix minutes d'avance. Il aida Morgan à sortir du canoë.

— C'était génial ! s'écria-t-elle, en le prenant dans ses bras et en lui donnant un baiser pour le féliciter.

Mais Jared avait envie de plus que ça. Et ce, depuis que Morgan avait écourté leur partie de plaisir sous la douche.

Le baiser devenait vraiment très intense quand Chris et Kandi arrivèrent enfin. Jared libéra Morgan et enlaça sa taille.

— Tu as gagné, s'exclama Chris. Mais uniquement parce que tu es plus jeune.

— Quand tu veux pour une revanche, rétorqua Jared. Je suis même prêt à te laisser cinq minutes d'avance au départ.

Tout le monde éclata de rire.

— Et si on buvait quelque chose ? Je meurs de soif. Désolé

pour toi, ma chérie, dit Chris en caressant le ventre de Kandi, mais, pour toi, ce sera un jus de fruits.

De retour à la grande maison, ils retrouvèrent les aînés après leur partie de tennis.

— Vous voilà enfin, les enfants, dit Ruth. J'ai cru que vous nous aviez abandonnés.

— Jamais de la vie, grand-mère, dit Chris en l'embrassant sur la joue.

Jared et Morgan s'assirent sur un petit sofa, tandis que Chris et Kandi prenaient place à côté de Ruth.

— Qu'est-ce que vous faisiez de beau, les enfants ?

— Je rappelais à Chris qu'il est un vieux croulant.

Son frère lui lança un regard noir.

— Ils ont fait une course de canoë, expliqua Kandi. On s'est bien amusés, mais mon pauvre nounours a perdu.

Jared manqua s'étouffer. Il détestait ces petits noms ridicules. Il aimait beaucoup Morgan, mais il n'était pas près de lui donner un surnom aussi ridicule. Il avait des choses bien plus intéressantes à faire avec elle.

— Je suis ravie que vous vous plaisiez ici, dit sa mère. Ruth et moi voulions partir faire un peu de shopping pendant que les hommes pêchent. Nous aimerions beaucoup que vous veniez avec nous pour apprendre à mieux nous connaître.

— Vraiment ? dit leur grand-mère en haussant un sourcil.

Chris la rappela à l'ordre d'un regard.

Le visage de Kandi s'éclaira.

— Oh ! oui. J'adorerais. En fait, je n'ai pas très bien choisi ma garde-robe pour un week-end loin de tout.

— Tu es magnifique, chérie, dit Chris.

L'amour était vraiment aveugle, songea Jared. Cette combinaison de pilote en jean était vraiment de mauvais goût. Heureusement que Morgan avait de la classe, elle.

Après un déjeuner détendu où on leur servit une salade aux fruits de mer accompagnée de pain croustillant et d'un pinot gris, les femmes partirent en ville tandis que les hommes se préparaient pour la pêche. Il y avait longtemps que Jared, Chris et leur père n'avaient pas passé un après-midi ensemble. Armés de leurs sièges de toile, de leurs cannes, de leurs hameçons, de leurs appâts et de bouteilles d'eau, les trois Robinson mâles prirent le chemin du ruisseau.

Une fois leurs lignes installées, ils s'assirent pour attendre. Heureusement, Chris avait eu la bonne idée d'emporter une glacière pleine de bières. Jared en prit une, la décapsula et avala une gorgée.

— Je suis content qu'on soit enfin tranquilles, commença leur père. Tu vas peut-être pouvoir nous expliquer comment tu t'es retrouvé fiancé à Kandi.

Le visage de Chris se durcit.

— Je vous préviens, si vous commencez tous les deux, je rentre à la maison.

— Arrête, dit Jared. On veut juste comprendre. Comment est-ce que vous vous êtes rencontrés ?

Chris soupira, un peu plus détendu.

— J'ai rencontré Kandi parce qu'un de nos clients voulait voir un spectacle de strip-tease. J'avoue que ça n'est pas mon truc, mais, quand j'ai vu Kandi sur cette scène, je suis immédiatement tombé amoureux.

— Tu confonds désir et amour, fiston. Ça arrive souvent, tu sais.

— Réagis, Jared. Tu m'as bien dit que tu avais tout de suite été sous le charme en rencontrant Morgan, non ? demanda Chris.

— C'est vrai, mais c'est différent, objecta Jared.

Il songea que Chris et Kandy étaient fiancés, eux. Et s'il demandait à Morgan d'être sa fiancée ? Enfin… sa *fausse* fiancée. Il ne pouvait pas lui offrir plus que ça. D'ailleurs, pourquoi cette seule idée lui faisait-elle battre le cœur plus vite ?

— Finis ton histoire, reprit-il.

— Après avoir raccompagné le client, je suis retourné au club. Au début, Kandi ne voulait pas qu'on se voie parce que j'étais un client, mais j'ai réussi à la convaincre de prendre le petit déjeuner avec moi. Et puis, une chose en entraînant une autre…

— Tu es sûre qu'elle n'en veut pas à ton argent ?

— Papa…, intervint Jared, mais Clay leva une main.

— Je n'ai pas fini. Une jeune femme exerçant ce genre de métier pourrait être tentée. Tu pèses des millions de dollars.

— Elle n'est pas avec moi pour mon argent. D'ailleurs, elle a accepté de signer un contrat prénuptial.

— Je suis agréablement surpris, admit leur père en se frottant la joue. Mais j'y croirai quand je le verrai. Ce que je veux dire, Chris, c'est que tu devrais peut-être prendre exemple sur Jared. Il a trouvé la perle rare avec Morgan. Elle a de la classe, elle est cultivée et pas désagréable à regarder.

— Merci, papa, dit Jared.

— Mais elle est du genre qu'on épouse, poursuivit son père. Est-ce que tu es prêt à gérer ça ?

Heureusement, une des lignes se mit à bouger, ce qui lui évita de devoir répondre. Ils avaient pris quelque chose. Tout comme Morgan avait capturé son cœur.

Morgan ne s'était pas doutée qu'elle devrait consacrer une partie de son week-end à jouer les médiatrices entre les Robinson et Kandi, mais c'était précisément ce qui se passait.

Pour Ruth, apprendre à mieux se connaître consistait visiblement à bombarder de questions la pauvre Kandi, qui avançait en terrain miné. Morgan faisait de son mieux pour la soutenir, mais ça n'était pas évident. Ses pensées n'arrêtaient pas de retourner vers le cottage où Jared lui en avait tant appris sur son propre corps.

Après tant d'années à nier ses besoins, elle avait des papillons dans le ventre et attendait avec impatience de se retrouver seule dans leur chambre avec l'homme qu'elle aimait. Mais lui, que ressentait-il pour elle ?

De la tendresse ?

De l'affection ?

Où n'était-ce que du désir ?

— Morgan, ma chérie, l'appela Ruth. Venez par ici. J'ai trouvé une robe divine pour vous.

Morgan alla vers la vieille dame en souriant. Elle n'avait pas connu ses grands-parents. C'est tout juste si elle avait eu une mère... Alors, être chouchoutée par Ruth lui réchauffait le cœur. Celle-ci lui montra une robe en soie verte absolument fabuleuse... dont le prix était exorbitant.

— Ça sera magnifique avec vos yeux, approuva Mary.

— Nous la prenons, dit Ruth à la vendeuse.

— Pas question, dit Morgan en secouant la tête. C'est bien trop cher.

— Mais non, dit Ruth en faisant signe à la caissière. Nous la prenons. Et vous, Kandi, il faut aussi qu'on vous trouve quelque chose.

Kandi haussa les épaules en regardant autour d'elle.

— Ce n'est pas vraiment mon style.

— Vous voulez dire, de porter des vêtements élégants ? dit Ruth.

— Ruth ! s'écria Mary.

— Je suis désolée. Mais, ma chère, si vous voulez épouser mon petit-fils, il va falloir changer de style. Parce que, ça – elle désigna le pantalon zébré, le bustier et le blouson de cuir de Kandi –, ça n'est vraiment pas possible. Vous feriez honte à Chris et à toute la famille.

— Oh ! s'écria Kandi en portant une main à sa bouche avant de s'enfuir de la boutique.

— Pourquoi êtes-vous si dure, Ruth ? demanda Morgan. Tout ça est nouveau pour elle.

— Pour vous aussi, mais vous êtes déjà comme un poisson dans l'eau. Il faut qu'elle apprenne elle aussi.

— Et ça viendra avec le temps, dit Mary. Je vais aller lui parler. Lui expliquer que tout le monde dans la famille ne pense pas comme *vous*.

Ruth soupira et tendit sa carte de crédit avant de se tourner vers Morgan.

— Ai-je vraiment été aussi dure ?

— Oui. Ne faites pas de Kandi votre ennemie. Au contraire, faites-en une alliée. Sinon Chris risque de s'en aller. Ce n'est pas ce que vous voulez ?

— Bien sûr que non, dit Ruth en caressant la joue de Morgan. Vous êtes merveilleuse. Mon petit-fils a de la chance de vous avoir rencontrée, et je suis heureuse que vous fassiez partie de la famille.

Morgan eut l'impression qu'on lui plantait un couteau dans le cœur ; elle ne faisait pas partie de leur clan.

Qu'allaient-ils tous ressentir le jour où ils apprendraient la vérité ? Se mettraient-ils à la détester comme ils détestaient Kandi ?

Quand elles rentrèrent à la propriété, elles trouvèrent les hommes très contents d'eux ; ils avaient pris des achigans à grande bouche et des rayés. Pendant que le chef préparait les poissons pour le dîner, chacun monta dans sa chambre pour se changer.

Dès que leur porte fut refermée, Jared voulut prendre Morgan dans ses bras, mais elle se dégagea et sortit sur le balcon. L'air s'était rafraîchi, et c'était parfait pour elle. Elle repensait à ce que lui avait dit Ruth. Elle détestait mentir à cette famille. Elle avait accepté dans un premier temps pour avoir le temps de se retourner. Parce qu'il fallait qu'elle se rende à l'évidence, jamais Henry ne voudrait d'elle dans sa vie.

— Que se passe-t-il ? demanda Jared en la rejoignant sur le balcon.

Il l'emprisonna entre ses bras, plaçant ses mains sur la rambarde, de part et d'autre de son corps. Elle chercha à ignorer sa présence dans son dos, mais c'était impossible.

C'était Jared. Son odeur agissait comme un aphrodisiaque sur elle.

— Je réfléchissais à la façon dont tout ça va finir.

— Arrête, murmura-t-il dans son cou. Pense au moment présent.

Il l'attira à lui, et elle sentit son érection contre ses fesses. Il se pencha et commença à l'embrasser à la base du cou, juste sous son oreille ; il avait découvert que c'était son point sensible.

— Jared... On ne peut pas. Pas maintenant. Tout le monde nous attend.

— Oh si, on peut, dit-il en la poussant pour la plaquer contre la façade.

Avant qu'elle ait pu l'en empêcher, Jared avait relevé sa jupe. Puis il lui attrapa les cheveux et se jeta sur sa bouche comme un affamé.

Elle défit le bouton de son jean, descendit sa fermeture Éclair et fit glisser son caleçon. Le sexe de Jared jaillit. Elle ne voulait qu'une chose : l'avoir en elle. Jared fut plus rapide qu'elle et sortit un préservatif de sa poche.

— Désolé, dit-il, j'ai envie de toi depuis ce matin, alors ça va être rapide et un peu brutal. Plus tard, on fera ça doucement et lentement.

Et il la posséda, là, contre le mur. Et une fois encore, elle eut l'impression que son corps explosait dans mille directions différentes. Il hurla son nom, et elle aussi cria dans la nuit. Et ce fut fini. Heureusement qu'il la maintenait plaquée contre le mur, sinon elle se serait effondrée par terre. Elle avait les jambes flageolantes d'avoir pris un plaisir si fort, de se sentir si libre.

— Ça t'a plu ? demanda Jared avec un large sourire.

— À ton avis ?

16

Le dimanche après-midi arriva trop vite, et Morgan était triste que ce soit déjà la fin du week-end. Elle avait aimé ce moment avec Jared et sa famille. Le dimanche matin, ils étaient tous partis à cheval. C'était la première fois qu'elle montait, mais Ruth avait insisté la veille pour lui acheter un pantalon d'équitation, une chemise à manches longues et des bottes de cavalier.

Ça avait été une balade facile. Même Kandi, qui n'était jamais montée à cheval non plus, avait réussi à tenir en selle. Ils s'étaient ensuite arrêtés pour un délicieux et très joyeux pique-nique où tout le monde s'était montré de bonne humeur.

Puis ils rentrèrent à la grande maison et chacun chargea ses bagages dans sa voiture pour retourner en ville. Morgan n'avait aucune envie de repartir. Elle se sentait à sa place avec les Robinson. Et elle souffrait de savoir que ça n'allait pas durer.

— À quoi penses-tu ? demanda Jared.

— Notre contrat va bientôt se terminer.

Il se tourna vers elle.

— Je croyais que j'avais chassé ces idées-là sur le balcon. As-tu tellement hâte de te débarrasser de moi ?

— Bien sûr que non, répondit-elle un peu trop vite.

Elle aurait dû se protéger au lieu d'avouer ses vrais sentiments.

— Tant mieux. Parce que je n'ai pas envie que ce soit fini.

Elle remarqua qu'il serrait son volant un peu trop fort.

— Je te signale que tu n'es pas le seul à décider.

— Je sais, murmura-t-il. Il suffit que tu le demandes et on arrête tout de suite.

Morgan croisa les bras et regarda par la vitre de la voiture.

Elle savait que Jared ne voulait pas s'engager, mais elle aurait cru qu'il avait un peu d'affection pour elle quand même, ne serait-ce que parce qu'il avait été son premier amant. Le *seul*. Elle ne voulait pas d'un autre homme, mais visiblement, pour lui, elle n'avait rien d'irremplaçable.

Elle remarqua que Jared ne tournait pas pour entrer dans sa résidence au moment où ils passèrent devant.

— Où est-ce qu'on va ? demanda-t-elle.

— Chez moi, répondit-il sans la regarder.

Il ne fallait pas qu'elle aille chez lui. Elle avait peur de ce qu'elle pourrait laisser voir de ses sentiments.

— Écoute, c'est la fin du week-end et tu travailles demain. Il vaut mieux que tu me déposes chez moi.

Il jeta un regard vers elle, mais elle ne put déchiffrer son expression.

— Je préférerais que tu viennes, mais, si tu veux, je fais demi-tour et je te ramène.

Morgan avala sa salive. Il lui laissait le choix. Ou pas ? N'était-il pas en train de la manipuler pour obtenir ce qu'il voulait ? Peut-être, mais au fond, ce qu'elle voulait, c'était être avec lui.

— D'accord.

Le reste du trajet se fit en silence, et ils n'échangèrent pas un mot dans l'ascenseur. Une fois chez lui, Jared posa leurs sacs sur le sol et se tourna vers elle.

— Excuse-moi.

Morgan le regarda, incrédule. Jared n'était pas du genre à s'excuser. Toujours très sûr de lui. Et pourtant, à cet instant, il semblait un peu perdu.

— Tu t'excuses pour quoi, au juste ?

— Pour ce que je t'ai dit tout à l'heure. Ou plutôt pour la manière brutale dont je l'ai dit. Ce qui se passe entre nous me plaît, et je n'ai pas envie que ça finisse. Voilà, tu es contente ?

— Que tu te sois excusé ? dit Morgan en s'avançant vers lui

et en enroulant les bras autour de son cou, même si son cerveau lui criait de s'enfuir à toutes jambes.

— Non. De m'avoir obligé à avouer mes sentiments.

Le lendemain matin, assis à son bureau, Jared restait les yeux fixés sur son écran. Cela faisait une heure qu'il était devant le même rapport, et il n'y comprenait toujours rien. Son esprit ne cessait de revenir au moment où il avait réveillé Morgan d'un baiser un peu avant l'aube. Ensuite, il était descendu entre ses cuisses et l'avait caressée de sa langue jusqu'à ce qu'il l'entende gémir de plaisir. Et puis, il l'avait retournée sur le ventre et l'avait prise par-derrière, pétrissant ses seins tout en pénétrant son sexe humide. Elle avait hurlé son nom, et ensuite seulement il avait pu sombrer dans le sommeil.

Le problème, c'était qu'avec Morgan le sexe n'était pas juste du sexe. Mais il préférait se dire que ça n'était que ça. Même si c'était génial. Ça n'était *que du sexe*.

Il n'avait ni envie ni besoin de s'encombrer du conte de fées que Morgan désirait sans aucun doute. Il ne voulait pas s'engager. Alors, pourquoi doutait-il soudain de tout ce qu'il avait toujours pensé à ce sujet ?

— Ça fait drôle de te voir derrière ce bureau, dit la voix de Chris.

En costume gris et cravate, son frère se tenait sur le seuil de son bureau. *Son ancien bureau à lui.*

— Ça me fait bizarre à moi aussi. Qu'est-ce qui t'amène ?

— Tu t'es dit que, maintenant que tu étais rentré, Jared n'avait qu'à s'éclipser ? demanda leur grand-mère, qui venait d'arriver derrière Chris.

— Pour être honnête, oui. Je me suis dit qu'il serait heureux de retourner aux frasques de sa vie d'avant.

— Cette période de sa vie est terminée maintenant qu'il a rencontré Morgan.

L'air dubitatif de son frère n'échappa pas à Jared.

— En fait, j'ai adoré m'impliquer davantage dans Robinson Holdings et je n'ai pas l'intention de partir, dit Jared, aussi surpris que l'était son frère d'être d'accord avec leur grand-mère.

— Et moi dans tout ça ?

— Nous pouvons partager les responsabilités. Tu l'as dit toi-même, c'est trop lourd pour une seule personne. Et moi, je tiens à avoir une vie en dehors du travail.

Jared ignorait si cette vie inclurait Morgan, mais il ne le saurait jamais s'il choisissait la même voie que celle que Chris avait suivie.

— Je dois dire que tu continues de m'impressionner, Jared, dit Ruth. Je suis fière de toi.

— Merci, dit Jared avec un sourire.

— Et moi aussi, dit Chris. Je serai honoré de travailler avec toi, frérot.

— C'est gentil d'être venue, dit Kandi quand Morgan et elle se retrouvèrent dans la boutique d'articles pour bébés.

— C'est normal, répondit Morgan. Ça me fait plaisir d'être là.

— Je suis angoissée. Pas d'avoir le bébé, mais de ne jamais m'intégrer dans la famille de Chris. Toi, tu as l'air de leur plaire. Peut-être que tu peux me donner des tuyaux.

— Sois toi-même, dit simplement Morgan. Ruth est brutale, mais, une fois qu'on la connaît, c'est quelqu'un de chaleureux.

— Je ne sais pas... Elle a passé son temps à critiquer mes tenues le week-end dernier...

— Si tu veux t'intégrer, tu vas devoir changer un peu de garde-robe. Je ne te dis pas de perdre ta personnalité, mais de faire un peu plus sobre. Moins de petits hauts trop courts et de pantalons moulants léopard.

— C'est comme ça que j'ai eu Chris, dit Kandi avec un sourire malicieux.

— Mais ça n'est pas comme ça que tu le garderas. Si tu veux, je peux t'aider à choisir quelques vêtements.

Ce soir-là, après un dîner à emporter arrosé d'une bouteille de vin, Morgan raconta à Jared sa journée avec Kandi. Elle était heureuse de pouvoir passer cette soirée en tenue décontractée à bavarder de petites choses, comme un vrai couple.

— Ça n'est pas parce que tu es ma petite amie qu'il faut te sentir obligée de passer du temps avec elle, dit Jared.

— Je sais, mais je l'aime bien. D'une certaine façon, elle me rappelle ma mère. Peut-être que je pourrai l'aider à apprivoiser ta grand-mère...

Tout à coup elle réalisa qu'il avait dit qu'elle était sa petite amie, pas sa *fausse* petite amie.

— Franchement, ça m'étonnerait que grand-mère change d'avis. Elle est très têtue.

— Pourtant, toi, tu as réussi à la faire changer de point de vue, répondit Morgan avec un large sourire. En quelques semaines, tu as réussi à la convaincre que tu étais capable de diriger Robinson Holdings. Kandi arrivera peut-être aussi à la faire fléchir.

— Je suis son petit-fils. De la famille.

— Je suis sûre qu'avec un peu de pratique Kandi pourra surmonter...

— ... son absence de classe ?

— Tu es dur.

— Mais j'ai raison. Et ne cherche pas à la changer. Chris est tombé amoureux d'elle telle qu'elle est. C'est à eux de régler ça.

— Désolée, dit Morgan en baissant les yeux. Je cherchais juste à aider.

— Viens là, dit-il en la prenant sur ses genoux. Tu n'as rien fait de mal. C'était adorable et c'est ce que...

Il s'interrompit au milieu de sa phrase, la poussa sur le côté, se leva d'un bond et quitta la pièce sans un mot.

Dans la salle de bains, Jared se passa de l'eau sur le visage.

Qu'est-ce qui lui arrivait ? Il avait failli dire : « et c'est ce que j'aime chez toi ».

Aimer. Ce mot ne faisait pas partie de son vocabulaire avec les autres femmes. Alors, pourquoi maintenant ?

C'était elle. Morgan.

Pour la première fois, il avait oublié de dresser des barrières entre ses émotions et une femme. Avec Morgan, il avait laissé ses sentiments prendre le pas, et il ne savait plus comment les faire taire.

— Est-ce que tout va bien ? demanda Morgan de l'autre côté de la porte. C'est quelque chose qu'on a mangé ?

Bien sûr, elle croyait qu'il s'était intoxiqué... Comment aurait-elle pu imaginer qu'il s'était enfui parce qu'il avait peur des émotions qu'elle faisait surgir à la surface ?

— Ça va. J'arrive tout de suite.

— D'accord.

Il l'entendit s'éloigner et prit une longue inspiration.

Il avait cru pouvoir jouer sur les deux tableaux : garder Morgan sans se faire prendre. Mais il s'était trompé. Il n'était pas du genre à s'engager et ne le serait jamais. Morgan méritait un homme capable de lui donner son cœur, capable d'aimer. Et cet homme, ça n'était pas lui. Il devait la laisser s'en aller.

Il se redressa.

Juste une dernière nuit. C'était tout ce qu'il s'accorderait. Ensuite, il trouverait peut-être un moyen pour que chacun d'eux puisse avancer, continuer sa vie sans l'autre.

Mais en sortant de la salle de bains, il trouva Morgan allongée nue sur le lit, offerte, et tout projet de dire adieu à cette femme magnifique s'envola d'un coup.

Il prit juste le temps d'enfiler un préservatif avant de l'embrasser fougueusement et d'entrer en elle.

Son plaisir fut immédiat et si intense qu'il eut envie de fermer les yeux. Mais c'était impossible. Il voulait pouvoir contempler Morgan alors qu'ils jouissaient ensemble... peut-être pour la dernière fois. Après l'amour, ils restèrent enlacés, et Jared s'endormit dans ses bras.

17

— Merci d'avoir accepté de me voir, Fallon, dit Morgan quand sa sœur vint la rejoindre dans un bar à vin du centre.

Elle avait besoin de se confier à quelqu'un au sujet de ses sentiments pour Jared. Elle aimait beaucoup Kandi, mais elle n'avait pas eu envie de lui parler de ça.

— Ça m'a fait plaisir que tu m'appelles, dit Fallon en se calant confortablement sur la banquette avant de prendre une gorgée de vin. J'espérais qu'un jour tu te sentirais assez à l'aise pour ne pas voir en moi juste une sœur mais aussi une amie.

— Ce soir, j'ai bien besoin d'une amie…

Depuis cette soirée tranquille, passée sur le canapé autour d'un plat à emporter, comme un vrai couple, Jared se montrait distant. Elle ne l'avait pas vu de la semaine. Il lui avait dit qu'il était submergé de travail, mais Morgan avait l'impression que c'était une fausse excuse.

Avait-elle fait quelque chose de mal ?

S'était-il déjà lassé d'elle ?

Elle aurait pensé que non, pourtant. Il avait eu l'air tellement comblé après lui avoir fait l'amour ce soir-là. Elle était complètement perdue.

— Raconte, dit Fallon en se penchant vers elle. Qu'est-ce qui se passe ?

— Tu sais sûrement que je sors avec Jared Robinson…

Fallon hocha la tête.

— Oui, et j'avoue avoir été surprise. Jared est plutôt du genre furtif avec les femmes.

— Je sais, dit Morgan avec un pâle sourire. Il est connu pour ça.

— Tu n'as pas idée du nombre d'histoires scabreuses dans lesquelles Dane et lui se sont fourrés plus jeunes.

— Il m'en a parlé avant de me demander d'être sa fausse petite amie.

— Comment ça ? demanda Fallon en fronçant les sourcils.

Morgan lui expliqua les détails de leur accord, les problèmes que Jared avait eus pour se faire accepter par le conseil d'administration, les exigences de sa grand-mère.

— Oh ! ma chérie, dit Fallon en lui prenant doucement la main. Tu n'avais pas à faire ça. Ayden et moi, ou même Dane, nous t'aurions aidée à trouver du travail ou nous t'aurions donné tout ce dont tu avais besoin.

— Quand Henry m'a rejetée, j'ai décidé de me débrouiller seule, sans l'aide des Stewart. C'est pour ça que j'ai accepté sa proposition. Mais quand on s'est mis à passer du temps ensemble, j'ai compris qu'il y avait autre chose.

Fallon leva un sourcil.

— Je crois que je l'aime, dit tranquillement Morgan. Et pour être honnête, je crois bien que je l'ai aimé à la minute où il est venu à mon secours au mariage quand je me suis humiliée devant notre père. Ce soir-là, j'ai bu plus que de raison et je me suis littéralement jetée à sa tête, mais il n'en a pas profité.

— Encore heureux, répliqua vivement Fallon.

— Écoute, il a été très clair dès le début concernant notre petit marché. Sauf qu'à un moment donné notre relation est devenue plus intime.

— Et tu as couché avec lui ?

Morgan hocha la tête.

— Tu vois, c'était la première fois que je...

Elle ne put achever sa phrase, trop gênée d'avouer qu'alors elle était encore vierge.

— Que tu couchais avec un homme ? acheva Fallon à sa place. Est-ce que Jared a profité de toi ? S'il a fait ça, je t'assure qu'il va le regretter.

— Non, je le désirais et ça a été merveilleux, dit Morgan en secouant énergétiquement la tête. Il a été patient et doux. Et depuis… depuis, c'est tout simplement merveilleux. Enfin, c'est ce que je croyais. Mais ces derniers jours, je sens que Jared s'éloigne.

— Et tu as peur qu'il se soit lassé de toi ?

— Oui.

— Oh ! ma chérie, ça arrive parfois. On ne finit pas toutes avec notre premier amant. Et c'est sans doute mieux, ils nous aident juste à passer une étape. Et, connaissant Jared, s'il met de la distance entre vous, c'est peut-être une façon de mettre un terme à votre relation sans avoir à te le dire.

— Mais je ne veux pas que ça finisse entre nous, s'écria Morgan en chassant les larmes qui jaillirent de ses yeux. Je l'aime.

— Et tu le lui as dit ?

Elle secoua la tête.

— Et lui ? Il les a prononcés, ces trois petits mots ?

— Non.

— Je ne veux pas te faire de peine, mais Jared n'est pas du genre à s'engager. À se marier.

Morgan savait que Fallon avait raison, mais elle n'en avait pas moins mal.

— Allez, viens là, dit Fallon en l'enveloppant dans ses bras. Je sais que tu as l'impression que c'est la fin du monde, mais je te jure que tu t'en remettras.

Morgan, elle, n'en était pas sûre. Comment pouvait-on se remettre de son premier amour ?

Morgan eut finalement des nouvelles de Jared le soir même. Elle était dans son appartement et s'apprêtait à aller se coucher avec un bon bouquin quand son téléphone sonna.

— Allô ?

— Je suis désolé d'avoir été aux abonnés absents cette semaine, Morgan.

— Je comprends. Tu étais occupé.

En fait, elle ne comprenait absolument pas, mais que pouvait-elle dire d'autre ? Elle n'avait aucune envie de se ridiculiser en lui montrant à quel point elle avait besoin de le voir.

— Je sais que je te préviens un peu tard, mais j'ai oublié de te parler du gala de charité que ma grand-mère organise chaque année pour lever des fonds pour la recherche contre la maladie d'Alzheimer. C'est samedi, et j'aimerais que tu viennes avec moi.

Non.

Juste au moment où elle avait décidé de tirer un trait sur lui, il revenait à la charge. Elle avait envie de répondre *non*. Elle avait sa fierté quand même ! Mais, même s'il l'avait négligée toute la semaine, il savait bien qu'elle ne pourrait pas refuser, étant donné l'importance que cette cause avait pour lui.

— Morgan ?

— Oui ?

— Tu veux bien ?

Elle ne répondit pas immédiatement. Son cerveau lui disait d'en finir maintenant tant que c'était encore possible, mais son cœur lui disait d'être là pour l'homme qu'elle aimait, même si elle devait encore plus souffrir après ça.

— Je viendrai, oui.

Elle l'entendit pousser un soupir de soulagement.

— Merci. Ce sera habillé, alors achète-toi ce dont tu as besoin.

— D'accord.

— Bon. Je passerai te prendre samedi vers 18 heures. Ça te va ?

Au ton de sa voix, elle devinait que cette conversation était aussi pénible pour lui qu'elle l'était pour elle.

Comment deux personnes pouvaient-elles être si étrangères l'une à l'autre après avoir été si proches ?

— Parfait.

— Bon. Bonne nuit, alors, dit-il avant de raccrocher.

Le cœur de Morgan se serra. Il avait raccroché tellement vite. Il ne pouvait même pas supporter de discuter avec elle quelques minutes alors qu'une semaine plus tôt il semblait si passionné.

Elle devait être vraiment nulle pour qu'il ne veuille plus d'elle.

Morgan balança son téléphone et se jeta sur son lit. Tout ça, c'était sa faute à elle. Elle avait accepté le marché. Leur relation devait rester platonique. Mais elle s'était laissé attirer dans la vie de famille de Jared. Et dans son lit. Et maintenant, elle ne voyait plus comment se sortir de tout ça.

Les yeux rivés sur le téléphone de son bureau, Jared se sentait minable. Il était froid et distant avec Morgan alors qu'elle ne le méritait pas. Elle n'avait rien fait de mal. Elle avait fait tout ce qu'il lui avait demandé. Plus, même. Elle s'était prise d'affection pour sa grand-mère, et toute sa famille l'adorait.

Et elle avait apporté une joie dans sa vie qu'il n'avait jamais connue avant. Il souriait. Riait. Tout ça, grâce à Morgan. *Elle* était en train d'en faire quelqu'un de meilleur. Jamais il ne s'était impliqué autant dans son travail. Dans sa vie.

Se retrouver brusquement à la tête de Robinson Holdings l'avait obligé à mûrir d'un coup. Avant ça, il avait juste laissé passer les années, courant sans but précis d'une distraction à l'autre. En devenant P-DG, il avait compris qu'il pouvait être utile à sa famille. Qu'il avait de la valeur et qu'il ne se résumait pas à être un *bad boy*.

Sa rencontre avec Morgan avait été l'autre élément déclencheur. Ce soir-là, au mariage de Dane, son côté protecteur s'était révélé. Jamais il n'aurait pu s'imaginer que c'était dans sa nature, mais, grâce à Morgan, il était bel et bien devenu un preux chevalier. Il l'avait protégée contre ce sale type à la soirée, s'était occupé d'elle quand elle avait été malade et l'avait mise sagement au lit. Il l'avait empêchée de compromettre la réputation de sa famille en se livrant à cette blogueuse. Tout ça, il l'avait fait parce qu'*elle* faisait ressortir ce qu'il y avait de meilleur en lui.

Et puis, lors du week-end à la campagne, leur relation avait pris un tour prévisible. Ils étaient trop attirés l'un par l'autre pour que ça n'arrive pas. Elle s'était confiée à lui et lui avait permis d'être le premier homme à lui faire l'amour. Et ça avait été extraordinaire. Au-delà de ses espérances, de ses rêves les plus fous.

Toute cette semaine, il avait passé des nuits blanches à se remémorer les moments où ils avaient fait l'amour. Et ça lui avait fait mal. Tout ça le déroutait complètement, et il ne savait pas comment gérer la situation. Il l'avait repoussée en espérant pouvoir se l'ôter de la tête…

La tactique d'évitement avait plutôt bien fonctionné jusqu'au moment où sa grand-mère lui avait rappelé que le gala avait lieu samedi. Il avait un peu honte, étant donné la façon dont il l'avait traitée, mais il *fallait* qu'elle soit là. Pas seulement pour sa grand-mère, mais pour *lui*. Chaque année, ce gala devenait plus insupportable parce que son grand-père s'éloignait de plus en plus et que Jared n'y pouvait rien.

La présence de Morgan serait un réconfort à un moment où il en avait particulièrement besoin. Il savait qu'il se conduisait mal, qu'il aurait dû mettre un terme à tout ça pour que Morgan puisse trouver un homme digne de son amour. Parce qu'il se doutait qu'elle avait des sentiments pour lui. Et il était vraiment triste de ne pas *pouvoir* l'aimer en retour.

Une fois que la soirée serait passée, il la libérerait de leur contrat. Il n'avait pas le choix puisqu'il ne voulait pas s'engager...

18

Morgan était bien décidée à rester calme et détendue. Et surtout à ne pas se faire d'idées. À ne pas se remettre à rêver parce qu'elle allait passer cette soirée de gala au bras de Jared. Tout ça n'était qu'un mirage.

En arrivant en bas de sa résidence, Jared s'était montré distant et s'était contenté d'une remarque polie sur la magnifique robe longue Dior aux reflets métalliques et aux fines bretelles qu'elle avait achetée l'après-midi même.

Elle avait gardé ses cheveux lâchés, et ils tombaient en larges boucles le long de son dos. Comme après ses achats et le salon de coiffure il ne lui restait que très peu de temps, elle s'était maquillée elle-même, mais elle était contente du résultat jusqu'à ce que Jared pose un regard froid sur elle. Lui était tellement beau dans son smoking que le cœur de Morgan se serra dans sa poitrine.

Dans la limousine qu'il avait louée, elle s'assit aussi loin que possible de Jared. Elle ne pouvait ni le regarder ni le toucher, parce que, au fond d'elle, elle savait que ce qu'il y avait eu entre eux était de l'histoire ancienne.

Le gala avait lieu à l'hôtel Ella, un splendide et vénérable établissement dressé au milieu d'une immense pelouse et orné d'un escalier monumental menant à la galerie qui courait tout autour du bâtiment. On aurait presque pu s'attendre à voir Scarlett O'Hara apparaître.

En fait de Scarlett, ce fut Ruth Robinson, très élégante dans sa robe longue, qui les accueillit en la prenant dans ses bras.

— Ma chérie, vous êtes éblouissante, dit-elle en lui caressant la joue. N'est-ce pas, Jared ?

Quand il la regarda, elle faillit s'arrêter de respirer et elle s'en voulut que ça ait tant d'importance pour elle. Un serveur leur offrit du champagne. Morgan prit une coupe et la vida avant de la reposer sur le plateau.

— Oui, répondit Jared.

Ce fut ensuite au tour des parents de Jared de venir la saluer, suivis de Chris et de Kandi. Chris était très beau dans son smoking bleu marine et, étonnamment, Kandi portait une robe fourreau fendue sur le côté à la fois très simple et très chic. Elle avait écouté ses conseils, ce qui fit sourire Morgan et lui rappela combien ces gens étaient devenus importants pour elle en si peu de temps.

— Venez, dit Ruth en lui passant un bras autour de la taille.

Morgan fut soulagée de pouvoir s'éloigner de Jared. Elle n'avait aucune envie qu'il s'aperçoive de la peine qu'il lui faisait en étant aussi froid.

— Est-ce que tout va bien, ma chérie ? demanda Ruth.

— Oui, dit Morgan avec un sourire un peu contraint.

— Que se passe-t-il ? Est-ce que mon petit-fils vous a fait de la peine ?

— Non.

Ce qui se passait entre elle et Jared ne concernait pas Ruth. Elle ne voulait pas la mêler à ça, ni raviver les tensions au sein de la famille Robinson alors que les choses avaient l'air de s'arranger.

Elles arrivèrent vers un petit groupe rassemblé dans un coin de la véranda.

— Bonsoir, dit Ruth, j'aimerais vous présenter Morgan Stewart. C'est la petite amie de mon petit-fils, et je l'aime beaucoup.

Tous les regards se tournèrent vers elle, et sa gorge se noua. Son père et Nora faisaient partie du groupe, et elle espérait qu'il n'y aurait pas d'esclandre.

Mais elle s'inquiétait pour rien. Henry fit comme si elle n'existait pas. Nora, quant à elle, se contenta de passer Morgan aux rayons X de son regard avant de prendre congé, immédiatement suivie de son mari.

Morgan se tendit. Il n'avait pas besoin de le dire pour qu'elle comprenne le message, Henry la détestait.

— Si vous voulez bien m'excuser, je vais aller me repoudrer le nez, dit-elle en s'éclipsant rapidement.

Elle traversait rapidement la salle de bal en essayant de contenir ses larmes quand une silhouette se dressa sur son passage.

— Morgan, est-ce que ça va ?

C'était Jared. Mais elle ne voulait pas le voir. Pas maintenant. Elle avait besoin de respirer un peu. Morgan sortit à toute allure, et à travers le brouillard de ses larmes elle aperçut un petit panneau indiquant les toilettes. Après avoir traversé une galerie décorée d'œuvres d'art contemporain, elle se retrouva enfin dans un luxueux espace réservé aux dames doté d'un petit salon.

Elle s'effondra dans un fauteuil et prit un mouchoir en papier sur la table basse. Pourquoi avait-il fallu qu'*il* soit là ? Elle aurait pu supporter cette soirée et la froideur de Jared, mais, voir son père qui refusait de la reconnaître, c'était trop.

Les larmes se mirent à couler le long de ses joues. Qu'est-ce qu'elle faisait ici ? Pourquoi s'imposait-elle toutes ces épreuves ? Elle aurait dû quitter Austin à la minute où Henry l'avait repoussée. Mais non, il avait fallu qu'elle se laisse entraîner dans la vie de Jared. Et maintenant qu'il avait eu ce qu'il voulait, elle ne l'intéressait plus.

— Ne me dites pas que vous pleurez après tout ce que vous avez fait.

C'était Nora Stewart. Elle se dressait devant elle, furieuse et royale dans sa longue robe rouge au profond décolleté. Morgan se redressa sur son siège.

— Qu'est-ce que vous me voulez ?

— Je veux que vous retourniez dans le trou d'où vous venez et que vous laissiez ma famille tranquille. Il n'y a pas de place ici pour vous.

— J'ai tout à fait le droit d'être ici, au contraire. Je suis la fille de Henry.

— Vous êtes une erreur, corrigea Nora. Un moment de faiblesse.

Ainsi, Nora admettait la vérité !

— Et vous lui avez pardonné de vous avoir trompée ? demanda Morgan d'un ton incrédule. Pourquoi ?

— En dépit de tout ce que tout le monde pense de moi, j'aime Henry. Nous avons passé toute notre vie ensemble, et je ne vais pas laisser une étrangère détruire ma famille.

Morgan se leva d'un bond ; elle n'allait pas se laisser intimider.

— C'est ma famille aussi. Je n'ai rien demandé.

— Et pourtant, vous avez fait un esclandre au mariage de Dane et ensuite vous êtes venue mendier jusque chez nous, répondit Nora, les bras croisés.

— Je reconnais que j'aurais pu choisir un meilleur moment, soupira Morgan, mais je ne savais pas si Henry accepterait de me recevoir, sans parler de me croire. Et devinez quoi ? Il me déteste comme il déteste Ayden.

Nora soupira.

— Henry ne vous déteste pas, mais, quand il vous voit, ce sont ses erreurs, ses échecs qu'il voit. Henry ne vous acceptera jamais. Vous devriez quitter cette ville. Et vous accrocher à Jared Robinson, un don Juan notoire, ne fera que vous briser le cœur.

— Ne vous mêlez pas de ma relation avec Jared.

— Comment faire, alors que vous vous affichez dans toute la ville ? Mais jamais il ne vous épousera. Je le connais depuis qu'il est enfant et il se lasse de tous ses jouets. Très vite. Vous n'êtes qu'une passade. Rien de plus. Je vous aurai prévenue, dit Nora avant de quitter la pièce.

Une fois seule, Morgan se rassit et se couvrit le visage de ses deux mains. Cette soirée était une catastrophe. Non seulement Jared l'avait repoussée, mais son père aussi. Et d'après Nora, ça ne pouvait pas s'arranger. Elle était une *erreur*, et à chaque fois qu'il la voyait Henry était ramené au fait qu'il avait trompé sa femme et qu'elle était le résultat de cette trahison. Les hommes qui comptaient le plus dans sa vie ne voulaient pas d'elle.

Il fallait qu'elle s'en aille. Le plus dignement possible. Elle se leva, se dirigea vers le lavabo et tenta de réparer les dégâts. Elle réussit à rafraîchir un peu son maquillage, mais elle avait toujours les yeux rougis et pleins de tristesse. Ensuite, elle appela un taxi.

La voiture était tout près et serait là dans quelques instants. Elle allait s'en aller discrètement sans que personne ne la voie.

Elle ouvrit la porte et s'engagea dans le couloir menant à la sortie. Jared était là, adossé au mur.

— Morgan ? dit-il en tendant la main pour lui toucher la joue.

— Ne me touche pas !

— Qu'est-ce qui s'est passé là-dedans ? Qu'est-ce que Nora t'a raconté ?

Sans répondre, Morgan continua à marcher, mais une jeune femme rousse lui bloqua le passage. C'était Ally, la chroniqueuse mondaine.

— Morgan ? Heureuse de vous revoir.

— Excusez-moi, dit Morgan, en essayant de passer.

— Attendez, dit Ally. Vous aviez une histoire à me raconter l'autre fois et j'aurais dû rester pour l'écouter. Mais comment aurais-je pu savoir que vous étiez la petite sœur de Dane Stewart ? Enfin, peu importe, je tiens mon scoop : vous sortez avec Jared Robinson, le célibataire le plus célèbre d'Austin.

— Je n'ai rien à vous dire. Laissez-moi passer.

— Peut-être que vous ne voulez pas confirmer que vous sortez avec lui, mais vous voudrez peut-être commenter mon dernier scoop en date. Il semble que Jared ait eu un enfant de l'amour avec une de ses ex, Samantha Russell, qui vit désormais dans la misère.

— Un enfant ? rugit Jared. Vous êtes complètement folle, Ally. Je savais que vous aviez tendance à broder, mais, ça, c'est un tissu de mensonges !

— Ah, bon ? demanda Morgan en se tournant vers lui.

Ally sourit d'un air satisfait en admirant son œuvre.

— Eh oui, Jared a un enfant. Il ne vous l'avait pas dit ? Un commentaire, peut-être ?

— Je m'en vais, dit Morgan en la bousculant avant de s'élancer dans le hall.

Elle ne s'arrêta qu'après avoir dévalé le grand escalier extérieur. Une fois dehors, elle aperçut le taxi et se précipita pour y monter, mais Jared l'avait rattrapée.

Il lui saisit le bras.

— Morgan, je t'en prie, ne pars pas comme ça.

Il avait l'air vraiment désespéré, mais Morgan s'en moquait bien.

— Laisse-moi m'en aller.

— Je ne peux pas. Pas comme ça. Pas alors que tu es si en colère contre moi.

— Qu'est-ce que ça peut te faire ? s'écria-t-elle en dégageant son bras. Tu m'ignores depuis une semaine, et ce soir je viens ici pour *toi* et tu me traites comme une intruse. Comme mon père. Mais c'est fini, je ne supporte plus tout ça. Je mérite mieux.

— Morgan...

— Ne t'excuse pas. J'étais partie prenante dans cet accord. Il était temporaire, et je l'ai accepté. Mais un enfant ? Seigneur, comment as-tu pu abandonner ton propre enfant ?

Elle saisit la poignée de la portière, et se glissa dans la voiture, mais Jared l'empêcha de fermer.

— Elle ment, Morgan. Jamais je n'abandonnerais un de mes enfants. Jamais. Ça, au moins, je te supplie de le croire.

— Va au diable, dit-elle en claquant la portière.

La dernière chose qu'elle vit quand la voiture démarra fut Jared qui la regardait, l'air profondément triste.

C'était fini entre eux et, maintenant qu'elle savait que Jared avait été capable d'abandonner son enfant, Morgan était convaincue qu'elle venait de prendre la meilleure décision de sa vie.

19

Il la laissa partir.

Il n'aurait pas dû. Elle avait l'air si désespérée. Parce qu'il l'avait maintenue à distance pendant toute la semaine, et ce soir aussi. Mais, s'il avait fait ça, c'était pour son bien, pas pour la blesser. Il n'était pas assez bien pour elle, mais il n'était pas le monstre que prétendait Ally.

Quand la portière du taxi se referma, il eut l'impression que son trésor le plus précieux lui était arraché.

Il retourna vers la salle de bal d'un pas pesant.

— Jared, qu'est-ce que c'est que cette histoire d'enfant ? Mais qu'est-ce qui se passe dans cette famille ? D'abord ton frère et maintenant toi ? s'écria sa grand-mère dès qu'elle le vit.

Sur son visage, il lut non pas de la gêne mais de la déception.

— C'est faux.

— Tu en es sûr ?

Ses parents les rejoignirent à ce moment-là, et son père fut le premier à dégainer.

— Jusqu'à Morgan, tu multipliais les aventures, je te rappelle.

Chris, qui venait d'arriver avec Kandi, prit la défense de son frère.

— Jared n'aurait jamais commis une bêtise pareille.

— Je vous le répète, je n'ai pas d'enfant, dit Jared si fort que plusieurs personnes tournèrent la tête vers eux. Et si j'en avais un, jamais je ne permettrais qu'il grandisse loin de moi. Je vais vous le prouver, à vous et au monde entier, s'il le faut.

Sa mère poussa un soupir de soulagement, mais son père semblait toujours sceptique.

— Dis-moi que tu me crois, grand-mère.

Elle ne répondit pas et balaya la salle de bal du regard.

— Où est Morgan ?

Jared baissa la tête.

— Elle est partie.

— Parce qu'elle croit à cette histoire ? dit sa grand-mère. Si ta petite amie y croit, comment ne pas penser que c'est vrai ?

— Morgan n'est pas ma petite amie.

Sa grand-mère fronça les sourcils, et toute sa famille resta bouche bée.

— Qu'est-ce que tu veux dire ?

Il était temps de tout avouer. Il en avait assez de ce secret.

— J'ai demandé à Morgan de faire semblant d'être ma petite amie pour que grand-mère et le conseil d'administration se sentent plus en confiance.

— Je ne peux pas le croire, dit sa grand-mère en secouant la tête. Ce que j'ai vu entre vous était bien réel. Morgan t'aime, j'en mettrais ma tête à couper.

— Je crois aussi, dit Jared en baissant la tête, mais je ne la mérite pas.

— Pourquoi nous as-tu menti ? demanda sa mère.

Il vit que cette fois, même elle, elle lui en voulait.

— Je voulais juste prouver à tout le monde que je pouvais être comme Chris et que j'étais capable de diriger l'entreprise, soupira Jared. Grand-mère avait dit que le conseil d'administration préférerait un homme installé, alors…

— Alors, tu as entraîné Morgan dans tes mensonges, termina sa grand-mère. Et maintenant, elle a des sentiments pour toi, mais tu t'es fait rattraper par un scandale. Seigneur, Jared, quand comprendras-tu enfin ?

Elle tourna les talons et quitta la pièce, bientôt suivie par ses parents. Kandi s'était éloignée pour laisser un peu d'intimité aux Robinson, et Jared se retrouva donc seul avec Chris. Il était heureux que son frère soit là, une fois de plus, pour le soutenir.

— On peut dire que tu as fait fort, cette fois.

— Je sais. C'est un vrai gâchis. Qu'est-ce que je vais faire ?

Chris passa un bras autour des épaules de Jared.

— Pour commencer, tu vas éclaircir les choses concernant ce bébé. Et ensuite, tu iras la récupérer.

— Morgan ? dit Jared en secouant la tête. Non. C'est fini. Elle croit que j'ai eu un enfant et que je l'ai abandonné, comme son père l'a fait avec elle. C'est terminé entre nous.

— Il faut que tu lui parles. Que tu réussisses à la convaincre. Je t'ai vu avec Morgan. Tu es différent. Meilleur. Grâce à elle. Tu as besoin d'elle.

Jared hocha la tête. Il doutait que Morgan lui ouvre sa porte et accepte de l'écouter, mais il ne le saurait pas avant d'avoir essayé. Il espérait seulement ne pas lui avoir fait mal au point que la situation soit irrécupérable.

Morgan avançait au radar. Elle était comme ça depuis la veille. Elle ne savait même plus comment elle était sortie du taxi pour regagner son appartement. Mais une fois la porte refermée, elle s'était effondrée sur le sol et avait pleuré toutes les larmes de son corps. Ensuite, elle était allée dans sa chambre, avait fermé les volets, avait coupé son téléphone et s'était roulée en boule dans son lit. Elle avait besoin de dormir.

Sauf que son sommeil avait été très agité. Elle avait rêvé de Jared. De son sourire. De son rire. De son corps quand il lui faisait l'amour. Mais tout ça était fini. Tout ça n'avait été qu'une illusion. Un mensonge.

En se réveillant, Morgan avait pris une décision : elle allait quitter Austin. Elle irait dans un coin tranquille, le temps de réfléchir. Elle ne voulait bien entendu rien devoir à Jared, pas même un emploi. D'ailleurs, elle comprenait maintenant que ça n'était pas pour ça qu'elle était restée à Austin aussi longtemps. C'était parce qu'elle était tombée amoureuse de lui.

À midi, elle avait terminé de faire ses bagages et elle avait prévu de laisser la clé au concierge en passant. On avait déjà descendu ses valises. Morgan avait jeté un dernier coup d'œil à l'appartement et allait descendre avec son bagage à main quand la sonnette retentit. Elle savait qui c'était.

Jared.

En allumant son téléphone ce matin, elle avait trouvé des messages de Ruth, de ses frères et de sa sœur qui voulaient prendre de ses nouvelles. Jared aussi avait laissé une demi-douzaine de messages. Elle n'avait pas répondu.

Mais il fallait qu'elle l'affronte une dernière fois, alors elle ouvrit la porte.

— Rien de ce que tu pourras dire ne m'intéresse.

— Il faut qu'on parle.

— C'est inutile, dit Morgan en rentrant dans l'appartement, où Jared la suivit.

En respirant son odeur épicée, son cœur se serra. Mais elle ne voulait pas que ses émotions prennent le dessus.

— En plus, j'étais sur le point de partir, ajouta-t-elle.

Jared regarda son petit bagage.

— Tu t'en vas ?

— Oui.

— Où ça ?

— Quelle importance ? Va plutôt t'occuper de ton enfant.

Les yeux de Jared se voilèrent.

— Je n'ai pas d'enfant, Morgan. C'est ce que je suis venu t'expliquer. Ally a menti. Je n'ai pas d'enfant avec Samantha. C'est un buzz médiatique qu'elles ont monté de toutes pièces. Je suis allé voir Samantha et j'ai exigé un test de paternité.

— Bravo, dit Morgan en attrapant son sac et en se dirigeant vers la porte. Je suis sûre que ta famille sera soulagée. Moi, j'ai un avion à prendre.

— Tu ne peux pas partir comme ça.

— Tu m'as clairement fait comprendre que tu n'étais pas intéressé. Ça n'a pas dû être très amusant pour toi, une femme aussi peu expérimentée… Mais c'est bon, maintenant, j'ai compris. Alors, laisse-moi m'en aller avec un tant soit peu de dignité.

Elle ouvrit la porte, se dirigea vers l'ascenseur et appuya sur le bouton. Jared la suivit.

— Tu ne m'accordes même pas le bénéfice du doute ? Après tout ce qui...

La porte de l'ascenseur s'ouvrit, et Morgan monta. Jared fit de même. Ils descendirent en silence.

Arrivés en bas, Jared prit son bagage et marcha à côté d'elle jusqu'à la porte de l'immeuble. Là, il s'arrêta.

— Ne t'en va pas, la supplia-t-il. Reste. Je suis sûr qu'on peut tout arranger.

— Je ne veux plus jamais te voir, Jared. Ça fait trop mal.

Elle n'en pouvait plus. C'était insupportable. Elle lui arracha le bagage des mains et se précipita dehors en courant sans regarder où elle allait. Elle vit une voiture déboucher, mais n'eut pas le temps de l'éviter. La dernière image qu'elle vit tandis qu'elle était projetée dans les airs, ce fut l'expression horrifiée de Jared. Après tout devint noir.

En voyant Morgan se faire percuter puis retomber sur la chaussée, Jared resta comme figé sur place une ou deux secondes. Puis il courut vers elle. Elle était par terre, inconsciente, et du sang coulait de sa tête.

Il savait qu'il ne fallait pas la bouger.

— Appelez une ambulance ! hurla-t-il.

Le voiturier était déjà en train de téléphoner, et le conducteur de la voiture venait vers lui.

— Vous, dégagez de là !

— Je suis désolé, s'écria l'homme. Je ne l'ai pas vue ! Elle a surgi devant ma voiture. J'ai essayé de...

— La ferme ! Je me fous de vos excuses, le coupa Jared.

Tout ce qu'il voulait, c'était que Morgan s'en sorte, mais elle ne bougeait pas. Il ne pouvait pas concevoir qu'elle quitte cette terre, qu'elle l'abandonne à tout jamais, qu'elle ne sache jamais ce qu'il venait de comprendre...

Il se pencha vers elle et murmura :

— Je t'aime.

20

— Mais qu'est-ce qui s'est passé ? Comment va Morgan ? s'écria sa grand-mère en s'élançant vers lui dans la salle d'attente du St. David Medical Center, suivie de ses parents et de Chris et Kandi.

Jamais il ne l'avait vue dans cet état.

— Je ne sais pas, dit Jared en secouant la tête. Ils sont en train de lui faire tout un tas d'examens, un électro, des radios...

— Oh ! mon Dieu ! dit la vieille dame en s'effondrant dans un fauteuil.

— Est-ce qu'on peut faire quelque chose ? demanda Chris.

— Morgan a été tellement gentille avec moi, dit Kandi, les larmes aux yeux. C'est trop affreux.

Jared s'éloigna et alla près de la fenêtre, regardant dehors d'un air absent. Il sentit une présence derrière lui.

— Pardon, mon fils. J'ai été dur avec toi l'autre soir. Et je vois maintenant que je me suis trompé. Tu as changé. Tu tiens à cette fille.

— C'est bien plus que ça, papa. Je l'aime. Jamais je n'aurais cru pouvoir ressentir ça pour quelqu'un. Mais quand j'ai vu la voiture la percuter, je... j'ai cru que...

Son père le prit par les épaules et le serra contre lui.

— Ne prononce pas ces mots. Ne les pense même pas. Morgan est forte. D'accord ?

Jared hocha la tête.

— Je me sens tellement coupable. C'est à cause de moi qu'elle s'en allait.

— Et tu as raison de te sentir coupable, dit une voix féminine.

Jared leva les yeux. C'était Fallon. Et à côté d'elle, son mari, Gage, et Ayden et sa femme, Maya.

De l'ambulance qui les amenait à l'hôpital, il avait appelé ses parents puis Dane. Son ami avait été bouleversé d'apprendre ce qui s'était passé et avait promis de venir au plus vite. Il avait aussi dit qu'il préviendrait son frère et sa sœur.

— Fallon, dit Chris en s'avançant vers elle. Tu es injuste de dire ça. Ça n'est pas Jared qui conduisait la voiture qui a heurté Morgan.

— Mais il lui avait fait du mal avant, insista Fallon, les yeux pleins de colère.

— Les rumeurs concernant le soi-disant enfant de Jared sont fausses.

Jared était reconnaissant à son frère de le soutenir, mais Fallon avait raison. C'était à cause de lui que Morgan était dans cet état. S'il n'avait pas été là, elle n'aurait jamais eu cet accident.

— Pardon, dit Jared en sortant précipitamment de la salle d'attente.

Il ne savait pas vraiment où il allait, mais il avait besoin de respirer un peu. Tout le monde dans cette salle d'attente avait de l'admiration pour Morgan et se demandait comment elle avait pu se compromettre avec un pauvre type comme lui. Elle avait cherché à s'en aller parce qu'elle avait toutes les raisons de croire aux rumeurs. Il était un sale type.

Du moins, il l'était avant de la rencontrer.

Marchant sans but précis, il finit par arriver devant la petite chapelle de l'hôpital. Il poussa les portes et entra. Il n'y avait personne. Juste quelques bancs vides et une croix.

Jared n'était pas pratiquant, mais il décida de s'asseoir sur un banc quand même. En fermant les yeux, il revoyait le sourire de Morgan. Son image était gravée dans son cœur, et il ne pouvait plus imaginer la vie sans elle.

Joignant les mains, il baissa la tête et se mit à prier pour que Morgan survive. Ils avaient encore tellement de choses à se dire. Il l'aimait. Il avait eu peur de se l'avouer, mais il ne pouvait pas nier la vérité plus longtemps. Elle était tout ce qu'il avait toujours voulu sans le savoir. Et il devinait qu'elle avait des sentiments pour lui. Peut-être pas de l'amour, mais au moins de l'affection. Et qu'à partir de là ils pourraient construire une vie ensemble.

En revenant dans la salle d'attente, Jared eut la désagréable surprise d'y trouver Henry et Nora Stewart.

— Qu'est-ce que vous faites là, Henry ? gronda-t-il. Vous n'avez pas arrêté de rejeter Morgan, de nier qu'elle était votre fille, de refuser d'apprendre à la connaître. Alors, je vous repose la question : qu'est-ce que vous faites là ?

Il vit que Fallon se levait mais que son mari, Gage, la repoussait doucement sur sa chaise. Il se moquait bien que Fallon soit en colère. Morgan n'était pas là pour se défendre ; c'était à lui de le faire.

Henry baissa la tête, puis finit par répondre :

— Tu as raison, Jared. Pendant longtemps, je n'ai pas su qu'elle existait, mais, une fois que je l'ai su, je me suis mal conduit avec elle. J'ai été le plus mauvais des pères pour elle, mais aussi pour Ayden. Je n'ai jamais aimé admettre mes erreurs, que je pouvais me tromper, mais je le fais maintenant. Je suis sincèrement désolé et, si Morgan s'en sort, je serai un meilleur père.

— C'est un peu trop tard, dit Jared. Et si…

— Je t'interdis de dire ça, s'écria sa grand-mère. Elle *va* s'en sortir, un point c'est tout.

Jared hocha la tête et s'assit à côté de sa grand-mère. Ils étaient nombreux à prier pour Morgan, et Jared espérait que ça suffirait.

Jared courait aussi vite qu'il pouvait dans les couloirs de l'hôpital. Il venait de recevoir un SMS de Chris lui annonçant que Morgan était réveillée. Et bien sûr, il avait fallu que ça se passe pendant le court laps de temps où il s'était absenté.

Le laboratoire l'avait appelé pour lui dire que les résultats du test de paternité étaient disponibles. Jared savait qu'ils étaient négatifs, mais avait préféré se déplacer en personne pour récupérer les résultats. Il voulait pouvoir les montrer à Morgan quand elle se réveillerait. Pour lui prouver qu'il n'était pas comme Henry et que jamais il ne songerait à abandonner un de ses enfants.

Et bien sûr, les résultats étaient conformes à ce qu'il imaginait.

Ils indiquaient avec une probabilité de 100 % qu'il ne pouvait pas être le père de l'enfant de Samantha. Dans la foulée, il avait appelé le patron d'Ally et avait menacé de porter plainte pour diffamation si le site du blog ne publiait pas une rétractation. Avec le temps, tout ça finirait par être oublié, mais Jared était fou furieux parce qu'il avait failli perdre Morgan à cause de cette histoire sordide.

Il était profondément soulagé qu'elle soit sortie du coma, mais il aurait aussi voulu être le premier à la voir à son réveil. Cela dit, rien ne garantissait qu'elle serait heureuse de le voir.

Allait-elle se rappeler qu'elle lui avait dit que c'était fini entre eux et qu'elle ne voulait plus jamais le voir ?

Il espérait qu'elle aurait oublié, mais, dans le cas contraire, il comptait bien la convaincre que jamais il ne la quitterait. Il avait tellement hâte maintenant de pouvoir lui dire qu'il l'aimait.

Avant d'aller la rejoindre dans sa chambre, il passa par la salle d'attente. Sa famille et les Stewart étaient tous là.

— Jared ! Dieu merci, Morgan s'est réveillée, s'écria sa grand-mère avec un immense sourire.

— Je sais et je vais aller la voir tout de suite, mais d'abord j'ai une chose à vous dire, dit-il en baissant les yeux vers l'enveloppe qu'il avait à la main. Ce sont les résultats du test qui prouve que *je ne suis pas* le père de l'enfant de Samantha.

Il remarqua que Fallon levait les mains vers le ciel, en signe de remerciement.

— Je n'ai jamais douté de toi, dit Chris en le serrant contre lui.

— Nous, si, dit Ayden en jetant un coup d'œil à Fallon et à Dane. Mais je suis heureux que nous nous soyons trompés.

Il se leva et vint serrer la main de Jared.

— Merci, dit ce dernier. Maintenant, si vous voulez bien m'excuser... j'ai quelqu'un à aller voir.

Quand il arriva devant la chambre de Morgan, la porte était à moitié ouverte et, à sa grande surprise, il vit Henry et Morgan dans les bras l'un de l'autre. Il ne voulait pas les déranger, mais Henry l'aperçut et lui fit signe d'entrer.

— Entre, Jared. Je crois que cette jeune personne a envie de te voir.

Henry se releva, et le regard de Jared croisa celui de Morgan. Après avoir tant espéré qu'elle se réveille, il crut que son cœur allait exploser de joie.

— Bon, je vais vous laisser un peu tranquilles, dit Henry.

Jared était incapable de parler et se contenta de hocher la tête. Il n'osait pas non plus s'avancer vers le lit.

— Est-ce que tu comptes rester planté là-bas longtemps ? demanda Morgan.

Il s'empressa de venir s'asseoir dans le fauteuil placé à côté du lit.

— Morgan, je... je suis si heureux que tu ailles bien.

Elle se contenta de hocher la tête.

— Tu te rappelles ce qui s'est passé ?

— Pas vraiment. D'après les médecins, la mémoire peut me revenir. Par petits bouts ou pas du tout. Mais ça m'est égal. Je n'ai pas particulièrement envie de me souvenir que j'ai été percutée par une voiture, dit-elle avec un léger rire. En revanche, je me souviens t'avoir dit que je quittais Austin pour toujours.

— J'espérais que tu aurais oublié cette partie-là...

— Impossible, soupira Morgan. Et je sais qu'il faut qu'on parle, mais d'abord je voudrais te remercier.

— Mais pourquoi ?

— D'avoir appelé ma famille. C'est grâce à toi s'ils sont tous là. Henry – je veux dire, mon père – m'a dit que tu avais appelé Dane et qu'il avait averti tous les autres. Comme tu as pu le voir, maintenant je vais avoir la famille que j'ai toujours tant voulue. Alors, merci.

— Tu as déjà une famille, Morgan. Moi et tous les Robinson. Je t'en supplie, dis-moi que tu le sais.

Morgan regarda les magnifiques yeux sombres de Jared. Il semblait ne pas avoir beaucoup dormi ces derniers jours. Lui qui était toujours si soigné ne s'était pas rasé et il portait un simple T-shirt blanc et un jean noir. Mais pour elle, il n'avait jamais été aussi sexy.

Elle avait été déçue quand elle ne l'avait pas vu avec les autres un peu plus tôt, mais il était là maintenant et elle en aurait pleuré de joie.

— Quand je me suis réveillée et que j'ai vu que tu n'étais pas là...

— Ma chérie, dit-il en bondissant du fauteuil pour se rapprocher d'elle. Je suis resté à tes côtés jour et nuit ; les médecins et les infirmières n'en pouvaient plus. Si je me suis absenté un petit moment, c'est pour ça.

Il sortit l'enveloppe du laboratoire de sa poche.

— Qu'est-ce que c'est ? demanda Morgan en fronçant les sourcils.

— Les résultats du test de paternité. Qui prouvent que je ne suis pas le père.

— Je sais, dit Morgan en baissant les yeux.

— Ah, bon ? Mais tu disais...

— J'étais blessée, j'avais mal, dit-elle en levant vers lui des yeux pleins de larmes. Je... je croyais que tu ne voulais pas de moi, et c'était plus facile pour moi de croire à ça... Mais je te connais, Jared. Je sais que tu n'es pas le genre d'homme qui abandonnerait son enfant. Je le *sais*.

Elle leva la main et vint lui caresser la joue.

— Merci, dit-il, avec un immense soupir de soulagement. Dans ce cas, peut-être es-tu prête à croire autre chose...

— Peut-être, dit-elle.

— Je t'aime, Morgan.

Une joie immense l'envahit, mais elle voulut s'assurer qu'elle n'entendait pas des voix.

— Quoi ?

— Je t'aime, répéta-t-il en plongeant son regard dans le sien. *Je suis amoureux de toi*. Tu es la première chose à laquelle je pense le matin et la dernière chose à laquelle je pense le soir avant de m'endormir. Et cet amour est si fort qu'au début j'ai eu peur. Et j'ai pris mes distances parce que je croyais que je n'étais pas à la hauteur de tes rêves. Je pensais que je n'étais pas un homme assez bien pour une femme aussi belle, aussi douce et aussi merveilleuse que toi.

— Oh ! Jared...

— Je n'avais jamais été amoureux avant toi, Morgan. J'ai fait n'importe quoi la semaine dernière, mais maintenant je sais ce que je ressens. Quand j'ai vu cette voiture te percuter, le monde est devenu gris d'un seul coup et j'ai su que je ne pourrais pas vivre un seul jour sans toi. J'ai compris combien la vie est précieuse et que je ne voulais plus en perdre une seule minute. Je me suis juré que, si tu t'en sortais, je t'avouerais mon amour. Parce que, quand je suis avec toi, mon monde est plus lumineux, rempli d'amour.

— Je ressens la même chose pour toi, dit Morgan en souriant à travers ses larmes. Moi aussi, je t'aime. Et je crois que je t'ai aimé à la seconde où on s'est rencontrés. Si quelqu'un m'avait dit qu'on pouvait tomber amoureux au premier regard, j'aurais répondu à cette personne qu'elle avait regardé trop de comédies romantiques. Mais c'est vrai. Je le sais, je l'ai vécu.

Jared prit le visage de Morgan entre ses mains et posa son front contre le sien. Ils restèrent longtemps comme ça, sans parler, et Morgan sentit une immense joie se répandre dans tout son être. Puis Jared releva la tête et la regarda dans les yeux, jusqu'au fond de son âme.

— Est-ce que tu serais d'accord pour envisager de passer le reste de ta vie avec moi ? Je veux rester à tes côtés maintenant et pour toujours, et ça ne changera jamais.

Il posa un genou à terre et prit sa main :

— Morgan Stewart, me feras-tu l'honneur de devenir ma femme ?

— Oui, oui, oui, dit-elle en se penchant pour le relever.

Et tous les appareils de surveillance se mirent à biper. Mais elle s'en moquait. Elle prit le visage de Jared entre ses mains et le couvrit de baisers.

Épilogue

Trois mois plus tard

— À Jared et à Morgan ! dit Henry en levant son verre après la cérémonie de mariage qui avait eu lieu au manoir des Stewart.

— À Jared et à Morgan, répéta tout le monde en chœur.

Jared fit tinter son verre contre celui de Morgan, et elle leva les yeux vers lui, rayonnante de bonheur.

Il espérait que cette journée avait été à la hauteur de ses rêves. C'était un mariage intime où n'étaient réunis que les Stewart, les Robinson et quelques amis très proches.

Elle portait une robe de créateur magnifique au bustier incrusté de cristaux et à la jupe de tulle aérien… que Jared avait hâte de lui enlever quand ils seraient enfin seuls tous les deux.

— Soyez heureux !

Jared y comptait bien. Il se rapprocha de Morgan et déposa un baiser sur ses lèvres.

Ils furent interrompus par Dylan, son neveu, qui tirait sur le smoking de Jared. Morgan le regarda prendre le petit garçon dans ses bras. Il ferait un père merveilleux un jour.

Comme son père à elle, Henry, qui l'avait conduite jusqu'à l'autel tout à l'heure. Leur relation avait radicalement changé depuis l'accident. Henry avait tenu parole ; depuis, il avait été présent et avait veillé à se rapprocher de chacun de ses enfants. Après l'hôpital, elle était allée s'installer chez Jared, mais elle rendait visite à Henry le plus souvent possible et leurs liens se resserraient chaque jour davantage.

Elle regarda Jared, et ils n'eurent pas besoin d'échanger un mot. Main dans la main, ils s'éclipsèrent. Ils avaient hâte que leur nuit de noces commence.

Ils montèrent dans une Bentley, et une demi-heure plus tard ils arrivaient à la maison de campagne des Robinson. Pour eux, c'était un lieu chargé de souvenirs. C'était l'endroit où ils s'étaient aimés pour la première fois.

Cette nuit-là aussi, ils s'aimèrent avec passion, et quelques semaines plus tard son médecin confirma à Morgan qu'elle était bien enceinte.

Elle portait l'enfant de Jared.